C.J. CHERRYH

Le retour de Chanur

TRADUIT DE L'AMÉRICAIN
PAR MICHEL DEUTSCH

ÉDITIONS J'AI LU

Ce roman a paru sous le titre original :

CHANUR'S HOMECOMING

RETOUR ARRIÈRE[1]

Deux années plus tôt, les Kif, espèce belliqueuse originaire d'Akkt, avaient un *hakkikt,* un chef inspirant une crainte telle qu'il avait regroupé derrière lui un nombre inhabituel de ses congénères constitués en une troupe de pirates. Ce *hakkikt,* du nom d'Akkukkak, avait arraisonné un navire battant pavillon d'une espèce jusque-là inconnue, l'humanité, et son ambition avait acquis des proportions démesurées dépassant celle de tous les chefs de bande kifish qui l'avaient précédé. En prenant pour proie une espèce qui ne bénéficiait pas de la protection de la Communauté spatiale, il pourrait devenir assez puissant pour étendre son influence à tous les Kif et balayer la Communauté dans le sillage d'une vague conquérante sans précédent dans les annales.

Mais sa proie humaine lui échappa. Alors que le *hakkikt* faisait escale à la station stellaire appelée La Jonction, le dernier de ses prisonniers survivants s'était échappé et avait cherché asile à bord de *L'Orgueil de Chanur,* navire marchand hani dont la capitaine, Pyanfar Chanur, n'avait en aucune façon souhaité accueillir ce réfugié.

Mais, pour des raisons de principe, Pyanfar et son équipage s'étaient refusés à livrer l'humain à Akkukkak, comme ce dernier l'exigeait. C'était là une double catastrophe pour les Kif : d'abord, la perte de l'humain et, partant, de toutes les

1. Voir précédents épisodes dans *Chanur,* Éd. J'ai lu, n° 1475, *L'Épopée de Chanur,* Éd. J'ai lu, n° 2104 et *La Vengeance de Chanur,* Éd. J'ai lu, n° 2289.

informations qu'il détenait concernant son espèce; ensuite, le défi que lui avait lancé un vulgaire bâtiment commercial hani que le grand *hakkikt* pourchassait d'étoiles en étoiles. Dès lors, Akkukkak ne se battait plus seulement pour récupérer sa proie mais pour sa propre survie car un Kif qui perd la face perd du même coup rapidement ses partisans, et devient la cible privilégiée d'un autre Kif ambitieux. Il était contraint d'assouvir sa vengeance sur une échelle suffisante pour effacer son humiliation, humiliation impliquant une ambition qui était de taille à ébranler les mondes.

Il prit la décision inouïe de pénétrer dans l'espace hani dans la double intention de faire affront à Pyanfar Chanur et à son clan tout entier, et à les éliminer l'une et l'autre, ce qui était se méprendre sur l'importance que les Hani attachaient à chacun des membres de leur espèce pris individuellement. Il pensait en Kif et voyait dans les actions de Pyanfar la preuve d'une ambition agressive. Il entendait aussi que sa proie lui fût restituée. Ces exigences indiquaient qu'il se trompait lourdement sur la psychologie hani, car rien de ce qu'il aurait pu entreprendre n'aurait à ce point soudé les Hani en un front commun contre lui que cette intrusion au cœur même de leur territoire et cette revendication : lui remettre un être vivant qui avait demandé le droit d'asile à un clan hani. Les Hani résistèrent lors de la bataille de Gaohn Station et reçurent un appui mahen en la personne de deux capitaines de chasse connus de Pyanfar sous les noms d'Or-Aux-Dents et de Jik (les noms des Mahendo'sat sont difficilement prononçables pour des étrangers). Cette bataille eût été, à elle seule, déjà quelque chose d'assez grave mais les hostilités dérangèrent en outre une autre espèce appartenant à la Communauté, les Knnn, créatures respirant du méthane, dont la réputation était désastreuse et qui étaient l'espèce la plus avancée technologiquement de l'espace connu. Les Knnn intervinrent donc et enlevèrent Akkukkak, l'emmenant vers un destin échappant à tout pronostic. Tout était réglé. Tully, l'humain, partit rejoindre son peuple. Pyanfar Chanur comptait voir s'ouvrir une nouvelle ère de prospérité commerciale, tous les Hani (et pas seulement le clan Chanur) profitant du contact avec les humains.

Elle oubliait malheureusement dans ses calculs les Stsho dont la station, La Jonction, était la plaque tournante de toutes les routes commerciales de la Communauté. Les Stsho, xénophobes à outrance, retirèrent à Chanur son autorisation d'accostage. Mais il y avait plus grave encore : Akkukkak, en raison même de la façon dont avait eu lieu sa disparition, avait profondément bouleversé les affaires hani. Chanur se vit dans l'obligation de faire front, face aux défis de ses rivaux hani qui utilisaient à leur profit la terreur qu'inspiraient les Knnn à la population et, bien que le seigneur Kohan Chanur tînt ferme, Chanur perdit de précieux alliés dont l'appui au Conseil faisait gravement défaut à Pyanfar et à d'autres femelles du clan.

Et pour ajouter encore à ces difficultés, personne ne tint ses promesses : les humains ne réapparurent pas et les Mahendo'sat s'enfermèrent de nouveau dans leur splendide isolement.

Les deux années qui suivirent furent des années de vaches maigres. Pyanfar Chanur faisait de son mieux pour maintenir *L'Orgueil* en activité – et elle n'était pas la seule capitaine de Chanur à se débattre dans les pires embarras.

Et puis, et contre toute attente, le miracle eut lieu : ses lettres d'espace lui furent rendues et elle fut invitée à reprendre possession de la licence qui lui avait été retirée.

En conséquence, elle rallia La Jonction avec le dernier chargement qu'elle avait eu les moyens d'acheter. Ce fut pour être accueillie à bras ouverts par le Mahendo'sat Or-Aux-Dents qui lui confia sous le sceau du secret une liasse de documents et un passager, Tully l'humain, et lui dit de déhaler de toute urgence. C'était une question de vie ou de mort : les Kif étaient à la recherche de Tully.

Aux difficultés auxquelles se heurtait déjà Pyanfar s'en ajoutait à présent une nouvelle : elle avait enfreint la loi coutumière hani. Les mâles hani constituaient traditionnellement une classe protégée au sein de la société hani. Ceux, peu nombreux, qui relevaient victorieusement les défis, devenaient les seigneurs des clans, leurs chefs en titre. Cependant, leur autorité était purement formelle, le pouvoir juridique et financier réel demeurant dans les mains des femmes du clan qui avaient la charge du commerce extérieur. Les autres mâles, quant à eux, exclus de la société et livrés à eux-mêmes, vivaient et mouraient en exil. Un seigneur de clan vaincu était frappé de bannissement et devait les rejoindre pour mener une pitoyable et brève existence parmi leurs congénères plus jeunes, ambitieux et rompus aux arts du combat. Khym Mahn, l'époux de Pyanfar, vaincu par son fils Kara, avait connu ce sort. Il avait été déposé. Mais il était revenu de son exil pour aider Pyanfar dans sa lutte contre les Kif. Ainsi était-il devenu l'un des rarissimes mâles hani à quitter la planète (des accords interstellaires interdisaient, de fait, aux mâles de prendre l'espace car ils avaient la réputation d'avoir à l'improviste des crises de folie furieuse qui risquaient de mettre en danger les personnes et les biens).

Mais devant la perspective de débarquer Khym

pour l'envoyer, ce faisant, à la mort, Pyanfar, violant les traités et la coutume, l'avait pris à son bord. Mieux encore : elle avait soudoyé un fonctionnaire mahendo'sat pour lui faire délivrer un permis de travail et l'avait fait inscrire au rôle d'équipage. Ayant côtoyé, au cours de ses voyages, des mâles étrangers, Pyanfar avait commencé à déceler petit à petit chez son propre époux des traits de caractère que jamais une Hani n'avait cherchés chez les mâles de l'espèce, et l'idée avait germé au plus profond de son cœur que ces accès de fureur démente étaient peut-être dus à l'éducation plus qu'à une fatalité biologique. Et pourtant... pourtant, elle *est* une Hani, et douter de quelque chose qui émane de la sagesse populaire, quelque chose qui est gravé, enraciné dans le langage, la coutume et la tradition est très difficile, et ce d'autant plus que Khym lui-même n'est pas convaincu du bien-fondé de sa théorie. Lui aussi est, après tout, le produit de sa culture et tous les dogmes qui le poussent à être un homme alimentent en même temps ses pulsions agressives, entretiennent les doutes qu'il nourrit concernant ses propres aptitudes. Somme toute, ce n'est pas, non plus, une situation de tout repos pour l'équipage de *L'Orgueil* qui hésite toujours entre deux lignes de conduite : soit le traiter comme un homme, soit le traiter à l'égal des autres membres de l'équipage sans tenir compte de ce handicap. Et, dans ce dernier cas de figure, ce sont la pudeur, la coutume et la langue qui sont en jeu : l'humour des femmes, de même que les blasphèmes et les jurons traditionnels impliquent les fils et les mâles; les installations du navire ne sont pas prévues pour un homme dont la stature est plus haute; prendre le temps de faire toilette en période d'urgence n'est pas pratique; et les mécanismes de pensée des hommes, traditionnellement précipités et imprécis, ne sont pas de nature à inspirer la confiance, s'agissant du maniement d'appareillages à risque.

Mais Khym, ex-seigneur de Mahn, avait néanmoins acquis (fait sans précédent pour un Hani) le statut de *navigant* à bord de *L'Orgueil de Chanur*.

Le pire se produisit sans délai : Khym se trouva mêlé à des désordres qui causèrent de graves dégâts à la station de La Jonction. Pyanfar ne coupa à un second retrait de sa licence qu'en faisant supporter tout le prix des dommages et intérêts aux Mahendo'sat qui lui avaient ouvert un crédit dans un tout autre but : l'aider à organiser le transport de l'humain, Tully.

Malheureusement, l'émeute avait eu un témoin mal disposé à l'encontre de Pyanfar : Rhif Ehrran, déléguée du gouvernement hani.

Une raison toute différente l'avait conduite à La Jonction. Les clans hani coureurs d'espace ayant souffert à Gaohn étaient si nombreux que les clans rampants en avaient profité pour prendre le contrôle du *han,* le sénat hani. Entre-temps, les Stsho, ces maniaques de la xénophobie, qui étaient l'espèce la plus opulente de la Communauté, avaient acheté certains politiciens hani dans l'intention d'infléchir la politique hani de l'intérieur, poussés par la crainte que leur inspiraient deux autres espèces : d'abord, les humains qui avaient déjà violé une fois leurs frontières et risquaient de recommencer; ensuite, les Kif parce que deux des anciens lieutenants d'Akkukkak, Akkhtimakt et Sikkukkut, s'étaient autosacrés *hakkiktun.* Ces deux Kif ne cessaient de se chamailler mais ils avaient déjà fait éclore dans la société kifish quelques redoutables bandes prédatrices. Espèce pillarde morcelée, les Kif étaient brusquement parvenus à une unification qu'Akkukkak lui-même n'avait jamais réussi à réaliser.

Le problème brûlant, chez les Kif et ailleurs, avait nom « humanité » et, selon certaines rumeurs persistantes, celle-ci s'approchait de la Communauté en traversant l'espace méthanien afin de se coaliser avec les Mahendo'sat, ce qui était de fort mauvais augure pour les Kif. Or, il se trouvait que ces bruits étaient fondés. Et les Stsho, qui n'étaient pas une espèce combattante et avaient depuis longtemps fait appel à des mercenaires mahen pour assurer leur protection, se rendaient brutalement compte qu'ils ne pouvaient plus se fier aux Mahendo'sat. D'où ces mamours soudains prodigués aux clans hani rampants et ces flots d'argent stsho qui remplissaient certaines poches hani.

Des rumeurs étaient aussi parvenues à l'oreille du *han*. Rumeurs, notamment, selon lesquelles une Hani coopérait activement avec les Kif – la pirate Dur Tahar, capitaine du *Lune Qui Monte de Tahar*. C'était de ce bâtiment que Rhif Ehrran était en quête, quête elle-même à l'origine de son arrivée à La Jonction. Mais elle était aussi chargée d'une mission occulte : ouvrir des négociations avec les Stsho au nom de ses protecteurs hani. Que Pyanfar Chanur eût été mêlée à ces graves désordres sur la station et qu'elle eût eu quelque accointance avec des agents secrets mahen et un Kif de haut rang ne manqua pas d'intéresser vivement Ehrran. Aussi, lorsque ladite Pyanfar eut versé un gros bakchich au Stsho qui exerçait les fonctions de maître de station, Stle stles stlen, et eut précipitamment quitté La Jonction avec l'humain Tully à son bord, elle la prit en chasse, flairant une odeur de sang politique et voyant dans ce mouvement de Pyanfar une menace dirigée contre tout ce qu'elle représentait.

Akkhtimakt prit les devants et occupa avant Pyanfar Kita Point, position stratégique commandant l'entrée de l'espace mahen et de l'espace hani, et obligeant tout le trafic à se détourner et à passer par les zones contestées le long de la frontière kifish-mahen. *L'Orgueil* ayant subi des avaries en cours de route, Pyanfar n'avait d'autre choix que de rallier Kshshti Station, dans ces zones contestées, pour demander de l'aide et faire faire les réparations qui s'imposaient. Sa destination finale était Maing Tol, la capitale régionale mahen, son objectif étant de remettre entre les mains des supérieurs d'Or-Aux-Dents Tully et le message de l'humanité dont il était porteur. Mais à son arrivée à Kshshti, elle tomba sur Rhif Ehrran, sur le Kif Sikkukkut, et sur Banny Ayhar, capitaine du vaisseau marchand *Prospérité d'Ayhar,* qui avait, à cause d'elle, perdu sa cargaison à La Jonction. Banny Ayhar était de fort méchante humeur.

Rhif Ehrran réclama que Tully lui fût personnellement remis. Cette tentative de récupération de l'humain se solda par une bataille rangée sur les docks et, au cours de cet affrontement, Tully et la jeune nièce de Pyanfar, Hilfy Chanur, furent capturés par leur ennemi, Sikkukkut. Ce dernier prit le large en laissant un message à l'intention de Pyanfar : les deux otages lui seraient restitués à Mkks, station située juste sur la frontière kifish. Il sautait aux yeux que c'était là un piège.

Sur ces entrefaites, l'associé d'Or-Aux-Dents, Jik (dont le vrai nom mahen était Keia Nomesteturjai), arriva à Kshshti avec son puissant vaisseau de chasse, l'*Aja Jin,* et il envoya la capitaine hani Banny Ayhar à Maing Tol avec le message que Pyanfar avait apporté. Il approuva la décision de celle-ci de se rendre à Mkks. Il l'y accompagna même, et convainquit Rhif Ehrran de se joindre à eux.

À Mkks, les négociations aboutirent à un accord en application duquel Sikkukkut restitua ses deux prisonniers, Hilfy et Tully, à Pyanfar à qui il donna, en outre, un gage d'estime kifish en la personne d'un esclave appelé Skkukuk.

Tout ce qu'ils devaient faire en échange était de s'engager à pénétrer en territoire kifish et à aider Sikkukkut à s'emparer de la station de Kefk, le principal maillon kifish sur la route de La Jonction, ce qui était un acte patent de piraterie.

Jik accepta le marché à la grande consternation de Pyanfar. Qui plus est, il persuada Rhif Ehrran d'en faire autant.

Ils effectuèrent le saut et le projet se solda par un succès. Leurs vaisseaux occupèrent Kefk dans le style kifish, grâce à la stratégie du bluff et en ne subissant que des dommages minimes.

C'est alors qu'Or-Aux-Dents surgit, furieux contre son associé Jik, car il se tenait jusque-là tapi au large de Kefk à observer la situation. Il avait livré bataille à Akkhtimakt pour tenter d'ouvrir la voie à la flotte humaine qui faisait présentement route vers l'espace communautaire. Or, l'accord auquel Jik s'était rangé aurait pour effet de sceller l'alliance entre Sikkukkut et les Mahendo'sat contre Akkhtimakt, ce qui n'était manifestement pas l'objectif visé par Or-Aux-Dents. Les effectifs des humains qui se dirigeaient vers l'espace communautaire étaient extrêmement importants et tout le plan qu'il avait conçu, à savoir une alliance entre eux et les Mahen, était mis en péril par la prise de Kefk, maintenant livrée à Sikkukkut qui allait, en conséquence, réaliser l'unité des Kif sous l'autorité d'un *hakkikt* beaucoup plus vite qu'Or-Aux-Dents ne l'envisageait dans son plan.

Entre-temps, Sikkukkut offrit, nouveau gage d'estime, un second cadeau à Pyanfar : sa vieille ennemie la pirate Dur Tahar, respectable capitaine marchande hani avant le clash qui l'avait opposée à Pyanfar à Gaohn, et qui avait fini, sa réputation ruinée, par contracter une alliance avec les Kif. Prisonnière de Sikkukkut qui l'avait capturée avec les partisans d'Akkhtimakt sur la station, Tahar, qui avait touché le fond de l'infortune, supplia Pyanfar d'intercéder auprès des Kif pour que ses cousines, toujours aux mains de Sikkukkut, eussent la vie sauve.

Rhif Ehrran n'eut rien de plus pressé à faire que d'exiger que Tahar lui fût remise. Pyanfar, qui n'éprouvait que du dégoût pour ses méthodes d'espionnage et de basse police, refusa : Tahar répondrait de ses actes devant la justice hani mais ce serait à bord de *L'Orgueil de Chanur* qu'elle serait rapatriée. C'était là une gifle pour Ehrran, une atteinte à son prestige et un coup porté aux ambitions de ses protecteurs. Cela signifiait que Chanur, loin de s'incliner devant la force politique, allait exciper de l'ancienne autorité clanique pour se saisir des prisonnières du clan et administrer la justice du clan avant de mettre la criminelle à la disposition du *han*. Dans les faits, cela voulait dire que les mandants et les alliés politiques d'Ehrran ne pourraient toucher à Tahar sans affronter Chanur en séance plénière du Conseil et sans remettre toute la politique étrangère du *han* en question, dans un débat où Chanur serait le principal porte-parole de l'opposition, ce qui était précisément la situation dont ses ennemis ne voulaient à aucun prix.

Aussi, tandis que Pyanfar allait négocier avec Sikkukkut, Or-Aux-Dents rencontra secrètement Ehrran. Et voici que des provocateurs inconnus déclenchèrent une émeute à quai. Du coup, les partisans d'Akkhtimakt, qui, jusque-là, avaient fait le dos rond, attaquèrent les forces de

Sikkukkut. Pyanfar et les navigantes de Tahar dont elle venait d'obtenir la libération à l'issue de ses tractations avec Sikkukkut furent prises au milieu des combats tandis que, profitant du désordre, Or-Aux-Dents et Rhif Ehrran prenaient le large et mettaient le cap sur La Jonction.

Lors de la mêlée, l'esclave Skkukuk sauva la vie de Pyanfar qui déplora profondément d'avoir de la sorte contracté une dette de reconnaissance envers lui.

Mais Jik, qui tentait également de lui porter secours, tomba dans les mains de Sikkukkut qui avait de nouvelles questions à lui poser sans ménagement à propos d'Or-Aux-Dents, des ambitions mahen et de la flotte des humains, dont il voulait connaître la localisation et la destination.

CARTE DE LA COMMUNAUTÉ SPATIALE

Profondeur de champ : +/– 40 années-lumière

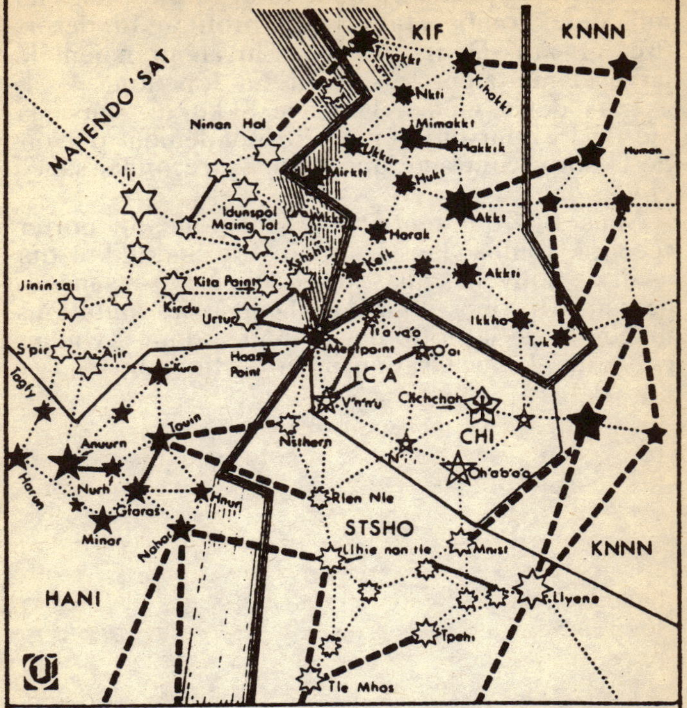

SYMBOLES

- ☆ = étoile-berceau
- ☆ = étoile et/ou station importante
- ☆ = point de saut et/ou station commerciale d'importance secondaire

FRONTIÈRES

- = amies
- = interdites
- = contestées

ROUTES

- ▬ ▬ ▬ = uniquement pour les navires Knnn
- ―― = uniquement pour les navires de faible masse
- ······ = uniquement pour les navires porteurs de masse

NOTE : Les étoiles donnent parfois l'impression d'être contiguës alors que, du fait de la profondeur de champ, elles sont en réalité très éloignées les unes des autres. Les routes de navigation sont calculées aussi bien pour " monter " ou " descendre " que pour se déplacer latéralement.

1

La petite table de la cambuse de *L'Orgueil* disparaissait sous un amoncellement de rubans d'imprimante et de supports d'écriture auréolés, mouchetés de taches de *gfi* brunâtres et couverts de flèches, de cercles, de renvois et de notes sibyllines griffonnées à l'encre rouge et verte. Le stylet rouge traça une nouvelle annotation, une nouvelle flèche crochue; et la main hani à la fourrure bronze sortit et rétracta ses griffes à plusieurs reprises, symptôme d'une accablante frustration. Assise dans ce sanctuaire, Pyanfar Chanur mordillait ses moustaches et buvait coupe sur coupe de *gfi* tiédasse en se débattant avec ses gribouillages qui zébraient les plans de vol et le livre de bord.

Elle ne ressemblait plus à la Pyanfar soignée de sa personne que l'on connaissait. Un grossier pantalon bleu de navigante avait remplacé celui de soie rouge vif qu'elle affectionnait, elle ne portait aucun des bracelets et des bijoux d'or dont elle était habituellement parée – juste la poignée d'anneaux d'or des spatiennes qui se balançaient à ses oreilles velues. Son plus beau bouffant de soie rouge était à présent en loques, victime de la même calamité qui lui avait engourdi les articulations, échevelé et emmêlé la crinière et laissé de petites plaies sur tout le corps. De ses doigts habiles, sa nièce lui avait retiré les éclats de métal, à l'infirmerie, à l'aide du scanner magnétique, posé des emplâtres sur ses blessures les plus graves et les avait pansées. Haral, l'officière en second, était passée par là, elle aussi : c'était en claudiquant qu'elle vaquait aux devoirs de sa charge dans la salle des commandes, programmant les ordinateurs et assurant la veille. Le reste de l'équipage n'était guère en meilleur état : des pansements partout, des crinières et des barbes roussies. Les quais avaient été le théâtre d'une bataille mémorable accompagnée d'un tumulte qui ne l'était pas moins, mais Pyanfar s'en serait souvenue avec plus de plaisir si le succès final avait été plus grand.

Scritch-scratch ! Une nouvelle annotation sur la carte stellaire fatiguée. Elle l'étudia et la réétudia en tirant sur sa moustache, refit les calculs bien qu'elle eût exactement en mémoire, à la décimale près, toutes les distances interstellaires. Les réponses étaient sûrement là, sur cette carte, et elle se torturait les méninges pour les trouver, pour découvrir ce que projetait l'adversaire, ce que ses alliés (si perfides qu'ils fussent) imagineraient de faire, et pour jongler avec toutes les variables en même temps. La réponse était *là,* de toute évidence, dans les possibilités de cette carte et les objectifs poursuivis par huit espèces polylogiques différentes.

Connaissant toutes les options, toutes les motivations et les capacités de tous les vaisseaux impliqués, un navire de commerce hani pouvait, selon toute vraisemblance, trouver quelque chose d'ingénieux. Et Pyanfar avait besoin de quelque chose d'ingénieux. Elle en avait désespérément besoin.

Elle se trouvait à Kefk, dans l'espace kifish où jamais une Hani dans son bon sens n'accepterait même d'aller, alliée à des Kif auxquels jamais une Hani dans son bon sens ne se fierait. Elle était dans la même station que des Méthaniens irascibles (Tc'a et Chi) qui avaient récemment été pillés (gourmandés ? attaqués ? félicités ?) par un navire knnn, lequel était reparti avec un bâtiment tc'a. Les dieux seuls savaient ce qui se passait dans l'esprit multipartite des Tc'a. Quant aux Chi, jamais une créature respirant l'oxygène n'avait pu prouver qu'ils en avaient un. Et personne n'avait la moindre idée de ce qui pouvait bien faire courir les Knnn. Partout où ces pelotes de poils noirs et enchevêtrés montées sur des pattes filiformes étendaient leur influence (et la puissance de leurs étranges vaisseaux), les choses se détraquaient. Rapidement. Mais les Knnn s'étaient retirés et Kefk s'occupait de ses propres affaires, par exemple remettre en état ses docks ravagés par le feu et se concilier les bonnes grâces de son nouveau maître, le *hakkikt* Sikkukkut qui disposait maintenant de trente-deux navires (et il y en aurait encore davantage). La station avait aussi à s'occuper de Dur Tahar, la pirate hani à laquelle le *hakkikt* avait depuis peu rendu la liberté, et du navire de chasse mahen *Aja Jin* que, dernièrement le *hakkikt* ne portait pas dans son cœur. Il était encore dans le bassin voisin de celui de *L'Orgueil* et n'osait poser aucune question compromettante en utilisant les lignes de communication du port. Kefk avait beaucoup de sujets de tracas, le moindre n'étant pas le navire de chasse *Mahijiru* (qui s'était esquivé) et son capitaine, Ana Ismehanan-min dit Or-Aux-Dents, et le bâtiment hani qui avait pris la fuite avec lui.

Tout cela s'ajoutant à des dégâts structuraux majeurs, une brèche ouverte dans un compartiment, les incendies, la rupture des systèmes vitaux, les séquelles d'une révolution et d'autres difficultés encore qui venaient harceler la station.

Une nouvelle rafale de chiffres et de corrections à la plume. En premier lieu, tenir compte du territoire mahendo'sat : vaste étendue d'étoiles à travers laquelle un message au moins pourrait passer, si tel était le bon plaisir des Knnn et des dieux. Banny Ayhar avait fait de son mieux, pour autant que ce fût possible à une capitaine de la flotte de commerce, pour franchir cette distance : elle aurait pu l'apporter, ce message, à Maing Tol, si les Knnn ne l'avaient pas interceptée, si les Kif ne lui avaient pas tendu une embuscade. Les Mahendo'sat, ces grands primates à la sombre toison dont les motivations étaient assez ambivalentes pour déconcerter le cerveau multipartite d'un Tc'a (mais l'hostilité qu'ils nourrissaient à l'encontre des Kif, leurs voisins, était leur préoccupation première), auraient *peut-être* entrepris une action si ce message était arrivé à bon port. Faire mouvement sur Mkks via Kshshti serait peut-être une bonne tactique si les Mahendo'sat voulaient faire pièce à une quelconque percée kifish sur la frontière. Mais La Jonction ou Kita Point, plaques tournantes névralgiques de toutes les routes commerciales, étaient l'objectif le plus vraisemblable de toute opération mahen d'importance. L'offensive viendrait de Kshshti si Kita était toujours bloqué alors que Kefk, en territoire kifish, était peu probable comme point de passage. Pas impossible, compte tenu de l'état actuel des frontières de la Communauté, juste rien moins qu'improbable ou peu s'en fallait.

Il y avait, par ailleurs, de très fortes chances pour qu'un ou plusieurs vaisseaux de chasse mahen escortent la flotte des humains. Et ils se dirigeaient vers La Jonction, venant de Tt'a'va'o et de l'espace tc'a-chi.

Avec des navires humains et des capitaines humains. Encore un faisceau de mobiles et d'intérêts égoïstes. Et agissant sur Dieu sait quels ordres émanant de leurs propres autorités. (Ou sans ordres. Qui sait comment fonctionnait l'esprit des humains ?)

Il y avait encore d'autres complications : les forces kifish du *hakkikt* rival, Akkhtimakt, avaient – c'était tout à fait plausible – fait mouvement pour prendre possession de la station mahen-tc'a de Kshshti. Si elles contrôlaient aussi Kita, cela barrerait la route de La Jonction aux Mahen. Akkhtimakt s'était peut-être rendu maître de Kita, d'Urtur ou de Kshshti, voire des trois stations, et elles pouvaient lui servir de base de départ pour fondre sur La Jonction et/ou sur Kefk elle-même, si le rapport d'Or-Aux-Dents disait vrai et si les Stsho avaient eu la sottise d'acheter les services d'Akkhtimakt.

L'ennemi le plus haï de celui-ci, Sikkukkut, était là, à Kefk, où il s'assurait le contrôle de tous les navires qui abordaient la station. Quel appât ! Et la vengeance avait de tout temps compté parmi les plus hautes priorités kifish. Ce que les Kif appelaient la *pukkukkta*. Des représailles par anticipation avaient le pas sur la vengeance postérieure à l'affront. Faire en sorte que l'ennemi *sache* quelle catastrophe s'abat sur lui avant qu'il ne meure était le fin du fin.

Le stylet traça une nouvelle arabesque, une nouvelle flèche d'un vert blafard. On ne pouvait exclure une intervention des Méthaniens dont les mobiles échappaient totalement aux êtres respirant l'oxygène, quels qu'ils fussent.

Et il ne fallait surtout pas oublier les Stsho à qui appartenait La Jonction, congénitalement non combattants mais qui recrutaient à droite et à gauche des mercenaires étrangers belliqueux constituant autant de groupes d'aventuriers.

Et le *han*... dieux ! Le sénat hani était comme de coutume plongé dans la politique jusqu'aux yeux et Rhif Ehrran faisait route vers La Jonction avec suffisamment de pièces à conviction pour que Chanur fût une fois pour toutes déclaré hors la loi.

Pyanfar avait beau tourner et retourner cela dans tous les sens, le fait était là : *L'Orgueil de Chanur* était embossé dans un port kifish à six ou sept sauts interspatiaux de son étoile-patrie. Et six ou sept sauts, c'était un long, un très long chemin à parcourir en termes d'endurance, du bâtiment aussi bien que de l'organisme. Et seuls les dieux savaient ce qui serait sur ses talons si elle faisait ce qu'elle aurait maintenant souhaité faire avec joie : tirer sa révérence, dire adieu à Kefk et se désintéresser comme une bonne Hani respectueuse des lois des affaires des Kif, des Mahendo'sat et de toutes les diverses et variées espèces étrangères.

Mais elle savait sans l'ombre d'un doute qu'elle n'en serait pas quitte pour autant. Elle s'était immiscée dans les affaires des *hakkiktun* kifish et avait attiré leur attention. Elle s'était taillé une renommée aux yeux des Kif. Elle était auréolée de *sfik,* de prestige. Ce qui voulait dire que les Kif ne la laisseraient jamais en paix, aussi longtemps qu'elle vivrait.

Son incommode associé, Sikkukkut an'nikktukktin, ne l'oublierait pas. Et son ennemi personnel, Akkhtimakt (les dieux veuillent qu'il n'accède pas au pouvoir à la place de Sikkukkut !) certainement pas davantage.

Pyanfar grattait du papier et ses anneaux, représentant quarante années de courses dans l'espace, tintinnabulaient chaque fois qu'elle secouait les oreilles. À la droite était incrustée une perle venue des océans de Llyene, la planète des Stsho. Elle continuait de la porter en dépit de la perfidie de celui qui la lui avait offerte et qui n'était autre qu'Or-Aux-Dents – ami, traître, flagorneur et menteur éhonté.

Qu'il croupisse dans son enfer mahen !

Or-Aux-Dents, ce fourbe, filait sur La Jonction avec Rhif Ehrran, cela ne faisait aucun doute. Il était en collusion avec les Stsho, avec tous ceux qui proposaient un avantage à son peuple et il prenait fait et cause contre l'alliance qu'avait conclue son propre partenaire, Jik, qui comportait une exception majeure et bien compréhensible : manœuvrer Sikkukkut.

Un gribouillis s'ajouta aux autres.

Pyanfar perçut un mouvement. Une sorte de petite tache noire qui zigzaguait à toute vitesse. Elle bondit sur ses pieds.

– Haral ! appela-t-elle, tandis que ses papiers dégringolaient.

La bestiole noire s'immobilisa un bref instant, le temps de braquer sur elle de minuscules yeux sphériques, et détala avant que Pyanfar, handicapée par ses blessures, ne réussît à plonger pour l'en empêcher.

Haral surgit en boitillant de la coursive menant à la passerelle et fit un brusque écart en grimaçant tandis que le nuisible passait entre ses pieds et disparaissait.

Pyanfar s'empara d'une poignée de papiers en désordre.

– Fais-moi brûler ça.

– Je suis désolée, capitaine. Nous avons posé des pièges...

– Pièges ou pas pièges, ça se reproduit ! Je te dis que ça se reproduit ! Que Skkukuk s'en charge. C'est son dîner, après tout. Qu'il aille à la chasse de cette vermine !

Ses poils se hérissaient sur ses épaules. Il y avait du désespoir dans le regard qu'elle décocha à son officière en second. La cote d'alerte était atteinte : l'équipage n'en pouvait plus. On ne pouvait plus rien lui ordonner, plus rien lui demander.

– Ces bestioles risquent de détériorer des mécanismes vitaux. (Des paroles de bon sens pour camoufler une indicible répulsion.) Par les dieux, chasse-moi ces saloperies !

– À vos ordres.

La voix désincarnée d'Haral était aussi rauque que celle de Pyanfar. Et l'officière en second s'éloigna, la démarche claudicante, pour mettre en demeure leur hôte kifish d'aller à la pêche de son repas dans les coins et les recoins du navire avant que l'irrémédiable ne se produisît. Il fallait quelqu'un pour surveiller Skkukuk. Maudits soient les dieux qui avaient permis à cette vermine de se répandre librement dans le navire. Pyanfar savait ce qui s'était passé : elle avait vu les traces de brûlure sur le tambour extérieur du sas. Et elle était reconnaissante à Tirun Araun d'avoir eu le réflexe de refermer précipitamment l'opercule – sur la vermine et le reste.

Comment ces affreuses calamités noires avaient-elles fait pour monter du pont inférieur ?

En passant par les colonnes des monte-charge ? Par les conduits d'aération ?

Cette seule idée la faisait frémir.

De quoi se nourrissaient ces saloperies ?

Pyanfar ramassa les deux derniers feuillets en grimaçant, se rassit et, posant les coudes sur la table, prit son front douloureux entre ses mains.

Elle revoyait la salle plongée dans une pénombre que déchiraient les lampes à sodium, une table autour de laquelle étaient disposés des sièges aux pieds insectoïdes, son partenaire Jik assis sur l'un d'eux tandis qu'un des féaux de Sikkukkut lui appuyait un revolver sur la tempe et que ce bandit de Sikkukkut en personne se mettait à lui poser des questions de plus en plus précises.

Elle n'avait rien pu faire pour Jik. Elle devait

déjà s'estimer heureuse d'avoir pu récupérer son équipage et regagner son bâtiment sous le feu des Kif.

Peut-être devrait-elle demander à nouveau à Sikkukkut de rendre la liberté à Jik ? Mais elle avait déjà mis la patience du *hakkikt* à rude épreuve. Ne pas lui envoyer un autre message était peut-être de la lâcheté de sa part. Peut-être était-ce la prudence qui lui dictait de sauver ce qui pouvait encore l'être et de ne pas pousser Sikkukkut à faire une démonstration de son pouvoir. Aux dépens de Jik. Des têtes kifish étaient empalées aux accores de la rampe du *Harukk,* le navire de Sikkukkut. Cette image hantait le sommeil de Pyanfar, et ses heures de veille consacrées au repos. Il suffirait d'un moment d'inattention de sa part pour que la tête de Jik aille rejoindre ces autres macabres trophées.

La vision lui fit brusquement rouvrir les yeux et elle se pencha derechef sur les cartes, les diagrammes, les tables de données où devait se trouver la réponse, où elle avait la conviction qu'elle se trouvait. Il suffirait pour mettre le doigt dessus que, malgré les élancements qui lui mettaient le crâne en bouillie, elle contraigne son esprit épuisé à s'enfoncer encore un peu, un tout petit peu plus dans ce labyrinthe.

Jik leur avait fait un autre legs : une microfiche codée dont Soje Kesurinan, qui était aux commandes de l'*Aja Jin,* ignorait peut-être elle-même l'existence. Et les ordinateurs de *L'Orgueil* travaillaient sur cette microfiche pour essayer d'en décrypter le code depuis que les Hani avaient regagné le bord et qu'on la leur avait donnée à traiter.

– Reprenons, dit Sikkukkut an'nikktukktin, *hakkikt* et *mekt-hakkikt,* l'ancien cheffaillon provincial qui aspirait maintenant à exercer le pouvoir absolu sur tous ceux de son espèce.

Keia Nomesteturjai, dit Jik, chasseur de Kif, capitaine de course et détenteur de dignités mahendo'sat que ce pirate kifish aurait vivement souhaité connaître, accommoda avec effort et fit de son mieux pour plaquer un sourire torve sur ses lèvres, cela pour désorienter le Kif qui savait que la mimique faciale était chez les Mahendo'sat un second langage qu'ils maîtrisaient à la perfection et qu'il n'avait jamais parfaitement appris à interpréter dans toutes ses nuances.

– Reprenons, Keia, mon vieil ami. Où sont les navires humains ? Que font-ils ? Quelles sont leurs intentions ?

– Je vous l'ai déjà dit.

Jik s'était exprimé en mahensi par pure perversité. Si Sikkukkut comprenait cet idiome, beaucoup de ses vassaux qui tendaient l'oreille, debout autour de la table dans la salle, dont les rampes au sodium perçaient difficilement la pénombre, ne possédaient pas ce talent. Des talents, Sikkukkut n'en manquait d'ailleurs pas.

Celui de mener un interrogatoire, par exemple. Il l'avait exercé au service d'Akkukkak dont la disparition ne soulevait aucun regret. Chacune de ses questions, ou de ses allées et venues, chacun de ses changements d'attitude était calculé. Pour le moment, c'était la manière douce qu'il employait. Prenez donc un bâton-fumée, mon vieil ami. Asseyez-vous et bavardons ensemble. Mais le froncement de son long groin noir était revenu, à présent. Il trônait, encapuchonné et impénétrable, sur son siège insectoïde, éclairé par la lueur maléfique des rampes à sodium, face à Jik qui, tirant sur son bâton-fumée, le regardait droit dans les yeux. Au fond de la salle, dans l'ombre, de nombreux gardes étaient massés. Les sycophantes et les gardes… toujours. L'ordre leur serait donné avant longtemps de ramener Jik dans les ponts inférieurs et on en reviendrait à la manière forte. On passait constamment d'une stratégie à l'autre, celle de la brutalité et celle de la bonhomie. Sikkukkut se réservait habituellement la seconde. Habituellement.

Jik se tenait mentalement à distance de cette alternance du chaud et froid. Il observait ces changements et subissait les châtiments corporels avec un détachement tout professionnel que Sikkukkut avait (certainement, estimait-il) l'intention de briser. Il braquait ses yeux cernés de rouge sur le Kif qui (il en avait la conviction) était à l'affût de ses moindres tressaillements, de ses moindres battements de paupières, d'une réaction révélatrice.

– Allons, Keia… vous connaissez mes dispositions d'esprit, vous savez combien je suis patient – autrement patient que mes semblables. Vous avez eu amplement le temps de vous consulter, votre partenaire et vous, avant que l'émeute ne commence. Nous avons fait le tour de ces questions. Elles deviennent fastidieuses. Ne pourrions-nous pas en finir avec elles ?

– Mon partenaire, répéta Jik d'une voix qui avait la douceur de la soie. (Sikkukkut l'autorisa à prendre un peu de liqueur. Il éteignit son bâton-fumée entre deux doigts, porta la petite coupe à pied rond à sa bouche, puis remplit longuement ses poumons. Les satisfactions étaient plutôt rares : il ne dédaignait aucun des petits plaisirs qui pouvaient se présenter.) Je vous le dis, *hakkikt,* je voudrais bien savoir ce que mijote mon partenaire. Vous croyez que je me serais trouvé sur les docks si je l'avais su ?

Ses doigts qui tripotaient un bâton-fumée rallumé étaient engourdis. Le breuvage était sans aucun doute drogué. Mais les Kif étaient suffisamment nombreux pour lui administrer, le cas échéant, leur drogue d'une autre façon : aussi avala-t-il la dose mêlée à l'excellente liqueur, tout en mobilisant discrètement ses forces intérieures. Il était puissamment conditionné et immunisé sous ce rapport : il savait s'auto-hypnotiser et il concentrait déjà son esprit sur une série de mantras et de mandalas qui contenaient, sous forme codée, tout ce qu'il savait, un cheminement de dialectique et d'images qu'aucun Kif ne pourrait suivre sans erreur. Il sourit d'un sourire suave, secrètement amusé car les méthodes de Sikkukkut avaient eu un effet secondaire : elles avaient fait s'évanouir les souffrances, séquelles des précédentes séances d'interrogatoire auxquelles il avait été soumis. Ses pensées vacillaient, s'embrumaient passagèrement. Les docks, les incendies, son équipage, l'*Aja Jin*. Les vaisseaux amis et alliés qui étaient à quai auraient aussi bien pu être à des années-lumière.

– Laissez-moi vous dire ceci, *mekt-hakkikt*. Je connais les manières de faire d'Ana. Mettez-vous dans la peau d'un Mahendo'sat rompu aux mécanismes de pensée des Kif. S'il vous avait demandé l'autorisation d'agir comme il l'entendait, vous ne la lui auriez jamais accordée, *hakkikt*.

– En conséquence de quoi, il a dévasté les docks de Kefk.

Jik haussa les épaules, aspira une bouffée de fumée, cligna des yeux et considéra le Kif sous ses lourdes paupières à demi baissées.

– Évidemment mais Ana est quelqu'un d'indépendant. Je le connais depuis de longues années. C'est un sacré cabochard. Quand il discerne un mode d'action, il le fait sien. Passer des accords avec un camp ou un autre... bien sûr, il est du côté mahen. Et peut-être aussi du côté des humains. Mais, avant tout, il s'assure des atouts...

(Attention, Keia, tes idées s'embrouillent. Reste sur la voie étroite dont les méandres nous font tourner en rond. Jik aspira une nouvelle bouffée de fumée qu'il souffla de façon saccadée.) Au bout du compte, il négociera avec vous. Mais pensez comme pense un Mahendo'sat, *hakkikt.* Il faut qu'il ait une monnaie d'échange pour négocier, quelque chose à vous proposer pour vous prouver qu'il est un interlocuteur valable.

– Quelque chose comme La Jonction ? Vous abusez de ma crédulité, Keia. (Ce n'était pas une voix : c'était du velours que distillait la bouche du Kif.) Essayez encore.

– La Jonction, non. Mais quelque chose de substantiel qu'il pourra vous apporter. Oui, il viendra à vous avec quelque chose.

Le groin de Sikkukkut se plissa, émettant le reniflement sec qui était la façon de rire des Kif. Un rire qui avait une multitude de raisons, dont toutes n'étaient pas des motifs civilisés.

– Un million de navires humains et des quantités de canons, par exemple ?

– C'est une possibilité, *hakkikt.* (Jik cligna des yeux et il se concentra plus étroitement encore sur ce qu'il avait résolu de dire, éliminant de son champ de conscience ce qu'il dissimulait. Trouve les fils du canevas de ton histoire et n'en démords pas, tiens-t'en à la voie étroite pendant que la drogue, l'alcool et les stimulants dont est chargée la fumée envahissent tes veines.) Mais une possibilité lointaine. Cependant, ce serait un avantage trop unilatéral pour les humains. Quel intérêt auraient les Mahendo'sat à échanger un puissant voisin contre un autre représentant un potentiel inconnu ?

– Inconnu, dites-vous ?

– Vous parlez parfaitement le mahensi. Beaucoup mieux que je ne parle moi-même votre langue. Les traductrices mécaniques remplacent bien mal les cerveaux vivants avec leur souplesse. Le meilleur traducteur humain que nous connaissons sait demander de l'eau et dire qu'il veut faire du commerce. Mais qu'est-ce que cela nous apprend sur les motivations humaines, la politique humaine, l'intelligence humaine, hein ? Ils disent « ami ». Vous dites « ami », je dis « ami ». Entendons-nous la même chose ? Que signifie ce mot pour les humains ? Ana ne le sait apparemment pas et je doute fort qu'il ait l'intention de bouleverser la Communauté tant qu'il ne le saura pas. (Jik leva un index aux griffes émoussées pour souligner son propos.) Or-Aux-Dents, notre estimé Ana, reçoit des ordres. Et ces ordres, il les interprète à son gré. C'est ce qui est dangereux chez lui. Le Personnage qui nous a chargés de mission tous les deux le sait. C'est pour cela qu'il m'a envoyé avec lui : pour que je refrène les excès d'Ana. J'ai échoué en cela. Mais je connais les limites d'Ana. Je vous dis cela à vous qui parlez aussi admirablement le mahensi, mais j'ignore si vous donnez au mot « limite » le même sens que nous. Cela implique le plafond extrême jusqu'où peut aller Ana. Il obéit toujours au Personnage qui siège à Maing Tol. Tout comme moi. Et je vous dis ceci : je négocie avec vous en accord avec les intérêts du Personnage et il n'est pas dans son intérêt que les navires humains sillonnent librement l'espace communautaire. C'est pourquoi je fais alliance avec vous comme j'aurais simultanément fait alliance avec Akkhtimakt s'il n'était pas le fou qu'il est.

Ces paroles étaient peut-être du goût de Sikkukkut. Une flamme scintillait dans ses yeux noirs. Il prit sa coupe, une langue étroite jaillit de l'échancrure en forme de V que faisaient ses dents extérieures et il lapa délicatement le liquide à l'odeur de pétrole, qu'elle contenait.

– J'ai connu des Mahendo'sat fous.

– Ne comptez pas Ana parmi eux.

– Et vous non plus ?

– J'espère ne pas en être un.

– J'ai ma petite idée au sujet de ce que vous pouviez faire sur les docks, Keia, mon ami. Ana Ismehanan-min voulait créer la confusion afin d'en profiter pour prendre le départ. Et *quelqu'un* a bien tiré le coup de feu qui a déclenché les désordres.

– C'était Rhif Ehrran.

– La Hani ? Allons donc, Keia ! Les Hani ne donnent pas d'ordres aux Mahendo'sat.

– Pardonnez-moi, *hakkikt,* mais il n'est pas certain, non plus, qu'ils en reçoivent. Pour accomplir un geste fou, je cherche un fou. Et Ehrran arrive en tête de tous les fous que je connais.

– Ehrran n'est pas, pour le moment, des nôtres.

Jik tira longuement sur son bâton-fumée et exhala une bouffée.

– Cela lui a procuré la diversion dont elle avait besoin. Et il est exact qu'elle n'est pas parmi nous. À mes dépens, aux dépens de Chanur, *hakkikt,* en fait, si cher que la chose puisse lui coûter à long terme, cela a parfaitement servi ses desseins à court terme. Et je souhaiterais pouvoir vous dire ce que mon partenaire pense d'elle à ce propos. J'aimerais bien le savoir. Je présume qu'il a de cette Hani qu'il a emmenée avec lui un usage qu'il n'aurait pas eu de Chanur. Car Chanur n'est pas folle.

– Peut-être s'est-il servi de toutes les Hani. Peut-être a-t-il ainsi assuré sa retraite et que nous fausser compagnie était tout ce qu'il espérait. Ne croyez-vous pas, Keia ? Je me demande seulement ce que vous faites ici.

– Peut-être l'a-t-il suivie parce qu'il ne voyait aucun moyen de l'arrêter.

– Son navire est armé, laissa sèchement tomber Sikkukkut. Il la suivait de près avant que son vaisseau n'atteigne sa vitesse de croisière.

– Je veux dire que, ses desseins étant ce qu'ils sont, il n'avait aucun moyen de l'arrêter.

– Et que sont-ils, ses desseins ?

Jik écarta les mains.

– Je tiens mes engagements, *hakkikt.* Et s'il a résilié notre association… (C'était le meilleur argument de Jik, son ultime argument. Son esprit était filandreux et la drogue que charriaient ses veines avait la force d'un mascaret.) S'il m'a lâché, *hakkikt,* je continuerai de tenir mes engagements envers vous. C'est ma tâche. Et si mes résultats sont supérieurs aux siens, mon Personnage saura quels accords il est préférable d'honorer.

– Mentalité mahen !

– Cela ressemble beaucoup au *sfik,* en vérité. Donnez-moi du prestige et je l'emporterai sur lui aux yeux du Personnage, à Maing Tol. Ce ne serait pas la première fois que les Mahendo'sat concluraient des traités contradictoires. Et si ma démarche paraît plus sage que celle d'Ana, elle sera prise en compte et sa volonté sera tenue en échec. Si nous passons tous les deux pour des imbéciles, notre Personnage aura recours à d'autres représentants, et ni Ana ni moi ne pourrons savoir s'il ne conclut pas un *troisième* traité avec les Stsho. Si c'est un fiasco intégral, notre Personnage sera déchu de ses fonctions et ce sera aux agents de son successeur que vous aurez affaire. Les Mahendo'sat sont des gens dont les actes sont prévisibles et il est raisonnable de traiter avec eux. Ils recherchent toujours le plus grand profit.

– *Kk-kk-t !* Et votre Personnage passera-t-il à l'action ou attendra-t-il la suite des événements ?

– Les résultats atteints par les subordonnés sont immanquablement le facteur décisif.

– Où Ismehanan-min est-il allé ? Où est l'escadre humaine ? Quels accords a-t-il passés avec les Méthaniens ? Et vous ?

On en revenait aux vieilles questions, aux mêmes questions et, comme à l'accoutumée, l'entretien se remettait à tourner en rond.

– Je vous répète que je l'ignore, *mekt-hakkikt*. La destination des humains est peut-être La Jonction. Il n'est pas impossible qu'ils y parviennent. Et j'ignore tout de l'existence d'un quelconque accord avec les Knnn. J'ai demandé au Tc'a de venir ici pour être sûr que les Méthaniens ne paniquent pas...

– Pourquoi les Knnn ont-ils emmené votre Tc'a avec eux ?

– Je n'en sais rien. Qui peut se flatter de connaître les Knnn ? Qui peut passer des accords avec eux ?

– Personne excepté les Tc'a. Excepté les Tc'a, Keia. Dites-moi quel pacte vous avez conclu avec eux.

– Aucun, par les dieux. (Jik leva la main en signe de protestation.) Je n'ai jamais eu de contacts avec les Knnn. (Il devait faire attention : la drogue et l'alcool lui brouillaient l'esprit.) Cela relève du domaine d'Ana.

– Vous cherchez à m'alarmer.

– Je suis alarmé, *hakkikt*. Je ne sais ni si Ana contrôle la situation ni si les Knnn entreprennent une action indépendante.

– Ana contrôle la situation.

Ce n'était pas stupide. Jik battit lentement des paupières et tira sur son bâton-fumée.

– Je veux dire qu'il a peut-être entamé des consultations avec eux. (Le *hakkikt* redoutait les Méthaniens. Leur irrationalité, leur technologie, leurs vapeurs, leurs sautes d'humeur ou la cause déterminante, quelle qu'elle fût, de leurs transports frénétiques faisaient d'eux une force qu'aucune créature saine d'esprit ne voulait chatouiller.) Ou qu'ils sont entrés en pourparlers avec lui. (C'était suffisant pour donner le frisson à Sikkukkut.) Je ne sais pas, *hakkikt,* je vous jure que je ne sais pas, les dieux m'en sont témoins. J'ai envoyé un message à Maing Tol. Or-Aux-Dents aussi. Mais ce qu'il y avait dans son paquet, je l'ignore.

– Qu'y avait-il dans le vôtre ?

Jik eut un haussement d'épaules.

– Mes accords avec vous. Une supplique appelant à accepter ce traité. Je vous le dis, *hakkikt,* je vous adjure respectueusement de me laisser regagner mon bord. J'ai personnellement intérêt à ce que cet accord porte ses fruits. Cela me conférera une grande puissance chez les miens.

Donner en pâture au Kif une chose qu'il comprenne, une ambition accessible à l'entendement kifish.

– Vous cherchez à user de psychologie.

– Mais bien sûr. Il se trouve aussi que c'est la vérité.

– Et l'*amitié,* dans tout cela ? Où est-elle passée ? Figurez-vous que ce mot fait partie de ceux que je connais. Je ne suis pas un imbécile, Keia. Je suis en mesure d'analyser un concept sans avoir le… les mécanismes intérieurs propres à le traiter. « Amitié », cela veut dire que vous travaillez de concert avec Ismehanan-min. Et « loyauté », que vous pourriez devenir un martyr – un mot que j'ai appris de *ker* Pyanfar. Une notion effrayante. Mais elle était inscrite dans le dictionnaire mahen. Elle a excité ma curiosité. Un martyr. Le martyre. Toute l'histoire mahen grouille de martyrs. C'est une chose à quoi vous attachez de la valeur.

Comme les Hani. Désirez-vous devenir un martyr, Keia ?

Jik haussa les sourcils.

– Martyr est un autre mot pour désigner les fous.

– Je n'ai pas trouvé une telle signification. Dites-moi, Keia... je veux savoir une chose : quelle est la place qu'occupent les Knnn dans les dispositions prises par Ismehanan-min ? Quels accords a-t-il passés avec les Stsho ?

– Il les trahira.

– Et eux ? Que pensez-vous d'eux ?

– Ils nous trahiront.

– C'est déjà fait. Stle stles stlen est un être redoutable, pour un herbivore. Est-il en affaires avec cette personne ?

– Je ne sais pas. Non. Oui. (Dieux ! La drogue recommençait à lui embrumer l'esprit. L'espace d'un instant, et ce fut un instant de panique, Jik perdit le fil, puis il se raccrocha à son histoire.) Mais pas en profondeur. Ana n'a pas confiance dans les Stsho. Et la méfiance est réciproque, bien entendu. Les humains débarqueront à La Jonction. Ils finiront par y débarquer. Je crois. Et Stle stles stlen se mettra en phase de repli. Un Stsho ne peut pas subir un tel affront à son *gtst,* une pareille atteinte à sa réputation. Ana tirera alors avantage de la confusion pour s'emparer de la station. S'il le peut.

– Et Akkhtimakt le laissera faire ?

– Il appartiendra à Ana de prévoir sa présence sur place. Peut-être... peut-être, *hakkikt.* Si Ana a fait mouvement d'une façon aussi précipitée, c'est qu'il a une idée des intentions d'Akkhtimakt. Il était pressé par le temps. Du moins le pensait-il.

– Et pourquoi est-il parti avec la Hani ?

– Pour tenter de tirer d'elle un avantage. (Ces questions rendaient Jik nerveux. C'était une nouvelle tactique. Il s'efforça de l'analyser et, en désespoir de cause, revint aux vieilles réponses.) Je crois… je crois qu'il compte utiliser Rhif Ehrran pour prendre pied sur La Jonction sans que les techniciens stsho se mettent en phase de repli et cassent le système. Vous en doutez. Je le sais bien. Mais les Stsho réagissent mal aux effets de surprise. Des Kif, ils s'attendent qu'ils les menacent. Et même des Hani. Mais des menaces venant des Mahendo'sat les désaxent. Ils n'y sont pas accoutumés. Ehrran a conclu un accord avec eux. C'est tout ce que je suis capable d'imaginer. Elle est une clé. C'est tout. Un fou et une clé.

– Une clé pour faire quoi ?

– Ana ne m'a pas mis au courant de ses plans, *hakkikt.*

C'était le retour à la case départ. Jik resta immobile à fumer, tandis que Sikkukkut, le visage mangé par l'ombre de la capuche de sa tunique, assis sur son siège insectoïde portant l'emblème d'argent symbolisant son rang parmi les Kif que faisait brasiller sur sa poitrine la lueur des rampes à sodium, méditait sa réponse. De temps en temps, on entendait dans la pénombre le froissement des robes des vassaux qui piétinaient sur place dans l'attente du bon plaisir de leur prince.

D'un moment à l'autre, il lèverait négligemment la main et les sous-fifres s'approcheraient pour se saisir de leur prisonnier et l'entraîner dans les ponts inférieurs, maintenant qu'il avait l'esprit suffisamment brouillé, qu'il était suffisamment drogué pour subir une autre forme d'interrogatoire. Jik en avait l'absolue certitude. Il ne se laissait pas aller à espérer que ses arguments ébranleraient le *hakkikt.* Et encore moins que ses alliés hani de *L'Orgueil de Chanur* et son propre équipage, les navigants de l'*Aja Jin,* tenteraient une opération pour le récupérer. C'était là le cœur profond de sa défense, le noyau dur de sa résistance qui lui permettait de fumer avec autant de placidité ce qui n'était déjà plus qu'un mégot, en regardant sous ses lourdes paupières Sikkukut an'nikktukkktin réfléchir à ce qu'il allait maintenant faire de lui. Il se considérait déjà comme mort, ce qui était au centre de ses secrets : cela rendait possible l'acceptation de toutes espèces de souffrances puisque, mort, il goûtait certaines sensations et, parfois, un interlude plaisant, ce qui est refusé aux défunts. La douleur, fût-elle extrême, était préférable à l'absence totale de sensations. Toujours préférable.

Qui plus est, Jik était un Mahendo'sat pour qui la curiosité était une seconde nature : si habile que fût Sikkukkut, il lui extorquait encore des informations. Il avait appris, par exemple, que l'*Aja Jin, L'Orgueil de Chanur* et le *Lune Qui Monte de Tahar* étaient toujours à leurs postes d'amarrage et apparemment libres, ce qui était une très bonne nouvelle. Que Pyanfar Chanur fût là pour faire profiter l'officière en second de Jik de son expérience en était une autre. Et qu'elle eût encore assez de crédit auprès du Kif pour que Dur Tahar n'eût pas eu la gorge tranchée en était une excellente; s'il y avait encore assez d'Hani sous son cuir roux, la pirate collerait à son ancienne ennemie comme chardon au pelage : les Hani, n'auraient-elles que cette seule vertu, payaient leurs dettes rubis sur l'ongle et celle de Tahar envers Chanur était d'une ampleur suffisante pour qu'elle fasse l'aller et retour en enfer.

Tout cela, Jik l'avait appris au cours de ces séances d'interrogatoire. De même il savait que Tully était en sécurité à bord de *L'Orgueil de Chanur,* Sikkukkut attachant plus de prix à Pyanfar qu'à l'humain – pour l'interroger et à d'autres fins –, ce qui était une immense preuve d'estime à l'endroit d'un non-Kif. C'était cependant là un avantage à double tranchant : la mentalité kifish étant ce qu'elle était, une créature ayant une valeur en tant qu'alliée pouvait devenir avec une rapidité stupéfiante une cible ultraprioritaire. Le mot « ami », dans la bouche bidentée d'un Kif, n'impliquait en aucune façon les notions de loyauté ou d'abnégation. C'était, en vérité, presque le contraire. Plutôt celle d'allié de convenance. Ou de rival en puissance. Ou de pauvre fou.

Cela, les Hani ne l'ignoraient pas. Et Jik savait qu'il en allait de même pour son officière en second. Aussi, Pyanfar et elle ne se laisseraient pas circonvenir et il espérait qu'elles garderaient la tête froide si, comme c'était possible, et même vraisemblable, des fragments de lui-même devaient servir de décorations à la rampe de coupée du navire de Sikkukkut. Jik avait la stupidité en aversion et il avait péché par stupidité : sinon, il n'en serait pas là où il en était. Mais il abhorrait vraiment l'idée qu'il pourrait être le facteur déterminant de l'écroulement de la Communauté. C'était la seule chose que même un mort pouvait craindre : le legs qu'il pourrait laisser aux générations futures. Cette pensée était le point faible de son système de défense. Mais, étant un Kif et ne songeant nullement à la postérité, Sikkukkut n'était pas capable de discerner cette fêlure, à moins de faire preuve de beaucoup d'intuition.

Il était très facile, pour une espèce, de se méprendre sur le compte d'une autre espèce, surtout dans le champ des abstractions.

Il était possible, par exemple, que Pyanfar et lui-même aient constamment interprété de façon erronée l'absence de préoccupations métaphysiques, d'abstractions émotionnelles et de désirs irrationnels dont Sikkukkut faisait montre. Maintenant qu'il était parvenu – certes, sans l'avoir souhaité – à une connaissance plus intime de celui-ci, Jik le soupçonnait de nourrir une sentimentalité kifish et d'avoir une préférence pour la recherche de buts personnels alors qu'Akkhtimakt frappait et massacrait de manière plus impersonnelle et plus éclectique.

Akkhtimakt se sert de son poing, avait coutume de dire Sikkukkut, moi du couteau.

C'était là de la poésie kifish. C'était aussi une proposition hautement significative qui, pour un Mahendo'sat connaissant bien la mentalité kifish, pouvait en dire plus qu'il n'y paraissait superficiellement, et permettre d'accéder à des choses profondes que, d'une espèce à l'autre, le langage était inapte à véhiculer.

Quand il eut fumé son mégot jusqu'à sa limite, Jik le pinça soigneusement pour l'éteindre au lieu de l'écraser : c'était l'usage chez les spatiens. Le feu ne fait aucun mal si les gestes sont précis et si l'on concentre fermement son esprit, non sur lui mais sur son extinction. Cela fait, il glissa le mégot dans la bourse réservée à cet usage et posa celle-ci sur la table. Ils ne l'autorisaient jamais à la garder. La bourse, la liqueur et l'affabilité de Sikkukkut n'étaient de saison que dans cette salle. Aussi Jik la laissa-t-il sur la table et dévisagea-t-il le *hakkikt* avec une mine vaguement amusée.

Peut-être cette attitude rendit-elle Sikkukkut perplexe – ce flegme à mi-chemin de la provocation et de la connivence n'était certainement pas le comportement d'un Kif. Et si la tête de Jik n'était pas fichée au bout d'une pique à l'extérieur, c'était peut-être à cause de cette attitude. Sikkukkut le considéra un moment avec ce qui pouvait passer pour de l'intérêt puis, comme il l'avait fait précédemment, il leva la main, donnant ainsi le signal que l'on emmène le prisonnier.

– Par là ! cria quelqu'un dans la coursive.

Des pas pressés résonnèrent à grand bruit devant la porte de Chur Anify, troublant sa convalescence.

– *Kk-kk-t !* lança quelqu'un d'autre, ce qui eut pour effet de lui faire ouvrir les yeux.

Son cœur, du même coup, se mit à battre un peu plus vite. Aussitôt, les aiguilles des jauges de l'appareil auquel elle était reliée par tout un fouillis de tubulures sautèrent, en conséquence de quoi une giclée de substances nutritives et de produits chimiques appropriés vinrent automatiquement enrichir le sang qui circulait dans ses veines.

Vivre en symbiose avec une machine qui estimait savoir pertinemment ce qui convenait le mieux à l'organisme n'était déjà pas chose plaisante mais être couchée alors que le tumulte régnait dans la coursive était encore pire, et Chur sortit de son lit avec précaution (les tubes extensibles lui laissaient la liberté d'aller jusqu'à la salle de bains où, au moins, elle pouvait procéder elle-même à sa toilette intime). Pour ce faire, elle empoignait à pleine main ce faisceau de tuyaux afin qu'ils ne tirent pas douloureusement sur les sondes. C'est ainsi qu'elle se dirigea à pas comptés vers la commode où son pistolet était rangé. Les caquètements kifish continuaient de se faire entendre à l'extérieur. La tête lui tournait, son cœur battait la chamade et, réagissant à l'accélération de ses battements, cette maudite machine expédia une ration de sédatifs dans ses veines. Mais Chur parvint à la porte et poussa le bouton du dos de sa main armée.

La porte s'ouvrit brutalement. La jeune Hani se laissa mollement aller contre la cloison, les yeux écarquillés à la vue du Kif qui surgissait juste en face d'elle et de son pistolet. Puis sa vision se brouilla et son esprit s'embruma à nouveau de sorte qu'elle eut du mal à se rappeler où elle était, pourquoi il y avait dans la coursive de *L'Orgueil de Chanur* un Kif qui avait l'air aussi horrifié qu'un Kif pouvait l'être (c'est-à-dire pas extrêmement) et pourquoi elle distinguait vaguement la présence de ses cousines et d'un humain apparemment effarés en compagnie de ce Kif. C'était beaucoup demander à un cerveau hébété par les médicaments mais le Kif avait les mains levées et Hilfy était encore assez lucide pour ne pas tirer dans une coursive sans motif valable.

Comme elle s'efforçait de démêler cet imbroglio, quelque chose – c'était petit et c'était noir – passa sur son pied droit et se précipita à l'intérieur de la chambre. Elle poussa un hurlement de répulsion :

– Hyaa !

Le Kif se rua sur la cloison, la frôlant presque, tandis que ses amis se jetaient sur elle par-derrière, non pas, à sa grande stupéfaction, pour venir à son secours mais pour l'immobiliser et la désarmer. Le Kif, quant à lui, recula et s'aplatit contre le mur en se faisant le plus petit possible.

– Chur ! fit Geran, sa sœur, d'une voix suppliante.

Chur supposa que c'était elle qui lui avait arraché son pistolet. Elle était prise de vertige, sa vision était trouble. Elle entendit la voix de sa cousine Tirun et le baragouin de son ami Tully, l'humain. On la fit rentrer pas à pas dans sa chambre. C'était une autre main que la sienne qui tenait les tuyaux. Un timbre retentit : la machine infernale annonçait qu'elle était stressée.

La mémoire lui revint soudain. Elle poussa un juron et s'écria :

– Quelque chose est entré dans ma chambre !

Elle se rappelait maintenant avoir déjà vu les mêmes petites choses noires sur la passerelle. Mais ne s'agissait-il pas d'hallucinations ? Sa sœur la prenait-elle au sérieux ou non ? Elle n'en savait rien. Il était gênant d'avoir des hallucinations. Et cette maudite machine continuait de la gorger de calmants, tant et si bien que les autres allaient la laisser là, abrutie par les drogues, en compagnie de cette chose, allez donc savoir quoi. Ce qui ne l'arrangeait pas non plus.

– Regardez sous le lit, dit Tirun tandis que Geran la recouchait.

Et Chur ne savait plus ce qu'était devenu son pistolet, ce qui était contraire à toutes les règles de navigation en vigueur : on devait toujours savoir où étaient ses armes. De plus, il y avait un Kif qui essayait de se glisser sous le lit. Une sueur froide perlait aux oreilles de Chur, à son nez, au bout de ses doigts.

– Où est mon pistolet ? demanda-t-elle d'une voix faible en essayant de se redresser sur son lit.

– Il est là !

La voix semblait venir du sol.

– Dieux ! murmura Chur tandis que sa sœur l'obligeait à s'étendre à nouveau.

Elle battit par deux fois des paupières. C'était aberrant : un Kif à quatre pattes à son chevet et les autres qui essayaient de faire sortir son hallucination de sous son lit !

– Je suis désolée, dit Geran, et cela venait du fond du cœur. Ne bouge pas. Nous l'avons.

– Vous êtes folles ! Vous êtes toutes folles à lier !

Rien de tout cela, en effet, n'avait de sens.

Mais, sous le lit, il y eut un glapissement, quelque chose heurta les armatures de sécurité et l'odeur d'ammoniac qui emplissait la cabine n'était pas une illusion : un Kif était là, bien réel.

– *Il l'avoir.* (C'était la voix de Tully. L'humain était debout au-dessus d'elle.) Bien aller, Chur ?

– Très bien, répondit Chur.

Elle se rappelait au moins où elle était, à présent : reliée à une machine dans la cabine de *na* Khym parce que, depuis que les Kif lui avaient tiré dessus sur un quai de Kshshti, elle était trop mal en point pour être en bas, dans le poste d'équipage. Et Or-Aux-Dents leur avait fait cadeau de tout cet appareillage médical sophistiqué quand il avait rencontré les Hani à Kefk. C'était avant que la bataille ne s'engage sur les docks et elle était à son poste, toute seule dans la salle de commande quand les petites bêtes noires s'étaient mises à grouiller, sortant de partout, furtives, comme dans un cauchemar. Il y avait un Kif à bord, il se nommait Skkukuk, c'était un esclave, présent du *hakkikt,* et il était là, son groin sombre de guingois, tenant sa friandise à deux mains, et il la contemplait.

Retroussant les babines et couchant ses oreilles, elle souleva légèrement la tête :

– Dehors !

Le Kif émit un sifflement, un caquètement et battit en retraite, profondément outragé, en montrant les dents. Se dressant sur un coude, Chur montra aussi les siennes.

– Calme-toi, dit Geran en lui faisant reprendre la position horizontale.

Tirun fit sortir le Kif. La sœur d'Haral avait un gabarit propre à faire réfléchir à deux fois un Kif mauvais coucheur, et c'était à un projectile kifish qu'elle devait sa légère claudication, un incident qui remontait à plusieurs années. Chur se sentait en sécurité avec Geran auprès d'elle, et Tirun entre elle et le Kif. Elle leva les yeux vers le visage de Tully orné d'une barbe d'or flamboyante et eut un clignement d'œil placide.

– Maudit Kif, fit Geran. À bondir comme un fou… Tully, emporte ce pistolet hors d'ici.

– Non, protesta Chur. Tiroir. Mets-le dans le tiroir, Tully.

– Emporte-le, répéta Geran.

– Raclures des dieux ! gronda Chur. *Tiroir.*

À force de vivre aux côtés de Tully, on finissait par penser en sabir et à s'exprimer en phrases bancales. Et sa voix était chevrotante. Tully, hésitant, se tourna vers Geran.

Une silhouette encore plus imposante apparut dans l'encadrement de la porte, l'obstruant totalement. Celle d'un Hani mâle : Khym Mahn en l'occurrence.

– Que se passe-t-il ?

– Rien, répondit Geran. Entrez et fermez cette porte avant qu'une autre de ces bestioles n'en profite pour passer. *Qui garde ce Kif de malheur ?*

– Mets ce pistolet dans le tiroir, Tully, dit fermement Chur.

– Laisse-le là.

Geran se leva tandis que Khym disparaissait. Elle resta debout un moment pendant que Tully obéissait. Sa sœur et son ami l'humain. Si amitié il pouvait y avoir entre des êtres appartenant à des espèces différentes. Et ce maudit Kif dans la coursive… Cette *chose,* était-ce un ami ? Et on le laissait aller et venir librement dans le navire. La capitaine l'avait-elle autorisé ?

– Ô dieux ! murmura Chur.

Elle était trop lasse et trop mal en point pour se mettre martel en tête pour un Kif qui se promenait en liberté, ou pour entretenir des pensées peu charitables à l'endroit de Tully qui, sans arme, avait fait de son mieux pour sauver leur peau à toutes, et plus d'une fois. Mais elle savait maintenant au fond de son cœur qu'elle ne reverrait plus jamais son pays, que c'était son dernier voyage, et elle souhaitait plus que tout le retrouver, retourner sur Anuur et retrouver Chanur, avoir sa petite part de vie bien à elle au milieu de choses qu'elle connaissait et aimait, des choses familières sans rien d'étranger pour les compliquer; elle voulait être jeune de nouveau, avoir davantage de temps, se rappeler ce que c'était qu'avoir sa vie devant soi et non derrière.

Elle voulait – les dieux lui viennent en aide ! – revoir sa maison dans les collines, ce qui était pure stupidité : Geran et elle l'avaient quittée pour venir à Chanur quand elles étaient des gamines de l'âge d'Hilfy parce qu'un jeune imbécile avait accédé au pouvoir; elles s'étaient déracinées et avaient cherché refuge à Chanur, le clan ancestral, avec, en tout et pour tout, les vêtements qu'elles avaient sur le dos.

Et leur fierté. Leur fierté intacte.

– Il ne faut jamais revenir sur le passé, dit-elle, pensant que Geran, au moins, comprendrait. Dieux ! Nous étions en quête de choses étranges quand nous sommes descendues des collines, n'est-ce pas ?

Geran fit signe à Tully de les laisser et il obéit, partit après avoir tapoté la jambe de Chur par-dessus les couvertures.

Chur battit des paupières. Mécontente d'elle-même. Elle était comme quelque chose de mort, elle le savait. Jadis, Geran et elle se ressemblaient beaucoup avec leur crinière et leur barbe d'un blond ardent, l'aisance et la grâce qui étaient l'apanage des femmes de leur tribu. En cela elles se distinguaient de leurs cousines Haral, Tirun Araun, Pyanfar de Chanur qui avaient la haute taille et la force des femmes des basses terres, mais à qui la beauté, l'agilité et le pied léger des femmes des collines faisaient défaut. À présent, Geran exténuée avait les épaules voûtées; son pelage était terne et ses yeux trahissaient une indicible lassitude. Et Chur s'était vue dans les miroirs. Tous ses os lui faisaient mal. Geran veillait à ce que ses draps fussent changés tous les jours parce qu'elle perdait ses poils à foison à tel point que des plaques de peau nue d'un rose triste, affreuses, constellaient sa fourrure. C'était cela, plus que la douleur et que la peur de mourir, qui la faisait le plus souffrir : la machine la dépouillait de sa vanité et de sa dignité, et que Geran fût témoin de sa détérioration physique était pire que tout.

– Je regrette, dit-elle. Cette saleté d'appareil s'obstine à me bourrer de sédatifs. Il y a des moments où je bats la campagne.

Mourir en n'ayant plus toute sa tête est une sale façon de mourir, songea-t-elle. Je fais peur à Geran. Ce n'est pas possible...

– Débranche ce truc.

– Tu as dit que tu le garderais, rétorqua Geran. Pour moi. Tu l'as promis à la capitaine. Crois-tu que nous ayons besoin, aussi, de nous tourmenter pour toi ?

– Je l'ai vraiment dit ? (Sa voix était rauque. Cette péripétie l'avait épuisée. À moins que ce ne fussent les calmants.) On laisse maintenant ce maudit Kif aller et venir à sa guise ?

– Khym a l'œil sur lui.

– *Uhhn !*

À une époque, cela aurait paru délirant. Les mâles n'entraient pas en contact avec les étrangers; ils n'avaient pas de responsabilités, le fardeau de la décision ne pesait ni sur leurs épaules, ni sur leur cerveau enclin à des accès de folie furieuse. Mais rien dans le monde ne ressemblait plus à ce qui était quand elle était une petite fille.

– Nous sommes parties de chez nous pour découvrir des choses insolites, dit Chur. (Elle n'en revenait pas d'en être arrivée à se fier au bon sens d'un homme et à la bonne volonté d'une créature étrangère.) Eh bien, c'est fait.

Mais elle vit la tristesse faire retomber les moustaches de Geran, elle vit frémir les oreilles de sa sœur dont les nombreux anneaux disaient tous les voyages qu'elle avait accomplis. Elle vit combien Geran était fatiguée, combien ses divagations la peinaient et un instinct infaillible lui disait qu'elle ajoutait un fardeau supplémentaire, presque intolérable, à tous ceux qui écrasaient déjà sa sœur.

– Tu sais, fit-elle, je tenais joliment bien sur mes jambes. Ça aide, cette machine. Je pense que je m'en sortirai. Tu entends ?

À ces mots, les épaules de Geran se redressèrent et le voile de tristesse qui assombrissait son regard se dissipa si promptement que Chur eut mal de la voir aussi débordante de confiance.

Dieux ! Maintenant, c'est fait. Maintenant, j'ai promis.

C'est idiot de lui avoir fait cette promesse. Je ne la tiendrai pas. Ce sera dur, pourriture des dieux. Je mourrai pendant le saut. C'est une manière atroce de partir, comme ça, dans les ténèbres, entre les étoiles, toute nue.

– Pas facile, murmura-t-elle, sentant le sommeil la gagner. Plus facile de partir, Gery. Mais je remonterai là-haut, crachats des dieux ! Ne laisse pas la capitaine me rayer des rôles. Tu entends ?

– Ton fauteuil t'attend.

– Tu veux me tenir au courant ? Me traiter comme si je faisais partie de l'équipage ? (C'était dur de continuer à s'intéresser à l'existence alors que les sédatifs tiraient le rideau entre elle et l'univers.) Qu'est-ce qui se passe… Où en sommes-nous ?

– Il n'y a rien de changé. Nous sommes à quai, à attendre que ce maudit Kif prenne une décision :

savoir s'il ira à gauche ou à droite. Jusqu'à présent, la situation ne s'est pas détériorée.

– Ni améliorée.

– Ni améliorée. Sauf qu'ils parlent toujours. Et le *hakkikt* est toujours aussi poli.

– Jik n'a pas craqué ?

– Il n'a pas craqué. Les dieux le soutiennent !

– Combien de temps allons-nous encore rester là ?

– Nous aimerions tous le savoir. La capitaine est plongée dans les calculs jusqu'au cou. Haral fait traiter six ou sept programmes d'itinéraires par les ordinateurs. Il est encore possible de regagner Anuurn.

– En trompant la vigilance des Kif ? Ils se lanceraient à notre poursuite. (La voix de Chur était pâteuse.) Il n'y a qu'une seule issue : La Jonction. C'est là qu'il faut aller.

Geran ne répondit rien. Les perspectives devenaient de plus en plus vagues mais on en arrivait toujours au même point. Or-Aux-Dents les avait plantés là, eux et son associé, et avait mis le cap sur La Jonction, les congénères de Tully se dirigeaient en force vers la Communauté, ce qui revenait à dire qu'une Hani très fatiguée qui voulait que l'univers fût ce qu'il avait été quand elle était jeune était condamnée à le voir faire la culbute, condamnée à voir Chanur faire alliance avec les Kif, avec une espèce qui se nourrissait de petites bestioles noires, mettait les docks à feu et à sang, et faisait encore bien d'autres choses auxquelles une honnête Hani préférait ne pas songer.

Quelle malchance, déjections des dieux ! La pensée de Chur revint aux collines de son enfance et à ses péchés de jeunesse, notamment celui qu'elle avait laissé à la garde de son père, mais ce n'était jamais qu'un fichu garçon, n'importe comment, il n'y avait pas eu mariage, et elle n'avait jamais écrit à cet homme qui n'était pas plus heureux d'avoir un fils qu'elle d'en avoir engendré un (une fille aurait été préférable pour lui, dépouillé de son domaine comme il l'était) mais ses sœurs auraient bien traité le garçon. Le reste de la famille n'avait jamais su grand-chose de tout cela, sauf Geran, bien sûr. Et c'était avant qu'elle n'eût rejoint *L'Orgueil*. Le gosse était devenu adulte et était parti pour l'Ermitage depuis des années. Et il était probablement mort comme mouraient les mâles excédentaires. Quel gâchis ! Quel affreux gâchis !

Je regrette de n'avoir jamais connu mon fils.

Je pourrai peut-être le retrouver. Si son père est encore en vie. S'il est comme *na* Khym, si... Peut-être... peut-être que si j'avais pu lui parler, il aurait eu du bon sens comme *na* Khym...

Je n'ai jamais demandé cet homme; je ne lui ai jamais beaucoup parlé. C'est drôle, non ? Maintenant, je me demanderais ce qu'il pense. Je me trouverais un homme, je lui ferais l'amour et, par les dieux, je lui demanderais ce qu'il penserait et il...

... Probable qu'il serait complètement décontenancé. Il n'y a pas beaucoup d'hommes comme Khym Mahn, un type formidable, par le crachat des dieux, dommage que je ne l'aie pas connu avant que la capitaine ne lui mette la main dessus. S'il était jamais destiné à une autre qu'elle... si un seigneur clanique comme lui avait pu poser son regard sur une exilée comme moi... Ça m'aurait plu d'aimer un homme comme lui. Il m'aurait donné une fille, j'aurais eu une fille de lui.

Mais qu'est-ce que la capitaine a eu de lui ? Un fils vomi des dieux comme Kara Mahn et une morveuse de fille rejetée des dieux comme Tahy, rien à attendre d'eux, les dieux les fassent rôtir, rien dans la tête, pas d'oreilles pour écouter, pas de respect : de maudits perfides.

Je veux me trouver un homme. Pas un joli mignon. Un homme intelligent. Avec qui je pourrai parler.

Si jamais je rentre chez nous.

Chur plissa les lèvres et cracha.

– Ça va ?

– Bien sûr. Je dors. Va-t'en. J'ai besoin de me reposer. Mais que sont donc ces choses noires, par les dieux ?

– Ne me le demande pas. Je ne sais pas.

Dans l'entrepont, Hilfy Chanur qui venait prendre son service recula vivement quand les portes de l'ascenseur s'ouvrirent, livrant passage à Skkukuk qui serrait contre lui une cage pleine d'horribles formes noires qui glapissaient. Cette apparition la prit par surprise et elle aplatit ses oreilles. Mais Tirun et Tully escortaient le Kif : à cette vue, elles reprirent leur position normale tout comme les poils de son dos qui s'étaient hérissés. Elle s'écarta avec répulsion pour laisser passer le Kif et resta les yeux fixés sur la porte qui attendait qu'elle appuie sur le bouton.

– Nous pensons les avoir capturés, dit Tirun.

– Ils capturés, baragouina Tully en levant le bras. Filtre manger. Sales dégâts.

– Bonté des dieux, quel filtre ?

Ce fut Tirun qui répondit :

– Le filtre à air numéro un. Tout le système est rempli de débris. Il va falloir récurer le numéro deux et le maître conduit.

– Faire électrique, ajouta Tully.

– Nous avons rendu le manchon d'aération tout à fait inconfortable.

– *Kkkkt !* chuinta Skkukuk, ce sont des Akkhtish.

Une forme de vie très *adaptative*. Très coriace.

En entendant le son de sa voix, les créatures commencèrent à se battre entre elles. Le Kif assena un coup de paume sur la cage et son dîner se calma, se bornant à pousser des glapissements.

– Dieux !

Hilfy eut un frisson de répulsion.

– Il y en a deux qui sont sur le point de mettre bas, dit Tirun. Surveillez bien ces saletés. Elles sont agressives dès la naissance.

– Coriaces, fit à nouveau Skkukuk sur le ton de la conversation et, comme les couinements se faisaient plus aigus, il tapa derechef sur la cage. *Kkkt !* Excusez-moi.

Et il s'éloigna, son dîner entre les bras, aussi heureux qu'un Kif pouvait l'être.

Hilfy retroussa les babines et frémit involontairement tandis que Tirun, vigilante, se mettait en devoir de suivre le Kif. Tully, lui, resta là. Il posa la main sur son épaule et la serra fort.

Tully savait. Il était avec elle prisonnier du Kif, du même Sikkukkut qui était maintenant leur allié, qui leur avait fait cadeau de cette atrocité, l'esclave Skkukuk, pour qu'il hante les coursives et imprègne l'air de son odeur d'ammoniac, une puanteur qui faisait remonter des souvenirs à la surface…

Pour la seconde fois, les doigts sans griffes de Tully se refermèrent sur l'épaule d'Hilfy. Elle se retourna et regarda l'humain en levant un peu la tête. Mais il n'était pas si grand, son Tully, qu'elle ne pût, d'aussi près, plonger ses yeux dans les siens, des yeux bleus où se lisait généralement l'étonnement mais où, pour le moment, c'était de l'anxiété qu'on discernait. Deux voyages en sa compagnie et ce par quoi ils étaient passés avaient appris à Hilfy à saisir les nuances de son expression.

– Il pas mauvais Kif, dit-il.

Cette déclaration, venant de lui, était tellement inattendue qu'Hilfy battit des paupières, n'en croyant pas ses oreilles.

– Il être Kif, poursuivit Tully. Comme je être humain. Comme toi Hani. Il petit Kif, essayer faire quoi capitaine vouloir.

Hilfy n'aurait pas admis que qui que ce fût d'autre tînt de pareils propos, et elle ouvrait la bouche toute grande en l'entendant parler de la sorte. Mais Tully avait été à deux reprises captif des Kif; il avait vu périr ses amis; il avait même tué un de ses compagnons de ses propres mains pour lui épargner d'être mis à la torture par Sikkukkut. Plus encore : elle s'était trouvée avec lui dans une prison kifish. Venant de lui, une telle énormité pouvait avoir de nombreuses significations mais une chose était sûre : Tully n'était pas sans cervelle et il n'était pas enclin à faire preuve d'une magnanimité excessive. Elle le scruta. S'était-il fourvoyé dans son mauvais hani ? La traductrice branchée au *communico* fixé à sa ceinture crachotait un grésillement de statique qui était le fond sonore permanent accompagnant son discours, qu'il s'exprimât en mauvais hani ou en sabir interspatial. Peut-être cherchait-il à exposer allez savoir quelle philosophie humaine saugrenue qui se heurtait à la barrière linguistique ?

– Petit Kif, répéta-t-il.

Hilfy avait passé assez de temps parmi les Kif pour comprendre ce qu'il voulait dire : qu'ils n'étaient rien s'il n'avait pas de rang et que les Kif de moindre rang étaient les victimes désignées de tous leurs congénères.

– S'il était un grand Kif, il nous tuerait avant qu'il soit longtemps.

– Non, rétorqua Tully. Capitaine être Pyanfar. Il vouloir être grand, elle être grande.

– C'est de loyauté que tu parles ?
– Pareil moi. Il un.
– Tu veux dire qu'il est seul ?
– Il vouloir hani être.
Hilfy cracha. C'en était trop.
– Tu pourrais l'être. (Peu d'Hani dans l'espace, et certainement aucune sur la planète natale, se seraient montrées aussi généreuses, il fallait pour cela être une jeune femme solitaire et sentimentale coupée de ceux de sa race.) Mais pas un Kif. Jamais.
– Vérité, admit Tully, prenant le contrepied de son argumentation. (Il leva un doigt.) Il Kif, il en même temps non ami avec Kif, il être petit Kif. Ils tuer il, oui. Il non vouloir être tué. Il se longtemps tromper, penser nous beaucoup de bien à lui faire. Toi y veiller, Hilfy : équipage être bon avec lui, il heureux, il face lever, il brave avec nous, il parler. Mais nous à lui non dire vérité, hein ? Quoi vérité bon ? Dire à lui : « Kif, ton ennemi », il avoir non ami, avoir non vaisseau, avoir non *hakkikt.* Il non être hani, il mourir.
– Ne compte pas sur moi pour compatir sur son sort. Il ne le comprendrait pas. C'est un Kif, les dieux le pourrissent. Et je serais prête à le tuer à vue.
– Toi non tuer comme si toi Kif être. (Il tapota le bras d'Hilfy et la considéra avec gravité de l'autre côté de cette barrière de la langue que la traductrice était impuissante à forcer.) Il erreur faire, articula celle-ci comme Tully revenait à son idiome naturel car les mots lui manquaient. Il est perdu. Il pense que nous l'aimons davantage maintenant. Si nous lui demandons d'aller mourir pour nous aider, il ira. En vérité, il ira. Et nous le haïssons. Cela, il ne le sait pas. Il est kifish. Il ne peut pas comprendre pourquoi nous le haïssons.
– Eh bien, laissons-le dans cette ignorance, gronda Hilfy.

Elle pivota sur elle-même et bloqua la fermeture de la porte de l'ascenseur qui avait automatiquement commencé à coulisser quand elle avait lâché le bouton, et qui se rouvrit. La Hani se retourna vers Tully qui lui rendit son regard, peiné et silencieux. Elle comprenait son langage en raccourci mieux que qui que ce fût à bord : en tant qu'officière de transmissions, linguiste et interprète, elle avait participé à la mise au point du système de traduction qu'il utilisait et aidé à appréhender le sens de son discours lors de leur première rencontre avec lui. Et ce qu'il venait de dire était plus fondé qu'elle ne le souhaitait : qu'un Kif, qui avait beau être un tortionnaire et un tueur implacable, était aussi un innocent impuissant entre leurs mains. Si un Kif voyait un autre Kif sur son chemin, il le tuait. Ses changements d'allégeance étaient fréquents mais sincères et intéressés. Et si les subalternes de la capitaine le faisaient bénéficier d'un traitement de faveur, c'était parce que cette dernière lui avait accordé un rang de meilleur aloi : c'était tout ce qu'un Kif pouvait imaginer, tout ce qu'un Kif était capable d'imaginer. Pyanfar laissait plus souvent les coudées franches à Skkukuk, elle veillait à ce qu'il ait à manger, l'équipage était correct avec lui : donc, sa condition était améliorée. Les dieux leur viennent en aide, ce Kif leur faisait la conversation ! Jamais depuis deux siècles et plus que le contact avait été établi avec eux, les Kif n'avaient donné la moindre information sur leur planète-patrie qui demeurait interdite de visite à qui n'était pas kif, et voilà que Skkukuk, parlant avec fanfaronnade de son horrible petite vermine (on l'appelait Akkhtish et elle était *adaptative,* avait-il dit), en laissait plus entendre sur le mode de vie et les valeurs kifish qu'aucun autre Kif ne l'avait encore fait si loin qu'on remontât dans les annales.

Et qu'est-ce qu'un homme peut savoir en quelque domaine que ce soit ? Telle était la réaction viscérale qui venait à Hilfy tandis qu'elle regardait Tully droit dans les yeux. Les dieux savaient qu'elle ne considérait pas Skkukuk comme un mâle; c'était à peine si elle considérait Jik ou Or-Aux-Dents autrement que comme des êtres femelles et rationnels, bien qu'ils fussent affectés en sabir spatial aussi bien qu'en langue hani du pronom masculin. Mais Tully, lui, était à ses yeux indiscutablement un mâle, un mâle qui disait des choses aberrantes à propos d'un ennemi, qui l'appelait, *elle,* à la modération; ce qui était une modalité de pensée femelle. Pyanfar avait-elle alors raison de soutenir qu'il y avait une grande part femelle cachée chez les mâles ? C'était là une question troublante. Mais qui faisait mouche et touchait un point sensible : Tully avait trouvé une sorte de paix touchant ce qu'ils avaient tous deux vécu entre les mains des Kif, ce que la femme saine d'esprit et techniquement parlant instruite qu'elle était n'avait pas, elle, réussi à trouver.

Parce qu'il est plus âgé que moi, songea-t-elle. Elle avait toujours tenu pour acquis qu'il avait à peu près le même âge qu'elle et, brusquement, elle se disait qu'en vertu des critères de la race à laquelle il appartenait, il devait sûrement être plus près de celui de Khym dont les années avaient eu raison de la fougue, lui faisant aussi acquérir la maîtrise de soi et perdre sa suzeraineté sur Mahn. D'un seul coup, le soupçon lui venait qu'elle s'était toujours trompée sur le compte de Tully, qu'il avait plus de discernement, plus de bon sens qu'il n'était possible à un homme jeune d'en posséder. Et qu'il y avait encore quelque chose d'enfoui au fond de lui qu'il n'avait pas été capable de lui dévoiler, quelque chose qu'elle parvenait presque à discerner. Mais c'était trop étranger. Ou trop simple. Elle n'arrivait pas à deviner ce que c'était. La porte de l'ascenseur heurta de nouveau son dos. Abandonnant la partie, Hilfy allongea le bras et caressa doucement le visage de l'humain du bout des doigts.

– Si tu étais un Hani, nous serions...

Mais elle n'alla pas plus loin. C'était trop insensé. Et cela faisait trop mal. Le seul résultat aurait été qu'ils se seraient comportés comme deux imbéciles. De ridicules imbéciles.

– Ami, dit Tully d'une petite voix. (Et, à son tour, il caressa la joue d'Hilfy que la porte de l'ascenseur rappela derechef à l'ordre.) Ami, Hilfy.

Son ton était haché, comme quand il souffrait intérieurement. Il y avait des choses qu'il ne confiait pas à la traductrice. Il essayait toujours davantage de parler hani. D'être un Hani. Et lorsqu'il regardait Hilfy, qu'il lui disait de telles choses, des choses qui faisaient d'eux des imbéciles, sa tristesse et sa mélancolie allaient s'accentuant.

Dieux, que peux-tu faire, Hilfy Chanur ? Quand es-tu devenue folle ? Et lui ? Quand nous étions seuls, entourés de Kif, quand chacun de nous deux n'avait plus rien que l'autre ? C'est lui que je veux.

S'il est plus vieux que moi, pourquoi n'a-t-il pas de réponse à cette question ?

Ce fut alors que le klaxon d'alerte retentit. Sur le moment, Hilfy crut que c'était elle qui l'avait déclenché en retenant la porte et elle se dit que Pyanfar allait lui passer un sérieux savon.

Mais la voix d'Haral tomba des haut-parleurs :

– Priorité. Priorité. Un messager attend devant le sas. Sécurité assurée en bas. Hilfy, Tirun, armez-vous et tenez-vous prêtes. Il semble que vous constituiez le comité d'accueil. Avec les compliments de la capitaine. Elle reste en haut. Les exigences du protocole. Bien compris ?

– Bien compris, dit Hilfy à l'adresse du *communico*.

Cela voulait dire : enfermez le Kif. Et vite.

– Tully !

Elle lui fit signe d'entrer dans la cabine de l'ascenseur. Sous l'effet de la panique, les battements de son cœur avaient commencé à prendre une cadence hystérique mais, la force et l'habitude jouant, son expression demeurait impassible tandis qu'elle reculait d'un pas et maintenait la porte pour que Tully pût entrer.

Je pourrais aider, disait le regard qu'il lui lança. Je pourrais rester en bas. Je veux y rester, je veux t'aider...

Ce n'étaient pas les sentiments du Kif qu'il avait si laborieusement explicités : *Vous avez fait de lui un membre de l'équipage, vous lui avez fait croire qu'il avait ce statut, vous ne savez pas combien il est cruel de lui faire croire qu'il l'a. Il serait prêt à mourir pour vous, Hilfy Chanur. Parce qu'il a foi en vous.*

Non. Ce n'était pas vrai du Kif. C'était ce qu'il ressentait, lui.

– Tu montes sur la passerelle, dit-elle. Haral a besoin de toi. J'ai suffisamment de quoi m'occuper ici.

Dieux ! Mais pourquoi dire cela de cette façon ? Elle se rendait compte du chagrin qu'elle lui causait.

Il pénétra dans la cabine, fit demi-tour et actionna la commande de fermeture de sorte que la porte coinça le bras d'Hilfy en coulissant. Elle recula, déroutée. Elle ouvrit la bouche pour dire quelque chose comme *il n'y a rien à faire,* ce qui ne valait pas mieux que ce qu'elle avait déjà dit, mais, déjà, le panneau s'était mis en place et ils ne pouvaient plus se voir. L'esprit en déroute, Hilfy se rappela que c'était un appel d'urgence qu'Haral venait de lui transmettre : les Kif, des ennuis et les dieux seuls savaient quoi encore.

La situation pouvait se clarifier. Jik pouvait avoir parlé, lâché quelque chose. Ce pouvait être le début de l'attaque qu'ils avaient redoutée. Ce pouvait être n'importe quoi et, par les dieux, elle avait tout gâché avec Tully et le temps manquait, le temps manquerait toujours pour réparer le mal.

Dieux, dieux, dieux ! Je lui ai fait du mal. Je n'ai jamais voulu lui en faire, nous pouvons tous mourir ici et je suis dans l'incapacité de contourner cette incontournable et maudite traductrice.

Pourquoi faut-il que tout soit aussi compliqué ?

2

Ce n'était pas une situation plaisante pour Pyanfar en train de regarder à la vidéo de la passerelle deux Kif en armes qui s'approchaient du sas de *L'Orgueil.* Ils ne portaient pas de combinaison de vide, juste leur traditionnelle robe noire à capuche. Autrement dit, ils avaient confiance, plus qu'elle n'en aurait eu elle-même, dans les rafistolages de fortune et la repressurisation de cette zone des docks. Elle avait suivi sur l'écran les équipes de réparation kifish tels des nuages de grains de poussière qui tapaient et qui soudaient pour renforcer les points que la décompression avait affaiblis.

Ainsi, à ce qu'il semblait, le *hakkikt* avait réglé ses comptes avec les rebelles de son propre camp au point de pouvoir maintenant faire tenir un message aux amis des traîtres mahen et hani qui avaient ouvert une si large brèche dans le blindage de la station spatiale sur laquelle il avait récemment mis la main, incité les Tc'a à l'émeute et expédié incidemment plus de cinq cents Kif dans l'espace du fait de cette décompression qui les avait pris par surprise.

Les griefs de Sikkukkut étaient tout à fait légitimes : même les Hani devaient en convenir. Bien que nombre des Kif qui avaient été ainsi aspirés par le vide eussent été des ennemis de Sikkukkut, une masse de ses partisans avaient subi le même sort imprévu, et même si l'on n'avait jamais vu un Kif pleurer la mort d'aucun de ses congénères, même si l'incident avait contribué à porter un coup d'arrêt à la sédition, il avait mis Sikkukkut dans l'embarras. Et mettre un chef kifish dans l'embarras était chose grave. Très grave. Se sentir dans son tort quand elle avait affaire à des Kif était un sentiment inhabituel pour Pyanfar. Comme de savoir, tandis que ces silhouettes enveloppées dans leurs robes noires pénétraient dans le sas, que *L'Orgueil*, le nez pointé sur un quai dévasté et en état d'infériorité numérique – dix contre un pour ce qui était des vaisseaux, des milliers contre un pour ce qui était du personnel – n'était absolument pas en position d'entamer des négociations, et cela sans même tenir compte de ce que cette armada déciderait de faire, sans même tenir compte du poids que pesaient les Hani face à la puissance kifish, sans même tenir compte de leur sécurité ou de leurs vies.

C'était donc toujours sur le bluff, le prestige et le protocole qu'il fallait tabler. Et c'était pourquoi Pyanfar était sur la passerelle à se mordiller les moustaches, c'était pourquoi elle avait décidé que son équipage rencontrerait une délégation armée, ni l'un ni l'autre n'étant habilité à négocier.

Elle essayait d'employer des méthodes kifish que les Kif comprenaient et faisait des vœux pour qu'ils comprennent la concession qu'elle acceptait de faire : elle, Pyanfar Chanur, renonçait à recevoir les messagers du *hakkikt* selon les règles du protocole et de la courtoisie hani. Elle prenait maintenant ses distances, ce qui, aux yeux des Kif, n'était pas (espérait-elle) un signe de crainte (un Kif qui aurait eu peur se serait montré pour se concilier l'offensé, aurait fait acte de présence pour tenter de trouver un accommodement avec l'ennemi potentiel) mais signifiait que la capitaine de ce navire marchand hani, devenu vaisseau chasseur, considérait qu'elle avait acquis une place élevée dans la faveur du *hakkikt* puisqu'elle entendait que le message qu'il lui adressait lui fût transmis par des subalternes. Elle pressentait que cette autopromotion était dans la manière des Kif; elle le pressentait grâce à son expérience de leurs façons d'être, grâce, aussi, à ce que lui avait appris l'attitude de Skkukuk : leur navigant kifish fort désorienté se recroquevillait et s'épanouissait selon le vent que soufflait son humeur à elle; une réprimande le laissait accablé, et ses yeux s'illuminaient, il débordait de dynamisme un moment après pour peu qu'elle fît preuve de quelque marque d'affabilité; il était jaloux et paranoïaque, soupçonnant perpétuellement l'équipage de vouloir lui tendre des chausse-trapes, alors que, bien entendu, il essayait de déstabiliser les Hani, encore qu'il y mît moins de zèle depuis quelque temps, comme si la notion que c'était peine perdue à bord d'un navire hani avait fini par pénétrer son étroit crâne de Kif. Ou comme s'il avait compris que cette capitaine avait trop d'attachement pour son équipage et qu'il était vain de tenter de le rompre. Ou comme si l'amabilité croissante que lui manifestait cet équipage avait fait naître en lui l'idée totalement fausse et totalement kifish d'un nouveau stratagème. Bref, il y avait de quoi donner la migraine à une Hani saine d'esprit. Mais Skkukuk avait ouvert les yeux de Pyanfar sur un point capital : un Kif s'assurait à chaque heure du jour et chaque jour une position présentant le maximum d'avantages, et s'il commettait une erreur et se faisait taper sur les doigts, contrairement aux Hani, il n'en gardait aucun dépit secret. Alors qu'une Hani humiliée serait dévorée de honte, et ferait bon marché de son bon sens et de son instinct de conservation, alors qu'une Hani qui fustigerait une autre Hani saurait que, ce faisant, elle déclencherait une guerre à mort jusqu'à la deuxième et à la troisième génération, mobilisant les deux clans et les clans affiliés jusqu'au huitième degré, un Kif acceptait de recevoir un soufflet sans broncher, animé par le même inébranlable esprit de préservation qui le ferait se jeter à la gorge de son propre chef dès l'instant où ce dernier apparaîtrait comme vulnérable alors qu'une Hani ferait preuve d'une loyauté absolue envers sa cheffesse. Cela, Pyanfar l'avait décelé. Elle pouvait même comprendre, au mépris de toute logique, que les Kif, inaccessibles comme ils l'étaient à tout mouvement d'altruisme, devaient se laisser emporter par des courants totalement différents, leur impulsion première étant d'accroître leur statut chaque fois que l'occasion s'en présentait.

Sikkukkut (c'était une bonne question) comprenait-il aussi bien les Hani, en dépit de la facilité qu'il avait à s'exprimer dans leur langue ? Et cette question faisait s'ouvrir devant Pyanfar un abîme logique : un Kif pourrait-il jamais comprendre la fierté de la Hani des montagnes de la plus basse extraction, qui donnerait jusqu'à la dernière goutte de son sang pour régler tant une dette qu'une vendetta avec quiconque, suzeraine ou mendiante ? Les Kif n'avaient pas les réflexes profonds qu'il leur eût fallu avoir pour ressentir ce que ressentait une Hani. Et comment une Hani pouvait-elle, faute de posséder ce « les-dieux-savaient-quoi » qui était aussi naturel pour les Kif que la fonction respiratoire, comprendre l'impulsion qui les animait ?

Les dieux nous aident. Si j'avais suffisamment de crédit auprès de lui pour obtenir la libération de Jik... si quiconque en avait... si je pouvais décrypter le code de Jik avec l'ordinateur... si je savais quelle arme il détient contre Sikkukkut... Quel message démentiel il m'a confié à Mkks !... est-ce que ce sont ses dernières volontés et son testament ? Quelque chose destiné à son Personnage ? Quelque maudit projet d'attaque ?

Le plan d'action d'Or-Aux-Dents ?

Qu'est-ce que les Kif *veulent* ici ? Pourquoi y venir en personne ? Pourquoi ne pas utiliser le *communico* ?

Pendant ce temps, les Kif pénétraient dans le sas où le feu avait laissé des traces et se préparaient à parlementer avec sa nièce et sa cousine, qui portaient encore toutes deux les cicatrices de ce qu'elles avaient subi entre les mains kifish.

Ne flanque pas les choses en l'air, Hilfy, ne lâche pas... Dieux ! J'aurais dû l'appeler ici et envoyer...

...Geran ? Avec Chur blessée et dans l'état d'esprit où elle est ?... pas Haral. J'ai besoin d'aide.

En bas, ce n'est pas non plus un endroit pour les mâles. Hilfy est parfaite, elle est stable, elle mènera l'affaire comme il convient... elle connaît les Kif, elle les connaît aussi bien que quiconque... elle sait quelle attitude adopter...

Ô dieux, pourquoi les ai-je laissées débarquer à Kshshti, elle et Chur ? Ça a été ma faute, ma faute et jamais plus elle ne sera comme avant...

... elle n'est plus comme elle était, ni elle ni

rien, ni personne. Je ne suis plus la même, le navire n'est plus le même, Chur n'est plus la même, aucun d'entre nous n'est plus ce qu'il était avant, et c'est moi qui nous ai conduits ici, qui nous y ai conduits pas à pas...

Haral débloqua le sas et deux Kif sans escorte franchirent le tambour du pont inférieur. Geran mit la caméra en marche pour ne pas les perdre de vue. Khym et Tully surveillaient chacun un moniteur. Tout en s'occupant de ses vérifications, Haral était attentive aux écrans qui lui montraient tout ce qui se passait sur les quais, que les dieux les vomissent, de sorte qu'aucun d'entre eux ne restait aveugle plus longtemps qu'il n'était indispensable. Pas question que l'un d'eux se laissât prendre par surprise, même si – veuillent les dieux qu'ils n'en fissent rien – les Kif lançaient une grenade dans le sas.

– Enregistrement, ordonna Pyanfar.

– À vos ordres.

Geran actionna la commande qui mettait tout dans les archives de *L'Orgueil.*

– Ils ont des fusils, murmura-t-elle.

Les Kif, outre leurs armes de poing, avaient, en effet, un armement plus lourd. Les mauvaises conditions de visibilité donnaient des images médiocres et ces armes noires se confondaient avec l'étoffe sombre des robes ornementées des visiteurs. Mais, ces fusils, les Kif ne les tenaient pas à la main : ils les portaient en bandoulière. Ce qui était quand même encourageant.

– Ils observent les règles de la politesse, grommela Pyanfar entre ses dents.

– *Chasseresse Pyanfar,* dit un Kif, quand il se trouva devant le comité d'accueil de *L'Orgueil.*

Pas un seul mot n'échappait à l'oreille de la caméra espionne.

– *Tirun Araun,* s'identifia Tirun, vieille spatienne couverte de cicatrices dont la moustache et la crinière d'un rouge ardent étaient striées de gris.

Son maintien donnait à la fois l'impression que le fait d'avoir une arme en main la mettait mal à l'aise – des êtres civilisés ne devraient en aucun cas se tenir mutuellement en respect les uns les autres – et qu'elle était très vraisemblablement prête à s'en servir en l'espace d'une fraction de seconde. On ne lisait dans ses yeux pas la moindre trace d'indécision ou d'hésitation.

– Je présume que c'est le *hakkikt* qui vous envoie. Loué soit-il...

La courtoisie kifish pleine et entière, sans l'ombre d'une restriction.

– Loué soit-il, répéta le Kif. Ceci est un message pour votre capitaine. (Il sortit de sa ceinture un objet cylindrique, indifférent aux armes pointées sur lui comme aux oreilles soudain aplaties d'Hilfy.) Le *hakkikt* dit : *Les docks sont sûrs. C'est une affaire urgente.* Je dis : *Nous attendrons la capitaine Chanur ici.*

Tirun se saisit du cylindre, et prit son temps, attitude qui ne pouvait prêter à confusion, même aux yeux d'un Kif.

Sois courtoise, Hilfy.

Juste au moment adéquat, avec un bref aplatissement des oreilles qui pouvait être une marque de respect ou d'autre chose encore – l'ambiguïté demeurait, même pour une Hani –, Tirun donna le signal à Hilfy, opéra un demi-tour plein d'autorité et s'éloigna sans marcher ni trop vite ni trop lentement, laissant Hilfy seule, l'arme au poing, pour surveiller deux Kif.

Du calme, petite. Par les dieux, Tirun a agi comme il le fallait, tiens bon.

Sur la passerelle, personne ne disait mot. L'épais

silence qui y régnait se prolongea jusqu'à ce que l'ascenseur se mette en marche. Pyanfar, alors, quitta son fauteuil pour aller à la rencontre de Tirun qui s'engagea dans la coursive à une allure bien plus rapide que cela n'avait été le cas sur le pont inférieur. Pendant ce temps, Haral et Geran, les yeux fixés sur les écrans, poursuivaient leur tâche, observant tout ce qui se passait dans le navire et à l'extérieur, enregistrant toutes les communications venant de la station.

– Voici, capitaine, dit Tirun en présentant le cylindre à Pyanfar.

Le couvercle résista et, pendant un instant de panique, celle-ci songea qu'il était peut-être rempli d'explosifs ou de gaz mortels.

– Attends-moi là, ordonna-t-elle à Tirun.

Et elle sortit dans la coursive dont elle referma soigneusement la porte. Elle inséra alors la pointe d'une griffe dans la rainure et, se mordant la lèvre, tira sur le couvercle.

Il n'y eut pas d'explosion. Rien ne jaillit du cylindre. Il ne contenait qu'un message. Un morceau de papier gris.

Au même moment, la porte se rouvrait : c'était Tirun qui resta là à la regarder avec inquiétude, tandis que la capitaine sortait ledit message de l'étui et le lisait :

Chasseresse Pyanfar, vous avez présenté des requêtes. Je vous donnerai ma réponse à 15 h 00 à mon bord. J'escompte que vous vous rendrez à cette invitation avec des officiers de haut rang des vaisseaux alliés.

– Capitaine ?

Pyanfar tendit la missive à Tirun et jeta un coup d'œil au chrono du poste de contrôle : 14 h 36.

– C'est un piège, dit Tirun.

Sur la passerelle, Haral elle-même s'était brièvement retournée.

– C'est une invitation du Kif, expliqua Pyanfar. Je dois me rendre à son bord avec des officiers de haut rang des navires alliés. Vite.

– Dieux ! s'exclama Khym.

– Hélas... (Pyanfar pensa à Hilfy en bas, seule avec deux Kif.) Hélas, nous n'avons pas le choix. Qu'on aille chercher Tahar et Kesurinan. J'irai sans vous...

Des bouches qui s'ouvrent toutes grandes.

– C'est un piège. (Sous l'outrage, la voix de Khym tremblait.) Tirun a raison, Py. Écoute-la.

– J'irai sans aucun d'entre vous, répéta Pyanfar en martelant ses mots. Sauf notre ami, le Kif. Va les chercher, Geran, va chercher nos amis.

– Ce dock...

– Nous courons des risques plus graves que de nous trouver sur un quai dont la compression laisse à désirer, cousine. L'un d'eux peut être en retard et l'autre ne pas prêter attention à un signal de ce Kif. Je vais débarquer. Je veux que Tahar et Kesurinan m'accompagnent exactement comme le Kif le demande. Et je veux que, dès que j'aurai posé le pied sur le quai, les moteurs de *L'Orgueil* soient activés et le restent jusqu'à mon retour. Qu'ils comprennent que nous avons encore des dents, vu ? Et que mon équipage est sur le qui-vive.

– À vos ordres, capitaine, murmura Haral d'une voix chagrine.

Chagrine, Pyanfar l'était aussi. Elle prit un AP dans l'armoire, à côté de la porte de la salle de commande, et sortit, tenant à la main l'arme pesante et son ceinturon.

Mais elle ne descendit pas immédiatement.

D'abord, elle fit le détour par ses quartiers pour faire rapidement toilette. L'apparence comptait; c'était une arme psychologique d'une importance aussi capitale que l'AP fixé à sa ceinture.

Sikkukkut entendait passer à l'action. En un certain sens.

Serrant les dents, elle récapitula rapidement les choses à faire, pour le cas où ç'aurait été un adieu définitif qu'elle avait adressé à ses navigantes et à son mari.

Dieux, Khym était là et il avait pris une réponse pour ce qu'elle était. Elle eut un petit pincement de fierté au cœur en réalisant à retardement ce que cela lui avait coûté : Khym n'était plus l'aimable ignorant qu'elle avait épousé, ni l'étourdi qui, à La Jonction, s'était jeté la tête la première dans le piège tendu par les Kif. Si les Kif devaient la tuer tout à l'heure, il ne jouerait pas au mâle, il ne se ruerait pas comme un fou sur les docks pour affronter le Kif à la loyale. Il avait beaucoup mûri au cours de ce voyage. Il n'était plus un petit garçon, il n'était même plus jeune du tout. Il avait finalement découvert ce qu'il y avait au-delà de ce qui était ses limites, découvert à quoi ressemblait l'univers. Il avait trouvé des amis, par les dieux, des amies et même un ami mâle, des amis (Pyanfar en prit brusquement conscience et en conçut de la tristesse) qu'il n'avait jamais eus tout au long de sa vie adulte, exception faite d'elle-même et de ses autres épouses, et ce n'étaient qu'à peine des amies. Suzerain du clan, coupé de tout contact avec le monde réel en raison du rempart que constituaient ses épouses, ses sœurs et ses filles, il était au bout du compte entré dans l'univers véritable et avait découvert ce qu'était le monde réel. Et il n'était plus seulement son Khym à elle. Ni même Khym, seigneur de Mahn. Il était subitement devenu plus que cela, longtemps après l'heure où il aurait dû rejoindre l'Ermitage pour y mourir, usé et inutile. Il avait mûri pour devenir ce qu'il aurait toujours pu devenir, il avait découvert que l'univers était rempli d'honnêtes gens et de canailles de tout poil; il avait appris à s'imposer et à se faire respecter, à traiter les médisances par le mépris, à être le petit mousse du navire et à connaître une seconde jeunesse dans un environnement dont les règles étaient totalement différentes de celles d'avant. Peu de femmes auraient eu le courage de plier leur vie à tant de changements. Mais, par les dieux, Khym avait changé du tout au tout. Il se battrait, là, sur la passerelle et à son bord, sous les ordres d'Haral si les choses devaient mal tourner, membre de l'équipage d'un bâtiment ayant une masse et une puissance de feu suffisantes pour transformer Kefk, Sikkukkut et toutes ses ambitions en une fugitive étoile incandescente.

Les docks, comme Pyanfar s'y était attendue, étaient ravagés. Le métal était archiglacial sous ses pieds et de nombreuses lampes étaient mortes quand cette section s'était dépressurisée, suite à la brèche qui s'était ouverte dans sa paroi protectrice. À droite se dressaient les ponts roulants à l'alignement presque imperceptiblement oblique, du fait de la courbure positive du pont qui était le pourtour le plus extrême du tore que formait la station, pour l'observateur extérieur aux yeux duquel elle affectait la forme d'une roue. Ici, cette jante était *en bas* et c'était un plancher de métal nu (les débris flottant autour de l'étoile double, pôle de la révolution de Kefk, étaient riches en métal). Kefk était en conséquence grise et terne, à la seule exception de l'orange pisseux des rampes à sodium que les Kif affectionnaient. C'était une espèce aveugle à la couleur et il ne serait jamais venu à l'esprit d'un Kif d'utiliser la peinture à des fins décoratives. Elle n'était pour eux qu'un moyen de camouflage. En vérité, les Kif devaient employer des instruments spéciaux pour déterminer la couleur d'un objet. Ils n'avaient jamais trouvé sur Akkt, leur planète-patrie, d'autres matières colorantes que noires; encore que, au dire de certains, ils aient appris à apprécier la couleur des Stsho, amateurs de tonalités pastel et opalescentes, qui méprisaient les orgies bigarrées dont Hani et Mahendo'sat aimaient à se parer. Ayant découvert une catégorie de différences transcendant leurs capacités sensorielles, ayant devant eux l'exemple des Stsho chlorotiques, rebelles aux notions de valeur de ceux-ci (les Stsho étaient des consommateurs d'une telle opulence qu'ils avaient établi le modèle de l'économie de l'ensemble de la Communauté) et, qui plus est, impressionnés par le dédain que ces mêmes Stsho professaient à l'endroit des espèces qui avaient un faible pour les couleurs crues et éclatantes, les Kif redoutaient fort de perdre la face. Ils ne voulaient surtout pas être un objet de dérision. Les seules couleurs qu'ils étaient capables de différencier étaient le noir d'encre et le blanc pur. Aussi avaient-ils tout naturellement jeté leur dévolu sur le noir en harmonie avec leur habitat et leur désir de passer inaperçus et étaient-ils devenus des esthètes d'une seule et unique couleur : le noir le plus noir. Ils prisaient plus l'argent que l'or car il était plus brillant à leurs yeux et la texture était ce à quoi ils attachaient le plus de prix en la matière parce que leurs centres du plaisir étaient plus stimulés par le tactile que par le visuel. En fait, ils étaient virtuellement aveugles à la beauté qui s'offre à la vue, mais toucher des surfaces offrant des caractéristiques intéressantes les ravissait; du moins était-ce ce qu'un vieux Stsho avait confié un jour à Pyanfar : une minuscule tasse de thé d'Anuurn (boisson qui contenait une substance engendrant des réactions curieuses sur le métabolisme stsho, alors qu'elle n'avait aucun effet sur les Hani : telles étaient les bizarreries du vice et du plaisir selon les espèces) lui avait fait tourner la tête. Jadis, avait-il ajouté, les Mahen avaient joué un mauvais tour aux Kif en leur vendant des couleurs criardes et discordantes, et les Kif n'avaient pas oublié cette humiliation.

Les Kif, c'était la vérité, avaient énormément changé. Et ce, même depuis quelques années. Naguère, c'étaient des pirates de petite envergure agissant en ordre dispersé, des maraudeurs de quais qu'une Hani pouvait mettre en fuite avec un peu d'esbroufe. Ils avaient pour méthode de geindre, de porter des accusations et, fréquemment, de se pourvoir en justice contre un bâtiment de commerce qui préférait payer l'amende décidée par les tribunaux stsho pour régler les choses une fois pour toutes. Telle était la forme que prenait le brigandage kifish avant Akkukkak.

Maintenant, Pyanfar avançait le long de ce quai accompagnée de l'escorte que lui avait assignée le prince et de son propre garde du corps, Skkukuk, armé du pistolet qu'il avait pris à un de ses congénères pendant la bataille. Avec sa robe à capuchon noire démunie de tout ornement, il ressemblait à n'importe quel autre Kif. Si l'un des membres de l'escorte avait changé de place avec lui, de prime abord Pyanfar n'y aurait vu que du feu. C'était là une autre conséquence de l'habillement kifish, de ces noires capuches qui laissaient le visage dans l'ombre à la seule exception du groin gris sombre : des cibles malaisées à distinguer.

Et du poste de mouillage de l'*Aja Jin* – invisible comme les autres navires, derrière le fouillis de ponts roulants et de filins ombilicaux – surgirent deux Mahen dont un mâle. Le premier était Soje Kesurinan, la seconde de Jik. Grande et noire de poil, elle portait plus d'une cicatrice et il lui manquait la moitié d'une oreille, mais il y avait une certaine beauté dans son port. Elle était aussi austère que Jik était débordant d'entrain mais, à la vue de Pyanfar, elle leva la tête et ses petites oreilles mahen – l'entière et l'amputée – oscillèrent en guise de salut.

– Kesurinan, dit Pyanfar sur un ton posé à l'approche de cette dernière. (*Kkkt,* firent les deux Kif qui l'escortaient.) Tahar est en route. Une suite va la prendre en charge. Nous pouvons y aller.

– Vu, laissa tomber Kesurinan.

Ce qui était une réponse bien laconique et inexpressive dans la bouche de quelqu'un que l'inquiétude devait ronger. Mais il fallait jouer le jeu à fond devant les Kif qui les observaient et ne rien révéler de ses sentiments profonds. Pyanfar adressa un signe de tête à son escorte et l'on se remit en marche. Le lourd antipersonnel battait contre sa hanche et un minipistolet était fixé à sa jambe, du côté opposé. Les Kif étaient armés jusqu'aux dents : elle et Kesurinan également.

En dépit des goûts et de la cécité kifish en matière de couleurs, elle avait profité du détour qu'elle avait fait par sa cabine avant de débarquer pour changer le pantalon bleu d'étoffe grossière qu'elle portait à bord contre un bouffant de soie, et avait mis sa plus belle ceinture, celle dont les glands étaient constitués de pierres semi-précieuses et de *ui,* squelettes de polypes que l'on trouvait dans les mers d'Anuurn et qui, ailleurs, valaient plus cher que les rubis : en règle générale, les Hani ne pratiquaient pas la pêche sous-marine mais elles avaient le sens du commerce et, connaissant ces madrépores, elles avaient présumé que les Stsho feraient grand cas de cette claire et rarissime substance, calcul qui s'était révélé exact. C'était dans cet appareil dont la splendeur s'agrémentait de deux bracelets d'or et un d'argent, sans parler de tout un déploiement de pendants d'oreilles, que Pyanfar se rendait, dans l'altier équipage, qui convenait à une capitaine au long cours hani, au rendez-vous que lui avait fixé celui qui s'était lui-même conféré le titre de prince des pirates.

Elle était ressortie de ses quartiers ainsi parée avec magnificence, avait pris l'ascenseur pour retrouver Hilfy dans l'étroit couloir d'accès du sas, et avait informé les Kif qu'elle attendait son escorte. Pendant ce temps, Haral avait ouvert la porte au verrouillage télécommandé de la prison de Skkukuk et lui avait donné pour instructions de gagner l'ascenseur de la coursive extérieure où Tirun lui avait apporté son pistolet; tout cela afin de sauvegarder sa dignité. Le gredin, empestant l'ammoniac, arrivant sans se presser, s'était présenté armé et avait toisé avec arrogance les émissaires kifish : après tout, sa capitaine allait tenir conférence avec le *hakkikt* et c'était lui plutôt qu'aucun des autres membres de l'équipage qu'elle avait choisi pour l'accompagner. Skkukuk exultait littéralement.

Hilfy, en revanche...

Elle avait aplati ses oreilles en voyant qui arrivait et l'on avait pu lire dans ses yeux une expression de stupeur horrifiée que les Kif avaient fort bien pu attribuer à la consternation que le fait de se voir supplantée par un garde du corps kifish lui faisait éprouver. C'était le cas mais pour d'autres raisons.

Toujours est-il que la petite avait gardé bouche close et subi l'affront sans se départir d'un morne mutisme. Probablement aurait-elle des quantités de choses à dire quand elle aurait regagné la passerelle, ce qu'elle avait sans doute fait dès l'instant où le tambour s'était refermé, si vite que le pont avait dû fumer !

Derrière eux, naquit une lueur stroboscopique dont les pulsations effleuraient par à-coups les ponts roulants et les longrines. Pyanfar savait de quoi il s'agissait. Kesurinan se retourna et, d'un même mouvement, les Kif en firent autant.

– *Kkt,* fit l'un d'eux, *kkkt...*

Et il lui fit face comme les autres, la tête dressée, menaçante, dardant nerveusement sa langue. Il empoigna son arme.

Pyanfar ne bougea pas. Elle lui sourit. Un sourire qui, chez les Hani, n'avait pas la bonne humeur de celui d'un Mahendo'sat ou d'un humain mais qui, en cet instant, semblait presque aussi gai. *L'Orgueil de Chanur* venait de se mettre en charge et les détecteurs avaient capté le flux d'énergie et déclenché l'alarme qui aurait mis la station en alerte quand le *Mahijiru* et le *Vigilance d'Ehrran* avaient pris l'espace si celle-ci n'avait pas été alors trop occupée pour que qui que ce fût réagisse.

– Nous ne partons pas, dit Pyanfar aux Kif sur un ton joyeux. C'est honorifique. Pour que vous sachiez à qui vous avez affaire... Gloire au *hakkikt.*

Peut-être les Kif étaient-ils aveugles à bien des choses mais ils ne l'étaient pas au sarcasme, à l'arrogance, au défi lancé à la station de Kefk et à l'infinie puissance du *hakkikt.* Ils ne se rallieraient pas autour de leur *hakkikt* comme le feraient les Hani autour d'un chef, Pyanfar en aurait mis sa tête à couper : il n'était que le *hakkikt* et un autre pouvait surgir à tout moment et sans prévenir. Ils ne le défendraient pas contre quelqu'un en situation de le braver de la sorte. Ce geste de défi ne pouvait que les déstabiliser, faute de directives qui leur auraient clairement indiqué comment le *hakkikt* relèverait le gant. Ils risquaient, aussi, de provoquer la colère du *hakkikt* en lui créant à leur tour un problème. Pyanfar avait devant elle deux Kif on ne peut plus désorientés. Et son sourire avait quelque chose qui rappelait beaucoup l'humour d'un primate tandis qu'elle reprenait sa marche, les deux Kif sur ses talons, Kesurinan à son côté et Skkukuk, armé et mortellement dangereux, couvrant son flanc. Peut-être était-il, lui aussi, un Kif fort désorienté : sa propre *hakt'-mekt,* sa noble capitaine, ne venait-elle pas de défier la plus haute puissance de ce quadrant de l'espace ?

Par les dieux, elle venait de prendre ses marques et de montrer à ladite Puissance la valeur que son équipage attachait à sa vie.

Et cette puissance-là, aucun Kif ne pouvait la prendre en compte, ni ne pouvait aisément la prévoir.

Le martyre était une notion de nature à faire frémir Sikkukkut en personne.

– Message du *Harukk,* annonça Hilfy Chanur d'une voix froide et posée bien que sa main, en l'air au-dessus de la console, tremblât. Citation : *Nous demandons avec insistance quelle est la cause de cette violation des règlements.*

– Réponse : Nous avons suivi les instructions de notre capitaine.

Le ton d'Haral Araun était parfaitement calme.

Les poils d'Hilfy se hérissèrent sur son échine. Elle parlait plus couramment le kifish principal que la plupart des Hani, et que la plupart des officières de télécommunications ayant beaucoup plus d'ancienneté qu'elle. Et ce qu'Haral disait aux Kif était précisément la bonne réponse kifish à faire, que la vieille spatienne le sût ou non. Et Hilfy aurait parié toutes ses maigres possessions que ce n'étaient pas les manuels d'instruction qui la lui avaient soufflée mais des décennies passées à se frotter avec les Kif dans les ports. Elle la traduisit en langue kifish à l'intention de l'officier des transmissions du *hakkikt*. Quand elle l'eut pianotée sur son clavier, il s'ensuivit un silence à couper au couteau.

Clic.

– Le *Harukk* a coupé le contact.

La voix d'Hilfy était toujours aussi flegmatique bien que son cœur cognât à grands coups dans sa poitrine. À côté d'elle, Tully, Geran et Khym, les yeux rivés sur leurs écrans, surveillaient le peu qu'ils pouvaient voir de la station – la position de *L'Orgueil* embossé à son poste de mouillage ne leur permettant d'en avoir qu'une vue limitée – et ses émissions. Tirun Araun, à son poste au routage près de la cloison arrière, assurait les fonctions de copilote à la place d'Haral. Et Tirun avait aussi la responsabilité de l'armement. Pour le cas où…

– Ha, murmura soudain Khym.

– Nous avons perdu le signal de la station, dit Geran.

Les officiels de Sikkukkut avaient rendu *L'Orgueil* aveugle; pour autant, du moins, qu'une station pût rendre un astronef aveugle. Sans nul doute, quelqu'un était au *communico* pour avertir le *hakkikt* qu'il y avait un vaisseau hani activé et armé dont la puissante proue collait au ventre mou de Kefk.

Sans parler de ce que pouvaient faire ses moteurs si les aubettes de saut étaient mises en service alors que le navire était à quai. Une partie de leurs particules resteraient dans l'espace réel en état de tumultueuse agitation. D'autres, dans leur course aléatoire, pénétreraient dans l'hyperespace et seraient aspirées par les puits de la gravité locale, dont le plus grand était l'étoile principale autour de laquelle orbitait Kefk. Tout se dissocierait irrémédiablement, se transformerait en une incandescence ponctuelle ou, tentative vouée à l'échec, en un trou noir, se dépouillant de toute substance puisque rien n'avait de potentiel directionnel excepté la station et le déplacement de l'étoile dans le continuum. Ce ne serait probablement pas assez pour empêcher l'implosion. Hilfy introduisit par l'intermédiaire du clavier la masse de *L'Orgueil* et son évaluation de la masse totale de la station, plus une troisième donnée : le nombre des navires à quai. Des chiffres et des calculs de manuels scolaires se bousculaient dans sa tête, suscitant en elle une sombre et fugace ironie.

Il était significatif que les Kif n'aient pas immédiatement exigé de l'équipage qu'il désactive *L'Orgueil* : ils savaient qu'ils ne pouvaient l'y contraindre tant que Pyanfar ne serait pas à leur merci.

Et Hilfy ne voulait pas penser, pour le moment, à cette perspective. Elle s'astreignait simplement à calculer les paramètres de leur éventuelle vaporisation pour savoir s'ils se transmuteraient en une bulle hyperspatiale; si, avec les navires, la station et toute cette masse, ils auraient ou non un effet hyperspatial sur la grande étoile quand ils pénétreraient en elle.

Elle transmit ces données au navigateur puisque c'était là que les variables de la bulle étaient entreposées sous forme d'équations standard. Son moniteur émit à ce moment une pulsation lumineuse accompagnée de bips sonores et un message apparut, trop tôt pour que le navigateur ait eu le temps de répondre à ces interrogations complexes. TRLING/PR 1, lut-elle. MDP.

Mot de passe ?

Question émanant du nav ?

Ces deux suppositions lui vinrent à l'esprit tandis qu'elle levait les yeux vers le haut de l'écran où le nom du programme était inscrit. Cela devait correspondre à PRIORITÉ Nº 1 et à TRACEUR LINGUISTIQUE. Cette déduction fit à Hilfy l'effet d'un jaillissement d'eau fraîche.

Elle tapa YN, ce qui était le nom de ville le plus court d'Anuurn et la clé d'accès de leurs systèmes codés dont la frappe était la plus rapide.

L'écran se ralluma : *Syntaxe effectuée. Affichage/Imprimante ?/Ruban ?/Tout ?*

Hilfy tapa A et I. Un texte se forma, fourmillant de blancs et d'erreurs de syntaxe. Le décryptage-code s'appuyait sur le postulat que c'était du mahensi mais ce n'était pas du mahensi standard, c'était un lointain dialecte apparenté, encore que l'ordinateur trouvât certaines significations par analogie. Le message de Jik. Le paquet codé qu'il leur avait confié sur Mkks.

Un dialecte. Mais lequel ?

Elle enfonça farouchement d'autres touches, demandant l'affichage de l'original du message qui s'inscrivit sur l'écran sous forme de phonèmes mahen vaguement reconnaissables.

– Ô dieux ! murmura Hilfy. Haral, Haral, l'ordinateur vient d'afficher le message de Jik mais il reste illisible. Il débite des mots en série sans effectuer un triage systématique… là, il y a une percée.

Un tracé rouge ondoyant apparut en haut de l'écran. C'était Tirun qui, s'affairant sur son clavier, faisait transiter l'information sur son propre écran et, sans doute, sur celui d'Haral.

– Continue, ordonna cette dernière. Tirun, contrôle le *communico.*

– Compris, dit Tirun.

– Compris, marmonna Hilfy.

Tandis qu'elle pianotait sur les touches, ses

poils se hérissaient sur sa nuque et ses oreilles frémissaient sous l'effet de la frustration. Ce maudit ordinateur qui lui avait soumis un problème résolu à demi alors qu'on était au bord de l'anéantissement la rendait à moitié folle de rage.

Les Kif peuvent maintenant percer notre bluff à tout instant.

Haral pourrait appuyer sur ce bouton.

Nous pourrions filer droit sur ce soleil, et quelle est cette maudite langue qu'il utilise et que l'ordinateur ne comprend pas ? Ô dieux ! Quand cette alarme va-t-elle retentir ? Nous allons mourir, dieux pourris, et il me donne quelque chose sur quoi plancher. Haral, laisse-moi arriver au bout de cette saleté de problème stupide avant d'actionner ce bouton de malheur, c'est terrible de mourir avec une question dans la tête… si tout est là-dedans, les « comment » et les « pourquoi », tous les subterfuges de Jik, tous ses secrets… n'appuie pas encore sur le bouton, Haral, dis-moi quand nous fuserons, je ne veux pas mourir avant d'avoir déchiffré ce…

L'ordinateur crachotait ses bips, effectuait ses tris, explorait de nouvelles pistes dans les directions vers lesquelles le poussait Hilfy qui, les poings serrés sur sa bouche, buvait l'écran des yeux, oublieuse du temps qui s'égrenait.

C'est probablement une lettre à sa femme. Allez savoir ! A-t-il une femme ? Des enfants ?

Nous allons mourir ici et cette idiote de machine est incapable d'aller plus vite et, n'importe comment, que pourrions-nous faire ? Pyanfar est déjà là-bas avec le Kif.

Et nous ne pouvons pas la rejoindre. Quoi qu'il arrive.

Le *Harukk* occupait un mouillage à l'écart, au-delà de la section de la jante abîmée mais, là aussi, les dégâts étaient visibles : les cloisons et les ponts étaient noircis par le feu, ils portaient des traces d'éclats de projectiles et d'impacts de rayons laser.

Et l'approche du vaisseau du *hakkikt*, bordé par une véritable forêt de hampes et d'étançons en haut desquels étaient fichées les têtes de ses ennemis et de ceux qui s'étaient dressés contre son autorité était encore plus sinistre qu'auparavant.

Pyanfar avait déjà vu ce spectacle et Kesurinan aussi. Une vague pensée effleura son esprit angoissé : Espérons qu'il les change... Dieux ! Putréfaction ! Les systèmes vitaux ont un travail sérieux à faire dans cette station. Dans quel état doivent être les filtres !

Mais elle était cuirassée, détachée, parce qu'elle avait l'habitude de telles horreurs et seul lui serrait le cœur le souvenir lointain et douloureux d'endroits qui ignoraient ce genre de choses, d'endroits peuplés de gens qui n'avaient jamais vu de leur vie la tête d'une créature douée de raison tranchée net et accrochée en l'air, comme un panneau de signalisation.

Ce Kif étendra son pouvoir au-delà de Kefk. Jusqu'où ? Que les dieux protègent les mondes civilisés !

Une soudaine envie d'éternuer la prit. Elle la refoula, fit de l'éternuement qui menaçait un grognement et s'essuya le nez. Elle était allergique aux Kif. Elle avait pris une autre pilule quand elle s'était changée mais, ici, l'atmosphère était oppressante. Des larmes lui montèrent aux yeux. Des vies dépendaient de la dignité de son maintien et elle se préparait à éternuer ! À la seule idée qu'elle allait le faire, son nez se mit à la démanger et ses yeux larmoyèrent un peu plus. Mais Pyanfar redressa les épaules et, oubliant ce picotement par un effort de volonté, braqua son regard sur la rampe d'accès béant pour les accueillir.

– Ça vient, ça vient, murmura Hilfy tandis que, de plus en plus nombreux, des mots entiers se formaient sur l'écran à mesure que se décryptaient les éléments clés et que l'ensemble se développait : un système de codage de fortune qu'un ordinateur de bord pouvait mettre sur pied et qu'un autre pouvait débrouiller s'il en avait la faculté.

Ce qui était le cas de *L'Orgueil.* L'officière de communications du bâtiment avait reçu en cadeau d'adieu de son papa le même système que celui qu'elle avait étudié par réseau *communico* sur Anuurn. Et, par les dieux, ça fonctionnait ! Il cherchait des structures dans ses dictionnaires exhaustifs, déployait ses tentacules pour s'emparer de la moindre bribe de mémoire qu'il pouvait trouver dans ses cloisonnements, faisait le tri, recoupait et explorait des équivalents phonématiques en liaison avec le nouvel ordinateur que les Mahendo'sat avaient installé sur *L'Orgueil* à Kshshti; les dieux seuls savaient tout ce qu'il pouvait faire. Même si quelqu'un voulant coder un document avait eu la sottise de le parsemer de noms propres ou d'employer des radicaux et des terminaisons révélateurs tels que *t', -to* ou *-ma,* le dispositif avait l'avantage de travailler sur ce programme-code mahen qu'il balayait à l'instar d'un système de contre-vérification. Le résultat de l'opération apparaissait sous une forme abréviative et tronquée mêlée d'archaïsmes et d'expressions codées qu'aucune machine ne pouvait déchiffrer, mais un sens finissait par naître petit à petit.

Primauté écrit hâte non* coureur/messager accident* œil/voir.*

Événements nécessitent clarifier action prendre primauté/audace...*

En Hani qu'elle était, Hilfy fit un choix. L'ordinateur effectua le changement requis :

Numéro un écrit hâtivement (?). Ne retenez pas ce courrier et ne prenez pas le risque d'une divulgation. Les événements m'obligent à éclaircir les actions que Numéro Un a engagées...

– Haral...

Hilfy sentit un frisson l'agiter tandis qu'elle proposait une nouvelle suggestion à l'ordinateur.

... puisque (Fantôme ?) ne respecte pas l'accord l'appui ira (à ?) l'opposition à tous les efforts en vue de soutenir candidature...

– Nous avons quelque chose là-dedans, murmura Tirun. Jik parle de trahir quelqu'un.

– Qui est *Fantôme* ? demanda Hilfy. Or-Aux-Dents ?

– Akkhtimakt ? fit Tirun.

– Ehrran ? laissa tomber à son tour Geran.

– Peut-être un humain, dit Haral.

Ô dieux ! Pyanfar a besoin de savoir cela.

Et elle ne le saura peut-être jamais.

S'ils lèvent la main sur elle, si nous anéantissons la station... Seuls les dieux savent quelles en seront les conséquences... si nous sommes contraints d'en arriver là. S'ils nous forcent à le faire.

Bonté des dieux, nous parlons d'un complot qui va jusqu'à Maing Tol ou ailleurs... Candidature... Qui se soucie ici d'être candidat à quoi que ce soit...

... excepté le *hakkikt*.

Les couloirs du *Harukk* hanteraient désormais les rêves de Pyanfar. Empestant l'ammoniac, ils étaient plongés dans la pénombre. Où étaient les placages lisses et clairs des coursives de *L'Orgueil* ? Les canalisations que rien ne dissimulait se hérissaient de saillies qui – la Hani le constata dans une soudaine illumination – devaient être l'équivalent kifish d'un code coloré. Ces reliefs ajoutaient à ces conduits des ombres incongrues dans l'affreuse lueur orangée des omniprésentes rampes à sodium que venait parfois rompre celle, froide et d'un vert jaunâtre, d'un tube à incandescence. De hautes silhouettes en robes sombres les précédaient, d'autres les suivaient. Enfin, une porte s'ouvrit et, encadrée par Kesurinan et Skkukuk, elle entra dans la salle tout autour de laquelle étaient encore postées de noires silhouettes encapuchonnées, et où l'attendait le *hakkikt.*

De deux globes d'encens surmontant des espèces de mâts s'élevaient des volutes de fumée à la piquante odeur nauséabonde. La faible lumière d'un plafonnier se déversait sur une table basse et sur le siège aux pieds insectoïdes sur lequel était assis Sikkukkut en personne. Les parements d'argent de sa robe ténébreuse accrochaient des reflets orange. Quand il leva la tête, révélant un groin étiré, quasiment glabre, ses yeux noirs étincelèrent.

– Chasseresse Pyanfar, dit-il. *Kkkt !* Et est-ce Kesurinan du *Aja Jin* ?

– Elle-même, *hakkikt.*

Mais Kesurinan s'abstint de poser la question qui lui brûlait probablement les lèvres : *Où est mon capitaine ?*

Pyanfar s'installa tranquillement sur un autre des sièges insectoïdes, jambes repliées à la manière kifish, tandis qu'un des *skkukun* lui apportait une de ces coupes sphériques ciselées à crête qu'affectionnaient les Kif. Un autre la remplit de *parini.*

– Vous aussi, dit Sikkukkut à Kesurinan qui marquait une hésitation.

La Mahendo'sat s'assit à côté de Pyanfar. Sikkukkut posa les yeux sur Skkukuk.

– *Kkkkt ! Sokktoktki nakt, skku-Chanuru.*

Un instant de flottement. C'était un geste de

courtoisie de la part du *hakkikt* d'inviter un esclave kifish à prendre place à sa table à côté de son capitaine.

– Huh, fit Pyanfar, sentant son appréhension.

Et quelque chose en elle se rétracta quand elle vit avec quelle délicatesse et quelle détermination Skkukuk contourna la table et s'assit dans le fauteuil attenant au sien. Il ne marchait pas : il *glissait.* Rien de furtif, aucune dérobade dans sa démarche : il se mouvait avec cette fluidité qui pouvait être si dangereuse chez un Kif. Un Kif très puissant. Un de ces Kif dont, instinctivement, elle suivait chaque geste quand elle les rencontrait sur un quai ou dans un bar. Et ce Kif-là, ce Skkukuk, était un combattant, membre d'une race dont les représentants naissaient combattants. Et qui, pour l'heure, lui était totalement dévoué.

Elle but une gorgée de son *parini,* Sikkukkut en but une du breuvage qu'il avait dans sa coupe tandis qu'un *skku* servait les deux autres.

– Tahar est en chemin, commença le *hakkikt.* Et votre navire est en état d'alerte, chasseresse Pyanfar. L'avez-vous remarqué ?

– Je l'ai remarqué.

Pyanfar gardait un maintien décontracté.

La langue de Sikkukkut jaillit hors de la brèche en forme de *v* de ses dents, plongea dans la coupe et réintégra son groin.

– Moi aussi. Votre équipage soutient qu'il obéit à vos ordres. Est-ce exact ?

– Oui.

– *Kkkt !* (Un silence.) Alors que vous êtes à quai ?

– J'espère, dit Pyanfar sur un ton posé, j'espère, compte tenu du fait qu'il pourrait peut-être y avoir encore sur cette station des comploteurs qui ne demanderaient pas mieux que de nuire aux alliés du *hakkikt,* qu'on ne tirera pas sur mon bâtiment. J'espère que le *hakkikt* assurera notre protection dans une telle éventualité.

Silence de mort. Enfin, Sikkukkut darda à nouveau sa langue dans sa coupe et battit des paupières avec ce qui, chez un Kif, pouvait passer pour de la bonhomie.

– Vous avez été déraisonnable, chasseresse Pyanfar. Il n'y a que trop de possibilités de commettre une erreur. Et vous avez placé beaucoup trop de pouvoir dans les mains de subordonnés. Nous en reparlerons.

Derechef, le silence retomba, un silence que Pyanfar était peut-être censée briser. Mais elle ne répliqua pas, se bornant à regarder pensivement le *hakkikt* sans bouger.

Bâtard sans oreilles, songeait-elle. Où est Jik, belette assassine ?

Elle s'efforçait de ne pas penser de quel genre de démonstration Sikkukkut était capable.

– Nous discuterons de cette question.

Il y eut dans la coursive un léger bruit feutré : quelqu'un arrivait. Est-ce Tahar ? Oui. Seule en dehors de mon escorte. Quelle est cette nouvelle tactique, je me le demande.

Tahar marqua un temps d'arrêt sur le seuil de la porte, puis, obéissant au geste d'invite du *hakkikt,* s'avança sans hâte et prit place à la table; Hani à la crinière ondulante, au cuir bronzé des terres méridionales, à qui la balafre qui couturait son museau donnait un air farouche et bravache.

Sikkukkut dévisagea Pyanfar.

– Ainsi, tous les navires dont vous disposez sont entre mes mains.

– Je suis, moi, entre vos mains, rétorqua-t-elle de la voix calme qu'elle employait quand elle avait affaire à un haut fonctionnaire des douanes, prompt à infliger des amendes. (Mais garde-toi de laisser entendre que tu ne contrôles pas ces navires. Non. Ne l'avoue pas, pas à un Kif. Le rang, Pyanfar Chanur. Avec lui, c'est la seule chose qui compte : tenir son rang.) C'est une situation complexe, *hakkikt*. L'intelligence hani, après tout, est différente de l'intelligence kifish. Mais c'est ce qui me donne la valeur que j'ai à vos yeux.

– Mais qu'est-ce que c'est que ce galimatias ? s'exclama Haral.

Elle avait devant elle dix pages bourrées de mots de code que seuls, peut-être, Jik et son Personnage pouvaient comprendre. Hilfy, qui avait la même liasse sous les yeux, la feuilletait, s'arrêtant ici et là pour essayer de se faire une idée de ce que les phrases pouvaient bien signifier.

... Fantôme poursuit son action conformément à ce qu'elle a indiqué dans son précédent rapport.

Des fragments et des bribes d'informations reposant sur d'autres informations.

... rapports d'inconvénient/inconvénient ? sont négatifs.

– Je pense qu'*inconvénient* est encore un autre nom de code, fit Tirun de sa place au bout de l'alignement des consoles.

– Peut-être que *Fantôme* se réfère à nous, suggéra Hilfy.

– Si *inconvénient*...

Tully émit un son et Geran interrompit Hilfy :

– Priorité ! Moteur en action repéré. En approche de la jante de la station et se dirigeant vers le bassin 23...

Le poste de mouillage voisin de celui du *Harukk*. C'était un navire kifish.

– Je suis heureux de savoir quelle est la valeur que vous représentez pour moi, dit prudemment Sikkukkut. Il est toujours utile que les choses de ce genre soient explicitées. (Ses doigts caressaient sensuellement et sans interruption les reliefs de la coupe qu'il tenait à la main.) J'ai eu une conversation semblable avec mon ami Keia. Il a essayé de m'expliquer. Mais avec un succès... incertain.

– Il est très précieux. (Le cœur de Pyanfar cognait avec plus de violence dans sa poitrine. Attention, attention, ne l'associe pas avec l'équipage et avec tout ce que nous avons.) C'est une force qui nous manquera, contre La Jonction.

– Vous vous chargez de La Jonction ?

– J'attends l'ordre, *hakkikt.*

– C'est donc *pour cela* que les moteurs de votre navire ont été activés.

Pyanfar sourit. Un léger plissement des lèvres qui était un franc sourire hani.

– Je suis prête à partir.

– *Kkkt !* En tant que mon *skku* ?

– Nos intérêts se confondent.

– Et vos subordonnés partagent-ils votre enthousiasme ?

– Ils vous ont suivi jusqu'ici.

– La Jonction, ce pourrait être beaucoup plus dangereux.

– Mon équipage en a parfaitement conscience.

– À quel mobile obéit-il, selon vous ?

– L'intérêt individuel. La survie.

– Il pense donc qu'il a avantage à obéir à vos directives ?

– Évidemment. Il est là, n'est-il pas vrai ?

– Vous avez pu vous rendre compte sur les docks des conséquences d'une erreur d'appréciation.

– J'ai remarqué, *hakkikt.*

– Vous considérez toujours Keia Nomesteturjai comme un *ami,* chasseresse Pyanfar ?

– Quand vous employez ce mot, *hakkikt,* cela

me trouble. Je ne suis pas certaine que nous nous comprenions mutuellement.

– J'éprouve les mêmes appréhensions lorsque vous utilisez celui de *subordonné*. Que fait exactement votre vaisseau ?

– Il applique mes ordres.

– Qui sont ?

– Ne risquons-nous pas de nous attarder ? Sinon, je suis prête à en discuter. (Le *hakkikt* observa un silence de pierre et Pyanfar porta sa coupe à ses lèvres.) C'était de La Jonction que nous étions en train de parler. C'est là que nous allons.

– Soyez très prudente, chasseresse Pyanfar.

Pyanfar baissa les oreilles et les redressa. Mais le sens de cette mimique qui était pour les Hani une manière de s'excuser pouvait échapper à un Kif. Aussi battit-elle en retraite :

– Eh bien, je retire ma question.

– Nankt. (Le Kif leva la main. Une porte s'ouvrit. Il y eut un mouvement. Ce *Nankt* était un nom. C'était l'impression que cela donnait. Sikkukkut eut un ample geste du bras et souleva à nouveau sa coupe.) C'est une bonne chose que vous appreniez la prudence, chasseresse Pyanfar.

– Il reste en position stationnaire, dit Geran.

Hilfy suivait le développement de la situation sur son moniteur n° 2 : le balayage à champ limité de leur capteur avait décelé la présence d'un astronef surgi au zénith de la station. De la position qu'il occupait, il pouvait à son gré tirer tous azimuts.

– C'est l'*Ikkhoitr,* précisa Haral. Un des joujoux auxquels le *hakkikt* tient particulièrement, et ce n'est pas d'aujourd'hui.

– S'ils observent le silence et ne bougent pas,

c'est qu'ils sont en attente d'instructions, observa Tirun.

– Avance et recul stratégiques, fit laconiquement Haral.

Dans l'effort qu'elle faisait pour se contrôler, Hilfy sortait et rentrait ses griffes. Son estomac était pris dans un étau. Elle eut un frisson en pensant au bouton près duquel était posée la main d'Haral. Est-ce que tu nous avertiras avant de l'enfoncer ou est-ce que tu feras jouer l'effet de surprise, cousine ?

Prenant sur elle-même, elle revint à sa tâche et se plongea dans sa tentative de traduction, laissant Haral prendre sa décision au sujet du navire immobile au-dessus de leurs têtes.

Khym et Tully n'ouvraient pas la bouche. C'était le silence. Chur n'avait pas coupé son moniteur. Quand tout avait commencé, Geran était brièvement retournée dans sa chambre et, actionnant une des commandes du mécanisme, avait injecté une dose de sédatifs à sa sœur avant que les leviers de verrouillage ne s'ouvrent bruyamment et que l'on active les propulseurs de *L'Orgueil*. Sans parler d'autres choses qui auraient pu attirer l'attention de Chur et l'auraient mise au courant d'événements sur lesquels elle était sans pouvoir aucun. Quand elle avait sombré sans heurts dans l'inconscience, Geran était retournée sur la passerelle où son travail l'attendait et, depuis, elle s'y donnait entièrement, sans un frémissement, sans le moindre vacillement dans la voix, sans que son expression trahît ne fût-ce qu'un soupçon d'inquiétude.

Assez de lâcheté, Hilfy Chanur. Fais ton boulot et ne pense plus à cela.

C'était Jik qu'ils faisaient entrer, forme obscure et hébétée que deux Kif tenaient par les bras et qu'ils devaient soutenir pour qu'il reste debout. Il leva la tête et l'on avait l'impression que ce mouvement réclamait toute son énergie. Pyanfar sentit une nausée. Ses oreilles se contractèrent mais, malgré sa volonté de ne pas les laisser retomber, elles ne s'en couchèrent pas moins : n'importe quelle Hani respirant cette odeur de sueur puissamment imprégnée de drogue et de souffrance ne pouvait faire autrement que de plisser le nez et d'aplatir les oreilles, même si la créature qu'elle avait sous les yeux dans un pareil état n'était pas un ami.

– Keia, tes amis sont venus te voir, dit Sikkukkut.

– Stupidité, fit Jik d'une voix pâteuse.

Kesurinan se mit lentement debout et demeura dans cette position, bras ballants, une main effleurant l'étui à revolver fixé à sa ceinture, mais elle eut le bon sens de ne pas aller plus loin. Tahar se ramassa sur elle-même mais ne fit pas un mouvement, elle non plus.

Pyanfar tendit le menton vers Jik.

– Vous n'êtes pas en parfaite condition.

– Drogue. En pagaille. (La tête de Jik ballottait.) Maudite stupidité. Retournez navire. Privé, huh ?

– Ce sont les drogues, expliqua Sikkukkut. Je pardonne ce manque de courtoisie. Voulez-vous lui céder la place qui est la vôtre dans ce conseil, Kesurinan, ou non ? Il en sera comme il vous plaira.

Désavouez-vous votre capitaine ? Voulez-vous son poste ?

Peut-être Kesurinan ne comprenait-elle pas la question qui lui était posée. Elle s'approcha de Jik, le libéra de l'étreinte du Kif qui le maintenait d'un côté, passa le bras autour de lui et le fit précautionneusement s'asseoir.

– *Kkkt !* Comportement mahen.

Sikkukkut lapa le contenu de sa coupe tandis que Jik s'installait sur le siège insectoïde avec son fouillis de pieds que sa première officière avait approché de lui, et il vrilla son regard sur Pyanfar.

– 'jour, marmonna-t-il. Foutu gâchis.

– C'est un sale pétrin, assurément. Qu'avez-vous dit au *hakkikt* ? Que vous allez avec nous à La Jonction ?

– Pas savoir. (Jik ferma les yeux comme s'il avait un instant perdu conscience, puis les rouvrit. Dans la clarté orange qui les baignait, ils luisaient d'un éclat désespéré et des larmes ruisselaient sur sa peau et son pelage noirs. Il dilata ses paupières et remplit d'air ses poumons.) Retourner navire, Pyanfar.

– Voyez-vous, dit Sikkukkut, nous nous hâtons lentement. Kesurinan et Tahar, je vais vous dire ce que j'ai dit à mes autres capitaines : suivez vos ordres. Vous êtes venues ici, ce qui est très bien. Maintenant, vous allez vous retirer dans une autre pièce et vous y resterez jusqu'à ce que je vous libère. Dites-leur de faire cela, chasseresse Pyanfar, et rayez ce *skku* de votre rôle d'équipage.

– Faites ce qu'on vous demande, laissa tomber Pyanfar.

C'était une exigence du protocole. Ou une démonstration de puissance. Ils n'avaient pas le choix, même s'ils étaient armés. Elle considéra Tahar, la pirate au museau balafré qui se levait et lui décochait ce regard calme et inexpressif qui, deux ans durant, lui avait permis de maintenir des contacts étroits avec les Kif. Skkukuk se mit debout à son tour.

– Vous aller, dit Jik à Kesurinan dans un murmure.

– *A,* acquiesça Kesurinan.

– *Kkkt !* fit Sikkukkut qui n'avait rien perdu

de l'échange. Il agita une main. Les Kif ouvrirent un passage dans leurs rangs et l'un des dignitaires *skkukun* adressa un signe à Tahar, à Kesurinan et à Skkukuk. Pyanfar enregistra non sans un certain soulagement qu'on ne faisait pas mine de les désarmer et que Skkukuk n'avait donné aucun signal. S'il n'avait pas changé purement et simplement de camp pendant qu'il était assis à la table.

– Souhaiteriez-vous boire quelque chose, Keia ? s'informa Sikkukkut après le départ du trio.

– Non, répondit Jik d'une voix enrouée.

Sikkukkut pencha légèrement la tête vers Pyanfar :

– Il a tous ses esprits. Et tout ce avec quoi d'autre il est né. J'ai donné des ordres stricts en ce sens. En considération d'une vieille amitié, *kkkt,* Keia ? Mais vous ne prendrez pas le commandement de l'*Aja Jin,* chasseresse Pyanfar. Pas de celui-là. C'est une condition qu'il a très clairement exprimée, n'est-il pas vrai ?

– Il fera ce que je lui demanderai de faire. En tant qu'allié.

– S'il fait ce que vous lui demandez au titre d'allié, ferez-vous, de votre côté, ce qu'il vous demandera ?

– C'est arrivé dans le passé. J'estime qu'il a une dette envers moi.

– Marchands ! Mais Keia soutient qu'il n'est nullement un marchand. Je ne pense pas qu'il fera du commerce. En ferez-vous, Keia ?

Silence. Un silence interminable.

– Entêté... il est très entêté. (Nouveau coup de langue dans la coupe.) Dites-moi, *Chanur-skku,* que dois-je penser de votre navire ?

– Qu'il est prêt à prendre la route de La Jonction, *hakkikt.*

Le groin étiré de Sikkukkut se haussa. Ce balancement de la tête n'était pas un geste amical, c'était un geste de menace et ses yeux noirs et glacés scintillaient à la lueur sulfureuse des luminaires.

– Ismehanan-min est allé à La Jonction, *skku* de Sikkukkut. Maintenant, je suis au-delà des limites de la patience. À l'heure qu'il est, une de mes unités est en position au-dessus de l'axe de la station, ses canons pointés sur votre vaisseau. Et nous sommes dans l'impasse.

– *Hakkikt,* quand j'aurai rejoint mon bâtiment, je le désactiverai. Jusque-là, mon équipage a ses ordres.

– C'est là un bluff tout à fait stupide, chasseresse Pyanfar.

– Je ne bluffe pas. Nous pouvons tous périr ici. Vous n'avez pas affaire à un Kif, *hakkikt.* Je suis une Hani, ne l'oubliez pas.

Il y eut un mouvement dans la salle. Des cliquètements, et les témoins de charge des armes rougeoyèrent. Jik s'appuya des deux mains sur l'une des jambes insectoïdes de son siège et leva la tête.

– Votre unité n'attaquera pas la mienne parce que vous ne voulez pas que votre station subisse de dégâts, dit Pyanfar. Et mon navire ne bougera pas. L'ordre que j'ai donné n'est pas de déhaler. J'ai ordonné à mon équipage, au cas où je mourrais ici ou si vous lui donniez l'assaut, de mettre les aubettes sous tension.

3

Le silence qui suivit ces mots était à couper au couteau.

– Mettre les aubettes sous tension, répéta Sikkukkut. (Il posa les mains sur les jambes d'insecte de son fauteuil.) Ce serait un geste étonnamment puéril.

– Que m'importe si je suis morte ? rétorqua Pyanfar. Mais n'en doutez pas un seul instant : mon équipage est prêt à le faire.

– Martyre, dit Jik d'une voix rauque. (Il se souleva sur les bras pour faire face à Sikkukkut et demeura dans cette position, appuyé au cintre surélevé de son fauteuil, la tête sur les avant-bras, les lèvres retroussées en un rictus.) Elle *Hani.* Si elle dire équipage nous faire tous sauter, il faire sauter. Vous affaire avoir à équipage hani sacrément surchoix. Il être brave beaucoup pour vous. Vous utiliser judicieux.

Nouveau silence. Un silence plus épais encore. Enfin, Sikkukkut reprit sa coupe et lapa délicatement.

– *Bravoure.* C'est encore un de ces mots qui sonnent kifish jusqu'à ce qu'on regarde de plus près le sens dont il est chargé. Un mot dont je me défie. Profondément.

– Considérez-le seulement comme un programme de survie à long terme, fit Pyanfar. Mais n'y prêtez pas attention. (Elle agita la main.) Ce qui m'intéresse réellement, qui nous intéresse tous, j'en suis sûre, *hakkikt,* c'est ce que nous allons faire en ce qui concerne La Jonction. Vous voulez la coopération de Jik. Je peux vous la faire obtenir.

– Je vous rappelle que vous avez lamentablement manqué votre coup avec Or-Aux-Dents. Nous tenons pour établi que, là, vous avez échoué. Par moments, je m'interroge.

– Par moments, je m'interroge moi aussi, *hakkikt.* Et je ne sais toujours pas ce qu'il médite. Je m'inquiète davantage de ce que méditent les humains et je peux vous dire carrément… (elle leva son index, griffe sortie)… que Tully ne le sait pas. Je l'ai interrogé à fond. Et je sais quand il ment et quand il ne ment pas. C'était un courrier qui ignorait tout du message dont il était porteur. Or-Aux-Dents l'a utilisé, puis il l'a laissé en plan : une mauvaise habitude qu'il a et dont j'entends parler avec lui. Il a trahi Tully, il a trahi Jik. Il m'a trahie, moi. Et pour tout embrouiller, il m'a apporté une aide en me fournissant du matériel médical dont nous avions besoin. Je ne sais pas déchiffrer les signaux qu'il envoie. Je suis absolument franche avec vous. Je peux vous dire que les rapports que nous entretenons, Ehrran et moi, ne sont pas amicaux. Et elle a, de son côté, des rapports avec les Stsho en qui j'ai encore moins confiance. Telle est ma position. Je veux récupérer Jik. Je le veux sous mon autorité, *hakkikt.*

Jik poussa un juron.

– Hani...

– Il est loyal, reprit Pyanfar. Si, à ma requête, vous lui accordez cette faveur, il sera pris dans un dilemme moral qui ne sera pas du tout du goût de son gouvernement. Mais avons-nous besoin de le lui faire savoir ? Et il serait désastreux de laisser Or-Aux-Dents représenter à lui seul les Mahendo'sat. Jik est dans votre camp. Si vous le perdez, *hakkikt,* vous n'aurez aucune chance de convaincre les Mahendo'sat de signer quelque traité que ce soit. Donnez-le-moi. Je sais comment m'y prendre avec lui.

– Eh bien, prouvez-le en lui arrachant la vérité. Faites en sorte qu'il vous dise quelle est la destination des humains, ce qu'Ismehanan-min lui a dit avant de partir et ce qu'il sait des accords passés avec les Méthaniens.

Tu es stupide, Pyanfar. Tu l'as bien cherché ! Mais que faire d'autre ? Comment obtiendrons-nous quoi que ce soit sans ce Kif ?

Elle posa son regard sur Jik qui se tournait

vers elle. Autour des yeux du Mahendo'sat perlaient de fines gouttelettes de sueur qui allaient se perdre dans sa sombre toison. Des yeux scintillant de reflets orangés et que cernaient des rides qu'elle ne lui avait encore jamais vues.

– Vous l'avez entendu, Jik. Vous savez ce qu'il veut.

– Je savoir.

Rien dans la laconique réponse de Jik ne permettait de penser qu'il parlerait.

– Écoutez-moi. (Pyanfar allongea le bras et prit le poignet de Jik dans sa main. Odeur de sueur, odeur de drogues, odeur de la terreur à l'état brut.) Jik, j'ai besoin de vous. Vous entendez ? Vous m'entendez ?

Un spasme tordit le visage du Mahendo'sat. Il montra les dents, puis s'affaissa sur lui-même, exténué. Ses yeux se fermèrent. Se rouvrirent.

– Partir ? Entendre ?

Il ne pensait pas seulement à l'*Harukk* en disant cela, c'était évident.

– Si le *hakkikt* échoue, où en serons-nous, Jik ? Jik. Jik...

Il y a une raison que je ne peux pas vous expliquer. C'était ce qu'elle essayait de lui dire par son regard, par une plus forte pression de la main. La griffe de son pouce s'enfonça avec une telle force dans le poignet de Jik qu'il grimaça et se rétracta. Mais Pyanfar ne lâcha pas prise.

– Écoutez-moi. Si le *hakkikt* échoue, que deviendrons-nous ? Cette canaille d'Akkhtimakt... (Elle joua à nouveau de la griffe. *J-i-k,* épelait-elle en code ponctuel.) M'entendez-vous ? M'entendez-vous ?

Cette fois, Jik ne se rétracta pas. Sa main bougea.

– Je entendre. (Une voix éraillée, bouleversée.) Mais...

– Vous obéirez à mes ordres. Vous entendez ? (En même temps, sa griffe épelait dans la chair de Jik : t-r-a-h-i-s-o-n-h-u-m-a-i-n-e. La sueur ruisselait des yeux du Mahendo'sat.) Jik. Dites-lui tout.

Il hésita un long moment. Elle sentait frémir les muscles de son bras. L'odeur de la peur gagnait en intensité. L'expression de Jik était hallucinante : il y mettait toutes les questions qu'il voulait poser et Pyanfar ne savait qu'y répondre. Si jamais un Kif remarquait le mouvement secret de son pouce piquetant la paume du captif, c'en était fait d'eux.

Mais elle n'en insista pas moins : V-é-r-i-t-é. P-a-r-l-e-z.

Jik détacha son regard du sien et, se retournant dans son fauteuil, fit face à Sikkukkut.

– Ana dire... humains aller La Jonction. Vérité. Ils combattre Akkhtimakt. Penser Hani se battre contre Kif. Ensuite... (La voix de Jik se brisa)... Hani, Stsho, humains, Mahendo'sat, tous combattre Kif.

– Et votre tâche, fit lentement Sikkukkut, est de faire en sorte que je me rende à La Jonction pour livrer bataille à mon rival Akkhtimakt, pendant que tous les autres lanceront l'offensive contre moi. C'est le rôle que votre partenaire vous a assigné ? (Un silence prolongé.) Répondez.

– Il non dire je quoi il faire. Il dire... dire je aller La Jonction, attendre ordres.

– Pour vous retourner contre moi au moment opportun. *Kkkkt !* Et maintenant, que comptez-vous faire ?

– Je penser il sacrément fou. (Derechef, la voix de Jik vacilla.) Je penser meilleure idée tout de suite aider vous régler compte Akkhtimakt.

– Et vous retourner ensuite contre moi.

– Non. Non. Je penser Ana avoir erreur fait.

Avoir peur il faire bêtise nº 1, *hakkikt.* Je sacrément non penser il faire quoi il avoir fait. Je mouiller quai, essayer sortir Pyanfar sale situation, je non savoir foutu associé mien ravager foutu dock, je non savoir il quitter système, je non savoir il faire marché avec Ehrran et gredins stsho... Quoi arriver ? Me faire tirer dessus, être capturé, drogué, battu, vous penser je stupide assez, *hakkikt,* pour venir si je avoir su quoi il faire ? Foutre non ! Peut-être Ana avoir eu bonne idée mais non savoir je être là; je non savoir il aller prendre espace... sale pétrin. Ehrran bombarder dock, Ehrran tuer gens vôtres. Elle. Je non penser il savoir quoi elle faire.

– Ils se sont rencontrés. Ils ont parlé. Cela, nous le savons.

La tête de Jik retomba sur sa poitrine et ses épaules s'affaissèrent. Mais il se redressa, prenant appui sur ses bras.

– Je penser ils parler marché avec Stsho. Je penser Ana non savoir, non savoir quoi elle faire... Il juste pressé. Il avoir prévu partir. Mais plus tard. Pas aussi vite. Il penser avoir temps. Ehrran faire lui déhaler. Peut-être il penser je mort, non savoir. Peut-être il penser nous tous sur ce quai être. Peut-être il penser équipage *L'Orgueil* parti, peut-être il penser tout détruit... Je non savoir, *hakkikt.* Non savoir.

– Vous vous contredisez.

– Non mentir. Je non savoir. Non savoir.

– Et les Méthaniens ? Quelle entente a été passée avec eux ?

À nouveau, la tête de Jik retomba sur ses bras. Pendant un moment, il conserva une immobilité totale et un Kif s'approcha de lui. Pyanfar ne bougeait pas, luttant pour apaiser ses nerfs en débandade jusqu'à imposer le calme au plus profond de son esprit.

C'est la désintégration de la Communauté qui est en jeu.

Nous pouvons avoir raison de lui quand nous le voudrons, avoir raison de cette pourriture de Kif si nous voulons mourir… et, maintenant, nous sommes tous les deux morts, Jik et moi. C'est sans importance. Il est sans importance qu'il souffre, ce n'est rien, rien en face du reste, cela ne compte pas réellement. Je regrette, Jik. Je ne m'en préoccupe pas, je ne peux pas me le permettre, je ne peux pas puer la peur, je n'ose pas. Pas si nous avons une chance. Et si je dois aller jusqu'au bout, j'irai, Jik. Vous êtes un professionnel. Vous savez ce que je suis en train de faire, même ivre de drogue, vous savez que je ne peux rien faire d'autre. Nous réglerons tout cela plus tard.

– Répondez-lui, Jik.

Et, dieux, trouvez une bonne réponse.

J'ai besoin de vous, Jik.

Cette partie, je ne peux pas la jouer seule.

Jik sortit de l'immobilité. Il releva une nouvelle fois la tête.

– Tc'a, fit-il d'une voix caverneuse.

– Eh bien quoi, les Tc'a ? demanda Sikkukkut.

– Je parler avec. Peur beaucoup. (Ses mains étaient moites. Il dut faire un effort sur lui-même pour garder la tête haute.) Knnn inquiets beaucoup. Humains traverser espace knnn. Peut-être attaquer navire knnn.

– *Kkkkt !*

– Grande stupidité. Tc'a vouloir Knnn tranquilles. Vouloir Mahendo'sat tranquilles, vite. Tc'a furieux très contre Ana. Parler moi… parler moi… vouloir Knnn calmer. Je dire Tc'a… Tc'a, devoir aider vous Sikkukkut. Bon camarade, Sikkukkut. Alors Tc'a venir Kefk avec nous. Mais…

– Les Knnn l'ont enlevé.

– Enlevé. Non savoir pourquoi. Peut-être demander pourquoi il avec nous venir. Peut-être demander quoi faire nous. Knnn fous beaucoup. Non connaître esprit knnn. Faire tenir tranquilles, je dire à Ana, tenir tranquille toi. Knnn agités. Je non savoir, non savoir, non savoir…

Les mains de Jik lâchèrent leur appui et il resta affalé contre le dossier de son siège.

Pyanfar saisit délicatement sa coupe et but une gorgée. Ne pense pas, ne réagis pas, maintenant il ne souffre pas. Garde ton sang-froid, fais attention et conserve ton détachement. On ne peut pas savoir ce que cette canaille va faire de nous à présent qu'il a ce qu'il veut.

– Je crois que c'est la vérité, dit-elle à haute voix. Cela concorde avec d'autres choses qu'il a dites. Les Mahendo'sat ont le comportement qui leur est propre. Et il est très vraisemblable qu'Or-Aux-Dents suive une démarche contraire pour donner une seconde option à son Personnage. Malheureusement, il semble que cette ligne de conduite implique qu'il aide Ehrran à me perdre. L'amitié est une chose précieuse, *hakkikt,* mais, dans le cas d'Or-Aux-Dents, l'intérêt de l'espèce est un moteur bien plus puissant. Il regrettera de me voir réduite à la ruine et privée de l'influence qui est la mienne. Je lui ai rendu service un jour et il y avait même une dette personnelle entre nous. Mais cela n'ira pas au-delà des regrets. Il considère qu'Ehrran possède ce qui l'intéresse présentement : elle a de l'influence sur le *han.* Jik poursuit une stratégie totalement différente au service du Personnage pour lequel ils travaillent tous les deux. Aussi, Or-Aux-Dents n'agira-t-il pas directement contre Jik afin que le Personnage ait ces deux options ouvertes. Mais, par les dieux, il lui tranchera la gorge s'il estime que la situation arrive à un point critique. Et elle sera critique quand nous nous retrouverons tous à La Jonction. C'est ainsi qu'Or-Aux-Dents agira avec les Méthaniens : en tuant Jik et en éliminant de la sorte la seule personne capable de traiter avec les Tc'a. Parce que Jik travaille avec eux. (Pyanfar s'interrompit pour porter à nouveau sa coupe à ses lèvres.) Vous m'avez dit à La Jonction que je désirerais un jour me venger de mes ennemis. La *pukkukkta.* Il m'a fallu chercher le sens de ce mot. Je sais maintenant ce que vous m'offriez. Vous m'avez dit aussi que si je ne voulais pas alors de la *pukkukkta,* je la voudrais plus tard. C'était avant que je ne sache que mon ennemie était une crapule d'Hani qui voulait ma peau depuis toujours. Je vais vous apprendre un mot hani : *haura.* Guerre à mort. Et il y a désormais *haura* entre elle et moi, entre elle et Chanur, entre elle et Geran et Chur Anify. Et Haral a aussi une dent contre elle, ainsi que Tirun Araun. Et j'aurai raison d'Ehrran même si je dois pour cela affronter Or-Aux-Dents, les Stsho, les Mahendo'sat et les humains. La *pukkukkta* est une émotion froide, la *haura,* elle, est une émotion brûlante. Mais cela ne veut pas dire qu'elle ne peut pas durer des années. Est-ce que je me fais clairement comprendre ? Cela prendra le temps qu'il faudra mais je finirai par l'écraser.

– Tout à fait clairement, chasseresse Pyanfar.

– Il y a aussi *haura* entre Tahar et Ehrran, et les intérêts de Tahar sont liés aux miens. Je suis le seul espoir qu'elle a de recouvrer sa réputation. Et sa puissance.

– Cela aussi est très clair.

– Par ailleurs, j'ai une question à régler avec Or-Aux-Dents – une question personnelle – et Jik est le meilleur instrument dont je dispose pour cela. C'est pourquoi j'ai besoin de lui.

– Aucun Kif ne serait aussi présomptueux.

– Aucun Kif ne pourrait vous proposer ce que je vous propose.

Il y eut un mouvement dans la salle, de légers caquètements. Et les armes étaient toujours prêtes à cracher le feu.

– Que me proposez-vous ?

– Une alliance avec des non-Kif.

– *Kkkt !* (Sikkukkut posa les mains sur son siège en levant son groin.) Où sont-ils ?

– L'un est affalé dans ce fauteuil, l'autre assise dans celui-ci. Et ils ne sont pas sans importance. Donnez-moi Jik, donnez-moi l'*Aja Jin* et je l'utiliserai pour régler mes comptes avec Or-Aux-Dents *et* Rhif Ehrran. Une arme dans ma main est une arme dans la vôtre.

– Vraiment ?

– Puisque nous avons des intérêts communs. Une Hani est très facile à comprendre : elle cherche l'intérêt du clan. Et Rhif Ehrran a pour objectif de détruire mon clan avec l'aide d'Or-Aux-Dents. Je vous ai dit que j'affronterais tous les autres pour la défaire. Et c'est exactement ce que je ferai.

Sikkukkut posa son menton étiré sur son poing. Sa manche passementée d'argent retomba, découvrant un bras mince et musclé. La lumière faisait luire ses yeux.

– Eh bien, chasseresse Pyanfar, la chance d'accorder vos actes à vos paroles vous sera donnée. (Le Kif leva l'index.) Vous aurez tout ce que vous réclamez.

Ô dieux ! C'est trop facile. Trop rapide. Trop complet.

Sikkukkut reprit :

– Vous prendrez l'*Aja Jin* et le *Lune Qui Monte,* et vous vous emparerez de La Jonction.

– *Hakkikt...*

– Vos prétentions sont grandes. Pouvez-vous

apporter plus que des mots ? À moins que, peut-être… Passerez-vous au service de mes ennemis ?

– Au service d'Ehrran ? (Pyanfar coucha les oreilles. Sans se forcer le moins du monde.) Non.

– Voilà qui est encourageant. (Sikkukkut leva un second doigt.) Soit : je vous donne Keia. À une condition.

– Laquelle, *hakkikt* ?

– Il embarquera sur *L'Orgueil.* Sous votre responsabilité.

– C'est le meilleur pilote que…

– Je connais ses talents. Et ceux de Kesurinan, qui sont considérables. Mais elle n'a pas sa témérité. Telles sont mes conditions et vous les accepterez pour votre bien, chasseresse Pyanfar. Laissé libre de suivre ceux qu'il sert, Keia trahirait vos intérêts. Au lieu de cela, je vous le donne et vous l'utiliserez à votre avantage mais, surtout, au mien. Me comprenez-vous ?

Les oreilles de Pyanfar frémirent. Ce qui n'était pas, non plus, de la comédie.

– Vous êtes très clair. Et il se peut que vous ayez absolument raison. Je suis d'accord.

– *Il se peut* que j'aie raison… Quelle générosité de votre part ! C'est bien le mot, n'est-ce pas ? Générosité.

– Je prends vos ordres. Ceux qui me connaissent seraient stupéfaits d'entendre ces mots sortir de ma bouche. Je suis une salope, *hakkikt,* une vieille salope au nez qui grisonne, et je n'ai pas pour habitude de me mettre aux ordres de qui que ce soit, mais je me mets aux vôtres. (Tu ne me feras pas faire machine arrière, canaille. Tu ne me traiteras pas comme un de tes affreux aux oreilles loqueteuses.) Vous m'en imposez et votre jugement a pour moi un sens on ne peut plus clair. Vous me donnez Jik ici présent et je m'assurerai de la docilité de Kesurinan. De la sienne aussi.

Je comprends ce que vous dites et, oui, vous avez raison. Vous voulez que je m'empare de La Jonction. Cela, je ne peux pas le faire, même avec Jik comme levier. Mais si vous arrivez derrière moi et si vous voulez semer la confusion parmi les Stsho… (Ce qui est ton plan, n'est-ce pas, crapule ?)… par les dieux, je saurai les occuper.

Sikkukkut porta sa coupe à son groin.

– Il vous faudra en faire davantage, *skku* mienne. J'ai un navire qui ne m'est pas indispensable. Savez-vous en quoi un bâtiment de chasse peut transformer un monde habité ?

Ô dieux !

– Aucun signal ne peut voyager plus vite que ce vaisseau. Il frappe et disparaît. Et les Hani n'auront pas droit à la parole. Le pouvoir que je vous donne peut vous être retiré. Rappelez-vous toujours que je puis vous en dessaisir. Je suis à même d'effacer Anuurn, monde habité ou pas. M'avez-vous bien compris ?

– Parfaitement. (Salopard ! Merci de l'avertissement. *Haura,* raclure ! Combien de temps Akkt lui-même survivrait-il à un pareil coup ? C'est la vie de la Communauté qui est en question. L'éradication de notre espèce.) Quand dois-je partir ?

– J'ai un pli pour vous. Il vous sera remis en même temps que la personne de mon ami Keia. Traitez-le bien. (Le groin de Sikkukkut se contracta.) Et ne le libérez en aucun cas. J'ai des projets pour la réalisation desquels il me sera utile. C'est un prêt, pas un cadeau.

Sikkukkut but de nouveau, puis il leva la main. À ce geste, un groupe de Kif qui se trouvaient à proximité sortirent de la pénombre. Quand ils passèrent devant le luminaire, leur ombre allongée tomba sur la table, enveloppant Pyanfar et Jik, qu'ils empoignèrent et mirent debout tout en caquetant et en jacassant à mi-voix entre eux. Le corps flasque du Mahe était sans ressort, et ce n'était pas simulation de sa part : ses bras qui pendaient se balançaient mollement et sa tête bascula en arrière quand les Kif le firent se lever de son siège et pivoter sur lui-même. Ses muscles dans lesquels s'enfonçaient les doigts kifish étaient avachis et sans tonus.

– Avec votre permission, murmura Pyanfar.

Elle posa sa coupe, se leva à son tour et fit une courbette protocolaire avec autant d'application qu'elle en mettait pour s'incliner devant les hiérarques du *han*. Elle gardait les oreilles droites et son visage était imperturbable tandis qu'elle lançait un coup d'œil vers Jik que les Kif entraînaient. Son regard revint à Sikkukkut. Interrogatif. En quête de ses instructions.

Il leva encore la main. Elle le salua une dernière fois et sortit. Dans la coursive mangée d'ombre, des Kif de rang inférieur s'effaçaient pour laisser le passage à quelqu'un d'aussi évidemment prestigieux qu'elle, faisaient la haie, tête basse, se collant contre les cloisons parcourues de tubulures.

Pyanfar avait le sentiment que ses genoux allaient la trahir et ployer sous elle. Cette odeur d'ammoniac l'étourdissait : elle n'avait pas éternué, grâce aux dieux, elle avait juste reniflé à une ou deux reprises, et avec assez de discrétion pour que cela passât inaperçu. Mais, soudain, la nausée lui tordait l'estomac et les battements de son cœur, épuisé de terreur, se faisaient lents et douloureux.

Le cauchemar ne se dissipait pas. Ils emmenaient Jik, il fallait qu'elle aille retrouver ses trois compagnons – la Mahe, la Hani et le Kif –, qu'elle débarque et observe à la lettre les instructions de Sikkukkut.

Il le fallait.

– Je l'ai récupéré, dit-elle laconiquement à

Kesurinan quand les Kif lui eurent ramené les trois autres dans la coursive conduisant à la sortie. Il reste sous ma garde.

Et elle eut mal quelque part au tréfonds de son âme, là où était réfugiée toute sa sensibilité, en voyant Kesurinan dresser vivement ses oreilles, en voyant son effroi, en la voyant étouffer instantanément sa réaction. Car Kesurinan n'était pas stupide; elle savait où ils étaient, qui était à l'écoute et elle savait qu'ils devraient faire tout ce que les Kif exigeaient pour autoriser son capitaine à quitter le *Harukk*. Kesurinan pensait que c'était à une alliée qu'elle parlait.

Sikkukkut avait absolument raison : les Mahendo'sat seraient leurs alliés jusqu'au moment où l'intérêt de leur espèce primerait toute autre considération. Alors, Jik ferait ce qu'il faudrait pour sauver ses congénères.

Et Pyanfar découvrit alors qu'elle agirait de même.

Ils avançaient lentement le long des docks instables, quelques *skkukkun* portant la civière sur laquelle Jik était solidement attaché, son officière en second à son côté, le pistolet à la hanche, la rage et l'inquiétude manifestes dans sa démarche. Pyanfar était un peu à l'écart avec, derrière elle, Tahar à sa droite et Skkukuk à sa gauche; Tahar, indéchiffrable comme elle l'était devenue, à force de côtoyer les Kif; et Skkukuk presque aussi impénétrable, abstraction faite de sa façon de carrer les épaules, de ce qu'il avait perdu la nervosité qu'il avait toujours manifestée et de la subtile aisance de ses mouvements, qui était celle d'un Kif dont le statut n'était plus celui d'un simple esclave et dont la capitaine venait de traiter avec le *hakkikt* et avait gagné la partie. Il avait une arme sous sa robe et les dieux seuls savaient quelles ambitions dans son crâne étroit. S'il y avait jamais eu un Kif heureux, celui-là jouissait littéralement du changement intervenu dans son destin, se grisait de sa chance à chaque bouffée d'air qu'il respirait, savourait le spectacle des ennemis du *hakkikt* massacrés, ces atroces poteaux indicateurs, et de sa capitaine.

Froid partout où il fait chaud, d'une chaleur fiévreuse partout où il fait froid, un angle de cent quatre-vingts degrés. *Des étrangers.* Les Kif sont cela multiplié par deux et par trois.

Garde ton calme, Pyanfar Chanur. Tu en auras besoin. Jik n'est qu'un morceau de viande, Tahar une alliée de circonstance, Kesurinan une source de désagréments en puissance et ce bougre de Kif un expédient.

Kesurinan ne nous causera pas d'ennuis, pas encore. Elle nous laissera faire monter Jik à bord.

Leur progression était lente, très lente. Au-delà du dispositif d'étanchéité de cette section du quai, il n'y avait plus personne en dehors de leur petit groupe.

Et le bassin de *L'Orgueil* apparut à leurs yeux, ses feux d'alarme clignotant toujours. Ils étaient dans le rayon d'écoute, à présent, et Pyanfar sortit son *communico* portatif.

– Ici la capitaine. J'arrive.

– À vos ordres.

Les parasites rendaient presque inaudible la voix d'Haral. Elle avait compris que le formalisme avec lequel Pyanfar la prévenait de son arrivée avait valeur de mise en garde : J'ai de la compagnie, Haral. Pas de familiarités.

Encore une éternité à avancer le long de ce quai fragilisé. Et, les dieux leur viennent en aide, Tahar et Kesurinan avaient encore plus de chemin à parcourir.

– Skkukuk ! (À cet appel, le Kif fut toute attention.) Dites aux *skkukun-hakkiktu* que je veux que l'on escorte Tahar jusqu'à son navire par la voie la plus rapide et la plus sûre. En passant par les couloirs centraux s'ils le peuvent.

– *Hakt,* acquiesça Skkukuk.

Et, s'approchant des porteurs de la civière, il leur transmit cet ordre avec toutes les intonations d'un Kif relayant une directive venant d'un supérieur et qui s'adresse à un subordonné. Cela fait, il recula d'un pas ou deux et leva la tête d'un air satisfait. Pyanfar ne dit pas un mot à Tahar et Tahar ne lui dit pas un mot. Ce qui était de bonne règle.

Quand on fut arrivé au tambour d'accès de *L'Orgueil,* elle lança un bref « Attendez ici » à l'intention de la Hani et de Kesurinan, sur un ton particulièrement froid à l'adresse de cette dernière.

L'expression de gravité peinte sur le visage couturé de Kesurinan qui ne savait rien lui donna la chair de poule.

– À vos ordres, capitaine.

Et elle abandonna son commandant entre ces mains étrangères.

– Chanur-*hakto*, dit le Kif de tête quand ils eurent déposé la civière sur laquelle reposait Jik dans le sas de *L'Orgueil,* puis il sortit un paquet de dessous sa robe et le tendit à Pyanfar mais, d'un mouvement vif, Skkukuk l'intercepta au passage et signifia d'un geste aux Kif qu'ils n'avaient plus qu'à se retirer.

– Fermez l'opercule, ordonna Pyanfar aux navigantes de veille qui surveillaient le sas sur leur moniteur.

L'opercule se rabattit en chuintant et le verrouillage électronique se mit en place avec un bruit mat.

– Coupez les moteurs.

– *À vos ordres.*

C'était la voix d'Haral.

Même maintenant, les affaires pendantes réclamaient l'attention de Pyanfar. Elle prit le paquet que Skkukuk lui présentait avec empressement. La civière, reposant sur ses supports, était à ses pieds. À présent, elle sentait que les frissons allaient s'emparer d'elle mais ce fut en gardant les oreilles droites qu'elle plongea ses yeux dans ceux, larmoyants et cernés de rouge, de son Kif.

– C'est du bon travail, lui dit-elle.

– *Kkkkt !* Vous avez besoin de moi, *hakt'*. Qui d'autre parmi votre équipage connaît la bienséance ?

Pyanfar eut un haut-le-cœur. Elle ravala sa nausée, glissa le petit paquet dans sa poche et, s'accroupissant devant la civière, palpa précautionneusement le visage de Jik. Il était froid et le Mahe demeura sans réaction.

– C'est un allié ? s'enquit Skkukuk.

– La situation dans laquelle nous nous trouvons est compliquée, répondit-elle, essayant de dire la vérité au Kif. (Mais une pensée lui vint qui fit se hérisser les poils de son échine : Dieux ! C'est avec un tueur que je dialogue ! Un tueur aux réflexes instantanés.) Oui, c'est un allié. (Sa main glissa sur le cou de Jik et elle en tâta l'artère.) Haral, que Khym descende. Il faut transporter Jik. Il est toujours inconscient.

– Il arrive, capitaine. Vous allez bien ?

– Bien, très bien. Nous nous en sommes tous sortis indemnes. Ouvre le tambour. (Pyanfar tapota à nouveau le visage de Jik.) Eh ! Ami. Revenez à vous. Vous m'entendez ? Vous allez bien.

Ami.

Il était dans le cirage. Le bruit de l'ascenseur lui parvint. Ou Khym était déjà en route lors de leur arrivée ou il avait, là-haut, enfilé la coursive au pas de course.

– Skkukuk, vous aiderez Khym. Vous ferez ce qu'il vous dira de faire.

– *Kkkt !* C'est votre compagnon ?

Pyanfar se releva et dévisagea le Kif, les oreilles aplaties. La puanteur de l'ammoniac envahissait ses narines et les anti-allergiques qu'elle avait pris lui desséchaient la bouche. Quelque chose dans la question que lui avait posée Skkukuk avait fait naître un frémissement le long de ses nerfs. Cet étranger, ce total étranger devinait quels étaient les membres de l'équipage méritant la considération, quels étaient ceux qu'il pouvait évincer, ceux qui étaient incontournables et ceux qui ne l'étaient pas.

C'est une chose où tu n'as pas à fourrer ton nez, visqueux sans oreilles. Que le nom de mon époux ne sorte pas de ta bouche. Tu ferais aussi bien de le comprendre, et vite.

Mille milliers d'années d'instinct hani palpitaient dans son échine. Skkukuk lut ce qu'il y avait dans son regard et se le tint pour dit.

Des pas résonnèrent dans la coursive des ponts inférieurs. Pressés. Et qui n'étaient pas ceux d'une seule personne.

Ne cours pas, Khym. Ta dignité, Khym. Préserve-la devant ce Kif pourri des dieux, Khym.

Elle était encore face à face avec Skkukuk quand Khym surgit dans l'encadrement de la porte, Tully sur ses talons.

– Ça va ? demanda-t-il.

– Très bien. Emmène Jik à l'infirmerie. Dis à Tirun de s'occuper de lui. Skkukuk...

Le Kif attendait. Armé. Leur ex-prisonnier avait sur lui un pistolet qui pouvait perforer une plaque de blindage. Et, dans sa petite âme kifish agressive, il escomptait qu'il venait de conquérir sa liberté.

– Vous n'êtes plus en service, lui dit Pyanfar. Rangez ce pistolet et rentrez dans les quartiers qui vous sont affectés. Vous êtes autorisé à sortir sur les ponts inférieurs. Vous m'avez comprise ?

– *Kkkt !* Parfaitement.

– *Disparaissez.*

Ne se trompant pas sur le ton qu'avait employé la capitaine, Skkukuk se volatilisa aussitôt. Khym et Tully soulevèrent la civière, l'un devant et l'autre derrière. On ne pouvait pas dire que le grand Mahendo'sat était un poids plume. Ils firent passer le brancard par l'écoutille.

– Tirun se rend à l'infirmerie, annonça Haral.

Pendant ce temps, les manœuvres de désactivation du bâtiment se poursuivaient.

– Bien reçu.

Pyanfar resta un moment à contempler fixement la paroi. Avec, dans sa poche, les ordres de Sikkukkut. Elle en sortit le pli, en rompit le sceau.

Appareillage à 23 h 15.

Cela lui sauta aux yeux et c'était, pour l'instant, la seule chose qui l'intéressait. Le Kif leur laissait suffisamment de temps pour s'organiser. Mais tout juste. Suivaient des instructions précises qui rendaient caduc le plan de vol antérieurement préparé.

– Hilfy !

– À vos ordres.

– Message à transmettre à Kesurinan et à Tahar : Prenez vos dispositions pour le déhalage. Elles auront un peu plus de six heures. Nous aussi.

Une pause.

– À vos ordres.

Maintenant, c'était le silence. *L'Orgueil* était à nouveau au repos. Pyanfar leva la tête vers la caméra de surveillance.

– Les choses pourraient être pires, dit-elle sur un ton morne à l'intention des navigantes qui, de la passerelle, la regardaient sur l'écran. Pour le moment, je suis un peu perdue mais Jik est sous notre garde, Tahar et l'*Aja Jin* sont avec nous et nous avons les ordres du *hakkikt.* Destination : La Jonction.

La pause qui suivit fut plus longue.

– À vos ordres, dit simplement Haral comme si la capitaine avait simplement donné une consigne de routine.

La plus grande station spatiale de la Communauté.

Et qui était avertie par avance.

– Dégagez et prenez du repos. Il faut que j'aille voir Jik.

– À vos ordres, capitaine.

Comme Pyanfar sortait du sas, tel le fantôme d'une vieille habitude qui n'avait plus de sens, une idée lui effleura l'esprit : elle avait chargé son mari et un navigant de prendre soin d'un autre homme, sachant par tous ses instincts – si instincts il y avait – que Jik était en sécurité avec eux, en sécurité comme l'était le Kif qu'elle avait envoyé dans la direction opposée, parce que le Kif lui-même était un être à l'esprit rationnel, sensé, alors que l'univers était en train de tanguer et de s'écrouler sur eux.

Au fond de la coursive, la porte de la petite infirmerie était ouverte. Tirun l'y avait devancée. Khym et Tully soulevaient Jik de la civière et l'allongeaient sur la table d'auscultation.

– Il aura quelques contusions, dit Pyanfar, mais vous feriez aussi bien de le passer au scanner. Il n'est pas impossible qu'il ait autre chose.

Elle alla jusqu'à l'armoire à pharmacie, l'ouvrit en faisant jouer la molette à combinaison et examina les flacons alignés sur les rayonnages. Rien que des remèdes spécifiquement à l'usage des Hani et qui provoquaient parfois des réactions imprévues chez certains Mahendo'sat. Allez donc savoir ce qu'avaient pu lui donner les Kif ! Inutile, même, d'aller faire un saut à la bibliothèque. Mieux valait s'en tenir aux médications simples. Elle prit un flacon de sels ammoniac comme on n'en faisait plus et vint le passer sous le nez de Jik.

Il n'eut pas un tressaillement.

– Dieux ! (Elle reboucha le flacon à l'odeur nauséabonde et gifla le Mahe.) Réveillez-vous ! Vous m'entendez ?

– Qu'ont-ils bien pu lui faire prendre ? (Tirun souleva une des paupières de Jik et examina attentivement son œil.) Ça empeste, on se croirait dans une fumerie.

– C'est un capitaine de chasse, raclures des dieux, et son cher gouvernement lui a bloqué le cerveau. Jusqu'où a-t-il pu être lessivé ? (Elle pivota sur elle-même et, bousculant Khym, se précipita sur l'intercom.) Passerelle ! Qu'on appelle le *Harukk*. Je veux savoir quelles drogues ils ont administrées à Jik. Vite !

– À vos ordres, répondit la voix d'Haral.

Tirun, qui tâtait le pouls de Jik, plissait le front.

– Dieux ! Il ne sait pas où il est. (Pyanfar revint à la table, repoussant sans ménagement Khym et Tully au passage, et empoigna Jik par les épaules.) Jik, que les dieux vous fasse rôtir ! C'est Pyanfar. Pyanfar Chanur. Vous m'entendez ? Il y a urgence, Jik, réveillez-vous !

Il ouvrit la bouche. Sa poitrine se souleva. Il respirait mieux.

– Allez, Jik... par les dieux, réveillez-vous ! (Elle lui criait dans l'oreille, le secouait.) Jik ! À l'aide !

Les muscles de Jik commençaient à recouvrer leur tonicité et ses traits leur aspect habituel.

– Allez... C'est moi, c'est Pyanfar.

À l'aide, avait-elle dit. Et il répondait à son appel. Il émergeait du gouffre mental que ses frères de race avaient creusé pour lui exactement comme il s'était élancé sur le quai, pour voler à son secours et à celui de son équipage quand une totale loyauté inter-espèces lui avait ordonné de venir les sauver. D'autres êtres étrangers le manipulaient, le soulevaient de sa civière pour le poser sur la table, dieux ! c'était comme ce que les Kif avaient déjà dû lui faire subir et il s'éloignait d'eux, plongeait de plus en plus profond, ne sachant plus, qu'à un niveau souterrain de sa conscience, qu'on le touchait.

Et sachant maintenant qu'une Hani lui braillait quelque chose dans l'oreille, lui demandait quelque chose. Mais rien de plus.

Ô dieux ! Dieux, Jik !

Les yeux du Mahe s'entrouvrirent imperceptiblement. Il était encore très loin.

– Tout va bien, Jik. Vous êtes à bord de *L'Orgueil.* Je vous ai récupéré. Kuserinan a rejoint l'*Aja Jin,* vous m'entendez, Jik ? vous n'êtes plus avec les Kif. Vous êtes à bord de mon navire.

Ses paupières battirent. Sa bouche se crispa. Le mouvement que fait quelqu'un qui a la langue sèche. Il m'a entendue à un certain niveau, se dit Pyanfar. Il explorait sa conscience et essayait de savoir s'il voulait ou non la retrouver.

– C'est moi, répéta-t-elle. Jik. (Elle lui tapota le bras et se pencha sur lui, le cœur pris dans un étau quand il se rétracta à son contact.) Amie.

– Où ? fit-il.

Ce fut, du moins, ce qu'elle crut comprendre.

– Sur *L'Orgueil.* Vous êtes en sûreté. Vous comprenez ?

– Comprendre.

Ses paupières retombèrent, masquant ses pupilles. Il avait replongé mais moins profondément qu'auparavant. Pyanfar hésita un moment. Puis la fureur s'empara d'elle, une fureur dirigée contre ces deux autres imbéciles trop stupides pour sortir de l'étroite infirmerie et leur laisser de la place, à Tirun et à elle, pour travailler.

Ses yeux se fixèrent sur les yeux de Tully; de Tully qui était passé deux fois par là où Jik était passé, Tully au visage aussi blême que celui d'un Stsho et dont les globes oculaires étaient blancs. L'expression qu'il affichait étouffa le grondement qui allait s'échapper de la gorge de la Hani.

– Dehors ! (Sa voix était hachée.) Dégagez. Vous ne pouvez rien faire d'utile ici.

Khym abaissa ses oreilles, allongea le bras et poussa Tully vers la porte. L'humain se laissa entraîner sans paraître se rendre compte que c'était Khym qui l'avait touché. Il était secoué.

Secouée, Pyanfar l'était aussi. Ses poils se dressaient tout droit sur son dos.

La voix d'Haral, à nouveau :

– Capitaine, c'est du stshosi. La bibliothèque envoie ça au labo pour traitement informatique.

Tirun jeta vivement un coup d'œil sur l'écran du *communico* et se rua vers l'armoire à pharmacie. Elle déchira un étui, prit une ampoule et un tampon astringent, puis nettoya une petite surface du bras de Jik.

Elle lui administra le stimulant. Au bout de quelques instants, le Mahendo'sat avala une nouvelle goulée d'air. Son nez et ses lèvres prirent une coloration foncée plus saine.

– Nous allons le sortir de là, dit Tirun qui surveillait son rythme cardiaque. Nous allons l'en sortir.

Pyanfar prit une chaise et s'assit avant que ses genoux ne mollissent sous elle. Penchée en avant, elle se passa la main dans la crinière. Le poids de l'AP à sa hanche et le pistolet glissé dans sa poche du côté opposé et qui s'enfonçait dans sa cuisse la gênaient. Elle sentait mauvais. Elle avait envie d'un bain.

Elle aurait voulu ne pas avoir fait ce qu'elle avait fait, commis les erreurs qu'elle avait commises. Elle aurait voulu ne pas être cette Pyanfar Chanur qui était responsable de trop de choses et avait commis trop d'erreurs. Et qui devait, à présent, penser l'impensable.

– Vous allez bien ? s'enquit Tirun.

Elle leva les yeux vers celle qui était sa cousine et sa vieille amie. Une navigante qui ne l'avait pas quittée depuis sa jeunesse.

– Tirun, il restera ici, dit-elle, baissant la voix et employant un dialecte provincial hani. Je veux que l'infirmerie soit condamnée et qu'il y demeure séquestré...

Elle s'efforçait de conserver l'attitude froide et distante qu'elle avait eue à bord du *Harukk*. Ce qui était difficile en regardant sa vieille compagne dans les yeux et en la voyant aplatir les oreilles en une réaction, ô combien naturelle !

– Nous avons un problème, Tirun, poursuivit-elle. (Et bien qu'elle n'eût eu aucune intention d'apporter quelque justification que ce fût, elle s'entendit parler sur un ton suppliant et se sentit frissonner.) Je reviendrai là-dessus plus tard. Fais ce que je te dis. Le peux-tu ? Veille-le jusqu'à ce qu'il se réveille et assure-toi qu'il respire normalement. Et, pour l'amour des dieux, ne détache pas ses liens. Peux-tu faire ce que je te demande ?

– Oui.

Aucun doute n'était permis. Elle ne poserait pas de questions, cette honnête Hani qui avait une foi entière en sa capitaine et escomptait que cette dernière lui fournirait toutes les explications voulues. Le moment venu.

– Tu lui diras que je reviendrai. Et que, parce

que nous n'avons que quelques heures devant nous, je veux qu'il se repose et que je ne vois pas d'autre moyen d'être sûre qu'il se reposera.

Elle parlait toujours en *chaura,* un idiome qu'aucun Mahendo'sat n'était en mesure de comprendre. Et c'était une preuve suffisante que ce qu'elle disait était la vérité. Tirun la dévisagea sans poser de questions. Sans même un tressaillement d'oreilles. Mettre en quarantaine un ami qui leur avait sauvé la vie et qui, à cause de cela, était revenu dans cet état. Lui mentir.

Si Pyanfar avait pu l'assommer pour le neutraliser à nouveau sans risquer de mettre sa vie en danger, elle n'aurait pas hésité.

Elle se releva et sortit, fourrageant dans sa crinière. Elle était si fatiguée qu'elle éprouvait une douleur lancinante entre les omoplates. Les plaques de métal glacées de la coursive lui brûlaient la plante des pieds. Elle avait toujours la puanteur des Kif dans les narines.

Arrivée sur la passerelle, elle déposa sur sa console le paquet kifish.

Personne n'avait abandonné son poste. En tout cas, si Geran avait quitté le sien pour aller voir comment se portait Chur, elle l'avait rejoint en hâte. Des visages graves étaient tournés vers elle. Hilfy, Geran, Khym et Tully. Haral surveillait ses commandes.

– Laisse ça, Haral.

Comme les autres, Haral fit pivoter son fauteuil.

– Vous savez comment nous sommes venus ici et avons pris Kefk. Nous avons maintenant mission de renouveler l'opération. À La Jonction.

Les oreilles hani se couchèrent. Tully, point d'interrogation humain, écoutait les bribes de la déclaration de Pyanfar que l'embout de la traductrice qu'il avait fiché dans le tuyau de l'oreille lui transmettait en les massacrant.

– Vous en avez eu des échos fragmentaires. (Pyanfar s'assit sur l'accoudoir de son fauteuil, face aux autres.) Nous devons nous en tenir aux ordres tels qu'ils nous ont été donnés. L'autre branche de l'alternative serait de nous faire sauter et de nous vaporiser sur ce dock même. Et encore, cela n'éliminerait qu'une des deux factions kifish, laissant l'autre indiscutablement victorieuse. Et, par les dieux, je préférerais qu'elles se dévorent entre elles un certain temps et laissent à la Communauté une chance de survie. C'est là un aspect de la situation. Mais il en existe un autre. Sikkukkut a proféré des menaces contre Anuurn.

– Des menaces ? répéta Haral. Comment cela ?

– C'est tout simple. Rien qu'un navire... s'il pense que nous ne marchons pas droit. Il ne parle pas de lancer une attaque sur Gaohn. Non, rien de tel. Ce dont il parle, c'est d'attaquer directement notre monde. Voilà le genre de Kif auquel nous avons affaire. Une grosse masse lancée à la vitesse C et frappant Anuurn avant même qu'Anuurn ne l'ait vue arriver. C'était une menace. Une menace à long terme, j'espère. Ce Kif-là sait à la fois sacrément trop et trop peu de choses sur les Hani; il a été stupide de me dire ça et peut-être qu'il n'imagine pas ce que nous ferions pour l'arrêter, avant ou après l'événement. Mais je ne pense pas qu'il soit le seul des deux Kif à qui cette idée pourrait venir. Ce que je souhaite, c'est que tous deux s'entre-déchirent et se réduisent mutuellement en charpie. Nous ferons en sorte qu'ils en arrivent là si c'est en notre pouvoir mais, pour le moment, nous devons faire ce que l'on nous dit de faire si nous ne voulons pas nous trouver du mauvais côté des canons de Sikkukkut, et nous n'avons aucune chance d'avertir qui que ce soit. C'est incontournable.

– Capitaine, nous avons un Kif à notre zénith. En position de tir.

– Je sais, Haral. C'est sans importance. Nous allons de toute façon prendre l'espace. Nous disposons de six heures pour cela, nous tombons sur une Situation à La Jonction et la Communauté risque de ne pas y survivre sous une forme compréhensible pour nous. Voilà comment se présentent les choses. Voilà ce à quoi nous avons à faire face. Je ne sais pas ce que nous trouverons à La Jonction. Tully... est-ce que tu me suis ? Est-ce que tu comprends ce que je dis ?

– Je comprendre, répondit l'interpellé d'une voix ténue. Je équipage, capitaine.

– C'est vrai ? Seras-tu dans le même état d'esprit à La Jonction ?

– Vous vouloir je au *communico* avec Hilfy, parler aux humains si humains être là. (Sa voix se raffermit.) Oui. Je faire.

Avec tout ce qu'il pouvait et tout ce qu'il ne pouvait pas comprendre. Pyanfar le regardait fixement, la volonté paralysée comme si retarder l'instant de prendre une décision pouvait arrêter le temps et leur offrir des choix qu'ils n'avaient pas.

Jik était enfermé en bas. Un Kif et un humain se promenaient librement parmi eux. Et l'humain assistait à leurs conseils les plus décisifs.

Mais Tully leur avait donné l'avertissement qu'elle avait relayé à Jik quand elle avait cherché à faire la lumière sur ses motivations.

Méfiez-vous des humains, Pyanfar.

Une seule phrase, craintive, séditieuse, proférée dans un hani balbutiant : une phrase sur laquelle il jouait quitte ou double.

Dieux, risquer le sort de ma planète en misant sur lui ? Des milliards de vies ? Tout mon peuple ? En ai-je le droit, dieux ?

– J'y réfléchirai, dit-elle. Je n'ai pas de réponses toutes prêtes. (Elle referma la main sur le paquet et le lança à nouveau loin d'elle.) Nous avons nos instructions. Nous avons avec nous Tahar. Et le bâtiment de Jik. Et nous avons ordre de garder Jik à notre bord et de maintenir l'*Aja Jin* sous étroite surveillance.

– Il y a autre chose. (Hilfy prit un papier, se leva et l'apporta à Pyanfar. Il tremblait dans sa main.) L'ordinateur a décrypté le code. Peut-être entendait-il que nous le déchiffrions. Je ne sais pas.

Pyanfar hésita dans l'ombre de la porte de l'infirmerie. Le papier était dans sa poche. Jik était réveillé, lui avait dit Tirun.

Il l'était, en effet. Ses yeux qui luisaient entre ses paupières mi-closes s'ouvrirent tout grands quand elle s'avança vers lui et posa la main sur son épaule, au-dessus des sangles qui l'entravaient. Tirun avait glissé un coussin sous sa tête et posé une couverture sur la partie inférieure de son corps.

Et ces yeux qui ne la quittaient pas étaient maintenant tout à fait clairs. Son regard était lucide.

– Venir détacher je ? Sacrément cabocharde, navigante vôtre.

Mais il n'y avait pas dans la voix de Jik la nuance de contrariété qui aurait dû y percer. Son intonation était trop calme, trop méfiante. Elle manquait de force, de… les dieux savaient quoi !

Était-ce de l'appréhension ? De la compréhension ? Se disait-il qu'il ne se trouvait peut-être pas au milieu d'amis, que, pour une raison qui lui demeurait mystérieuse, Pyanfar avait peut-être vraiment rallié le camp kifish ? Ou qu'elle était animée par un autre et puissant motif, en conséquence de quoi ils avaient cessé d'être des alliés ?

Chez les Kif, drogué et à l'extrême limite de ses forces, il avait répondu à un moment donné aux questions qu'on lui posait alors qu'il s'était obstiné à ne pas le faire durant des jours entiers; il y avait répondu parce que Pyanfar avait forcé ses défenses avec un avertissement que l'esprit de Jik n'était alors plus en mesure d'analyser, et parce qu'elle lui avait fait comprendre qu'il fallait en passer par là.

Maintenant, il avait à nouveau toute sa lucidité. Maintenant, il savait où il était et se rappelait peut-être, mais trop tard, ce qu'il avait fait. C'était tout cela que trahissaient cette voix éteinte, cette vaine tentative de feindre la bonne humeur.

Pyanfar serra plus fort son épaule.

– Vous n'avez nulle part où aller, n'est-ce pas ?

– *Aja Jin.*

– Je vous l'ai déjà dit. Les Kif vous anéantiraient. Nous sommes tirés d'embarras. Tout est arrangé avec Sikkukkut. Vous avez raté le plus beau. Vous avez perdu connaissance au meilleur moment. Je dois vous parler.

– Je devoir à navire mien parler.

– Cela peut attendre. Si vous essayez de vous lever, vous tomberez sur le nez. Je ne veux pas de ça, vous comprenez ? Tirun vous a-t-elle mis au courant ?

– Dire non.

– Votre vaisseau est en parfait état. Le deck a été calfaté. J'ai obtenu votre libération et j'ai tout réglé avec Sikkukkut. C'est un maudit gueux mais il a cela de bon qu'il écoute. Sa méfiance n'est pas endormie mais il vous a fait embarquer sur *L'Orgueil*. Sa volonté est que vous poursuiviez les opérations à bord de mon navire et laissiez le commandement de l'*Aja Jin* à Kesurinan. C'est tout ce que j'ai pu lui arracher comme concession. Il faudra faire avec.

– Nez méchamment grattouiller je, Pyanfar.

Pyanfar tendit le bras et lui frotta l'arête du nez.

– Laissez aller je. Très bien je marcher.

– Nous n'avons pas le temps. Nous prenons l'espace. Destination La Jonction. Il vous faudra faire la traversée là où vous êtes. Je suis au regret mais nous ne pouvons pas gagner une autre cabine avant de déhaler. Et alors, les choses iront rudement vite.

Un silence qui dura le temps d'un ou deux battements de cœur. Puis :

– Pyanfar...

– J'ai une question à vous poser. Je veux savoir où nous mettons les pieds. Qu'est-ce qu'Or-Aux-Dents vous a dit avant de s'en aller, hein ?

Une lueur de panique s'alluma dans les yeux de Jik. Il souleva la tête puis la laissa retomber sur le coussin sans cesser de regarder Pyanfar fixement.

– Non drôle.

– J'ai absolument besoin de le savoir, ami. Dans votre intérêt, dans celui de votre navire, dans celui du mien. Quel est l'objectif que nous poursuivons ? Qu'est-ce qu'il fait ?

– Nous sur passerelle parler.

Il fallait recourir au bluff. Ils étaient les yeux dans les yeux. Pyanfar sentit ses tripes se nouer.

– Vous savez comment c'est.

– Sûr.

– Je dois absolument vous demander ça. Je veux connaître la vérité. Vous me comprenez ?

Jik passa sa langue sur ses lèvres.

– Quoi cet accord avec humains ?

– Tully m'a dit... il m'a dit carrément de ne

pas leur faire confiance. Vous connaissez Tully : il n'est pas tellement clair quand il s'exprime. Mais ce qu'il a dit, la façon dont il l'a dit… je crois que les humains vont trahir votre partenaire. Je crois qu'ils ne sont pas les idiots qu'Or-Aux-Dents se figure qu'ils sont. Et ils n'obéissent pas à ses ordres.

– Peut-être mieux vous parler Tully.

– Je lui ai parlé. Nous avons un problème. Sikkukkut veut s'emparer de La Jonction. Il veut que nous l'y précédions tous les trois – *L'Orgueil,* l'*Aja Jin* et le *Lune Qui Monte.* Cela vous montre le degré de confiance qu'il a en nous. Il veut que nous débarquions, que nous semions la pagaille dans la station pour pouvoir s'en emparer sans coup férir.

– Akkhtimakt peut-être être La Jonction.

– Tous les autres aussi, non ? J'ai encore une question. Qu'en est-il des Méthaniens ? Quelle est la vérité vraie ?

– Beaucoup… beaucoup cinglés. (À nouveau, Jik s'humecta les lèvres.) Essayer je parler Tc'a. Ils vouloir choses rester comme avant. Knnn… différent. Or-Aux-Dents dire… dire eux peut-être difficultés.

– Qui est *Fantôme* ? (Les paupières de Jik papillotèrent. Ses yeux se rivèrent à ceux de Pyanfar. Ses pupilles étaient dilatées.) Quand vous étiez entre les mains de Sikkukkut, j'ai sorti le petit paquet que vous m'aviez donné à Mkks, je l'ai ouvert et j'ai mis l'ordinateur dessus. Nous avons un équipement linguistique de premier ordre. Le meilleur. Fabrication mahen. Pourquoi m'avez-vous remis ce message, hein ? Pour que je l'achemine à votre place ? Au cas où il se produirait quelque chose ici, à Kefk ? De cette façon, je pourrais l'apporter à Kshshti ou à La Jonction ? Un bien mauvais travail de mise en code si nous avons pu le décrypter. Mais il aurait pu parvenir à un navire mahen très loin de votre Personnage, n'est-ce pas ? À quelqu'un comme Or-Aux-Dents, peut-être ? Et le véritable chiffre est dans la langue... n'est-ce pas ?

– Peut-être pareil... vouloir vous avoir.

– Vous saviez très bien, par les dieux, que nous aurions été obligés de nous rendre auprès des autorités mahen pour le lire. Que nous aurions été obligés de nous ranger de votre côté quand les choses auraient mal tourné. Et que nous serions de nouveau considérés comme votre courrier. Voilà ce que vous aviez en tête, ce que vous aviez mijoté, n'est-ce pas, fourbe et perfide que vous êtes ! (Immobile sur la table, Jik continuait de regarder Pyanfar en battant des paupières.) Était-ce parce que vous redoutiez qu'il puisse vous arriver quelque chose, Jik ? Où aviez-vous déjà envisagé de faire ce qu'Or-Aux-Dents a fait pour vous ici, à Kefk ? Détruire les quais, prendre la fuite et me laisser aller où je pourrais avec votre maudit message ? Est-ce vous qui avez donné à Or-Aux-Dents ordre de démolir les docks ?

– Hani, vous esprit grand tortueux avoir.

– Je suis on ne peut plus sérieuse, Jik.

– Vous folle. (Il fit un effort pour se dégager des liens qui le retenaient et lâcha un juron.) Je capable très bien marcher, Pyanfar.

– Répondez-moi.

– Quoi penser ? Je abandonner vous, laisser vous à Kif parler ? Je être aussi sur quai !

– Mais pas dans la section qui a été endommagée, Jik. Le minutage était parfaitement calculé.

– Je non faire !

– Vraiment ? Je vais vous dire ce que je pense. Vous saviez que, Chur étant dans l'état où elle était, il était hors de question que je déhale. Cela aurait signifié sa mort. Je n'aurais en aucun cas pris l'espace dans ces conditions. Or-Aux-Dents nous a alors apporté ce matériel médical. Dès lors, je pouvais prendre le départ. Vous m'aviez donné ce maudit message à Mkks avant que nous ne sachions que nous le trouverions ici, lui. Vous me l'avez donné pour le cas où quelque chose vous arriverait, ce paquet. Pour que nous soyons obligés de le remettre aux autorités mahen. Et de quoi est-il question dans ce message ? De gens qui dénoncent certains accords. De soutien à apporter à une candidature. La candidature de qui ? De Sikkukkut ? Et de quels accords s'agit-il ?

– Sikkukkut. Pareil. Vous accord connaître.

– Vous mentez, Jik. Par les dieux, vous avez surgi à Kshshti et vous m'avez aidée à sortir d'un mauvais pas, et puis vous m'avez aidée à venir ici, vous m'avez aidée toujours davantage, vous et votre sacré partenaire, vous et vos sacrés tractations...

– Venir je sur ce quai pour sauver votre peau !

– Où prévoyiez-vous de nous laisser choir ? Où, hein ? Ici ? Ou plus tard, à La Jonction ? Où étais-je censée découvrir que ce message était la seule monnaie dont je disposais ? Où étais-je supposée aller ? À Kshshti ? En traversant de nouveau le territoire kifish, en faisant à nouveau tirer sur mon navire et mon équipage, en finissant par avoir recours à la charité des Mahen parce que je n'aurais plus aucun secours quand vous nous auriez utilisés, moi et les miens, pour parfaire tous les détails de la politique mahen que vous mettez en œuvre ? Ou peut-être serais-je allée à La Jonction pour m'apercevoir que vous m'aviez sacrifiée au nom d'une politique visant à sauver les Stsho contre les Kif : un petit jeu mahen visant à lancer un Kif contre eux depuis Kefk comme base de départ, un autre depuis Kita et Kshshti, à les coincer entre vos vaisseaux et la flotte humaine, à faire tomber la Communauté toute rôtie dans votre giron et à nous faire passer par profits et pertes, moi et le *han,* comme la dernière fois, nos bâtiments bombardés, notre station en ruine, et nous n'aurions plus eu rien d'autre à faire, cette fois, qu'à ramper devant vous pour implorer votre maudite charité ! Est-ce de cette manière que se manifeste votre appui ? Suis-je ce que vous estimez acheter avec ce petit paquet qui indique à vos autorités comment elles doivent traiter Pyanfar Chanur ?

– Je non faire !

Jik laissa retomber sa tête en arrière après avoir hurlé cette protestation convulsive. Sa respiration était hachée. Ils se dévisagèrent quelques instants.

– Alors, qui est ce « Fantôme » ? Et qu'en est-il du reste ? (Silence. La poitrine de Jik se soulevait, c'était tout. Et il se contentait de la regarder.) C'est encore une duperie. N'est-ce pas ? Ils ont menacé ma planète, m'entendez-vous ? (Il cligna des paupières. Ce fut tout.) Les dieux vous pourrissent... (Pyanfar sortit le papier de sa poche et l'agita sous les yeux du Mahe.) Et ça, qu'est-ce que ça veut dire ? Quelle valeur aura ce message si les humains vous trahissent ? (Il serra encore un peu plus les lèvres.) Jik...

– Mon nez grattouiller, Pyanfar. (Il parlait d'une voix douce, parfaitement maître de lui. Et Pyanfar ne se sentait plus la force de le houspiller en s'égosillant.) Situation déplorable, ridicule, vous et moi, Pyanfar. Vous délivrer je. Maintenant nous quoi faire ? Quoi penser faire vous ? (Elle replia le papier, s'absorbant dans cette tâche méticuleuse.) Vous passer trop bon cœur marché avec Kif.

– Quel autre choix avions-nous, par les dieux ? Tout votre plan est parti à vau-l'eau, la Communauté se désagrège autour de nous...

– Pareil vous, moi ? (Il grimaça. La sueur brouillait sa vision.) Quoi faire nous ? Jusqu'où vous, moi, vouloir aller ?

– Je ne sais pas. (Pyanfar fourra le message dans sa poche et se rapprocha de la table, les oreilles couchées, les genoux vacillants.) Jusqu'où est-ce que, moi, je vais, hein, Jik ? Jusqu'où allez-vous ? Ce mécanisme que vous avez mis en marche risque d'anéantir ma planète. Nous parlons d'amitié, maintenant ? De ce que vous avez fait pour promouvoir les intérêts des Mahendo'sat ? De deux crapules mahen qui ont trahi tous les amis qu'ils avaient, tout cela pour le Personnage ?

– Vous ensuite vouloir drogues essayer ?

– Ne me poussez pas à bout.

– Quoi avoir nous, hein ? Sacrées Hani attendre tranquilles Anuurn, bonne amie ? Longtemps esprit vous avoir comme rocher, Pyanfar, tout sacré *han* intérêts propres avoir, laisser Mahendo'sat pirate kifish combattre, laisser Mahe faire, Hani trop sacrément occupées faire politique...

– Pourquoi nous en faire supporter le blâme ? C'est vous qui avez institué le *han,* enseigné le vol spatial à ces pauvres stupides Hani, vous qui les avez mêlées à votre politique pourrie des dieux avec les Stsho, et créé un enfer mahen avec les clans...

– Quoi vouloir vous ? Rester sans bouger sur planète pendant que politique Communauté passer sur tête vôtre ? Quand Kif votre cœur manger et venir Hani provoquer ? Peut-être aimer vous toujours rester sur monde vôtre, Pyanfar, peut-être vous vieille devenir, vouloir prostrée rester dans saleté de terre à attendre Kif ?

– Alors, quelle est notre perspective ? Les Kif ou vous ?

– Choisir vous.

– Les dieux vous foudroient !

– Si vouloir nous maudit monde vôtre, Pyanfar, nous avoir eu autrefois. Quand nous débarquer Anuurn, vous avoir rien sauf épieux. Vous oublier ? Quand vous demander nous partir, nous partir.

– Certes, vous êtes partis. Mais sans jamais nous oublier. Vous manipulez notre commerce, vous modelez notre gouvernement, vous nous laissez aller ici et là mais pas au-delà de *nous-mêmes*...

– Bien. Vous bonne affaire faire. Vous peut-être beaucoup plus aimer Kif. Souhaiter vous bonne chance, Pyanfar. Ou vous devoir faire confiance à je...

– Vous faire confiance !

– Damnation, vous venir, je drogué ivre, *parler Kif,* vous dire. Je parler, je *parler,* Pyanfar, avoir je tant grande confiance en vous, je parler. Tout différent, vous dire. Humains mauvaises choses préparer, gros ennuis survenir... « Parler, Jik. Dire à Kif quoi il vouloir savoir, je tirer vous de là... » Dieux ! Accorder confiance vous grande sottise je faire !

– Je devrais vous laisser libre d'aller et venir à votre guise dans mon navire ? Vous lâcher au milieu de mon équipage ? Jik, je vous ai sorti de là. J'ai fait ça pour vous. Si vous me faisiez confiance, vous me diriez ce qu'il y a sur ce papier mais vous n'en ferez rien. Vous ne pouvez pas, et je sais pourquoi, tout comme vous je ne peux pas prendre le risque de vous laisser libre. Mon impératif est de survivre. Il faut que je sorte vivante du merdier où vous m'avez mise. Il faut que je reste en position de faire quelque chose. Vous me comprenez ? Et je compte bien faire quelque chose.

– Je dire vous contenu papier, murmura Jik d'une voix si ténue qu'elle était presque inaudible. Vous connaître Mahendo'sat... savoir je habilité pour conclure accord au nom Personnage mien. Je maintenant faire accord avec vous. Avec Hani.

– Le même que vous avez passé avec Sikkukkut, hein ? Le même que vous avez passé avec Akkhtimakt. Pour qu'ils se jettent à la gorge l'un de l'autre.

– Le même je respecter. Le même je donner Kefk, le même je combattre pour. Vous connaître Mahendo'sat. Je à accords fidèle. Mais... (Jik battit encore des paupières et se lécha les lèvres. Ses yeux luisaient comme s'il avait déjà gagné la partie.)...si vous l'emportez sur ce Kif, nous conclure accord loyal avec vous ?

– Dites-moi ce que contient ce papier.

– D'abord détacher je.

– Oh non, ami ! Vous allez m'écouter. Bien m'écouter. Nous allons partir en aveugles sans savoir ce que vous nous avez préparé comme réception à La Jonction. Et Kesurinan s'y rendra en application de mes instructions. C'est votre navire. Votre équipage. Je présume que cela devrait vous causer quelque souci.

– Vous maudit cœur kifish avoir, Pyanfar.

– J'ai un cœur hani, de même que c'est pour votre propre compte que vous travaillez. (Elle lui posa la main sur l'épaule sans se leurrer : c'était un geste qui le hérissait.) Écoutez-moi, coquin. Il est préférable que nous nous entendions, vous et moi. J'accepte le marché que vous me proposez. Je serais prête à coucher avec votre maudit Personnage si cela nous permettait de sortir de ce pétrin, mais la première chose que je dois faire est de nous conduire tous à La Jonction entiers. Et je veux connaître ces noms de code, je veux connaître tout ce que vous dissimulez. Je veux sans attendre plus longtemps savoir ce que contient ce message et quel genre d'arrangement Or-Aux-Dents et vous avez déjà conclu.

Jik cligna des yeux. La sueur le gênait.

– Papier dire... vous déjà presque tout savoir quoi il dire : Stsho trahir nous; humains peut-être alliés; Hani... Hani non fiables; je accord conclure avec Sikkukkut pour faire il *hakkikt*. Je aussi contrat avec Tc'a.

– Continuez.

– Tc'a longtemps aux ordres Knnn : pourquoi ils maintenant changer ? Non savoir. Obéir incitations aberrantes des Chi, sacrés Chi lunatiques vouloir sortir Chchchcho, vouloir étendre zone d'influence...

– Vous voulez dire que les Chi seraient derrière les Knnn ? Bonté des dieux, ces...

– Non sûr. Peut-être idée Tc'a. Méthaniens dingos beaucoup. Mais Knnn... nous non certains, penser peut-être Knnn avoir œil sur Chi. Aussi humains avoir beaucoup systèmes planétaires, avoir beaucoup choses Knnn vouloir, peut-être. Aussi avoir humanité, problème numéro un. Depuis longtemps. Agiter Kif. Agiter Méthaniens. Chambardement beaucoup. Vous non savoir.

– L'affaire Akkukkak ?

– Avant Akkukkak. (Jik lécha une coupure qu'il avait à la lèvre et respira profondément.) Anciens *hakkiktun* être menu fretin. Beaucoup petits *hakkiktun* être mauvais voisinage, beaucoup ennuis, voler fret, faire non beaucoup piraterie; quelques navires chasseurs mettre au pas ces malfaisants numéro un bien. Ensuite, nous avoir dénommé Afkkek, vilains ennuis beaucoup. Il renversé par Gotukkun. Hériter autorité sienne et prendre quoi aussi avoir Afkkek. Après Gotukkun, plusieurs : Sakkfikktin, Kasotuk, Nifekekkin. Tous plus grands.

– Chacun avait ses partisans qui venaient s'ajouter aux effectifs qu'il avait ainsi acquis.

– Vous comprendre. Longtemps Kif se battre à Akkt, guerres internes beaucoup. Longtemps savoir nous Kif toujours plus grand et plus grand *hakkikt* avoir. Aussi essayer nous... essayer pousser *hakkiktun* créer difficultés à Méthaniens. Parfois résultats bons. Maintenant... nous erreur faire. Grosse erreur. Nous longtemps recevoir signaux humains.

– Vous leur avez *demandé* d'intervenir ? Par la malédiction des dieux...

– Non demander. Nous essayer tranquilles paraître, voir quoi cette espèce être. Perdre un navire. Perdre deux navires. Penser nous ces navires arraisonnés par Knnn, peut-être par Kif. Peut-être au même moment Knnn devenir curieux quoi être humanité. Penser je... penser Akkukkak piège tendre, faire humains venir. Et eux prendre. Mais nous cela non savoir : il être mort. Peut-être personne savoir.

– Vous n'avez évidemment communiqué cette information à personne ?

– À qui nous dire ? Stsho ? *Han ?* Vous Tully avoir. Nous non savoir quoi autre avoir vous. Pyanfar, vous venir station mahen, amener humain... Vous faire nous sacrément trop confiance. Sauf : nous être amis ? Nous non dire vous toutes choses nous connaître. Mais nous avec vous combattre pour empêcher Kif sur Anuurn prendre pied. Nous beaucoup de choses alors non savoir. Devoir trouver. Vous savoir quand Tully échapper Kif ? Kif longtemps présents La Jonction, avec Stsho commercer. Ils Akkukkak avoir, deux Kif rivaux avoir. Beaucoup ennuis Kif. Ana essayer... non savoir quoi ce navire transporter. Il savoir un navire kifish pourchasser autre navire kifish. Akkukkak venir là parce que non avoir autre route sûre. Pas heureux quand mien partenaire Ana venir mouillage. Peur rester et autre Kif affronter. Peur partir, peur Ana lui en chasse prendre. Alors, rester port. Tant occupé surveiller Ana, il oublier surveiller autre Kif. Un Kif s'introduire vaisseau, enlever Tully. Tully courir comme forcené sur quai... le reste, vous connaître. Maintenant Ana ennuyé très, non savoir quoi cela être, non savoir si il appartenir espèce nous connaître ou quelque chose différent beaucoup. Il essayer trouver Tully. Kif essayer. Tully venir navire vôtre et beaucoup confusion commencer. Maintenant Stsho affolés, tous peur Knnn, peur humains débarquer, beaucoup furieux vous station détériorer... Mahendo'sat travailler dur, soudoyer Stsho beaucoup, agir pour que Hani revenir La Jonction. Nous *besoin* Hani. Besoin contrepoids Kif, bougrement sûrs Stsho non bons, Tc'a et Knnn beaucoup désordres. Nous faire Hani revenir La Jonction, essayer établir avec prudence nouveau contact avec humanité, essayer découvrir elle quoi être, quelle importance, à quoi ressembler esprit humain... découvrir quoi Knnn vouloir.

– Et les Kif ont mal pris la chose ?

– Kif sacrément occupés guerroyer sur Akkt. Nous savoir apparition nouveau *hakkikt* devoir redouter. Aussi, nécessaire faire opposition, frapper ici, frapper là, essayer faire surgir beaucoup petits *hakkiktun*. Et puis nous en prendre à Sikkukkut. Erreur mienne. Sikkukkut.

– Qui avait déjà la haute main sur l'organisation d'Akkhtimakt. Il avait l'anneau, Jik, cet anneau que Tully portait au doigt. Il le tenait d'un autre humain prisonnier d'Akkhtimakt; Sikkukkut avait mis en place ses espions et son organisation avant même que nous n'arrivions à Kshshti, avant même qu'ait lieu la confrontation que vous avez eue avec lui à Mkks. Ce n'était pas à un petit cheffaillon provincial que nous avions affaire, c'était déjà un Kif en voie d'être ce qu'il est aujourd'hui. Sikkukkut connaît les humains. C'est Akkukkak qui les a interrogés. Il les a tous massacrés sauf celui que Tully a tué de sa propre main pour le faire échapper au tortionnaire, Jik, et vous savez mieux que moi ce que sont ces tortures. C'est à cet *expert* kifish en ce qui concerne l'humanité que nous avons affaire, et si les Kif ont quoi que ce soit qui ressemble à un service de sécurité, je présume que quelques-uns des membres de l'ancienne équipe d'Akkukkak infiltrés dans l'organisation d'Akkhtimakt n'ont jamais été ses séides à lui, Akkhtimakt. Ils étaient depuis toujours des partisans de Sikkukkut. Est-ce que je me trompe ?

Jik considéra Pyanfar.

– Vous sacrées bonnes oreilles avoir.

– Cela fait longtemps que je roule ma bosse et je sais additionner deux et deux. Cela, vous le saviez. Vous le saviez en partie. Et pourtant, vous avez foncé tête baissée et vous avez aidé votre cher Kif sans réserve. Celui qu'il ne fallait pas encourager. Je ne l'ai pas compris. Vous ne l'avez pas compris jusqu'aux événements de Kefk. Je pourrais détruire ces installations portuaires, Jik. Je pourrais porter un coup d'arrêt à ce Kif. Mais il resterait Akkhtimakt...

– Même vieux gredin. Je raison avoir pour lui, Pyanfar. Avant et maintenant raison. Non avoir de fond, Akkhtimakt. Il tout avaler. Sikkukkut... vouloir *utiliser* tout. Ana... Ana avoir eu idée utiliser humains pour le Kif briser. Mais si *ils* motif avoir....

– Tully n'avait pas de raison de mentir. Ils ne sont pas quantité négligeable, Jik, loin de là. Il y a leur planète-patrie, mais il y a aussi deux autres pouvoirs. Tully fait partie de la planète-patrie. Il combat les deux autres et il veut les vaincre... vous me direz comment. Ils ont tiré sur les Knnn. Les Knnn s'en sont accommodés pour des raisons qu'eux et les dieux sont seuls à connaître. Nous avons une planète humaine en lutte avec tous les autres humains de l'espace et combien y a-t-il, de mondes, par-delà leur étoile d'origine ? Leur planète-patrie est seule, isolée, à couteaux tirés avec ses postes avancés. Peut-on, au nom des dieux, imaginer en face de quoi nous sommes ? Que cherchent-ils alors qu'ils ont dans la direction opposée une douzaine de mondes qui sont tous en guerre les uns contre les autres ?

– Tully dire cela ?

– Par bribes et par morceaux, oui, c'est ce qu'il m'a dit. Nous ne tenons cette créature que par le bout de la queue. Quand il se retournera...

– Dieux !

– Si vous et votre sans-oreilles de Personnage aviez dit la même vérité deux fois en une journée, nous ne serions pas dans cette situation catastrophique. Vous comprenez ?

– Si nous non avoir traîtresse hani, si nous non avoir semé pagaille dans *han,* nous sacrés imbéciles, tous les deux, Pyanfar. Nous aussi être stupides ? Vous relâcher je. Vous avoir navigante en incapacité. Vous vouloir numéro un bon pilote, vouloir je à bord navire vôtre ? Vous avoir. Vous vouloir je attaché maudit fauteuil ? Vous avoir. Pyanfar, je non rester ici dans obscurité vouloir.

Pyanfar hésitait. Accepter ? Refuser ? Finalement, ce fut pour le oui qu'elle opta.

– J'ai votre accord ?

– Avoir.

Elle détacha la première entrave. Puis la seconde.

Et s'immobilisa, se rappelant la force que recelait un bras mahen. Et la ruse de ce Mahendo'sat, tous ses stratagèmes et tous ses subterfuges. Jik ne lèverait pas le petit doigt contre elle, tant qu'il n'en tirerait pas avantage.

Imbécile, lui soufflait une petite voix intérieure tandis que Jik portait lentement les mains à son visage en sueur pour l'essuyer, tandis qu'il saisissait en tâtonnant le bord de la table, donnant tous les signes possibles de son état de faiblesse et de confusion. Craignant qu'il ne basculât, elle l'empoigna pour l'aider à s'asseoir et il resta là, les jambes pendantes, clignant des yeux et grimaçant comme si sa tête le faisait considérablement souffrir. Il se frotta les paupières et la regarda.

Autant admettre Skkukuk sur la passerelle pendant le saut. Cela aurait même été de beaucoup préférable. Skkukuk était de leur côté.

De toutes les choses que j'ai faites, songea Pyanfar, c'est pour celle-là que je mérite de mourir. Je sais que je fais une erreur. J'ai tort. Je vais tout flanquer en l'air et le Kif va lancer ce vaisseau, ce vaisseau que personne ne peut ni arrêter ni rattraper, et les Hani seront totalement anéantis sauf celles qui seront dans l'espace et que les Kif traqueront et liquideront l'une après l'autre. Tout cela parce qu'il y a une chance pour que nous ayons besoin de lui, et de Tully, et que ce Kif maudit des dieux pense que je suis le tremplin qui le fera accéder à la gloire kifish. Parce que je suis une vieille Hani idiote qui est restée trop longtemps dans le noir, et qui n'est plus capable de penser de façon lucide.

– Pyanfar, vous sacrée crapule être, dit doucement Jik.

– Je vous ai délivré, non ?

– Vous délivrer.

– Vous savez que vous n'aurez pas un poste sur mon vaisseau.

– Quoi vouloir vous ? (Le Mahe tendit les deux mains.) Enchaîner à fauteuil ? Enchaîner ! Vouloir je être passerelle. Vouloir navire mien parler. Vouloir navire mien entendre.

– Soit. Je vous mettrai en communication.

Folie, Pyanfar. Nous ne sommes pas à Anuurn. Il n'est pas un Hani. Donner sa parole ne veut rien dire pour lui si elle est en contradiction avec les ordres qu'il a reçus.

Comment en suis-je arrivée à le traiter ainsi et à lui accorder à nouveau confiance ?

– C'est entendu, Jik, reprit-elle. Vous serez sur la passerelle mais vous n'ouvrirez pas la bouche et vous ne toucherez pas aux commandes.

Il lui tendit ses mains, lui montrant ses griffes mahen émoussées que la nature n'avait même pas faites rétractiles et qui étaient trop épaisses pour manier les plus petites des commandes d'un tableau de bord hani. Et elles étaient abîmées et sanguinolentes. Les extrémités gonflées de ses doigts avaient été pansées par Tirun. Non, les Kif ne les avaient pas ménagées, ses mains.

Quelque chose se serra en Pyanfar à cette vue, et ses propres griffes frémirent de sympathie dans leurs gaines rétractiles, mais ses traits conservèrent leur impassibilité.

– Est-ce là votre seule réponse ? Ou allez-vous me traduire ces mots-codes et nous apporter un concours loyal ?

Jik braqua sur elle des yeux où brillait une lueur dure.

– Je faire, Pyanfar. Maintenant, vous devoir croire quoi je dire, non ?

4

J'écris ceci en hâte de Mkks. Ne vous assurez pas de la personne du porteur et ne le mettez pas en péril. La crise présente me contraint à éclaircir les initiatives que j'ai prises en faveur d'Ismehanan-min dans la mesure où il y avait concordance entre sa stratégie et la mienne. Je présume que son rapport vous est parvenu mais j'en ai confié un duplicata au Personnage en poste à Kshshti, pour le cas où le courrier aurait échoué dans sa mission. Stle stles stlen ne respectant pas les termes du traité conclu, Ismehanan-min et moi-même prenons les mesures voulues pour soutenir d'autres candidats et éviter que le personnel mahen soit remplacé par du personnel hani. Ici, à Mkks, nous avons délivré tous les otages et n'avons jusqu'à présent pas subi de dommages. Sikkukkut nous demande d'apporter un appui supplémentaire à sa candidature en nous rendant sur Kefk. J'ignore où se trouve Ismehanan-min et je m'abstiens de faire des conjectures. Je me porte sur La Jonction en empruntant cet itinéraire. Il ressort de tous les rapports de source tc'a que Stle stles stlen suit la ligne de conduite dont il est fait état dans le précédent rapport de situation, et les rapports provenant de notre contact en espace stsho ne sont pas encourageants…

Les contacts tc'a signalent qu'une grande agitation règne chez les Knnn…

J'ai remis à Ehrran un pli fallacieux. C'est de toute évidence une taupe stsho et je l'utilise pour faire un travail de désinformation. J'ai la conviction que la complaisance qu'elle met à participer à notre action n'est pour elle qu'un moyen de glaner des renseignements sur nos activités, renseignements qu'elle a obtenus, j'en suis sûr, grâce aux contacts qu'elle entretient avec les Stsho et qu'elle a par deux fois tenté de transmettre par le truchement d'agents secrets stsho dont quelques-uns sont passés à travers les mailles du filet. Nos mouvements sont signalés à qui de droit grâce à un efficace réseau de courriers et je maintiens une étroite surveillance sur les communications d'Ehrran.

Jusqu'ici, Chanur demeure fiable. L'appui fourni à cet agent doit l'être avec une extrême discrétion, et ce à tous les niveaux. Je l'enverrais bien à Maing Tol mais je ne vois pas comment cela serait possible eu égard aux objections de Sikkukkut d'une part, à l'état d'esprit actuel d'Ehrran d'autre part. En conséquence, Chanur reste avec nous et sa protection a la toute première priorité. Les manœuvres de séduction dont Chanur est l'objet de la part de Sikkukkut sont particulièrement alarmantes. Il faudra faire jouer des influences pour contrer ce…

Pyanfar détacha les yeux de l'écran où s'affichait la traduction et Jik, assis au milieu de gens de Chanur à la console du *communico,* eut un haussement d'épaules chagrin en voyant les oreilles de la capitaine hani se coucher.

– Quel genre d'influences ?

– Argent, répondit faiblement le Mahendo'sat. Dettes. Choses comme ça peut-être… Pyanfar, pas de mon ressort être. Cela gouvernement regarder. Il aussi aide apporter. Qui réparer navire vôtre ? Qui payer Stle stles stlen pour il restituer licence vôtre ? (Jik jeta un coup d'œil circulaire autour de lui, inspectant les visages qui l'entouraient l'un après l'autre; son regard se posa à nouveau sur Khym qui, maussade, avait posé une main épaisse sur le dossier de son siège, avant de revenir à Pyanfar.) Lire ce message pas bon, reprit-il. Non trouver vérité toute dans courrier. Vérité, vérité non pouvoir dire je dans lettre. Quoi vouloir ? Écrire Personnage je désirer amie aider, je à vous du bien vouloir ? Non. Je en douce agir. Je pousser Personnage avec vous faire ami, tirer vous du pétrin, je obséquieux Personnage demander il Chanur bien traiter... (Il tendit le bras et désigna l'écran du revers de la main.) Ça être *preuve* pour loi. Vous savoir quoi je vouloir dire. Vous écrire certaines choses non. Non vouloir entre mains ennemies tomber, non ennemi Kif, non ennemie Hani, non Mahe, non Stsho. Dieux, Pyanfar, vous quoi essayer dire je vouloir.

Elle le considéra avec froideur, vit le tremblement qui agitait sa main, ses yeux et sa bouche que plissait la douleur, vit... Peut-être *voulait-elle* voir au-delà de ces maudits mots qui s'inscrivaient sur l'écran.

– Je sais.

Jik laissa retomber son bras dont le tremblement s'accentuait. Fier Jik, orgueilleux Jik pressé de donner des explications qu'il n'aurait fournies à personne, même sous la menace, mais qu'il se résignait quand même à donner dans l'espoir de recevoir l'aide des amis qu'il avait trompés, lui dont le navire était retenu en otage, dont la liberté et la réputation étaient désormais en jeu. Ce qu'elle voyait faisait mal à Pyanfar. Et sonnait plus clair que n'importe quelles protestations.

– Je sais que nous sommes tous les deux dans le merdier, raclures des dieux. Haral, quelle est la situation de nos alliés ?

– L'*Aja Jin* et le *Lune Qui Monte* annoncent l'un et l'autre qu'ils sont dans les temps. Nous leur avons fait savoir qu'il en est de même pour nous et que tout va bien à bord.

– Nous avons averti Kesurinan que vous allez bien, murmura Pyanfar à l'adresse de Jik. C'était donc ce que vous projetiez ? Me tenir à l'écart pendant que vous feriez le saut avec Sikkukkut pour rallier La Jonction ?

– Nous vouloir non perdre vous.

– Je devrais me sentir flattée, bougonna Pyanfar. (Elle regarda les autres. Tout le monde était là sauf Skkukuk. Tout le monde, y compris Tully qui, comme à l'accoutumée, n'avait rien saisi du dialogue. Il avait l'air dérouté. L'équipage aussi. Dérouté et au bord de la colère.) Nous avons de la valeur aux yeux des Mahendo'sat et les Mahendo'sat préfèrent que leurs amis restent en vie. Les dieux savent ce qu'ils veulent d'autre ! C'est de bonne guerre, je trouve. Il y a certains Mahendo'sat que nous préférons, nous aussi, à d'autres. Et, les choses étant ce qu'elles sont, il n'y a pas grand mal à ça. Pause pour tout l'équipage. Allez vous remplir le ventre, nous ne savons pas ce que l'avenir nous réserve.

Pyanfar se tourna vers Jik. Appuyé contre le dossier de son fauteuil, il avait les bras croisés sur la poitrine et il y avait dans son attitude quelque chose de plus que sa placidité habituelle. La fatigue se lisait dans ses yeux. Mais il avait beau être dépenaillé, lui qui était toujours si soigné dans sa mise, on retrouvait la façon d'être qui était la sienne.

– Cela vaut aussi pour vous.

Fugitivement, le Mahe cligna des paupières en une imperceptible mise en garde. Pour dire : « Vous n'avez pas à me donner d'ordres. J'en ai suffisamment fait. »

Il fallait le prendre comme il était et il cherchait seulement à recouvrer un peu de dignité. Pyanfar laissa retomber ses oreilles. Soit.

Finalement, il décroisa les bras, se leva péniblement et se mit à la disposition de Tirun Araun qui, d'un geste, lui indiqua la coursive sur laquelle donnait le mess.

Pyanfar se traita une nouvelle fois d'idiote dans son for intérieur. Ce n'était pas simplement à Jik qu'elle se fiait : c'était en un Mahe que ses congénères plaçaient définitivement leur confiance, en l'un des rares Mahendo'sat qu'on envoyait sur le terrain pour prendre lui-même ses décisions parce que le gouvernement central était trop loin – à des années-lumière – pour pouvoir être consulté chaque fois qu'il y avait lieu de corriger, de rectifier la ligne politique, qu'on expédiait dans des endroits où les agents n'avaient pas le temps de se concerter. Et un capitaine de chasse comme Jik était habilité à énoncer ses propres directives, à négocier des traités et à donner ses ordres de marche aux bâtiments locaux avec, derrière lui, toute l'autorité du gouvernement mahen.

Un Personnage était plus qu'un individu en poste à Maing Tol ou à Iji. C'était tout le concept sur la base duquel les Mahendo'sat réglaient quelque affaire que ce fût : la décision du Mahe qui avait raison avait force de loi, et celui qui se trompait perdait tout son pouvoir. Ses supérieurs le désavouaient. Et si l'erreur qu'il avait commise était particulièrement grossière, le supérieur qui l'avait désigné tombait lui aussi en disgrâce. Aussi pouvait-il y avoir sur le terrain plusieurs agents qui prenaient des dispositions contradictoires. Ceux qui adoptaient les mesures les plus praticables étaient récompensés, ceux qui prenaient trop visiblement position en faveur d'une politique irréalisable étaient discrédités et le gouvernement mahen poursuivait imperturbablement son action.

Trahir était la règle d'or. Tout le monde trahissait tout le monde, sauf son supérieur. Seule une vieille Hani ayant couru l'espace des années durant était en mesure de comprendre comment les choses se passaient.

Une question demeurait toutefois pendante : Jik pouvait-il revenir sur sa parole et renier un accord qu'il avait lui-même conclu ?

Il en avait passé un avec Sikkukkut.

Et un autre avec Pyanfar elle-même.

Deux accords incompatibles.

Les sourcils froncés, elle rejoignit l'équipage au mess. Tirun avait installé Jik à table. Haral, Hilfy, Khym et Tully fouillaient les placards et la chambre froide en quête d'aliments qui se préparent vite. L'odeur âcre du *gfi* imprégnait l'air : Tirun était en train de remplir un pichet. Pyanfar, s'appuyant des deux mains sur la table, regarda Jik dans les yeux.

– J'ai une question à vous poser. Vous avez dit vous-même que vous aviez conclu deux accords. Or, vos deux partenaires sont opposés. Comment résolvez-vous cette contradiction ?

Jik plissa le front. Ses yeux étaient toujours larmoyants. Sa sueur avait encore des relents d'ammoniac et de drogues.

– Vous, Sikkukkut ?

– Moi et Sikkukkut.

– Au meilleur m'en tenir je.

– Celui qui servira le mieux les intérêts mahen ?

– Oui. (Jik battit des paupières et il regarda la capitaine comme un enfant fatigué.) Toujours.

– Je voulais simplement en avoir le cœur net. À toutes fins utiles.

Quelque chose d'autre vint à l'esprit de Pyanfar quand elle se tourna vers le placard et en sortit une ration de viande déshydratée.

Pour des raisons qui étaient les siennes, Jik venait de lui dire la vérité. En opposition avec son Personnage et avec tous ses intérêts. Ce qui, en vertu des critères mahen, faisait de lui un être déloyal.

Dieux, que nous arrive-t-il à tous ? Il n'y a

personne à bord qui n'ait déserté les siens : Tully, Skkukuk, les Hani de Chanur et de Mahn. Et c'est maintenant au tour de Jik.

La trahison a raison de nous, voilà.

Elle prit une coupe et fit la grimace en voyant Khym couper son *gfi* de *tofi*. Après s'être servie, elle balaya du regard la troupe disparate rassemblée dans la pièce. Morne, Jik s'efforçait d'avaler un sandwich qu'il faisait passer avec du lait reconstitué. Personne de Chanur ne s'emportait contre lui. Pas même Khym, pas même Hilfy.

Ainsi, les navigants entendaient-ils lui laisser une chance. Pour des raisons personnelles. Dont, peut-être, le crédit que l'équipage faisait au jugement de sa capitaine. Mais peut-être à cause des dettes passées.

Il était malaisé, étant hani, de ne pas penser en Hani. Il y avait eu un temps où ils avaient été aussi heureux de voir Jik que celui-ci l'avait sûrement été de la voir monter à bord du *Harukk* pour le délivrer. Même si, en ce qui le concernait, tout était affaire de tactique et de politique. Il leur avait sauvé la vie plus d'une fois.

Même si c'était toujours pour des motifs opportunistes.

Chur entrouvrit les paupières, plissa le museau et, clignant des yeux, adressa à sa sœur un regard somnolent. Son cœur battait un peu plus rapidement. Elle avait rêvé de choses noires grouillant dans les coursives, rêvé de quelque chose qui était lâché à bord. Il y avait du bruit au-dehors. Il semblait qu'un certain laps de temps s'était écoulé.

Geran avait noté la légère accélération du pouls de sa sœur. Elle avait l'habitude déconcertante de lancer des coups d'œil aux moniteurs quand elle parlait et chaque fois qu'elle réagissait à quelque chose. Et ce qu'elle y voyait à présent fit frémir ses oreilles chargées d'anneaux. Qu'il fût difficile pour quelqu'un d'allongé sur le dos de voir l'écran était fâcheux.

– Nous avons récupéré Jik, dit-elle.

Chur cligna des yeux. Tant de choses qui survenaient n'étaient que des illusions, et c'était de celles qui étaient agréables qu'elle se défiait le plus, celles qu'elle voulait réellement croire.

– Il va bien ?

– Il s'en tire avec quelques plaies et bosses. Il a dit à Tirun qu'il était entré en collision avec un mur en essayant de filer. Tout ce qu'il y a de vraisemblable comme histoire ! Tu sais comment il est : impossible de lui faire dire deux fois la même chose. Comment te sens-tu ?

– Comme si j'étais entrée en collision avec le même mur. Qu'est-ce que tu as fabriqué avec cette maudite machine ? Tu m'as mise à l'écart ?

– Il y avait pas mal de boucan. J'ai pensé que tu avais peut-être besoin de te reposer.

– Dans un enfer mahen, oui ! (Chur souleva la tête et glissa son bras libre sous son dos.) Tu veux que mon cœur s'emballe ?

– Rallonge-toi. Tu veux que le mien s'emballe ?

– Que s'est-il passé ici ? (Chur se laissa retomber en arrière, prise d'un étourdissement, et elle essaya d'accommoder.) Dieux ! J'ai encore ces cochonneries dans mon organisme. Arrête cette machine, Geran. Pour l'amour des dieux, je suis déjà assez fatiguée comme ça, c'est déjà assez dur d'avancer à contre-courant...

– Eh là !

Geran secoua sa sœur par l'épaule.

– Je suis éveillée, je suis éveillée.

– Tu veux essayer de manger quelque chose ?

– Par les dieux, ne me redonne plus de cette tambouille !

Il y eut un froissement de papier métallisé et une odeur nauséabonde envahit l'air aseptisé et hygiénique de la cabine. Manger, manger quoi que ce fût était un supplice. Mais, prenant sur elle, Chur se laissa faire quand Geran, un bras passé sous sa tête, lui glissa quelque chose dans la bouche. C'était mince et salé. Elle passa sa langue sur ses lèvres et absorba une seconde bouchée. Sans envie. C'était assez comme ça.

– Ce n'est pas trop mauvais.

Non, somme toute, ce n'était pas si mauvais. Le sel lui avait manqué. La saveur était plus agréable que celle du précédent repas que Geran lui avait apporté. Elle suivit avec précaution le trajet de la bouchée dans son œsophage et, quand elle sentit qu'elle était arrivée dans son estomac, elle s'étendit à nouveau, inerte, satisfaite. L'expression de Geran était celle d'un espoir désespéré.

– Quelque chose te tracasse, Gery ?

Un tressaillement d'oreilles.

– Tout se passe bien.

C'est un mensonge.

– Où sont ces maudites bêtes noires ?

– On les a toutes capturées.

Changement de sujet. Geran eut immédiatement l'air soulagé. Cette traîtresse de machine émit un *bip* : accélération du rythme cardiaque. Geran tourna les yeux vers elle et la façade qu'elle maintenait s'écroula, cédant la place à un regard angoissé.

– Nous sommes attaqués ? demanda Chur.

– Nous nous préparons pour le saut.

Elle est terrifiée. Dieux, Gery, tu déstabiliserais un moniteur...

– Bon. Qu'est-ce que tu penses ? Que je n'y survivrai pas ?

– Bien sûr que si !

– Nous allons loin ?

Geran aplatit les oreilles. Les releva. Ses traits se crispèrent comme sous l'effet d'une douleur.

– On va rentrer chez nous. Un de ces jours.

– Un saut multiple ?

– Je ne pense pas.

– Peut-être, hein ?

– Par les dieux pourris, Chur...

Je n'ai pas la force. Je ne pourrai pas tenir jusqu'au bout. Regardez-la ! dieux ! Mais regardez-la !

– Écoute. Tu penses à la tâche qui t'attend. Au nom des dieux, qu'est-ce que tu veux, que je me sente bien et que tu percutes le navire contre une rocaille ? Moi, je suis bien là. À m'alimenter... (Le moniteur se remit de la partie. Elle le négligea.) Quand as-tu mangé, toi, hein ? Prends soin de toi. Faut-il que je me fasse du souci à me demander si tu fais ton travail là-haut ?

– Non. (Geran jeta un regard furtif au moniteur et se composa un visage impassible de vieux suzerain de clan.) Je veux seulement m'assurer que tu as le ventre aussi rempli que possible.

– Tu n'as pas confiance en cette machine, n'est-ce pas ? Je te propose un marché. Tu me coupes ce maudit injecteur de sédatifs et j'essaie de manger. D'accord ?

– Il restera réglé comme il l'a été.

Le moniteur commença à crépiter.

– Les dieux défèquent cette pourriture d'engin ! fit Chur dans un cri.

Les *bip* devinrent une pulsation régulière. Geran allongea le bras et actionna l'interrupteur, stoppant l'administration des sédatifs.

– Calme-toi.

Chur se calma. Ses tempes battaient douloureusement. Il lui semblait que la cabine tournoyait mais, en son centre, Geran demeurait étrangement distincte. C'était comme dans la vision de chasse floue et brouillée, sauf en son point focal.

Je peux me voir rentrer, songea-t-elle, ce qui était pur délire, divagations d'un cerveau affaibli. Il faut juste m'accrocher au navire et y aller avec lui.

C'était aberrant. Mais, l'espace d'un instant, il lui sembla qu'elle passait à travers les cloisons, participait à l'activité du vaisseau, sentait la rotation de la station, la révolution du soleil, une hyper-extension comme l'étirement de la durée pendant le saut quand le temps et l'espace se redéfinissent. Une spatienne aguerrie pouvait prendre cette route pour rentrer. Elle aurait été incapable d'expliquer cela à un rampant, à quelqu'un qui n'aurait jamais flotté librement dans cette nuit immense.

Chur n'avait plus peur. C'était très dangereux. Elle voyait les courants interstellaires, elle connaissait les replis et les trous, les dépressions et les gouffres qu'engendrent planètes et étoiles. Elle sourit d'être toujours à bord du navire après que son esprit se fut projeté aussi loin.

Je peux me voir rentrer. Nous voir tous rentrer.

– Chur ?

– Je serai avec vous. Ne t'inquiète pas. Dommage qu'on ne puisse pas transporter cette machine pourrie des dieux sur la passerelle. (Chur ferma un instant les yeux, ferma cet œil intérieur qui faisait signe à l'infini, puis elle dévisagea Geran avec une totale sérénité.) Quand ?

– Le faire venir, lui, capitaine ? (Il n'était pas dans les habitudes de Tirun Araun de discuter les ordres, mais elle avait suffisamment de raisons pour manifester son étonnement et Pyanfar eut un bref mouvement des oreilles – l'équivalent d'un haussement d'épaules – qui eut pour effet de faire se coucher celles de Tirun, déconcertée, qui dit d'une voix quelque peu balbutiante :) C'est-à-dire que…

– Ce n'est pas Skkukuk qui me tracasse.

Elles se tenaient toutes les deux devant l'ascenseur au niveau du collecteur supérieur. Le navire bourdonnait; on entendait des chocs sourds : on procédait aux tests, aux occlusions de soupapes, aux opérations de mise en service automatique préalables à l'appareillage. Tirun aurait dû être à ses commandes sur le pont inférieur, à son poste de contrôle de la cargaison. Et *L'Orgueil* aurait dû avoir des marchandises dans ses soutes comme un honnête bâtiment de commerce. Mais cela, c'était du passé. D'effrayants périls les attendaient et Pyanfar allait d'un membre de l'équipage à l'autre, parlant tranquillement aux navigantes des choses qu'il y avait à faire, sans jamais évoquer la situation dans laquelle on se trouvait. Avec Tirun, il ne s'agissait que de lui donner ses consignes et de lui faire comprendre d'une manière détournée – leur façon de se parler depuis quarante ans et plus – qu'elle savait qu'elle lui demandait beaucoup. Alors, Tirun s'apaisait, perdait son expression tourmentée, redevenait eau dormante.

– Combien d'anneaux as-tu, cousine ?

– Oh ! je ne sais pas. (Tirun fit sonner tous ceux qu'elle portait à ses oreilles.) Suffisamment pour prouver que j'ai du bon sens, je pense, capitaine.

– Quand tout ça sera fini, je t'en achèterai encore une douzaine, cousine.

– Non. J'en ai suffisamment comme ça. Nous nous en sortirons, capitaine, et nous en serons aussi surprises l'une que l'autre. Et cette crapule de Sikkukkut ne le sera pas plus que la plupart.

– Tous nos alliés le seront. Skkukuk est en sécurité. Il est à notre bord, n'est-ce pas ? Un suicide de ce genre, cela dépasse les Kif. Sais-tu que Jik a dû expliquer à Sikkukkut que nous étions vraiment prêts à faire sauter le navire ? Il n'arrivait pas à comprendre pourquoi tu t'y serais résolue. On peut raconter tout ce qu'on veut à un Kif : il pense que c'est un mensonge. Qu'on bluffe. Skkukuk n'est pas différent de ses congénères, à mon avis. Tu diras à ce claboteux que je vais lui donner quelque chose à faire : il sera responsable des communications avec les Kif. Je le mettrai sous les ordres d'Hilfy.

– Dieux, capitaine !

– Tully sera aussi au *communico* pour ce saut. Nous n'avons pas le choix, n'est-il pas vrai ? Toi, tu t'occuperas de l'armement – en vraie grandeur, cette fois, j'en ai bien peur. Par ailleurs, tu seconderas Haral et tu auras l'œil sur le balayage : je mettrai Jik à la place de Chur mais son clavier sera verrouillé, quel que soit l'état de ses mains. Et pas question qu'il touche au *communico,* aussi vrai que la pluie tombe de haut en bas. Tant que nous sommes à Kefk, nous avons une justification. À La Jonction, il faudra peut-être en imaginer une autre. Mais je ne veux pas qu'il soit écartelé entre son éthique et notre survie. Cela ôtera peut-être un fardeau de ses épaules, la mentalité des Mahendo'sat est tellement bizarre ! Il *veut* nous aider; il *veut* exécuter ses ordres; il *veut* probablement sauver la peau d'Or-Aux-Dents malgré ce que cette canaille lui a fait. Il *veut* beaucoup de choses antinomiques. Ou qui peuvent le devenir sans délai. Et, par les dieux, je ne veux pas qu'il soit à portée de main de tes commandes et des canons.

– La présence de Skkukuk ne lui plaira pas.

– Mais il comprendra pourquoi Skkukuk sera là. Je suis certaine qu'il devinera la raison de sa présence.

– Connaissant les Kif et le reste comme il les connaît... oui.

– Connaissant les Kif et sachant ce que ceux de son bord attendent de lui... Les dieux nous préservent des Mahendo'sat et de toutes leurs manigances ! Et, pour l'amour des dieux, surveille Or-Aux-Dents, cousine. Si nous le repérons, que nous soyons prêts à faire feu. Je n'aime pas les règles de ce jeu, moi non plus, mais ce n'est pas nous qui les avons édictées. C'est lui, c'est cette canaille de Sikkukkut et tous ceux qui sont dans ce coup. Surveille les tous.

– Bien compris, dit Tirun d'une voix ténue et rauque. Eux et Ehrran.

– Tout le monde, en fait. Je ne nous connais pas un seul ami.

– Tahar.

– Oui, c'est vrai. Tahar...

Pirate et hors-la-loi.

– J'aurai Skkukuk avec moi ? *Skkukuk...*

Hilfy en demeurait bouche bée et oreilles aplaties.

Pyanfar confirma d'un signe de tête. C'était dans le réfectoire, où elle avait trouvé sa nièce. Tully, assis à la table, s'expliquait avec une coupe de *gfi.* Ses yeux bleus ne perdaient pas un geste des deux Hani et ses oreilles humaines, ses oreilles immobiles ne perdaient pas un seul des mots que lui chuchotait sa traductrice portative.

– C'est le hasard qui l'a voulu. Il sera sur le fauteuil de saut à côté de Tirun mais il travaillera sur ta console. Que ton doigt reste à proximité de la touche marche-arrêt. À toutes fins utiles. Et conserve ta présence d'esprit au moment de l'émergence. Il faut que je te pose une question. Sais-tu bien saisir les nuances d'expression du discours kifish ?

– Très bien.

– Appréciation objective : assez bien pour appréhender les subtilités des émissions d'un Kif ?

Hilfy ne répondit pas tout de suite. Elle prit sa coupe posée sur le comptoir, lança un coup d'œil en direction de Tully et son regard revint à Pyanfar. Une absolue lucidité se lisait dans ses yeux d'or.

– Je comprends ce que vous voulez dire, capitaine. La réponse est non. Mais Skkukuk en a la capacité. Ce qu'il me faudra faire, ce sera surveiller ce qu'il dira, lui. Et me tenir prête à appuyer sur la touche arrêt en un clin d'œil.

– Dis-moi une chose : un Kif pourrait-il endommager un navire à bord duquel il se trouve ?

Hilfy réfléchit à cette nouvelle question. Ses oreilles se couchèrent. Se redressèrent.

– Non, répondit-elle finalement. Pas dans le sens où vous l'entendez. Mais il pourrait à partir d'un moment donné se retourner contre nous.

– Il serait isolé. L'équipage ne le suivrait pas comme pourrait le faire un équipage kifish. Un équipage kifish est capable de se mutiner, pas un équipage hani. Je pense que Skkukuk s'en rend vaguement compte. Cela le fera marcher droit.

Les oreilles d'Hilfy plongèrent à nouveau. Elle ne portait qu'un seul anneau – mais son regard n'était plus celui d'une novice.

– Je vais vous dire ce qu'il pense. Il croit que l'équipage reste sur ses positions et que s'il fait bloc autour de vous, c'est parce qu'il a peur de lui. Voilà. Il pense que si nous sommes dans une situation critique, nous ferons quelque chose de stupide. Que nous sommes derrière vous uniquement parce qu'il nous fait peur. Il pense que si nous nous montrons suffisamment coriaces, d'autres Hani nous rallieront et rejoindront le camp de Sikkukkut. C'est tout simple pour lui. C'est quelque chose que j'ai découvert chez les Kif : ils sont étonnamment dégagés des préjugés d'espèce.

– Je crois que tu as raison.

Ce fut comme si cette approbation mettait du baume sur une plaie ouverte. Les oreilles d'Hilfy se redressèrent et elle parut retrouver toute sa jeunesse. Elles retombèrent derechef quand elle regarda Tully.

Tu n'es pas sotte, loués en soient les dieux, grands et petits, pensa Pyanfar. Les regards bouleversés qu'avaient échangés sa nièce et Tully ne lui avaient pas échappé. Là non plus, il n'y avait pas de préjugés d'espèce. Pas assez de préjugés d'espèce. Ô Hilfy, tu es à tant d'années-lumière de chez nous et je me moque que vous vous comportiez tous les deux en fieffés idiots. Je devrais être scandalisée. Plus maintenant. Les dieux vous protègent, l'un et l'autre, j'espère que vous avez fait ce à quoi je ne veux même pas penser. J'espère que vous avez eu un petit peu de ce que j'ai eu, quarante années durant.

Mais qu'est-ce que c'est que des idées pareilles ?

Khym dormait quand Pyanfar entra dans leur cabine. Sans bruit, elle laissa tomber sur le plancher son bouffant, son pistolet de poche et tout son attirail, puis se glissa dans le lit-cuvette où il reposait, énorme et chaude masse de muscles durcis, blotti comme un enfant. Elle noua ses bras autour de la taille de son compagnon et enfouit sa tête dans son épaule. Il se retourna et enfouit son visage dans son épaule à elle.

Dors, dit-elle silencieusement avec une touche de regret. Faire un somme au creux d'un lit tiède nichée dans les bras de son mari n'était pas le moindre des plaisirs de l'existence. Et elle n'avait pas le cœur de le réveiller, pas alors qu'il en avait tant fait.

– Py, fit Khym dans un murmure grondant.

Il se trémoussa. Peut-être pour adopter une position plus confortable. Peut-être simplement comme pourrait le faire un homme qui se sait désiré. Par gentillesse envers l'épouse fatiguée venue chercher refuge auprès de lui. Ce qu'ils firent ne se faisait pas en cette période de l'année. Les vieilles au poil gris, sur Anuurn, auraient été choquées. Les rapports conjugaux étaient saisonniers; les hommes étaient toujours au foyer et les épouses sacrifiaient au rite quand elles étaient à la maison, une ou deux fois et au printemps, la maison était pleine de femmes dans tous leurs états qui assaillaient de leurs exigences un mâle qui ne savait plus où donner de la tête. Alors, le maître des lieux chassait tous les jeunes hommes qui avaient dépassé le temps de l'adolescence avant qu'un scandale n'éclatât : les jeunes femmes allaient vagabonder, les sœurs aînées se jetaient sur tous les frères approchant l'âge adulte quand, par hasard, le seigneur n'y trouvait rien à redire. C'était le grand nettoyage de la maisonnée, aussi prévisible que les pluies de printemps.

Les saisons manquaient aux spatiennes. Pyanfar ne rentrait que quand la chance lui souriait et s'efforçait de faire coïncider ses retours avec le printemps. Une petite visite à son frère Kohan, entièrement pris à ce moment par les affaires de Chanur, quelques gracieusetés à ses épouses, à toutes les sœurs et cousines qui vivaient au domaine ou s'y trouvaient de passage...

... et la décence permettait alors à Pyanfar de gagner Mahn dans les montagnes, où Khym et ses épouses résidentes tenaient leur cour. Ses autres femmes ne l'avaient jamais beaucoup gênée : elles étaient quantité négligeable et le savaient. Toutes la détestaient cordialement mais elles savaient aussi que son séjour ne se prolongerait pas plus d'une ou deux semaines, et qu'au terme de ce délai, la rivale remonterait à bord de son vaisseau pour repartir courir l'espace. Quand on a une rivale qu'il n'est pas possible d'écarter, c'est au moins un avantage qu'elle soit rarement présente.

Où étaient-elles maintenant, ces épouses ? La haïssaient-elles toujours parce qu'elle avait enfin mis la main sur Khym et qu'il n'était pas mort, vaincu au combat, comme c'était l'usage ? Elles devaient s'apitoyer sur son sort à lui et l'exécrer, elle, Pyanfar. Elles devaient dire que tout cela était inconvenant, comme si Khym lui-même n'avait pas eu d'autre choix que de se faire enlever à bord d'un navire de Chanur et de se condamner à une survie contraire au cours naturel des choses. Cela ruinait sa réputation et portait atteinte à leur honneur à tous deux. Elles imaginaient vraisemblablement la conduite lascive et libertine à laquelle ils s'adonnaient hors saison ou, pis encore, s'imaginaient qu'il faisait office d'étalon pour le reste de l'équipage.

Cette dernière supposition laissait Pyanfar songeuse.

– Dis-moi une chose, fit-elle à l'oreille de Khym. Te déplairait-il qu'une navigante fasse de temps à autre appel à tes services ? Qu'en penses-tu ?

– Je ne sais pas. C'est-à-dire qu'elles... (Il s'interrompit quelques instants.) Ce sont des amies.

– Je ne dis pas que tu devrais accepter. (Elle caressa la crinière de Khym et effleura le dos de son oreille de la pointe d'une griffe.) Je ne l'ai jamais dit. Je te demandais seulement si tu le désirerais.

– Ce sont tes amies.

Pyanfar sentit son cœur battre plus vite. Comme sous l'effet de la panique. Et elle s'en voulut d'avoir amené la question sur le tapis.

– Elles ne l'ont jamais demandé. Dieux, quelle stupidité ! N'y pense plus. Je regrette d'avoir prononcé ces mots. Je le regrette pour elles.

– Moi aussi. J'accepte. Dis-le-leur si tu veux. Ce sont des amies. Je pense qu'elles l'apprécieront. Je pense que je pourrais l'apprécier.

L'apprécier. Mettre sa confiance en un *homme*. Dieux ! C'est cela qui a changé, n'est-ce pas ? Il est solide comme un roc. Il ne se livrerait pas spontanément à ce jeu avec elles. Elles ne s'y livreraient pas avec lui. Elles le respectent. Elles le traitent comme elles traiteraient une sœur. Elles ne sont pas mesquines, aucune d'elles, n'est du genre à avoir besoin de se prouver quelque chose, au lit ou après. Il y a quarante ans que tu travailles avec elles et tu le sais. Mais ce qui compte, c'est ce qui est bon pour lui. Cela, elles ne le mettront pas en question. Et moi non plus, les dieux en sont témoins.

– Je crois que tu peux leur faire confiance. Si c'est avec une, ce sera avec toutes, tu le comprends. Je veux seulement te dire que, pour ma part, je n'y verrai aucun inconvénient. Cela ne me causera ni satisfaction ni déplaisir. Je pensais simplement… enfin, si cela doit arriver, tu n'auras pas besoin de le faire en catimini.

– Jamais je ne…

– Je le sais. Je te dis seulement ce que je pense. Par les dieux, à Mahn, je me suis incrustée chez toi cinq jours d'affilée et j'ai fait décamper tes autres épouses. Cinq jours, ça a été le laps de temps le plus long, n'est-ce pas ? J'ai des remords de m'accrocher depuis si longtemps à toi. Cela tourne à l'obsession. J'ai pensé que, peut-être, si les choses reprennent leur cours normal… (Tant de pensées se bousculaient dans la tête de Pyanfar qu'il lui paraissait même stupide de parler de cela : c'était si loin de la réalité… sans issue.

Mais c'était pour trouver la paix qu'elle était venue. Elle chassa La Jonction de son esprit et opta pour le faux-semblant.) Bref, je me suis dit que je devrais te laisser un peu de répit. Je t'ai poussé dans ma chambre. Je ne te donne pas beaucoup de choix, n'est-ce pas ? Je veux que tu saches qu'il y a une place pour toi à bord du navire. Une place bien à toi. Un endroit où tu seras chez toi quand tu le souhaiteras et aussi longtemps que tu le souhaiteras. Si tu ne veux pas partager mon lit pendant un certain temps, parfait. Tu me manqueras mais je ne veux pas que tu te dises que c'est pour ça que tu as embarqué sur *L'Orgueil*.

– J'ai embarqué à bord de *L'Orgueil* parce que je suis complètement idiot. (Khym avait les sourcils froncés.) Le reste est venu plus tard, Py, ne parle pas comme ça.

– Dieux ! Tu ne comprends pas.

– Ce vaisseau ne m'appartient pas. Il est à Kohan. Je ne peux pas venir ici, coucher avec sa...

Un raisonnement de mâle. Illusoire. Un raisonnement de rampant. Pyanfar en éprouva de la colère.

– Ce vaisseau est mon vaisseau, raclures des dieux ! Kohan n'a rien à y voir. Et si tu veux coucher avec Skkukuk, il est à moi, lui aussi. Et je te mettrai les oreilles en charpie.

Khym trouva l'idée comique. Et le dégoût lui plissa le museau.

– Je n'ai pas demandé l'avis de Kohan, poursuivit Pyanfar. Je ne consulte personne. Tu sais parfaitement comment fonctionne le système, comment il a toujours fonctionné. Tu as donné ta sueur, tu as versé ton sang et tu n'as jamais rien eu à toi, damnation ! Maintenant, tu possèdes réellement quelque chose. Quelque chose que tu ne peux pas perdre. Tu peux faire tout ce qu'il te plaît, et tu le fais, mon époux. Il y a quarante ans que je cours l'espace. Toi, il n'y a que deux ans et tu penses déjà de travers. Tu écouteras au moins ma folie. Sans cesse, à Mahn, tu me demandais à quoi ressemblaient les étoiles. À présent, tu sais d'où je viens, tu sais pourquoi je ne m'entendais pas avec les autres femmes… pourquoi je ne suis jamais parvenue à faire en sorte que notre fille me comprenne. Tahy pense que je suis folle. Que je suis une sorte de dépravée, probablement. Kara sait que je le suis. Ce que peuvent penser les rampants m'indiffère, c'est tout. Cela ne me touche plus. Leurs petites règles n'ont pas d'importance à mes yeux. C'est dangereux, je suppose. Je ne sais pas comment revenir là où j'étais. Aucune d'entre nous ne le sait. Haral a laissé une canaille de fille à Faha. Tirun a un fils encore vivant, quelque part à Gorun. Les dieux savent qu'elles prennent habituellement des précautions. Mais elles ne se sont jamais mariées et elles ne se marieront jamais. Elles se contentent de passer leurs caprices à l'Ermitage. Je ne leur pose pas de questions. Sais-tu pourquoi elles se comportent ainsi ? J'ai eu de la chance. Ma sœur Rhean… Un printemps, notre retour à Chanur avait coïncidé… Je lui ai demandé comment était son mari. Et ce n'était pas une question piège. Mais, à la voir, on aurait dit qu'elle mourait à petit feu. « Cet homme ne sait pas où est La Jonction, Pyanfar, m'a-t-elle répondu. Il ne sait pas ce qu'est La Jonction. Voilà comment est mon mari. » C'est du seigneur Fora qu'elle parlait.

– Il n'est pas stupide. Je l'ai connu à l'Ermitage.

– Non, il n'est pas stupide. Simplement, Rhean ne peut pas parler avec lui. Les mondes où ils vivent sont des mondes différents. Il n'appartient pas à celui qu'elle habite. Maintenant, elle relâche le moins souvent possible. Je crois que, si elle le pouvait, elle irait jusqu'à passer ses relâches à l'Ermitage. L'homme des montagnes sur lequel tu portes ton choix te jurera que tu es l'incarnation de tous ses rêves, non ?

– Cela t'est-il déjà arrivé ?

L'hésitation que marqua Pyanfar avait valeur de oui. Elle haussa les épaules.

– Pas depuis que nous sommes mariés.

– Une Mohrun avait jeté ainsi son dévolu sur moi. Pour me quitter au bout d'une semaine. Moi, un gamin de la savane, qui espérais trouver une alliée. Jouer ce petit jeu avec un gosse... c'est de la cruauté.

– Moi, je le jouais honnêtement. Je disais que je ne faisais qu'une escale.

– Un gosse de cet âge ne savait pas que tu voulais dire que tu repartirais le lendemain matin. Aucun ne savait que ton navire était plus précieux pour toi qu'il ne pourrait jamais l'être, lui. Aucun ne savait qu'il lui était interdit de te suivre là où tu irais, que le territoire que tu voulais n'était pas... n'était pas quelque chose dont il pouvait s'emparer pour te l'offrir. Et il voulait mettre l'univers tout entier à tes pieds, Py. Tout homme le désirerait, essaierait de te parler et comprendrait peut-être au matin qu'il est incapable de te donner ce qui compte pour toi. C'est dur, Py. Ça a été dur pour moi.

– Tu étais le seigneur de Mahn !

– J'étais le seigneur d'un lieu où tu venais chasser, le maître de la demeure où, quand tel était ton désir, tu venais te reposer. J'étais pour toi un délassement. Je n'ai jamais rien pu te donner. Et j'aurais voulu tout te donner.

– Par les dieux, Khym, j'ai dit que j'avais de la chance.

– Mais je n'ai jamais pu te donner quoi que

ce soit. Pourtant, c'était ce que je souhaitais. Quand je suis venu à Gaohn pour combattre à tes côtés, c'est la première fois où j'ai eu le sentiment que j'étais bon à quelque chose. Lorsque tu as voulu que je parte avec toi, eh bien, je t'ai suivie comme un blanc-bec quittant l'Ermitage, n'est-il pas vrai ? Nous partions nous tailler une place dans l'univers comme deux adolescents... Je ne savais pas, alors, quelle était la taille du domaine dont tu voulais que je prenne possession. Dieux, quelle ambition était la tienne ! Que je t'apporte une ou deux stations spatiales, c'est bien ça ?

– Par les dieux, comme j'aimerais que tu le puisses !

La Jonction était à nouveau là, entre eux, dans leur lit. Pyanfar avait l'impression qu'il faisait froid dans la cabine. Les bras de Khym l'étreignirent avec une force accrue. Il lui donnait ce qu'il avait et elle ne savait toujours pas si c'était par devoir ou par besoin. Mais c'était, au moins, un don librement consenti et non pas quelque chose qu'elle réclamait par sa seule présence. C'était ce qu'elle espérait qu'ils avaient gagné au bout de tant d'années et après avoir enfreint tant de règles.

– Tu n'as jamais été un délassement pour moi, Khym. Tu étais mon sanctuaire. L'endroit où je pouvais aller, l'oreille qui m'écoutait.

– Par les dieux, mes autres épouses ont toujours su qui j'attendais. Qui je ne cessais d'attendre. Elles se vengeaient sur Tahy et sur Kara. J'essayais d'y mettre le holà, Py, j'ai passé trente ans à tenter d'obtenir de mes autres épouses qu'elles laissent nos enfants tranquilles, mais sans succès.

C'était comme si une lumière s'allumait, effaçant les pans d'ombre. Les recoins de la vieille demeure de Mahn qu'elle n'avait jamais vue. La raison de tant de choses. Si évidente et si insaisissable.

– Raclures des dieux, tu ne m'avais jamais dit cela.

– Quand tu faisais tes apparitions chez nous, c'étaient de trop bons moments. Et tu ne pouvais pas rester. Je le savais. Je faisais ce que je pouvais.

Dieux ! J'ai saccagé toute la maison. Tous les autres mariages. Détruit mes enfants; nui, en définitive, à Chanur quand ma fille s'est retournée contre Khym et a chassé notre allié le plus sûr. C'est ma faute. Moi seule suis coupable.

Khym poussa un soupir et son corps massif serré contre elle frémit.

– Je n'avais pas l'intention de dire tout cela. Défécation des dieux, Py, je viens de tout abîmer, voilà.

Ç'a été cela, sa vie. C'est pourquoi il a marché sur des œufs au milieu de ses épouses. Pourquoi il a perdu les gosses. Ô dieux ! Pourquoi il a finalement abandonné Mahn, et est retourné à Chanur comme un mendiant quand j'y suis enfin revenue. Pourquoi il s'est détaché de ses sœurs. De tout. De ses sœurs... pour une étrangère. Cela, elles ne pouvaient pas le pardonner. Et les clans femelles non plus. Tout cela pour une seule épouse. C'est démentiel.

Mais, dieux ! ce que j'ai fait... pour un époux ! Je crois que je l'aime, ce grand fou. Est-ce que ce n'est pas quelque chose ? L'aimer comme s'il était clan et parentèle. Comme s'il était une partie de moi-même. Cela ne peut pas continuer ainsi. Il a besoin de quelqu'un d'autre comme contrepoids. Besoin de recul. Moi aussi. Mais cela ne m'intéresse pas. Les plus beaux mâles d'Anuurn pourraient défiler nus devant moi, ce serait vers Khym que j'irais. Toujours. Et, lui, sa préférence irait à moi. Je n'avais jamais vu cet aspect des choses. Je n'ai jamais vu ce qui clochait entre nous, et regarde ce qu'il est advenu. Nous nous sommes mutuellement fait énormément de mal sans jamais en avoir l'intention. Je lui ai fait tellement de mal. Dieux, je voudrais pouvoir le confier entre les mains des autres.

Elles ne sauraient pas comment le traiter mais elles essaieraient. Même Tirun.

Il désire tant être comme elles. C'est cela qu'il veut réellement. Et elles l'ont oublié. Elles l'ont oublié parce que je suis incapable de trouver le moyen de leur faire comprendre ce qui se passe en lui.

Haral le ferait. Elle pourrait surclasser Tirun, la vieille vaurienne : dieux, si tu savais quelle bonne conduite observe Tirun ! A-t-elle jamais posé la main sur toi ? Non parce que tu es mien. Elle irait s'enivrer avec toi et elle te raccompagnerait sans broncher, oui c'est ce qu'elle ferait, parce qu'elle appartient au navire et que tu es territoire interdit. Les dieux savent pourtant qu'elle a de l'attachement pour toi, elle pense que tu es quelqu'un de spécial. Je ne sais pas. Vous pourriez si bien faire la paire, elle et toi. C'est drôle comme le chemin que nous suivons est tortueux.

Non, si tu connaissais les deux faces de Tirun, si tu la connaissais véritablement, tu l'aimerais.

Geran et Chur... Dieux ! Quel dommage que tu ne les aies pas connues avant que nous ne soyons dans ce pétrin. Elles sont si mignonnes. Mais toutes deux sont une eau profonde. Et noire. Il n'est pas recommandé de se prendre de querelle avec ces deux-là. Mais elles ont un sacré sens de l'humour. Ces histoires-là, elles ne te les racontent jamais. Elles ne sont pas planétariennes. Elles descendent rarement à terre. Elles ne se sentent pas à l'aise avec les rampants. C'est ça qui est terrible : parfois, on souhaite sentir la terre sous ses pieds, le soleil vous chauffer le dos, et puis il faut affronter les êtres qui vivent au sol.

Et Hilfy… tu *vois* ce qui se passe entre elle et Tully ? Mon pauvre ex-rampant conservateur ! Et tu n'as pas un battement de cils. Nous sommes trop bien élevés. Nous ne voyons rien. Comme nous ne savons pas quoi faire, nous fermons les yeux. Et nous formons de bons vœux pour eux, nous leur souhaitons bonne chance, par les dieux, Khym, parce que nous prenons de l'âge, toi et moi, et que, dans ce pétrin, nous sommes réduits à la portion congrue tous les deux.

Tu ne pourrais pas coucher avec Hilfy. Avec elle, jamais. C'est l'excentrique de la famille. Elle peut ne pas se soucier des frontières séparant les espèces mais elle ne peut pas franchir le fossé séparant les générations. Elle est incapable de se comprendre elle-même. Tu mettrais tout sens dessus dessous. Et, pour elle, tu es son *oncle,* tu le seras toujours, même si vous n'avez pas une cellule en commun. Tu es pour elle le substitut de Kohan. Elle a tant d'amour pour son père. C'est pourquoi elle est aux petits soins pour toi comme une petite grand-mère.

Je l'ai prise à mon bord, je ne lui ai jamais fait faire relâche sur la planète-patrie, elle est dans ses années de croissance… elle prend ce qu'elle peut prendre. C'était une telle opportunité pour nous. Et nous avons perdu tellement de temps. C'est bien pour elle, je pense. Bien pour Hilfy.

Loués soient les dieux : tu es là.

23 h 42.

L'Orgueil échauffait ses muscles. Des impulsions électroniques testaient ses systèmes jusqu'à la poupe et chargeaient ses aides internes. Sur la passerelle, les écrans papillotaient, les instruments crachotaient leurs *bip*. C'étaient les opérations de routine préalables à l'appareillage.

Le vaisseau kifish était toujours stationné dans l'axe de rotation de la station, son étrave inclinée pour que ses canons soient constamment pointés sur tous les bâtiments présents, et plus particulièrement, sur ceux qui se préparaient à prendre le départ, ceux à bord desquels se trouvaient des non-Kif au mode de pensée imprévisible.

Mais les communications se poursuivaient sans entraves entre *L'Orgueil* et le Central de la station dont le personnel dépendait pour une part du *Harukk*. Elles se poursuivaient pareillement entre *L'Orgueil*, l'*Aja Jin* et le *Lune Qui Monte de Tahar* mais ces transmissions n'étaient compromettantes en rien, elles assuraient sans plus la coordination indispensable à trois navires qui devaient déhaler en formation groupée. Restait néanmoins le codeur qu'ils pouvaient utiliser. Il était des langages que les Kif ne comprenaient peut-être pas.

Il y avait aussi ce vaisseau en point fixe à leur verticale et, eu égard à sa présence et à sa puissance de feu, la prudence commandait que l'on s'en tînt strictement aux émissions en clair.

– Hilfy, saisis ton 3 d'un message, dit Pyanfar. Dès qu'on sera à La Jonction, que l'itinéraire de décrochage soit automatiquement communiqué à nos deux partenaires.

– Compris. À vos ordres.

Hilfy, Haral et Tully étaient à leur poste, Khym en train de s'installer. Haral s'occupait toujours de la console de Geran depuis sa place de copilote mais c'était purement par acquit de conscience : pour le moment, les palpeurs de balayage ne pouvaient absolument rien capter. Si les Kif jugeaient bon de faire feu, ils feraient feu, voilà tout. Et ils détruiraient en partie leur station, par la même occasion.

– Geran arriver, annonça Tully.

Il exécutait les manœuvres qu'Hilfy lui avait enseignées. Faute de pouvoir utiliser ses pauvres doigts dépourvus de griffes, il était muni d'un picot qu'il enfonçait dans les évidements qu'il fallait et dans l'ordre qu'il fallait. Et il était, au moins, en mesure d'ouvrir l'oreille pour demeurer suffisamment attentif aux procédures internes. Se reposer sur lui pour accomplir cette tâche constituait déjà un risque. Tirun était en bas avec Skkukuk, et Jik était libre de ses mouvements mais Pyanfar, luttant farouchement pour dominer ses nerfs, se persuadait qu'à eux deux, Tirun et Skkukuk neutraliseraient le Mahendo'sat si jamais (les dieux les préservent d'une telle insanité) il avait une idée derrière la tête.

Si tout se passait bien et si les dieux voulaient que la chance fût avec lui, Tully serait capable de réagir à une alerte venant d'en bas. Le système d'auto-identification de *L'Orgueil* affichait le mot PRIORITÉ sur les écrans d'Hilfy et d'Haral : Tully devrait commettre une invraisemblable série d'erreurs pour que le moniteur cessât de surveiller les coursives inférieures.

Geran arrivait. Pyanfar distinguait sur l'écran éteint qui faisait réflecteur une silhouette qui grandissait dans la coursive principale du pont supérieur, puis les lumières de la passerelle éclairèrent son épiderme d'un brun rouge et firent scintiller ses anneaux d'oreilles.

– Salut, dit-elle.

Elle avait bordé Chur dans son lit et était sortie de sa chambre. Avec toutes les chances pour que ce fût la dernière fois. *Salut,* avait dit Geran à Hilfy alors qu'en temps normal, elle n'ouvrait pas la bouche lorsqu'elle venait prendre son service. Ce qui signifiait : Je suis prête. Vous pouvez compter sur moi, n'en doutez pas.

– Nous sommes en procédure de routine, dit Hilfy posément.

La bonne attitude à avoir avec Geran. Pas de chichis. Pas d'explosions d'émotion. Pyanfar, qui ne laissait rien lui échapper, accusa réception au dock qui l'avertissait que l'on allait bientôt couper l'alimentation.

– Tirun, annonça Tully.

– Je prends, dit Khym au second poste de transmission. (Puis :) Entendu. Je vais lui dire. *Na* Jik, montez, maintenant. Tirun est en route.

– Geran, Jik est commis à tes bons soins, fit Pyanfar. C'est le mieux que je puisse faire. (Il y avait le problème des mains du Mahe. Elles se cicatriseraient pendant les quelques jours subjectifs précédant l'émergence mais la récupération et le saut n'étaient pas des questions qu'elle souhaitait aborder avec Geran, pour le moment.) Je ne suis pas très chaude pour qu'il soit à ton côté mais je n'ai pas d'autre place à lui assigner.

– Je le surveillerai.

Inutile d'en dire davantage. Si Geran flanchait, il y aurait encore Tirun pour flanquer Jik. Il resterait Tully au bout du tableau de commande avec Skkukuk. Elle aurait pu y faire asseoir Khym. Mais Khym avait l'habitude du *communico*. Là, il avait son utilité. On ne pouvait pas lui confier la console du second circuit de Tirun, complexe et dont la disposition des commandes était complètement différente. Tully était capable d'assimiler une séquence d'exécution de A jusqu'à Z. Khym, dans la torpeur du saut et en situation d'alerte, pourrait actionner une commande qu'il croyait connaître. Les conséquences en seraient désastreuses.

– Oui, *Harukk*. (C'était Hilfy.) Cette donnée est en exploitation. Capitaine, ils nous demandent encore confirmation de l'appareillage et du cap.

– Nous appliquons les consignes.

La manœuvre de séparation débuta. Il y eut une série de coups de boutoir quand, sous le contrôle d'Haral, *L'Orgueil* se dégagea de son poste de mouillage. D'une voix basse et monocorde, Khym égrenait les informations de routine à l'intention du personnel portuaire et de la tour de contrôle de la station. On entendait Hilfy dialoguer sur un ton uni avec l'*Aja Jin* et le *Lune Qui Monte.*

– Capitaine, appela Tully. Tirun venir.

– Compris, murmura Pyanfar.

Si Tirun était en chemin, l'équipe serait au complet et on respecterait l'horaire sans difficulté. Ce qui était souhaitable avec tous ces Kif surexcités aux alentours. Pyanfar redressa les oreilles et s'efforça de calmer ses nerfs. Le tapage que faisaient les machines de *L'Orgueil* masquait le vrombissement de l'ascenseur et les bruits révélateurs indiquant ce qui se passait à bord. Il y avait les contrôleurs de la console, si elle décidait de caler la matrice sur le moniteur d'accès. La seule idée que Skkukuk était à proximité lui déclenchait des picotements dans le nez. Elle n'osait pas prendre d'anti-allergique; elle avait besoin de tous ses réflexes. Du revers de la main, elle frotta farouchement ce nez qui la démangeait, retroussa les lèvres et leva la tête vers l'écran du moniteur éteint quand s'y refléta la lumière intérieure de la cabine. On distinguait des silhouettes lointaines, mal assorties, dans la coursive.

Elle lança un bref coup d'œil au chrono.

23 h 04.

– *Lune Qui Monte* fait savoir que tout est paré, dit Hilfy.

– Noté, répondit Haral.

Tahar faisait de l'esbroufe. En gagnant sur l'horaire prévu. Ce qui n'était pas évident.

Le clan Tahar restait le clan Tahar, même quand il était redevable de sa peau hypothéquée à Chanur.

Les portes de l'ascenseur s'étaient refermées et, sur la surface réfléchissante de l'écran, les silhouettes s'étaient rapprochées. Lentement, Pyanfar fit pivoter son fauteuil pour faire face aux nouveaux et derniers arrivants. Les exigences de la courtoisie. Tirun marchait à côté de Jik, Jik à côté de Skkukuk, en robe noire. On n'avait pas osé faire venir de l'*Aja Jin* des vêtements propres pour le Mahe de crainte d'éveiller les soupçons des Kif et on s'était contenté de nettoyer ceux qu'il portait. Le bracelet qu'il avait à son bras avait dû lui être prêté par quelqu'un de l'équipage. Les Kif lui avaient volé les fastueuses chaînes dont il se parait habituellement.

– Cette personne, dit Skkukuk à peine entré, cette *personne* refuse de se soumettre à vos ordres, *hakt'*.

– Il parle de son pistolet, expliqua Tirun.

– Les armes à feu sont prohibées ici, dit Pyanfar sur un ton patient. (Et on ne change pas de capitaine sous le feu, ajouta-t-elle *in petto*. Elle eut un haussement d'épaules intérieur, pensant à Jik, et ajouta : J'espère.) Tirun vous donnera vos consignes. Si vous êtes aussi valable que vous le prétendez, prouvez-le.

Et voilà pour ses états d'âme kifish.

Mais le Kif fit le gros dos.

Jik n'avait pas quitté Pyanfar des yeux.

– Comment navire mien ? demanda-t-il, très calme, très civilisé.

Dans des circonstances analogues, elle n'aurait pas observé une telle modération.

– Hilfy, mets son *communico*-station sur réception seulement.

– À vos ordres. Branché.

– Balayage n° 2.

Pyanfar assignait sa place à Jik. Il la remercia d'un bref hochement de tête plus que bienséant et alla boucler le harnais. Il grimaça légèrement en s'asseyant. Puis adressa posément quelques mots à Geran. Pyanfar constata que ses griffes s'enfonçaient dans le capitonnage de son fauteuil. Elle relâcha précautionneusement son étreinte et fit à nouveau pivoter le siège.

23 h 13.

– Nous sommes dans les temps, dit Haral. L'*Aja Jin* annonce qu'il est paré. C'est bon.

– Sois prête.

– Nous allons faire preuve de ponctualité pour le *hakkikt* ?

Pyanfar prit en considération une provocation en puissance. Prit en considération les Kif. Et, tout en armant les pulseurs, prit en considération une autre possibilité. Elle avait à portée de sa main un autre jeu de commandes bloquées par tout un luxe de précautions dont le programme était susceptible d'être court-circuité. Il suffisait de mettre en action trois petits codes et les touches en cuvette s'allumeraient. Ce serait alors pour *L'Orgueil* l'ultime chance d'éliminer une station spatiale pleine de Kif, également habitée par une poignée d'innocents Méthaniens; un navire allié félon en possession de deux plans visant à placer la Communauté sous l'hégémonie mahen; un Kif qui était à deux doigts d'instaurer l'hégémonie kifish et était froidement déterminé à anéantir l'espèce hani tout entière. Cette station constituait la moitié du problème auquel la Communauté était confrontée et qu'un geste suffirait à régler. Et qu'un seul navire résolve la moitié des problèmes qui se posaient dans l'univers immédiat n'était pas une mauvaise affaire, tout compte fait.

Cela, d'un autre côté, assurerait le succès à

court terme de leurs rivaux dont l'objectif était aussi d'établir l'hégémonie mahen et kifish, peut-être bien une hégémonie humaine, une intervention méthanienne et l'effondrement immédiat des Stsho. Et le *han* tomberait sous le contrôle d'une hégémonie ou d'une autre. Ce qui se solderait par des années de combats meurtriers. Sans tenir compte de l'humanité déjà déchirée dans son propre espace, et dont on savait que les vaisseaux étaient armés.

Liquider ici même un groupe de rivaux ou laisser sa chance à Jik et opposer une puissance à une autre. Telle était l'alternative.

Pyanfar n'éprouvait même pas de panique en examinant le jeu de touches permettant d'outre-passer le programme. Elle se sentait détachée et lointaine : elle pouvait faire le geste fatidique, seule Haral le saurait. Elle regarderait dans sa direction en couchant légèrement ses oreilles et elle se garderait d'avertir l'équipage. Juste un regard éloquent : Je sais. Allons-y.

Peut-être était-elle maintenant en train de penser la même chose, que c'était leur dernière chance, alors que *L'Orgueil* était encore à son poste d'arrimage, le nez dans le ventre mou de la station, et qu'il faisait incontestablement partie de la masse de celle-ci.

Haral continuait d'actionner les contacteurs, le blocage de certains circuits n'étant plus nécessaire, tout en vérifiant la synchronisation des systèmes et des rétropulseurs.

23 h 14.

– Nous sommes dans les temps, dit Pyanfar sur le même ton monocorde avec lequel se débitaient les données de vérification. Avisez les autres. Avisez la station.

– À vos ordres, répondit Haral. À toi, Hilfy.

– Compris.

Les minutes s'égrenaient.

23 h 14 mn 46 s.

– Top ! Les grappins !

Une sonorité métallique. La station libéra *L'Orgueil* de son étreinte.

Un choc sourd. Il rentrait à son tour ses propres grappins et, d'un geste sec, Pyanfar mit les rétropulseurs en marche. La pesanteur changea tandis que la force cinétique les projetait selon une trajectoire oblique que les réacteurs corrigeaient. Le navire quittait son berceau de façon à éviter d'entrer en collision avec le bâtiment kifish en position.

Il y eut une autre modification de G – de quoi retourner l'estomac d'un rampant – quand Pyanfar fit pivoter *L'Orgueil* sur son axe en actionnant les pulseurs par à-coups.

– On va leur faire voir à ces canailles, murmura Haral.

L'Orgueil cessa de tanguer et, modifiant avec précision l'angle des pulseurs, Pyanfar mit toute la puissance.

– L'*Aja Jin* a déhalé, annonça Geran. À l'heure pile.

Ses anneaux cliquetèrent quand Pyanfar redressa ses oreilles. Les battements de son cœur s'accélérèrent.

Oui, on allait leur faire voir à ces canailles. C'était d'un moteur nouveau, ultra-sophistiqué, dont ils étaient équipés depuis l'escale à Kshshti et le premier Kif venu voyant *L'Orgueil* et l'*Aja Jin* prendre l'espace en formation rapprochée ne pourrait manquer de remarquer la ressemblance de leurs silhouettes, exception faite des soutes de fret indissociables de la masse du premier, soutes dont était démuni le croiseur de chasse aux lignes élancées.

– Tahar déhale.

Démarrage de routine. Minutage précis.

Sur la passerelle, c'était le silence. Plus de conversations, plus de ces dialogues entre postes qui étaient d'usage. Ils étaient tous de la même race et connaissaient leur travail. Non, tous n'étaient pas de la même race à bord. Et personne n'était d'humeur à bavarder. Pyanfar jeta seulement un regard à Haral comme elle l'avait fait mille fois lors des précédents voyages. C'était un réflexe.

Haral l'enregistra et le lui rendit, une oreille un peu abaissée, le menton un rien levé, témoignage d'une allégresse qui contrastait avec son attitude habituellement grave et peu démonstrative.

Elle aurait eu le même regard si la capitaine avait décidé de faire sauter le vaisseau. Les lèvres de Pyanfar se retroussèrent en une ébauche de grimace et elle adressa à la vieille bougresse le signe que, au temps de leur fringante jeunesse, elles échangeaient dans les tavernes.

Ce qu'elles appelaient le « on se retrouve à la porte ». Une plaisanterie à usage interne qui remontait à des années-lumière.

Pyanfar prit une profonde inspiration, fit jouer les articulations de ses doigts et mit les repose-bras en position, en prévision du moment où on allait en avoir besoin.

Elle n'avait jamais été aussi paniquée de sa vie.

– Ça approche, dit finalement Haral.

Mais Pyanfar le savait. Les chiffres succédaient aux chiffres et le laps de temps qui les séparait du saut se réduisait. Ils respectaient l'horaire imposé par les Kif bien qu'ils eussent pu aller plus vite. Cela leur donnait un peu de répit, la possibilité de se lever, de s'étirer, de détendre leurs muscles et leur esprit. Mais personne ne quitta la passerelle. Pas même Geran.

Elle dort, avait-elle répondu à Pyanfar quand celle-ci lui avait proposé d'abandonner son moniteur de balayage pour faire un saut jusqu'à la cabine de Chur pendant que l'on était encore en inertie et sous rotation ordinaire. La capitaine s'était mordillé les moustaches et n'avait pas insisté. Avec Geran, c'était inutile. Elle s'était mise debout à côté de son fauteuil pour se dégourdir mais ses yeux demeuraient fixés sur son écran. Elle ne répondait que par un mot ou deux aux rares remarques de Jik.

– Tully, tiens-toi prêt, dit Pyanfar.

– Je prêt.

Il avait ses drogues sur lui, les drogues indispensables à un humain ou à un Stsho pour effectuer le saut. Il se prépara à s'assoupir dans son fauteuil, tellement bourré de sédatifs qu'il pouvait à peine tenir debout.

Intéressant d'imaginer toute une flotte de navires humains entièrement automatisés. Ce serait comme de faire face à autant de machines.

Programmées pour faire quoi ? Réagir aux signaux des balises et se plier à leurs consignes de route sans intervention des pilotes ?

Pour se défendre ? Pour attaquer ? Des hordes de machines implacables dont les équipages s'en remettaient à des décisions prises par du métal et à la morale des ordinateurs parce que leur race n'avait pas le choix ?

Les Stsho agissaient de même parce que leur intelligence n'était pas fiable pendant le saut. Mais les Stsho étaient non violents.

Dieux, il en dit si peu, il a si peu de mots à sa disposition...

– Tully, les navires humains sont-ils programmés pour ouvrir le feu en émergeant du saut ?

Il ne répondit pas immédiatement.

– Tully... Comprends-tu ma question ?

– Humains feu ouvrir ?

– Les dieux nous viennent en aide ! Leurs machines... est-ce que leurs machines peuvent ouvrir le feu après le saut ? Est-ce qu'elles le peuvent ?

– Pouvoir, dit Tully d'une voix chancelante. Navires être.

La traductrice crachota.

– Capitaine, il faut qu'il plonge, maintenant, interrompit Hilfy. Il le faut.

L'esprit de l'humain était en danger.

– Dors, Tully.

Pyanfar ne le regardait plus. Désormais, elle ne verrait plus guère autre chose que son dos, le fauteuil faisant écran.

– Non confiance humains, dit-il soudain.

– Sombre, ordonna sèchement Hilfy. Vas-tu te mettre ça dans le crâne ? Je t'ai dit que tu devais plonger.

Le chronomètre distillait les secondes. Le moment du saut était de plus en plus proche.

– Bonne nuit, Tully, dit Pyanfar.

– Je aller.

– Il a compris, laissa tomber Tirun. Il va bien.

– Nous sommes en compte à rebours.

C'était Haral.

– Vous *communico* donner je quand émerger, dit Jik.

– L'*Aja Jin* a ses instructions.

C'était une question qui avait déjà été réglée. Jik faisait une ultime tentative.

– Avez-vous une déclaration de dernière minute à faire, Jik ? s'enquit Pyanfar.

– Je sacrément fou.

– 0 moins 10, annonça Haral.

Et les chiffres commencèrent à se succéder dans le coin du moniteur n° 1.

La partie du tableau de commande réservée au saut était activée.

– Référentiel en marche. Tout verrouillé.

Cap droit sur une étoile. La Jonction était à un seul et unique saut de Kefk empoussiérée avec ses avant-postes de surveillance armés et sa sinistre station grise…

… saut pour rallier la clarté blanche et les subtiles tonalités opalines d'une station gérée par les Stsho.

Si elle était encore là.

– C'est parti, dit Haral.

Chute…

Ils n'étaient plus à Kefk.

Que les dieux nous protègent.

La pensée qu'avait eue Pyanfar se prolongea longtemps, longtemps dans le temps étiré.

Elle rêvait de centaines de vaisseaux en ordre de bataille, de vaisseaux embrasés comme autant de soleils flamboyants.

De bizarres créatures dégingandées que l'on avait vues une fois sur les quais de Gaohn, inquiétantes par leur nombre et la ressemblance qu'elles avaient avec une autre créature à qui elle était venue en aide. Mais elles étaient trop nombreuses et elles avaient surgi trop soudainement avec leurs yeux aussi bleus que ceux de Tully, leurs yeux insolites et hostiles. Ils étaient armés, ces étrangers. Ils parlaient entre eux d'une voix abrupte, riaient d'un rire discordant et sonore dont les docks répercutaient l'écho.

Que veulent-ils ? demandait-elle à Tully dans son rêve.

Méfiez-vous d'eux, lui disait-il. Et l'un d'eux sortit une arme qu'il braqua sur eux deux.

Que dit-il ? demanda Pyanfar quand il parla.

Mais le coup partit et Tully s'effondra sans proférer un son. Au ralenti, la haute créature pointa son arme sur elle…

5

... et fit feu.

L'Orgueil émergea dans l'espace réel. Pyanfar battit des paupières. Sa respiration était haletante. Elle ressentit au niveau du cœur une douleur qui la déconcerta totalement, tandis que ses yeux distinguaient les commandes et les témoins qui clignotaient, que des *bip – réveil, réveil, réveil* – parvenaient à ses oreilles.

La Jonction ?

Ses yeux enregistrèrent les données qu'affichait l'écran, sa vision se brouilla, elle fit un effort considérable pour accommoder.

– Nous y sommes, dit-elle tandis que son cœur cognait. Haral, nous y sommes.

Et, venant d'ailleurs, lointains, intermittents, les échos d'une question :

– Chur, est-ce que tu m'entends ? Est-ce que tu m'entends ?

Et d'ailleurs encore :

– Nous recevons un signal passif. Capitaine ! Pas d'émissions balise. L'image de La Jonction est occultée !

– Dieux et tonnerres ! Geran !

– Je suis là-dessus, capitaine. J'y suis déjà.

.... À la recherche de leurs partenaires qui, dans un saut aussi groupé, pouvaient commettre une erreur fatale, à guetter la première ébauche d'un signal alors qu'eux-mêmes fonçaient à une vitesse vertigineuse droit sur La Jonction, dans un espace encombré où les retours du balayage ne pouvaient les renseigner que trop tardivement et où la réception passive n'avait peut-être pas toutes les données. Ils étaient aveugles. La Jonction voulait qu'ils le fussent. Quelqu'un leur avait tendu un piège où ils étaient tombés.

– Priorité. (C'était Hilfy). Ordre de la balise : cassez immédiatement la vélocité.

– On ne tient pas compte de cette directive.

Alors que deux navires en pleine course sortaient derrière eux de l'hyperespace, Pyanfar ne voulait à aucun prix ralentir sa course pendant que *L'Orgueil* était sur leur trajectoire. Une collision par l'avant était une possibilité d'ordre astronomique, une collision par l'arrière était une probabilité statistique.

Et les Kif qui leur donnaient ces consignes ne plaisantaient pas.

– Acquisition : ton nº 1, Haral, dit Geran.

– Ton nº 2, dit Haral.

L'image bascula sur le moniteur nº 2 de Pyanfar. L'*Aja Jin* était en ligne.

– Qu'avons-nous là ? Geran...

– Je cherche. Ça crépite partout sur le passif, personne ne donne d'image, du bruit de fond, *beaucoup* de bruit de fond, il y a des navires...

– Zéro moins vingt secondes, annonça Haral.

– Préparez-vous à décélérer.

Pyanfar passa en automatique. *L'Orgueil* plongea à nouveau à moitié dans l'hyperespace et en réémergea en réduction d'énergie...

... dieux, dieux, je suis aussi malade qu'une novice... Par les enfers mahen, que se passe-t-il dans ce système ? Vite, Geran. Détermine-le. Ô dieux... À quarante-cinq pour cent de la vitesse lumique. Avec le système qui se précipitait droit sur eux. Leur propre signal craché par cette balise trompeuse à la vitesse de la lumière. Ils étaient près de devenir une cible pour quelqu'un.

Pyanfar prit en tâtonnant un des récipients posés près de son coude, mordit dans l'emballage métallisé et le liquide salé chassa sa nausée. De désagréables ressacs se heurtaient quelque part au fond de sa gorge, dans son nez, dans ses mains et une sueur gluante suintait des plis de sa peau.

– Geran, procède à la recherche d'identification.

– Je m'en occupe.

La manœuvre de décélération déréglait le capteur de balayage. Rien n'était plus comme cela aurait dû être. L'ordinateur en surcharge essayait de trier les données de position qui lui arrivaient en torrent, avant de procéder à l'analyse d'identification des navires.

– Signaux multiples, annonça Haral. Ils ne sont pas encore clairs. De provenances multispécifiques.

– Arrivée, laissa tomber Jik. *Lune Qui Monte* émerger.

– Attention pour la deuxième plongée, dit Haral.

Faire vite. La douleur qui fouaillait la poitrine de Pyanfar refusait de battre en retraite. La nausée avait presque raison d'elle mais elle actionna néanmoins les commandes...

... Nouvelle chute.

... Des silhouettes dégingandées se détachant sur une lumière blanche. *Capitaine,* fit une voix. Et Chur fut soudain là, nimbée de lumière au milieu d'un couloir obscur. Elle tourna la tête pour regarder derrière elle...

... Chur...

Retour dans l'espace réel. Pyanfar, luttant contre la faiblesse qui la consumait, prit une autre ration qu'elle déchira d'un coup de dents et vida en une demi-douzaine de goulées spasmodiques.

– Nous recevons un signal du *Lune Qui Monte.*

La voix de Geran lui parvenait, indistincte. Elle entendait celle de Tully qui ressemblait presque à un balbutiement d'ivrogne.

– Chur, disait-il. Chur, répondre, suppliait-il.

Mais Chur ne répondait pas. Peut-être était-elle encore abrutie par les sédatifs. La machine devait l'assommer pour calmer son stress. Elle en avait une ample provision.

À nouveau, Pyanfar cligna des yeux, remua son bras droit et le détacha du mécanisme de contention. La voix étrangère, la voix de l'humain, poursuivait, monotone, son récitatif anxieux : *Chur, Chur, entendre ?*

Et Geran continuait de s'affairer avec acharnement sur l'ordinateur, toujours à la recherche d'identifications.

Hilfy :

– Nous recevons des signaux de La Jonction. En grand nombre. C'est la fièvre, là-bas. J'essaie toujours d'établir la liaison avec nos partenaires, de repérer un relèvement de ces bâtiments...

– Il faut continuer, murmura Pyanfar. Il le faut. Nous n'avons pas le choix, par les dieux. Nous sommes aveugles. Nous avons nos directives. Nous devons...

– Kif, intervint soudain Skkukuk. Signaux kifish.

– Audio nº 2, dit Hilfy.

C'était vrai. Un vaisseau kifish émettait en code. Peut-être était-il dans l'ignorance de leur présence. À moins qu'il ne fût suffisamment proche pour les avoir détectés, arrivant de Kefk.

– Nous allons nous faire intercepter d'une minute à l'autre. (Pyanfar était en sueur.) Akkhtimakt. Il est là, sur ses gardes. À moins qu'il ne se soit rendu maître de cette raclure de station...

– Image, ordonna Geran. *Priorité.* Ô dieux...

Relai sur le balayage passif. Une zone de flou ici, une autre là. Avec des couleurs différentes correspondant à des vecteurs différents. Mouvement relatif lent, presque nul. À l'endroit où aurait dû se trouver La Jonction, une grosse tache brouillée. Floue. À 0,90 moins 70-30-60. Une autre tache semblable à 110. La seule chose qui présentait un sens était la masse même de La Jonction. Quant au reste...

– Khym ! (Le ton de Pyanfar était cassant.) *Communico* intérieur. Tully, audio n° 1. Écoutez bien. Nous ne savons pas sur quoi nous allons tomber. Peut-être sur des humains. Ou n'importe quoi d'autre. La seule chose sûre, c'est qu'ils sont en nombre.

– Compris, dit Khym.

Et Tully :

– Compris.

Le maître panneau de l'ordinateur, entre Haral et Hilfy, était un méli-mélo d'interrogations et de pulsions enchevêtrées. Comme les Tc'a fantasques, il avait plusieurs cerveaux, tous mobilisés.

Pyanfar se massa la poitrine, là où la douleur s'entêtait, et, du revers de la main, frotta son museau qui la démangeait.

Tout en écoutant Khym qui cherchait toujours inlassablement à obtenir une réponse de Chur par le *communico*.

– Chur ! s'exclama-t-il à un moment donné. Geran... je l'ai, elle répond ! Chur, comment ça va ?

Quelqu'un coupa la réponse de Chur : elle était d'une obscénité scatologique.

– Loués soient les dieux, dit Haral en aparté.

Khym persista :

– *Ker* Chur, nous avons un problème actuellement...

Hilfy l'interrompit :

– Je reçois quelque chose. Cela vient du voisinage de la station. Des Stsho. Et des Hani. Ils sont plusieurs. Geran, Jik, des données vous parviennent.

– Oui, fit Geran. Calme-toi, veux-tu.

– Recevoir je, dit Jik. Ils là-bas non...

– Station à dix minutes, annonça Haral.

Pyanfar respira à fond et fit jouer les articulations de ses mains.

– Hilfy, signale à la tour de contrôle de La Jonction : arrivons en approche standard.

– À vos ordres. En approche standard. Je transmets.

– *Aja Jin* plongée, fit Jik.

– Attention ! Soyez parés pour la terminale.

Leur front d'onde n'était pas encore parvenu au Central de La Jonction. La balise robot située dans le rayon d'action du saut savait tout ce qu'il lui était possible de savoir, mais elle ne leur transmettait aucune information en retour bien qu'elle eût eu le temps de recevoir leur identification.

C'était un piège, cela ne faisait aucun doute. Les Stsho n'avait pas suffisamment de cran pour faire front à un ennemi armé en le rendant aveugle pendant son approche. C'était la raison pour laquelle ils recrutaient des mercenaires qui s'en chargeaient pour eux.

– Il n'y a pas moyen de savoir où est Sikkukkut, murmura Pyanfar. Il lui a peut-être fallu une heure pour faire appareiller la flotte mouillée à Kefk. Mais il est rapide.

– *Kkkkt* !

Le crachotement de Skkukuk fit se dresser les poils sur son échine. Ce fut son seul commentaire : un unique caquètement qui pouvait vouloir dire un millier de choses.

– Ça va bien, Skkukuk ? demanda-t-elle au Kif.

C'était délibérément qu'elle se mettait en frais pour ce visqueux. Et il ne s'agissait pas d'une question de pure forme : l'alimenter constituait un problème. Elle avait lancé un ultimatum : *Je ne veux pas de cette vermine sur ma passerelle.* Et Skkukuk avait apporté sa propre solution : des injections intraveineuses d'une solution de sucres simples.

– *Kkkkt* ! réitéra-t-il. Oui, *hak't*.

Indubitablement, il était parvenu à toute une série de conclusions erronées – conclusions kifish – concernant son statut, celui de Jik et celui de Tully. Son cerveau prédateur distendu était programmé pour traiter en permanence ce type d'informations. Faire des pieds et des mains, de la dent et de la griffe pour assurer son ascension. Avec un certain sens de l'humour mais seulement quand il s'élevait et manifestait sa puissance.

Dieux créateurs, si Vous avez fabriqué ça, Vous deviez sûrement avoir quelque chose en tête. Mais quoi ?

– Image, dit Tirun. En priorité canal nº 4.

– Votre moniteur nº 2, enchaîna Haral.

Mais le changement s'était déjà amorcé. La tache floue de La Jonction se résolvait en une sphère constituée de points. Il en allait de même des autres traînées brumeuses. Une seule demeurait indistincte.

– Nous avons de la compagnie, fit Haral entre haut et bas.

Et pas qu'un peu ! Un monstrueux essaim était posté tout autour de La Jonction. On aurait dit une nuée d'insectes sur un cadavre.

– Dieux ! murmura Pyanfar.

Une nouvelle tache confuse se matérialisa. À environ dix minutes-lumière du nadir de la station. Petite et pas encore dissociée en ses éléments constitutifs. Elle pourrait devenir beaucoup plus grosse.

– En voilà une autre, annonça Haral.

– Je l'ai.

Une partie seulement de l'esprit de Pyanfar était là. L'autre moitié était concentrée sur l'ordinateur dont le code couleurs indiquait : *Identification : Stsho/Hani.*

Toujours de nouvelles identifications. Il y avait des Stsho et des Hani sur la station, des Mahendo'sat et des Kif à sa périphérie. Mais pas un seul Méthanien. Ce qui pouvait vouloir dire que le capteur-image tenait les Méthaniens pour quantité négligeable. Ou qu'ils n'émettaient pas. Ou qu'ils avaient senti venir le vent avant le déclenchement des opérations et étaient rentrés chez eux dare-dare.

– Il n'y a de Méthaniens nulle part, grommela Haral. Je n'aime pas ça.

– Akkhtimakt devrait être là, dit Tirun. Nous avons un sacré comité d'accueil, on dirait.

– Des navires mahen sont en position, fit Pyanfar. Tout ce que vous voulez que c'est Or-Aux-Dents. Et les bâtiments sont en trop grand nombre. Dieux ! Mais regardez ça !

– Des humains.

Haral s'était gardée de parler dans le *communico.*

– Oui.

Tully le sait. Il le sait forcément. Il n'est ni sourd ni aveugle.

– Pyanfar, appela Jik. Donner *communico.*

– Dans votre enfer mahen, oui ! Restez tranquille.

Des Stsho et des Hani à quai, bien en vue des Kif, des vaisseaux kifish bénéficiant d'une position stratégique, du temps de démarrage et de la force d'attraction de l'étoile naine autour de laquelle orbitait La Jonction ?

Mais il en allait de même des autres taches que montrait l'écran. C'était une embuscade, sûr et certain.

Ça sent mauvais. Très mauvais.

– Hilfy, adresse le message suivant à nos deux partenaires : « Tenez-vous parés à délester en catastrophe à mon top plus 2. Pas question d'affronter ça. Délestage en catastrophe et décélération. Après, on verra venir. »

– Vous faire venir canailles Kif derrière nous, flanquer pagaille partout ! cria Jik. Donner *communico,* je parler.

– Restez tranquille ou gare à vos oreilles !

– L'*Aja Jin* émet, dit Hilfy. Traduisez, Jik.

Ce serait plus rapide que de passer par une traduction mécanique.

– Ils donner identification. Il Ana saluer. Ils dire Kif derrière nous venir.

– Les dieux les pourrissent tous !

Les moniteurs clignotaient, les images changeaient. Le flot d'informations qui leur arrivaient de l'ordinateur saturaient les machines. Les transcriptions sortaient. *Communico* kifish. Des navires hani étaient en panne au large de la station. La panique régnait chez les Stsho. Leur front d'onde avait atteint la station mais pas les bâtiments avancés que l'on avait décelés en passif. Encore trois minutes avant qu'Akkhtimakt ne remarque leur présence. Sept pour les non-identifiés qui pouvaient être des Mahendo'sat. Huit pour les plus éloignés qui pouvaient être des humains. Et le double de ce temps pour le délai de réponse.

– Nous allons avoir les Kif sur les reins.

– Vous Kif avoir envahi système, non arrêter ils. Pyanfar ! *Communico* donner !

– Silence ! Haral… délestage !

Haral actionna les commandes. D'une seule embardée, *L'Orgueil* perdit sa vitesse et passa en état inférieur. L'espace culbuta…

… Nouvelle embardée. L'espace tournoya sur lui-même.

… recouvra son aplomb.

Les instruments se remirent en place. Se brouillèrent à nouveau brutalement et revinrent à la normale. Un navire trop proche et eux-mêmes furent projetés par le champ le long de la pente gravifique.

Deux autres *blips* réapparurent : le *Lune Qui Monte* et l'*Aja Jin* les rejoignirent et prirent une altitude plus basse, à présent à bonne distance et un peu en retrait.

– Connectez-moi au *communico,* ordonna Pyanfar. (Quand le témoin s'éclaira, elle dit dans le micro :) À tous les bâtiments. Ici Pyanfar Chanur, *L'Orgueil de Chanur.* Prenez toutes les précautions de rigueur. À tout le personnel de la station : gagnez les abris. Gardez votre calme. Que tous les bâtiments passent en V minimal pour leur propre protection. Le temps nous est compté. *L'Orgueil de Chanur* et les navires alliés appellent instamment tous les bâtiments à rester en position et à se garder de toute action. Le *hakkikt* Sikkukkut va aborder avec une puissante escadre. Prenez toutes les précautions…

– *Sheshe sheshei-to !* cria Jik.

– Priorité, priorité ! s'égosilla Geran tandis que toute la partie supérieure du moniteur de balayage devenait rouge.

– Dieux !

Pyanfar activa le bouton d'alarme.

Cela ne servit à rien avec les navires qui arrivaient par-derrière et par en dessous, à une vitesse telle qu'ils pouvaient boucler un diamètre planétaire en quelques secondes. Le front d'onde informatif leur arrivait à C et les vaisseaux le suivaient à une fraction de C…

D'un seul coup, les instruments s'affolèrent. Le cœur de Pyanfar se mit à cogner dans sa poitrine. La première salve envoyée par ses neurones paniqués annonça qu'ils étaient en train de mourir, la seconde qu'ils n'étaient pas morts et que la confrontation n'avait duré que l'espace de quelques nanosecondes.

L'escadre passa comme passe la tempête, filant droit sur La Jonction dans un éclair dopplérisé. Des démons hurlants passant au-dessus des damnés... Il ne restait que vingt minutes à La Jonction et les réflexes des mortels étaient dans l'incapacité d'organiser la moindre réplique...

– Ô dieux ! répéta Pyanfar pour la troisième fois.

Avec l'impression de laisser échapper son dernier souffle.

– Donner *communico,* hurla Jik. Donner...

– Restez assis où vous êtes, gronda Tirun.

– Priorité *communico.* Tully ! appela Hilfy.

Et un torrent de vocables étrangers, la voix de Tully, le débit saccadé : « ... A tous bâtiments, afficha le moniteur en fonction traduction. Ici # Tully ### vous demande # rester #####... »

C'était la débâcle totale. Quels que fussent les mots qu'employait Tully, ils ne figuraient pas au répertoire lexical intégré à l'ordinateur.

– Damnation ! fit Jik. Ana !

Une masse d'émissions kifish qui les devançaient, *Sikkukkut* se précipitant en hurlant sur la station, une station bourrée de Stsho qui ne pouvaient combattre. Et un amas de navires hani qui essaieraient peut-être. Et n'y survivraient pas.

– Les dieux maudissent cette canaille ! murmura Pyanfar. (Quelque chose lui déchira les entrailles, atténuant la douleur qui lui fouaillait le cœur.) Les dieux le maudissent, Haral. À ma console. Hilfy, dis à nos partenaires de se tenir prêts. Haral, cap sur Urtur.

– À vos ordres, dit Hilfy.

– Exécution, Haral.

Un code fulgura sur l'écran de Pyanfar. *Priorité 4, Personnel et urgent.*

– Pyanfar !

La voix de Jik.

Elle fit pivoter son fauteuil, vit le Mahe déboucler son harnais et se lever. Khym fit de même mais Skkukuk fut encore plus rapide.

Jik s'immobilisa. Se pétrifia. Comme les autres, quand elle leva la main.

– Pyanfar, il falloir vous donner je *communico...*

– Émission code de l'*Aja Jin,* l'interrompit Hilfy.

Je bascule sur Haral. À toi.

– Je ne veux pas qu'il soit porté atteinte à mon équipage, Jik, dit Pyanfar. Et à vous non plus. Vous ne me laissez pas le choix. Vous entendez ?

– Folle Hani, ça *Mahijiru* être, Ana attendre signal... il recevoir message vôtre, il partir. Donner je message vôtre. Je message vous donner. Envoyer vous : *Sheni.* Il comprendre, même coopération apporter vous. *Je vérité dire, Pyanfar.*

– Aucune directive à destination de ce navire ne peut être envoyée d'ici. (Les oreilles de Pyanfar s'étaient aplaties. Son cœur battait à grands coups.) Vous essayez de nous griller, Jik ? Les vaisseaux mahen sont là, au point mort. Piégés comme les vaisseaux hani. Nous n'avons pas d'option et Sikkukkut n'est pas tellement satisfait de nous, pour commencer. Khym, Skkukuk, je crois qu'il vaudrait mieux que vous fassiez quitter la passerelle à Jik.

– Non ! Avoir besoin avoir je ici, Pyanfar. Besoin. *Message vous envoyer !*

– Je ne peux vous faire confiance. Je vais vous demander de sortir. Sans faire d'histoires. Tout de suite. Ou alors, asseyez-vous dans ce fauteuil.

La main de Jik étreignit plus fermement le

dossier. Il ne bougera pas, songea Pyanfar. Elle avait l'impression qu'une éternité s'écoulait. Jamais Khym n'attendrait si longtemps. Le temps s'étirait comme pendant le saut. Il fallait qu'elle pense à son navire. Et au pistolet qui était dans sa poche. Je m'en servirai, Jik. Je le ferai si vous m'y forcez, par les dieux, non, ne m'obligez pas à le faire, je dois protéger *mon* navire...

Jik se rassit. Pyanfar, qui retenait inconsciemment son souffle, vida ses poumons et fit pivoter son siège dans l'autre sens pour reprendre son poste.

Les traductions se multipliaient sur l'écran. L'*Aja Jin* émettait sans discontinuer – des explications codées – à l'intention des navires mahen. Tully, au *communico,* ne cessait d'émettre. Allez donc savoir quoi... Tout ce qu'eux-mêmes ne pouvaient dire dans un code que nul ne pouvait percer.

Complot contre le *hakkikt*. Peut-être contre eux.

Ou trahison de l'humanité même.

Mais qu'avait espéré le *hakkikt* en les envoyant en avant-garde pour paralyser le système alors que son arrivée suivant la leur de près ferait s'éparpiller les navires comme feuilles au vent ?

Pyanfar bascula cette réflexion sur le moniteur de Jik. Qui répondit par le silence.

C'est ce qui est en train de se passer, Jik. Et cela peut se solder par notre mort à tous.

Ce que débitait Tully – vocabulaire erroné ou codé – était totalement incompréhensible et faisait perdre la tête à la traductrice. La syntaxe de ce qui arrivait de l'*Aja Jin* était correcte. Certaines parties de ce qui leur parvenait n'avaient aucun sens, elles non plus, mais d'autres étaient claires. Il utilisait ces mots codes. Si Kesurinan avait vraiment soupçonné quelque chose, elle aurait pu faire appel à un autre chiffre. On pouvait raisonnablement supposer que les Mahendo'sat disposaient effectivement de solutions de rechange. Mais Kesurinan n'avait pas de soupçons. C'était la conjecture la plus plausible : elle ne se doutait pas qu'ils connaissaient, au moins, ces mots codes. Ou que Jik les aurait révélés contre sa volonté à un navire doté d'un programme de traduction d'origine mahen.

Pendant ce temps, le vaisseau continuait sa route à vitesse réduite, les opérateurs à leurs consoles dialoguaient à voix contenue, les *bip* des instruments de bord crépitaient et cliquetaient.

Pour Jik, c'était déjà du passé. Et il y avait les Kif devant lui et des Hani qui l'avaient empêché de rejoindre son bâtiment à un moment peut-être historiquement décisif.

Pyanfar ne trouvait rien à dire, elle non plus.

Les Kif de Sikkukkut se ruaient à l'attaque d'Akkhtimakt, d'Or-Aux-Dents, des humains si c'étaient eux qui étaient massés là-bas. Quant aux Stsho et autres non-combattants de la station, ils attendaient l'issue de l'affrontement, impuissants et terrifiés.

– Priorité, fit Geran.

L'écran du balayage s'auréola de rouge. Le bleu d'un groupe de navires, isolés jusque-là et immobiles, se mit à brasiller, signe qu'ils passaient en V lent : le récepteur passif avait capté une certaine activité. Comme celle de moteurs qui se mettent en marche.

Akkhtimakt.

Les griffes de Pyanfar labourèrent les accoudoirs de son fauteuil.

– Qu'est-ce qu'ils émettent ?

– Voici le message, répondit Tirun. Ils ne savent pas encore que Sikkukkut est là. J'ai l'identification de quelques-uns des bâtiments hani de la station. Négatif pour ce qui est d'Ehrran. Il y a l'*Industrie d'Harun* et *L'Étoile de Tauran,* le vaisseau stsho *Meotnis,* le *Pionnier de Vrossaru,* le *Fileur de Lumière,* l'*Espérance de Shaurnurn...*

Des noms anciens. Des noms de coureurs d'espace. Les clans d'Araun. En les entendant, Pyanfar serra ses accoudoirs avec une force accrue.

De bleu qu'ils étaient, les navires d'Akkhtimakt virèrent au vert scintillant. Au violet, comme l'image de ceux de Sikkukkut. Mais deux groupes de ces vaisseaux passèrent à un bleu-vert plus brillant, dont deux navires plus éblouissants encore. Missions différentes. En point fixe en milieu de système. D'où ils pourraient changer de vecteur et frapper La Jonction. Ou les Mahendo'sat.

Geran :

– Priorité.

– J'ai noté. Sikkukkut protège ses arrières.

La voix monocorde de Tirun :

– Nous avons reçu la position présente d'Akkhtimakt.

– Dieux. Vecteur, Geran. Quel est le vecteur d'Akkhtimakt ? Geran, peux-tu me donner un...

La projection s'afficha.

– Priorité, priorité.

Et Pyanfar eut sa réponse : une partie des forces d'Akkhtimakt cap au nadir; vingt bâtiments pour Urtur et dix pour Kshshti. Son cœur se serra douloureusement.

– Dieux et tonnerres !

– Sikkukkut peut juste les prendre en chasse, dit Haral. Veuillent les dieux qu'il les chasse jusqu'à Urtur, qu'il les fasse partir d'ici.

– Donner je *communico.* (La voix de Jik était sourde. Comme s'il n'espérait déjà plus que sa requête soit exaucée.) Donner *communico.* Je Ana parler...

Soudain, l'image d'Or-Aux-Dents se mit à son tour à clignoter. Mouvement imminent que l'ordinateur n'analysait pas encore. Le décalage doppler le renseignerait.

– Pyanfar...

– *Non,* raclures des dieux ! Ce claboteux vient à peine d'intégrer le mouvement d'Akkhtimakt et il ne perd pas de temps pour prendre le large. Ce que l'*Aja Jin* pourrait lui dire, quoi que ce puisse être, ne lui parviendra jamais avant qu'il ait pris le départ. Où va-t-il ? Jusqu'où ira-t-il ?

– Non savoir, répondit Jik.

– Hors du système ? Après quoi, il fera demi-tour et reviendra ?

– Donner *communico.* Je dire il, il faire ! Code. Dieu ! Kif non assez vite partir ! *Communico* donner.

– Vous risquez de ne pas le joindre. Et il risque de ne pas écouter. Nous resterions alors seuls avec les Kif, *tout seuls,* non ? Et nous émettrions à l'usage de ses ennemis en code. Non merci.

Derrière eux, l'*Aja Jin* demeurait muet. Peut-être Kesurinan croyait-elle que l'ordre qu'elle avait reçu d'observer le silence émanait de Jik et qu'il lui avait été relayé parce que le capitaine de l'*Aja Jin* n'était pas sur la passerelle. Ou peut-être avait-elle encore confiance. Peut-être.

– Les navires mahen ont reçu notre message nº 2, annonça Tirun de sa voix placide, sereine, alors que le désastre était imminent.

L'agrégat Or-Aux-Dents-humains devint vert. Ils battaient en retraite. De plus en plus vite.

Jik jura. En mahensi.

– Trahison partout. Pyanfar. Vous, moi, Ana. Damnation, *damnation !*

– Taisez-vous.

– Kif... Kif cette chose faire, non vous combat engager, non combattre, Pyanfar.

– Pour ce qui est de cela, vous pouvez être tranquille. Il n'est pas question pour nous de nous fourrer là-dedans.

Tandis que les tout derniers événements se succédaient sur l'écran, l'ordinateur s'escrimait à leur trouver un sens et il envoyait une image qui avait à deux valeurs de nuance près la couleur kifish sur le moniteur d'identification.

– Ces fous de Kif ont à peine délesté, murmura Haral. Dieux, mais regardez ça !

– Je préfère pas. (L'estomac de Pyanfar était comme pris dans un étau et elle sentait un frémissement agiter ses membres.) Ces glaireux ont une vitesse suffisante pour décrocher juste derrière Akkhtimakt.

– Dangereux.

Haral pensait aux risques de collisions de l'autre côté, quand ils plongeraient dans le puits à Urtur sans connaître ni l'orientation ni la capacité exactes des navires qui se trouveraient devant.

Et ces raclures de Mahendo'sat quittaient le système. Il les *abandonnaient.* Il y avait d'autres conclusions mais aucune à laquelle il était possible d'accrocher le moindre espoir, quand on connaissait Or-Aux-Dents dont les priorités étaient exclusivement mahen.

Encore un cadeau que tu me fais, gueux d'Or-Aux-Dents.

Il y a des navires hani à La Jonction. Et des milliers de Stsho sans défense.

Pyanfar prit la dernière ration qui lui restait. Elle avait un goût de métal dans sa bouche qui semblait pleine d'étoupe. Elle sentait des touffes de poils morts entre sa peau et le dossier de son siège, des plaques de fourrure détachées de son bras étaient collées au rebord de sa console. Son pantalon était trempé de transpiration et il se décollait de la garniture du fauteuil quand elle faisait un mouvement.

Une fois à Urtur, Akkhtimakt pourrait faire demi-tour et revenir à haute célérité. Même si le voyage devait lui prendre quatre mois. Mais au-delà d'Urtur, c'était le territoire hani et les combats risquaient de s'y poursuivre.

Quatre mois pour faire l'aller et retour. Et recommencer. Et recommencer. Pour les rampants, c'étaient des années de manœuvres mais seulement quelques semaines pour des vaisseaux en durée dilatée où l'écoulement du temps était virtuellement figé. Des années et des années à batailler, des équipages en quasi-stase et dont le vieillissement était bloqué.

Comment survivre à pareille folie ? Qu'est-ce qui nous attend au bout du compte ?

Les dieux le fassent cuire à petit feu, à quel jeu jouent-ils donc ? Or-Aux-Dents et les humains.

Quelle trahison les humains méditent-ils ?

Que leur a dit Tully ?

– Priorité. (C'était Hilfy.) Un message de Sikkukkut. Je cite : « Abordez la station et rendez-vous en maîtres. »

Nous n'avons plus qu'à exécuter les ordres du *hakkikt,* c'est ça ? Lui baiser les pieds, lui obéir au doigt et à l'œil. Envahir la station comme une bande de pirates ?

Mieux vaudrait que je sois morte avant.

– Prévenez l'*Aja Jin* et Tahar.

– À vos ordres, laissa tomber Hilfy. (Et un moment plus tard :) Ils ont accusé réception. Message final : « Attendons votre signal. »

Nous nous demandons avec anxiété ce que fait Or-Aux-Dents. Ce que fait Akkhtimakt. Mais il y a une chose importante que nous oublions : Sikkukkut n'est pas stupide. Il a eu le temps de réfléchir et de préparer son opération de A à Z. Il a un plan. Il anticipe les mouvements d'Akkhtimakt. Dieux, quelle sera sa prochaine initiative ?

– Haral, on y va.

– Compris.

Et Haral commença à prendre le cap. *L'Orgueil* se mouvait approximativement dans le vecteur qui convenait. Elle alluma les pulseurs directionnels qui mirent le bâtiment en vélocité V. Brusquement, une poussée d'un G entra en jeu, contrebalançant la force d'attraction due à la rotation de la station. Ce fut un moment pénible.

– Chur va bien, Khym ? s'informa Pyanfar.

– Elle a demandé ce que nous faisions. J'ai essayé de le lui expliquer. Je crois qu'elle est sous l'effet des drogues. Elle veut qu'on la détache de la machine. J'ai dit non, j'ai dit que nous avions suffisamment d'ennuis comme ça.

– Suffisamment d'ennuis comme ça, répéta Pyanfar à mi-voix. (Elle brancha le système de communication général.) Tout va bien, Chur. Nous sommes débordés, ici. Ne te fais pas de souci pour ta sœur.

– Compris, répondit la voix de Chur. (Elle avait fait équipe avec Geran à cette console. Maintenant, elle n'avait plus rien d'autre à faire qu'écouter pendant que le balayage cherchait à analyser une Situation multipliée par cinq, et pis encore.) Geran, je suis... je vais m'endormir... saleté de machine !

– Le stress de la pesanteur, commenta Pyanfar.

– Est-ce que c'est cela ? Dieux ! Tiens bon, cousine !

– Nous nous dirigeons sur la station, annonça Geran à Chur. Tu entends, sœurette ?

– Compris.

C'était à cela que ressemblait la réponse chuchotée de Chur. Mais elle était loin du micro.

Les maîtres pulseurs crachèrent, intensifiant violemment l'accélération. S'éteignirent.

– C'est bon, dit Haral. Nous allons entrer en inertie. On va prendre notre temps pour arriver.

Garder des options ouvertes. Haral lisait encore les pensées de sa capitaine. Et le temps d'inertie était un temps de repos.

Pyanfar lâcha les commandes et resta un moment immobile dans son fauteuil. Elle avait les muscles comme liquéfiés et ne savait pas si elle serait capable de tenir debout. La distance qui séparait les deux groupes de Kif s'amenuisait de plus en plus, une modification qui n'était perceptible que grâce aux données chiffrées mais dont la réalité était indubitable. Cela durerait comme ça pendant près d'une heure, jusqu'à ce que quelqu'un soit en mesure de faire quelque chose. À savoir : faire le saut ou faire feu. Demeurait une inconnue : que ferait Sikkukkut ?

Nous laissera-t-il nous saisir de la station pendant qu'il prendra ces crapules en chasse ? L'occuper alors qu'Or-Aux-Dents restera libre de ses mouvements ? Or-Aux-Dents conserve ses possibilités de choix. Il ne fera pas le saut tant qu'il n'y sera pas obligé, il veut savoir ce que fait Sikkukkut. Et Sikkukkut ne lui laissera pas d'alternative. S'il fait le saut, le *hakkikt* se lancera instantanément à ses trousses. Il y a une faible chance pour qu'il parte s'il parvient à mettre Or-Aux-Dents hors jeu. Il pourrait s'approprier tout ce qu'il lui sera possible de piller ici, puis rallier Urtur pour s'expliquer avec Akkhtimakt. Akkhtimakt ne pourra pas aller vite quand il virera de bord, toute cette poussière le ralentira. Nécessairement. Aussi, Sikkukkut pourra le rattraper et l'écraser pour de bon.

Si nous savions seulement ce qui se passe dans la tête d'Or-Aux-Dents ! Les vaisseaux kifish vont lui coller aux fesses, le forcer à faire le saut jusqu'à Tt'a'va'o, leur V surclasse le sien, il n'a pas d'autre issue.

Et une fois qu'il aura pris le départ, il leur faudra trois mois, quatre mois, à lui et aux humains, pour revenir ici. Dieux ! Quelles options avons-nous ?

– Tirun, tu prends le quart. Tous les autres, disparaissez ! Allez manger un morceau. Geran, tu ramènes Skkukuk dans les ponts inférieurs. Prends tout ce qu'il te faut. Jik, nous avons à parler tous les deux.

Déclics des harnais que l'on débouclait. Bruit des sièges que l'on repoussait. Tout le monde se levait, y compris Haral. Pyanfar fit pivoter son fauteuil et s'immobilisa. Jik demeurait à sa place sans quitter les écrans des yeux. Tirun restait à côté de lui. Et Tully, bien qu'Hilfy le tînt par le bras, s'attardait, contemplant les instruments avec un mélange de désarroi et d'anxiété. Contemplant... les dieux seuls savaient quoi. Ses frères de race battant en retraite avec Or-Aux-Dents, l'abandonnant pour toujours, peut-être. Pyanfar demeurait muette. Que dire en un pareil moment ? Enfin, Hilfy entraîna Tully et tous deux franchirent la porte.

– Haral, tu feras la grande pause, ordonna la capitaine. Tirun, tu la remplaceras jusqu'au final. Je suis désolée.

– Entendu, capitaine, répondit Tirun d'une voix rauque. Je suis en forme.

Restait Jik. Khym traînait dans la coursive. Debout près de la porte de la cabine de Chur, il lorgnait du côté de la passerelle.

– Pour le cas où...

– Haral, apporte-moi un sédatif, je te prie, dit Pyanfar. (Pyanfar s'exprimait dans le plus hermétique des dialectes hani.) Quelque chose qui ne fera pas de mal à notre invité. S'il s'avère nécessaire d'en arriver à cette extrémité.

– À vos ordres, capitaine.

– Je serai dans la coquerie.

Pyanfar n'avait qu'un désir : se nettoyer. Rentrer dans sa cabine et prendre une douche. Une odeur d'ammoniac et de sueur – sueur hani, sueur humaine, sueur mahen – imprégnait l'atmosphère de la passerelle, relents que même les ventilateurs ne parvenaient pas à chasser complètement. Mais elle n'avait pas le temps d'aller se rafraîchir. On était loin d'en avoir fini.

Même sur ce pont.

– Redresse-moi, dit Chur en déplaçant son bras douloureux. Ô dieux ! Soulève ce maudit lit. Je n'en peux plus.

Geran s'assit au bord du lit, s'assura d'un rapide coup d'œil que les tubes étaient bien à leur place, puis fit un trou dans le sachet qu'elle avait apporté et le tendit à sa sœur.

– Avale-moi ça et je le lèverai après.

Cette seule idée fit se retourner son estomac :

– Lève d'abord le lit.

– J'ai ta promesse ?

– Les dieux te pourrissent, je t'arracherai les oreilles !

Geran actionna une commande et le lit prit une position oblique. Chur plia et déplia les jambes, se déplaça pour faire porter le poids de son corps sur l'autre côté et grimaça de douleur quand son bras hérissé d'aiguilles raccordées aux tubes glissa. Mais Geran, inflexible, lui haussa la tête et approcha le sachet de sa bouche pour qu'elle puisse boire.

Quand elle avala, le liquide eut sur elle l'effet que Chur appréhendait.

– Assez ! gémit-elle. Assez !

Geran eut le bon sens de ne pas insister et de laisser sa sœur reprendre la position où elle était le moins mal à l'aise.

– Où en est la bataille ? demanda-t-elle finalement.

– Eh bien, nous l'avons évitée.

Chur resta un moment à retourner cette réponse dans son crâne. Puis elle tourna la tête et dévisagea longuement Geran.

– Où sommes-nous allés ?

– D'ici un quart d'heure environ, les Kif vont s'entre-tuer. Nous faisons route vers la station. Je te donne encore un peu à boire ?

– Nous avons subi des dégâts ? (Chur se rappelait un coup de roulis comme si les maîtres pulseurs n'avaient pas été calés dans le bon angle, lors de la mise à feu, ce qui était une chose impensable. Elle se rappelait une longue et brutale accélération. Et puis, la machine l'avait plongée dans l'inconscience.) Geran, qu'en est-il au juste ?

– Il n'y a rien de plus à dire. Il n'y a pas eu de dommages et nous nous préparons à toucher la station pendant que les Kif s'expliquent entre eux. C'est tout.

Tu es trop gaie, Geran. Beaucoup trop gaie.

– Dis-moi la vérité. Se mettre au mouillage ? Ça ne tient pas debout. Qui sait ce qui pourrait nous tomber dessus ? Hein ? Que se passe-t-il exactement ?

– Tu ne veux pas essayer de manger quelque chose de solide ?

– Non. (Le ton de Chur était catégorique. Geran observait maintenant un silence accablé. Dieux ! Quelle expression torturée se lisait donc sur ses traits !) Mais je suis forcée d'en passer par là, n'est-ce pas ? (À cette seule pensée, son estomac se rebellait.) Un peu de potage, peut-être ? Seulement quelque chose de léger. Ne me force pas, hein ?

– Bien sûr. (Les oreilles de Geran s'étaient immédiatement redressées. Ses yeux brillaient comme ceux d'une enfant débordant de gratitude.) Tu veux le reste ?

Ô dieux ! Faites que je ne sois pas malade.

– Du potage, répéta Chur qui serra les mâchoires et s'efforça de penser à autre chose. Je me repose.

– Tu te reposes, dit Geran.

Sa sœur ferma les yeux et fit le vide dans son esprit.

Tu mens encore, Geran. Mais Chur n'avait pas la force d'approfondir et de percer le mensonge de Geran. Elle espérait rester dans l'ignorance. Son univers se limitait à la souffrance que lui causaient ses articulations, son bras et son dos. Peut-être le monde reprendrait-il sa place si les soubresauts de son estomac cessaient. Cela atténuerait ses douleurs. Elle n'aspirait qu'à une chose : ne pas recommencer à rendre tripes et boyaux. Rien d'autre n'avait plus d'importance.

Il était impossible de ne pas poser de questions. Mais, avec les données qu'apportaient le *communico* et qui ne promettaient rien de bon, dans l'état de fatigue et de confusion mentale où elle se trouvait, elle remerciait vaguement les dieux que Geran gardât les réponses pour elle.

– Jik.

Le Mahendo'sat se laissa aller contre le dossier de son fauteuil et regarda les écrans éteints qui lui faisaient face. Puis il fit pivoter son siège et posa les yeux sur Pyanfar, à l'autre bout de la passerelle.

Un seul mot serait un mot de trop. Tant qu'elle n'aurait rien à lui proposer. Il lui semblait que le temps s'étirait, se distendait toujours davantage, comme pendant le saut. Et il n'y avait pas de secours à espérer, pas d'issue pour sortir de l'impasse où l'on se trouvait. Lui sur la passerelle de *L'Orgueil.* Près d'eux, l'*Aja Jin* plongé dans l'ignorance, muré dans son silence.

Ses alliés en partance. À moins que, par un retournement aussi monumental qu'imprévu, tous les Kif ne se lancent à la poursuite de leurs ennemis et ne les laissent seuls.

Une éventualité à laquelle personne ne croyait.

On entendit l'ascenseur bourdonner dans la coursive. La porte de la cabine s'ouvrit et Haral en sortit. Pyanfar se porta à sa rencontre et Haral lui remit deux pilules.

– Merci. Tu es sûre de leur innocuité ?

– Aucun risque.

Haral se mit en devoir d'extraire de sa profonde poche un flacon. Du *parini.* Pyanfar le prit et, d'un geste du menton, indiqua à Haral qu'elle pouvait disposer.

Jik, toujours tranquillement assis dans son fauteuil, ne prit même pas la peine de se retourner quand la capitaine réintégra la salle de commande. Elle alla vers l'avant et lui fit face.

– Je veux avoir un entretien avec vous. Un entretien privé.

Il ne restait plus que Tirun qui était de veille. Et Pyanfar n'était pas chaude pour se colleter avec un Mahendo'sat plus grand et plus lourd qu'elle, même s'il ne tenait plus très bien sur ses jambes après le saut. Imbécile, se morigéna-t-elle. Mais il fallait faire quelque chose. Fût-ce au péril du vaisseau.

– Venez, Jik.

Il se leva. Pyanfar se mit en marche en évitant délibérément de le regarder, certaine que Tirun le surveillait avec vigilance pour le cas où il ferait un mouvement brusque.

Mais non, il la suivit docilement jusqu'à la coquerie.

Tirun étant Tirun, elle resterait à l'écoute du *communico* et ferait savoir à tous les membres de l'équipage que l'accès de la cambuse leur était momentanément interdit.

Arrivée à la hauteur du comptoir et du placard où étaient rangées les coupes de *gfi,* Pyanfar fit volte-face.

La voix de Tirun tomba du *communico* :

– Pardonnez-moi, capitaine, mais le groupe d'Or-Aux-Dents vient d'amorcer la manœuvre de prise de route. Le premier bâtiment est déjà parti. Un peu avant réception du message de Kesurinan. Pas de beaucoup mais ils ne le capteront pas. J'ai pensé que vous voudriez en être avertie.

– C'est bon. Préviens l'équipage.

– À vos ordres.

Haral coupa l'*audio.* Mais pas le *communico* : l'unité murale demeurait allumée.

Jik était planté là, les épaules voûtées et le visage de pierre.

– Asseyez-vous.

Il s'assit sur le banc disposé devant la paroi, les coudes sur la table. Pyanfar prit une coupe dans le placard, le flacon dans sa poche, la remplit et la posa devant lui.

– Non, laissa-t-il tomber.

– Prescription médicale. Buvez. Vous entendez ?

Jik s'exécuta. Il porta la coupe à sa bouche, avala une gorgée et frissonna. Il resta sans bouger, le regard vide. Peut-être pensait-il à ses amis. À Or-Aux-Dents qui avait pris le départ et ne serait pas de retour avant des mois. À son navire, si proche. Et à son impuissance. Il ne pouvait le rejoindre.

– Continuez, ce n'est pas fini.

Cette fois, après la seconde gorgée, son frissonnement ne s'arrêta pas. Un peu de liquide lui éclaboussa la main et s'étala en flaque sur la table quand il y reposa la coupe. Il lécha ses phalanges et décocha à Pyanfar un regard farouche.

Elle prit place en face de lui. Si Tirun avait besoin d'elle, il y avait le signal d'alarme. Elle souffrait de ses courbatures mais cela pouvait attendre et elle était prête à attendre, si inconfortable que cela pût être.

Un long moment s'écoula avant que Jik se décidât à faire un geste, et ce fut pour porter la coupe à ses lèvres et la vider d'un trait. Il frissonna une nouvelle fois et reposa la coupe vide. Pyanfar la remplit derechef.

On en a encore une caisse en réserve. On la lui fera avaler jusqu'à la dernière goutte s'il le faut.

– *Hao'ashti-na ma visini-ma'arno shishini-to nes mura'ani hes.* (À qui que ce fût que Jik s'adressât, Pyanfar ne suivait pas ce discours. Il était question d'obscurité et de froid. C'était le dialecte que Kesurinan et lui employaient.) *Muiri nai,* Pyanfar.

– *Mishio-ne.* Je suis désolée.

– *Hao. Mishi'sa.* (Oui. Désolé.) *Neshighot-me pau taiga ?*

Quel avantage cherchez-vous à tirer de tout cela ?

– Aucun. Je le sais. L'intérêt de l'espèce, Jik. Je vous avais prévenu. Maintenant, vous pouvez essayer de me tordre le cou, cela ne vous donnera pas l'accès à nos codes. Vous en souffrirez beaucoup. Cela, vous ne le voulez pas. Moi non plus. Nous sommes de vieux amis. D'un côté, vous le savez, ce sont des quantités d'ennuis et aucun profit. De l'autre, c'est une Hani dont les intérêts pourraient, à terme, être très peu différents des vôtres.

Après un long silence, Jik reprit sa coupe et y trempa ses lèvres.

– *Merus'an-to he neishima Kif, he ?*

Quelque chose à propos de ces maudits Kif, de lui-même et de marchés.

– Je tiens à la sécurité de mes navigants, Jik.

– Vous sacrément stupide ! (Du liquide déborda quand il laissa sa main retomber sur la table.) Donner je *communico*.

– Pour que vous me doubliez encore ? Non. Pas cette fois. Il y a trop de vies en jeu, ici.

Alors que les Stsho pacifiques bredouillant de terreur arpentaient en courant les couloirs de leur station et s'apercevaient qu'il existait des espèces qu'ils ne pouvaient recruter, des espèces qu'ils ne pouvaient acheter, des espèces aux agissements prédateurs desquelles ils ne pouvaient s'opposer.

– Les humains et les Mahendo'sat, reprit Pyanfar. Si Tully ne se trompe pas et s'il dit la vérité, ce que je crois, une autre perfidie est en train de se préparer. Les humains trahiront Or-Aux-Dents. Vous entendez ? Et vous savez comme moi que Sikkukkut doit faire quelque chose ici. Votre partenaire va pousser les Kif à engager la bataille. Il le pense. Mais, entre-temps, qui versera son sang ? Ils l'expulseront de l'espace mahen. D'accord ? Où cela nous mène-t-il ? Les Stsho ? Les T'ca ? Or-Aux-Dents défend cela. Reste l'espace hani, *ami*. Mon peuple m'a, *moi*, entre eux et *cela*. Inutile d'insister, Jik.

– Vous… (Jik s'interrompit. Il toussa et resta immobile, la main devant sa bouche, comme s'il était perdu et à court d'arguments.) *Merus'an-to neishima Kif. Shai.*

Des marchés et les Kif, encore. Puis : *Je*. Ou quelque chose d'approchant. Il parlait en mahensi. Comme s'il avait oublié que ce n'était pas à bord de son navire qu'il était. Ou comme si dans l'état d'épuisement où il se trouvait, il n'avait pas la force de traduire. C'était ce que son regard vitreux permettait d'induire. Le saut cicatrisait les plaies mais il fallait aussi compter avec le corps. Et c'était avec un corps et un esprit blessés que Jik avait fait le saut.

Il avait toujours tout son bon sens. Il était toujours le professionnel qui cherchait à obtenir ce qu'il pouvait obtenir. C'était là-dessus que comptait Pyanfar.

– Il faut que je rallie La Jonction, Jik. Il me faut obtenir ce que je veux obtenir. Je ne vous trahirai pas. Je ne ferai rien qui puisse être préjudiciable aux Mahendo'sat. Je vous le jure, *haur na ahur*. Mais je ne veux pas, non plus, vous avoir contre moi. Je ne veux pas vous voir essayer de prendre les commandes, essayer de porter tort à mon équipage. Et tout ce que vous me direz sera mensonges. Duper encore une fois les Hani, n'est-ce pas ? (Pyanfar sortit de sa poche les deux pilules et les posa sur la table.) Vous les prendrez quand vous voudrez. Ce n'est rien de plus qu'un somnifère. J'ai suffisamment d'ennuis comme ça. Vous aussi. Je voudrais que vous dormiez. C'est tout ce que vous pouvez faire. Et c'est tout ce que je peux faire pour vous. Comme une amie, Jik. Mais il faut d'abord que je vous pose une question : m'avez-vous caché quelque chose ? M'avez-vous dupée ? Connaissez-vous quelque chose qu'il serait préférable que je sache ? Parce que nous sommes embringués dans cette histoire. Et c'en sera fait de nous si c'est un piège, nous plongerons dans un enfer mahen. Et Sikkukkut pourrait ne pas nous y accompagner, ce qu'aux dieux ne plaise !

Jik fit glisser sa coupe vers la main de Pyanfar.

– Vous parler vouloir ? Boire un peu.

Pyanfar n'en avait nulle envie juste après un

saut et avec la responsabilité de piloter un navire et ce qui l'attendait. Mais discuter serait pire encore. Elle saisit la coupe et but une goulée qui enflamma sa gorge et ses bronches, transforma son estomac en un brasier ardent. Elle la reposa et la repoussa vers Jik qui la porta derechef à ses lèvres. Il cilla. Des ruisseaux de sueur couraient, moirés, le long des poils noirs de son visage. Le pourtour sombre de ses yeux était injecté et il larmoyait chaque fois qu'il battait des paupières. Malgré toute la liqueur qu'il avait ingurgitée alors qu'il était à jeun, à peine remis de ses blessures et au sortir d'un saut, il conservait intacte sa lucidité.

– Rester passerelle vouloir je. Py-an-far. Pareil vous non croire je, savoir vous. Quand même demander.

– Pas question. Je ne veux pas que vous détourniez l'attention de mon équipage. Je vous le dis : c'est un risque que je ne peux prendre. Vous voulez que votre navire sorte indemne de cette aventure ? Alors, pourriture des dieux, aidez-moi ! *Coopérez !* (Jik leva les yeux vers Pyanfar. Son regard était brûlant.) Survivre, Jik. Y a-t-il quelque chose qu'il serait préférable que nous sachions ? Parce que nous avons deux Kif qui se battent pour s'approprier tout ce que nous avons à nous. C'est une chose détestable mais nous n'avons pas d'autre choix, Jik.

La bouche du Mahe n'était plus qu'une ligne dure. Il s'empara de la coupe et but la moitié de ce qui restait, puis, à nouveau, la repoussa vers Pyanfar.

– Avec maudit Kif traiter je, toute affaire maudite organiser je. (Sur la table sa main tremblait.) Boire vous ! Non boire vous, non boire je.

Pyanfar vida la coupe. Son estomac se révulsa et les larmes lui montèrent aux yeux.

– Faire amis nous avec maudit Kif devoir nous. (La voix de Jik était éraillée.) Où Ana aller, quoi faire il, non savoir je. Nous, faire amitié avec ce Kif devoir. Ça mission être. Devoir politesse faire. (Un tic tiraillait son visage, lui donnant une expression redoutable.) Pyanfar. Je, vous, vieux amis. Vous, je. Combien lui payer, vous ?

Pyanfar sentit passer dans son dos un frisson qui fit se hérisser les poils entre ses omoplates.

– Je ne vous livrerai pas à lui. Pas une nouvelle fois.

– Non. (Il allongea le bras et enfonça un doigt sans griffe dans celui de Pyanfar.) Dire vérité je. Nous obligés, nous traiter avec Kif maudit. Vous devoir, à il vous donner je, à il vous donner sœur vôtre, nous devoir entourer... (Du bout de son doigt, il traça un demi-cercle dans la flaque de *parini.*) Peut-être Ana sacrément stupide. Peut-être humains beaucoup ennuis. Nous être secondaires. Secondaires pour maudite Communauté tout entière. Nous à l'intérieur être. Comprendre ?

– Je ne vous livrerai pas de nouveau à lui.

– Vous faire. Oui. Je travail faire. Pareil navire mien. Pareil nous marché devoir faire. (La bouche de Jik tressaillit.) Avec maudit Kif coucher peut-être. Je faire. (Une fois de plus, il fit glisser la coupe en direction de Pyanfar.) Remplir.

– Je ne boirai pas avec vous. J'ai un bâtiment... (... dont j'ai la charge. Elle avala la fin de sa phrase.) Pourriture des dieux, il faut que vous vous mettiez quelque chose de solide dans le ventre.

Après avoir rempli la coupe, la Hani se leva pour prendre un sachet de potage dans le placard. Elle en déchira l'emballage métallisé, le vida dans une autre coupe qu'elle plaça sous l'infuseur. De la vapeur s'éleva en volutes. Cela sentait le bouillon salé; de quoi faire le plus grand bien à un estomac mis à mal par le *parini*. Elle en prit elle-même une gorgée et se retourna. Jik était affalé, la tête entre les bras.

– Allez ! Ça, nous le boirons ensemble, chacun à son tour. Vous m'entendez ? Maintenant, prenez vos pilules.

Il se redressa péniblement, prit une gorgée du breuvage, fit la grimace et rendit le récipient à Pyanfar.

Elle but. Puis ce fut à nouveau au tour du Mahe.

– Nous devons tenir le coup. J'ai une navigante malade à qui il faut que j'aille rendre visite.

Elle avait mal à l'estomac. Elle empestait le *parini* et elle ne voulait plus jamais en sentir le goût dans sa bouche.

Faire jeter un ami en prison et laisser un Kif se promener à son gré dans les coursives comme un membre de l'équipage… C'était ainsi.

Jik avait raison. Entièrement raison.

Peut-être n'avaient-ils pas l'ombre d'un choix.

– Venez pendant que vous êtes encore capable de marcher. Je vais vous mettre au lit moi-même. Les pilules dans la bouche, hein ?

– Non. (Il les prit et les serra fermement dans son poing.) Je garder. Peut-être besoin. Maintenant je dormir. En sécurité ? Avec *amie*.

Jik se leva. Vacilla une fois debout. Recouvra son équilibre.

Pyanfar lui indiqua la coursive nº 2, celle par laquelle on rejoignait l'ascenseur sans passer par la passerelle et ses commandes sensibles.

Il se montra coopératif. Il la suivit docilement alors que l'occasion lui était offerte de tenter n'importe quoi. Mais cela aurait été stupide, et qu'aurait-il eu à y gagner dans ce navire dont il ne pouvait s'assurer le contrôle ?

Par ailleurs, s'il avait beaucoup parlé, il n'avait rien lâché. Pas un mot.

Ce qui, en soi, ne laissait pas d'être inquiétant.

L'ascenseur les déposa au pont inférieur. Ils passèrent devant la cabine de Tully, près de celle de Skkukuk. L'humain n'était pas là, ce qui voulait dire qu'il était dans les quartiers de l'équipage. Pyanfar n'en fut pas autrement surprise.

– Allez dormir un peu.

– Oui.

Jik appuya ses massives épaules contre le chambranle de la porte et y resta adossé, puant le *parini,* comme s'il risquait de s'écrouler avant d'avoir regagné son lit.

– Et n'oubliez pas la sécurité, hein ?

La porte voisine s'ouvrit. Skkukuk était là, les yeux brillants, avide de se rendre utile.

– Vous non folle. *Amie*.

Sur quoi, Jik pivota sur ses talons et entra dans la cabine qu'il referma.

Pyanfar actionna le verrou électronique, puis se tourna vers Skkukuk.

– Cet homme est précieux, lui dit-elle.

Logique kifish.

– Dangereux, fit Skkukuk.

Elle s'éloigna sans plus lui prêter attention et sortit son *communico* de poche.

– Ici, tout est en ordre, Tirun.

– Les Kif ne se font pas de cadeaux. Nous avons un contact d'approche de La Jonction. Les Stsho sont d'une extrême politesse. Nous ne risquons pas d'ennuis si ces malheureux ne se mettent pas en phase de repli quand nous serons à mi-quai. De minute en minute, j'ai l'impression que c'est à un Stsho différent que je m'adresse. Ils ont peur. Vraiment peur. J'ai le sentiment que les communications kifish, elles, ne sont pas du tout courtoises. Les navires attendus sont l'*Ikkhoitr* et le *Khafukkin*.

– Dieux ! C'est merveilleux ! Le fer de lance

de Sikkukkut. Je te laisse imaginer la suite des événements.

– Vous allez vous reposer ?

– Non, je remonte.

Pas question de prendre du repos. Pas avant d'avoir une réponse. Même si les genoux de Pyanfar ployaient sous elle. Elle eut une pensée d'envie pour les pilules de Jik. Mais pas pour le reste de la situation.

Quand elle pénétra sur la passerelle, Tirun, qui paraissait elle-même morte de fatigue, lança un coup d'œil à sa capitaine et surprit son regard interrogateur et inquiet.

– Pas de changement, lui dit-elle. Mais de mauvaises nouvelles. La flottille d'Or-Aux-Dents avait deux chasseurs aux trousses quand elle a pris la tangente. Akkhtimakt va entrer en saut d'une minute à l'autre. Obligé. Sa poupe a essuyé le feu. Autrement, quelques-uns de ses vaisseaux risquent de ne pas pouvoir passer de l'autre côté. Il leur est impératif de dégager.

Pyanfar regarda. Tout le monde se préparait fébrilement à faire le saut. Le dernier navire d'Or-Aux-Dents avait filé. Et un groupe de Stsho bien heureux d'être hors de portée et à l'abri de tout désastre, et de ne pas être au mouillage dans une station en V nul. Pas trace d'un seul Méthanien. Nulle part.

Aucune unité hani n'était en espace. Elles étaient à quai, prises au piège. Et pas moyen dans un enfer mahen de vectoriser à destination de l'espace hani, compte tenu de leur angle et des deux croiseurs de Sikkukkut qui tenaient la station sous leur feu. L'*Ikkhoitr* et le *Khafukkin* aborderaient avant leurs trois vaisseaux. Les Kif allaient prendre le contrôle de ce dock et les dieux viennent alors en aide aux Hani qui y trouveraient à redire !

– Nous avons une nouvelle identification. Un navire faha : le *Vent des Étoiles*.

– Munur. (Une jeune capitaine qui commandait un très petit vaisseau. Et une lointaine cousine d'Hilfy du côté maternel.) Et Ehrran ?

– Aucun signe d'elle.

– Elle est avec Or-Aux-Dents, à moins qu'elle n'ait filé depuis un bon bout de temps pour regagner ses pénates. (La fatigue et l'énervement se conjuguaient, et Pyanfar fut agitée d'un frisson. D'épuisement, surtout. Elle tendit le bras en direction de la cambuse et, faisant un effort sur elle-même pour parler d'une voix ferme, elle poursuivit :) Jik va prendre un peu de repos. Il est fou de rage. Et mort de fatigue. Veuillent les dieux qu'il prenne ses pilules et se tienne tranquille, mais j'en doute. Il sombrera peut-être quelque temps et il aura peut-être les idées plus claires quand il se réveillera. Pour le moment, cela ne va pas du tout. Ses pensées ne sont pas claires. Les miennes non plus, d'ailleurs. Nous mettrons sa cabine en télésurveillance par *communico* lorsqu'il aura repris ses esprits. Possible que je le laisse monter ici, je ne sais pas encore. C'est en mon propre jugement que je manque de confiance. Maintenant, je vais aller prendre un bain et dormir quelques minutes. Tu tiens le coup ?

– Ça peut aller, répondit Tirun. (C'était l'ordre habituel. Haral, l'opératrice, dont la présence d'esprit devait être la plus vive, les réflexes les plus rapides, allait se reposer la première : une pause qu'elle raccourcissait généralement au bénéfice de sa sœur.) Mais ça commence à faire long. Oh ! capitaine… Chur a envie de manger quelque chose de chaud. Geran est descendue lui préparer un petit en-cas.

C'était la meilleure nouvelle depuis qu'ils avaient émergé.

– C'est bon, fit Pyanfar. Ça va.

Ses muscles tendus se relâchèrent un peu. Elle sortit dans la coursive. Elle désirait manger. Elle désirait un bain. Et être à des années-lumière d'ici. Mais on n'avait pas le choix. Certes, on pouvait décamper et sortir du système de La Jonction pendant que Sikkukkut était occupé ailleurs. Mais il les retrouverait. Eux et tous ceux auxquels ils tenaient. Leur monde était pris en otage. Sans même parler de la menace immédiate qui planait sur trois cent mille fichus Stsho et une poignée de vaisseaux hani.

Un Kif n'oubliait pas un affront.

Pas plus qu'une Hani ne pouvait oublier le mal que l'on avait fait à ses amis.

Le quartier de l'équipage était un havre de paix. Il y avait un four à micro-ondes et une petite réserve de rations instantanées, petits raffinements allant de pair avec les harnais anti-V et les armes antipersonnelles achetées au marché noir. Il y avait deux petits lits de repos, une ou deux tables et un dortoir. On aurait pu y installer des cloisons de séparation mais les navigantes avaient toujours négligé de le faire. Elles n'en avaient jamais éprouvé le besoin, à vrai dire. Le corps apprenait à dormir sans se soucier des allées et venues des cousines qui entraient et sortaient, et elles n'avaient jamais ressenti la nécessité de procéder à de tels aménagements, même dans les temps de prospérité.

Pour l'heure, pensait Hilfy, le refus de modifier quoi que ce fût dans le quartier de l'équipage était plus que jamais justifié : un corps a besoin d'être en compagnie d'autres corps dans une période critique. Geran fit une apparition éclair et ressortit avec deux bols de potage. Pourvu seulement qu'elle en avale un en remontant ! De toute évidence, Chur était réveillée et voulait essayer de manger un peu. Enfin une bonne nouvelle ! Haral était assise sur le bat-flanc en face d'elle, la bouche pleine, tenant d'une main un morceau de viande séchée et mettant de l'autre un peu d'ordre dans sa crinière. Tully sortit de la salle d'eau commune, une serviette sur l'épaule. Il portait un pantalon appartenant à Khym, un bouffant de soie rouille, trop grand pour lui : il avait dû mettre une épingle pour qu'il soit à sa taille : l'autre était bon pour la lessive et Haral avait autre chose à faire que des travaux de couture pour le moment. D'un pas mal assuré, il alla ouvrir le placard d'où il sortit une coupe dans laquelle il versa de l'eau après y avoir jeté un cube de viande à dissoudre. Il l'introduisit dans le four à micro-ondes et, s'asseyant, prit sa serviette pour se sécher les cheveux et la barbe. De vieilles cicatrices pâlies zébraient la peau blanche de ses épaules. D'autres aussi : plus roses et plus récentes.

Une annonce vint de la passerelle :

– Akkhtimakt est entré en saut. (Puis :) Côté Sikkukkut, en tout cas, c'est la pédale douce à l'exception de deux navires que le *hakkikt* a vraisemblablement expédiés derrière lui pour le tenir en haleine, comme il l'a fait pour la flottille d'Or-Aux-Dents. On dirait bien que Sikkukkut va rester avec nous. J'ai pensé que vous aimeriez être tenus au courant.

– Rien d'étonnant, murmura Haral. On ne pouvait pas avoir cette chance : escompter l'aide d'Or-Aux-Dents. Ç'aurait été trop demander. Sikkukkut aura fait table rase de la station avant son retour.

– Il fera tout ce qu'il voudra, c'est sûr, renchérit Hilfy.

– Quel merdier !

Tully avait cessé de s'étriller pour lever la tête et il les regardait, ses cheveux dorés en bataille, les yeux tirés. Parfois, il paraissait trop fatigué, ne fût-ce que pour faire l'effort de parler. Ou pour prêter l'oreille aux crachotements de la traductrice qui lui délivrait une version mutilée de ce qui se disait autour de lui. Les choses les plus difficiles à saisir étaient les sujets délicats. Comme : *Comment va Chur, sincèrement ?* Ou : *Que pensez-vous que fera Jik ?* Ou : *Qu'allons-nous faire quand les Kif aborderont la station ?* Par moments, il donnait l'impression d'être ailleurs. À d'autres, il avait l'air de chercher désespérément à dire des choses beaucoup trop difficiles à exprimer.

Comme : *Mes frères de race sont en route. Je leur ai parlé. Même si le message ne leur est pas parvenu. J'y suis presque arrivé.*

Je ne vous ai pas trahis.

Je vous jure que je n'ai pas essayé.

Le four émit un *bip*. Terminé. Tully se leva et alla chercher son bouillon ainsi qu'un sachet de bâtonnets de viande et un autre de *fuyas*. Seuls Haral et lui trouvaient cela mangeable : tous les autres avaient cette nourriture en horreur. Il offrit un *stick* à Haral qui s'en servit pour remuer sa soupe et s'assit, ses provisions entre ses doigts agiles, les coudes sur les genoux et sa coupe dans les mains. Il avala une gorgée de son contenu et poussa un profond soupir de lassitude.

– Je présume qu'Or-Aux-Dents a donné rendez-vous ici à la flotte des humains, dit Hilfy, à la fois pour meubler le silence et pour répondre aux questions informulées de Tully. C'est pour cette raison qu'il nous a faussé compagnie à Kefk. Si Ehrran et lui sont arrivés ici, il s'est trouvé face à face avec Akkhtimakt. Peut-être l'a-t-il contraint à évacuer la station. Il a pu rendre ce service aux

Stsho. Mais Ehrran est en route pour Anuurn, je prends le pari.

– Il y aurait intérêt, marmonna Haral. Mais avec Or-Aux-Dents dans la course, on peut se poser la question, non ?

– Comme ce qui s'est passé ici ?

C'était la question qui tracassait Hilfy. Le développement de la situation tout entier la tracassait. L'absence des Méthaniens. Et si Akkhtimakt et Sikkukkut voulaient se conduire tous les deux comme des insensés, ils pourraient continuer à exploiter cette situation jusqu'à ce que tous les soleils s'éteignent. En quelques jours de temps spatial, en quelques mois de temps de rampant, l'un comme l'autre étaient capables de faire demi-tour à Urtur, à Tt'a'va'o, à Kefk ou n'importe où, de resurgir soudainement et d'attaquer celui des deux qui se serait emparé de La Jonction. Ou de Kefk. Ou de toute autre position stratégique. Si les vaisseaux poursuivaient ce va-et-vient, la dilatation temporelle ne cesserait de rallonger la durée de vie des navigants. Pas de passages intrasystèmes. Pas de périodes de ralentissement. Non... Foncer, foncer, foncer aussi longtemps qu'un navire peut tenir, qu'un organisme peut supporter l'épuisement. Un navire marchand effectuait ses sauts en durée ralentie et, dans l'intervalle, il bénéficiait du temps de mouillage à quai. Dans un pareil va-et-vient, l'extension subjective du temps pouvait équivaloir, en un mois, à ce qu'elle serait en une décennie pour un navire de commerce. Avant que la chair, les os et l'acier atteignent la limite de leur existence.

– Ce qui est surprenant, c'est qu'il ne soit pas venu à Kefk.

– Kefk possède deux stations de protection. Kefk est en position de force.

Tully les regarda toutes les deux, tour à tour.

Il n'avait probablement pas compris grand-chose. Mais, brusquement, la prise de conscience du problème glaça Hilfy. Elle but une gorgée pour chasser le froid de l'étau glacé qui lui serrait les entrailles et se lécha les moustaches pour les nettoyer.

– Sikkukkut a quelque chose en tête. Il ne va certainement pas rester ici à demeure.

– Il existe des fous dans l'univers, rétorqua Haral.

– Et s'il n'en était pas un ? S'il ne reste pas ? S'il a prévu de faire autre chose ?

Mais Or-Aux-Dents était vectorisé sur Tt'a'va'o. Un territoire méthanien. C'était un choix logique : les Stsho redoutaient les humains comme la peste. Ils traiteraient avec Ehrran. Ils traiteraient avec les Kif avant de traiter avec Or-Aux-Dents et ses alliés humains. Ils chercheraient à s'entendre avec les diables qu'ils connaissaient.

Les Stsho n'avaient pas d'armement. Ils étaient inaptes à affronter une situation critique comme celle-là. Ils plieraient bagage s'ils en avaient la possibilité. Ils se déroberaient.

Les Tc'a et les Chi et... les dieux nous protègent... les Knnn... ils ne sont pas ici, ils sont toujours ici. Où sont-ils ? Les Knnn n'ont peur de rien. Ils ne prendront pas la fuite. Ils pratiqueront peut-être la stratégie de l'esquive. Mais paniquer et prendre la fuite... non... pas les Knnn. En aucun cas.

– Les Méthaniens. Raclures des dieux, c'est un piège, Haral ! Monté par Sikkukkut et par Or-Aux-Dents.

Les oreilles d'Haral retombèrent, puis se relevèrent. Son regard où se lisait son épuisement prit une expression songeuse.

– Hilfy... (Tully avait coincé sa coupe entre ses genoux et, sous la frange de cheveux clairs et humides, son front se plissait d'anxiété.) Or-Aux-Dents non aller Tt'a'va'o.

– Tu veux dire que tu en as la certitude ?

– Je penser. Il venir... tourner, *pffuit.* Comme si aller Tt'a'va'o. Mais non aller.

– Tu veux dire qu'il a simulé un saut ? Qu'il s'est immobilisé en espace profond ? Tu crois qu'il est capable de faire une telle manœuvre ?

Peut-être Tully avait-il tout compris, peut-être pas.

– Mahe. Humains faire.

– S'arrêter en plein saut ?

– Pareil.

– Bonté des dieux !

– Cela tient debout, dit Haral. S'ils ont l'équipement adéquat. Si les humains le leur ont fourni... Il attend là pour faire croire qu'il est en cours de saut.

– Et Ehrran se sauve pour de bon en laissant les Hani se débrouiller quand Sikkukkut arrivera ? Par les dieux, elle a conclu un traité avec les Stsho !

– Tu peux lui faire confiance pour ça. Qu'aurait-elle pu faire si Akkhtimakt était arrivé ici avant elle ? Or-Aux-Dents voulait avoir Akkhtimakt vivant. Il fait se battre les Kif entre eux, par les dieux, voilà ce qu'il fait ! (Haral frotta son museau grisonnant qui se fronça à nouveau.) Son objectif est de faire en sorte qu'ils s'affaiblissent mutuellement avant de lâcher les humains sur eux et avant que les forces mahen ne surgissent. C'est là son plan. Laisser Jik s'attaquer à un Kif à demi apprivoisé s'il le peut pendant que lui, Or-Aux-Dents, mettra tout en œuvre pour les avoir tous les deux. Voilà ce qui serait du goût des Mahendo'sat. Leur flanquer les humains dans les dents. Laisser les humains se faire tirer dessus. C'est pour cela qu'Or-Aux-Dents a abandonné Jik à Kefk.

– Ma main à couper que pas un seul travailleur mahen n'est resté sur la station.

– Tu peux en être sûre. Or-Aux-Dents a pu faire passer le mot longtemps avant le moment décisif. Préparer son coup ici. Pour que tout soit en place lorsque les Stsho ont dénoncé ce traité.

– Il a laissé un observateur sur place.

– C'est indéniable.

– Il est toujours dans le système, dit Hilfy. Il est toujours en position de surveiller ce qui se passe dans le secteur. Possible même qu'il y en ait plusieurs. Qu'ils soient deux dont un qui dérive en vitesse lente et qui démarrera en catastrophe, dès qu'il sera au-delà de la portée des capteurs. Et si Or-Aux-Dents est en attente en espace profond et si ces abrutis de Kif qui se sont lancés à sa poursuite font le saut jusqu'au bout, jusqu'à Tt'a'va'o...

Les oreilles d'Haral pointèrent. Son regard, maintenant, était dur, sans plus aucune trace de fatigue.

– Continue.

– Il se pourrait qu'Or-Aux-Dents ait attendu des nouvelles. Avant de faire demi-tour. S'il fait demi-tour. Il a peut-être plus d'un ou deux observateurs en place hors de ce système. Il n'a plus aucune crédibilité vis-à-vis de Sikkukkut, il est là-bas, dans le noir, avec les humains, en compagnie des Tc'a qui étaient la main dans la main avec Jik, il dispose d'un certain capital de confiance auprès du *han,* peut-être aussi auprès des Knnn. Supposons qu'il ait considéré qu'il n'y avait pas d'alternative et qu'il laisse simplement les Kif s'expliquer entre eux ?

– C'est peut-être le parti le plus sage que nous pourrions prendre tous.

– Mais...

– Je t'écoute.

– Mais… les Mahendo'sat feront tout pour sauver leur peau, tu le sais. Ehrran l'a déserté. Nous ne pouvons pas parler au nom du *han*. Les Kif vont livrer l'assaut avec les humains sur leurs arrières. S'ils sont tous les deux aux prises et si les Mahendo'sat les attaquent par-derrière… ni Akkhtimakt ni Sikkukkut ne peuvent prendre ce risque. Ils sont coincés. Ils ne peuvent pas laisser des Mahendo'sat armés leur tailler des croupières. Ce sont des Kif. Or-Aux-Dents va passer à l'attaque et ils le savent. Par les dieux, nous avons un Kif qui menace Anuurn. Qui Akkhtimakt va-t-il menacer, hein ? Ou se contentera-t-il de tourner en rond en envoyant un navire à destination de chaque planète et de chaque station mahen ?

Aplaties restaient les oreilles d'Haral. Elle écoutait toujours.

Tully prit soudain la parole :

– Demander Skkukuk.

– Lui demander quoi ? fit Hilfy.

– Il Kif. Demander quoi faire Kif.

– Il n'est pas au même échelon que Sikkukkut. Si son mental primait celui du *hakkikt,* ce serait de lui que nous nous inquiéterions.

– Esprit kif. Noir beaucoup. Je demander.

– Là, Tully marque un point, dit Haral. Mais il n'y a pas moyen de causer avec le Kif. Le mieux serait de parler à la capitaine. Py-an-far… tu me comprends, Tully.

– Tu penses que j'ai raison ?

– Cela fait bien quarante ans que je cours l'espace, petite, et je n'ai jamais vraiment approché les Kif. Toi, si. Et tu parles le grand kifish. Pas moi. Enfin, pas assez bien. Mais j'ai observé notre passager. Suffisamment pour me faire une ou deux petites idées. Et, entre le Mahendo'sat et ce Kif, je suis réellement inquiète. C'est une autre bombe que nous avons à bord.

Et j'ai beau le prendre en compassion, il me fait plus peur que Skkukuk.

– Jik, murmura Hilfy.

La gorgée qu'elle avala ne la réchauffa pas, cette fois.

– Nous sommes mutuellement en dette, lui et nous. Les Kif, son propre partenaire et nous-mêmes, par-dessus le marché, l'avons mis à rude épreuve. Par ailleurs, c'est un Mahendo'sat. Il voit son espèce mise tout entière en danger et il se peut qu'il possède d'autres informations que celles qu'il nous a fournies. Que fera-t-il ?

Le noyau de froid se fit encore plus froid. Hilfy éprouva un moment d'angoisse. Elle se sentit incapable ne serait-ce que de regarder Tully. Brusquement, il était semblable à Jik, c'était un être d'une autre espèce, animé de motifs étranges et dont les comportements étaient imprévisibles. Qui plus est, ils n'étaient pas du même sexe, avec tout ce que cette situation avait de démentiel. Il n'a pas sa place ici. À nous écouter. Dieux ! Et s'il attendait seulement son heure ? C'est un étranger. Comme Jik. Nous avons tellement souffert ensemble, et je ne sais rien de ce qui se passe dans sa tête. Mon ami. Mon...

Elle frissonna intérieurement. Regarda le chronomètre.

– Dieux ! Nous ferions mieux de remonter sur la passerelle. Tirun...

– Oui, approuva Haral. Tu veux que je parle à la capitaine ?

– Elle t'écoutera plus qu'elle ne m'écouterait, moi.

– Holà !

Oreilles aplaties, regard indolent et sous ce regard de réprimande – cette petite remarque avait déplu –, celles d'Hilfy se couchèrent.

– Kif, dit Tully.

– Non, répondit Haral. Laissons ce gredin dormir. Tu restes ici. Tu te reposes. Compris ? Si tu vas parler à ce Kif, je t'écorche vif. Tu as entendu ?

– Je comprendre. (Sa bouche avait le pli qu'elle prenait quand il était malheureux.) Non bien, Haral. Je rester ici.

– Pas de discussion.

– Il n'était pas le plus jeune navigant de son vaisseau, protesta Hilfy. Je le sais. Ce n'est pas un gamin, Haral.

– Qui en est un à bord de ce navire ? Tully. Tu veux venir ? Parler à la capitaine ?

Tully ne fit qu'une bouchée de ce qui lui restait à manger, vida sa coupe et se leva. Il avait encore du mal à avaler.

– Où en sommes-nous ? demanda d'une voix unie Pyanfar, encore humide après sa douche, en s'appuyant, à bout de forces, sur le dossier du fauteuil de Tirun.

Khym avait rejoint son poste. Il était loin d'avoir le savoir-faire qu'il aurait fallu pour remplacer cette dernière, mais il pouvait au moins lui prêter main-forte.

Tirun se tourna vers Pyanfar, les oreilles pendantes, ivre de fatigue. Elle n'avait pas pu se rendre aux douches et cela se voyait.

– Il n'y a pas encore de réponse. Je crois que *na* Jik dort, maintenant. Il a cessé de s'agiter après que j'ai entendu jouer le verrouillage de sécurité. Nous avons nos instructions de routine. Je viens de les basculer sur auto. Les Kif sont tous dans les délais prévus. Les deux unités de Sikkukkut viennent d'entrer en phase finale et les Stsho se font de la bile.

– Ouais. (Pyanfar surveillait l'écran de balayage. Les vaisseaux poursuivaient calmement leur avance. Personne n'avait encore rien fait de décisif. Le coude sur le dossier, elle se baissa, approchant sa bouche de l'oreille de Tirun.) Va-t-en, hein ? Je prends la relève.

– Haral va arriver. (La voix de Tirun était rauque.) Vous ne voulez pas manger un morceau ? Je peux encore tenir un peu. Je n'ai rien d'autre à faire que rester assise.

– Moi aussi. Va. Je prendrai les commandes.

Elle se redressa et s'immobilisa une fraction de seconde, regardant son mari, qui, pendant tout ce temps n'avait pas un instant quitté son écran des yeux. Vigilant pendant sa brève conversation avec Tirun bien qu'il y eût un dispositif d'alarme sonore et qu'elle eût elle-même automatiquement posé son regard sur l'écran dès que Tirun s'était tournée vers elle. Sachant qu'elle le surveillait : l'expérience, des dizaines d'années d'expérience. Le règlement de la passerelle. Mais Khym assurait la couverture. Cela faisait aussi partie des règles. Elle tapota son siège au passage en signe d'approbation et sa tension se relâcha quelque peu. Plus le temps passait, plus approchait le moment où l'on pourrait entièrement compter sur lui. Où il serait à la hauteur du meilleur équipage qui fût. Impulsivement, Pyanfar détacha un de ses anneaux d'oreilles.

– Eh ! (Elle se baissa et son souffle fit frémir le duvet garnissant le conduit auditif de Khym.) Ouh, ouh, murmura-t-elle comme dans les moments d'intimité. Ne bouge pas. Et ne bronche pas.

Et, de la pointe de sa griffe, elle perça le bord de l'oreille de son mari.

Il poussa un cri de douleur et se retourna à moitié avec indignation. Et puis, pensant que c'était peut-être un test bizarre pour contrôler son degré de concentration, il se hâta de reprendre sa veille, les yeux rivés aux tableaux de commande.

Pyanfar glissa l'anneau dans la perforation et le ferma.

– Ouais, fit-il, comprenant ce qu'elle venait de faire.

Sans tourner la tête.

– Bien.

Quand elle lui tapota l'épaule, elle se rappela que, naguère, ce geste provoquait la colère de Khym. Mais peut-être ce même geste prenait-il, maintenant, une valeur différente à ses yeux : il ne protesta pas.

Et Pyanfar alla s'installer à sa console sur laquelle elle bascula l'image balayage et le *communico.*

Devant, l'avant-garde de Sikkukkut, l'*Ikkhoitr* et son partenaire, accostaient. *L'Orgueil* était sur une trajectoire nette et précise, dans l'axe du couloir d'approche. Très bientôt, on allait recevoir les directives de mouillage. *L'Orgueil*, l'*Aja Jin* et le *Lune Qui Monte* ne tarderaient pas à mouiller là où ils seraient une cible pour les Kif.

Et où Sikkukkut pourrait formuler ses exigences. Réclamer, par exemple, que Jik – Jik surtout – lui soit remis. Ou même Tully. Ou Dur Tahar. Il pourrait réclamer qu'ils lui soient livrés, tous les trois.

Pyanfar se mordillait les moustaches. Elle aurait bien voulu oser interroger Tahar à qui la mentalité kifish n'était assurément pas inconnue. Mais, pour le moment, le silence absolu sur les lignes intérieures constituait la meilleure conduite. Elle ne voulait surtout pas que l'*Aja Jin* lui posât des questions. Kesurinan suivait toujours les consignes. Elle pourrait bien demander : Comment va mon capitaine ? est-il rétabli ? pourquoi ne me donne-t-il pas d'instructions ?

Peut-être Kesurinan croyait-elle connaître les

réponses à ces différentes questions. Et attendait-elle patiemment. Pour l'instant.

Mais, à quai, elle poserait inévitablement des questions. Des questions auxquelles il faudrait répondre par des mensonges. Et des mensonges inventifs.

Or-Aux-Dents, les dieux te maudissent, qu'as-tu manigancé ?

Tu as passé un *accord* avec quelqu'un, n'est-ce pas ?

Ou quelque chose d'autre est-il embusqué hors système, quelque chose que nous détecterons quand notre front lui parviendra et qu'il se ruera en avant à vitesse d'attaque ?

Dieux, dieux, se trouver dans une situation pareille ! Que fait Sikkukkut ? Est-il réellement dépendant de nous ? Sommes-nous, *nous,* la base de soutien dont il pense pouvoir disposer, ce claboteux ?

Fou de Sikkukkut ! L'esprit d'un Kif peut-il être tordu au point qu'il en arrive maintenant à placer sa confiance en nous ?

Mais peut-être n'es-tu nullement fou, Sikkukkut ?

Le *communico* émit un *bip*.

– Py !

Et Khym fit basculer l'appel.

– Je reçois.

C'était la station. Un Stsho leur faisait savoir dans un jargon volubile qu'ils pouvaient accoster librement au bassin de leur choix mais les incitait à prendre les postes de mouillage vingt-sept, vingt-huit et vingt-neuf. Ce que le seigneur capitaine du *Ikkhoitr* avait suggéré, loué soit le *hakkikt.*

– Affirmatif, dit Pyanfar en baissant les oreilles. Loué soit le *hakkikt.*

– Nous n'avons pas réellement le choix, n'est-ce pas ? demanda Khym.

– Le choix, c'est vivre ou ne pas vivre.

– Qu'allons-nous faire ?

Il y avait une ombre de détresse dans la voix de Khym. Un homme qui demandait à sa femme de le rassurer. Dis-moi que tu peux faire quelque chose. Dis-moi que ce n'est pas tragique à ce point-là, que ce n'est pas aussi désespéré. Un homme vivait à l'intérieur des étroites limites de son fief. Ne jamais rien dire à un homme. Ne jamais le tracasser avec des problèmes qu'il n'avait pas la capacité de résoudre. Ni la capacité ni le pouvoir. Pourriture des dieux, tu es englué dans les vieilles habitudes, Khym, deviens adulte !

Non. C'est un membre de l'équipage qui parle à sa capitaine. Voilà tout. Ne le tarabuste pas, Pyanfar.

– Que je m'emplume si je le sais, murmura-t-elle. La pitié n'est pas de saison, Khym. Tu as une idée ?

– Il va demander qu'on lui livre Jik.

– J'en ai bien peur.

– Qu'allons-nous faire ?

– Je trouverai quelque chose.

Que faire sinon voir la tournure que prendraient les choses ? Obéir aux consignes. Gagner les bassins de mouillage.

Tu as mis le doigt dessus, mon époux. Il n'y a pas de réponse. Je n'ai pas de miracle à sortir de ma manche. Je ne sais pas ce que nous ferons et, pis encore, je ne sais pas comment nous nous sortirons de ce sac d'embrouilles.

Grâce aux dieux, Ehrran fait route pour Anuurn où elle alertera le *han*. Même si, ce faisant, elle s'en prend à Chanur. Mieux vaut la destruction du clan que la destruction de la planète. Tout est préférable à cela.

Mais, par les dieux, Ehrran est une folle. Qu'est-ce qu'une folle ira leur raconter ? Qu'est-ce qu'une folle va persuader d'autres folles de faire ?

Ô dieux, si vous lui donnez du bon sens rien qu'une fois, je vous jure que je me rallierai à la religion. Je changerai de conduite. Je...

Elle tressaillit quand Haral prit place, telle une ombre, à côté d'elle.

– Où en sommes-nous, capitaine ?

Pyanfar fit effectuer un demi-tour à son siège. Tirun s'éloignait; Tully et Hilfy s'installaient à leur console. Seul le crépitement des instruments rompait le silence de mort qui régnait sur la passerelle.

– Nous avons nos consignes d'accostage. On va laisser à Tirun le temps de gagner le poste d'équipage. Nous pouvons décélérer un peu plus tard. Mais, aussi sûr que la pluie tombe de haut en bas, La Jonction va enregistrer toutes les plaintes contre nous pour infraction aux ordres. (Pyanfar remit son siège en position et ouvrit le *communico* en service. Deux navigantes éprouvées et deux novices. Mais, qui qu'il pût y avoir d'autre, l'accostage était une manœuvre de routine.) Geran, dans cinq minutes.

La voix de Geran :

– J'arrive.

– Capitaine, commença Haral, Hilfy a pensé à une chose...

– Tahar accuse réception des directives d'accostage, l'interrompit cette dernière. Elles sont à nos ordres.

– ... à savoir, reprit Haral, qu'Akkhtimakt n'est plus arrêté par aucune considération. Il est perdu. Les Mahendo'sat ne traitent plus avec lui. Il a mis le cap sur Urtur. Deux choix s'offrent à lui : ou s'en prendre à nous, ou s'en prendre aux Mahendo'sat. La situation peut mal tourner. Très mal tourner. C'est la conclusion à laquelle nous sommes arrivées.

– Ouais.

Bruit sourd d'un corps qui se laissait pesamment tomber sur les coussins. Cliquetis de harnais que l'on boucle. Geran était arrivée. Un caquètement strident retentit, venant de la coursive : le Kif qui se hâtait de rejoindre son poste et qui leur disait de l'attendre : si les maîtres pulseurs entraient en action, la poussée le ferait s'écraser contre la porte de l'ascenseur avec autant de force que s'il tombait du haut d'un toit.

– Nous t'entendons, dit Pyanfar dans le micro du *communico*. Tu as tout le temps, Skkukuk.

Et Pyanfar songea au réseau des couloirs de saut environnant La Jonction et aux destinations auxquelles ils menaient.

Les dieux seuls savent quels projectiles ont d'ores et déjà été lancés sur nous !

– Les Mahendo'sat ne vont pas attendre passivement, dit-elle. Ce n'est pas leur style.

– S'ils contre-attaquent, ce visqueux sera repoussé dans l'espace hani, rétorqua Haral. Nous pensons que c'est ce qui va se passer, capitaine. Tully prétend que les navires humains sont capables de s'immobiliser dans l'hyperespace et de faire demi-tour. Il affirme que les Mahendo'sat peuvent en faire autant.

Pyanfar décocha un coup d'œil à Haral. S'arrêter et repartir en arrière, c'était une manœuvre knnn. Ou tc'a.

– À partir d'ici, il y a une vraie poche sur la route de Kura.

C'était la vérité : l'espace hani était un prolongement de l'espace accessible, juste sous le ventre mou du territoire des Mahendo'sat et proche de l'étoile-patrie mahen. Mais, dans cette direction, les voies d'accès étaient peu nombreuses et faciles à défendre.

– Oui. (Cette géométrie prit brusquement une

forme cohérente, lumineuse, dans l'esprit de Pyanfar.) Oui. Cela pourrait marcher. S'ils ont la capacité d'effectuer une pareille manœuvre. Mais cela impliquerait que les navires humains ne sont pas des navires marchands, au sens strict du terme, n'est-ce pas ? Qu'est-ce qu'un navire muni de soutes extérieures aurait à faire d'un équipement de ce genre, hein ?

– C'est l'évidence même. Et une telle offensive prendrait les Hani à la gorge.

– Le fait est. S'ils ont les moyens d'agir de la sorte. (Une autre pensée, plus sinistre encore, vint à l'esprit de Pyanfar.) Si les Mahendo'sat sont en mesure de faire cela... ce ne serait pas la première fois qu'ils disposeraient de moyens techniques dont ils nous auraient caché l'existence. Et ce ne serait pas non plus la première fois qu'il s'avérerait que les Kif en bénéficieraient, eux aussi. Avant nous. Maudits Mahendo'sat qui se soucient plus de ce que leurs alliés pourraient apprendre que de ce que leurs ennemis peuvent s'approprier !

Dieux, faites qu'Ehrran n'agisse pas comme une folle !

– Priorité. (C'était Geran.) Changement de dispositif et de vectorisation de l'escadre de Sikkukkut. Il s'agit du *Noikkhru* et du *Shffikkt*...

Sur le moniteur, la couleur de l'image se modifiait partiellement à nouveau tandis que les navires kifish achevaient leur manœuvre de freinage et commençaient à virer de bord.

Obliquement par rapport à ceux de Sikkukkut.

6

Les changements de couleurs se multipliaient sur le balayage.

– Dieux ! murmura Pyanfar. (Et elle actionna l'alerte générale. À toutes fins utiles. Le klaxon résonna dans toutes les coursives.) Message à l'intention de nos partenaires : Ne bougez pas. Gardez votre cap. Khym, avise Chur : Prends tes précautions, les Kif prennent le départ pour on ne sait où. Tirun, fais savoir à Jik par le moniteur que tout va bien, que nous poursuivons notre route, que la situation a seulement pris un cours nouveau.

– Bien reçu, signalèrent les intéressés.

– Capitaine, dit Haral, Hilfy a eu une idée…

Ce fut Hilfy elle-même qui l'interrompit :

– Tahar accuse réception. Elles sont juste derrière nous. Oui… bien compris, *Aja Jin*, merci…

– Akkhtimakt a des problèmes, dit Haral. Ça aussi, c'est sûr.

Pyanfar attendit. Attendit que Tirun confirmât que tout le personnel avait entendu. Toutes les sécurités furent finalement enclenchées.

L'Orgueil était prêt à prendre le départ. Si cela devait s'imposer.

Le récepteur doppler analysait les taches lumineuses qui continuaient de flamboyer sur les écrans et recoupait les données ainsi captées.

Les uns après les autres, les navires de Sikkukkut viraient au vert : l'escadre faisait mouvement.

Une manœuvre multivectorielle : on eût dit des duvets de chardon s'éparpillant au vent. Ils partaient en éventail dans toutes les directions qui leur étaient ouvertes. Celles de l'espace mahen, de l'espace hani, de l'espace stsho, de l'espace tc'a.

– Ils partir ! gronda Jik dans le *communico.*

Suivit un juron en mahensi. Enfermé dans sa cabine, il suivait l'évolution de la situation.

– Malédiction, ils partir, ils partir...

Objectif : toutes les étoiles situées dans leur rayon d'action. Pour ouvrir le feu sur toutes les stations, sur tous les systèmes susceptibles d'abriter une présence hostile.

Geran dit quelque chose mais Hilfy la coupa :

– Priorité, priorité. Message du *Harukk* : *À* Orgueil de Chanur. *Continuez votre route.*

– Ils attaquer toutes cibles de Communauté ! hurla Jik. (Il y eut un bruit d'explosion. Ou celui d'un poing mahen qui s'abattait sur quelque chose.) Tonnerres. Vous laisser je sortir !

– Elle avait raison, fit Haral à mi-voix. Sacrément raison. D'une façon ou d'une autre, c'est ce qu'ils feront et nous aurons des Kif partout. Capitaine, ils vont rembucher Akkhtimakt dans le couloir ouvert. Jusqu'à Anuurn, capitaine, jusqu'à Anuurn, par les dieux !

– Nous avons des problèmes, marmonna Pyanfar.

Une litanie de blasphèmes mahen se mêlait aux questions pressantes de Chur que transmettait le *communico.*

– *Kkkkt !*

Un *kkkkt* provenant d'une source oubliée, derrière eux.

Et la station était droit devant. La Jonction avec trois cent mille Stsho et une poignée de Hani. Avec des Kif qui s'en approchaient dans l'intention, dont ils ne faisaient pas mystère, d'accoster.

– Message à expédier, ordonna Pyanfar. *L'Orgueil de Chanur* à toutes les Hani présentes sur la station : Préparez-vous à prêter assistance au mouillage aux vaisseaux en approche. Unissez-vous à nous. C'est le meilleur espoir que vous ayez d'assurer votre sécurité dans l'immédiat.

Proposer à une Hani un suzerain, un maître, une hégémonie étrangère...

Elles cracheraient à la figure de Sikkukkut. Et signeraient leur arrêt de mort. Il n'y avait pas l'ombre d'un doute.

Mais même si les Kif saisissaient la restriction implicite contenue dans ce message, même s'ils percevaient les nuances du mot d'ordre « mettez-vous à l'abri pendant la tempête » et tout ce que cela sous-entendait, ils n'iraient pas plus loin que son sens explicite. *Jusqu'à ce que nous trouvions une meilleure solution.* C'était là quelque chose qu'aucun Kif n'aurait l'audace de dire.

– Je répète ? questionna Hilfy.

– Tu répètes.

– Nous freinons toujours, dit Geran.

La distance séparant les lumineux tracés ambrés figurant la position de *L'Orgueil* se réduisait de plus en plus, se rapprochant du point de freinage d'approche-station.

– Réponse de l'*Industrie d'Harun,* annonça Hilfy : Nous acceptons votre proposition avec enthousiasme.

Il fallait un certain temps aux vaisseaux pour reduire leur V.

Il fallait un certain temps aux unités kifish en partance pour prendre leur élan, plonger dans les ténèbres à destination d'Hoas Point et du système d'Urtur, de Kshshti et de Kefk et de Tt'a'va'o et de V'n'n'u et de Nsthen. Sept navires lancés sur les arrières d'Akkhtimakt pour frapper une seconde fois après que le premier coup aurait été porté, sept navires pour se jeter à la gorge d'Or-Aux-Dents, des humains, des Mahendo'sat et de tous ceux qu'ils pourraient trouver en dehors d'eux.

Une stratégie aussi brutale qu'efficace, Pyanfar devait le reconnaître à contrecœur.

Kkkkt fut le seul commentaire de Skkukuk.

– *Kkt !* Il vous défie tous. *Kkkt.* Mais sa gorge est à découvert. Vous, vous êtes ici. Il pense vous intimider. Jouez de l'effet de surprise, *hakt'*.

Pyanfar fit pivoter son fauteuil pour faire face au Kif qui se tenait à l'arrière de la passerelle. Et pas un poil de sa fourrure ne dépassait.

– Qu'a-t-il en tête, s'agissant de nous ?

– Vous faites partie de son *sfik.* Vous lui apportez une plus-value. *Kkkkt !* Sa tactique est de toute beauté. Il vous a enfermés en déployant le gros de ses forces. Toute tentative en vue d'effectuer une percée visant à gagner leur territoire où se trouvent vos ressources est condamnée d'avance. Vous êtes bloqués ici par ses ennemis d'abord, par ses propres navires ensuite... des navires dont vous ne connaissez pas les capacités. C'est bien joué, *hak't.* Mais j'ai foi en vous.

– Foi ?

– Le mot est inapproprié ? *Sgotkkis.*

– Restons-en à « foi ». (Pyanfar coucha les oreilles et considéra son fléau personnel d'un œil glacé et menaçant.) Puisque tu n'as pas la moindre idée de ce que je suis en mesure de faire. Seulement, je suis ici. Et mes ressources n'ont diminué en rien.

– *Kkkkt, kkkt, skthot, skku-nak'haktu.* Votre esclave, capitaine.

– Capitaine ! (C'était Hilfy.) Message venant du *Harukk*. Je cite : *Vous avez fait une proposition aux navires hani. Vous rassemblerez leurs capitaines après accostage pour motif d'inspection. Terminé.*

Second mouvement. Il va trop vite. Ô dieux !

– Accuse réception, dit Pyanfar de la voix froide avec laquelle elle donnait les directives de routine.

Pendant ce temps, on avançait à vitesse réduite à travers un système pullulant de Kif en direction d'une station qui serait sous peu soumise à l'occupation kifish.

– Sikkukkut va débarquer. Cette impudente canaille va mettre ce navire à quai.

Si Or-Aux-Dents et les humains ont stoppé dans l'hyperespace et si les Kif sont passés devant eux, nous risquons d'être pris sous leur feu.

Il faut qu'Hilfy et Haral tiennent compte de ce paramètre. Il faut que nous en tenions tous compte.

Si Akkhtimakt a décidé de revenir, une attaque pourrait dès maintenant être imminente à la périphérie du système. Il pourrait même y avoir déjà pénétré. Qui plus est, les Kif pourraient peut-être avoir la maîtrise de la technique de l'arrêt en cours de saut. Ils pourraient fort bien la posséder. Des peut-être et des peut-être... Ce qui ne voudrait pas dire que tous leurs navires seraient capables d'effectuer pareille manœuvre.

– Message à transmettre. Honneur au *hakkikt.* Surveillez la périphérie du système. Je crains qu'il n'y ait pas que des vaisseaux d'observation.

– Bien compris, dit Hilfy.

Nous prêtons main-forte à cette crapule avec qui nous avons partie liée. Aussi longtemps que nous aurons partie liée avec elle.

Nous ferons ce qu'ils voudront que nous fassions. Et nous garderons nos options intactes. Ehrran a dilapidé les siennes. Il y a des Hani sur cette station et les dieux seuls savent combien de Stsho affolés. Garde la tête froide, Pyanfar Chanur. C'est la seule chance qui te reste.

– Nous avons les instructions d'accostage, annonça finalement Hilfy.

Elles s'affichaient sur l'écran où l'on voyait les navires kifish à présent à proximité immédiate de la station.

Du *communico* tomba une voix plaintive : celle de Chur :

– Enfer mahen, mais que se passe-t-il donc ?

– Ne t'énerve pas, répondit Geran. Tout va bien.

– Avec un équipage qui n'en peut plus de fatigue, grommela Pyanfar. C'est bon comme ça, Haral. Procédure de mouillage standard. Tirun, descends, il te reste du repos à prendre.

– À vos ordres.

Tirun la vieille spatienne... recrue de fatigue. Déclic d'un harnais qu'on déboucle. Et Tirun sortit sans mot dire. Pour manger. Pour dormir. Un maximum.

– Jik demande qu'on lui rende sa liberté de mouvement, dit Khym.

Voilà pourquoi on n'entendait plus la voix du capitaine de l'*Aja Jin*. Khym lui avait fermé le bec. Un commandant de chasse mahen enfermé dans une cabine des ponts inférieurs qui essayait probablement de trouver le moyen de court-circuiter le système de verrouillage électronique ou de démanteler la porte.

– Jik, appela Pyanfar. Tout se passe bien. Au nom des dieux, faites preuve de patience. Reposez-vous un peu. Nous sommes débordés. Vous recevrez notre balayage image. Nous nous préparons à accoster. Jusque-là, ce sera le répit.

– Pyanfar. (Une voix calme, posée, raisonnable.) Je comprendre. Je faire problème ? Vous équipage vôtre devoir protéger. Je excuses présenter. Je gêne grande, Pyanfar. Long temps avec Kif passer avoir je rendu fou. Je maintenant temps penser avoir. Je quoi vous faire comprendre. Nous alliés longue date. Nous amis, Pyanfar. Mêmes intérêts. Vous porte ouvrir ?

– Je vous répète que vous ne pouvez rien faire en haut. Il vous reste quelques instants pour vous reposer. Profitez-en. Vous pourrez avoir besoin d'être frais et dispos.

– Pyanfar. (Choc sourd d'une main frappant la cloison près du micro. Avec violence. C'en était fini de la patience.) Vous en eau sacrément profonde. Entendre ? Eau profonde ?

– Nous avons une autre expression. (Pyanfar coucha ses oreilles. Les redressa.) Je vous dirai laquelle quand nous serons à quai. Nous avons suffisamment de soucis, ami. Je ne demande qu'à écouter votre avis mais j'ai largement assez de quoi m'occuper à l'heure qu'il est.

– Être guerre. (Un frisson parcourut l'échine de Pyanfar. « Guerre » était un mot de rampant.) Hani stupides ! Navires ils partout aller, partout, s'arrêter jamais, jamais !

– Par les dieux, nous sommes ici en espace *ouvert* ! C'est de la Communauté que nous parlons, pas de je ne sais quelle querelle territoriale périmée !

– Non. Non *harus*. Chose nouvelle. Sans règles. Nous parler combattre Kif tous, Hani tous, Mahendo'sat tous, alliance faire, ici frapper, là frapper. Cela mot. Non comme clan et clan. Non comme aller Conseil. Ici non Conseil avoir. *Guerre,* Pyanfar, tous diables enfer non avoir mot pour chose je voir.

Sa voix était de plus en plus glacée.

– Je la vois aussi. Alors, que vont faire les Mahendo'sat pour l'éviter ? *Qu'ont-ils* fait ? Ils ont joué au plus fin avec les Kif jusqu'à ce qu'ils nous prennent tous à la gorge. Expédié Akkhtimakt vers l'espace hani. Vers ma planète. Et je devrais me tourmenter pour vous et les vôtres, alors que vous trahissez mon *espèce* tout entière, fieffée raclure de fourbe ! Vous avez trahi les Stsho, par les dieux, et, pour cela, il faut se lever de bonne heure ! Vous avez trahi les Tc'a, les dieux nous viennent en aide ! Vous les avez trahis, vous avez trahi les Chi et peut-être même les Knnn !

– Nous humains avoir. Nous humains avoir, Pyanfar. Et navires chasseurs avoir, moyen avoir chasser ces gredins du territoire hani, vous écouter devoir, Pyanfar. Avoir je plan de marche, Pyanfar.

Le doigt de la capitaine hani était posé sur le bouton permettant de couper la communication, la griffe à demi sortie. Elle la rentra.

– Vraiment ? D'après ce que j'ai entendu dire, vous avez aussi autre chose. Un dispositif inédit de manœuvre de navigation. Grâce auquel vos navires ont les mêmes capacités d'évolution que ceux des humains.

Suivit un silence. Un profond silence. Puis :

– Cette porte ouvrir, Pyanfar.

– Quand nous serons à quai.

– *Soshethi-sa ! Soshethi-ma hase mafeu !*

Vlaoum...

Elle appuya sur le bouton. Tourna la tête vers Haral qui s'empressa de baisser les oreilles et dit :

– Il ne nage pas en pleine euphorie. *Plan de marche.* Que veut-il dire ?

– Par les dieux, je suis prête à parier qu'il en a un ! À nos dépens. Les cadeaux mahen... « J'ai un présent pour vous. » Jik qui surgit à l'improviste sur Kefk. Nos lettres d'espace miraculeusement validées pour que nous puissions rejoindre la station...

– J'aimerais bien savoir ce qu'il y avait dans le pli dont Banny s'est chargée.

– Ma main à couper que Jik y a glissé quelque chose. La version d'Or-Aux-Dents dont j'ai la copie. Tout du moins les éléments qui ne réclamaient pas un ordinateur pour nous mystifier. Ce n'est sûrement pas un matériel sensible. Mais rien ne doit être négligé. Déclasse les fonctions navigation : nous allons en saisir le décodeur.

– Je m'y mets, dit Hilfy. Sur mon nº 4.

Jik était resté bouche cousue devant Sikkukkut. Et devant elle, Pyanfar. Il n'avait pas fait de commentaire sur cette blague à propos des capacités des navires mahen.

Le document en question s'afficha sur le nº 4 d'Hilfy.

Et *L'Orgueil* se rapprochait de plus en plus du quai.

– Il se pourrait qu'il y ait un espion aux aguets hors système, dit Hilfy. J'ai pensé à cela. Un assaut pourrait être donné à tout moment à la périphérie.

– C'est gai, fit Geran.

Des navigantes échangeaient des propos d'une console à l'autre : on aurait presque dit que tout était normal.

– Station en ligne, annonça Hilfy. Calculs d'accostage.

– J'accroche, répondit Haral qui introduisit les données dans le contrôleur de navigation. Je passe en auto ?

– Ce serait aussi bien. Il n'y a rien de problématique ici. (Pyanfar se mordillait la moustache. Elle arracha une envie d'un coup de crocs et la recracha.) Hilfy, prends un message. Tu transmets en hani. Note : « *L'Orgueil de Chanur* à tous bâtiments hani à quai. Nous sommes en approche et allons mouiller aux bassins 27, 28 et 29. Salut à tous nos alliés : par le feu et par le sang, nous comptons sur votre parole pour assurer notre sécurité. *Industrie d'Harun :* salutations à votre capitaine au nom de Ruharun : nous avons un ancêtre commun. Qu'il n'y ait pas de fuites, n'est-ce pas ? Terminé. »

– Vu, dit Hilfy.

Haral, les oreilles obliques, adressa un regard grave à Pyanfar.

– Pensez-vous que les Kif lisent la poésie ?

– Dieux, j'espère bien que non !

Cinq décennies auparavant... l'école... le cours de littérature. Alors qu'elle aurait dix fois préféré faire des maths. *Pyanfar, lève-toi et récite.*

– Les dieux veuillent que ceux de la jeune génération soient versés en poésie !

Un soir d'hiver, Ruharun se présenta aux portes. Un noir vol d'oiseaux passait au-dessus de la cour enneigée. Une écharpe claque au vent, flèches de rouge empennées et le mausolée sacré où, entouré de cent ennemis, se tient son suzerain. Mais Ruharun sait que son époux est un homme qui possède l'intelligence d'une femme et, d'une femme, la fermeté. Aussi abaissa-t-elle son arc et laissa-t-elle choir ses flèches sur la neige éclaboussée de sang, baissa-t-elle les défenses, s'inclinant devant ses ennemis et le destin...

– L'*Industrie* répond, dit Hilfy . Je cite : « *Bien compris. 27, 28, 29. Nous avons une autre parente à Munur Faha. Elle vous adresse ses compliments. Nous sommes à vos ordres.* »

– Que les dieux veillent sur elles !

Pyanfar exhala un profond soupir. Message reçu et réponse renvoyée au nez et à la barbe des Kif. Munur Faha, du *Vent des Étoiles,* était apparentée à Chanur. Mais pas à Harun. Harun n'avait de liens d'aucune sorte.

Et il y avait guerre à mort entre Faha et Tahar du *Lune Qui Monte*.

Un léger frisson parcourut l'échine de Pyanfar. C'était la réponse à son salut codé. Et très vraisemblablement un avertissement doublé d'une question subtile de Faha : vous êtes en bien étrange compagnie, Pyanfar. Un capitaine de chasse mahen, un prince kifish et une pirate. La vendetta Faha-Tahar était célèbre. Et impitoyable.

À vos ordres. Doucereux et mielleux. Une obséquiosité toute kifish et en rien hani. C'était une manifestation de l'humour glacé des spatiennes. *Jouons le jeu, Hani. Vous et vos hétéroclites amis. Voyons où cela mènera.*

Il fallait à Pyanfar, les dieux lui viennent en aide ! faire un effort mental pour penser de nouveau en hani, pour comprendre les motifs animant sa propre espèce. C'était comme franchir un abîme : elle était depuis si longtemps sur le bord opposé du gouffre que les Hani lui étaient aussi étrangères que des Stsho.

– Réponds : « Je vous attends à mon bord immédiatement après l'accostage. »

Les grappins accrochèrent. À bord de *L'Orgueil,* la force de la pesanteur fluctua, se réajusta. D'autres connexions cliquetèrent et s'assemblèrent avec des chocs sourds. Ce n'était pas le premier navire à entrer au mouillage. Les équipages de l'*Ikkhoitr* et du *Chakkuf* étaient déjà à quai. Le *Harukk* était en phase d'approche terminale. Mais les Kif se faisaient un point d'honneur à ne pas s'occuper des vaisseaux non kifish : seuls les bâtiments kifish avaient droit à l'assistance à l'accostage. Des navigantes de l'*Industrie* risquaient leur peau de l'autre côté de ce mur.

– J'ai à faire, dit Pyanfar en débouclant ses harnais de sécurité.

– Allez, capitaine, répondit Haral. Je m'occupe des procédures d'extinction de routine.

Quand elle se leva, Pyanfar vit des regards inquiets se tourner vers elle. Tully était pâle. Ses lèvres étaient pincées et ses yeux écarquillés. Le visage qu'il avait dans une Situation.

Il pensait, ô dieux ! que c'était peut-être pour lui la fin du voyage, cette station où les Kif s'étaient emparés de tout ce qu'il avait eu en tête de s'approprier, et où les humains intéressaient toujours Sikkukkut an'nikktukktin. Il avait des raisons de se faire du souci. Les mêmes que Jik.

Le *Lune Qui Monte* était à l'accostage. Il égrenait des questions d'ordre technique. L'*Aja Jin* était à une minute du contact. Kesurinan continuait de croire dur comme fer que ce long silence avait l'approbation de son capitaine.

– Tout le monde reste à son poste, ordonna Pyanfar. Khym, mets les ponts inférieurs sous surveillance moniteur.

– Tu descends avec lui ?

Les oreilles de Khym, dont celle qui s'ornait maintenant de son anneau tout neuf, étaient couchées.

Elle aplatit les siennes. Sans un mot, il lui tourna à nouveau le dos.

– Tirun est en bas.

L'expression de Tully et de Skkukuk reflétait la plus vive attention.

Je suis prêt, *hakt'*, disait le regard du Kif. Prêt à arracher la gorge de ce Mahendo'sat avec la plus grande joie, *mekt'hakt*.

– C'est bon.

Pyanfar sortit après s'être assurée que son pistolet était bien dans sa poche. Elle avait les jambes en coton et l'impression que le G continuait de fluctuer. Se rappelant qu'elle avait sur elle une ration de condensés, elle l'avala dans l'ascenseur.

Le liquide chaud lui apporta un peu de bien-être. La panique tuait l'appétit. Même quand elle était devenue un mode vie et que le corps venait d'émerger du saut. Elle se sustentait parce que son corps l'ordonnait. En essayant de ne pas penser à l'arrière-goût.

Ni aux navires qui les entouraient. Ni à la situation que l'on aurait à affronter à quai.

Jik était allongé sur le lit, les mains croisées derrière la tête. Il se redressa quand la porte s'ouvrit, ses petites oreilles aplaties, la mine revêche.

– Enfin ! laissa-t-il tomber.

– Je suis venue pour avoir une conversation avec vous.

Pyanfar entra et laissa la porte se refermer derrière elle. Les oreilles de Jik frémirent. Il s'assit au bord du lit et tira soigneusement sur son jupon.

– Vous avez écouté ?

C'était une question idiote. Mais qui constituait une ouverture. Le Mahe gonfla ses poumons.

– Sacré beau travail faire, Pyanfar. Coincés nous sur station comme Stsho. Kif Communauté reduire en miettes. *Maintenant,* faire quoi ?

– Que voulez-vous que je fasse ? Que je prenne la fuite ? J'ai ici des navires hani, j'ai dix mille Kif en route pour Urtur, là où vous vouliez qu'ils aillent, les dieux vous vomissent.

– Écouter moi. Préférable écouter moi.

– Dans le couloir de Kura. C'est bien ce que vous vouliez ?

– Il Kif, non faire rapport entre vous et ces Hani. Elles sauver leur peau toutes seules. Vous occuper vos affaires, préférable. Vous non paniquer, Pyanfar. Non penser comme rampante ! Non risquer vie vôtre pour ces Hani sauver. Vous faire elles tuer, sacré gâchis faire !

Pyanfar coucha les oreilles.

– Une flotte kifish fonce droit sur ma planète-patrie, Jik. Que suis-je supposée faire ? Agir comme si de rien n'était ?

– Pareil moi. (Le Mahendo'sat serra les poings et les muscles de ses épaules saillirent.) Vous laisser Kif faire plans pour vous ? Ils pousser, vous dans direction prévisible aller ? Stupide, Pyanfar, très stupide ! Vous moi enfermer, prendre conseils Kif, maintenant ? Vous accepter faire quoi ils vouloir ?

– Et qu'adviendra-t-il de mon monde ? J'en ai un seul, Jik. J'ai un seul endroit où il y a des membres de mon espèce assez nombreux pour survivre. Les mâles hani ne vont pas dans l'espace, ils sont tous sur Anuurn. Par l'enfer mahen, que suis-je censée faire ? Me ranger à vos côtés et faire périr mon espèce tout entière ? Nous sommes acculés, Jik, ne me parlez pas de victimes, ne me dites pas que les mondes sont égaux, que les vies sont égales, rien n'est égal. C'est de mon espèce tout entière que nous parlons, par les dieux, Jik, et s'il fallait que je condamne toutes les Hani et les trois cent mille Stsho qui sont ici au massacre pour empêcher le désastre, je le ferais. Et je jetterais en prime les Mahendo'sat au bûcher, par les dieux, je le ferais !

Les coins des yeux du Mahe étaient blancs. Ses oreilles étaient toujours rabattues, ses poings toujours serrés.

– Vous ici pourquoi ?

– Parce que deux navires marchands et un croiseur de chasse ne peuvent rien à eux seuls. Parce qu'il y a une chance pour que j'amène Sikkukkut à faire ce qu'il ne m'est pas possible de faire, moi. À présent, parlez-moi de vos plans de marche. Dites-moi tout, y compris les ordres de route de votre navire.

– Faire confiance vous, répondit Jik après un silence.

– Confiance ! Par l'enfer mahen, Jik. Dites-moi la vérité. La confiance aveugle, c'est fini.

– Avoir je intérêts à protéger.

– Non. (Pyanfar s'avança plus près, l'index tendu, et ce fut avec beaucoup de difficulté qu'elle s'astreignit à ne pas sortir sa griffe.) Cette fois, c'est à vous de me faire confiance, à moi. Vous allez vider votre sac. Et tout me dire. Tout.

– Pyanfar. Kif monter faire vous à bord *Harukk*. Il essayer interroger je, je non parler. Gouvernement mien, faire blocage, il... (Jik tapota le côté de sa tête.) Non pouvoir parler je. Impossible force je. Vous, autre paire de manches. Ils vous casser vite. Ils savoir tout. Savoir vous monter je faire à bord. Savoir vous chance avoir faire parler je. Peut-être être raison pourquoi ils à vous donner je. Ils non pouvoir faire parler je, peut-être Pyanfar pouvoir ? Peut-être blocage non fonctionner quand vous demander, je tout dire vous comme sacré imbécile.

– Est-ce que vous pouvez me parler à moi ? Ce qu'on vous a fait, ce que votre Personnage vous a fait... cela vous oblige-t-il à me mentir à moi, même si vous ne le voulez pas ? (Jik fut secoué d'un frisson. Ses mains tressautèrent.) Jik, il faut me faire confiance. Il est indispensable que je vous pose la question, même si après le traitement que vous avez subi, cela doit vous tuer. *Quel est le plan de marche ?*

Jik tremblait maintenant de tous ses membres. Il se pelotonna sur lui-même comme s'il faisait un froid glacial dans la cabine. Et il regarda Pyanfar dans les yeux.

– Quatorze, balbutia-t-il. (Ses dents s'entrechoquaient.) Dix-huit. Vingt. Vingt-quatre... Premier. Septième. (Il eut un autre spasme.) Ce mois. Mois suivant. Mois suivant. Nous faire manœuvre. Coordonner saut.

– Voulez-vous dire que vos mouvements correspondent à certains points et à certaines dates ?

– Où menace y avoir. Non combattre. Faire marche arrière. Rejoindre autre point de saut à date préétablie.

– Pour que vos chasseurs qui traquent les Kif entrent en coïncidence et se portent sur eux ?

– Co-ïn-ci-dence. Oui. (Jik eut un geste de ses mains tremblantes.) Davantage compliqué, Pyanfar. Nous tirer. Nous pousser. Obliger Kif à Kif livrer bataille. Obliger Kif foncer sur Urtur, sur Kita.

– Sur Anuurn !

– Devoir… avoir aide aller là-bas. Nous non trahir vous, Pyanfar !

Ses jambes ne la portaient plus et elle s'assit sur ses talons.

– Vous le jurez ?

– Vérité, Pyanfar. Vous aide recevoir. (Il serra à nouveau les poings.) Ana… moi *Aja Jin*. Il chance avoir. Chance avoir et il partir, laisser nous dans sacré pétrin ! Autre plan avoir, autre façon avoir il lancer Kif contre Kif.

– À moins qu'il ne soupçonne au fond de lui que ses alliés humains ne soient pas fiables. Dans ce cas, que ferait-il ?

– Il sacrément ennuyé. Ennui pareil avec Tc'a. (Jik fut pris d'un nouveau frisson convulsif. Il essuya son visage luisant de sueur.) Il peut-être trop écouter je. Prendre avis mien. Je venir dans section d'espace sienne. Il grande surprise voir je à Kefk. Je dire lui… je dire lui nous ce Kif devoir sauver. Vrai. Il dérouté, il prendre large. (La main du Mahendo'sat s'abattit violemment sur le bord du lit.) Je non envoyer code. Vous comprendre. Je non sur *Aja Jin*. Je non envoyer code, il non attaquer !

– Tout cela, Kesurinan ne le sait pas.

– Je non mort. Si je mort, elle documents lire mais je à bord navire ami être, non ? Elle instructions vôtres suivre, elle croire je sur passerelle... Elle non savoir. Elle non envoyer maudit code et Ana non attaquer ce Kif !

Pyanfar regardait fixement Jik. Son estomac recommençait à se révulser. Est-ce la vérité que tu me dis là, mon vieil ami, mon sincère ami ? Ou as-tu seulement trouvé un mensonge qui me fera aller là où tu veux me voir aller ? Ou me sers-tu la seule vérité à laquelle le lavage de cerveau qui t'a été infligé te fait croire ? Tes frères, tes propres frères te feraient cela ? Que les dieux nous viennent en aide ! J'ai presque davantage confiance en ce Kif.

– Les Kif nous auraient détruits avant que nous ayons pu venir en aide à qui que ce soit, Jik. Nous aurions pu tout perdre. Je ne crois pas que cela aurait marché. Mais il nous reste une chance, n'est-il pas vrai ? Où est le prochain point de rendez-vous ? Quand ?

– Kita. Mois prochain, dix-huit.

– Ce n'est pas faisable. Quel est le suivant qui sera atteignable ? À moins que ce ne soit *ici même ?* Or-Aux-Dents attend-il simplement un signal ?

– Deux mois. Vingt-quatre. Urtur. Vous aller. Peut-être il y être. Peut-être non. Maintenant, six, sept navires d'ici partir.

Et un unique vaisseau arrivant à un V extrêmement élevé aurait l'avantage. S'il avait, en outre, la position adéquate, sa puissance de feu à haute vélocité pourrait réduire des bâtiments plus lents en poussière.

– Quand Or-Aux-Dents doit-il revenir ?

– Je non dire il revenir. Quoi il faire, non savoir. *Non recevoir maudit signal !*

– C'est un mensonge, Jik : il vous faut d'une manière ou d'une autre tout coordonner. Vous savez ce qu'il va faire. D'après les informations que je possède, il peut stopper à mi-saut et repartir en arrière. Tous ces navires sont peut-être capables d'accomplir cette performance. Est-il ici, Jik ? La Jonction est-elle l'endroit où il faut que nous soyons ? Ce message que Kesurinan ne lui a pas transmis... était censé lui parvenir à quelques jours, à quelques heures au large de ce système ? C'est cela ? (Terreur. Une terreur inconnue chez Jik. L'effroi à l'état pur.) Vous avez peur que je raconte tout au *hakkikt* ? Peur que j'en devine trop ? (Assise comme elle était, trop près de Jik, Pyanfar se sentait vulnérable. Elle se remit debout et le toisa, pensant au pistolet qu'elle avait dans sa poche.) Peur qu'ils ne me forcent à parler ?

– Vous grande stupide.

– Je désire votre aide, Jik, et vous désirez la mienne. Quelles seraient vos chances sans les Hani ? Si c'était vous et personne d'autre qui étiez seul avec les Kif, avec trois gouvernements humains qui se trahissent dans tous les sens, et les Tc'a, les Chi, les dieux nous protègent, atteints de folie furieuse ? Réfléchissez, Jik. Vous détenez une certaine autorité. Vous avez l'autorité requise pour régler une Situation. Eh bien, une Situation, je vous en donne une. Ce claboteux est en passe d'anéantir mon espèce dans sa totalité, en conséquence de quoi vous perdez un allié, en conséquence de quoi vous perdez un marché d'importance capitale – n'est-ce pas ? –, en conséquence de quoi vous perdez des amis au moment où vous et votre Personnage en avez le plus besoin. Les humains ne sont que le tiers de votre problème. J'en suis un autre. Le *han* est le dernier. Et vous ne me donnez pas d'ordres. J'ai l'influence, j'ai tout dans ma main et, brusquement, je suis confrontée à une menace dirigée contre ma planète, Jik. Ce qui signifie que je ferai ce que je dois faire et que vous ne devez pas compter que j'aille où vous voulez que j'aille. J'ai une direction à prendre, et une seule. Et vous n'avez pas d'autre choix que de vous incliner devant le mien parce que je vous abattrai avant que vous entrepreniez quoi que ce soit pour m'arrêter. Je vous aime autant que ma parentèle et je vous tuerai de ma main, vous m'entendez, Mahe ? À moins que vous ne m'aidiez en me disant la vérité, et toute la vérité. Peut-être vous restera-t-il alors encore une alliée.

Les muscles du Mahe étaient toujours contractés. Noués. Il resta longtemps à réfléchir.

– Entendu, laissa-t-il enfin tomber. Ouvrir porte vous ?

– Il n'en est pas question. Vous n'êtes pas en mesure d'imposer vos conditions, vu ?

Jik se leva, remonta son jupon et toisa Pyanfar. Un geste brusque de la main. Elle recula, oreilles aplaties.

– Première chose, dit-il. Devoir apprendre vous non faire confiance tous interlocuteurs. Vous sacrée bonne négociante. Mais lui non être marchand.

– Et vous pas davantage. Je vous propose autre chose. Je vous dis que vous n'allez pas me rompre le cou parce que vous êtes trop intelligent pour ça.

– Vous raison avoir. (Le Mahendo'sat renifla et remplit ses poumons. Les petites rides qu'il avait autour des yeux s'étirèrent, s'effacèrent, se creusèrent de nouveau. Son expression était très voisine de celle de Tully.) Aimer vous comme parentèle. Pareil. Vous femme numéro un. Beaucoup *haoti-ma* avoir. Beaucoup. Je proposer échange. Marché honnête. Vous donner je à fumer, je donner vous plan de marche complet.

– Par les dieux, vous perdez la raison !

– Sikkukkut non source unique. Vous demander *Aja Jin* apporter.

– Les drogues vous ont liquéfié la cervelle.

Une petite lueur dansante brilla dans les yeux de Jik.

– Vouloir vous à bord rester ? Vous de quoi fumer trouver pour je. Je numéro un bon pilote. Plus bon encore quand je détendu. Peut-être vous avoir besoin je. Vous, Haral, aussi numéro un. Non grand beaucoup.

– De quoi parlez-vous ?

– Pareil vous. (À nouveau, il remonta son jupon qui glissait. Il avait maigri.) Marché conclu. (De nouvelles rides lui plissèrent les yeux. Il eut une grimace.) Personnage mien dans enfer envoyer je. Vous vouloir je, vous avoir je. Tant que Sikkukkut non avoir nous tous. Peut-être il prendre je. Peut-être prendre vous.

– Il n'a pas réclamé que vous lui soyez livré.

– Il faire. Vous attendre : vous voir. Ce Kif je connaître. Vous non oublier apporter je de quoi fumer, hein ? Quand vous sortir je faire.

La voix d'Hilfy tomba du *communico* :

– Capitaine, le *Harukk* arrive. Ils exigent que tous les capitaines viennent. Avec une escorte appropriée. Ils réclament aussi Jik et Tully.

Jik haussa les sourcils.

– Vous voir ?

– Les dieux pourrissent ce Kif !

Mais les pensées de Pyanfar allaient bon train :

Il pourrait priver tous les navires de leur commandant. Moi. Dur Tahar. Resterait Haral Araun mais il ne la connaît pas suffisamment… Il me faut une escorte; dieux, je ne peux pas faire quitter son poste à Haral. Je ne ferai pas appel à mes navigants. Juste mon interprète.

– Hilfy, dis à Skkukuk qu'il vient avec nous. Personne en dehors des capitaines qui sont convoqués. Fais-moi apporter mon matériel. Ainsi qu'un AP pour Jik.

Ô dieux, donnez un peu de bon sens aux autres capitaines. Ouvrez leur esprit aux vieilles épopées légendaires.

– À vos ordres, répondit Hilfy au bout d'une seconde. Capitaine, Tahar est ici. Il y en a d'autres qui arrivent. Haral demande si on les laisse entrer.

– Non. Sikkukkut ne va pas apprécier.

Pourtant, non, ma nièce, je ne suis pas folle. Je n'ai tout simplement pas le choix.

L'ascenseur bourdonna. C'était Tully qui descendait. Ou le Kif. Pyanfar qui suivait la coursive en compagnie de Jik vit Tirun qui arrivait de la direction opposée, à peu près au moment où le sas s'ouvrait avec son sourd cliquètement et son gémissement caractéristiques pour laisser le passage.

Entra en même temps une bouffée d'air froid imprégnée de l'odeur de La Jonction. Pyanfar en éprouva un âpre sentiment de nostalgie. Le passé et de sales moments mais, par comparaison, cette odeur familière ne faisait que rendre le présent pire encore qu'il n'était.

Tully et Skkukuk apparurent en même temps, le second bardé d'armes : les siennes plus celles qu'il avait récupérées sur le dock de Kefk. L'humain portait un fusil en bandoulière et un AP était fixé à sa hanche. Pas besoin d'avoir des griffes pour s'en servir : il suffisait de le charger et d'actionner la détente.

Et, de la coursive du sas, surgirent Dur Tahar et Soje Kesurinan.

Pyanfar lâcha un profond soupir.

Comment faire ? Si les Hani tenaient une conférence au nez et à la barbe du *hakkikt*, comment empêcher Kesurinan d'y participer ?

Et qu'est-ce qui empêcherait maintenant Jik de se joindre à elle ?

– Nous avons un problème, murmura Pyanfar. Ne faites pas cela, Jik.

– Soje, appela le Mahe. *Shoshe-mi.*

– *Shoshe.*

Kesurinan ajouta autre chose en dialecte.

D'autres silhouettes arpentaient la coursive aux parois blanches. En armes, et toutes avaient le flamboyant pelage des Hani. Sauf une. Sombre et de haute taille : un Kif étranger à bord de *L'Orgueil.*

Une contre-opération stratégique.

Que vas-tu faire, Pyanfar ? L'expulser ? C'est une conférence *amicale* que nous tenons. Il s'agit vraisemblablement de l'équipage du *Ikkhoitr* et ce gredin est un des favoris de Sikkukkut. *Le cœur de Pyanfar battait à coups redoublés dans sa poitrine.* Que faire ? Que faire maintenant ?

– Par les dieux ! murmura Hilfy. Kesurinan et un Kif sont montés à bord. Raclures ! Haral...

– Je vois, je vois, la coupa Haral dans un grognement de dépit.

Elles surveillaient le sas depuis la passerelle. C'était tout ce qu'elles pouvaient faire.

– Je vais descendre, gronda Khym.

– Du calme, du calme ! La capitaine sait ce qu'elle a à faire. N'aggravez pas les choses.

Le *communico* : « *Orgueil de Chanur,* ici *Pionnier de Vrossaru.* Notre capitaine devrait se présenter à votre sas. Veuillez confirmer. »

– Affirmatif, *Pionnier.* Pas de problème.

Le ton d'Hilfy avait une assurance qu'elle était loin d'éprouver.

– J'ai l'ascenseur sous contrôle passerelle, dit Haral. Ici, nous sommes inaccessibles. Je ne pense pas qu'ils tenteront quelque chose contre nous.

– Avec Tahar à sa portée, Faha va être sur des charbons ardents, fit Hilfy.

– Au moins, elles ne font pas cause commune avec Ehrran, commenta Geran.

– Ce sont des spatiennes, laissa tomber Haral. Tu veux parier que cette jeune en bouffant noir s'est donné la peine de consulter son équipage avant de filer d'ici ? Elles avaient le cul sous le feu de l'ennemi. Sûr que ça n'a pas arrangé les choses pour elle.

Cela tenait debout. Que les Hani en pénétration dans le système n'aient pas pris la fuite voulait dire qu'elles n'avaient eu aucune chance de le faire : les dieux savaient que des bâtiments commerciaux n'avaient rien à tirer d'une crise !

Maintenant, les Hani résidentes de La Jonction avaient tout le loisir de méditer sur une autre situation aberrante : des Kif avaient le contrôle de la station et il y avait avec eux un croiseur de chasse mahen, plus ces deux ennemies mortelles qu'étaient Tahar et Chanur.

Le *communico* : « *Orgueil de Chanur,* ici *Vent des Étoiles de Faha.* Sollicitons explications quand vous en aurez le loisir. Demeurons à l'écoute sur faisceau étroit. »

Cette vieille spatienne méfiante prenait le maximum de précautions. Elle connaissait bien les Kif : l'expérience de toute une vie. Et le risque qu'elle prenait était plus grave qu'elle ne le savait.

– *Vent des Étoiles,* ici *L'Orgueil.* Votre requête est enregistrée. (Le capteur de réception indiquait que le retour était bon. Tout se passait dans la discrétion. Il ne restait plus qu'à espérer que les Kif n'avaient pas intercepté cet échange furtif.) Haral, nous avons une liaison vaisseau à vaisseau...

– Coupe !

Hilfy abaissa immédiatement l'interrupteur. Haral passa sur relais station :

– Ici Haral Araun, officière de veille de *L'Orgueil de Chanur.* Toutes les transmissions doivent passer par le relais station. Le *mekt-hakkikt*

Sikkukkut an'nikktukktin est un allié. De plus, nous ne sommes pas autorisés à dire quoi que ce soit. Est-ce à Junury que je parle ?

– Oui, c'est moi. Par l'enfer mahen. Haral, qu'y a-t-il entre vous et Ehrran ? Pouvez-vous répondre au moins à cette question ?

– Une guerre à mort, voilà ce qu'il y a. Qui n'a rien à voir avec ce qui se passe dans ce système, exception faite de quelques accords avec les Stsho. Des accords qui sont le fait du *han*. Je vous donnerai les détails ultérieurement. Ceci s'adresse à Junury autant qu'à quiconque est à l'écoute : nous avons été bernés par le *han*, tous les clans spatiens ont été blousés par une poignée de gredines rampantes aux poches pleines. Nous étions en conflit avec Tahar. La dette est forclose. Les dieux sont témoins qu'elle a payé le prix du sang. Une de mes cousines s'est fait tirer dessus à Kshshti du fait d'Ehrran et de cette canaille d'Akkhtimakt, et nous ne sommes pas encore sortis des embrouilles. Nous avons des intérêts hani à défendre, comme cela n'avait encore jamais été le cas. Grâce aux dieux, vous êtes restée, Junury. Oui, que les dieux soient remerciés. Toute aide sera la bienvenue. Vous m'entendez ?

Une pause. Une longue pause.

– J'entends. Je vous entends, Haral Araun.

C'était là, pour Haral, un véritable morceau d'éloquence. Hilfy l'écoutait avec stupéfaction. Et elle se demandait si Haral n'avait pas fait passer un message à lire entre les lignes. Prudence, prudence, prudence, nos émissions sont surveillées : c'était tout ce qu'Hilfy comprenait.

Nouvelle intervention du *communico* : « *Vent des Étoiles,* ici *Lune Qui Monte*. Notre capitaine a pris la même décision que la vôtre. Nous nous en sommes remises à la parole de Chanur. Nous assumerons. Araun est trop polie. Nous n'avons pas le choix. Aussi, nous avons fait soumission. Nous sommes encore armées et nous sommes aux ordres de Chanur. Terminé. »

L'émission prit fin. Discrètement.

Hilfy bascula la transmission sur le canal intercom dont Khym avait la charge, se carra contre le dossier de son fauteuil et s'efforça de faire le vide dans son esprit. Nouant et dénouant les mains, elle sortit ses griffes et essaya de garder les oreilles hautes et une expression aussi calme que celle de Tirun alors que Khym *nef* Mahn, était assis à ses côtés, un anneau nouvellement gagné à l'oreille – un homme avec un anneau de spatienne ! –, son visage couturé arborant une mine menaçante. Il songeait à la situation délicate à laquelle Pyanfar faisait face dans les ponts inférieurs, sûr et certain qu'elle devait en passer par la volonté du Kif. Les dieux seuls savaient ce qui le faisait rester à sa place et conserver son impassibilité en dépit de tout ce qui bouillonnait en lui. Sa présence à droite d'elle était pour Hilfy une tempête menaçante, quelque chose de prêt à faire éruption mais qui n'éclatait pas.

– Les dieux fassent frire Ehrran ! gronda-t-il, s'adressant à lui-même. Maudites immunes ! Je voudrais bien m'en farcir quelques-unes.

Khym *nef* Mahn n'avait pas pour habitude de jurer. Hilfy lui décocha à nouveau un regard inquiet. Son visage crispé, la position de ses oreilles étaient ceux d'un mâle qui ne se contenait plus. Mais qui n'avait pas d'adversaire sur qui se jeter.

– Santé à vous, murmura Pyanfar. (Toute autre forme de salutation était lourde de connotations en kifish de base. Les capitaines arrivaient de plus en plus nombreux pour tenir conseil sur le pont inférieur de *L'Orgueil*. Était également présent un Kif mandaté par Sikkukkut pour faire office de témoin. Le Kif personnel de Pyanfar affichait une attitude défiante, fusil au poing. Prudent. Ignorant. Et naïf à la manière kifish.) Tout va bien, dit-elle en sabir. (Et en hani :) *Kerin, hau mauru.* (Femmes des clans, il n'y a pas d'inquiétude à avoir.) *Haaru sasfynnurhy aur ?* (Tout le monde comprend-il le sabir ?) Elle leva les yeux d'un air qui en disait long vers les cornières du plafond. (Nous sommes sur écoute. Tenez-vous-le pour dit.) Je vous présente Tully. Et *na* Jik Nomesteturjai. Et sa première officière, Kesurinan.

Inutile d'en dire davantage : depuis Gaohn, l'*Aja Jin* était célèbre chez les Hani. Les oreilles se dressèrent respectueusement dans le groupe de Hani en armes et à la fourrure de couleur variable venues de tous les continents d'Anuurn. La plupart avaient le museau grisonnant, comme Kauryfy, escortée de navigantes plus jeunes. Munur Faha était l'exception : c'était une femme jeune, assez petite, le nez gris, qu'accompagnait une vieille officière de la flotte marchande au visage balafré : Sura Fahra, une spatienne éprouvée, posée et qui connaissait bien son affaire.

Pyanfar connaissait la plupart des visiteuses pour avoir frayé avec elles sur les différents docks de l'espace communautaire, et la vue de ces visages familiers aurait dû lui être un réconfort mais elle lui portait un coup mortel. Elle était maintenant si loin de la civilisation qu'elle avait le sentiment d'être déconnectée.

Et pour compliquer encore les choses, Dur Tahar faisait partie de la compagnie, elle était mêlée à ces capitaines qui avaient les unes et les autres, individuellement et collectivement, juré d'avoir sa peau de pirate. Et elle était plus lourdement armée que les autres, dont les armes de poing étaient d'un port légal dans la Communauté.

– Celui-ci est Skkukuk, dut ajouter Pyanfar dans la foulée en tendant la main gauche vers le Kif. Il est mien. *Sha mhifÿ.*

Mon homme-vassal. Elle avait dû forger de toutes pièces un mot qui n'existait pas. Qui n'avait jamais existé. Et qualifier un Kif d'homme, par-dessus le marché, parce que, à sa connaissance, Skkukuk n'était pas femelle. Le mot *mhifÿ* désignait une femme qui s'était unie à un clan plus puissant. Cela, les femmes pouvaient le faire. Les hommes, quant à eux, se bornaient à se battre pour se tailler une position au risque de leur vie, et avec toutes les chances de se voir chasser par les femmes du clan avant même qu'ils ne soient allés jusqu'à provoquer leur suzerain pour lui prendre sa place. Un homme-vassal, vraiment ! Toutes les oreilles se tortillèrent et s'aplatirent, les fronts sourcilleux s'assombrirent encore.

– C'est un présent, précisa Pyanfar. Un cadeau du *hakkikt,* loué soit-il... (Nouveau regard en direction du plafond : *Nous ne sommes pas seules, amies...*) Je ne pouvais rien vous expliquer dans le message que je vous ai envoyé mais nous sommes dans une situation épineuse. Je serai franche avec vous. Le *han* a signé une sorte de traité avec les Stsho. Il se peut que Rhif Ehrran l'ait convoyé : elle est venue ici. Il se peut qu'elle n'ait pas été arrêtée.

– Elle ne l'a pas été, dit Kauryfy, en exhalant un ample soupir et en glissant les mains dans sa ceinture. Mais elle a lancé une mise en garde. (Les oreilles de Kauryfy se couchèrent complètement, se relevèrent, se réaplatirent.) Pour dire que les Kif arrivaient et que nous étions au milieu d'étrangers jusqu'aux oreilles. Crachats des dieux, ce sont les dernières nouvelles. Nous sommes coincées ici. Je présume que le *hakkikt* ne nourrit pas de sentiments particulièrement cordiaux à l'égard de l'autre.

– Vous pouvez le dire. (Pyanfar fit tressauter ses propres oreilles. Attention, Kauryfy. Tu n'es pas une imbécile. Ne commence pas à faire l'idiote maintenant. Surveille ta bouche.) Vous avez été contentes de nous voir, n'est-ce pas ?

– Ici, c'est de la pure démence. De sacrés étrangers. Les Mahendo'sat en bisbille avec les Kif. Partout, des Stsho qui se mettent en phase de repli. On ne sait jamais, d'une heure à l'autre, à qui l'on a affaire. Les dieux sont seuls à savoir qui assure la maintenance du système de survivance de la station. Cet Akkhtimakt... ce n'est pas un ami à vous ?

– Non.

– Eh bien, il n'est pas non plus des nôtres. Une pagaille sans nom, voilà ce que nous avons. Nous nous sommes trouvées bloquées ici, la route d'Urtur fermée, à voir s'accumuler les taxes de mouillage et à hypothéquer notre peau avec ses maudits Stsho : du délire ! Cinq mois... cela fait cinq *mois* que nous étions coincées dans ce port de fous abandonné des dieux, Chanur ! Et puis, le Kif est arrivé. Pacifiquement. Mais nous, par les dieux, nous savions... nous savions ce qu'il avait fait à Urtur. Et ces raclures de Stsho stupides qui annonçaient par *communico* qu'ils lui avaient demandé de venir, que c'était prévu par traité...

– En effet. Un traité avec le *han* et, volte-face, un traité avec Akkhtimakt. Tout cela pour les protéger de l'Humanité.

– Eh bien, ils ont fait une sacrée mauvaise affaire.

– Vous êtes immobilisées ici ?

– Nous sommes immobilisées ici. Ce glaireux est intervenu et il a interdit tout trafic, il s'est installé sur la station et a fait à peu près tout ce que vous imaginez. Nous avons marché avec lui, pensant que tout allait sauter, être transformé en un enfer mahen et les Mahendo'sat ont rappliqué et les humains sont apparus, et les Kif ont évacué la station. Nous, nous ne bougions pas, espérant que ce n'était pas notre problème. Et, maintenant, je présume que ça l'est.

Le visage de Kauryfy était l'objet de subtils changements : un raidissement, l'imperceptible contraction d'un muscle de l'oreille; autant de signaux qui ne pouvaient qu'échapper à l'attention d'un Kif : Je ne vous crois qu'à moitié. Et il y a des foules de choses que je ne dirai pas tout haut.

– Oui, fit Pyanfar en émettant des signaux similaires, et elle glissa les mains dans sa ceinture. (Et les humains ont émergé des ténèbres. Il ne pouvait s'agir d'une coïncidence de *timing*. Ils étaient arrêtés à mi-saut. Ils attendaient, par les dieux. Or-Aux-Dents savait ce qu'ils entreprendraient.) C'est notre problème à nous. La Communauté est sur le point de se désintégrer et la politique du *han* nous a fourrés dans le pétrin. J'ai besoin de vous. Vous entendez ? Les étrangers ne comptent pas. Le *hakkikt* va vous demander de quel côté vous vous rangez. Et je vous dis ceci : nous n'avons jamais été dans une situation plus catastrophique. Vous pouvez me croire ou croire Ehrran. Je ne doute pas qu'elle ne vous a pas uniquement communiqué les nouvelles. Elle devait avoir beaucoup à dire sur nous.

Silence prolongé. Les oreilles des Hani frémissaient, se couchaient, se levaient à demi.

– Elle est venue ici, dit Munur Faha. Nous le savons par les Stsho et nous l'avons vue pendant le départ. À destination d'Urtur.

– Les dieux la fassent frire ! gronda Tirun.

– Elle a une excellente raison pour ne pas souhaiter nous revoir, dit Pyanfar. C'est une affaire qui est du ressort du *han*. Entre-temps, nous avons, vous et nous, des choses à faire. D'une importance capitale.

– Soyez plus précise, fit Kauryfy.

– Tout régler entre nous. Ce n'est pas fini. Bien loin de là. Je veux que vous vous mettiez sous mes ordres.

Les pupilles de Kauryfy se contractèrent brièvement pour se redilater aussitôt.

– Cela fait pas mal d'années que nous nous connaissons, n'est-ce pas ?

– Il y a eu Hoas.

Le nettoyage des Kif à l'époque de la piraterie sur une petite échelle. Les yeux de Kauryfy papillotèrent derechef.

– Oui, murmura-t-elle. Nous nous entendions bien en ce temps-là.

– Je marche aussi, dit Haurnar Vrossaru avec son accent nordique prononcé.

– Pareil pour moi, laissa tomber Harouny Pauran. Elle avait un pelage aussi sombre que celui d'un Mahendo'sat, un œil bleu et un œil d'or.

Elle enfonça les mains dans son ceinturon et, le regard menaçant, lorgna la jeune Munur Faha qui, morose, abaissa et redressa les oreilles.

– Entendu. Je me solidarise.

Munur était une cousine éloignée d'Hilfy.

Restaient deux capitaines. Vaury Shaurnurn, se mordillant les moustaches, se détourna. La dernière (par élimination, ce devait être Tauran, commandante de l'*Étoile de Tauran*) se tourna vers Shaurnurn. Puis vers Tahar.

– Certaines d'entre nous ont péri à Gaohn, dit-elle.

– Ici, c'est ici, rétorqua Tahar.

– *Kkkt,* caqueta Skkukuk qui avait des antennes pour déceler les conflits.

Son groin étiré se leva. Et son fusil. L'autre Kif se raidit.

– Pasiry est morte à Gaohn. Vos alliés l'ont étripée. Elle est morte, saignée à blanc, pendant que nous étions clouées ailleurs.

– Ici, c'est ici. (Pyanfar répétait la formule de Tahar.) Ce n'est pas l'heure de se disputer. Pour l'amour des dieux, *ker* Vaury. Je vous dirai plus tard où nous avons pris Tahar en charge. Pour le moment, nous avons un rendez-vous. Un rendez-vous important. Au nom de Ruharun, cousine.

Elles n'étaient pas de la même parentèle, il s'en fallait de beaucoup. Vaury Shaurnurn la regardait, les oreilles couchées. Cousine. Écoutez-moi, *ker* Vaury. Ne croyez pas un mot de ce que je dis mais faites ce que je dis. Sans commettre d'erreurs. Cousine.

Elle regardait Vaury Shaurnurn droit dans les yeux en se concentrant de toutes ses forces sur cette pensée. Vaury laissa tomber ses oreilles et les releva.

– Cousine. (Son élocution était très lente.) Nous sommes allées dans les mêmes endroits et nous en sommes revenues, n'est-ce pas ? Je n'ai jamais eu qu'à me louer de votre courtoisie. Entendu. C'est tout ce que j'ai à dire. Entendu. (Vaury toisa Tully de la tête aux pieds.) C'est le même ? (Son regard s'attarda sur l'AP que Tully portait à la hanche, remonta jusqu'à son visage.) Le même humain qu'à Gaohn ?

– C'est Tully, oui. (Pyanfar tourna les yeux vers le Kif étranger.) Ce qu'est notre visiteur, c'est là une autre affaire. Il appartient à l'*Ikkhoitr*, je crois.

– *Ikkhoitru-hakt'*.

– Capitaine. (Les poils de l'échine de Pyanfar se hérissèrent.) Nous sommes honorés. Je présume que vos gens nous escorterons jusqu'à l'*Harukk*.

Le capitaine de l'*Ikkhoitr* pivota sur lui-même

et se mit en marche avec une économie de mouvements toute kifish. Et sans la courtoisie hani.

– *Kkkkt,* fit Skkukuk en manière d'avertissement.

Pas amicale, l'attitude du capitaine. En bon Kif qu'il était, il cherchait les points faibles de l'adversaire, cherchait à prendre l'avantage. Et cette petite dérogation à l'étiquette hani revêtait une ironie involontaire. Pyanfar lui avait donné un ordre.

Elle avait invoqué le *hakkikt.* Et, étant un Kif, il n'osait ni faire de difficultés ni hésiter. Elle avait marqué un point sur lui, sur ce Kif qui parlait couramment hani et représentait un danger mortel, et dont la visite avait eu pour but de les surprendre en flagrant délit de désobéissance.

Veuillent les dieux qu'il n'ait pas trouvé ce qu'il était venu chercher. Et grâce leur soit rendue qu'à certains égards, les Kif n'aient pas l'habitude de mentir.

– Skkukuk dit qu'il faut le surveiller, fit Pyanfar à voix basse à l'adresse des autres. Tirun, tu restes à bord. Compris ?

Cela n'était guère du goût de l'intéressée mais, par les temps qui couraient, les navigantes ne discutaient pas les ordres. Pas devant un Kif, fût-il passager de *L'Orgueil.*

L'opercule s'ouvrit et se rabattit quand le petit groupe fut sorti.

– Tambour scellé, annonça de la passerelle Haral à Tirun. Tu peux remonter.

– La station continue à jacasser, dit Hilfy. Ces sacrés Stsho sont en train de devenir fous. Je ne comprends rien à ce qu'ils bafouillent sauf qu'ils sont contents comme tout que le noble *hakkikt* soit de retour et…

Elle battit des paupières tandis que Geran tournait brusquement la tête, cilla à nouveau à la vue de Chur qui surgissait en chancelant sur ses jambes, Chur sans ses anneaux et vêtue en tout et pour tout d'une serviette, les sondes encore plantées dans le bras et maintenues par du ruban adhésif. Sa crinière et sa barbe étaient ternes, sa fourrure pelait par endroits, laissant voir le rose de l'épiderme, ses côtes saillaient au-dessus de son ventre creux.

– Geran ! s'exclama Hilfy.

Mais l'interpellée s'était déjà précipitée pour soutenir sa sœur. Haral se retourna.

– Geran, pour l'amour des dieux...

– Fallait que je prenne un peu d'exercice, dit Chur d'une voix qui n'était plus que le fantôme de sa voix d'antan, mais son regard balaya les moniteurs et les écrans. Nous sommes dans le pétrin, pas vrai ? Le tambour du sas s'entendait en bas... Geran, installe-moi, il faut que je m'asseye. Qui te double ?

– Lui. (Ce qui voulait dire Khym.) Assieds-toi.

– Tu es dans un état critique, dit Haral. Vomissures des dieux, mais assieds-toi donc ! Nous sommes dans la merde jusqu'aux yeux, poursuivit-elle tandis que Chur s'affalait dans le fauteuil de Skkukuk. Une attaque peut survenir d'une minute à l'autre, de n'importe quelle direction, nous devons pouvoir manœuvrer, mais comment pourrons-nous manœuvrer si tu es là à te promener partout ?

Chur sourit d'un sourire à faire peur.

– Hal, cousine, si nous devons passer à l'action sans la capitaine, je suis assise dans un fauteuil, pas question d'être ailleurs. Dans un enfer mahen, que se passe-t-il ici ?

– La capitaine est à bord du *Harukk,* voilà ce qui se passe. Nous avons des canons kifish pointés sur nos têtes, et seuls les dieux savent quoi d'autre.

– Je pensais bien que c'était quelque chose comme ça. Qu'est-ce que notre cousine a en tête ?

– *Sfik,* répondit laconiquement Haral. Elle a une escorte constituée de représentants de trois espèces différentes et une demi-douzaine de capitaines hani sont sur ses talons. Le plus grand bluff de notre existence, voilà ce qu'elle a en tête.

Chur posa la nuque sur l'appui-tête du fauteuil et tourna les yeux vers les écrans. Elle avait le plus grand mal à respirer et Hilfy se raidit, pensant qu'elle allait peut-être s'évanouir. Mais Geran la prit par les épaules et sa sœur redressa la tête.

– Haral, il me faudrait un *communico* portatif et je voudrais un relais sur ma cabine. D'accord ?

– C'est entendu. Geran, raccompagne-la.

– Hilfy, veux-tu me remplacer ? demanda Khym en se préparant à se lever pour prêter main-forte à Geran.

– Ça ira très bien comme ça, dit Chur.

Elle prit le bras de Geran pour s'aider et se leva de son fauteuil comme une vieille femme, puis se mit en marche lentement, très lentement, pour quitter la passerelle, passant devant Tirun Araun qui revenait juste des ponts inférieurs et la regardait, ébahie.

– Qu'est-ce que cela veut dire ? demanda cette dernière quand les deux sœurs se furent éloignées dans la coursive. (Elle se retourna.) Elle va bien ?

– Elle veut être au courant de ce qui se passe, répondit Khym. Elle se bat.

– Elle est redevenue elle-même, dit Haral. Trop.

Et elle fit à nouveau face à sa console.

– Priorité, annonça Khym, et le pouls d'Hilfy battit soudain plus fort.

– Occultage balayage, dit Tirun en s'installant à son poste tandis qu'Hilfy jetait un coup d'œil anxieux au moniteur n° 2.

Un navire qui s'était effacé réapparut dans la zone rouge du lecteur de position. Un par un, d'autres bâtiments passèrent au rouge.

– Ils sont bien aimables, murmura Haral en voyant leur propre position s'effacer à son tour. Au moins, ils font preuve d'œcuménisme quand ils occultent le balayage.

Les portes de la rampe d'accès s'ouvrirent au-dessus des docks jadis grouillant de vie et aujourd'hui quasiment déserts. Des bouts de papiers déchirés. Des détritus. Des machines abandonnées. Les cicatrices laissées par les flammes sur la peinture. Et le froid, le froid qui régnait en permanence sur les quais de La Jonction, trop volumineuse et qui recevait trop peu de chaleur de la masse morte et sans éclat autour de laquelle orbitait la station. Il y avait abondance de Kif à peu de distance, sombres silhouettes en robes noires. Vraisemblablement des *skkukun,* les quasi-esclaves de l'*Ikkhoitr*. Sacrifiables à merci et aussi dangereux que des câbles sous tension.

Et il y avait des Stsho, autres silhouettes mais pâles et graciles, celles-là, agglutinés à l'extrémité la plus éloignée de leurs propres docks, fantômes blêmes courant à toutes jambes, sortant des portes et des abris : les Stsho, maîtres dépossédés de La Jonction. Un groupe d'entre eux se rua vers le pied de la rampe, reflua avec indécision, revint à la charge en un désordre indescriptible, enchevêtrement chaotique de membres fuselés et de tuniques arachnéennes aux blancs et aux nacres opalescents, fronts emplumés des dignitaires, yeux couleur pierre de lune où se lisait la panique. Ils baragouinaient, poussaient des gémissements plaintifs, implorant protection avec exubérance...

Jusqu'à ce qu'ils s'arrêtent net, horrifiés, le

souffle coupé, pépiant d'effroi. L'effroi que leur causaient probablement les Kif.

À moins que la raison n'en fût Tully qu'ils voyaient pour la première fois.

– Ne t'éloigne pas, chuchota Pyanfar à l'oreille de l'humain. Ce ne sont pas des amis.

– Compris.

Et Tully demeura coude à coude avec elle tandis qu'ils descendaient, Jik la suivant comme son ombre, Tahar, Harun et les autres lui emboîtant le pas. En bas, les Kif attendaient, sombre fer de lance. Le petit groupe qui débarquait plongea dans la masse des Stsho qui s'écartaient devant lui, gazouillant dans leur charabia, comme feuilles au vent, prenait pied sur un dock où de nombreux panneaux lumineux identifiant les navires arrimés portaient des noms stsho. Trop timorés pour envahir les docks, bras ballants devant l'arrivée d'une flotte armée surgissant du vecteur de Kefk qui était aussi, malheureusement, le vecteur outre-espace du port stsho le plus proche, celui de Nsthen, désarmés comme ils l'étaient, les Stsho ne pouvaient qu'attendre en tremblant que les Kif, leurs protecteurs, aient la bonne idée de déguerpir comme s'ils avaient les démons d'un enfer mahen aux talons.

– Sale situation, murmura Pyanfar.

Elle donna une inclination plus ostentatoire au fusil qu'elle portait. La petite troupe cheminait, cornaquée par le capitaine de l'*Ikkhoitr*, enveloppé dans sa robe noire, tandis que les Stsho qui battaient en retraite le regardaient, à l'abri, leurs yeux de pierre de lune habités par la terreur.

Enfin, un nom kifish en lettres lumineuses apparut sur le panneau d'un bassin de mouillage, et la rampe de l'*Harukk* béa pour accueillir les nouveaux arrivants.

Pyanfar remonta son ceinturon tout en s'efforçant de ramener à la discipline son estomac en révolte. Son nez recommençait à la chatouiller et, sans se soucier du délai de rigueur, elle sortit une pilule de sa poche. Le saut avait d'étranges conséquences sur le métabolisme. Elle était tendue, de plus en plus tendue, à la limite extrême de la fatigue.

Si son corps avait eu la liberté de choix, elle n'eût jamais fait l'ascension de cette rampe. Mais à mesure que la terreur glacée qu'elle portait en elle s'émoussait, se métamorphosant en une autre forme de lassitude, son cerveau reprenait ses droits.

Dieux, il faut réfléchir, Pyanfar Chanur, il faut réfléchir à tous les résidents de la station, fussent-ils des Stsho dévorés de frousse, et que les dieux viennent en aide à toutes les Hani, à tous les Mahendo'sat ! Le *hakkikt* vient d'ajouter une nouvelle station *spatiale* à son palmarès et, cette fois, son sang bouillonne et il lui faut s'imposer. Les dieux leur viennent en aide à tous, *réfléchis,* réfléchis, ouvre tout grand ton esprit, maintiens-le en éveil...

Ces maudites pilules t'assoupissent !

Je n'ai pas la force qu'il faudrait avoir. Je ne suis plus une gamine. Mes genoux vont céder sous mon poids. Je vais m'effondrer sur cette rampe de tous les diables, et si je tombe, ce sera la fin de tout, nous périrons tous et toutes, et la Communauté bénie des dieux se désintégrera parce que je ne suis pas capable d'empêcher mes genoux de s'affaisser sous moi, mes tripes de se nouer, mes yeux de voir trouble.

Encore dix pas, Pyanfar Chanur, encore dix pas et nous pourrons bénéficier d'un petit répit, nous pourrons nous reposer un peu en nous adossant à la paroi de la cabine de l'ascenseur, n'est-ce pas ? Ils ne remarqueront rien.

Le sas de l'*Harukk*. La sinistre, l'obscure coursive empestant l'ammoniac. Jik et Kesurinan marchant côte à côte derrière elle – je ne sais pas quels signaux ils se sont communiqués...

Tully... où est Tully, par les dieux...

Elle l'aperçut, suivi de Skkukuk, en entrant dans la cabine de l'ascenseur en compagnie de Jik, de Kesurinan et de Tahar.

– Tully ! gronda-t-elle.

Il se rua en avant et parvint à entrer dans la cabine avant que la porte ne se refermât sur ce premier contingent. Il ne restait plus qu'à espérer que le second le rejoindrait au même endroit.

Elle, Jik, Tully, Skkukuk avec Tahar et le capitaine kifish. L'ascenseur les déposa dans la coursive supérieure du *Harukk,* un corridor humide et glacé où régnait une odeur nauséabonde d'ammoniac et d'encens mêlés.

Ils mourront si nous commettons une faute. Tous ces gens qui habitent La Jonction. Mon équipage. Et nous sur ce navire. Comment faire entendre raison à un Kif ?

Des Kif les attendaient à la sortie de l'ascenseur, vêtus de combinaisons collantes et de robes étudiées pour pouvoir travailler en apesanteur. L'éclat des rampes au sodium faisait jouer des reflets sur la peau grisâtre, les armes luisantes, les yeux humides de ces Kif rassemblés pour accueillir les hôtes du *hakkikt.*

Témoignage d'une hospitalité dont Jik et Tully avaient de bonnes raisons de se souvenir.

7

Le *hakkikt* les attendait dans la salle d'audience au centre de l'anneau puissamment blindé qu'était le *Harukk* et, les dieux en soient remerciés, on pouvait s'asseoir. Des sièges entourant la table basse où trônait Sikkukkut furent offerts aux capitaines, à Jik et à Tully. Quant aux membres de l'escorte, ils restèrent debout avec les *skkukun,* baignés dans la faible lumière des rampes à sodium et les fumées de l'encens. Pyanfar prit la petite coupe de *parini* qui leur fut proposée tandis qu'ils prenaient place. D'une main tremblante : si le breuvage n'était pas drogué, il était aussi dangereux pour son estomac au bord de la nausée et bourré de pilules que s'il l'avait été. Pour l'heure, elle eût, et de beaucoup, préféré quelque chose de solide.

Mais il n'était pas question de manger quoi que ce fût sur un navire kifish.

Mais…

– Tully ! Prends garde. *Hakkikt,* je ne sais pas s'il peut boire.

– *Kkkt.* Vraiment ? Le pouvez-vous, *na* Tully ?

– Oui, répondit l'intéressé en parfait hani.

Et, après tous ses faux-fuyants et toutes ses démarches biaisées, en regardant le *hakkikt* en face, il porta la coupe à ses lèvres. Personne n'était capable de savoir ce qu'il y avait à ce moment derrière ses yeux étrangers timidement baissés.

Jik fit de même, précautionneusement. Et si la rage bouillait en lui, si au fond de lui saignait une plaie ouverte, il n'en paraissait rien. Kesurinan était assise à côté de lui, devant cette curieuse table aux pieds articulés percée en son centre d'un trou dans lequel un serviteur se tenait prêt, carafon en main et gauchement assis sur ses talons, à remplir derechef les coupes vides. Harun et Vrossaru et Pauran et Shaurnurn, Faha et Kesurinan et Jik, Dur Tahar avec son visage couturé, Tully et Skkukuk au coude à coude, et le (la ?) capitaine de l'*Ikkhoitr,* quasiment contre le flanc de son prince.

Les dieux les protègent tous des racontars du capitaine de l'*Ikkhoitr* dont le groin étiré, à toucher ou presque l'oreille de Sikkukkut, invisible sous le capuchon, ne cessait de chuchoter et de caqueter !

– *Kkkkt !* (Sikkukkut considéra son délégué avec – peut-être – de la curiosité.) En vérité ? (Sur quoi, il se retourna et darda brièvement une langue effilée dans la coupe de métal bosselé qu'il tenait, telle une boule d'argent, dans sa main noire.) Y a-t-il unanimité entre vous ?

– Un consensus suffisant, répondit Pyanfar. Les méthodes hani, *hakkikt.* Les Hani discuteront toujours. Même en étant d'accord. C'est une question de *sfik.* Pour elles et pour moi. Leur *sfik* est satisfait et elles sont là. En fait, elles sont heureuses de vous voir.

– *Kkkkt !* Le sont-elles ?

– Nous n'avions pas de sympathie pour Akkhtimakt, dit doucement Harun avant que Pyanfar n'ait eu le temps de méditer sur la question.

Dieux, prends garde ! Il peut te poser une question à laquelle tu ne sauras pas répondre, Harun, si parlant en ton seul nom, tu fais figure de Puissance. Fais attention, au nom des dieux, fais attention, tu ignores quel sens un Kif peut donner à tes paroles.

– C'est un euphémisme en hani, *hakkikt.* Akkhtimakt, maudit soit son nom, a débarqué ici et négocié avec les Stsho. C'est une chose. Il a nui aux intérêts hani. C'en est une autre.

– Il y avait naturellement les Mahendo'sat. Et cette flotte. Humaine ? Étaient-ce des humains ?

– Oui, confirma Harun.

– Intéressant. (Sikkukkut reprit une gorgée, jeta un coup d'œil à Tully.) Il s'en est fallu de peu. Mais seulement de peu. Les Mahendo'sat se sont retirés, pour faire une nouvelle tentative, sans aucun doute. C'est pourquoi j'ai des guetteurs qui surveillent ce système. Il faudrait être stupide pour s'attarder sur ces docks. Nous pourrions avoir un autre Kefk ici. Peut-être même des actes de sabotage, *kkkt* ? Les Mahendo'sat ont-ils accosté ?

– Non, dit Harun.

– Qui est cette capitaine ?

– Harun, de l'*Industrie d'Harun*, répondit Pyanfar.

– Ah ! Votre cousine.

Les nerfs de Pyanfar se glacèrent.

– Lointaine. Nos clans respectifs n'ont des attaches qu'éloignées. (Dieux ! Pourvu qu'il n'ait pas nos arbres généalogiques archivés en bibliothèque !) C'est une affaire de cérémonial. (Le mensonge allait se développant de lui-même.) Les Hani font intervenir le *sfik* dans la parentèle. Et les dettes de sang. Harun a certains liens en ce domaine. J'en ai à l'égard d'Harun et de Faha, ici présentes. En réalité, c'est tout simple. Et j'ai aussi une dette de sang envers Jik et Kesurinan. (Ne pas oublier cela. Le rajouter. Mettre Jik à l'abri du danger dans toute la mesure du possible. Cela peut exister même à l'égard de non-Hani. Ouvrir des éventualités à ce claboteux et changer de sujet.) Une valeur *sfik* est aussi attachée à cela.

Si les Hani réunies autour de cette table ne se rendaient pas toutes compte que chacun des propos que Pyanfar adressait au Kif était un mensonge éhonté, c'était qu'elles étaient sourdes et aveugles.

– Vous a-t-il parlé ?

– Un peu. (Il fallait profiter de l'occasion. Pyanfar but une gorgée de *parini.*) Je compte le garder à mon bord comme conseiller. Je suis sûr que Kesurinan le comprend, hum ? Mais ses bâtons-fumée lui manquent, *hakkikt.* Beaucoup.

– Ses bâtons-fumée, répéta Sikkukkut d'une voix dépourvue d'inflexions comme si son interlocutrice était devenue complètement folle. Avons-nous encore de ces choses ?

Le *skku* accroupi dans le trou au centre de la table fouilla anxieusement ses robes. Quelle efficacité, par les dieux ! Tous les détails de l'hospitalité étaient prévus. Le *skku* finit par brandir la petite pochette, une lueur triomphale dans les yeux.

– Votre *skku* est stupéfiant, murmura Pyanfar, faisant ainsi la joie d'un Kif de statut mineur débordant d'un zèle névrotique.

Elle sirota à nouveau une infime gorgée de *parini.*

– Je pourrais peut-être vous faire bénéficier d'une autre faveur, dit Sikkukkut.

Ce qui eut pour effet de faire naître l'effroi dans le cœur de deux Kif et d'une Hani en même temps.

– Hum.

– Voulez-vous que je vous fasse un autre présent ?

Pyanfar leva les yeux, baissa les oreilles, les redressa. Il fallait bluffer. Son cœur battait à grands coups dans sa poitrine.

– Le *hakkikt* est-il désireux de parler de politique ?

– Ah ! (Sikkukkut reposa sa coupe et, croisant les jambes dans son fauteuil insectoïde, posa les mains sur les genoux.) Shikki, lança-t-il sur un ton sec.

Le *skku* de service se déplia pour poser la pochette contenant le nécessaire à fumer devant Jik. Ce dernier s'en saisit, le soupesa et en sortit avec précaution un bâton-fumée et un allumeur.

– Je peux ?

Sikkukkut, d'un geste de la main, répondit par l'affirmative. Jik porta le bâton-fumée à ses lèvres et l'embrasa avec soin. Ses mains tremblaient un peu, mais un peu seulement. Il inspira une longue bouffée de fumée comme si c'était la vie elle-même qu'il aspirait.

– Détestable habitude, dit Sikkukkut tandis que la fumée que soufflait le Mahe se mêlait aux puantes vapeurs d'ammoniac et d'encens mêlées. (Il s'accouda sur la saillie de son siège insectoïde et enfouit son menton dans sa main.) Mais nous n'en demeurerons pas moins amis, tous les deux. *Kkkt !* Bien. C'est très bien. *Korgokkt kotok shotokkiffik ngik thakkur.*

... prisonniers ?

Autour de la table, les dos se raidirent. Tous, excepté celui de Jik qui se concentrait sur son bâton-fumée.

– Ne bougez pas, dit Pyanfar en hani.

Haurnar Vrossaru et Vaury Shaurnurn tournèrent la tête vers leurs escortes respectives. Elles seules. Mais peut-être connaissaient-elles bien leur équipage.

– Le *hakkikt* en est-il désireux ? répéta Pyanfar.

Le capitaine de l'*Ikkhoitr* sortit de son silence :

– La capitaine hani risque d'aller trop loin, laissa-t-il tomber. Qu'elle prenne garde.

– Cet endroit me rend nerveuse. Être mouillés sur cette station nous rend vulnérables. Si j'étais Akkhtimakt... (Posant son bras sur son genou, Pyanfar prit une attitude décontractée bien que son cœur battît si fort qu'il menaçait de lui faire perdre la respiration. Grâce aux dieux, l'odeur de l'encens masquait celle de sa transpiration. Son nez la grattait, il coulait, mais c'était un détail qu'elle négligeait.) Cela sent le piège, *hakkikt.*

– Qu'entendez-vous par là ?

– Je suis une vieille capitaine de commerce, *hakkikt.* Les Stsho peuvent vous escroquer bien des fois mais je ne les ai jamais vus envisager de faire appel à la violence. (Formule cela de manière que cette canaille ne se sente pas blessée dans son orgueil. Un négociant peut être au courant des choses qui touchent au commerce. On n'attend pas de lui qu'il comprenne les mangeurs d'herbe.) Mais ils achèteront la violence sans savoir ce qu'ils achètent. Il leur est déjà arrivé de commettre des erreurs. Et celle-là en est une de taille. Ils ont mis en cause le *han.* Techniquement, les Hani sont alliés à Akkhtimakt en vertu du traité stsho qui lui a donné ce qu'il n'aurait jamais pu avoir : l'appui des fins fonds de la Communauté. Vous êtes brutalement dépossédé de la majeure partie du territoire que contrôle Akkhtimakt. Il a quadruplé son empire. Et il est de l'autre côté d'un abîme infranchissable. Il n'y a pas de points de saut, *hakkikt,* pas de lignes de passage entre l'espace hani et cette station. C'est un goulet d'étranglement dont il peut vous interdire l'accès si les Hani se conforment aux termes de ce traité.

Maintenant, un silence de mort avait pris possession de la salle d'audience. Pas un Kif ne bougeait. Un frémissement nerveux agita les Faha. Il n'y avait, à ce bout de la table, qu'oreilles aplaties.

Jik lui décocha subrepticement un regard mécontent. Aspira profondément une bouffée de fumée qu'il rejeta.

– Oui.

Attirant ainsi l'attention de Sikkukkut sur lui.

– En est-il ainsi ?

– Il Urtur aller. Sûr non Kita aller il.

– Vous avez des navires à Kita.

Le Mahendo'sat aspira lentement une nouvelle bouffée de fumée.

– Je non jurer. Conjecture bonne. Envoyer nous message Maing Tol. Personnage mien faire mouvement sur Kita. Où aller il ? Ici ? Non croisement de saut sauf Tt'a'va'o, sacré mauvais choix. Méthaniens, Humains, beaucoup Mahendo'sat. Sacré mauvais choix. Vous non faire. Il non faire.

– Devrais-je donc m'étonner que ce soit précisément ce que je devrais faire ?

Partir en direction de Tt'a'va'o et d'une éventuelle embuscade et affronter tous les risques dont Jik avait dressé l'inventaire ? Rentrer à Akkt et consolider ce qui était acquis ? Ou mettre le cap sur Llyene et terroriser les Stsho en lançant un raid dont tous les pirates kifish devaient avoir rêvé ?

C'étaient là autant de bons choix pour la Communauté dans son ensemble. S'ils s'engageaient totalement dans l'espoir d'être sauvés par les Mahendo'sat.

Qui avaient déjà fort à faire pour sauver leur propre peau.

– *Masheo-to,* dit Jik.

Et quelque chose impliquant davantage Akkhtimakt et les identifications des vaisseaux.

Les yeux noirs de Sikkukkut demeuraient fixés sur lui.

– *Kkkt !* L'idée ne manque pas d'intérêt. Est-ce que vous suivez le raisonnement ? Non ? Keia suggère qu'Akkhtimakt a pu falsifier l'identité de son navire. Qu'il n'est peut-être pas parmi le groupe que nous avons dispersé, mais déjà à Urtur. Nous aurons tous deux pris nos précautions : mes bâtiments rallieront tous les points de saut permettant de partir d'ici à temps pour interdire toute évasion du système ou pour interdire à tous les bâtiments qui n'ont pas encore pris le départ de parvenir ici. Mais Keia nous gratifie d'une autre proposition intéressante. Je vous le dis : je vous apprécie tous les deux.

Dieux, il parle sérieusement. Cette parfaite et absolue canaille est intérieurement morte. Il ne sait pas ce qu'il a fait. Il ne sait pas que Jik est son ennemi. Ou, s'il le sait, ce n'est que superficiellement. Il ne possède pas les mécanismes qu'il faudrait. Il bâtit des théories. On peut réviser une théorie, mais jamais un savoir que l'on a dans sa moelle, jamais l'instinct.

Il est, par certains côtés, aussi naïf que Skkukuk. Il imite nos façons d'être. Même l'amitié. Et il est incapable de la ressentir. Il ne peut même pas nous comprendre : il fait appel à la logique pour percer à jour nos motivations. Et cela ne lui réussit pas toujours.

– Non savoir où être il. (Jik lâcha un nuage de fumée.) Peut-être même dans espace hani être. (Les Hani assises autour de la table se raidirent à ces mots.) Peut-être déjà là ?

Veuillent les dieux nous protéger tous ! Laissons faire. Laissons-le méditer là-dessus. Lentement, lentement.

Kkkkt. Kkkkt.

La langue de Sikkukkut jaillit de la brèche en V de ses dents.

Pouvons-nous aller trop loin ? Faire en sorte qu'il perde son *sfik* devant ses serviteurs ?

Le capitaine de l'*Ikkhoitr* se pencha et dit rapidement à voix basse quelque chose à l'oreille de Sikkukkut qui répondit d'un mot ou deux.

Les dieux le pourrissent ! Mauvaise nouvelle. La situation va de mal en pis.

Le capitaine de l'*Ikkhoitr* se leva et se retira. Sikkukkut, à nouveau, regardait ses interlocuteurs.

– Vous avez remarqué que certains navires ont pris l'espace. Ce ne sont pas les premiers. De La Jonction, de Kshshti, de Mkks et de Kefk, mes courriers partent continuellement pour informer mes unités. Et des vaisseaux ont fait mouvement. Vous n'avez pas vu tout ce que j'ai. Et ce ne sont pas là toutes les forces dont dispose Akkhtimakt. Vous avez entièrement raison. *Kkkkt.* De vous, Keia, j'attends une certaine astuce dans ce genre d'affaires. Mais les Hani sont aussi des chasseresses. Et vous leur avez parlé, Keia. Leur avez-vous parlé ?

Jik se rembrunit. Et demeura muet.

– Pas entièrement de son plein gré, dit Pyanfar. Disons que l'amitié a d'autres utilisations. Il avait les idées confuses quand nous l'avons pris à bord. Il nous aurait plutôt trop parlé. C'est simple : « Nous mentons, Kesurinan. Faites-moi confiance. Ne prenez pas d'initiatives. » C'est ce que j'ai dit. Jik sait quelque chose qu'Or-Aux-Dents ne sait pas. Cela a fait la différence. Tully ignore ce que projettent les humains mais une idée m'est venue… une idée déplaisante, *hakkikt.* À savoir que les désordres qui agitent la Communauté nous affaiblissent en bloc. À savoir que les humains n'attendront peut-être pas que le trouble s'apaise mais qu'ils retarderont l'attaque jusqu'au moment qui sera pour eux le plus propice. Parce qu'ils font lancer l'offensive contre nous.

– Qu'en est-il, Tully ?

L'interpellé changea de position avec gêne. Haussa les épaules. Lança un regard embarrassé à Sikkukkut. À Pyanfar.

– Il a parfois de la difficulté à comprendre. Tully, le *hakkikt* te demande ceci : les humains se battront-ils contre les Mahendo'sat ?

– Non savoir.

– Tu m'as dit quelque chose. Répète-lui ce que tu m'as dit. Répète-le-lui, Tully.

– Humains… (Il tourna à nouveau les yeux vers Sikkukkut, plus que tout autre Kif son ennemi personnel.) Venir. Être trois. (Il leva trois doigts.) Trois humains…

– Trois gouvernements, précisa Pyanfar.

– Trois. Combattre. Pousser une humanité venir ici.

– *Kkkkt.*

– Je *Orgueil* appartenir. Navigant !

Ne me touche pas, vomissure !

Un appel implicite dans ses yeux, adressé à Pyanfar : Capitaine, ne les laissez pas me capturer !

– Il n'en sait guère plus que ce qu'il a dit, *mekt-hakkikt.* Mais il comprend les Méthaniens. Je ne pense pas qu'il en aille de même de ses congénères. Il n'occupe pas une place importante au sein de son peuple. Ils ont obtenu de lui les informations qu'ils souhaitaient entendre, puis ils l'ont écarté sans prêter l'oreille à ce qu'il avait encore à dire. Ils ne *voulaient pas* entendre le reste. C'est ce que nous pensons. Il n'a peut-être pas compris tout ce que je crois qu'il a compris. Il se peut que nous ne l'ayons pas compris. Je présume qu'il a essayé de dire la vérité mais je ne pense pas qu'il ait participé à l'élaboration du projet. Il n'était qu'un homme d'équipage. C'est tout ce qu'il était. C'est ce qu'il continue d'être.

Pyanfar réprimait le tremblement qui menaçait d'avoir raison de ses mains. Si le Kif s'emparait de Tully, elle ne pourrait rien faire pour l'en empêcher. J'ai attiré leur attention sur lui. Dieux, détournez-la !

– Mais, dit Sikkukkut, nous avons d'autres sources d'information à solliciter. Les Stsho ne tairont aucun des renseignements dont ils disposent. Ils plient à tous les vents. Et j'en ai en nombre suffisant pour me faire une juste idée de ce qui s'est passé ici. Ils mentiront à un Mahendo'sat, ils mentiront à une Hani mais ils ne mentiront pas à un Kif. Et ils ont de très grands yeux. Deux de mes *skkukun* de moindre importance sont présentement sur la station. Comme les trois cent mille Stsho. (Sikkukkut porta sa coupe à sa bouche d'où sortit fugacement une mince langue sombre.) Ils sont prévenus que je peux décider d'anéantir cette station. Et qu'ils ne seront pas autorisés à l'évacuer. *(Dieux !)* Mes deux *skkukun* ont également été mis au courant de cette éventualité. Ils obtiendront les informations qui m'intéressent. Ils feront en sorte que les Stsho les leur procurent. Nous avons d'ores et déjà identifié des individus responsables. Mon ennemi a détruit les banques de données après les avoir, sans aucun doute, archivées pour son compte personnel. Aussi, il n'y a rien à apprendre sur place. Ce que j'avais prévu. Mais nous avons des ressources directes. *Ksksi kakt.*

Un serviteur se précipita. L'anxiété se manifesta chez les Hani lorsqu'une porte intérieure s'ouvrit.

– Ne bougez pas, répéta Pyanfar qui, les oreilles couchées, se contrôlant pour que ses muscles glacés comme si elle avait de la fièvre ne se mettent pas à frissonner, saisit sa coupe.

Le *parini* coula dans son gosier comme une traînée de feu. Sa brûlure l'aida à supporter sans broncher le cri inarticulé qui s'éleva soudain au-delà de la porte béante.

Une sorte de lueur blanche apparut dans l'ouverture et un Kif, se frayant un chemin à travers la masse des robes noires de ses semblables qui s'écartaient pour lui céder le passage, apparut, poussant devant lui deux Stsho dont l'éclat des rampes au sodium accusait la pâleur. Ils étaient souillés de traces noires et leurs pitoyables membres fuselés étaient marqués de meurtrissures, témoignage des sévices que les Kif leur avaient infligés.

Des membres si fragiles qu'un souffle les eût brisés comme verre.

Jik tourna lentement la tête dans leur direction, des volutes s'élevant du bâton-fumée qu'il tenait à la main. À part cela, il ne fit pas un geste. Les autres capitaines se retournèrent, elles aussi. Quant à Tully, il était de l'autre côté et Pyanfar ne pouvait voir ce qu'il faisait. Elle le devinait.

– Maintenant, dit Sikkukkut, nous allons poser des questions.

– La traductrice est complètement dépassée, murmura Hilfy en se mordillant les moustaches. (Elle était à l'écoute des émissions kifish. Le *Harukk* s'adressait aux bâtiments hors station. Il parlait beaucoup.) Je n'aime pas cela, par les dieux. Je n'aime pas du tout.

– S'il est si bavard, dit Haral, c'est qu'il a des directives, dit Geran.

– Sikkukkut appelle des renforts ? s'enquit Khym.

– Il y a quelque chose qui les tracasse. Des renforts ? Non. Ils ne rappelleront pas de navires tant que subsistera le risque que des indésirables surviennent et leur tombent dessus alors qu'ils ont le nez vers la station. C'est d'une espèce de communiqué qu'il s'agit. D'instructions. Va-t'en savoir quoi.

– Il parle toujours, fit Hilfy.

Elle se remémorait les sombres entrailles du *Harukk*. L'émission se poursuivait.

Haral, elle aussi, se rappelait le *Harruk*. Elle l'avait vu lorsque l'on était allé délivrer les navigantes de Tahar.

– Des otages, reprit Hilfy. Il les tient en otages, voilà. Haral, je pourrais peut-être faire une demande de routine... pour prendre la température.

– Reste donc tranquille. La capitaine a déjà assez de soucis comme ça.

Ils poussèrent le plus grand des deux Stsho jusqu'à la table entre le siège de Pyanfar et celui d'Harouny Pauran. Le *gtst* s'effondra sur le bord de la table en un enchevêtrement de membres blancs et grêles, un fouillis de voiles laiteux. Il tremblait, frissonnait et gargouillait.

À la vue des motifs aux teintes pastel dont s'ornait son front, Pyanfar eut un choc et son cœur accéléra ses battements.

C'était Stle stles stlen. Ou ç'avait été lui. Les dieux seuls savaient en quelle nouvelle personnalité le malheureux s'était dissocié lorsque la seconde vague de Kif avait envahi la station *gtst*.

– Reconnaissez-vous cette créature ? demanda Sikkukkut. Ou ne faites-vous toujours pas de différence entre elles ?

– Je connais le *gtst*.

Gtst, ou *gstisi* : il pouvait fort bien être en phase de repli; il tordait ses mains *gtst* en poussant des lamentations plaintives où il était question de nobles Kif et de nobles Hani. Ses yeux de pierre de lune limpides se tournaient vers elle, implorants, et une nausée contracta l'estomac de Pyanfar. Il émanait du *gtst* une nauséabonde odeur d'huiles, de parfums et de quelque chose d'indéfinissable, qui redoubla d'intensité quand les Kif précipitèrent le second Stsho à côté de lui.

– Parlez, ordonna Sikkukkut, sinon quelqu'un s'en repentira. Peut-être un des autres, peut-être votre interprète. Et si vous vous obstinez quand même à ne pas parler, c'est à vous-même que nous nous en prendrons. Comprenez-vous, créature ?

Les Stsho murmurèrent confusément entre eux, l'un d'eux serrant dans ses doigts les robes *stst* de la personne qui avait été Stle stles stlen. *Faites, faites !* s'égosillait l'interprète. Soudain, l'ex-Stle stles stlen laissa échapper une avalanche de vagissements.

– ...Le Directeur n'est pas responsable, cria alors l'interprète. *Gtst* était une autre personne...

– Aucune importance. Nous n'avons pas de préférence. Pour être écorché vif, n'importe lequel fera l'affaire.

– ...*Mais !* Mais ! noble et estimé ami... ce scélérat d'Akkhtimakt...

– Vous commencez déjà à mentir. Parlez-nous du traité et de ce qui s'est passé ici.

Nouveau colloque pépiant. L'interprète tourna son visage *gtst* aux yeux de pierre de lune écarquillés vers Sikkukkut. Et sa minuscule bouche *gtst* était un *o* tremblant.

– Cela a été une erreur, cela a été...

– Racontez ce que vous avez fait !

– Nous ne sommes pas un peuple violent, nous avions besoin de...

– Cet interprète n'est bon à rien. Nous pouvons en faire venir un autre.

– ... *mais !* mais ! dans notre stupidité, nous avons écouté les envoyés de l'autre *hakkikt,* nous avions besoin de navires pour assurer notre défense et dans notre stupidité...

– Et vos négociations avec les Mahendo'sat ? Avec les Hani ? Avec les Méthaniens ? Avec les *humains* ?

– Les Mahendo'sat ont partie liée avec ces créatures... (L'interprète posa les yeux sur Tully avec un frisson qui faisait s'agiter ses plumes *gtst.*) Créatures ! Nous les avons expulsées. Nous avons cherché un arrangement avec les Hani. Mais les Hani n'ont pas de gros vaisseaux. Que pouvons-nous faire sinon chercher la protection du plus puissant ? Nous avons commis la folie de croire que le plus puissant était Akkhtimakt. Nous voyons clair, maintenant. Nous conclurons un traité avec vous, tout de suite, tout de suite, estimable ! Protégez-nous !

– *Kkkkt !* Quelle proposition ! Et que m'apporterez-vous en échange, petit mangeur d'herbe ?

– Nous avons la science ! Nous avons... des objets uniques...

Toute la culture stsho... offerte aux pirates kifish !

Pyanfar toussa et le Stsho, se méprenant sur le bruit qu'elle faisait ainsi, trembla de plus belle et, levant ses mains *gtst* vers le Kif, implora :

– Sauvez-nous ! Sauvez-nous, estimable !

– Cette créature est imbécile, dit Sikkukkut. Où est Ismehanan-min ? Quel marché avez-vous passé avec lui et avec son Personnage ?

Jik, Jik, au nom des dieux, ne bouge pas, le *gtst* va parler. Nous avons les mains liées et c'est de présence d'esprit que nous avons besoin pour mener à bien l'opération la plus subtile qui, de mémoire de capitaine marchand, ait jamais été réalisée.

Le Stsho qui avait naguère été Stle stles stlen commença à babiller.

– *Hakkikt,* traduisit l'interprète d'une voix zézayante, *hakkikt,* Ismehanan-min a traité avec nous, il est partie prenante d'une conspiration, pernicieuse, pernicieuse, très honorable *hakkikt.* (Se balançant sur lui-même, le Stsho, tordant nerveusement sa tunique *gtst,* jeta un regard angoissé aux Kif en armes qui les entouraient de toute part, et à Jik qui n'était pas entravé.) Nous ne sommes pas un peuple violent. Que faire ?

Les Mahendo'sat ont fondu sur nous, sont entrés de force dans nos bureaux… Nous avons besoin de gardes pour assurer notre intimité mais nous ne sommes pas un peuple violent…

– Et nous, l'interrompit Sikkukkut, nous ne sommes pas une espèce patiente.

Stle stles stlen se lança avec prolixité dans un long discours.

– …Les Mahendo'sat se sont retirés. Ils n'ont laissé que quelques-uns d'entre eux qui devaient, disaient-ils, régler certaines affaires, des sous-fifres, des fonctionnaires, des personnes sans importance… Mensonges. Ils ont tenté de nous soudoyer…

– Des tentatives auxquelles vous n'avez certainement pas été insensibles.

– … Akkhtimakt avait trahi nos accords !

– Que cherchent les Mahendo'sat ?

– … Ils vous font vous combattre les uns les autres, *hakkikt*. Un Mahe vous aide. L'autre n'ose pas aider votre ennemi, mais il le manipule et le leurre.

Ô dieux, soyez remerciés !

– *Kkkkt,* est-ce la vérité, Keia ?

Jik était en train de rallumer son bâton-fumée qui paraissait faire preuve de mauvaise volonté.

– Sûr. Pareil nous toujours pour vous préférence avoir. Vous gagner, *hakkikt,* nous heureux avec vous travailler. Je penser peut-être vous gagner. Maintenant, je non satisfait très à propos humains. Pareil je Ana convaincre, vite changer il tactique. Peut-être camp vôtre rallier ? Entre-temps, ce problème Hani avoir.

– Un navire à moi est parti pour Kshshti. S'il ne rencontre pas de résistance, il se peut qu'il trouve d'autres Kif prêts à coopérer et qu'il nous dépêchera. Je vous le dis : nous prendrons le contrôle de tout l'espace. Nous affronterons votre partenaire avant longtemps. À Tt'a'va'o. Ou ailleurs. Là où il sera.

Pyanfar demeura – se contraignit à demeurer – impassible. Ô dieux, dieux, que sait-il encore ? De quoi ces vaisseaux de chasse sont-ils capables ? S'ils sont à égalité de force avec les Mahendo'sat, quoi que puisse faire, quoi que fasse Akktimakt, il n'y a plus d'espoir... Les Kif se seraient-ils lancés dans une telle aventure avec une flotte en état d'infériorité ?

– Nous sommes ici à tenter de sauver la vie de trois cent mille imbéciles, enchaîna le *hakkikt.* Pourquoi ? Je me le demande. Peut-être ma patience se lassera-t-elle. À très bref délai, tous les guetteurs en faction hors système capteront nos premiers mouvements en direction de sa ligne temporelle. Lorsqu'il apprendra que le *Harukk* a accosté, il comprendra qu'il est trop tard : je ne me serais pas éternisé. Et même s'il est trop stupide et ne le comprend pas, je ne serai plus là, *kkkkt* ? (Sikkukkut lapa une gorgée.) Quant à la possibilité d'incursions en provenance de la périphérie du système, cette éventualité est déjà prise en compte. Pour autant que des navires d'Akkhtimakt s'y trouvent, ce dont je doute encore. Seul un fou aurait l'idée de venir s'enfermer avec moi dans les confins du système pour me défier; un fou, ou un ennemi très redoutable. Ou encore mes amis Keia et Pyanfar, *kkkkt* ? Mais je ne m'inquiète pas outre mesure. D'un côté, je ne crains pas de perdre la station elle-même. De l'autre, tout ce qui amènera les navires d'Akkhtimakt à ma portée me réjouira. De même... (Sikkukkut lança un coup d'œil aux deux Stsho qui parurent se flétrir comme une herbe exposée au feu)... de même apprécierai-je tout ce qui amènera le perfide Ismehanan-min à avoir une entrevue avec moi. Me fais-je bien comprendre, *kkkt* ?

– Oui. Oui, Honorable.

– Il a fait partir Akkhtimakt. Et le navire hani l'a accompagné ?

– ... Oui, oui. Il a attendu et les Hani ont pris le chemin d'Urtur. Ils ont retrouvé Akkhtimakt ici, ces perfides canailles nous ont l'une et l'autre abandonnés, oui, Honorable.

– Et ne vous ont rien envoyé ?

– ... rien, rien, ô Honorable, dans le cas contraire, nous vous le dirions. Ils ont attendu. Et puis, ces *créatures* sont sorties de leur cachette ! Elles attendaient aux franges de notre système ! Nous étions épouvantés, nous ne comprenions pas comment elles avaient pénétré notre rés...

– Akkhtimakt ici, laissa négligemment tomber Jik. Ana vous venir savoir. Il chose je dire faire. Attendre. Attendre vous venir. Peut-être vous ces maudits Kif attaquer, il venir. Il à bride courte ces humains tenir.

– Et vous ?

Jik souffla une bouffée de fumée.

– Je quoi faire ? Quoi mon bâtiment faire ? Première officière mienne non tirer. Nous non bouger. Attendre. Je être ami vôtre, *mekt-hakkikt.* Combattre vous ? Non bon. Politique du camp mien : vous gagner. Quoi obtenir ? Arriver, frapper vous deux *hakkiktun* ? Sacrée pagaille. Dans dix, quinze semaines, nouveau *hakkikt,* jeu entièrement différent. (Il y eut un inquiétant frémissement, des mouvements menaçants dans la salle. Jik leva la main.) Je non discourtois. Longtemps voisins, vous, moi. Nous bien nous entendre. Cette chose je savoir, Pyanfar pareil savoir. En même temps, je craindre grandement quoi nous ici voir non vérité être. Peut-être appât. Peut-être soudain, Akkhtimakt avec habileté agir; vouloir ici nous venir, ici maintenir nous, faire nous Ana combattre et aller lui là où il aller désirer.

Les Kif avaient déverrouillé les sécurités de leurs armes.

– *Kkkkt,* fit anxieusement Skkukuk avec un geste furtif de la main.

– Non. Le *mekt-hakkikt* longtemps patient. Il poser question, il encore patient.

– Ma patience n'est pas épuisée, Keia. Ne faites pas attention à eux. Je vous écoute.

– Grand danger. Tully dire non faire confiance aux humains. Quoi arriver ? Vous combattre Ana, combattre humains, peut-être combattre autres navires mahen. Et puis un Kif de Akkt arriver, vouloir *hakkikt* devenir. Chose courante chez vous : dès que vous en difficulté, un maudit Kif vouloir suicide commettre. Accaparer temps, accaparer navire, accaparer attention. En même temps, Akkhtimakt solidement prendre pied dans espace hani, loin des Méthaniens. *Vous* avec Méthaniens ennuis avoir ? Vous ici tout proche. Akkhtimakt peut-être alors alliance faire avec Mahendo'sat, venir combattre humains quand humains ennuis causer. Et où nous être, hein ?

– C'est une possibilité complexe. Très complexe.

– Si deux Kif vouloir combattre, mon peuple toujours aider. (Jik leva un doigt.) Cette fois, vous chance avoir. Akkhtimakt grand stupide, tout le temps harceler Mahendo'sat, jamais Mahendo'sat vouloir cette crapule aider. D'accord ? Donc, ennemi vôtre non pouvoir compter sur aide mahen. Aucune. Choses changer pouvoir. Si cette crapule contrôle espace hani avoir, il espèce de crapule tout à fait différente être.

– Se pourrait-il que vous soyez en train de chercher à me manœuvrer, Keia ? Et êtes-vous d'accord avec cette façon de voir, chasseresse Pyanfar ?

– Je pense que c'est une réelle possibilité, *mekt-*

hakkikt. (Immobiles, les capitaines hani et Tully écoutaient ce dialogue sous la menace des armes kifish. Et les deux Stsho mal en point se faisaient tout petits, heureux d'être oubliés. Le cœur de Pyanfar battait douloureusement dans sa poitrine, des spasmes lui tordaient l'estomac et elle était le jouet d'accès de faiblesse intermittents.) À mon sens, Akkhtimakt a une voie à prendre. Un chemin. Les Mahendo'sat occupent Tt'a'va'o, vous La Jonction. Ou vous tenez maintenant Kshshti ou ce sont eux qui la tiennent. Ou ils y seront entraînés comme des Chi sont attirés par la chaleur. Sur ce point, je ne saurais faire de prévisions. C'est derrière lui que se trouve assurément le troisième chemin d'Akkhtimakt.

Voyez-vous à présent à quoi nous avons affaire, sœurs capitaines ? Voyez-vous ce que nous essayons de faire ? Au nom des dieux, ne tiquez pas, ne distrayez pas l'attention de ce Kif, ne commettez pas la moindre bévue.

– *Kkkkt.* Une seule voie. Oui. Pourquoi pensez-vous que je vous ai accordé le traitement de faveur dont vous avez bénéficié ? Ce secteur de l'espace, telle une péninsule s'avançant au milieu d'un abîme sans points de saut… les malheureuses circonstances qui ont abouti à isoler les Hani… à les clouer entre cet abîme et les ambitions mahen. Me comprenez-vous, chasseresse Pyanfar ? Comprenez-vous maintenant pourquoi j'ai fait preuve d'autant de générosité envers vous.

– L'espace hani. (La poitrine prise dans un étau, Pyanfar avait de la peine à respirer.) Une poche à l'intérieur de laquelle Akkhtimakt peut être contenu : un espace infranchissable sur deux côtés, des Mahendo'sat hostiles sur le troisième et vous sur le quatrième.

– Les Mahendo'sat auront fort à faire. Je tiens à ce qu'Akkhtimakt n'ait pas de répit. Je sais que c'est également votre intérêt. Vous rappelez-vous notre discussion sur l'intérêt individuel ?

– Oui, j'y ai mon intérêt. Un intérêt considérable.

– Dites-moi de quoi vous avez besoin.

Dieux ! Serait-ce donc si facile ?

– De ces capitaines. Tous sous mes ordres. Et de leurs bâtiments.

– Y compris l'*Aja Jin* ?

Dieux, dieux ! Reste calme, Pyanfar. Tu risques de tout perdre, autrement. Que ta voix demeure inaltérée. Son nez coulait. Elle renifla, traitant la démangeaison par le mépris.

– Je ne veux pas que Jik soit contraint de faire un choix entre vous et Or-Aux-Dents. Pas deux fois. En revanche, il a une raison évidente de coopérer avec moi. Avec moi, il aura à combattre quelque chose qui est clairement son ennemi, une menace manifeste contre cette frontière. Intérêt personnel. Il ne battra en retraite et ne rentrera dans ses foyers que lorsqu'il aura la certitude que les Hani ne seront pas écrasés. Les Mahendo'sat, je les connais, et tout ce qu'il a fait est parfaitement raisonnable. Aussi viendra-t-il avec nous. Vous voulez que des vaisseaux hani attaquent Akkhtimakt ? Ils le combattront, et dans de bien meilleures conditions si les canons de l'*Aja Jin* assurent leur protection.

– *Kkkkt.* Des bâtiments commerciaux contre des croiseurs de chasse ? Je vous donnerai des unités de mon escadre. Sûres et fiables.

– Et Jik, *mekt-hakkikt.* Je vais avoir à faire une démonstration de force pour impressionner à la fois les Mahendo'sat et le *han.* Appelez cela psychologie hani, appelez-le *sfik* : c'est indispensable. J'ai besoin de Jik et de l'*Aja Jin,* j'ai besoin de mon humain, j'ai besoin de vos navires...

Soit, je les accepte. Interroge-toi sur mes motifs si tu veux, claboteux.

Le groin de Sikkukkut se redressa d'inquiétante façon. Retomba. Sous son capuchon, ses yeux noirs brasillaient à la lueur des rampes à sodium.

– Il semble que vous visiez à accéder à la dignité de *hakkikt,* ma *skku.*

– Je vise à tenir l'espace hani, *mekt-hakkikt.* Je suis fidèle à mes engagements.

À ces mots succéda un pesant silence. Chaque battement de son cœur déchirait la poitrine de Pyanfar. Ses membres étaient tour à tour glacés et brûlants, sa vision se troublait, les murs de la salle cernant la masse sombre des Kif agglutinés tantôt s'évanouissaient et tantôt se rematérialisaient. Si un doute venait à l'esprit du *hakkikt,* si l'une des capitaines hani dépassait son seuil de tolérance, si quelqu'un avait le malheur de bouger, d'éternuer, ce pouvait être leur mort à tous.

Et des planètes périraient.

Ô dieux, dieux de mes mères, dieux de conséquence et dieux de moindre stature, dieux de mon monde… prêtez l'oreille à la supplication de la vieille vaurienne que je suis : pouvez-vous influencer un Kif… ne serait-ce qu'un petit peu ?

– *Kkkkt.* Tout ce que vous avez demandé vous est accordé. Disposez de Keia comme vous l'entendrez. À son bord ou au vôtre. L'audience est terminée. Vous pouvez vous retirer, *skku-hakkikt.*

Pyanfar avala par deux fois sa salive. Il n'avait pas dit *skku-hakkiktu* mais *skku-hakkikt.* Non point « ma vassale » mais « princesse vassale ». Son cœur manqua un battement. Elle prit une profonde inspiration, étreignit les pieds insectoïdes de son siège et se leva d'un bond.

– Debout ! Et en avant. C'est l'ordre du *hakkikt,* crachats des dieux, ne restez pas là à lanterner !

Les Hani s'ébranlèrent, comme galvanisées. Jik, quant à lui, prit juste le temps d'éteindre son bâton-fumée et de mettre le petit sac dans sa poche.

Et les Stsho, recroquevillés sur eux-mêmes à ses pieds, de baragouiner et de pousser des gémissements. Elle fut parcourue d'un frisson glacé, hésita et se tourna à nouveau vers Sikkukkut :

– Si le *hakkikt* n'a pas besoin de ces...

– Il suffit !

Pyanfar se remit en marche. Quand elle passa devant eux, l'un des Stsho agrippa la jambe de son bouffant :

– Apportez-nous votre aide, l'implora-t-il. Estimée Hani, au secours, intercédez en...

Elle poursuivit son chemin. Il le fallait. Les Kif leur avaient ouvert un passage dans leurs rangs. Je ne peux pas prendre de risques supplémentaires. Je n'ose pas. Je ne peux pas faire plus que ce que j'ai déjà accompli.

– Le *Harukk* recommence à émettre, annonça Hilfy. En code. Des noms... ce sont des ordres adressés à des navires. *Chakkuf. Sukk. Nekkekt.* Je ne comprends pas mais ce pourraient être des consignes d'appareillage.

Tirun :

– Je n'aime pas cela.

La voix de Chur tombant du *communico* :

– Que se passe-t-il ?

– Nous ne le savons pas plus que toi.

La réponse de Khym résumait à merveille la situation.

S'il y avait un observateur, une éventualité qui les hantait en permanence, il était à plus d'une heure-lumière au large, peut-être trois ou quatre. Et il ferait mouvement quand il le jugerait bon. Quand les conditions requises seraient réunies. Peut-être un des vaisseaux d'Or-Aux-Dents, peut-être un de ceux d'Akkhtimakt. Un ou davantage.

Et *L'Orgueil* était immobile, le nez pointé vers la station, avec le risque – encore qu'il fût limité – qu'une attaque soit déclenchée, que toute une armada soit embusquée dans un silence de mort, masse si infime dans l'immensité de la zone de recherche-repérage sphérique qu'elle était pratiquement invisible. Comme l'étaient les guetteurs. Indétectables à moins d'un imprévisible coup de chance ou d'une erreur commise par l'adversaire lui-même. Il était impossible à un seul et unique bâtiment d'exploiter dans sa totalité le périmètre de la zone d'occultation de La Jonction, une sphère dont le rayon variait d'une à quatre années-lumière. La station masquait une partie de leur champ de balayage et sa rotation venait encore compliquer les choses. Elle était muette, les balises n'émettaient que capricieusement et les Kif faisaient systématiquement obstacle aux signaux des palpeurs. Il n'y avait même pas d'étoile suffisamment proche pour éclairer un objet, ce qui n'aurait d'ailleurs pas été d'un grand secours. Certes, la masse obscure émettait un rayonnement mais c'était celui d'une chaleur mourante. Les instruments les plus sensibles ne recevaient qu'un « bruit blanc », les balises d'aide à la navigation les bombardaient de fausses informations, les appels venant d'une multitude de vaisseaux s'enchevêtraient et se dispersaient dans un vaste maelström de transmissions. Le seul espoir que l'on pouvait avoir de repérer un bâtiment aux aguets résidait dans la mémoire de l'ordinateur. Toute étoile occultée de la carte stellaire qu'elle conservait et se trouvant dans leur champ de balayage pourrait signaler sa présence. Et l'on avait décelé deux de ces occultations que l'information balise appelait « planétésimales ». Dès que la première l'avait été, Haral avait demandé à la bibliothèque si le signal de la balise de La Jonction avait un corrélat dans les archives. Autrement dit : le système s'autovérifiait-il si l'objet froid et silencieux qu'il détectait était un planétésimal connu ?

Affirmatif : il y avait un corrélat.

Mais c'était la réponse que le système apportait – c'était un planétésimal – même quand il relayait une question. Il ne *savait* pas l'identifier par un autre terme.

Le *communico* se mit soudain à crépiter :

– *Harukk* à tous bâtiments au mouillage : loué soit le *hakkikt.* Tenez-vous prêts à appareiller.

– Qu'est-ce qu'ils font ? s'écria Khym. Ce n'est pas possible !

– Nous allons passer en phase d'activation, fit Haral sur un ton cassant.

Et de pianoter sur les touches. Les générateurs commencèrent à bourdonner et à vrombir.

Hilfy, qui transpirait sous l'effet de la panique, enfonça à son tour des boutons du clavier de sa console :

– *Harukk,* ici *L'Orgueil de Chanur.* Nous vous écoutons.

– Ici le *Harukk.* Loué soit le *hakkikt.* Rendez compte de votre situation.

Hilfy eut un passage à vide. Affolée, elle chercha les rapports standard et transmit.

– Loué soit le *hakkikt,* murmura-t-elle. Nous vous expédions l'état de situation du personnel.

– Nous vous accusons réception, Chanur. Veuillez nous communiquer les données concernant vos subordonnés.

La politesse kifish... Que l'on pouvait appeler « absence de courtoisie » si l'on avait d'autres critères. Hilfy se brancha sur Haral.

– Le *Harukk* demande la situation des autres.

– Les subordonnés. Regroupe les rapports de situation de tous ces navires.

Haral avait raison, par les dieux, entièrement

raison : c'était la procédure kifish, c'était une affaire de protocole, exiger tout ce que le capitaine exigeait, ne permettre à aucun vaisseau de faire lui-même son rapport. Hilfy revint à son clavier et se mit en liaison avec les Mahendo'sat, avec Tahar, avec tous les autres Hani au mouillage.

Pyanfar retrouva le quai avec tout son groupe. Skkukuk était le seul Kif qui les escortait. Elle remplit ses poumons. L'air avait une odeur calcinée. Elle jeta un coup d'œil à la ronde quand les autres l'eurent rejointe au pied de la rampe du *Harukk*. Jik et Tully, Harun, Tauran, Vrossaru, Faha... Leurs visages étaient brouillés : le changement d'atmosphère lui donnait le vertige.

– Nous avons fait ce que nous avons pu, murmura-t-elle. Nous avons une chance. Si nous avons des points de désaccord, nous en discuterons en chemin. Jik, Jik, par les dieux... (Pyanfar, se rappelant que Skkukuk ne perdait pas une seule de ses paroles, n'alla pas plus loin.) Dépêchons-nous. Il ne faut pas rester sur ce quai.

Le clignotant mural annonciateur des départs était allumé; le *Harukk* se préparait à déhaler. De l'autre côté du dock, des Stsho au désespoir, en pleine panique, étaient agglutinés; les plus téméraires, en quelque sorte : les autres, prudents, se terraient dans les niveaux inférieurs.

Où des équipes kifish fouillaient les archives et razziaient le Central en quête de noms et de données.

– Nous sommes prêts à appareiller, dit Harun. Nous le sommes depuis des mois, attendant que l'occasion de le faire se présente. Nous avons des questions mais je n'en poserai aucune. Si nous avons la possibilité de fuir cette maudite station, je ne demande qu'à sauter dessus.

Ses oreilles étaient baissées, son expression

préoccupée. De la plus vieille à la plus jeune, aucune des Hani présentes n'était stupide.

Encore que l'anxiété de Munur Faha fût lisible dans les yeux cernés de blanc qu'elle dardait sur Pyanfar.

Quel est votre objectif ? Quel genre de marché avez-vous en tête ? Vous mentiez. Mais combien de fois ? Et où ? Et dans l'intérêt de qui ?

Dur Tahar, quant à elle, s'enfermait dans son univers intérieur, la mine sévère, sans un regard pour les autres Hani.

Skkukuk émettait des caquètements, se parlant à lui-même. Comme lui, Tully gardait la main sur son arme.

Jik, tout en marchant, posait calmement des questions – un feu roulant de questions – à Kesurinan. Ils parlaient en dialecte.

Que pouvait-il faire ? Mettre en danger sa vie et tout le reste ? Le cœur de Pyanfar battit plus vite quand elle vit s'allumer plus loin d'autres feux de départ. Leurs propres navires.

– L'ordre est donné, dit-elle à l'adresse des Hani. Nous ferons ce qui a été dit et que vous avez entendu. Nous remettrons les pendules à l'heure lorsque nous aurons doublé Urtur. Il nous faut absolument dépasser Urtur. Cette escorte kifish sera une bénédiction des dieux et je forme des vœux pour qu'Akkhtimakt soit dans l'incapacité d'aller plus loin, mais j'en doute. Une longue route nous attend. Longue et dure. Nous disposons d'une vitesse suffisante pour marcher à l'allure des croiseurs de chasse. Des modifications ont été apportées à *L'Orgueil* : nous avons servi d'agents de liaison pour les Mahendo'sat et nous sommes équipés de l'appareillage d'un chasseur. Il s'est passé beaucoup de choses mais vous êtes au courant de quelques-unes d'entre elles. Ce qui m'inquiète, c'est de pouvoir traverser les systèmes assez vite et de rester groupés assez longtemps pour arriver à temps sur la planète-patrie. Je peux réduire ma vitesse, l'*Aja Jin* aussi et je serai en mesure de convaincre les Kif d'en faire autant. Mais rien ne saurait ralentir Akkhtimakt, et ce sont tous des chasseurs. Nous contournerons Hoas Point. Que pouvez-vous délester pour le saut d'Urtur, la décélération et le franchissement du vecteur de Kura ? Qui manque de vélocité ?

Un conciliabule s'entama à voix basse entre les capitaines hani. L'*Industrie* était, et de loin, le navire le plus robuste : le petit *Vent des Étoiles* dont la masse était faible était assez rapide et ses moteurs étaient assez puissants pour suivre l'*Industrie*. L'*Espérance de Shaurnurn* et le *Fileur de lumière de Pauran* avaient des performances à peine inférieures. Mais l'*Étoile de Tauran* et le *Pionnier de Vrossaru* étaient beaucoup plus lents.

– Nous pouvons réduire notre vitesse et nous aligner sur vous, dit Pyanfar à Tauran et Vrossaru. Ce sera un handicap pour nous. Vous savez ce à quoi nous sommes confrontés. Je vais vous demander... il faut que je vous demande...

– Nous y arriverons. Par nos propres moyens, l'interrompit Sirany Tauran.

– Non. Puissance réduite. Encoconnage au mouillage. Je sais que c'est risquer vos vaisseaux. Et le voyage de retour est aussi hasardeux. Écoutez-moi. Mon équipage est mort de fatigue, exténué. Celui de Tahar ne vaut guère mieux. Je peux prendre Tahar à bord de *L'Orgueil*... (Dur Tahar lui adressa un regard fulminant mais ne dit mot.) Ou bien... un équipage peut venir avec moi et travailler par roulement, et l'autre avec Tahar. Ainsi nous arriverons tous vivants et gagnerons un temps précieux.

Travailler par roulement avec une pirate ? Vendetta et proscription. Pyanfar entendait déjà la clameur de protestation qu'allait soulever sa proposition. Mais non :

– Vous pourrez garder l'œil sur nous, dit Tahar sur un ton posé. Partager les quarts ou les assurer tous. Comme il vous conviendra.

– D'accord, dit Vrossaru. Nous vous prenons en charge.

Tauran se tourna vers Pyanfar. Les pensées qu'elle remuait dans sa tête se lisaient dans ses yeux. Des étrangers. Les dieux seuls savent quoi. Et peut-être aussi : Les Kif protègent prioritairement le vaisseau de Chanur. Et *L'Orgueil* est rapide. Il nous amènera vivantes au terme du voyage. Et si ce sont des mensonges, nous serons à pied d'œuvre pour intervenir dans le bon sens, n'est-ce pas ?

– C'est d'accord, dit à son tour Sirany Tauran. Dès que j'aurai fait débarquer mes navigantes. Nous sommes sept. Vous avez des couchettes ?

– Nous en trouverons. (Est-ce qu'elle est au courant pour Khym ? Les muscles de Pyanfar se contractèrent. Puis elle se détendit.) Par les dieux, nous avons des problèmes autrement plus graves que les préjugés hani. Merci. (Le groupe avait atteint le poste de mouillage de *Lune Qui Monte.* Un peu plus loin, les feux de départ de *L'Orgueil* et de l'*Aja Jin* clignotaient fébrilement.) Liaison navire par navire en transmission directe. Nous devrons communiquer les données techniques à notre escorte kifish, nous n'avons pas le choix. Partons de ce port sans incident.

– Entendu, dit Harun. Que la chance soit avec nous tous.

– Bonne chance, fit à son tour Faha. Veuillent les dieux veiller sur nous !

Munur Faha se mit en marche en direction de son navire, suivie d'autres capitaines : Harun et

Vrossaru, oreilles couchées, qui se retournèrent une dernière fois.

– Tahar, appela Pyanfar.

L'interpellée s'arrêta.

– Jik.

Jik et Kesurinan, qui auraient pu atteindre l'*Aja Jin* en quelques enjambées, en firent autant. Avec trop d'empressement. Que faisaient-ils ? L'un donnait-il des instructions à l'autre ? Complotaient-ils quelque chose ? Allez savoir !

Mais Jik, abandonnant sa première officière, revint sur ses pas, impassible.

– Où aller je ? (Il leva les deux mains.) Vouloir revenir ? Ou dire vous où aller je ?

– Les dieux vous pourrissent, que comptez-vous faire ? Nous laisser ? Pour que nous soyons tous écorchés vifs ? Pour que mon monde périsse de vos machinations ?

La situation réclamait maintenant qu'elle bluffe mais elle n'en avait pas les moyens, elle exigeait une tentative de persuasion qu'elle savait d'avance vouée à l'échec. Faire monter Jik de force à bord de *L'Orgueil* ne pouvait qu'engendrer une réaction de Kesurinan en application des instructions – les dieux seuls savaient lesquelles ! – qu'elle avait reçues.

– Je numéro un bien faire là-bas.

– Rien ne me permet de vous accorder ma confiance !

– Je intérêt avoir, dire déjà. (Il posa les deux mains sur les épaules de la Hani qui leva les yeux vers lui en quête d'une quelconque assurance. – Menteur. Ton maudit gouvernement ne te laissera jamais une seule fois dire la vérité.) Importance Hani avoir, Pyanfar. Je jurer.

– Plus que vous ? Allons donc !

Elle flageolait sur ses jambes. Le visage vers lequel elle levait le sien était un visage étranger, ces yeux étaient aussi indéchiffrables que ceux de Tully quand celui-ci était le plus insondable.

– Nous plus voisins Hani que Kif, non ? Je non vous trahir.

– Par les dieux, nous raisonnons comme les Kif ! L'intérêt égoïste...

– Politique comme Kif tout le temps raisonner. Vous non meilleur pilote avoir que je. Vouloir vous enfermer je. Ou faire confiance ?

– Quand ai-je eu à m'en louer ? (La panique s'emparait de Pyanfar.) Non, raclures des dieux, je ne veux pas vous faire confiance !

– Là numéro un travailler. Vous libérer je, faire donner bâtons-fumée ?

– Sikkukkut va nous suivre. Vous le savez ! Il m'a donné mission de faire le travail à sa place. Et vous vous figurez qu'il ne nous suivra pas ?

– Sacrément certain. Vous non stupide, Pyanfar. (Jik tendit le bras vers le poste de mouillage de l'*Aja Jin*.) Vous plus beau numéro un de la Communauté navire avoir. Numéro un bon pilote avoir. Je. Nous promesse tenir.

– Vous allez remonter à mon bord et me donner les informations avant l'appareillage. Je les veux, Jik. En clair et cartes à l'appui.

– Vous belle.

Quand Jik lui effleura la joue, Pyanfar eut un mouvement de recul et elle cracha.

Il lui décocha un de ses exaspérants sourires pleins d'humour, puis fit demi-tour et s'élança vers la rampe d'accès de l'*Aja Jin* en courant, suivi pas à pas par Kesurinan.

Il avait fait son choix. Les dieux seuls savaient s'il reviendrait. Les quais étaient dangereux. Si courte que fût la distance séparant les deux vaisseaux, les Kif pouvaient l'intercepter. Sikkukkut pouvait en interrogeant les Stsho découvrir quelque chose qui le ferait changer d'avis. En commerçant dur et pur qu'il était, Stle stles stlen pouvait fort bien avoir dissimulé des archives.

Pyanfar dévisagea Dur Tahar. Et tous les doutes qu'elle nourrissait envers la pirate, envers son ennemie, envers cette Hani qu'elle avait voulu tuer se dissipèrent.

– Cela a pu être une erreur, dit-elle.

– Peut-être.

– Tahar, si nous nous en sortons, tout ce qu'il y avait entre nous...

Le visage de Tahar se durcit et ses oreilles s'aplatirent.

– Oui, je sais.

– Non, vous ne savez pas, vomissures des dieux ! Il n'y a plus de vendetta entre Chanur et vous. Vous avez payé.

Tahar releva les oreilles.

– Il en va de même pour vous, laissa-t-elle tomber avec son arrogance bourrue.

Les deux Hani restèrent encore face à face une seconde, puis Tahar pivota brusquement sur elle-même et se dirigea vers la rampe d'accès du *Lune Qui Monte*.

Pyanfar était maintenant seule avec Tully et Skkukuk, l'humain à son côté. Il semblait que la belle ordonnance de son univers kifish avait été troublée.

La grande capitaine laisse son ennemi avoir barre sur elle. La grande capitaine croit que celles-ci lui sont subordonnées. La capitaine se trompe. La grande capitaine peut-elle donc se montrer si stupide ? Il convient de se méfier de ces Hani. Elles ne sont pas non plus des subordonnées.

Pyanfar leva le menton. Approchez ! Et Skkukuk avança anxieusement, non sans jeter un regard méfiant au Mahendo'sat qui s'éloignait.

– C'est dangereux, *hakt*'.

– Ami, se borna-t-elle à répondre.

Et, perverse, elle tendit le bras et posa la main sur celui de Skkukuk qui se rétracta.

– *Kkkt !*

Comme si elle l'avait attaqué.

Une réaction instinctive très semblable à celle qu'elle avait eue elle-même avec Jik. Et ce contact ne lui avait pourtant pas paru devoir mettre sa vie en péril.

– Je vais éclairer votre lanterne, Skkukuk. Vous naviguez avec des Hani. Vous entendez certaines choses propres à jeter le trouble dans votre esprit. (Pyanfar réitéra son geste et, cette fois, sa main se referma sur le bras sombre du Kif. Il était grêle et dur comme de l'acier. Elle le sentait frémir.) Avez-vous peur, mon *skku* ? Le pouvoir est une chose différente chez les Hani. Chez les Hani, le pouvoir est incarné dans une poignée de clans qui viennent de décider de se rallier à mes vues parce que je leur ai montré la seule voie possible qui leur sera jamais offerte pour en sortir. Et parce que Chanur existe depuis aussi longtemps qu'il existe des clans, que nos racines sont profondes et nos relations mutuelles compliquées. Et que nous avons des dettes à recouvrer qu'ils devront payer, à la fois pour des raisons de *sfik* et de protection personnelle. Nous avons des relations avec Faha. Faha, de son côté, a des liens qui lui sont propres. Il faudrait que j'interroge la bibliothèque pour voir ce qu'il en est des autres. Le clan est une entité *une.* Vous êtes *skku* de Chanur. Comprenez-vous ? Vous vous conduirez correctement avec les étrangers qui sont à bord. Et ils vous tiendront pour quantité négligeable. C'est exclusivement à Chanur en tant que clan qu'ils ont affaire. Est-ce que je suis bien claire ?

Les yeux noirs du Kif scintillèrent. Elle scrutait son visage à un empan du sien. Et elle le vit frissonner.

– Oui, *hakt'*, dit-il. Le pouvoir.

Elle le lâcha. Elle avait envie d'un bain. Envie d'air pur. Envie... envie de n'être jamais dans l'obligation de raisonner un Kif, par les dieux !

– En avant, dit-elle.

– À vos ordres, répondit Haral.

Elle poussa Skkukuk et Tully, fit demi-tour et s'élança, suivie par eux deux, vers *L'Orgueil*. Tout en courant, elle sortit son portatif.

– Ici Pyanfar. Ouvrez-nous, nous arrivons.

Ils escaladèrent la rampe, s'enfoncèrent dans l'ombilical d'accès nervuré que baignait une lueur jaune et où la température était glaciale, passèrent le coude, courant vers la lumière blanche, vers la sécurité du sas. Elle y entra, les jambes molles, taraudée par la douleur d'un point de côté.

– Tu peux refermer, dit-elle dans le *communico*. Nous y sommes.

– À vos ordres. Tout le monde est en bonne santé ?

L'opercule se referma en chuintant et en sifflant. On était maintenant autant à l'abri des Kif que la chose était possible.

Elle ferma les yeux et resta prostrée, pliée en deux, tentant de reprendre sa respiration. Il en allait de même pour Tully.

– Capitaine ?

– Stupides, stupides ! cria Skkukuk tandis qu'une poigne kifish agrippait le bras de Pyanfar. La *mekt-hakt'* meurt de faim, elle est en train de s'évanouir à cause de votre incompétence !

Tully gronda quelque chose à l'adresse du Kif. Pyanfar se libéra de l'étreinte de celui-ci en battant des paupières, abasourdie : c'était presque comme si elle devait séparer deux hommes qui se battaient. Dont aucun n'était le sien. Et qui étaient néanmoins siens l'un et l'autre mais d'une manière qui n'avait rien à voir avec le fait qu'il s'agissait de mâles. Elle n'avait jamais vu Tully arborer cette expression. Il montrait les dents. Elle les sépara de son bras tendu.

– De la tenue, par les dieux ! Silence !

– Capitaine ?

– Je vais bien.

Elle secoua la tête, prise d'un étourdissement. L'adrénaline qui giclait dans ses veines lui donnait le vertige. L'odeur de la sueur humaine se mêlait à celle de la sueur kifish, et à l'odeur de la sienne.

Pour la coopération entre humains et Kif, c'est gagné ! Dieux, nous avons nos ordres, je n'ai pas le temps... pas le temps de me trouver mal...

La voix de Khym :

– Je descends.

– C'est inutile. (Pyanfar se sentait totalement déconnectée. Son regard papillotant allait de Skkukuk à Tully. La présence de son mari était bien la dernière chose qu'elle souhaitait.) D'autres vont arriver. L'équipage de Taurun va embarquer à bref délai. Il travaillera par roulement avec nous. Vous êtes au courant ? Nous allons faire un voyage.

L'opercule de la coursive s'ouvrit et la voix d'Haral tomba à nouveau du *communico* :

– Et où allons-nous, capitaine ?

Il importait qu'ils sachent.

– On rentre.

L'espace d'un instant, l'ingéniosité dont elle avait fait preuve lui donna un sentiment de triomphe.

Jusqu'au moment où elle se remémora Chur et le prix que tout le monde aurait peut-être à payer, et dans plus d'un domaine. Cet éphémère sentiment de triomphe s'évanouit, ne laissant plus en elle qu'une souffrance et une immense terreur, immense et mortelle.

– Ils nous ont libérés. Nous rentrons chez nous.

8

– Si tu veux passer dans tes quartiers pour une raison ou une autre, vas-y, dit Pyanfar à Skkukuk dans la coursive. Dans dix minutes, tu prendras la faction à la rampe. Il va y avoir beaucoup trop de remue-ménage pour qu'il soit question de courir des risques. *Et sois poli !* Tu as compris ?

– Oui, *hak't.*

– Exécution !

Le Kif s'élança dans un bruissement de robes froissées et de cliquetis d'armes.

Au même moment, Tirun se porta à la rencontre de Pyanfar et de Tully.

– Ça va, capitaine ?

– Nous attendons Tauran et ses navigantes, nous n'avons pas d'endroit pour les loger, nous sommes enlisés jusqu'aux oreilles dans les paramètres de navigation mais les choses pourraient être pires. (Une autre silhouette hani, haute taille et larges épaules, surgit précipitamment à l'angle de la coursive : son mari. Pyanfar eut l'impression qu'elle allait défaillir.) Haral, tu écoutes, là-haut ?

– Oui, capitaine.

– Prépare un plan de marche direction Urtur en fonction de notre ancienne capacité : nous serons en convoi avec des navires plus lents que nous. Qu'Hilfy ait une liaison directe avec l'*Aja Jin,* nous attendons des informations. Les résultats seront transmis à Tahar. Et que l'*Aja Jin* rende compte.

– Cela ne prendra pas longtemps. J'ai déjà calculé notre graphe en fonction de notre cap actuel et j'ai les leurs. Nous avons cet ordinateur mahen ultrasophistiqué, et j'ai bien pensé que nous irions quelque part. Nous séquençons tout le convoi ?

– Tu as compris. (Exténuées comme elles l'étaient, les navigantes de service sur la passerelle accomplissaient des miracles.) Vas-y, cousine.

Khym, les ayant rejoints, se mit au pas de Pyanfar et de Tully.

– Tu es en bon état ?

Ce fut tout.

– Je me sens rudement mieux. (Elle constata qu'elle respirait à nouveau normalement. L'étau qui lui serrait la poitrine relâcha quelque peu son étreinte, et elle fut surprise d'éternuer. Ses yeux se mouillèrent de larmes. Elle s'essuya le nez.) Allez nous chercher quelques sandwichs, Tully et toi, et prenez toutes les dispositions requises pour un voyage. Nous quittons la station.

– Ils nous laissent partir ? demanda Khym en baissant à moitié les oreilles, la mine soucieuse.

– Tu as raison, nous avons des ennuis. Même les Kif ont des ennuis. Nous devons aller à Urtur, tu te rappelles ? Il nous faut passer sous le nez d'Akkhtimakt pour prendre le chemin du retour. Briser toute résistance que nous rencontrerons sur notre route jusqu'à Anuurn. Monte à la cambuse. Et tâche de laisser Tully souffler un peu, il n'en peut plus.

Moi, il faut que je fasse faire le saut au vaisseau. Il est urgent qu'on déhale. Je n'ai pas le temps de me reposer...

– Allez, Tully, à la cambuse, dit Khym.

– Compris.

Tully accéléra l'allure et tous deux, l'humain et le Hani, s'éloignèrent d'un bon pas. Tully tanguait imperceptiblement. La fatigue et le froid rendaient ses muscles flasques. Il semblait à Pyanfar que les siens étaient en caoutchouc.

– Tirun, sept navigantes du clan de Tauran vont monter à bord. Il va falloir trouver un endroit pour les héberger. Je te charge du protocole d'accueil à ma place. J'ai la tête en plein brouillard. Il faut que je trouve le moyen de mettre Tully et leur capitaine quelque part. Non, par les dieux, tu donneras à Sirany Tauran la cabine de Jik. Tully...

– Il est avec nous.

– Coucher dans les mêmes draps que lui pendant les périodes de récupération ne va pas leur plaire. Dieux ! L'univers est en train de se désagréger et nous devons nous occuper d'histoires de draps et de nos maudits vieux préjugés !

– Qu'elles râlent ! Il fait partie de l'équipage, capitaine.

Pyanfar se mordilla la moustache et lâcha un soupir.

– Oui, laissons-les criailler. Nous partagerons les veilles avec deux d'entre elles si j'arrive à obtenir l'accord de Sirany. Fais au mieux et évite de trop heurter leur sensibilité. Et espérons que la présence de Khym ne leur fera pas piquer une crise...

– À vos ordres, capitaine.

– Alors, allons-y. (À l'approche de l'ascenseur, Pyanfar fit signe à Tirun de presser le pas.) Je ne sais pas ce qui peut se passer ici et j'ai hâte que nous filions le plus vite possible. Nous risquons d'avoir une centaine de navires autour de nous.

Trois cent mille Stsho, Pyanfar. Vulnérables et impuissants devant les événements, quels qu'ils soient, qui peuvent survenir.

Demander aux Kif de les laisser partir ?

Quelle raison invoquer ? Je suis bien incapable d'en trouver une.

– Il serait peut-être bon de regarnir le congélateur en bas, hein ? Et où en sont les réservoirs ?

– La dernière fois que je les ai vérifiés, ils étaient aux trois quarts pleins. Haral est en train de procéder aux vérifications des systèmes. Elle a été forcée d'interrompre les recherches linguistiques pour calculer le plan de vol, capitaine, j'en suis au regret.

– Au regret ! Qu'elle continue. Nous n'avons que le temps de prendre le départ. Tu lui diras que je veux que son plan de vol soit aussi précis que possible. Il faut tout miser là-dessus. Nous n'avons pas de temps à perdre. Le temps est la seule denrée irremplaçable.

– Ici... ici... ici, disait Jik qui, armé d'un crayon optique, traçait les itinéraires sur le moniteur de l'ordinateur tandis que le modèle rotatif en trois dimensions s'ajustait complaisamment aux déplacements de niveaux. (Il avait amené son matériel avec lui en montant à bord et le module installé par les Mahe faisait maintenant preuve d'une virtuosité jusque-là ignorée.) Pareil venir peut-être Tt'a'va'o, peut-être V'n'n'u.

Geran émit un sourd bruit de gorge de sinistre augure.

– On va semer la pagaille dans tout l'espace hani, voilà ce qu'on va réussir à faire.

Jik ne releva pas le commentaire. Il avait la bouche pleine. Il n'avait pas pris le temps de se restaurer sur l'*Aja Jin* et venait de prendre un sandwich dans la cambuse de *L'Orgueil*. Pyanfar avala une rasade de *gfi* dont la brûlure la fit ciller sans quitter des yeux l'écran sur lequel se dessinaient les tracés.

Le clan de Tauran était en route avec tout ce qu'il pouvait emporter. Tirun était en bas, dans le sas, avec Skkukuk au pied de la rampe pour accueillir les arrivantes avec leurs bagages. Il régnait un silence inquiétant. Le *Harukk* et les quelques bâtiments désignés pour l'accompagner s'apprêtaient à déhaler pour faire ce qu'ils avaient à faire, les dieux seuls savaient quoi. La station était soumise aux exactions de pirates kifish auxquelles Pyanfar préférait ne pas penser. Chaque fois qu'elle fermait les yeux, elle voyait les deux malheureux Stsho prisonniers du *Harukk*, blêmes, fragiles et physiologiquement incapables de violence, ne fût-ce que pour sauvegarder leurs facultés intellectuelles ou leur vie.

Un système de destruction pouvait avoir été installé sur la station même, réglé pour entrer en action sur un signal émis d'un point hors système quelconque. Il était possible également qu'un adversaire impitoyable que la présence de trois cent mille Stsho laissait froid, quelqu'un comme Akkhtimakt, ait miné la fragile carapace de la station qui sauterait si un récepteur captait un signal voyageant à la vitesse de la lumière. Dans certains vecteurs, on ne le saurait que lorsque l'explosion se produirait, même si on restait en permanence à l'écoute des transmissions. Et Pyanfar n'avait nulle envie de donner à Sikkukkut des idées qui ne lui seraient pas venues d'elles-mêmes à l'esprit en l'avertissant de cette possibilité. Et elle ne souhaitait pas davantage demeurer solidaire de la station plus longtemps qu'il n'était nécessaire.

En attendant, elle buvait du *gfi* en regardant un Mahe au bord de l'épuisement essayer, avec l'aide d'un ordinateur, de reconstituer de mémoire des diagrammes en appliquant la méthode des essais et des erreurs.

L'un comme l'autre n'en pouvaient plus. Manger ne remplaçait pas le repos. Et ils allaient bientôt devoir appareiller et tout mettre en place pour un long saut hasardeux. Les pompes fonctionnaient, remplissant les réservoirs à ras bord. Khym allait et venait, vérifiant tous les postes et procédant à toutes les opérations nécessaires pour que les appareillages continuent de faire leur travail.

Une équipe d'appoint serait la bienvenue.

Nous vous parlons à cœur ouvert, à vous deux : Tahar et Chanur. La mutinerie ou la mort. Ou nous parvenons à un accord à court terme ou *vous* ne rentrerez pas vivantes.

C'était ce qu'impliquait sa proposition. Et toutes les capitaines en avaient conscience alors que, vraisemblablement, Sikkukkut et même Skkukuk pensaient qu'elle n'avait fait que bluffer ses compatriotes.

Les dieux veuillent qu'elles le comprennent parce que, avec la flotte kifish qui les escorterait, il ne serait pas question d'avoir, avec des navires quels qu'ils soient, des conversations qui ne seraient pas de nature strictement technique. Et cela jusqu'à Anuurn.

Tout en sirotant son *gfi* et en mâchonnant son sandwich, Pyanfar suivait des yeux les tracés rouges et verts dont Jik sabrait l'écran.

Et, petit à petit, elle comprenait tout ce qu'il y avait derrière ce que le Mahendo'sat était en train de constituer.

Des mouvements à longue échéance. À très longue échéance.

Le Kif n'avait pas menti : la stratégie mahen avait été dirigée contre les Kif dès le début : toute une série d'opérations remontant à l'époque où c'était Akkukkak qui incarnait la menace. Et même plus tôt encore. Les Mahendo'sat possédaient bien plus que les quelques croiseurs de chasse dont ils étaient censés disposer : le secret hermétiquement gardé de leur construction.

Les dieux savaient ce que les Kif avaient su pendant tout ce temps. Ce que les Mahendo'sat savaient et ce que les Kif taisaient, touchant leurs intentions, et que Jik lui-même ignorait peut-être.

Et eux seuls savaient ce que les uns et les autres connaissaient de l'humanité.

Et, à l'heure présente, Pyanfar craignait que si Jik parvenait à mettre la main sur Tully et à le coincer dans un coin sombre de *L'Orgueil,* il ne le soumette à un interrogatoire tout ce qu'il y avait de poussé. Peut-être Or-Aux-Dents ne s'était-il pas gêné pour le faire quand Tully était à bord du *Mahijiru* et, comble de l'ironie, il ne l'avait pas cru. Il y avait toutes les chances pour que Tully ait fait celui qui ne comprenait pas. Il était très fort à ce petit jeu.

L'humain avait un jour demandé à Pyanfar avec sa mine désolée si Or-Aux-Dents était ou non de leur côté. Sur le moment, elle n'avait pas pleinement saisi les implications de la question et n'avait pas songé aux pressions qu'Or-Aux-Dents avait pu exercer sur lui. Et pas davantage compris pourquoi celui-ci l'avait séparé de l'équipage humain que transportait l'*Ijir* avant que le bâtiment ne fût tombé entre les mains d'Akkhtimakt.

Avoir été débarqué de ce navire condamné avait été la chance de Tully, c'était indiscutable. Mais Pyanfar se rappelait l'expression qui était la sienne sur le *Mahijiru,* une expression que, rétrospectivement, elle déchiffrait un peu mieux : un terrible stress. Et elle se souvenait du soulagement avec lequel il s'était précipité vers elle, l'avait étreinte, tremblant de la tête aux pieds, dégageant une odeur qui était celle de la peur.

Ami, avait-il inlassablement répété tout au long de la première étape du voyage. Mais ce qu'il savait, Tully l'avait farouchement tu. Et les discordes dressant les membres de l'équipage les uns contre les autres, les moments d'énervement qui sont le lot de toute traversée, le moindre soupçon de violence provoquaient chez lui une réaction de panique échappant à toute raison. Plongé dans un environnement d'isolement avec pour seul lien sa traductrice, pratiquement sourd à toutes les nuances, à toutes les subtilités des conversations qu'il entendait, il avait été pris de peur, il avait vécu dans le doute jusqu'à l'instant où, trahissant sa propre race, il l'avait avertie, elle, de ne pas faire confiance à l'humanité.

La trahison de Tully était sans commune mesure avec les diagrammes compliqués de Jik. Mais elle était loin, bien loin, d'être une chose simple. Pyanfar observait l'humain qui gardait les yeux rivés sur le moniteur, l'air concentré – dieux ! elle avait même fini par s'habituer à lui voir cet air-là ! –, apparemment enfermé dans son univers d'autiste tandis que se poursuivaient ces dialogues en idiomes étrangers. Il écoutait, elle en aurait presque mis sa main au feu. Sous certains aspects, il avait beaucoup de ressemblances avec Jik. Et là résidait l'anomalie. Il effectuait son travail. Il lui était arrivé de l'accompagner sur le navire kifish, ce qui devait lui être une terrible épreuve. Mais les Kif n'étaient pas ce qui l'effrayait le plus. Pyanfar le devinait à mille petits gestes, mille petites crispations de ses traits, aux mimiques qu'il avait, à la tension de son corps chaque fois qu'il y avait quelque fausse alerte momentanée.

C'est quelque chose qui n'est pas présent ici. Akkhtimakt n'est jamais qu'un Kif comme les autres Kif. Tully hait Sikkukkut mais Sikkukkut ne le fait pas paniquer. Il a Or-Aux-Dents et les Mahendo'sat pour sujets d'inquiétude. Et ceux de sa race.

S'agit-il de quelque chose qu'il sait que feront les humains ? Ou qu'il aura à faire, lui ?

Ou, indépendamment du camp qui gagnera, redoute-t-il qu'un jour quelqu'un décide de lui poser des questions auxquelles il ne voudra pas répondre ?

Dieux, pourquoi s'est-il comporté comme il s'est comporté ? Pourquoi nous a-t-il apporté son aide alors même qu'il a peur de nous, et ce, à l'encontre de sa propre espèce ? Il sait ce qu'est la loyauté. Il sait ce qu'est l'amitié. Il s'engage à nos côtés comme si nous étions du même sang. Cela n'a pas de sens. Quels sont donc ces êtres dont il est le produit et qui le conduisent néanmoins à les trahir ?

Un peuple aussi divers que l'est le nôtre. Un peuple divisé par des conflits internes.

Un frisson parcourut Pyanfar. Elle dut boire une gorgée de *gfi* pour faire descendre une bouchée de sandwich récalcitrante. Son regard se posa sur les diagrammes, sur les instructions dont l'ordinateur était saisi. Elle avait suivi Jik, plus loin, peut-être, que lui-même ne le pensait. Les données et le modèle étaient maintenant dans leur banque, connectés au *navigo*. Des navires mahen pouvaient être n'importe où dans cette zone.

Il eût fallu être fou pour croire en la parole de ce Mahendo'sat. Mais Jik lui avait montré trop de choses, il avait confirmé trop de choses, reconnu trop de choses. Et il savait qu'elle était capable d'additionner deux et deux.

Ce qu'il lui avait donné avait fait du traité Mahen-Hani un chiffon de papier.

– Il n'est pas possible de rejoindre vos vaisseaux au rendez-vous d'Urtur, dit-elle. Et n'oubliez pas que deux des bâtiments de Sikkukkut nous précèdent de quelques heures, ce qui représente plusieurs jours de vol avec ces navires marchands que nous traînons derrière nous, à supposer qu'ils ne tiennent pas la cadence convenue.

– Cinq jours coûter. Avoir nous cinq jours ?

(Jik eut un battement de paupières empreint de lassitude.) Monde en cinq jours mourir pouvoir. Je équipage dire message envoyer.

– Quand nous serons là ? Vous avez un *beeper* ?

– Silence tant que non recevoir identification mahen.

– Jik, dites-moi la vérité sur ces sauts courts. Pouvez-vous y arriver ? Les Kif peuvent-ils y arriver ?

– Limite deux journées-lumière précises, peut-être. Essayer plus loin, revenir jamais.

– Deux jours. C'est trop pour Or-Aux-Dents.

– Essayer arranger autrement ?

– Vous allez me jouer un tour à votre façon ?

– Non, répondit Jik en regardant Pyanfar droit dans les yeux. (Tendant le bras, il lui agrippa le poignet.) Vous, moi, beaucoup travail dans intérieur de cette affaire. Haute priorité rester ici. Vous comprendre ? Ana être extérieur. Nous intérieur. Il utiliser nous comme nous être utilisés vouloir, nº 1 bonne opération. Super-bonne. Dire vous : je sacrément malin. (Le Mahe eut un fantôme de sourire. Sa main étreignit celle de Pyanfar qui ne broncha pas. Ces Mahendo'sat ne savaient pas quel effet la pression avait sur des griffes rétractiles. C'était comme pour Tully.) Je dire vous : vous précieuse. Sacrément précieuse. Non prendre risques vous. Spatiennes hani précieuses toutes.

Elle dégagea sa main.

– Vous feriez mieux de repartir. Pendant que vous le pouvez. Avant que je ne change d'avis.

– Vous nerfs bons. Mahendo'sat non meilleurs.

– J'en ai autant à votre service. (Sa sensiblerie fit à moitié baisser les oreilles à Pyanfar. Elles étaient enflammées. Et cela au su et au vu de l'équipage. Mais elle songea que l'occasion ne se représenterait peut-être jamais.) Il a fallu faire preuve de promptitude d'esprit sur le *Harukk*.

– Oui. (Jik se tapota le crâne.) Cervelle nº 1. (Le regard vacillant, il se leva. S'accrocha à l'armoire pour garder l'équilibre.) Voir vous autre côté ?

– Entendu. Geran, aide-le à redescendre.

Elle suivit des yeux le couple – le grand Mahe au noir pelage et la petite Hani à la crinière cuivrée – quitter la passerelle et s'engager dans la coursive. Elle termina le reste du *gfi* et se leva à son tour pour jeter son gobelet. Haral le lui prit des mains. Les navigantes la traitaient comme si elle était en verre.

– Capitaine, allez vous étendre et dormez un peu. Moi, j'ai fait ma pause. Je m'occuperai de Tauran. Vous...

– Je te prends au mot, murmura Pyanfar.

Comme elle mettait le pied dans la coursive, il y eut un bruit sourd venant d'en bas. On manœuvrait le tambour du sas. Trop tôt pour que ce fût déjà Jik. C'était Tauran qui arrivait. Ils allaient avoir leurs hôtes. On disposait de suffisamment de temps pour les installer avant de quitter le système. Qu'elle ne soit pas personnellement là pour accueillir Tauran était un manquement à la courtoisie.

Mais faire émerger son navire dans le système d'Urtur, dans la poussière d'Urtur et sous le feu des Kif dans l'état d'épuisement où elle était, cela non plus n'était pas possible.

Et elle ne pouvait se fier à un pilote étranger à Urtur. Il fallait que ce soit elle ou Haral qui soit aux commandes. Au besoin, Tauran. Personne d'autre. Surtout avec les nouveaux équipements de *L'Orgueil*. Ô dieux, il faut que j'apprenne à Tauran à se familiariser avec ces systèmes, elle n'a pas l'habitude d'avoir une telle puissance à sa disposition. Haral devra bien sûr les mettre sur automatique; tout ce que nous avons à faire est de convaincre les pilotes de Tauran de ne pas y toucher. Dieux, j'espère qu'elles obéiront aux ordres !

Elle fit demi-tour et, chancelante, revint sur ses pas. Une fois dans la salle de contrôle, elle s'approcha du *communico* et se pencha au-dessus d'Hilfy.

– Branche-moi sur le pont inférieur. (Le témoin s'alluma.) Tauran ? *Ker* Sirany ?

La réponse arriva :

– Je suis là.

– Ici Pyanfar Chanur. Bienvenue à bord. Je vais me reposer un moment. Je vous indiquerai moi-même le maniement des appareils mais ce sera moi qui les prendrai pendant le saut. Je désire que vous soyez en haut pendant la sortie du bassin. Le système de La Jonction est la meilleure chance que vous aurez de faire connaissance avec nos tableaux de commande pendant la manœuvre de prise de large. Je vous serais reconnaissante de vous installer au plus vite et de monter sur la passerelle où le personnel de veille vous mettra au courant de leur fonctionnement.

– Compris.

– Nous prenons le départ exténués. Je ne tiens plus sur mes jambes. Je vous présente toutes mes excuses, *ker* Sirany.

– Nous montons directement, *ker* Pyanfar.

– Je vous remercie.

Pyanfar coupa la communication, quitta la console et s'éloigna à pas lents. Démoralisée. Avait-elle fait ce qu'il convenait de faire ? Qu'avait-elle dit au juste ? Comment son interlocutrice avait-elle reçu le message ? et avait-il arrangé les choses ou pas ? De plus, personne n'avait expliqué au clan Tauran quel était le statut de Khym.

Encore que l'équipage de Tauran ait dû entendre parler de lui. Tout le monde, à La Jonction, avait dû entendre parler de Khym, de la bagarre et du Kif. *L'Orgueil* et Chanur étaient devenus célèbres. Oui, Tauran et ses navigantes avaient certainement entendu parler de Khym. Et de Tully. Avant même de l'avoir vu. Seul Skkukuk les avait prises de court.

Elles étaient des spatiennes, pas des rampantes. Pas d'arrogantes immunes en bouffants noirs, comme Ehrran et ses pareilles.

Elle s'arrêta en arrivant devant la cabine de Chur et en poussa la porte. Chur était réveillée. Elle était au lit, un bras hérissé de sondes reliées par des tuyaux à la machine argentée installée le long de la cloison. Elle leva la tête.

– Tu te sens bien ? lui demanda la capitaine. Nous rentrons chez nous, tu sais ? Nous prenons l'équipage de l'*Étoile de Tauran* à notre bord. Tu vas entendre des voix nouvelles venant de la passerelle. Je ne voulais pas que tu t'inquiètes.

– Compris. (Chur plissa le museau avec difficulté.) Vous n'avez pas l'air en grande forme, capitaine. Vous pourriez prendre ma place avec tous ces zinzins.

– Tout va bien, ne te fais pas de souci. Nous avons obtenu la libération de Jik. Il nous a donné ses cartes et il se montre coopératif pour changer. Il est retourné sur son navire. Nous avons toute l'escadre kifish en appui. Nous rentrons à Anuurn pour veiller à ce qu'Akkhtimakt et les siens n'aillent pas aussi loin. Un détail d'une importance mineure pour les Kif mais qui en a une certaine pour nous, hein ? Nous passons par Urtur. Ensuite, ce sera plus simple. Où en es-tu, toi ?

– Je me suis levée et je suis allée sur la passerelle, capitaine. Mais on m'a obligée à me recoucher.

Pyanfar redressa les oreilles.

– Je voudrais que tu penses à ce saut double.

Une fois de l'autre côté, ce sera facile. On rentre chez nous. Tu m'entends ?

– J'ai promis à ma sœur. (L'effort que Chur faisait pour lever la tête la fatiguait et rendait sa voix plus tendue.) Cette maudite machine fait de son mieux pour que je retombe dans l'inconscience. Elle n'a aucun sens des proportions. Aucun.

– Au revoir, cousine.

Pyanfar referma la porte, passa dans la cabine attenante à la sienne et alla s'écrouler sur son lit sans même se déshabiller. Elle tâtonna à la recherche du filet de sécurité. Il se mit à ronronner.

Chur.

Jik pourrait encore nous tendre un piège.

Tauran... il faut leur faire comprendre.

Skkukuk en bas occupé à manger ces bestioles. Tully qui crève de peur de faction devant l'Arsenal. Urtur...

... ô dieux, Urtur.

– Py ! Py !

On la secouait doucement par l'épaule. Elle inspira profondément, avalant du même coup un peu du duvet de la literie et émergea du sommeil en agrippant le bord du lit. Il devait y avoir urgence. Tout était urgence.

Deux mains l'aidèrent à se dresser sur son séant. Elle secoua les oreilles, faisant tintinnabuler les anneaux qu'elle n'avait pas enlevés, et battit des paupières. Devant ses yeux, le visage de son époux.

– Elles ont besoin de toi, dit-il. Manœuvre exécutée, nous sommes en inertie. Je fais partie de l'équipe de repos. Haral a dit que la présence de tout le personnel expérimenté était maintenant indispensable en haut. Deux navigantes de Tauran sont aux consoles. Moi, je vais faire un petit somme. D'accord ?

Avec quelle placidité il s'exprimait ! Elle le dévisagea avec stupéfaction. Elle avait donc dormi pendant tout le déhalage ? Malgré le bruit, les secousses et les fluctuations de la gravité ? Haral avait manœuvré avec autant de délicatesse que si elle avait manipulé des œufs.

Alors, elle avait évidemment dit à Khym d'abandonner son poste et de quitter la passerelle. Et d'aller s'enfermer dans sa cabine pour attendre le saut le plus éprouvant que l'on eût jamais effectué. Et il avait regagné ses pénates et avait expliqué tout cela avec le plus grand calme. Alors qu'il était terrifié. Forcément. Pyanfar ne l'était-elle pas elle-même ?

Elle éprouva soudain un immense mouvement de tendresse pour lui. Levant le bras, elle lui caressa la figure et nicha son museau dans l'oreille de son mari.

– Hum ! C'est du bon travail. Du très bon travail.

Cela et rien de plus. Pas de félicitations parce qu'il avait suivi les ordres. Il méritait que l'on fasse comme si la chose allait de soi.

– Ne fais pas cela, chuchota Khym. Il ne faut pas que tu te mettes en retard.

– Ouais...

Et, passant devant lui, Pyanfar sortit en toute hâte.

Elle remettait encore de l'ordre dans sa crinière et n'était toujours pas entièrement réveillée quand elle rejoignit la passerelle.

La manœuvre était terminée, avait dit Khym. Haral l'avait donc laissée dormir. Elle s'était chargée de tout avec cette compétence en laquelle Pyanfar avait une totale confiance. Au point de remettre sa vie entre les mains de sa cousine. Sans réserve. Mais, cette fois, il ne s'agissait pas seulement de quelques existences. Et Haral avait voulu que, désormais, la capitaine prenne le relais.

Une Tauran était assise dans le fauteuil de Chur. Skkukuk était à sa place. Une autre jeune Tauran au *communico* à celle de Tully. Haral et Tirun, Geran et Hilfy. Et d'autres Hani. Sirany se leva de son siège et, en dépit de tout, les entrailles de Pyanfar se nouèrent.

Par courtoisie, elle coucha les oreilles.

– Je suis désolée, Tauran. Affreusement désolée. J'avais l'intention d'arriver beaucoup plus tôt sur la passerelle.

– Votre première officière m'a dit que vous aviez du sommeil à rattraper. (À son tour, Tauran baissa à demi les oreilles, le menton en avant, dans une attitude de réserve. Elle eut un geste circulaire du bras.) Ma cousine Fiar Aurhen est au *communico.* Sifeny Tauran au balayage. Vous pouvez l'appeler Sif.

– Haral vous a expliqué...

– Aussi bien qu'elle l'a pu. (Tauran remonta son bouffant.) Je vous fais confiance, *ker* Pyanfar. Il vaut mieux que je m'en aille, maintenant. Le moment du saut ne va pas tarder pour nous.

– C'est parfait, *ker* Sirany.

Mais, déjà, Sirany Tauran avait tourné le dos et quittait précipitamment la passerelle.

– Compte à rebours commencé, annonça Haral dans l'intercom. Top dans cinq minutes.

Pyanfar s'installa dans son fauteuil. Les rations et les réserves d'eau étaient à leur place dans le compartiment prévu à cet effet. Elle ajusta les harnais de sécurité, verrouilla les berceaux-accoudoirs.

– Quatre. (Cette fois, on suivait le règlement

à la lettre : il y avait trop d'étrangères à bord.) Je vous passe les commandes, capitaine ?

– Tu les as, garde-les.

Pyanfar surveillait l'affichage.

Activation. *L'Orgueil* intensifia un peu sa rotation pour que la pesanteur plaque davantage les navigantes à leur siège afin que l'émergence à Urtur soit plus supportable.

– Notre escorte est fidèle au poste, dit Haral. Elle est composée du *Chakkuf*, du *Nekkekt* et du *Sukk*. Je ne connais aucun de ces bâtiments.

– Moi non plus.

– Message transmis. (C'était Hilfy.) Elles sont en préphase finale de saut. Dans les temps.

Une voix étrangère :

– Ma capitaine a rejoint son poste saine et sauve.

Tirun :

– Paré au départ.

Geran :

– Tout le monde à ses marques. C'est parti.

Ils s'ébranlèrent au milieu d'un champ de *blips* tandis qu'un autre champ, stationnaire, celui-là, changeait de couleur. Ils tournaient le dos à Sikkukkut et compagnie. Que les dieux viennent en aide aux Stsho et à la station !

– C'est bon comme ça, dit Haral. Comment vous en sortez-vous, capitaine ?

– Si je te demande quelles dispositions tu as adoptées, le prendras-tu en mauvaise part ?

Plongeon des oreilles de l'interpellée.

– Celles que vous avez élaborées, capitaine. Je bascule la liste de contrôle sur votre n° 4. (Haral enclencha un bouton et deux écrans s'illuminèrent. L'affichage se modifia.) Tauran a posé des questions, j'y ai répondu du mieux que je pouvais. Pas de problèmes apparents. Nous nous relayons au quartier de l'équipage avec les Tauran. J'ai expédié Tully aux opérations. Sa présence commençait à importuner Tauran. Il n'a pas fait d'objections. Et j'ai déchargé *na* Khym de sa tâche avec votre permission. J'ai estimé que, dans ces circonstances, un personnel expérimenté était nécessaire en haut et...

La phrase demeura en suspens. Et que la cohabitation entre hommes et étrangères n'était pas souhaitable. Mais cela, Haral le garda pour elle.

– Tu as bien fait.

Les dieux les vomissent ! Tully tout seul en bas, contrairement à ses ordres, parce qu'une bande de Hani formalistes refusaient qu'il s'installe dans le quartier de l'équipage, même si les brigades qui se relayaient n'y étaient jamais en même temps. Pensez donc ! Partager les mêmes draps et les mêmes couvertures ! Les dieux les pourrissent toutes !

Pas question de le mettre avec Khym. Ni de lui donner asile dans la cabine nauséabonde de Skkukuk. Sirany Tauran s'était vu attribuer celle de Jik, une cabine privée, privilège réservé à une capitaine.

Pas de place chez Chur, à moins de leur faire partager le même lit. Dieux, Chur...

Faites en sorte qu'elle supporte la traversée ! Faites que je la ramène chez nous. Elle est de si peu de poids dans la balance. Rien qu'une Hani. Faites tout le reste, dieux de mes mères, mais gardez-la avec nous.

Vous voulez ma coopération, dieux ?

Non, non, ce n'était pas la bonne façon de s'y prendre. Les dieux étaient trop durs en affaires.

Pyanfar parcourut la liste des yeux. Jeta un bref regard au moniteur n° 3 sur lequel le balayage intensifié montrait neuf navires qui allaient de conserve avec eux. Cinq hani, l'*Aja Jin* et trois unités kifish. La liste faisait état de tests, de procédures de vérification, de l'accord de Tauran concernant les missions et les conditions d'hébergement dévolues à ses navigantes, de la situation de Chur et du fait que l'accès *com* était ouvert dans tout le navire à qui en ferait la demande.

– Ordre de marche : confirmez.

Elle confirma.

C'était une trajectoire illégale : passer au zénith d'Urtur, freiner sec et effectuer un nouveau saut. En évitant le pot au noir de poussière et de gaz du disque d'accrétion de l'écliptique qui interdisait le passage à haute vélocité.

C'était aussi là où les difficultés les attendaient. Le mieux aurait été le passage direct au nadir, mais rares étaient les étoiles possédant l'inclinaison axiale relative qui aurait rendu une pareille manœuvre possible. Les masses de La Jonction et d'Urtur s'additionnaient, et emprunter cette voie aurait probablement pour effet de les catapulter sous vélocité grand V à travers la zone la plus infranchissable du disque.

Sinon même de les précipiter en plein cœur du sinistre soleil jaune d'Urtur.

– Nous avons le calcul de notre collectif ? s'enquit Pyanfar tandis que le chronomètre égrenait les secondes. Où est-il ?

– Il est en cours de déroulement. Nous avons prévu un décalage de deux minutes. Vous voulez le réduire ?

– Non, par les dieux !

Les choses étant ce qu'elles étaient, on allait faire un long plongeon dans l'hyperespace, ce qui leur conférerait à tous une poussée supplémentaire, d'où la nécessité d'être très attentif à la capacité de freinage. La masse du carburant était un souci. On ne pouvait pas se permettre d'en gaspiller. Le petit *Vent des Étoiles* avait des difficultés particulières à cet égard. *L'Orgueil* avait de plus gros réservoirs, mais, aussi, une masse plus importante avec le nouveau module dont il était doté. Quant aux autres, c'étaient des vaisseaux marchands conçus pour le transport du fret, pas pour faire de brusques arrêts et changements de cap sous le feu adverse, même si leurs réservoirs à grande capacité et leur masse faible quand ils étaient à vide les favorisaient dans de telles circonstances. Ils n'étaient tous que réservoirs, moteurs et soutes creuses. Mais ils étaient dépourvus de blindage supplémentaire. Cela allait être une opération délicate. Dans tous ses aspects.

Pyanfar calcula les données chiffrées. Les navires d'accompagnement les moins fiables étaient le *Fileur de Lumière* ainsi que l'*Étoile de Tauran* et le *Pionnier de Vrossaru,* tous deux distancés à quai. Le premier devait se traîner derrière les seconds : il n'y avait pas d'autre solution pour un navire ayant le rapport masse/moteur qui était le sien.

Les trois Kif ouvraient la marche, sans le moindre doute parés à faire feu et bien décidés à en découdre. C'était l'occasion de se distinguer. Une chance de promotion. La preuve qu'ils jouissaient de la faveur du *hakkikt.*

Et ils avaient indiscutablement leurs propres instructions : les émissions kifish se multipliaient entre le *Harukk* et les trois escorteurs.

En code, bien entendu.

– Passe-moi le schéma de Jik.

– Sur votre n° 3.

Et Haral bascula l'affichage.

Pyanfar l'étudia, observant les changements datés, l'accroissement de la puissance kifish de décennie en décennie. Et les actions mahen. Et la soudaine intrusion de l'humanité...

... le lent déclin de l'influence hani.

Les dieux te pourrissent, Jik...

Son pouls s'accélérait à mesure qu'elle relisait le schéma. C'était la vérité. Une vérité désagréable, évidente et simple. Jik avait fait un exposé politique, lui donnant plus qu'elle n'avait demandé. Plus que des plans de marche : des informations de nature historique aussi bien que touchant à l'avenir imminent.

– *Ker* Fiar, *ker* Sifeny, je suis Pyanfar Chanur. Je vous souhaite la bienvenue.

Un double murmure vint en réponse :

– Capitaine…

Quelles consignes avait bien pu leur donner Tauran avant qu'elles quittent l'*Étoile* ? Ayez l'œil sur ces vauriennes ? Attendez mes ordres ? Courbez l'échine et soyez polies ? Nous nous emparerons du navire s'il le faut, et que les diables mahen emportent les Kif et tous les étrangers ?

– À mon bord, on se moque des règles du manuel. Vous avez pu le comprendre à la façon dont les choses se sont passées. À l'instant où il y aura quelque chose que vous connaîtrez mieux que ma première officière, vous direz *priorité-priorité* dans le micro et à vous de jouer. Vous pourrez communiquer à votre gré avec votre bâtiment comme avec la station, tout comme mon équipage. Le *communico* vous sera ouvert. Nous avons des non-Hani à bord et les mêmes règles s'appliquent à eux. Les rapports à entretenir avec les hommes qui se trouvent sur mon navire doivent être conformes à la courtoisie. Sans plus. Nous avons une traversée longue et difficile en perspective, et Chanur est reconnaissant de toute l'aide qui nous sera apportée. Une aide dont nous aurons encore besoin au terme du voyage. Si vous avez des questions, posez-les, il y sera répondu. Vous n'aurez à subir aucune tracasserie. Si vous avez des ennuis, venez me trouver comme vous le feriez avec votre propre capitaine. Si jamais cela se produisait, je tiens à le savoir. C'est compris ?

Chœur parlé :

– Oui, capitaine.

Les Tauran n'étaient probablement pas convaincues.

– Le *Chakkuf* est entré en saut, annonça Sif Tauran.

– Priorité, dit Geran. (L'affichage-balayage fut basculé sur le moniteur n° 1). Entrée repérée. Relèvement : 05, 35, 19 virgule zéro zéro, par 5 G…

Un objet jusque-là dissimulé émergeait en accélérant comme s'il avait des diables à ses trousses.

– Il est temps de partir d'ici, murmura Pyanfar. Dieux et tonnerres, il devait forcément être de ce côté-ci du système…

– Priorité. (Toujours Geran.) Sikkukkut fait mouvement.

Changement de couleur sur l'écran.

– Tirun, interception calcul sur ce vecteur, ordonna Pyanfar.

– Bien compris. Rien sur notre ligne, ni rayon ni missile. Il nous a perdus mais c'est passé rudement près.

Assez près pour bloquer le tir. Pyanfar était inondée de sueur.

La voix de Geran tomba à nouveau des amplis :

– Priorité. Nous avons encore une autre visite…

– Priorité, priorité. (C'était Sifeny.) Encore deux.

– Tirun, refais les calculs.

– Ils sont plus bas. Tout va bien. Je revérifie quand même, capitaine.

– Priorité !

Le signal d'alerte clignotait sur l'écran. Des navires surgissaient dans l'espace.

– *Kkkkt !* s'écria Skkukuk. Voici un Méthanien. Un Tc'a et un Chi. Évitez d'émettre !

– Par les dieux... (Ferme-la sur ma passerelle, maudit cinglé !)

Tirun :

– Notre vecteur est libre. Allez, allez !

– Sikkukkut a de la visite et nous n'allons pas attendre d'être encerclés. Dégageons conformément au plan de marche prévu.

– Priorité, dit Hilfy.

Tahar émettait une bordée de jurons en hani. Le cœur de Pyanfar manqua un battement.

– Hilfy, tu transmets : Tahar ! Ici Pyanfar. Que s'est-il passé ?

La réponse arriva :

– Chanur, nous avons un pépin dans la vérification finale. Nous essayons d'arranger ça. Vous, il faut que vous partiez. Nous vous rejoindrons dès que nous le pourrons.

Pyanfar avait une impression de nausée. Quelle ironie, peut-être ! Ç'avait été un navire perdu en saut qui avait déclenché la vendetta Faha-Tahar. Et voilà que des Faha et des Tahar naviguaient de concert sur un vaisseau qui, cette fois, risquait de disparaître corps et biens.

– Bien compris, Dur. Qu'est-ce que cela représente comme retard ?

– Que les plumes me poussent si je le sais ! Nous cherchons. Donnez-nous un quart d'heure, si nous avons de la chance. Sinon...

– Sinon... oui.

– Vous savez, Chanur, je parle très bien le kifish. Je tournerai en rond et je leur dirai bonjour à tous au passage. Vous avez un message ?

– Bonne chance, Tahar. Bonne chance.

– Bonne chance à vous.

Le *Lune Qui Monte* coupa la transmission. Dur Tahar avait largement de quoi s'occuper.

Pyanfar laissa tomber son front dans sa main qui tremblait, prit une profonde inspiration et s'efforça de remettre de l'ordre dans ses idées.

Dieux et tonnerres, les meilleures que nous ayons… celles en qui je pouvais avoir confiance… les meilleures et les seules amies que nous ayons en dehors de Jik… cette sacrée pirate… et Vrossaru. Dieux, faites que nous ne les perdions pas maintenant. Je me convertirai à la religion, je jure que je m'y convertirai, mais faites-leur effectuer le saut avec nous !

– Nous approchons du top, annonça Haral.

Le *communico* crépitait, crachotant des messages en provenance du reste du groupe : il allait falloir sortir le *Lune Qui Monte* de toutes les équations jusqu'au bout de la traversée. À sa console de portée réduite, Skkukuk débitait exhortations et instructions en kifish. À propos de sa capitaine. Du *hakkikt,* louanges à lui. De leur destination.

Une pensée glaça Pyanfar :

– Tully… a-t-il pris ses drogues ?

– Il les a prises, répondit Hilfy. Il vient de le signaler. Chur est inconsciente. Tout va bien pour nos passagers.

Dix mille choses qui pouvaient aller de travers, dix mille façons pour l'opération de mal tourner…

Les projections de balayage étaient un tourbillon de couleurs changeantes. Geran et Sif Tauran tentaient fiévreusement de maintenir un semblant d'exactitude dans les mouvements des navires avec un capteur-système aveugle et des vaisseaux tc'a qui surgissaient à haute célérité, en n'ayant pour tout potage que leur savoir-faire et le balayage passif, dont les données qu'il leur fournissait étaient déjà périmées à l'arrivée.

C'était la bouteille à l'encre, là-bas. D'autres astronefs apparaissaient à la périphérie du système. Le *hakkikt* n'était pas tombé dans le piège, il n'était pas resté tranquillement nez pointé vers la station, dans l'intervalle de sécurité dont il aurait pu penser qu'il disposait avant que les unités en partance aient pu simuler un saut, freiner une fois hors des limites du système et rebrousser chemin.

La chance était avec cette crapule.

Veuillent les dieux protéger les Stsho !

– H moins 10, laissa tomber Haral, apparemment imperturbable. Vous prenez les commandes une fois de l'autre côté ?

– Je les prendrai.

Il fallait pour cela avoir l'esprit clair, une connaissance précise des coordonnées et des paramètres d'erreur.

– H moins 8.

La voix d'Hilfy retentit, répercutée par les amplis du *communico* général :

– Tout le monde assuré pour le saut !

L'ordre était donné en avance à l'intention des nouvelles venues.

– H moins 7.

– Où en est le *Lune Qui Monte* ?

– Elles demeurent muettes, répondit Hilfy. *Ker* Fiar essaie de ne pas donner l'éveil.

– *Dieux !* Har...

Soudain les instruments devinrent fous. Le *communico* hurlait sa plainte dans les casques. Pyanfar cria pour la noyer et amortir la douleur tandis que *quelque chose* les dépassait à une fraction de C, droit dessous, filant à toute allure vers le centre du système. Il s'en fallut de peu que le cœur de Pyanfar ne s'arrêtât de battre. Quelqu'un remit le *communico* en service.

L'objet sifflait, geignait, vagissait et hurlait, passant du grave à l'aigu comme atteint de démence et son image qui s'éloignait avait la périlleuse teinte jaune identifiant les Knnn.

Ô dieux de mes mères…

– Top ! lança Haral.

Et elle les catapulta…

… hors système…

… dans le saut…

… sérénité…

… retour…

… *piqué* de nouveau…

… *alerte…*

9

… *alerte…*

… *alerte…*

… La sirène hurlait, le témoin automatique d'alarme clignotait sur l'écran.

Pyanfar laissa rouler sa tête pour voir le chrono et battit des paupières pour éclaircir sa vision quand elle posa les yeux sur l'affichage. Aucune anomalie. Ils étaient arrivés à Urtur dans les temps prévus.

– … Message, balbutia Hilfy, message… kifish…

La voix de l'interprète tomba du *communico* général derrière Pyanfar : *Poursuivez votre route. Les vaisseaux escorteurs ouvrent le feu. Ils continuent leur avance.*

– Nous restons en auto, lança Pyanfar à Haral. Nous avons des navires derrière nous.

Il ne fallait pas que les vieilles habitudes reprennent le dessus.

Si l'on ralentissait, les navires qu'ils avaient par leur arrière les rattraperaient. Ils continuèrent d'avancer sur leur lancée, se ruant sur le système d'Urtur entouré de débris et de poussières…

… une étoile qui, plus qu'à un astre, ressemblait à un œuf cassé barbouillé de traînées noires, un soleil morne au cœur du système entouré de sombres nappes de poussières et de rocailles, à travers lesquelles deux lointaines géantes gazeuses et un fouillis de petites lunes traçaient leurs anneaux. C'était un prodige scientifique…

… un abîme infernal pour des navires en pénétration où les détritus et les rochers pouvaient broyer le dôme protecteur d'un astronef et casser son V. Qu'ils se heurtent à cette masse à la vitesse qui était actuellement la leur, et ils ne seraient plus qu'une gerbe luminescente d'UV, les particules s'accélérant au contact des particules virtuelles qu'ils apportaient avec eux, créant des ricochets fantasques, déclenchant un maelström de réactions accélérées qui pomperaient leur énergie. Les navires devaient décélérer à l'approche d'un puits gravifique mais un nuage comme celui d'Urtur se chargeait d'opérer la décélération…

… crevant le bouclier V, le rongeant petit à petit en une désagrégation pyrotechnique jusqu'à ce qu'il atteigne les métaux et quasi-métaux vulnérables en espace réel, s'attaque à la surface vitale des aubettes, liquéfie la coque qui s'embraserait alors…

L'Orgueil n'en était pas encore là. Les aiguilles des instruments dansaient la sarabande, les témoins optiques vacillaient à mesure que les poussières et de grosses rocailles entraient en collision avec les particules qui les accompagnaient, flamboyaient et se dissociaient pour rejoindre le courant où la rencontre d'autres particules encore les faisait exploser.

Si un œil vivant pouvait les suivre, si un vaisseau se déplaçant à la même vitesse osait se rapprocher d'un autre ayant une vélocité égale et avait le temps de s'occuper d'autre chose que de sa propre survie, ils auraient fait l'effet d'une fluorescence cométaire.

Les vaisseaux à la traîne allaient émerger dans le système et recevraient le message kifish relayé par Hilfy : *Nous sommes là, les Kif aussi, poursuivez votre approche, restez en auto.* Et, à distance de leur point d'entrée, trois Kif ouvraient par précaution le feu avant que l'ennemi ne puisse s'organiser, faisant ainsi naître d'autres traînées de radiations dures.

Leur escorte ne s'arrêterait pas. Elle devait ouvrir à leur intention une brèche dans tout ce qui était susceptible de constituer un obstacle et poursuivre sa progression; jusque-là, les Kif avaient donné leur accord. Mais les Kif avaient une idée bien à eux sur la signification du mot « précaution ».

Cela ne voulait pas dire qu'un navire ennemi arrivant en sens inverse droit sur eux ne pouvait pas les percuter sans l'avoir prémédité.

Ou qu'une de ces rocailles soit malencontreusement trop volumineuse pour que le blindage ne puisse résister au choc.

– Nous ne recevons pas de télémétrie de balisage, murmura Haral.

Pyanfar avala sa salive avec effort pour refouler la nausée qui lui montait à la gorge. Sa vue était brouillée et ses mains engourdies. C'était le berceau seul qui maintenait la droite près des commandes. Elle s'en débarrassa d'un coup d'épaule et le repoussa d'un geste raide pour enfoncer la touche de confirmation de l'automatisme indiquant qu'ils étaient aveugles.

Elle essaya de se rappeler ce qu'il fallait qu'elle fît ensuite, à savoir lire les conseils que l'ordinateur était programmé pour lui fournir, des corrélations, des données et des détails à rapprocher des indications des systèmes automatiques.

L'ennemi pouvait les neutraliser par le plus grand des hasards, mais il y avait plus de chances pour qu'une rocaille s'en charge à sa place. L'escadre avancée de Sikkukkut était passée par là et les dieux seuls savaient ce qu'il était advenu d'elle, si ces navires existaient encore, s'ils ne s'étaient pas rendus à un rendez-vous kifish, à Kita ou à Kshshti.

... un Knnn les avait frôlés au passage, de l'autre côté.

... avait-ce été une hallucination ?

Non, par les dieux, cela avait été réel : une attaque fondant sur La Jonction depuis des vecteurs différents, y compris Urtur... les ennemis de Sikkukkut étaient venus des vecteurs d'Urtur, de Tt'a'va'o, d'Hoas et de V'n'n'u, ou d'un espace correspondant à ces points.

Plusieurs mois plus tôt, en temps réel.

C'est toi qui as manigancé cela, Jik ? Tes maudits contacts avec les Tc'a ? Dieux, dieux, t'est-il arrivé une fois dans ta vie de dire la vérité ? Qu'as-tu fait ?

Était-ce Or-Aux-Dents qui était venu à La Jonction ? Avait-il pu mobiliser les Méthaniens à ses côtés, en même temps que les humains ?

Quelqu'un pouvait-il se porter garant des Méthaniens ?

La partie qui avait commencé à se jouer à La Jonction était déjà arrivée à son terme alors qu'eux-mêmes n'étaient qu'une probabilité dans les intentions des dieux, une parabole dans l'hyperespace, une bulle dont la frêle tige s'implantait dans Quelque Part, fonçant dans le Nulle Part, selon les caprices de V. Et pendant ce temps, des navires s'étaient tirés dessus, des navires qui avaient pu être à Urtur, avoir fait le saut depuis des jours et des jours, des croiseurs effilés capables de devancer de bien des jours un bâtiment de commerce...

... mais pas *L'Orgueil,* à ceci près qu'il était gêné par une poignée de navires marchands qui devaient effectuer la traversée pour que, là où ils allaient, ils aient l'ombre d'une chance.

... *Lune Qui Monte,* où es-tu, par les dieux ?

La balise système était muette. L'*Industrie* était quelque part en arrière, dans ce décalage temporel. Et le *Vent des Étoiles,* et l'*Espérance de Shaurnurn.* Et le *Fileur de Lumière* en serre-file à moins que le *Lune Qui Monte* n'accomplisse un miracle...

Si Pyanfar se sentait barbouillée, cela n'avait rien à voir avec l'état nauséeux qui suit l'émergence après le saut. Les chiffres s'égrenaient. Les témoins scintillaient sur tous les tableaux de contrôle, on approchait du point fatidique, il fallait y arriver à l'instant prévu par le plan de vol sinon tout serait perdu...

– Décélération, ordonna Pyanfar.

Elle laissa les auto prendre l'opération en charge.

... Facile de se laisser couler, de renoncer, de cesser de scruter les chiffres qui luisaient d'un éclat verdâtre, d'un éclat fantomatique, juste au-delà de sa portée, déjà flous. La survie était inscrite dans ces chiffres. C'était tellement lointain, tout le monde était tellement exténué et Anuurn était si loin, la route semée de tant de périls...

Réveille-toi, Pyanfar Chanur. Accommode. Il faut que tes doigts sentent, que ta main bouge, que ton esprit travaille...

... Si loin. C'est la tâche de quelqu'un d'autre. Elle était déjà là-bas. La poussière d'or pâle, l'or plus intense des champs de céréales, le passage furtif des troupeaux, des bêtes qui galopaient, qui bondissaient, qui sautaient rien que pour la joie de la course, sabots tranchants et cornes plus aiguisées encore...

Sang et cuir hani. Aucun aurochs n'était né qui fût capable de donner un coup de corne à Kohan Chanur, n'eût été la maladresse d'Hilfy, la petite aux grands yeux qui s'était trouvée juste sur le chemin d'un d'entre eux au lieu de s'écarter pour lui laisser la voie libre.

– Ce n'est rien, dit Kohan. (Et il se laissa choir sur son séant, la main pressée sur sa poitrine et son museau avait pâli.) Rien du tout.

Ce n'était qu'alors que pétrifiée, Hilfy s'était rendu compte de ce qui arrivait, que tous les autres étaient au comble de la panique, ce n'était qu'alors que na Kohan *qui était le plus près, voyant le danger qu'elle courait, s'était élancé à la vitesse d'un projectile contre l'aurochs. L'animal était mort, sa beauté gisait dans la poussière. Kohan était assis à côté de lui, du sang ruisselant entre ses doigts, l'air égaré, non point en raison de sa blessure mais à l'idée de ce qui aurait pu advenir. Et les autres, chagrinées qu'il eût dû faire ce qu'il avait fait, que l'habile chasseur qu'il était se fût fait encorner de la sorte, honteuses qu'aucune d'entre elles n'eût été à même de faire quelque chose quand la fausse manœuvre avait failli se solder par la mort d'une jeune fille et de son suzerain. Et Hilfy était là qui pensait, on le sut plus tard, qu'elle l'avait tué, tué son seigneur pour qui elle aurait donné sa vie, et qui était ce qu'elle avait de plus cher au monde dans son existence protégée. Elle n'avait jamais reçu la moindre égratignure. Jamais.*

Jusqu'à cette rixe de port à La Jonction; jusqu'à ce que les Kif s'emparent d'elle; jusqu'à ce qu'elle reste longtemps, trop longtemps leur captive...

Kohan ne reconnaîtrait pas sa fille.

Elle a grandi, frère. Ce n'est plus l'enfant qu'elle était. Ta mignonne Hilfy, tu ne peux la comprendre. Toi, tu es enraciné à la planète. Elle, c'est une spatienne avec les réactions d'une spatienne. Comme Haral. Comme Tirun. Comme moi.

Je ne veux pas de ton monde.

Je l'en ai arrachée, je l'ai transformée, j'en ai fait quelqu'un d'autre que ce que tu aurais souhaité qu'elle fût, mon frère. Mais je ne pouvais pas la maintenir moi-même prisonnière, je ne pouvais pas la retenir, je n'aurais pas essayé.

Je hais cela. Je l'ai toujours haï. Pas les champs ni la caresse du soleil. Non : le confinement. Un seul monde. Un seul lieu.

Des esprits trop étroits pour me comprendre.

Je préférerais aller n'importe où plutôt que de rentrer chez nous. Plutôt mourir pour autre chose, n'importe quoi, que vivre avec de vieilles dondons et des hommes à la tête creuse qui tiennent à leurs murs, à leurs richesses, à leurs privilèges et ne sauront jamais ce qu'il y a hors de chez eux...

Khym le sait. Peut-être le sais-tu presque. Mais je reviens pour eux. Hilfy et moi, nous revenons. Combien ont versé leur sang pour vous ? Combien sont morts dans le froid de l'espace ? Combien se sont désintégrés en particules élémentaires ? Tu ignores toutes les façons dont on peut mourir, ici.

Je ne veux pas retourner là-bas. Je ne veux pas voir l'expression de ton visage.

Mais, par les dieux, je ne t'abandonnerai pas aux mains d'Ehrran et des nécrophages.

... Est-ce que nous allons émerger ? Quelque chose a-t-il mal fonctionné ? Les voyants sont-ils au rouge ? Si le navire ne devait plus ressortir...

... émergence, retour dans l'espace réel à vélocité réduite. Agonie mécanique des chiffres qui se succédaient à la télémétrie, des voyants rouges qui scintillaient...

Non, les témoins fonctionnaient correctement : c'étaient les gaz, une masse de gaz assez épaisse pour pousser les boucliers de blindage au rouge. La courbe de drainage du vaisseau montait. Elle fluctua lorsqu'ils balayèrent les gaz et pénétrèrent dans un trou, et que les boucliers recouvrèrent un peu de leur puissance. L'escorte kifish était loin, maintenant. En pilotage automatique, se fiant uniquement aux chiffres et sans même de contrôle direct, ils éprouvaient une sorte de sérénité. Le clignotement des témoins d'alarme leur rappelait les lois qu'ils avaient enfreintes, les couloirs de navigation qu'ils avaient outrepassés. Haral jura et les coupa pour le temps que durerait le passage d'Urtur afin de faire taire leur *bip*.

Pyanfar tâtonna à la recherche d'un paquet de ration, y fit un trou et en but le contenu... Et Tully, Tully tout seul dans les ponts inférieurs, Tully qui, avec ses pitoyables dents, avait toujours des difficultés avec ces rations, sans personne pour l'aider, tout seul parce que ces maudites bégueules de Tauran...

... derrière elle, Skkukuk devait être en train de se restaurer à sa manière. L'estomac de Pyanfar se souleva à l'idée de son menu. Mais sa voix kifish s'élevait de temps à autre, donnant des informations à Hilfy et à Fiar, traduisant les messages des navires kifish qui ouvraient la route.

Partout, des émissions kifish. Le *Chakkuf,* le *Nekkekt* et le *Sukk* faisaient leur travail. Ils étaient le fer de lance qui devait foncer droit sur Urtur avant de le stopper, de revectoriser et d'accélérer afin d'atteindre la vélocité suffisante pour faire le saut et sortir de cet enfer. Cet arrêt sur place pour prendre l'alignement du saut suivant était le moment le plus critique. Si l'on faisait une erreur de calcul, on serait déporté dans l'hyperespace en déviant de l'objectif et l'on serait en perdition de l'espace-temps réel, en perdition de tout...

Les croiseurs de chasse étaient capables de suivre leur plan de vol à la lettre, d'effectuer la manœuvre et de rallier un autre point de rendez-vous ailleurs. Ils s'en glorifiaient. Le pilote d'un navire de commerce aurait ri avec incrédulité de cette prétention. Un frisson parcourut l'échine de Pyanfar à la pensée de vaisseaux capables de cet exploit, comme les Knnn.

Elle ne nourrissait pas le moindre doute : il était clair que les Kif ne les avaient pas mis au courant de tous les moyens dont ils disposaient.

Et, dieux, elle aurait donné n'importe quoi pour découvrir qu'on avait ouvert le feu, que, à l'intérieur du système d'Urtur, Akkhtimakt résistait. Ce n'était pas le cas. Ce qui voulait dire qu'il était ailleurs. Pyanfar retrouvait la terreur dévorante qui lui était devenue familière.

– Chur, dit Hilfy. Il est temps que tu te réveilles. Chur...

Pyanfar bascula elle-même le canal.

– Dieux pourris, Chur, réponds ! Nous approchons du freinage.

Pas de réponse.

– Geran, va voir. Nous sommes stables.

Il y eut le claquement sec d'une boucle de harnais qu'on détache. Elle ne se retourna pas. Ne fit mine de parler ni à Khym ni à Tully : ils étaient indemnes l'un comme l'autre, elle n'en doutait pas. Ils n'étaient en rien différents des autres passagers de *L'Orgueil*. Ils avaient probablement rendu compte via le moniteur de communication, comme le feraient les Tauran depuis le poste d'équipage, se préparant frénétiquement à prendre le quart à leur tour pendant la brève période d'inertie durant laquelle on procéderait à la recharge des systèmes. La machine maintenait Chur au repos. Voilà. C'était ce qu'elle était censée faire. Voilà tout.

– Il n'y a aucune chance pour qu'Akkhtimakt soit là, murmura la capitaine à l'adresse d'Haral.

– Qui s'était attendu à l'y trouver ? Veuillent les dieux que les croiseurs de Sikkukkut les aient neutralisés pour de bon. Nous recevons la station mais pas de signaux balises, pas d'échanges de navire à navire. Pas d'émissions des Tc'a. Eux aussi sont muets. Il s'est passé quelque chose d'une importance considérable. Quelque chose qui les a inquiétés.

– Et un Knnn s'amène à La Jonction. J'ai hâte de partir d'ici. Fichtrement hâte.

Pyanfar reprit du mélange nutritif et se brancha sur la cabine de Chur. Il y eut le bruit d'une porte qui s'ouvrait. Puis la voix de Geran prononçant désespérément le nom de sa sœur. Coup d'œil à l'écran de balayage. Tous les navires qui les suivaient avaient délesté.

– Nous sommes tous là. Comment te sens-tu, Haral ?

– Je tiens le coup.

La voix d'Haral était aussi rauque que la sienne.

Celle de Geran tomba du *communico* :

– Chur reprend conscience. Prévenez la capitaine.

– Je suis à l'écoute. Comment est-elle ?

– Faible.

Ce n'était pas la réponse que Pyanfar avait souhaité entendre, surtout avec ce qui les attendait. Si Geran admettait qu'il en était ainsi, ce ne devait pas être brillant.

Elle avala encore une gorgée du liquide fétide, puis régla le *communico* pour une annonce générale :

– Nous sommes en stabilité. Tout se passe bien. Nous sommes au-dessus de la bouillasse. Si les deux Kif nous ont brûlé la politesse en saut pour rejoindre Sikkukkut, grand bien leur fasse... (Elle coupa.) Mais qu'attend l'équipage de relève ? Enfer mahen, demande-leur ce qu'elles font, Haral !

Pyanfar était en proie à des vagues de faiblesse qui se succédaient. Elle n'avait plus de force dans les muscles. Et on avait encore de la route à parcourir avant d'atteindre le point de bifurcation. *L'Orgueil* demanderait confirmation mais s'il n'y avait pas d'ordre d'annulation, il ferait le saut final programmé, se réorienterait, chercherait son étoile de référence et mettrait le cap sur Kura, même si tout le monde à bord était mort ou frappé d'incapacité, il amènerait ses archives et tout ce dont il était chargé en espace hani pour freiner à Anuurn où il attendrait d'être accosté... Veuillent les dieux qu'il le soit par des Hani !

Il y avait à peu près une chance sur deux pour que les systèmes de pilotage automatique effectuent un sans faute. Haral avait fait tous les calculs, elle avait même mis au point, à toutes fins utiles, pendant la conférence avec le Kif, deux itinéraires de secours, un de Kshshti à Maing Tol et un autre pour Tt'a'va'o. Mais maintenant, comme le reste de l'équipage, comme Geran qui s'efforçait de maintenir sa sœur en vie, elle avait largement dépassé les limites de sa résistance physique.

– Tully monte sur la passerelle, annonça Hilfy. (Elle n'était pas chargée des communications internes mais il y avait gros à parier que Sifeny n'avait pas compris ce qu'avait dit l'humain.) *Na* Khym est en route. L'équipage Tauran va arriver.

– Que les dieux soient remerciés, murmura Pyanfar. (Les choses commençaient à prendre meilleure tournure. C'était à peine s'il lui restait suffisamment de force pour attendre que la relève se fasse.) Skkukuk !

– *Hakt' ?*

– Tu n'es plus de service. (Non, par les dieux, non, elle ne pouvait lui faire emprunter l'ascenseur alors que les Tauran arrivaient, elles l'abattraient.) L'équipage Tauran sera bientôt là. Tu peux regagner tes quartiers. Nous nous reverrons à Kura.

– *Kkkkt !* Oui, *hakt'*. (Il était aussi exténué que tout le monde.) *Hakt'*, il n'y a pas eu de résistance efficace ici. Le *Chakkuf* en a informé ses subordonnés. Akkhtimakt est parti ailleurs. Les deux navires d'avant-garde auront continué leur route. J'ai demandé quel était leur itinéraire. Notre escorte ne le sait pas.

– Merci.

Pas d'itinéraire sauf celui qu'ils suivaient. Une information sans aucun intérêt pratique. Rien de plus.

Et ce alors que tous les accords sur lesquels était bâtie la Communauté avaient été rompus.

– Il existe une autre possibilité, reprit Skkukuk : ils peuvent avoir changé de direction pour rallier Kita. Akkhtimakt, maudit soit son nom, est peut-être revenu à Akkt. S'il tenait Akkt, il serait à nouveau redoutable. La planète-patrie ne pourra riposter si elle ne sait pas qu'il constitue une sérieuse menace.

– Et Akkhtimakt sera libre de se porter sur Kura ?

– Le *hakkikt* a certainement envoyé un message à Akkt, *mekt-hakt'*. Mais le fait que nous sommes tenus dans l'ignorance de la route que suivent ces navires, nous qui sommes l'élément imprévu, indique que nous n'avons pas à nous occuper d'eux.

– Ou que notre escorte a des consignes particulières.

– Assurément.

Pyanfar avait un goût de bile dans la bouche. Les battements de son cœur étaient irréguliers.

La lumière de l'ascenseur se refléta sur l'écran du moniteur de droite. Des silhouettes émergèrent de la cabine. Les Tauran, loués soient les dieux. Mais, par l'enfer mahen, où est Tully ? Pyanfar n'était intellectuellement plus en état de résoudre les moindres problèmes. Elle le savait. Au nom des dieux, dépêchez-vous, Tauran, je suis à bout. Je ne sais même pas si je serai capable d'aller jusqu'à la porte. Une douleur lancinante recommençait à lui tarauder la poitrine. Mais Tauran était là, Sirany et ses navigantes. Et – ce lui fut un choc – Tully était avec elles. Il avait pris l'ascenseur en compagnie de ces étrangères et il en ressortait sain et sauf, ce qui était à porter au crédit du sang-froid de l'équipage Tauran.

Pyanfar déboucla son harnais. Elle était dans un tel état de faiblesse qu'elle dut tâtonner pour trouver l'accoudoir de son siège. Elle se mit péniblement sur ses pieds tandis que, revenant sur ses pas, Tully gagnait la cambuse où l'appelait son service. Sirany Tauran et ses spatiennes se dirigèrent vers les postes de veille pour prendre la relève.

– Tout s'est bien passé, dit Pyanfar bien que le *communico* fût resté ouvert pendant toute la manœuvre. L'escorte a ouvert le feu devant nous. Nous ne recevons rien ni de la station d'Urtur ni des Kif présents à l'intérieur du système. Il nous reste une heure de route à faire avant le dernier délestage et la conversion. Tahar et Vrossaru ne nous ont pas encore rejoints. Elles n'ont pas réussi à effectuer le saut.

– J'ai bien compris, dit Sirany. Je suis restée à l'écoute de votre *communico* depuis l'émergence. Les Knnn. Les Knnn, par les dieux !

– Les Knnn et des ennuis à La Jonction. Est-ce une bonne ou une mauvaise nouvelle pour Tahar ou pour les Kif ? Je n'en sais rien. J'espère que c'est le groupe d'Or-Aux-Dents, mais ils ne se sont pas fait reconnaître.

Elle jeta un coup d'œil à Skkukuk qui avait détaché son harnais.

– *Kkkt,* fit-il à mi-voix en se redressant de toute sa taille, bien qu'il flageolât sur ses jambes. *Hakt'*.

Il s'inclina. Ce fut la seule des deux capitaines qu'il salua et il quitta la passerelle pendant que les navigantes de Chanur, à la limite de leurs forces, passaient les consignes aux Tauran.

Redressant les épaules, Pyanfar dévisagea Sirany.

– Vous avez un équipage hors ligne, dit-elle, faisant allusion à Sif et à Fiar.

– En effet, se borna à répondre Sirany.

Mais la façon dont ses oreilles se redressèrent trahissait l'immense satisfaction que lui apportait ce compliment. Et autre chose aussi qui demeurait indéchiffrable pour Pyanfar.

Le moment était venu de confier *L'Orgueil* – ses commandes, ses codes et jusqu'à son livre de bord et ses archives privées, ses combinaisons de mise à feu, ses clés de données : le navire dans sa totalité – à une autre capitaine. Elle poussa Haral, qui se retourna une fois, deux fois vers son poste, vers la cambuse, prit le temps d'entraîner Hilfy au passage. Tandis que Fiar les accompagnait, Sif Tauran s'attarda pour faire un rapport concis à Sirany Tauran.

Ma compatriote. Mes ennemies éventuelles et mes alliées par nécessité. Mon équipage composé d'hommes, d'étrangères et d'Hani réticentes au comportement ambigu. Les clans étaient plus absolus autrefois. Il n'existait pas dans la langue hani de mots pour expliquer des loyautés partagées. Ce n'était que chez les Kif et les Mahendo'sat que cela existait. Et chez les humains.

– Tirun ! (Pyanfar appela avec un geste d'irritation la Hani qui s'attardait avec sa remplaçante, debout mais physiquement collée à son siège.) Viens, cousine. Vomissures des dieux, le temps passe.

Tirun obéit. Geran surgit de la coursive, l'œil trouble et la démarche mal assurée.

– Viens, nous sommes relevées, lui dit-elle. Où en est Chur ?

– Vivante. (Geran referma hermétiquement la bouche comme si c'était là le seul mot qui en sortirait.) Pour cette traversée, je dormirai en bas avec elle, murmura-t-elle néanmoins.

– Ouais.

Pyanfar ne se risqua pas à faire d'autres commentaires. Toutes les deux couchées dans le même lit : c'était ce que voulait dire Geran. Il n'y avait pas d'autre place disponible dans cette cabine encombrée par le réanimateur. Elle garda ses réflexions pour elle, s'efforçant de ne plus penser à rien, mais le couloir conduisant à la coquerie avait un aspect insolite, il était à la fois tout proche et très lointain.

Les ténèbres, les étoiles et la masse monstrueuse d'un vaisseau knnn qui fonçait sur eux comme s'ils étaient un vairon dans d'abyssales profondeurs.

Des navires kifish ouvrant un barrage de feu dans le vide parce que, qui sait ? il y avait peut-être quelque chose en face. (Mais il pouvait aussi y avoir d'inoffensifs spectateurs. Des Mahendo'sat. Des Hani. Des Tc'a.)

Des étrangères aux commandes de *L'Orgueil,* des étrangères fouillant dans les archives de Chanur...

Les docks de Kefk embrasés...

Trois cent mille Stsho mourant, soudain happés par le vide, trois cent mille corps frêles enveloppés de tuniques arachnéennes soudain gelés, l'horreur peinte sur leurs traits.

De hautes silhouettes humaines rappelant des silhouettes mahen s'engouffrant par milliers dans un corridor, armées, hostiles...

– Capitaine...

Tirun la tenait par le bras et s'accrochait à elle.

– Tout va bien, gronda Pyanfar en se dégageant.

Elle réussit à atteindre la coquerie et se laissa tomber sur un siège. Sa vision s'obscurcit à nouveau pour redevenir claire quand quelqu'un lui mit un gobelet empli de *gfi* dans la main. Elle le porta à ses lèvres et se força à avaler une gorgée du breuvage qui lui donnait la nausée. Elle grimaça avec un haut-le-cœur. Une main dépourvue de poils posa un sandwich devant elle : une main humaine. Tully et Khym étaient en meilleure forme qu'aucune d'entre les spatiennes de service depuis Kefk. Mais l'odeur composite et nauséabonde qui émanait d'eux tous eût suffi à lever le cœur d'un Kif. C'était plus que n'en pouvait supporter une Hani, d'autant qu'elle se mélangeait à celle du *gfi* et de la nourriture, et que, les dieux savaient comment, la puanteur de l'ammoniac imprégnait tout. Le vaisseau que commandait Pyanfar avait toujours été irréprochablement tenu et d'une rigoureuse propreté. Ce n'était plus le cas.

Et la Communauté qui se défaisait, et...

– Les Kif qui sont partis me tracassent, dit-elle. Ceux de Sikkukkut, pas seulement l'escadre d'Akkhtimakt. Les deux vaisseaux du *hakkikt* qui sont passés avant qu'il n'atteigne la station... (Souviens-toi. Fais un effort de mémoire. L'esprit avait d'étranges ratés après avoir été malmené par le saut. Ces Kif n'étaient pas un produit de son imagination. Elle en avait parlé avec Skkukuk. Il y avait eu des Méthaniens. Il y avait eu Jik qui avait saisi l'ordinateur de la passerelle d'une incroyable série d'indices. Elle fit un effort pour avaler une bouchée de son sandwich.) Il faut que je vous prévienne, *ker* Fiar : nous avons une Situation à bord. Nous ne pouvons pas toujours dire ce que nous souhaiterions dire. Skkukuk est parfaitement stable mais il ne saurait être question de lui avouer que nous ne sommes pas de loyaux amis du *hakkikt.* En un sens, cela ne le troublerait pas mais il en déduirait que nous sommes fous et un Kif qui vous croit fou ne ferait pas ce que vous lui dites de faire. Aussi, nous ne le mettons pas au fait de tout. Il faut le comprendre...

– Je vois, dit Fiar sur un ton réservé, peut-être parce qu'il lui paraissait de son devoir de répondre quelque chose, entourée qu'elle était par l'étrange équipage Chanur.

Khym et Tully accaparaient une grande part de son attention.

– Vous pensez, reprit-elle, qu'un de ces vaisseaux de tête s'est rendu à Anuurn, capitaine ?

– C'est dans le domaine du possible.

– Notre escorte, intervint Haral, a pour rôle de nous dissimuler tout ce qu'elle jugera bon de nous dissimuler. Ça émet de partout dans ce maudit système. Il est impossible de savoir de quoi il retourne. Mais ils savent, eux, ce qu'ils ont trouvé avant de tout brouiller. C'est indiscutable, quoi qu'ils aient pu nous cacher.

– Vous ne travaillez pas pour eux ?

– Dieux, non ! répondit Pyanfar. (Le clan Tauran avait peut-être ajouté foi dès le début aux assurances qu'elle lui avait données mais Fiar voulait avoir des garanties sous forme de paroles claires qu'elle pouvait comprendre.) Skkukuk est un présent que j'ai reçu. Un cadeau que je n'ai pas choisi. Mais j'ai le sentiment que l'autre branche de l'alternative qui lui était offerte était pire. Les Kif servent le navire sur lequel ils ont embarqué et Skkukuk est à bord du nôtre. Il se battrait pour nous comme un enragé. Il l'a d'ailleurs déjà fait.

– Il ne vous cause pas de difficultés ?

C'était une jeune Hani inquiète, sur le point d'aller prendre son repos dans les ponts inférieurs, avec un Kif à proximité qui posait la question. Les humains, Fiar semblait davantage prête à les accepter. Même celui qui lui servait la nourriture qu'elle mangeait. Mais, sur ses épaules, sa fourrure était hérissée.

– Si jamais il vous en cause, dites-lui que je l'écorcherai vif. C'est une menace qu'un Kif prend au sens littéral. (Dieux, depuis quand son cœur était-il devenu aussi sec ? Elle avala une autre bouchée de son sandwich. Son estomac commençait à être moins rebelle. Des propos sans conséquence. Des problèmes sans conséquence. Et si le Kif est pris de folie et nous égorge, capitaine ? Et l'humain, capitaine ? Qu'est-ce que tout cela veut dire ? Votre mari, cet étranger et cet humain qui fait le service ?) Nous rentrons *chez nous*, Fiar Aurhen. Chez nous, et seuls les dieux savent ce qui nous attend encore. Ce ne sont pas des passagers que nous transportons.

– J'ai entendu dire...

Mais il allait falloir patienter pour savoir ce qu'elle avait entendu dire : Sif Tauran faisait enfin son entrée dans la petite cambuse. Elle passa devant Khym. Non sans lui décocher un coup d'œil.

– Quoi donc ? insista Pyanfar.

Fiar avala une bouchée qui eut du mal à passer. Elle coucha les oreilles et fixa Pyanfar.

– Ce qui s'est passé à La Jonction l'année dernière. Comment vous vous êtes entendue avec l'immune. Votre contact avec les Kif et certain chasseur mahen. Le bruit court dans toute la Communauté que les humains approchent et que vous n'êtes pas étrangère à leur arrivée. (La voix de Fiar était à peine audible.) Peut-être pour nouer des relations commerciales. Peut-être pour autre chose.

– Qui raconte tout cela ?

– Je ne sais pas qui. Tout le monde en parle. Et le traité, et le *han*... Que ferons-nous quand nous aurons regagné Anuurn, *ker* Pyanfar ?

On devinait la panique, la terreur auxquelles Fiar était en proie.

Je ne te le reprocherai pas, mon enfant. Pas le moins du monde.

– Les Mahendo'sat sont en route pour faire front, murmura Pyanfar. Nous sommes dans une situation terrible. Mais nous avons encore cet espoir. Le fait est là : le Kif qui s'est rendu à La Jonction a autant de soucis que nous. C'est là-dessus que nous tablons. Et c'est la seule raison pour laquelle nous avons quitté ce port.

– Notre capitaine le sait-elle ?

– En ce qui concerne les Mahendo'sat ? Je l'ignore.

– Elle ne le sait pas, dit Haral. J'ai mis *ker* Sirany au courant de tout le reste mais je ne lui ai pas parlé des Mahe.

C'était exact. Le rapport faisait état de la chose. Sa mémoire jouait des tours à Pyanfar. Elle mordit derechef dans son sandwich et fit un signe à Haral qui comprit et se mit en devoir de dire tout ce qu'elle savait à Fiar dont les oreilles se baissèrent et s'aplatirent.

Quand Haral se tut, Pyanfar reprit la parole, s'adressant aux deux Tauran :

– Avant de descendre, rapportez cela à votre capitaine. Encore une chose. Vous travaillerez par roulement avec mon équipage. Tully ici présent appartient à l'équipage. Il prendra sa période de repos avec vous dans le poste. C'est un ordre.

– Travailler, protesta Tully. Je réveiller rester, travailler.

– Silence ! Tu fais partie de mon quart de veille. Si tu me causes des ennuis, je te ferai coucher avec Skkukuk. (Elle reprit une rasade de *gfi* qui la fit frissonner.) Je n'ai pas, nous n'avons pas le temps. Il faut impérativement que nous arrivions là-bas, ajouta-t-elle tandis que Geran sortait en chancelant avec les deux coupes que Khym lui avait données : une pour elle, l'autre pour Chur. Nos canons seront peut-être tout l'armement dont disposera Anuurn, vous m'entendez ?

Un de leurs bâtiments était d'ores et déjà perdu. Elle aurait donné gros pour voir arriver le *Lune Qui Monte*. Même en retard, et en quelque état qu'il soit. Mais cet espoir allait s'amenuisant.

Pyanfar se leva péniblement, jeta dans le récipient prévu à cet effet l'emballage de son sandwich et son gobelet vide. Tout comme *L'Orgueil,* elle fonctionnait en automatique. Suivant sa programmation. Seules les fonctions inférieures de son cerveau étaient agissantes.

Marchant toujours comme une somnambule, elle retourna sur la passerelle. Les Tauran étaient aux consoles, aussi insolites ici que si elles étaient mahen. Ou humaines. Elle répondit par un signe du menton à celui dont la gratifia Sirany et ressortit.

À part cela, tout était en ordre. Sinon, Sirany l'aurait dit. Les Tauran allaient tenter de rétablir le contact de navire à navire. Peut-être de faire parvenir un message codé aux nefs mahen.

La porte de la cabine de Chur était ouverte. Geran était au chevet de sa sœur.

– Nous n'allons pas tarder à aborder l'étape la plus difficile, cousine, hein ? lui lança-t-elle au passage. Tout ira bien. Nous réussirons.

Elle entra dans sa propre cabine, se laissa choir

à plat ventre sur le lit et parvint à rassembler suffisamment de forces pour appuyer sur la commande de mise en marche du dispositif de sécurité. Ne jamais oublier de le faire, par les dieux ! Un réflexe que ne perdaient jamais les spatiennes éprouvées. Marcher d'un pas vif dans les coursives, éviter les endroits dégagés, se mettre à l'abri dans les recoins au cas où le navire ferait mouvement. Sinon, c'était risquer d'avoir les os brisés, le crâne fracassé. Combien de spatiennes avaient péri de la sorte ! Un astronef qui se met à foncer pour sauver sa carcasse d'acier et une malheureuse réduite en bouillie dans un couloir, comme si elle avait fait une chute de trois étages. Elle n'a pas eu de chance : c'était l'épitaphe de bien des navigantes que Pyanfar avait connues. Cela pouvait aussi bien arriver à une spatienne dont l'oreille s'ornait de dix anneaux...

La chance a fait faux bond à Tahar et à Vrossaru. Les dieux leur viennent en aide !

Une masse pesante s'abattit sur le matelas. Pesante et tiède.

– Nous allons décélérer, dit Khym.

– Filet de protection, fit-elle.

– Je l'ai mis.

Pyanfar entrouvrit ses yeux larmoyants. Dans la pénombre, le filet de sécurité bourdonnant était comme un voile de sécurité au-dessus d'eux. Un visage familier, un bras musclé, un corps massif se plaquant contre elle. Ils sentaient aussi mauvais l'un que l'autre. À peine sortis du saut, c'était un autre saut qui les attendait. Pas de répit. Elle répondit à l'étreinte de Khym en l'étreignant à son tour de toutes ses forces.

Les aubettes entrèrent à nouveau en action. Décélération. Vertige. Plus d'ici et plus d'ailleurs. Objectif : la vélocité la plus faible que l'on pouvait raisonnablement atteindre. C'était là une manœuvre de croiseur de chasse. Un honnête navire marchand n'avait jamais l'occasion de faire une chose pareille.

Les poussières d'Urtur crissaient contre la coque dont les boucliers de protection étaient baissés, abrasant les aubettes. Le navire gémissait de la proue à la poupe, et sa plainte suraiguë écorchait les oreilles.

Veuillent les dieux que Tahar ait réussi, après tout ! Qu'ils veuillent nous sauver tous ! Où est le Kif ?

– Hum ! (Khym ferma le poing sur sa crinière.) Py, par les dieux...

Maintenant, c'était le début de l'accélération en espace réel, les fluctuations du G.

– Nous partons, dit Pyanfar. Tout va bien.

C'était peut-être vrai. Ça ne l'était peut-être pas. L'ennemi pouvait, somme toute, être là. Ou une rocaille trop grosse qui aurait raison de la résistance des boucliers. Ce n'était plus son problème. Plus maintenant. C'était celui de Tauran.

Le pleurage du frottement des poussières changea de registre.

– Py... (Khym se serra davantage contre elle, allongeant les bras.) Je tiens ferme.

Le poids de son corps sur elle était confortable. Pour lui, cette position ne devait pas l'être, mais il resta comme cela une éternité. Elle sentit son souffle dans son oreille où il inséra sa langue. Comme dans l'obscurité quand ils n'étaient pas de veille, comme lorsqu'ils avaient vingt ans.

– Bonté des dieux... (Pyanfar en perdit la respiration.) Pas maintenant, Khym.

– Tu vois un moment mieux choisi ?

– Tu es fou. Je t'aime comme ma sœur. (Dire cela était stupide mais c'était la seule manière de le dire en hani, et il comprendrait ce qu'elle entendait par là.) Depuis toujours.

– L'homme n'a pas de frère. (Le souffle de Khym était haché, sa voix crispée mais il continuait ses caresses tandis que se prolongeait la plainte hurlante du navire.) L'homme est seul. L'homme ne sait même pas que ce que j'ai maintenant existe. Je ne suis plus seul. Je ne serai plus jamais seul. Tu avais raison. Tu as toujours eu raison.

– Dieux, comme je désirerais que ce soit vrai ! (Je voudrais avoir eu raison de faire, d'avoir fait ce que j'ai fait. Nous allons entrer en saut et ce maudit *communico* n'est pas branché, elles l'ont coupé, nous ne saurons pas quand...)

Lorsque Pyanfar reprit ses sens, elle réalisa que le stress du G s'était intensifié. Khym pesait de tout son poids sur elle, flasque comme un mort, haletant. Cela n'avait pas d'importance. Son corps était chaud et, sans lui, elle grelotterait, elle en était sûre.

Soudain, du *communico* – il marchait donc ? – tomba une voix. Pas celle d'Haral, une voix étrangère.

– Attention ! Nous sommes en partance.

... entré en saut.

... chute.

Bonjour, *dit le jeune homme assis sur le rocher. Le ciel était bleu au-dessus de la vallée dorée. Elle le prit pour un Errant qui n'avait rien de bon à faire sur les terres de Chanur. Elle serra les mâchoires, prit une profonde inspiration et se cambra pour paraître aussi grande que possible.* Pas de balivernes, mon garçon, regarde mes anneaux de spatienne et ne va pas t'imaginer que c'est à quelque jeune sotte que tu t'adresses, si tu ne veux pas que je t'arrache les oreilles.

– Bonjour, *dit-elle.*

Elle avançait sur la route. Elle avait décidé de marcher. Elle était romantique quand elle était jeune. Et voilà qu'elle tombait sur un bandit en herbe. Si, qui plus est, il était fou, ce serait grave. Et encore plus s'il avait un couteau comme c'était le cas pour certains.

– Vous êtes sur les terres de Chanur, *dit-elle.* Vous seriez bien avisé de ne pas rester là.

– Tu es Pyanfar, *dit-il.*

Dieux, qu'il était beau avec ses grands yeux couleur d'ambre et sa crinière bien fournie. Sautant à bas de son rocher, il atterrit devant elle.

– Tu es bien Pyanfar, n'est-ce pas ?

– Aux dernières nouvelles, je l'étais en effet. Dans un enfer mahen, qui êtes-vous donc, vous ?

– Khym Mahn, *répondit-il.* Ton époux.

… piqué.

… vivants. Vivants, par les dieux.

… mais où ? Où, dieux ? Kura. Kura. Il faut que je me lève, que je monte sur la passerelle…

Non. Premier délestage. Il faut… rappelle-toi l'intervalle.

– Ça s'est bien passé ? murmura Khym. (Son poids broyait les os de Pyanfar, l'étouffait.) Nous sommes à Kura ?

– Pousse-toi, hoqueta-t-elle. (Il essaya d'obéir. Haletante, elle parvint à se glisser jusqu'au bord du lit et tendit le bras vers la console en se battant avec le filet de sécurité.) Ici Pyanfar. Est-ce que tout va bien ? Où est ce maudit *communico* ? Mettez-nous en contact, compris ?

– À vos ordres, capitaine, répondit au bout d'un moment une voix étrangère.

Et Pyanfar attendit. Par les dieux, elle *attendit* ! Une officière de transmissions Tauran, les dieux lui arrachent les oreilles ! devait être en train de demander à *sa* capitaine l'autorisation de faire un rapport, c'était certainement cela !

– Par les dieux…

Enfin, le contact fut rétabli. Murmures de voix qui égrenaient des chiffres.

– On ne reçoit pas de signaux de la balise de Kura, dit quelqu'un.

Pyanfar eut l'impression qu'un étau glacé se refermait sur elle.

– Attention ! Préparez-vous au deuxième délestage.

Les vrombissements des générateurs changèrent de tonalité.

Une secousse projeta à moitié le navire dans l'hyperespace...

... pas de balise à Kura.

... en espace hani.

– Je suis venu attendre ici, *dit Khym.*

Il était au bord du chemin qu'elle aurait forcément dû emprunter. Peut-être quelqu'un avait-il téléphoné. C'était peut-être un de ces niais romantiques qui avait fait cette longue marche pour attendre dans la solitude une éventuelle fiancée. Son expression, cette sorte de vulnérabilité dénudée, alors nouvelle pour elle, mais qu'elle s'était rappelée par la suite. Elle savait maintenant d'expérience ce qu'elle signifiait : l'espérance.

Il avait faussé compagnie à ses sœurs, à ses épouses, et il était parti tout seul. À moins qu'elles ne l'eussent pas surveillé comme elles l'auraient dû. C'était la première chose qu'elle avait pensée à ce moment, quand elle n'avait pas cru qu'il était celui qu'il prétendait être :

– Vous êtes seul ?

Il aurait pu lui arriver n'importe quoi. Il aurait pu se faire attaquer par un bandit. Ou bien un chasseur Chanur aurait pu le prendre pour un bandit, agir en conséquence et ne poser de questions qu'après. Un suzerain n'apparaissait en aucun cas en public. Sauf pour répondre à un défi. Et les alliés de longue date qu'étaient Chanur et Mahn ne se lançaient jamais mutuellement de défis. En ces temps-là.

Dieux, *avait-elle alors pensé,* je suis fiancée à un benêt appartenant à une maison dont les femmes laissent leur seigneur errer à l'aventure !

– Ce n'est pas loin, *dit-il en tendant le bras en direction du fief de Mahn.*

Par les dieux, *s'était-elle dit,* il ferait beau voir que je ne prenne pas mieux soin de toi ! *Et puis, elle avait songé qu'elle n'aurait pas fait mieux. Elle ne faisait que passer de loin en loin au domaine. Elle aurait dû s'en remettre à ses autres épouses, à ses sœurs, à ses cousines qui étaient manifestement incapables de le prendre en charge.*

Mais est-ce que je veux vraiment entrer dans cette maison ? Si je n'étais pas une idiote, je partirais illico en le laissant là où il est.

Mais, dieux, qu'il est beau !

Allons ! Je peux en trouver une douzaine d'aussi beaux dans la campagne !

– Je ne fais pas cela tout le temps, *s'empressa-t-il d'ajouter.* Je leur ai dit que j'allais au jardin. Je voulais te voir.

Il savait qu'il faisait fausse route. Il savait qu'il lui avait fait mauvaise impression. Il savait qu'il avait même commis une dangereuse erreur. Si elle se considérait comme offensée et retournait auprès de son clan, son seigneur n'aurait pas de mal à le prendre pour un sot et il risquait de mourir dans la fleur de l'âge. Et si elle était dépourvue de scrupules ou si elle avait véritablement le sentiment d'avoir essuyé un affront, Mahn était alors en danger. C'était clair pour lui maintenant mais il était trop tard. Il pourrait lui rompre le cou s'il réussissait à se rendre maître d'elle. Mais il était douteux qu'il y parvienne. Elle avait les réflexes rapides à cette époque, et c'était visible. Et elle avait peut-être un poignard, voire un pistolet (elle en avait effectivement un). Et, derrière elle, l'appui de son clan qui pouvait, en tout état de cause, le faire mettre à mort pour être ce qu'il était mais pouvait aussi, en l'accusant d'être un criminel, exproprier ses sœurs et sa parentèle, les laissant sans toit. Il était conscient de tout cela. (« J'ai pensé que tu repartirais, lui avait-il avoué des années plus tard. J'ai pensé que je serais alors contraint de porter un défi. Et que, dès lors, tu me haïrais. Je ne pouvais donc pas non plus agir de la sorte. J'aurais passé le reste de mes jours à essayer de te faire revenir à moi. »)

Elle le toisa, les mains sur les hanches. Fit retomber ses oreilles et les redressa lentement lorsqu'il coucha les siennes.

– Ouais, *fit-elle*. Eh bien, vous avez violé la frontière par erreur.

Même un homme savait où passait la frontière. Et le frémissement de ses oreilles indiquait qu'il le savait fort bien. C'était intentionnellement qu'il l'avait violée. De l'espace de deux collines. Il se trouvait simplement que celle qui était sur le territoire de Chanur constituait un meilleur point d'observation. Et elle s'avança jusqu'à lui, et elle lui posa les mains sur les épaules. Le toucher était le seul privilège de ses épouses et de ses sœurs. Quiconque, à part elles, se permettait de le faire commettait un acte répréhensible.

Ils étaient mari et femme avant qu'elle ne l'eût conduit à la demeure. Ils le furent là, à la limite des terres de Chanur, comme si elle était une vaurienne sans feu ni lieu et lui un jeune gaillard tout aussi démuni, mais le cœur plein d'espoir. Elle savait qui elle avait épousé avant même qu'ils ne fussent arrivés à destination. Un romantique qui, les dieux la protègent, lui posait dix mille questions : à quoi ressemblait l'espace ? Où allait-

elle ? Combien de temps restait-elle ? Viendrait-elle le voir chaque fois qu'elle ferait relâche sur la planète ?

Il était ingénu et insouciant, c'était une véritable encyclopédie de futilités et de sciences naturelles. Il adorait soulever les souches pour voir ce qu'il y avait dessous, farfouiller dans les mares, il mettait le même zèle à chercher des curiosités qu'à pourchasser le gibier qui abondait, dans les collines de Mahn. Il pouvait passer plusieurs minutes à étudier une fleur. Ou la couleur de ses yeux. Et elle ne savait pas trop si elle goûtait d'être ainsi scrutée sous le ciel estival d'Anuurn. Elle était venue à Mahn dans le dessein de ramener un mari qui aurait des dons pour la politique et les finances, parce que l'on avait eu indirectement affaire à lui et qu'elle croyait ce que disait la sœur de Khym, à savoir que c'était un bon administrateur, qu'il avait des connaissances en matière de droit, et qu'il n'était pas homme à chercher noise à Chanur. Quelques jours vite passés à Mahn, la satisfaction de certains besoins qui la travaillaient (elle en était privée à bord et ce lui était un supplice) et elle s'était en fin de compte rendue à l'évidence : elle avait hérité d'un jeune homme au sourire timide qui faisait des choses stupides comme violer une frontière, se laisser séduire dans les buissons, disserter à longueur de temps sur ce que ses yeux avaient d'extraordinaire et (Khym étant celui qu'il était) sur la fréquence statistique du mariage de l'or et du bronze dans sa lignée ancestrale.

Elle avait alors compris quel excentrique elle avait déniché.

… n'allons-nous pas émerger ?

… dieux et diables mahen, que font-elles là-haut ? Est-ce la descente ?

Ce l'était. Et pour de bon. Khym exhala un

gémissement et elle aussi. Du *communico* tombaient des blasplèmes, on maudissait le programme injecté dans le nav, les imbéciles qui l'en avaient saisi, les soubresauts des estomacs Tauran.

Il faut que je monte là-haut. Il faut que je sois là pour le second délestage.

Il y avait des réserves de mélange nutritif sur la console. Elle s'en empara. C'étaient les mêmes rations sous emballage que celles que l'on consommait sur la passerelle. Elle n'osait pas escamoter le filet de sécurité. Pas avant que le feu vert eût été donné.

– Que les dieux fassent rôtir ça dans un enfer mahen ! Qu'est-ce que c'est que cette chose ?

Elle enfonça la touche du *communico* en se battant avec le filet.

– Que se passe-t-il ? Ici Pyanfar Chanur. Dieux pourris, que se passe-t-il là-haut ? (Silence.) Alors, il faut que j'obtienne une autorisation sur mon propre navire ? Mettez-moi en contact avec Sirany. Par l'enfer mahen, que se passe-t-il là-haut ?

– Chanur. Nous sommes stables. Nous procédons à la relève de l'équipage.

Elle escamota le filet, roula sur elle-même, sortit ses jambes ankylosées du lit et redressa son torse douloureux.

– Ô dieux ! (Ne jamais, jamais faire l'amour pendant le saut, oh ! mes côtes ! oh ! mon dos !)

Elle se mit debout, réprima la nausée qui lui montait dans la gorge et se dirigea en vacillant vers la porte.

Quelque chose de noir traversa le couloir comme un trait en couinant. Cela arrivait à la hauteur de la cheville.

– Dieux et tonnerres !

Les gâteries gastronomiques de Skkukuk étaient de nouveau en liberté.

Pyanfar regagna tant bien que mal la passerelle

en boitillant. Elle dut, pour garder l'équilibre, s'agripper au dossier du siège du poste nº 2. D'un coup d'œil, elle passa en revue les écrans des moniteurs, le récepteur de balayage. Tout paraissait calme et tranquille à l'exception des Kif silencieux qui les précédaient. Pas de tirs. Pas de signaux en provenance de la station non plus.

Ils étaient dans l'espace hani et Kura, la station qui arrivait à la deuxième place par son importance, était muette. En tout cas, la balise n'émettait pas.

La lumière se fit soudain en elle : c'était une ruse des Kif. Pyanfar s'approcha en claudiquant de Sirany Tauran. Cette fois encore, force lui fut de prendre appui sur le dossier du fauteuil.

– La balise a cessé de fonctionner dès qu'elle a eu capté le signal d'identification. Mais quel signal a-t-elle reçu et quand ? C'est cela qui me tracasse. Notre escorte a-t-elle émergé ? Est-elle sortie avant nous ?

– Il y a environ deux heures. Comme à la parade. Ces navires ont une sacrée réserve de puissance, et nous recevons leur traîne d'émission haut et clair.

– J'avais préparé un message à lancer en automatique. Destiné à Kura. A-t-il été envoyé ?

– Oui, capitaine, répondit l'officière chargée des transmissions. Nous sommes à trois minutes du délai de réponse.

– Ce message a pour objet de dire à Kura ce que nous sommes en mesure de dire. Il donne pour consigne à tous les navires qui s'y trouvent de rallier le port d'attache. Et vite.

– C'est le même message que j'ai envoyé, dit Sirany. Le même que tous les autres ont envoyé. Le Mahe émet de son côté en code depuis que nous avons quitté Urtur.

– Ouais.

Il y avait beaucoup de choses derrière ce *ouais*. Mais qui n'étaient pas pour les oreilles de Sirany. L'inquiétude de Pyanfar redoublait. Jik est toujours avec nous. Toujours dans notre camp, se dit-elle en examinant les moniteurs qui affichaient la position des vaisseaux, leur alignement inchangé, l'espace vide là où Tahar aurait dû être et où elle n'était pas.

– Aucun signe de Tahar ?

– Aucun.

Se mordillant les moustaches, elle attendit, l'œil fixé sur le chrono.

– Nous n'avons toujours pas de réponse ?

– Négatif.

– Nous avons vu de la vermine.

– Je sais. Nous l'avons déjà neutralisée une fois. C'est la nourriture de Skkukuk. Quelques-unes de ces bestioles ont dû réussir à prendre le large.

– Par les dieux ! De quoi se nourrissent ces cochonneries ?

– Elles dévorent les filtres de ventilation.

– Les agencements de survie ?

– Depuis la première alerte, nous avons installé un écran électrique pour protéger les maîtres systèmes. Nous le surveillons. Ne vous faites pas de souci pour cela. C'est un problème qui incombe à notre quart. Il ne s'agit très probablement que de spécimens isolés, de bestioles errantes.

– Avez-vous pensé qu'il pouvait s'agir d'un sabotage ? Ce maudit Kif...

– Est membre de mon équipage.

– Pas pendant mon quart, capitaine. Sa porte est condamnée pour qu'il n'ait pas accès à la salle de commande.

Mais elle met mon jugement en question ! Sur ma passerelle, à mon poste de commandement ! Que pourrisse sa carcasse ! Pourtant, c'était là un soupçon normal et raisonnable. Pyanfar se domina et ce fut d'une voix posée qu'elle répondit :

– Ce Kif est notre interprète. C'est un officier de protocole et il accomplit parfaitement sa mission. Il fait partie du personnel. (La fureur l'étranglait à moitié. Ôte tes fesses de mon fauteuil, Tauran !) Il exécute les ordres qu'il reçoit et les exécute bien. Il a eu quantités d'occasions de tuer l'une ou l'autre d'entre nous. Il m'a sauvé la vie à Kefk. (Et je ne le laisse pas se promener en liberté, non plus, mais il n'ira pas risquer sa peau dans ces couloirs à faire la chasse à la vermine.) Je vous relaie et je libérerai vos navigantes dès que les miennes seront là. Vous avez fait merveille, Tauran. Nous avoir fait traverser cette soupe, c'est du beau travail. Du vraiment beau travail, surtout avec des appareillages qui ne vous sont pas familiers...

Complimente cette vaurienne au nez gris. Soyons amicale. Elle s'en est bien tirée. Nous sommes vivants. Tous nos navires sont toujours derrière nous. Jik, Harun et les autres, les trois Kif sont devant et elle fait vraiment des efforts pour être courtoise, n'est-ce pas, Pyanfar Chanur ? Elle est plus méfiante que la jeune Fiar. Plus sagace et plus intraitable, et elle doit l'être. Elle ne va pas être commode à manier. Elle essaiera de connaître la vérité. Elle ne nous a pas trahis.

– C'est un matériel peu commun, dit Sirany, toujours assise. Construction mahen. Tout à fait original. L'ordinateur de bord est une merveille.

Combien t'a-t-il coûté, Pyanfar Chanur ? Comment Chanur peut-il s'offrir de tels équipements, alors que tout l'espace sait qu'il est ruiné et en état de banqueroute ? Et ces rumeurs qui courent sur toi, les Mahendo'sat et les Stsho de La Jonction ? Avant notre prochaine période de sommeil… sur quelle espèce de navire avons-nous embarqué ?

– Notre queue avait été endommagée et nous avons dû faire faire une réparation d'urgence à Kshshti. Le Mahendo'sat voulait que nous appareillions le plus vite possible. C'est notre passager.

– Le Kif, l'humain ou le Mahendo'sat ?

Elle ne prenait pas de ménagements. Le pouls de Pyanfar battit plus fort et ses oreilles se couchèrent quand Sirany se retourna pour la dévisager.

– Cela, j'en discuterai avec le *han*. Mais nos archives ne sont pas enfermées à clé. Vous les avez compulsées, n'est-ce pas ?

– J'ai été occupée. Très occupée. L'important c'est de rentrer, n'est-il pas vrai ? Nous nous soumettons à vos directives. Vous voulez que ce Kif ait la charge des transmissions ? Soit. Nous avons encore deux sauts à effectuer. Vous voulez que nous partagions le lit du Kif ? Si vous nous garantissez qu'il aura un comportement correct, c'est d'accord. Si vous vous portez garante de lui, je vous fais confiance.

– Entendons-nous bien. N'escomptez pas qu'il se conduira comme un Hani. S'il pense que vous agissez de façon inamicale avec moi, gare à vous. Tully est plus placide mais il a peur de vous, et il est dans une situation dont vous ignorez la gravité. Laissez-le en paix. Quant à mon mari – laissez-moi vous dire ceci bien que vous vous soyez gardée, *ker* Sirany, de faire allusion à lui –, laissez-moi vous dire qu'il a autant de sang-froid que n'importe laquelle de nos navigantes. Vous ne l'effraierez pas. Pas après cette traversée. Il sait ce qu'est la vie à bord. Vous n'avez pas d'inquiétude à avoir pour ce qui est de lui. Même chose pour Tully. Ils travaillent en équipe dans la coquerie. Et ils s'entendent très bien.

– J'ai remarqué qu'il porte un anneau.

– Il ne l'a pas gagné au combat mais en faisant son travail à son poste, alors qu'Haral Araun avait le doigt posé sur le bouton de destruction. Et il obéira à vos ordres comme il obéira aux miens. Je désire bénéficer de votre assistance, *ker* Sirany. C'est une bonne chose que nous ayons à bord quelqu'un qui se défie de nous. Et il n'y a pas un mot de faux dans notre journal de bord. Me comprenez-vous ?

– Nous verrons cela quand nous serons sortis de cette aventure. Vivants.

– Je me bats pour le *han*. On me qualifiera de traîtresse. C'est l'épitaphe que l'on inscrira sur ma tombe si jamais j'en ai une. C'est bien joli d'être une héroïne mais si nous en sortons vivants, comme vous dites, je tiens à ce qu'une autre Hani sache que cet équipage n'est pas ce qu'on dira qu'il était.

La physionomie de Sirany exprima une crainte qu'elle ne chercha pas à déguiser.

– Qu'est-ce que vous voulez ? *De la compagnie ?*

– Votre influence. Nous menons deux combats. Un dans l'espace, l'autre contre cette stupide Ehrran et ses pareilles. Le *han* a mis sa tête collective sur le billot, et les Kif sont prêts à faire tomber la hache. Vous m'entendez, Tauran ? Je ferai ce que je dois faire. Si vous voyez les choses du même œil que moi, vous serez avec moi, quoi que vous puissiez penser, au demeurant, de Pyanfar Chanur.

– Vous êtes folle !

– Je fais quelque chose. Voulez-vous me dire ce que le *han* a fait, lui, ces derniers temps ? Personne n'a rien fait. (Pyanfar étreignit spasmodiquement le bord du fauteuil et une griffe s'enfonça dans le cuir.) Combien de temps pensez-vous que nous pourrons demeurer passifs alors que la Communauté est en voie de désintégration ? L'humanité a lancé l'offensive contre nous. Les Mahendo'sat ont commis un acte stupide, ils ont fait quelque chose qui a agi comme un détonateur et ils ont déclenché une avalanche qu'ils ne comprennent pas. Et je ne suis pas sûre que les humains comprennent mieux qu'eux. Tully en est un témoin oculaire et il nous a prévenus. Jik a fait une tentative en vue de nous sauver tous, et cela lui a coûté cher. Il sait au moins, lui, que ses congénères ont agi comme des imbéciles. De même que les Stsho. De même que les Hani. Et, *aussi,* que les Kif. Et que les Tc'a, peut-être, les dieux nous protègent ! Et il n'est pas impossible que les humains eux-mêmes en aient maintenant pris conscience. Ehrran vient tout juste de conclure un traité flambant neuf avec les Stsho, le saviez-vous ? Et regardez où ils en sont. Regardez où nous en sommes. Les Kif les ont à leur merci. Des Kif sont entrés dans l'espace hani. Kura ne répond pas. La situation d'Akkhtimakt est si précaire qu'il n'a pas d'autre endroit où aller que l'espace hani parce que Sikkukkut a expédié des navires à lui à tous les points de saut, et qu'il bloque toutes les autres routes. Pendant ce temps, les Mahendo'sat se lancent massivement à l'attaque depuis Kshshti, ce qu'Akkhtimakt sait si ses espions sont bons à quelque chose, mais que Sikkukkut ne sait pas; il était à Kita, en route pour Kshshti. Cette canaille va laisser Sikkukkut subir le choc de l'assaut mahen en se repliant dans l'espace hani, d'où il foncera sur Iji en évitant les Mahendo'sat. Vous connaissez les Mahendo'sat, vous savez que l'éviction de leur Personnage entraîne leur éclatement. Ils seront sans défense. Et l'humanité pénétrera au cœur du territoire mahen avec d'innombrables navires, des navires capables de réduire la durée du saut, des navires capables de s'arrêter net comme ceux de nos amis, les Mahendo'sat, et ceux des Kif. Mais nous n'aurons pas voix au chapitre. Bien heureux encore s'il nous reste une planète. Et nous serons à la merci du vainqueur. Si nous avons la chance de survivre. Un de nos hommes est dans l'espace, un seul, et vous savez ce qu'il en est de la sécurité de ce vaisseau alors que la moitié des Kif de l'univers est à notre poursuite, et que l'autre moitié se mettra de la partie avant longtemps. Tout ce qui reste de notre espèce se trouve groupé à Anuurn. Et il suffit d'une rocaille, Sirany Tauran, d'une rocaille animée de la vitesse C, et nous serons toutes veuves, nous n'aurons plus de frères. Est-ce que vous comprenez ? Vous m'avez entendue ? ajouta-t-elle comme Sirany demeurait muette.

– Je vous ai entendue. Tout cela est aberrant.

– Tauran est un clan spatien. Depuis trois générations. Vous savez de quoi je veux parler. L'embrouille dans laquelle vous vous êtes fourrée à La Jonction. Comment pourriez-vous expliquer à ces vieilles du *han* pourquoi vous n'avez pas pu prendre la fuite ? Qu'il ne vous était pas possible d'atteindre la vélocité V ? Et ce que représentent ces distances à franchir ? Combien d'entre elles comprennent un Stsho ?

– Qui peut comprendre un Stsho ?

– Comment élaborent-elles une politique avec eux ? Comment concluent-elles des traités avec eux ? Qu'attendent-elles de nous ? Que nous réglions le problème des Kif parce qu'il leur faudra dix ans ou vingt ans pour modifier leur point de vue sur le comportement kifish, leur doctrine relative à ce que les Mahendo'sat sont susceptibles de faire. Et que les dieux nous protègent quand il leur faudra faire entrer en ligne de compte les humains et leurs trois gouvernements, qui se combattent les uns les autres ! Par l'enfer mahen, que vont-elles faire maintenant alors qu'Akkhtimakt fait irruption dans le système ? Donner l'ordre aux Llun de lui barrer la route de la station ? Prendre des sanctions hégémoniques contre lui ? Ou procéder à l'étude du problème ?

– C'est trop...

– Je demande à un autre clan de devenir un réprouvé. Avec moi. Je vous le demande à tous. Je le demande à celles qui savent que mon but est de faire quelque chose dans la situation où nous sommes. Ce n'est plus à quelques pirates isolés que nous avons affaire. Les Hani qui sont en espace feront ce qu'il conviendra de faire, j'en mettrais ma main au feu. Les navires de commerce se délesteront de leur cargaison, quelques-uns rentreront à Anuurn, d'autres se disperseront comme graines au vent. Partout. Ils sont prévenus. Mais cela ne nous mettra pas à l'abri d'une rocaille. Cela ne nous sera d'aucune protection si un Kif juge bon d'anéantir notre espèce. Je ne peux pas aller dire au *han* ce que je vous dis. Je ne peux pas lui expliquer ce qui s'est passé à La Jonction. Si Sikkukkut nous fait suivre à notre insu par un vaisseau, il pourrait capter nos émissions directionnelles. Nous ne pouvons rien faire d'autre que ce que nous avons fait.

– J'ai pris connaissance de vos consignes. J'ai reçu votre message de Sif. Et je ne suis pas idiote.

– Je ne vous ai jamais considérée comme une idiote. Et cela ne date pas d'aujourd'hui. Je dois continuer la route sur laquelle je me suis engagée. Comme l'a fait Jik. Jusqu'à ce que nous ayons stoppé Akkhtimakt. Il n'y a pas, dans tout l'espace, suffisamment de navires hani pour faire ce que nous devons faire, face à des croiseurs de chasse, et quoi d'autre encore ? Seuls les dieux le savent. Nous avons impérativement besoin de la puissance de feu des Kif, et ce malgré les risques que nous courons. C'est la carte que je joue, Tauran, et vous savez les accusations que le *han* porterait contre moi si même je pouvais prendre contact avec lui : violation de traités, présence à mon bord d'un personnel illégal. Si jamais nous réussissons à nous en sortir, et si le *han* est encore alors en fonction, il intentera probablement contre nous deux une action pour infraction à la réglementation à laquelle sont soumises les lettres d'espace. Voilà tout ce qu'il est capable de comprendre. Vous savez à quel adversaire nous sommes confrontés. Ces vieilles femmes sont attentives à toutes les influences changeantes qui se font jour sur les marchés internes du système, elles savent qui penche pour qui dans les votes, elles connaissent les tours et les détours des affaires locales, toutes les querelles qui ont eu lieu au cours du temps entre le fleuve Hégémonie et l'amphictyonie de Pesh : autant de broutilles passéistes qui ne compteront plus guère si une racaille venue de l'espace détruit toute vie sur Anuurn. Toute une science parfaitement vaine et dérisoire lorsque la seule question qui compte est celle de ce que nous allons faire, par les dieux, Tauran ! Qu'allons-nous faire là où nous sommes avec ce que nous savons être derrière nous et devant nous, et que le *han* ne sait pas ?

– Je vous entends, dit Sirany. (Il y avait eu des allées et venues sur la passerelle. L'équipage Chanur venait relever l'équipage Tauran qui n'avait pas encore quitté son poste, mais il régnait maintenant un grand silence.) Je vous entends. Et je suis d'accord avec vous. Mais il faut que je réfléchisse encore à tout cela, Chanur.

– Vous avez tout votre temps jusqu'à Kura Point. Je vous rends Sifeny et Fiar, et vous réfléchirez. Je prendrai moi-même le quart avec l'humain, mon mari, le Kif et les autres. Tous mes remerciements, *ker* Sirany. Vous avez un équipage efficace.

Sirany détacha son harnais et quitta le fauteuil.

– Je vous ferai apporter un sandwich.

Et, suivie de ses navigantes, elle sortit en direction de la coquerie.

Pyanfar les suivit des yeux, toujours appuyée au dossier du siège. À toutes fins utiles. Comme le faisaient toutes les spatiennes qui se maintenaient systématiquement à un objet fixe quand le navire était en mouvement. Elle passa en revue les visages graves des navigantes, maintenant au complet, qui l'entouraient.

Des oreilles pointèrent.

– C'est bien parti, dit Haral.

– J'espère. (Pyanfar lança un coup d'œil en direction de Geran dont l'expression trahissait l'agitation.) Comment est-elle ? (L'interpellée eut un haussement d'épaules. Elle avait tellement maigri que l'on voyait ses côtes. Sous l'effet de l'inquiétude qui l'habitait, elle avait une tache plus sombre au-dessus du museau et des sillons creusaient son front à demeure.) Tu es toi-même dans un triste état. Nous avons besoin de toi. Va avec les Tauran à la cambuse manger un morceau. Tully apportera quelque chose à Chur. Et ne discute pas ou gare à tes oreilles ! Chur m'arrachera les miennes si nous arrivons à destination sans toi. Hilfy, fais monter les autres ! (Hilfy appela Tully, Khym et Skkukuk par le *communico* général tandis que Pyanfar s'asseyait. À côté d'elle, Haral était déjà à sa console.)

– Aucune trace du *Lune Qui Monte*.

Les chances pour que celui-ci les rejoigne allaient s'amenuisant. Compte tenu de la navigation hyperlumique, ce qui avait pu lui arriver –

s'il lui était arrivé quelque chose à La Jonction – remontait maintenant à quatre ou cinq mois.

– Cela fait longtemps, murmura Pyanfar en examinant les données qui affluaient sur les écrans.

– Kura est vivante, dit Haral. Elle se tait, simplement. Là-bas, ils sont terrorisés par les Kif. Ils ont coupé toutes les transmissions. Il n'y a pas de navires à quai. Ou alors, ils observent tous le silence.

Beaucoup de temps s'était écoulé depuis que l'on avait quitté la planète-patrie. Et le *han*. Des années pour les rampants. Tel était le sort des spatiennes. Rester jeunes tandis que le monde vieillissait, que les rampants menaient leurs petits complots, faisaient leurs petits trafics alors que, perdues dans leurs rêves, elles erraient, elles, parmi les étoiles.

– Les Kif n'ont pas de problèmes ici.

– Nous, nous en avons. Ces maudites bestioles dont se régale Skkukuk ont encore pris la clé des champs. Par négligence, il a dû laisser sa porte ouverte.

– À moins qu'un couple d'entre elles ne nous ait échappé.

– Qu'est-ce que ça mange ? m'a demandé Sirany. Et c'est la question que je me pose aussi : qu'est-ce qu'elles sont en train de bouffer ?

– Peut-être que cette vermine s'est habituée aux chocs électriques, fit Hilfy. Skkukuk disait qu'elles étaient *adaptatives*.

La jeune Hani dévisagea Haral. Elle avait l'impression que son estomac se révulsait.

– Les systèmes de survie, dit Haral.

– Vérifie. Ces saloperies mangent le plastique.

Haral était déjà debout et se dirigeait vers la porte.

– Hilfy, dis aux hommes de s'en occuper. Et dis-le aussi à Skkukuk.

– Nous ne pouvons pas prendre du retard sur notre plan de vol. Ce n'est pas possible. Jamais nous ne pourrons tout recalculer et avertir les autres navires assez tôt. Pourritures des dieux… (On n'était plus en automatique et le vaisseau risquait d'essuyer des dommages. Ne pas avoir coupé l'auto aurait été encore plus dangereux, si fragiles étaient la chair et les os. Des vies étaient en jeu. Pyanfar enfonça un bouton pour faire basculer le *communico.*) *Ker* Sirany, nous allons rester en stabilité une bonne demi-heure. Je suis votre conseil en ce qui concerne la vermine. Nous essayons. Nous essayons de traquer ces bestioles.

– Compris.

Politiquement, Sirany s'en tint là.

Pyanfar actionna d'autres clés.

– Skkukuk, ici la capitaine, tu m'entends, gueux ? Tes saletés de provisions de bouche ont encore disparu. Je veux en avoir le compte, je veux savoir où sont ces saletés, je veux qu'on en soit débarrassés sinon je t'écorche et je cloue ta peau sur un mur. Tu m'entends ?

La réponse vint, relayée en doppler de haut-parleur en haut-parleur :

– *Kkkkt.* Je ne les ai pas laissées s'échapper, *hakt',* ce n'est pas ma faute, je n'y suis pour rien, *mekt-hakt'*. J'arrive tout de suite, tout de suite. Eh, là-bas ! Laissez l'ascenseur ouvert !

Il ne faisait aucun doute qu'il croyait que la menace de sa capitaine était sérieuse. Pyanfar prit sa tête dans ses mains et laboura sa crinière de ses griffes. L'affaire était d'une gravité mortelle. Comment savoir sur quels systèmes les bestioles jetteraient leur dévolu ? Elles infesteraient tout le navire.

Elle était d'ores et déjà perdue de réputation. Elle empestait, *L'Orgueil* empestait de la proue à la poupe, il grouillait de vermine kifish. Les dieux seuls savaient si tout l'univers bien ordonné n'était pas renversé sens dessus dessous et si cette vermine n'était pas une dernière et grotesque avanie. Les dieux affectionnaient l'humour noir, voilà ce qu'il en était. C'était une ultime et répugnante mauvaise plaisanterie dont l'espèce ferait les frais. Laisser le navire prendre le départ avec ses systèmes de survie en capilotade, ses filtres rongés par les petites dents acérées des bestioles…

Combien y en avait-il ?

Se reproduisaient-elles pendant le saut ? Des créatures qui se reproduisaient à un rythme aussi rapide continuaient-elles de le faire comme en temps réel dans l'hyperespace, donnant le jour à des générations et des générations de vermine glapissante ?

Aucune créature vivante n'en était capable. La plupart des animaux se reproduisaient à bord en dépit de tous les bruits, de tout le tapage, de tout le vacarme dont ils pâtissaient mais rien ne pouvait modifier leur métabolisme pour qu'ils puissent vivre en temps réel dans l'hyperespace.

Même les Kif en étaient incapables.

L'étaient-ils ?

Pyanfar examinait la situation par écrans interposés. Elle maintenait le vaisseau sur son cap pendant qu'une équipe se restaurait – indispensable nécessité – dans la coquerie. Geran réapparut pour lui faire savoir qu'elle avait donné mission à Khym et à Tully dans la cambuse de se lancer dans la chasse à la vermine. Quant à elle-même, elle allait en dépit des ordres spécifiques qu'elle avait reçus porter une écuelle de bouillon à sa sœur si la capitaine lui en accordait l'autorisation.

Pyanfar la lui accorda. De nouveau, elle passa farouchement la main dans sa crinière dont une partie resta accrochée à ses griffes. Le corps se desquamait pendant les sauts mais personne à bord n'avait pris de bain depuis quatre mois en temps réel, une demi-douzaine de jours environ en temps subjectif.

– Comment va-t-elle ?

– Elle est très calme. Elle dit... elle dit que les choses vont mal chez nous. Que des Kif sont en route pour Anuurn. Que le *Lune Qui Monte* est derrière nous. Qu'Akkhtimakt a dix jours d'avance sur nous.

Un frisson parcourut l'échine de Pyanfar, la prit aux tripes.

– Elle pourrait avoir raison.

L'espace d'un moment, elle en eut la conviction. Oui, Chur pourrait fort bien avoir raison : c'était une technicienne du balayage hors ligne et elle exerçait parfois les fonctions de navigatrice : elle savait combien de temps il fallait à des croiseurs de chasse résolus pour laisser loin derrière eux une flottille de bâtiments marchands. Et puis, elle devina sous quelle optique Geran voyait les choses. Chur était quelqu'un qui avait l'esprit pratique. Et voilà qu'elle vaticinait. Des prophéties couvrant des années-lumière. Le saut pouvait ainsi troubler les esprits. Certaines des victimes de ce phénomène n'étaient plus jamais sorties de leurs ténèbres. Elle en avait vu assises au soleil dans un hôpital, le ciel bleu d'Anuurn à jamais au-dessus de leurs têtes, et qui ne réalisaient pas sur quelle planète elles se trouvaient.

Elles étaient partout, c'était leur chimère. Elles seraient partout, toujours. S'il fallait chercher là-dedans quelque chose de mystique, leur être même avait atteint l'infini et il y restait, telle une machine dont la commande d'arrêt n'aurait plus répondu.

– Elle veut tenir son poste, dit Geran.

– Dis-lui... (Pyanfar interrompit la phrase commencée.) En est-elle capable ?

– Non.

– Fais-la manger. Nous ne sortirons pas du système avant une heure. Je te décharge de ta tâche. Reste auprès d'elle.

– Non. (Les oreilles de Geran se couchèrent.) Non, capitaine.

– Tu veux que ce soit une des Tauran qui y aille ? Ou Tully, par les dieux ? Fais ce que je te dis. Tirun pourra te remplacer au balayage. Même avec une navigante en moins, nous nous tirerons d'affaire. À la rigueur, je peux faire revenir Sif. Tu resteras ici.

Les traits de Geran se durcirent et il y eut quelque chose de désespéré dans son expression.

– Tully, fit-elle. Je veux dire qu'il ne fera rien. Il dort avec nous en bas. Ils sont amis. N'est-ce pas ?

– Oui. (Moins l'on s'étendrait là-dessus, mieux cela vaudrait.) L'intérêt du navire prime tout. Oui. Je préfère que tu sois à ta console si tu es en mesure de te concentrer sur ton travail.

– Soyez tranquille sur ce point. Je parle pour son bien. Elle ne peut pas discuter avec Tully. Et je me sentirai plus tranquille.

Sur quoi, Geran sortit de la salle de commande d'un pas assuré.

Pyanfar s'installa à sa place. Écouta les dialogues qui s'échangeaient à l'intérieur du système, prit l'une des coupes de *gfi* que Fiar vint distribuer à la ronde. La chasse à la vermine se poursuivait dans les ponts supérieurs et inférieurs. Et le système au sein duquel ils s'enfonçaient était toujours beaucoup plus silencieux qu'il n'aurait dû l'être.

– Ils ont changé le filtre des ponts supérieurs, annonça Hilfy. Et ils ont capturé trois de ces bestioles. Skkukuk jure qu'elles ne venaient pas de sa collection. Trop vieilles, dit-il. Elles viennent quand même de quelque part.

– Bravo ! Merveilleux ! Voilà une bonne nouvelle ! (Tu ne devrais pas employer un ton aussi brutal. Elles se font déjà assez de tracas comme cela.) *Pardonne-moi.*

– Je suis à vos ordres, capitaine.

Tu as beaucoup mûri, Hilfy Chanur. Je ne peux pas te le dire. Une femme adulte n'aime pas s'entendre dire qu'elle a grandi. Je ne peux plus rien te dire.

– Première escorte entrée en saut, fit savoir Tirun.

Il y eut une double vibration : le signal des quinze minutes.

La voix d'Hilfy résonna d'un bout à l'autre du navire : *Moins quinze.* Celle de Pyanfar lui succéda :

– Abandonnez ce que vous faites quoi que vous fassiez. Regagnez vos postes ou vos quartiers. Tully, rends-toi dans la cabine de Chur. Immédiatement.

– Compris, fit la voix de l'humain en retour.

Puis les autres confirmèrent à leur tour. Peut-être que personne n'avait encore fait savoir à Tully où il serait pendant le saut.

Il ne protesterait pas. Il comprendrait. Il ferait n'importe quoi pour Chur. *Amis,* dirait-il.

Quant à savoir ce que Chur dirait, elle, de la présence de Tully dans son lit, c'était une autre affaire.

Qui tourmentait Pyanfar. La mettait en rage. Faire en sorte que Chur recouvre ses esprits. Peut-être cela marcherait-il. Brusquement, la logique de Geran lui apparut dans toute sa clarté.

– Il… quoi ? demanda Chur.

Elle considéra en battant des paupières sa sœur et Tully debout au pied de son lit, l'air embarrassé.

– Il prendra soin de toi, dit Geran. Tâche de

bien te conduire. Si tu abuses de la situation, la capitaine t'écorchera vive. Tu as entendu ?

Chur cligna encore des yeux. Finalement, elle décida que c'était amusant. La mine inquiète de Tully était amusante. Il y avait eu une époque où elle se serait inquiétée – hier, lui semblait-il –, où elle ne voulait pas d'autre présence que celle de Hani. Étrange comme tout cela s'était effacé. Comme si le saut avait tout gommé. Un dieu connaîtrait cette étrange sensation. C'était comme si son corps et son esprit étaient l'espace dans sa totalité. Les étoiles n'étaient que des grains de poussière. Elle était peut-être un dieu. Elle leur sourit à tous les deux et fit jouer ses doigts. Il y avait si longtemps que son bras était gourd qu'il était maintenant au-delà de la souffrance. La machine tournait. Chur avait appris à la duper; à discipliner les battements de son cœur pour que le flot d'anesthésiques ne jaillisse pas des tubes. Sentant son pouls s'accélérer, elle le ralentit de propos délibéré.

– Tu m'as amené un bel amoureux, dis donc. Je dois aller mieux. Ne t'en fais pas, Tully. Ils m'ont enlevé l'usage d'une main.

– Je rester, dit Tully.

Candeur et innocence...

Il empestait. Tout le monde empestait. Elle empestait, elle aussi. On ne pouvait rien y faire bien que Geran essayât de la tenir propre.

Celle-ci sortit, les laissant tous les deux en tête à tête. Tully avait l'air perdu. Le *communico* crépitait des rapports de situation.

Ces rapports déroutaient Chur. On avait traqué les choses noires, où qu'elles aient été.

On était revenu à Kura. De petits diablotins furtifs. Un dieu avait à s'occuper de choses plus graves. Ce n'étaient que de malencontreux cauchemars.

– Partir bientôt, dit Tully en s'asseyant au bord du lit. Je être avec toi. (Il lui tapota le genou à travers la couverture. Cela fit un peu mal à Chur. Elle avait toutes les articulations douloureuses.) Tu aller bien, Chur.

C'était agréable de s'entendre dire cela par quelqu'un d'autre que Geran qui péchait par partialité.

– Nous Anuurn aller. (L'humain leva deux doigts déliés et agiles.) Deux sauts... (D'autres doigts entrèrent en action.) Neuf navires. Faire sécurité.

– Contre les Kif ? (L'espace chavira pendant un court instant.) Non. Dis à la capitaine... dis à la capitaine... péril.

– Geran dire.

– Logique. (Chur agita sa main libre d'un geste flasque qui avorta.) Logique... position. La géométrie des choses...

Elle contempla Tully avec désespoir. Geran l'avait regardée comme si elle était folle. Tully battit simplement des paupières : son vocabulaire était trop pauvre.

– Danger, dit-elle. *Danger,* dieux pourris...

– Compris.

Et il la contempla avec effroi. Avec la même expression que Geran.

L'équipage rejoignait la passerelle. Pyanfar parcourut les indicateurs de contrôle des yeux. On était toujours dans les temps. Ils ne communiquaient pas avec les autres navires sauf pour les indispensables recoupements de position et pour échanger leurs paramètres de navigation. Il n'était ni politique ni judicieux, compte tenu de la possibilité qu'il y eût des espions à l'écoute, d'être plus loquace. Leurs messages seraient répercutés chaque fois qu'ils seraient captés et quelques-uns de ceux qu'on avait émis étaient déjà aux limites extrêmes de ce qu'imposait la prudence.

Ces discussions étaient nécessaires, *hakkikt,* dirait Pyanfar. Elles nous ont gagné des alliés. N'est-ce pas ce qui compte ?

Si l'occasion lui était donnée de le dire...

Le signal des cinq minutes retentit. Les procédures préalables au saut commencèrent. Des données arrivaient. Les Tauran et leurs passagers mahen firent savoir qu'ils avaient pris les mesures de sécurité.

– Le *Sukk* vient d'entrer en saut, annonça Geran.

– Nous arrivons au top, dit Haral.

Ils laissèrent derrière eux un message laconique qui subsisterait quand *L'Orgueil* serait dans l'hyperespace : *Anuurn en danger. Assistance requise.*

10

... Chute...

... une fois de plus...

... Kura Point, Pyanfar.

Elle était jeune. Elle était revenue aux jours d'Urarun. Une petite morveuse qui, pour la première fois, accomplissait le voyage de retour. Qui avait hâte de se retrouver sur Anuurn et de se promener dans le fief en se pavanant.

Regardez-moi. Les anneaux et le reste. Cette cicatrice, c'est le souvenir d'une bagarre sur les quais de La Jonction.

Un différend entre moi et une navigante de Jesur.

Mais pourquoi cette querelle ?

C'est sans importance. On cicatrisait vite en ce temps-là.

– Je te retrouve dehors, Hal.

Avec un regard appuyé, paupières à demi baissées. La navigante au museau gris (oui, c'est cela : elle s'appelait Pura Jesur) s'imaginait qu'elle ne ferait qu'une bouchée de ces deux petites jeunesses de Chanur. Elle et Haral, insubordonnées et remplies d'arrogance à l'endroit d'un équipage rival.

Urarun Chanur commandait le Soleil d'Or. *Elle avait encore fait deux expéditions avant de prendre sa retraite de capitaine. Le clan Chanur avait mis le navire à la réforme pour le revendre finalement à Thusar. Il avait été rebaptisé* Mérite de Thusar. *C'était un vaisseau de faible tonnage mais bien gros pour un petit clan comme Thusar qui en était encore à faire ses tout premiers pas dans l'espace. L'équipage de l'ex-*Soleil d'Or *avait été réaffecté à* L'Orgueil *qui venait de sortir des chantiers.*

… Capitaine.

– Je te reçois. Nous avons émergé, n'est-ce pas ?

– Tout se passe bien. Comment va Chur ? Calme-toi, elle ne répondra pas encore. Maudites drogues ! Non. Tully est avec elle. Tully. Au rapport. Où en est Chur ?

Un long silence. L'humain avait l'esprit encore embrumé. Il était toujours difficile de le réveiller après un saut.

– Tully ? Comment va Chur, Tully ? Est-elle en vie. Tully ? Pour l'amour des dieux, vas-tu répondre ?

Sa voix se fit enfin entendre :

– Elle dormir.

– Tu en es sûr ? Elle se porte bien ?

Geran écoutait. Mais il fallait qu'elle sache.

– Elle dormir, répéta Tully.

– Toujours pas de problèmes, capitaine.

Geran était parfaitement calme, toute à sa tâche.

Mes nerfs sont solides, capitaine. Le travail doit être fait. Pour le navire et pour nous tous.

– Pas de signal balise ici non plus, dit Haral.

Pyanfar avala le concentré nutritif. Sa main tremblait. Elle froissa en boule le papier d'emballage métallisé, le lança dans le réceptacle et s'essuya le visage. Une effrayante quantité de poils lui resta entre les doigts. Le contact de sa langue sur ses dents était douloureux. Il y en avait une qui branlait. Cela l'effraya. Plus que toutes les blessures qu'elle avait jamais reçues. Ce n'était pas la mort qui lui faisait peur : c'était le temps.

Où sommes-nous ? Ce que je me rappelle est-il vrai ?

Dieux, comment en suis-je arrivée là ? Comment suis-je devenue aussi vieille ?

Les Kif. Les Kif devant nous. C'est la vérité vraie. Pas une hallucination. Dieux, si c'en était une, si j'étais encore et toujours une navigante d'Urarun, si rien de tout cela n'avait existé, si ces amis, ce navire, cette situation épouvantable... si tout cela n'était qu'illusion...

Frémissement d'oreilles. Une multitude de lourds anneaux qui s'entrechoquent en tintinnabulant.

Vieux museau gris. C'est toi, Pyanfar, le vieux museau gris. C'est toi qui es là. Dans cette situation inextricable. Réveille-toi. Reprends tes esprits. Ils s'embrouillent, tu divagues...

... quand suis-je devenue vieille ?

Haral à côté d'elle. Un éclair, un tremblotement des écrans. Une donnée de balayage s'effaça d'une liste de contrôle. À un moment critique. Et réapparut. Haral s'était trompée de commande et avait changé toutes les priorités. Haral... Elle avait fait une fausse manœuvre. Cela ne s'était encore jamais produit.

– Tu es branchée ?

– Tout est en ordre, capitaine. Excusez-moi. L'*Aja Jin* confirme. Ils sont dans les temps.

Vermine. Petite vermine.

... nouvelle chute...

– ... en stabilisation.

– Hilfy, consigne à relayer. Dis à l'équipe de relève de monter aussi vite que possible. Skkukuk, je te libère. Va te reposer un peu.

– *Hakt'*, il faudrait que j'aille vérifier les pièges placés dans les filtres.

– Oui, mais alors fais vite.

– Entendu, *hakkt'*.

Une longue heure jusqu'à l'émergence.

Et, en bas, encore des jours et des jours. Elle ne voulait pas savoir combien. Les chiffres se brouillaient dans sa tête mise à mal par le saut.

Il était incontestable que les navires d'Akkhtimakt étaient devant eux. Déjà partis, en route pour Anuurn.

Pyanfar se força à avaler une autre ration. Écouta ce nulle part, ce désert mystérieux. La petite balise de Kura était muette. Jamais les Hani n'avaient estimé rentable d'installer une station sur cette masse obscure qu'était Kura Point. Une bizarrerie astronomique, un agglomérat fortuit de rochers grâce auquel les Hani avaient pu devenir une espèce indépendante : son existence leur permettait, à eux et à d'autres races, de rallier La Jonction en passant *uniquement* à travers l'espace hani au lieu de faire escale sur la mahen Ajir, et ce certainement au grand dépit des Mahendo'sat.

Un accident de la nature qui réduisait de quatre mois le voyage depuis Anuurn et avait évité à l'espèce hani tout entière de tomber sous la dépendance des Mahendo'sat. Un corps céleste immobile et spectral où les Hani se rencontraient et se hélaient, heureuses d'entendre une autre voix retentir dans le silence sépulcral. D'y faire tranquillement relâche en cas de pépin au lieu d'avoir à attendre en espace pendant des semaines, des mois une équipe de dépannage venue d'Anuurn ou de l'étoile Kura.

Pyanfar fit le compte des bâtiments qui suivaient *L'Orgueil.*

– Hilfy, tu vas envoyer le message suivant : « *L'Orgueil de Chanur* à tous les navires. Rendez compte de votre situation. »

Parce que le silence l'oppressait. Parce que, avant le prochain saut, le saut ultime et lourd de périls, elle voulait entendre une ou deux voix jaillir des ténèbres. Celle de Jik, surtout, grave, pleine d'humour et d'amicale retenue.

C'est stupide. C'est une réaction imbécile. Pourquoi lui ? Je devrais plutôt lui arracher les oreilles.

Ce gueux et ce menteur ! Il a la vie belle, lui. Son équipage est assez nombreux pour que la rotation du personnel de veille se fasse sans douleur. Leurs navires sont conçus pour les missions de ce genre. Un vaisseau comme le *Vent des Étoiles* ou le *Fileur de Lumière* souffrira autant que nous autres.

Les réponses kifish arrivèrent, froides et précises. Les Kif, eux non plus, n'auraient pas à pâtir de ce dernier passage dans l'hyperespace. Tout se passe bien, gloire au *hakkikt.*

Les navires hani se manifestèrent à leur tour.

– Nous tenons le coup.

C'était l'*Industrie d'Harun.*

– Nous avons un système à renforcer...

Le *Fileur de Lumière* de Pauran.

– C'est l'appel ? demanda une voix jeune. Nous sommes en quatrième position.

C'était l'*Espérance de Shaurnurn.*

– Quelques témoins d'alerte sont passés au rouge. (Munur Faha du *Vent des Étoiles.*) On s'en occupe.

Et enfin :

– Nous en bonne condition tout le temps, amie. Je être rendez-vous, non souci faire. Quoi escompter, vous ?

Hilfy accusait réception d'une voix éteinte et lasse.

Puis ce fut Geran qui demanda d'un ton calme à quelqu'un :

– Comment va-t-elle ?

– Geran, tu veux y retourner ? Vas-y. C'est un ordre, cousine.

– Bien, capitaine.

Cette fois, il n'y eut pas de discussion. Tirun dit qu'elle prenait en charge le poste de travail de Geran. Cliquètement d'un harnais qu'on déboucle. Pyanfar, mordillant ses moustaches, s'efforça de lutter contre l'hypnose que les clignotements des témoins lumineux suscitaient en elle... Nous allons la perdre. C'était la pensée qui la taraudait et qu'elle essayait de refouler.

Les os et les muscles. Les organes vitaux. Les concentrés nutritifs. L'acier et le plastique pouvaient survivre au voyage. Les organismes humains avaient besoin de temps pour se reconstituer et le plan de vol ne prévoyait pas de période de récupération.

Les Kif doivent-ils aussi en passer par là ?

L'image d'un Skkukuk pratiquement moribond, d'un Skkukuk qui n'était plus qu'un ballot de chiffons noirs s'effondrant dans ses bras lors de leur premier saut vint à l'esprit de Pyanfar.

Et l'image de petites dents voraces rongeant les organes vitaux de *L'Orgueil,* de théories de créatures détruisant dans leur stupidité et leur gloutonnerie le navire qui les protégeait du froid de l'espace.

Comme le *han* et les Stsho.

Nous avons appris la leçon et les Kif ont dû

l'apprendre eux aussi. La loi de la prédation contrôlée : ni la proie ni le prédateur ne peuvent survivre seuls. Les prédateurs intelligents savent gérer leurs ressources.

Te rappelles-tu cette leçon, Skkukuk ?

Brûler la terre ? Désertifier des écosystèmes tout entiers ?

C'est le suicide, *na* Kif. Tuez les Stsho, et vous périrez. Éliminez les Hani et les Mahendo'sat, et l'économie qui fait vivre les Stsho s'effondrera. Le résultat sera le même.

Le prédateur a autant besoin de ses rivaux que de ses proies. Les écosystèmes sont étroitement solidaires les uns des autres. Seuls, le prédateur et la proie sont condamnés.

Pyanfar sentit sa vision se troubler. Elle connaissait les symptômes. Elle se força à redresser les épaules, souleva son bras du berceau de soutien et exhala un gémissement de souffrance.

– Vous allez bien ? lui demanda Haral.

– Dieux ! (La douleur était telle qu'elle lui coupait le souffle. C'est la vieillesse, cousine. L'âge. Pour toi comme pour moi. Il n'est pas juste que cela nous tombe dessus. N'étions-nous pas immortelles ?) Nous avons encore un saut à faire. Rien qu'un.

Mais c'était autant à elle-même qu'à Haral qu'allait cet encouragement. *Tu n'as vécu que quelques jours alors qu'Anuurn vivait un mois, Pyanfar. Deux mois pour l'aller, deux mois pour le retour.*

Mais les dieux des Grandes Ténèbres reprenaient d'une main le temps qu'ils donnaient de l'autre. Ils usaient les spatiennes de l'intérieur, leur fatiguaient le cœur, affaiblissaient leurs mains. La toison de Kohan virait au gris la dernière fois que Pyanfar l'avait vu. Mais il reposait sur ses coussins, jouissant de la stabilité que lui apportaient ses épouses, chassait dans ses réserves et était l'objet des soins les plus attentifs. Il ignorait la faim, il lui arrivait seulement parfois de déjeuner en retard dans ses terres quand ses épouses, ses filles, ses nièces, ses cousines et ses tout jeunes fils s'affairaient à préparer un petit festin. Une rude existence, pensaient les rampants. Une partie de chasse brûlait les graisses et accélérait la circulation, et une petite fringale mettait le corps à mal.

Ô dieux, Kohan ! Un déjeuner en retard. Quelle tragédie !

Tu n'as jamais connu l'élongation temporelle du saut, tu n'as jamais vu ta fourrure partir par plaques, découvrant des surfaces de peau nue, le frottement du siège ne t'a jamais mis le dos en compote, tu n'as jamais vu en t'éveillant après un saut saillir tes os et tes tendons tandis que, au bout de ton bras, ta main semblait être celle de quelqu'un d'autre, tes dents ne t'ont jamais fait souffrir, tes articulations ne t'ont jamais fait mal comme si l'on y enfonçait un couteau.

Pyanfar se saisit d'un autre paquet-ration. Il fallait se mettre quelque chose dans le ventre.

– Par l'enfer mahen, que fabriquent donc les Tauran ?

– Elles sont dans l'ascenseur, répondit Hilfy.

Quand la porte de la cabine se fut ouverte, son reflet lumineux apparut sur le moniteur de droite. Des silhouettes sombres s'engagèrent dans la coursive. Silhouettes hani. Présences hani.

Pyanfar fit pivoter son fauteuil pour faire face à Sirany Tauran. Le visage de celle-ci changea et, atterrée par ce qu'elle avait devant les yeux, ses oreilles s'aplatirent. C'était comme si Pyanfar se voyait dans un miroir. Suis-je donc si mal en point ?

Oui, il fallait se rendre à l'évidence.

– Nous sommes en stabilité, tout est normal, Sirany.

Pyanfar quitta son fauteuil et, pour garder l'équilibre, elle dut se raccrocher au bras que cette dernière lui présentait. Les yeux de la Tauran étaient écarquillés et on lisait la consternation dans son regard.

– *Ker* Pyanfar...

– Je veux prendre du repos.

– Allez-y. Nous vous apporterons une collation. À vous et à tout votre équipage. Allez vous coucher.

De la pitié, Tauran ?

Elle en voulait à Sirany. Une susceptibilité irrationnelle dont Pyanfar avait conscience. Sirany se faisait du souci pour elle. Elle avait foi en l'équipage de *L'Orgueil.*

Depuis combien de temps étaient-ils les uns et les autres captifs de cette longue alternative de vie et de mort ?

Depuis des mois et des mois, maintenant.

Quel délai les Kif avaient-ils eu pour ravager Anuurn ?

Dieux, ont-ils quitté Urtur longtemps avant nous ? L'escadre de La Jonction n'était-elle qu'une partie seulement des forces dont ils disposaient ? Ont-ils déjà des semaines d'avance sur nous ?

Sommes-nous en train de nous précipiter tête baissée dans un piège destiné à Sikkukkut ?

Chur qui a des visions.

La vermine noire dans les gaines.

– Pyanfar...

Une main qui se referme sèchement sur son épaule droite. Morsure des griffes dans la chair. Devant ses yeux, des yeux chatoyants d'Hani.

– J'ai laissé partir Jik, murmura Pyanfar. (Elle savait qu'elle divaguait mais, soudain, il lui paraissait que c'était important, que c'était quelque chose que Tauran devait savoir, que c'était une partie du puzzle, les pièces déchiquetées qui restent quand on a renversé l'univers et qu'il s'est morcelé, éparpillé, créant de nouvelles configurations auxquelles la navigation doit se plier.) C'est important. (Mais cela était encore insuffisant.) Les Mahendo'sat sont la clé. Ni prédateurs ni proies. Ils sont importants. Ils cherchent toujours à pénétrer les choses. Comme Tully. Les humains sont comme eux. À la fois le prédateur et la proie. Soyez sur vos gardes. Les Mahendo'sat ne savent pas cela. Les humains constituent un problème. Ils nous confondront avec les Mahendo'sat. Comme les Méthaniens. Cela, les Kif le savent. Même le *han* s'est en l'occurrence rangé de leur côté. Nous avions raison.

– Capitaine. (Le visage d'Haral s'était substitué à celui de Sirany.) Le temps passe.

Pyanfar battit des paupières.

– Oui. (Elle battit encore des paupières. Elle vacillait sur ses jambes.) J'y vais.

– Est-ce qu'elle va bien ?

Ce n'était pas une Chanur qui avait posé la question. C'était une voix jeune. Fiar.

Pyanfar se retourna et, les oreilles couchées, fixa la jeune technicienne.

– Oui, elle va tout à fait bien, petite. (Elle prit une profonde inspiration et son regard revint à Sirany.) J'ai préprogrammé la manœuvre pour que nous émergions au plus près. Il peut s'être glissé une erreur. Nous faisons du mieux que nous pouvons.

Il n'y avait pas à se tromper sur l'expression qu'affichait Sirany : c'était celle du doute. Et c'est à cela que nous devons nous fier. Cette femme en a vu de trop rudes. Trop longtemps. Et elle est allée trop loin. Nous sommes condamnées à obéir jusqu'à Anuurn à une capitaine dont l'esprit a été fragilisé. Avec tout ce qui peut être en jeu.

– Sirany, si vous pensez que ma raison chancelle, vous êtes dans l'erreur.

– Je n'ai pas dit cela.

Pas même un soupçon d'irritation. C'était de la *pitié*. Le navire franchissait des diamètres planétaires le temps de dire ouf ! et cette folle voulait tenir de longs discours sur la passerelle au risque de distraire l'équipage de sa tâche.

– Au travail, dit Pyanfar. Ayez l'œil sur les écrans. (Ce n'était pas à la bonne équipe qu'elle donnait ces ordres.) Il faut que quelqu'un aie les yeux dessus, je me moque de savoir qui. (Et voilà pour le manque d'attention, Sirany Tauran. Laquelle de nous deux a l'esprit qui vagabonde ?) Je vous le dis : Jik est notre meilleur atout. Reposez-vous sur lui et sur sa première officière. Et je tiens à ce que le *communico* reste en permanence en appel général. Nous ne pouvons pas nous permettre d'émerger de l'autre côté en nous demandant où nous sommes.

Non. Pyanfar Chanur, nous ne pouvons certainement pas nous le permettre. Mais le doute persistait. Sous la surface, maintenant, tel un poisson qui a plongé en eaux profondes. Qui glissait, obscur et silencieux.

Pour jaillir au mauvais moment et mordre, oui, Pyanfar Chanur.

– Nous sommes toujours en auto ? demanda Sirany.

Encore ?

– Nous avons un bon ordinateur. Et un bon équipage. Je vous ai dit que les paramètres de navigation étaient justes. Je n'ai pas pour habitude de mentir, *ker* Sirany.

– Non, fit cette dernière sur un ton apaisant. Je n'ai jamais pensé le contraire.

– De quoi étais-je en train de parler ? Vous vouliez réfléchir, disiez-vous. Réfléchir. (Tu vois, je me rappelle. Et toi, Tauran ? Ton esprit est-il toujours aussi clair ? Ou crois-tu toujours que je suis folle ?) Je repose la question. Ici et maintenant. Avant l'arrivée à Anuurn.

– Si je me joins à vous ?

– C'est ce que je vous demande. Vous étiez censée envoyer une sorte de rapport aux autres capitaines, n'est-ce pas ? Mais vous ne l'avez pas encore fait. Jik nous l'aurait communiqué. À moins que vous n'ayez employé un code très sophistiqué. (Pyanfar fit porter le poids de son corps sur le dossier du fauteuil pour soulager ses jambes autant que faire se pouvait.) Qu'allez-vous leur dire ?

– Que vous n'êtes pas une pirate, répondit la Tauran après une longue hésitation. Que nous en sommes convaincues.

Pyanfar marqua une pause. Ses paupières papillotaient tandis qu'elle s'efforçait de pénétrer son esprit de la réponse de Sirany.

– Mais non pas que nous avons raison ?

Les oreilles de Sirany retombèrent. Ce n'était pas un signe de colère mais de profond embarras.

– Je ne suis pas encore moi-même arrivée à une conclusion définitive.

– Combien de temps devrez-vous encore réfléchir, hein ? (Pyanfar sentait battre ses tempes. La passerelle n'était plus, soudain, qu'un indistinct fouillis de lumières où dominaient le blanc et le vert. Car le temps nous sera compté lorsque nous aurons émergé. Vous le comprenez ?

– Vous avez programmé l'ordinateur pour qu'il en soit ainsi, je sais.

Tout devint noir. Mais ce ne fut qu'une phase fugitive.

– En effet. Je l'ai programmé pour que nous nous matérialisions le plus près possible du puits gravifique. Nous avons une méchante flotte battant pavillon d'Akkhtimakt sur notre route. Nous n'aurons pas le temps de procéder bien tranquillement à un échange de vues. Nous ne possédons pas l'armement qu'il faudrait pour faire de si loin notre percée dans le système. Nous ne sommes pas équipés pour mener longuement bataille. *L'Orgueil* a déjà eu l'expérience du feu adverse à Gaohn, capitaine, et je ne veux pas la voir se renouveler.

Une main se posa, légère, sur l'épaule de Pyanfar.

– Capitaine, il est temps.

– J'y vais, Haral, j'y vais. (Pyanfar respira à fond.) Il nous manque un vaisseau, nous sommes empêtrés dans les Kif jusqu'aux oreilles et, par les dieux grands et petits, *ker* Sirany Tauran, je ne suis pas une démente dont l'esprit bat la campagne. (Elle respira à nouveau profondément. Son élocution était maintenant claire et distincte. Ni emportée ni hystérique.) Je vais vous faire part de mon appréciation de la situation. Une appréciation fondée en raison. Nous avons pour objectif de dresser un groupe de Kif contre un autre, avec l'espoir qu'il nous restera suffisamment de forces pour les expulser hors système. Si nous échouons dans cette entreprise, nous mourrons là, tous et toutes, sans savoir ce qui arrivera. Et je n'admettrai pas qu'il soit porté atteinte à mes plans, que mes communications avec mon équipage soient interrompues, que nous soyons dépossédés des informations nécessaires ou du *contrôle du bâtiment au dernier moment*. Nous sommes-nous bien comprises, *ker* Sirany ? Je prendrai les commandes à Anuurn. C'est ce que j'ai décidé et c'est ainsi que les choses se passeront. Ne jouez pas les héroïnes avec moi. Vous voulez vous battre ? Vous serez servie. Mais pas pendant le passage !

Encore cette expression d'effroi mêlé de doute. Les oreilles de Sirany se relevèrent, frémirent, retombèrent, se redressèrent. Et que ferez-vous, vous et votre équipage, alors que ni vous ni les autres ne tenez sur vos jambes ?

Il y eut un mouvement. Plus impressionnant que celui de quelqu'un qui se lève.

La respiration tumultueuse de Khym, silhouette fuligineuse à la périphérie de son champ de vision.

Un mâle doublé d'un fou. Le bref coup d'œil alarmé de Sirany était éloquent.

– Il est de notre côté.

La voix de Pyanfar était rauque. Le mouvement menaçant de Khym la désarçonnait. Elle ne trouvait plus rien à dire. Si Sirany ne doutait peut-être pas de sa santé mentale à elle, elle doutait de celle de son époux. Et l'on venait de perdre tout espoir de raison. Les chronos égrenaient les minutes. Le navire approchait du point de saut et il y avait un équipage dont il fallait s'occuper. Pyanfar eut un geste désespéré de la main; elle n'était pas sûre de garder l'équilibre si elle lâchait le fauteuil. Autour d'elle, tout se brouillait.

– Je vous reverrai de l'autre côté, *ker* Sirany. Ayons espoir dans les dieux.

Elle lâcha son point d'appui, résista à la tentation de s'accrocher au bras de Khym, parvint à retrouver sa stabilité et à distinguer la porte de la coursive.

– Pyanfar.

Sirany avait omis de faire précéder son nom du titre honorifique.

Pyanfar réussit à se retourner. À rester d'aplomb. L'ombre de Khym à sa gauche. Hilfy et Tirun plus loin. Haral plus loin encore.

– C'est l'inquiétude, comprenez-le. Pas le... doute, *ker* Pyanfar.

– Je suis sur le point de m'écrouler, dit Pyanfar

calmement, les yeux fixés sur l'alignement des consoles derrière le dos de Sirany pour conserver le sens de l'horizontale : la passerelle commençait à donner de la bande. Au nom des dieux, faites-nous apporter de quoi manger et laissez-nous nous retirer, *ker* Sirany.

Pyanfar refit demi-tour. Franchit la porte à pas comptés. Khym et les autres la suivaient. Ils passèrent devant la cabine de Chur. Elle était ouverte. Où Geran était-elle ? Elle n'arrivait pas à se rappeler si celle-ci s'était rendue dans la coquerie, si elle l'y avait entendue depuis la coursive.

Elle atteignit enfin sa chambre, débloqua le verrou non sans peine d'une main tâtonnante, entra en titubant sur ses jambes et se jeta sur le lit.

– Je vais chercher de quoi manger, dit Khym de sa voix grave et gutturale.

– Elles s'en occuperont.

– J'y vais, moi. Pour être sûr que ce sera fait. Nous sommes dans des limites de temps critiques.

Il surgit d'une nuit trouble et la secoua jusqu'à ce qu'elle s'asseye dans le lit et prenne à deux mains la coupe qu'il lui présentait. Affreux. C'était plein d'épices nauséabondes. Et de *tofi*.

– Dieux ! Pourquoi y as-tu mis cette saleté ?

– C'est ma manière de cuisiner. Tais-toi et bois. C'est rempli de calories.

Elle obéit, puis ingurgita encore une autre coupe parce que Khym insistait. Mangea de l'aliment sec. Ses mains étaient si molles que les sachets de ration lui échappèrent. Il se laissa choir à côté d'elle.

Le haut-parleur répercutait des voix hani qui n'étaient pas familières : *À parer pour le saut*. Des bruits opérationnels. Des navigantes étrangères. Des échos de voix fragmentaires dont son cerveau perdait le fil. Elle chercha le filet protecteur, finit par le trouver. Tout tournait autour d'elle.

Khym s'était rappelé les sécurités. Bien qu'à demi inconscient, il y avait pensé.

– Ils sont assurés, dit une voix réelle venant de la porte. Excusez-moi, capitaine.

Cela plongea Pyanfar dans un abîme de perplexité. La porte se referma. Les Tauran effectuaient une ronde pour s'assurer que tout était en ordre.

Ils avaient laissé la porte ouverte.

Des bestioles noires. Capables de dévorer un corps livré à l'impuissance.

Une forme de vie kifish demeurant active pendant le saut alors qu'ils étaient, eux, inertes, incapables de bouger ou d'éprouver une souffrance. Peut-être se réveilleraient-ils sans doigts. Saignés à mort. Peut-être ne seraient-ils plus que des squelettes nettoyés où grouillerait la vermine.

Une sirène lança sa clameur.

– Nous partons, murmura Khym.

Elle s'accrocha à lui. Il ne leur restait plus qu'à remettre leur vie entre les mains de Tauran. Et son programme et l'ordinateur de navigation et le verrou qui fermait cette porte.

– Le dernier saut, murmura Hilfy.

Elle était dans sa couchette au poste d'équipage avec Haral, Tirun et Geran. Deux autres couchettes étaient vides : celles de Chur et de Tully. Elle enfonça ses griffes dans le matelas, comptant ses respirations. Tully était resté là-haut avec Chur. Hilfy avait eu un choc quand Geran les avait rejointes. Mais celle-ci avait dit : « J'aurai du travail une fois de l'autre côté. » Comme si toute émotion s'était retirée d'elle. D'autre part, elle aurait leurs vies en charge, et plus que leurs vies, c'était vrai. Et elle était descendue prendre son repos avec elles, la physionomie impassible, laissant pour la seconde fois sa sœur aux bons soins de Tully. « Il est bien avec elle, avait dit Geran. Elle voulait sa présence. »

Et elle t'a donné congé ? Peut-être. Seuls les dieux savaient dans quel état se trouvait Chur. Là-dessus, Geran gardait bouche cousue.

– Comment va-t-elle ? avait quand même demandé Haral.

La même question, toujours la même, comme si la réponse pouvait être plus satisfaisante que les fois précédentes.

– Elle se maintient, avait répondu Geran.

Une réponse dépourvue d'optimisme. Elle était restée longtemps et n'était descendue que lorsque la phase de stabilisation arrivait presque à son terme, quand retentissaient les alarmes.

– Elle peut manger ?

Tirun était sans pitié. Elle allait plus loin qu'Haral n'osait elle-même aller.

– Oui, avait enfin lâché Geran après un long silence d'une voix atone et désespérée. Oui. Très bien.

Le dernier saut.

– J'ai programmé l'ordinateur pour que nous émergions à frôler Anuurn, dit Haral entre ses dents. Quarante-cinq et huit par six. Faites vos paris sur le point cinq.

– Ce sera juste, dit Tirun, calculant calmement la résistance, la poussée d'entrée, le déport gravifique.

Pour s'occuper l'esprit.

C'étaient toujours Geran et Chur qui prenaient les paris. Mais même cela tomba à plat : Geran refusa de mordre à l'appât. Elle demeura murée dans son sinistre silence. Ce n'était pas de l'argent que pariaient Tirun et Haral mais des consommations à prendre au bar le plus proche.

Hilfy contemplait fixement le plafond. Terrifiée.

Nous n'y arriverons pas, nous n'y arriverons pas, nous sommes en infériorité numérique et les Kif sont trop nombreux, nous ne pourrons pas les chasser. Les vaisseaux de Sikkukkut sont sacrifiables. Nous sommes tous sacrifiables.

Un Kif se moque de la quantité de navires qu'il peut perdre. Ce n'est pas payer cher pour contrer ses ennemis.

Et nous avons été trop loin avec lui.

– Une fois de l'autre côté, murmura Pyanfar, il faudra faire vite. Nous serons en stabilité après le premier décyclage. Il faudra que tu tiennes le compte. À la première pulsion, il faudra se lever et se tenir prêt si nous recevons une alarme. Je ne sais pas si Tauran nous appellera. J'en doute.

– Première pulsion, répéta Khym d'une voix indistincte, la bouche contre son oreille. Vu. Compris.

– Il faudra...

... chute.

... de nouveau les grandes ténèbres.

Elle s'efforçait de se rappeler son propre nom. Il importait qu'elle se le rappelle. Un étranger était couché à côté d'elle, serré contre elle, sa main étonnamment lisse serrant mollement la sienne. Il avait pris ses drogues avant l'entrée en saut et il reposait, inerte, comme c'était indispensable pour ceux de sa race quand il leur fallait affronter l'abyssal.

Chur... elle s'appelait Chur. Elle s'accrochait à ce lien lâche et ténu qui la rattachait à son essence. Elle n'avait pas pu le laisser seul.

Laisser mon fils. Le perdre. Ne jamais le retrouver, ne jamais savoir.

Ne pas abandonner mon ami ici, impuissant. Non.

Elle était lucide. Il n'était pas normal d'être dans cet état d'hyperextension. Elle le savait. Elle avait le temps, durant cette longue veille de jours subjectifs, de faire le point.

Ne pas le quitter. Pensant à Tully, elle se rappelait *pourquoi* ils étaient ici, se rappelait les étrangères, le navire, la situation : la Situation avec un S majuscule, dirait la capitaine. Elle oubliait le temps passé en compagnie de Geran, Geran qui était permanence éternelle, comme l'étaient les étoiles et le mouvement des mondes. Mais Tully avait surgi, venu d'ailleurs. Plus perdu qu'elle ne l'était elle-même. Il y avait eu un temps où elle ne le connaissait pas. Jamais elle n'avait été aussi proche de lui, ainsi allongée. Elle avait essayé de le faire comprendre à Geran, de lui expliquer pourquoi elle voulait qu'il reste. « Va-t'en », c'étaient les seuls mots qui étaient sortis de sa bouche. Des mots qui avaient dépassé sa pensée mais parler alors que tant de choses – des calculs, des chiffres – lui emplissaient l'esprit était une expérience surréelle. On pouvait aller trop loin. « Dieux pourris, va-t'en. Je ne veux pas de toi ici. Lui. C'est suffisant. Tu as du travail, Gery. Retourne t'en occuper. Retourne à tes consoles. Tu veux donc tous nous tuer ? »

Pardon.

Elle gomma la scène de son esprit. Lui en substitua une autre. Elle était assise, adossée aux oreillers.

– Nous avons des ennuis, *dit-elle. Et c'était ce qu'elle avait eu l'intention de dire.* Gery, je veux retourner à mon poste.

– Tu le reprendras, *répondit doucement Geran (elle savait que c'était exactement ce que dirait sa sœur, elle savait tout : le degré précis d'inclinaison de ses oreilles, la tristesse de son expression, la suavité et la sérénité de son ton).* Viens. Nous avons une équipe de relève. Les Tauran. Je te l'ai dit. Veux-tu venir t'asseoir dans la coquerie ? Boire quelque chose ?

– D'accord.

Elle s'y laissa conduire. Lentement. Elle était maintenant assise dans un décor familier. Tully était là. Il vint à elle et posa une main sur son bras.

– Tu m'effraies, *dit-il.*

– Je te demande pardon, *répondit-elle.* (Retour à son lit. Tully endormi, drogué et inconscient. Il avait une jolie crinière. Ce qu'il avait de plus beau. Les dieux pourraient avoir une fourrure semblable, toute de lumière. Parfois, il lui faisait peur. Mais il se blottissait contre elle. Peut-être lui tenait-elle chaud. *Amie,* avait-il dit juste avant de sombrer dans l'inconscience. Une légère caresse de sa main sur son épaule pour lisser sa toison. *Amie.*)

Tout l'équipage était rassemblé autour de la table de la cambuse, ce qui, dans la situation actuelle avec tous les risques qu'elle impliquait, était une aberration. Seule manquait la capitaine. Et le Kif. Quelqu'un lui mit une coupe entre les mains. Geran l'aida à la porter à sa bouche. Il était difficile de revenir. Difficile. Elle sentait la chaleur du breuvage. Il n'avait aucun goût. Il lui était difficile d'accommoder tant soit peu, d'ajuster ses oreilles pour entendre le bruissement des conversations, de se concentrer sur ce genre de détails, et non sur les données chiffrées brutes qu'elle calculait jusque-là.

Un mouvement, la voix de la capitaine la firent sursauter. Pyanfar les avait rejoints. Elle était assise entre Haral et Tirun. Khym s'affairait dans les placards, à nouveau de corvée de cambuse.

– ... je ne suis pas plus rassurée que cela, *disait Pyanfar.* Je m'inquiète pour le prochain saut. Nous émergerons le plus près possible d'Anuurn. Je ne sais dans quel pétrin nous sommes. Mais tout a été trop tranquille depuis le début. Kura n'a pas eu le temps de nous envoyer de message. Il est regrettable que nous soyons passés trop au large de la station.

Chur battit des paupières. Battit des paupières et constata que Jik était là. Pourquoi était-il là ? Elle ne s'en souvenait que vaguement. Il y avait plus de monde que d'habitude autour de la petite table de la coquerie. L'espace se contractait. Une foule de choses s'ajustaient.

– Les chasser hors du système, *dit-elle alors.* C'est ce que nous avons à faire. Les tailler en pièces dès la première escarmouche. Le *han* sait qu'ils arrivent. Le Mahendo'sat l'en a averti. Ne l'avez-vous pas fait, Jik ?

– Oui, *dit le Mahendo'sat, et il haussa les épaules.*

– Il y avait Banny Ayhar. Elle s'est rendue à Maing Tol. Vous lui avez remis un message, Jik, lorsqu'ils m'ont tiré dessus à Kshshti. J'ai calculé leur trajectoire à destination d'Anuurn. C'est l'itinéraire qu'ils devaient emprunter. Rien ne les arrêtera. Pas avec ce qu'ils savent. Avec ce que vous leur avez confié. N'est-ce pas, Jik ?

– Bien deviné, *dit Jik dans un meilleur hani que d'habitude. (Il posa les coudes sur la table.)* Vous n'avez pas eu de chance sur le quai de Kshshti. Comment vous savoir pour Maing Tol ?

– Je lui ai expliqué, *fit Geran,* que le message était tout à fait valable. Dieux, elle s'est fait trouer la peau en le défendant ! Vous pensez que je ne lui aurais pas dit cela ? C'était important, après tout !

– Oui, je me suis fait trouer la peau à titre de preuve. Vous vous figurez que j'oublierais une chose comme ça ? Banny Ayhar est partie pour Maing Tol et je sais qu'elle avait avec elle quelque chose qu'elle tenait de vous. Je sais ce que j'aurais fait si j'avais été à sa place. J'aurais filé le plus vite possible. Je serais rentrée par le chemin le plus sûr et le plus rapide. Et le Personnage de Maing Tol aurait alors eu quelque chose à dire au *han,* sachant qu'il devait arrêter tout l'équipage ou le laisser partir, n'est-ce pas ? Le laisser partir avec un message. Avec toute une flottille mahen pour l'escorter jusqu'à bon port.

– Je ne suis pas aux commandes, *dit Pyanfar.* J'ai pensé à quelque chose comme ça. J'avais espéré qu'il en était ainsi. Mais ce n'était pas mon tour de veille.

– Je te l'ai dit, *fit Geran.*

– Eh ! tu crois que ma mémoire est une passoire ? Il n'en est rien, figure-toi. Je sais où je suis. Je l'ai tout le temps su, cette fois. Tu crois que c'est facile de faire des calculs dans sa tête ? Je sais où chaque navire *pouvait* être. Et combien de temps. Je connais leur masse et leur cap. Je sais quel est leur temps de délestage. Ce petit jeu m'a fait attraper des poils gris. Je sais quels sont nos concurrents, pas vrai ? Mais cette fois, ce ne sont pas des compétiteurs. Ce sont nos renforts. Toute l'assistance dont nous disposons. Croyez-moi, capitaine. J'ai tout calculé pour vous.

– Ce n'est pas mon tour de veille, *répéta Pyanfar.*

Et, quittant la table, elle sortit de la cambuse. Les autres en firent autant.

– Pardon, *dit Jik.* Je ne suis pas ici.

Et elle fut à nouveau seule avec l'équipage. Khym s'en fut. Alors, elle passa à l'action.

Il régnait un silence de mort. Tully était une ancre, une ancre dans une vaste mer noire.

Elle allongea le bras et, précautionneusement – le mouvement lui prit une bonne partie de la journée en élongation temporelle –, elle se débrancha, se détacha de la machine.

... chute.

... pente gravifique.

Chaque mouvement était un supplice. Mais Chur fit ce qu'il fallait faire. Se souleva, s'assit au bord du lit et se rappela – elle n'aurait rien pu oublier – de remettre la sécurité en place. Pour Tully.

L'interminable coursive qui se déroulait, qui faisait des méandres sans fin. La parcourir jusqu'à la passerelle illuminée lui demanda peut-être un jour entier. Des choses sombres, semblables à de noirs serpents, filaient dans tous les sens.

Se reproduisaient. Dévoraient tout ce qu'elles pouvaient. Les gaines isolantes. Le plastique. Rien ne les arrêtait.

Originaires d'Akkt. Comme les Kif.

Actives en plein saut.

... chute.

Elle atteignit enfin le poste de la capitaine. S'affala contre le siège.

– Capitaine. (Et il lui fallut peut-être encore une journée pour prononcer ces mots.) Les Mahendo'sat. Un message leur est parvenu. Un message a pu être envoyé de Maing Tol à Iji. Ayhar de la *Prospérité* est rentrée au port. De Kirdu à Kita, il n'y a que la distance d'un saut. Un navire partant de là a pu rallier Iji. De Kirdu à Ajir, un saut. Et de là, à Anuurn. Nos vaisseaux l'auront entendu. Ils regagneront l'étoile-patrie, capitaine. Comme nous-mêmes le ferons aussitôt que possible. Les Mahendo'sat n'auront pas fait obstacle à la manœuvre. Le gibier va dans la vallée étroite mais les chasseurs traversent la montagne. C'est la démarche raisonnable.

Elle bredouillait. Elle observait le pivotement

alangui d'une oreille aux aguets. Ce n'était pas sa capitaine mais l'étrangère. Tauran. Cela aussi, elle le savait.

– Croyez-nous, dit-elle à la capitaine étrangère. Croyez ce que nous avons dit.

D'autres calculs. Le système solaire dansait la sarabande dans la mémoire de Chur. Des couloirs de navigation s'insinuaient telles de mouvantes spirales multicolores dans ce labyrinthe de rocailles, convergeant sur Anuurn.

Couvrir un navire derrière une masse et des émissions parasites. Il pouvait se tenir dans un puits gravifique, se dissimuler derrière des poussières errantes, dans les projections assourdissantes d'une géante gazeuse. Akkhtimakt *savait* qu'il ferait l'objet d'une attaque. Il avait eu le temps de déterminer et de préparer les tactiques qu'il espérait employer : il était impossible qu'une attaque le prenne totalement par surprise.

Chur s'approcha de la console du *communico*, toucha la main flasque d'une navigante Tauran, enclencha un canal.

– Kif. Est-ce que tu m'entends ?

– *Kkkt !* Qui m'appelle ?

La voix était lente et bredouillante.

Au prix d'un effort terrible, Chur se laissa tomber dans un fauteuil vide. Celui de Tully. Elle était flanquée de deux Tauran. Elle dégagea le dispositif d'armement du maître contrôleur et préprogramma le tir sur le vecteur de Tyar à partir de leur point d'entrée.

Des bestioles noires couraient dans tous les sens en couinant. Des témoins rouges clignotaient, annonçant des ruptures de systèmes.

Elle alla au tableau de commande principal et mit en service les systèmes de secours les uns après les autres là où l'automation était coupée.

… chute, encore.

Elle tituba, se raccrocha au tableau, cligna des paupières. La passerelle où elle avait passé sa vie tressautait. La navigante qui se trouvait à côté d'elle tourna la tête, l'esprit en déroute. La salle de commande, jusque-là bien réelle, commença à s'assombrir.

– Dieux ! murmura quelqu'un.

Au moment où *L'Orgueil* faisait feu de lui-même.

La nuit se déploya à nouveau mais c'était seulement la baisse d'intensité de la lumière. Et Chur avait mal : la courroie sciait son corps abandonné. Elle se remit debout et, derechef, actionna la commande du *communico*.

– Capitaine... ici Chur. Venez. Il y a état d'urgence. État d'urgence.

Une voix juvénile cria :

– Dans un enfer mahen, comment a-t-elle pu faire ça ?

Et une autre :

– Capitaine !

Tandis que l'espace recouvrait ses dimensions logiques, que retentissait la clameur des appels d'alarme signalant que les systèmes de secours étaient opérationnels, que l'on se ruait sur un front d'onde d'information qui disait : ANUURN, ANUURN, ANUURN...

– Ô dieux ! s'égosilla quelqu'un à la vue de quelque chose.

Et le vaisseau répondit en automatique : *L'Orgueil de Chanur*.

On était dans le système. *À proximité* de l'étoile. Du soleil auxquels, enfants, ils se chauffaient le dos et qui leur faisait signe après chaque voyage.

La balise d'Anuurn était muette. A cela, il n'y avait rien à faire.

– Attention à Tyar, dit – essaya de dire – Chur à l'opératrice du balayage à côté d'elle.

Et *L'Orgueil* fit à nouveau feu.

Pyanfar s'élança. Jamais elle n'avait fait preuve d'autant d'énergie au sortir d'un saut. Elle heurta la porte de plein fouet, neutralisa le verrou, sortit dans la coursive en vacillant et s'y lança à corps perdu. Elle entendait le martèlement des pas de Khym qui courait derrière elle. Une silhouette aux contours flous qui émergeait au même instant de la cabine de Chur entra en collision avec elle, à demi nue et qui avait l'odeur humaine, se raccrocha à elle et il s'en fallut de peu qu'elle ne tombât.

– Chur... dit Tully.

Mais Pyanfar l'avait déjà repoussé et continuait sa course, sans se soucier qu'il gênât la progression de Khym.

La passerelle illuminée semblait ondoyer devant ses yeux. Pyanfar se raccrocha au montant de la porte et, s'appuyant prudemment sur tout ce qui se trouvait à portée de sa main, se dirigea vers la console la plus proche, puis passa à la suivante jusqu'à ce qu'elle fût arrivée au fauteuil de commandement au dossier duquel elle se cramponna.

– Je suis là, dit-elle d'une voix hachée. (Sirany se retourna et fit mine de se lever.) Allez au poste d'observation nº 1. Nous sommes trop loin pour descendre.

Une voix jeune lança :

– Nous continuons de tirer. Est-ce que j'arrête ?

– Priorité. Nous n'avons pas de balise ici.

– Elle s'est évanouie, dit quelqu'un.

– Mais sur quoi tirons-nous ? gronda Sirany. Dieux et tonnerres, que sommes-nous en train de faire ? Dieux ! nous sommes en célérité grand V... Ces canons...

– Hors de ce fauteuil ! tonna Pyanfar.

Sirany le lui céda et la capitaine hani s'y laissa choir.

– Vecteur de Tyar, dit quelqu'un.

– Restez à vos postes, ordonna Pyanfar. Chanur, ramenez vos fesses ici ! Et en vitesse ! Tauran, faites cesser le feu !

– Ma porte ! Ma porte ! Stupides !

– Qu'on libère le Kif, dit-elle à la copilote Tauran. (Derrière, c'était la confusion : Tully et Khym s'affairaient autour de Chur inanimée.) Khym, emmène-la dans la coquerie. Procédure d'urgence. Fais-la boire si tu peux.

Sirany prit place devant l'intercom dans lequel Chur avait parlé avant de s'évanouir.

– Je prends l'auxiliaire, Chanur.

– Faites.

Pyanfar déchira un sachet de concentré nutritif qu'elle déglutit, les yeux fixés sur le chrono et les chiffres rouges qui s'allumaient sur l'écran.

– Dieux… Dépêchez-vous, les dieux vous pourrissent ! Délestage dans trente secondes. Courez, courez, courez ! L'ascenseur… vite !

La voix d'Haral :

– Nous serons dans les temps. (Puis :) Lâchez tout !

Des images apparaissaient sur l'écran de Pyanfar qui enfonça dans son oreille droite un embout d'écoute d'où jaillissait un charabia kifish.

Quinze secondes. Des bruits dans l'intercom ouvert dans les deux sens. Des cris et des jurons s'adressant à une porte récalcitrante. « Ouvrez ce maudit ascenseur ! »

Puis : « Nous y sommes. » Cette fois, c'était quelqu'un d'autre qui parlait. Tirun.

Et puis :

– Attendez, attendez, attendez ! *Kkkkt-kkt-kt !*

– Vite !

– *Kkkkkkkkkkkk*…

Délestage.

… chute. Décélération.

… des voyants rouges. Comme une épidémie qui s'étend.

Ô dieux, ne nous abandonnez pas ici !

Pas maintenant. Pas maintenant.

Espace normal. Anuurn et les Kif. Pyanfar ravala la nausée qui lui montait à la gorge et actionna une série de commutateurs tandis que la Tauran lui basculait des images.

– Position, position ! Par l'enfer mahen, où sommes-nous ? (Pas trace d'Haral à côté d'elle. Au-dehors, cela tirait : leur escorte kifish pilonnait quelque chose à quarante-cinq degrés et au-dessous de *L'Orgueil.* Des flocons de grisaille envahissaient l'écran du balayage qu'ils voilaient. Il n'y avait pas moyen de savoir exactement sur quoi les Kif avaient ouvert le feu.) *Communico,* par les dieux pourris, où est l'identification des bâtiments ?

– Réponse négative, dit la jeune officière de transmissions. Je ne reçois aucune identification.

– Capitaine, il y a des impacts. Vecteur de Tyar !

– Correction de tir.

– Mais nous ne savons pas sur qui nous tirons, objecta Sirany.

– Vomissures des dieux, j'ai dit « correction de tir », je n'ai pas dit de tirer. Je veux un bon pointage !

– Vomissures vous-même ! Est-ce que j'ai dit que je ne le faisais pas ?

Ce n'était pas un équipage mais un agglomérat hétéroclite. La main droite et la main gauche qui s'embrouillent. Un reflet lumineux apparut sur le moniteur. S'élargit. Une porte s'ouvrait. Pyanfar regarda l'heure. Cinquante secondes avant le prochain délestage.

– Délestage à moins cinquante. Libérez les sièges n°s 2, 3, 5, 7. L'équipage Chanur est là. Relève accélérée. Dégagez.

– Dégagez ! ordonna Sirany à ses navigantes. Vous l'avez entendue ? Direction : la coquerie.

Tous les règlements du service à bord étaient foulés aux pieds. L'équipage de veille quittait son poste en pleine opération, se ruant dans la coursive, des pas martelant le sol de la passerelle, le chuintement des coussins s'affaissant sous le poids d'un corps, le cliquètement des harnais que l'on boucle. L'équipage de relève était à pied d'œuvre. De nouvelles voix crépitaient dans le *communico*.

– Ta sœur se porte bien, dit Pyanfar.

Et les secondes s'égrenaient. Et il y eut une sensation de chute…

… le délestage programmé.

… D'autres voyants passaient au rouge. Du rouge, du rouge, du rouge partout.

Ô dieux, pas les maîtres contrôles…

Systèmes de survie hors de service.

Les dieux rôtissent ces bestioles visqueuses !

Ré-émergence. La télémétrie fonctionnait, des voix Chanur rendaient compte.

– Affirmatif : Akkhtimakt. Vecteur de Tyar, en flèche au nadir.

– Feu !

Une nouvelle bordée les frôla, parasitant le balayage.

– C'était Jik ! s'écria Geran.

– Droit sur eux ! s'exclama Tirun.

Et Skkukuk :

– *Kkkt ! Sgot sotikkut pukkuk !*

De nouveaux éclatements. Des projectiles à haute vélocité passant en masse à côté d'eux.

Le petit projecteur de proue cracha son feu. Les hydrauliques gémirent et cognèrent en rechargeant les alvéoles du lanceur.

La source de l'arrosage était lointaine. Dieux ! Le feu venait de l'écliptique. Pyanfar sentit un frisson glacé la parcourir. Chur et ses prémonitions. La première volée qu'ils avaient tirée était de la catégorie la plus destructrice : haute vélocité et tir aveugle.

Quelqu'un avait calé les canons.

Nouveau choc, nouveau grondement. Une autre salve. Recharge des pièces.

– Paré à freiner !

Pourvu que les systèmes tiennent !

Les canons continuaient de traquer leurs cibles et de tirer en auto.

Pyanfar fit basculer les leviers. Sa main tremblait sur la console alors même que son bras était étroitement maintenu dans le berceau. La tension brouillait sa vision. Quelque chose de noir passa à côté de sa tête et s'écrasa sur la cloison avant avec un couinement. L'équivalent d'une chute de trois niveaux.

– Dieux ! s'écria-t-elle avec dégoût.

La bestiole fit demi-tour en piaillant et en pépiant, s'aidant de ses griffes minuscules pour remonter à contre-G.

Ce fut alors que des gerbes de couleur fusèrent sur l'écran de balayage.

– Nous avons de la compagnie ! lança à pleine voix Geran en tapant du poing sur le tableau. Dieux, ô dieux, ce sont les nôtres ! Identifications hani… ce sont des navires hani à l'écliptique hors système ! Ils entrent !

11

– Des vaisseaux hani ! s'écria Hilfy. En attente… ô dieux, quelqu'un les a prévenus ! Ils arrivent sur le front d'onde de notre escorte !

– Ayhar, dit Pyanfar. (Son cœur se rappelait

à son souvenir mais c'était une bonne douleur. C'était comme si l'univers lui-même n'était pas assez vaste pour le contenir.) Les dieux la protègent : Banny Ayhar a réussi à passer !

Tandis que *L'Orgueil* cassait sa vélocité, les Kif d'Akkhtimakt poussaient la leur. Leurs manœuvres gagnaient en rapidité. L'ordinateur défalqua leur réduction de V de cet accroissement de célérité relatif : le résultat demeurait un gain positif.

– Les gueux s'enfuient ! s'exclama Haral. Ils filent d'ici. Ils foncent sur Ajir pour...

– Ils ont Jik sur leurs talons, l'interrompit Tirun.

Pendant ce temps, Jik essayait d'expliquer ce qui se passait à l'équipage rassemblé dans la coquerie. Des acclamations retentirent : faibles et chevrotantes en raison du stress de la décélération mais c'était quand même une rumeur joyeuse.

– Ils sont perdus ! cria Skkukuk.

Plus quelque chose en kifish.

Ses anciens associés, Akkhtimakt et tous ses séides et Skkukuk n'étaient pas avec eux dans leur débâcle mais dans le vaisseau de tête du parti victorieux. C'était certainement là pour un Kif un moment satisfaisant qui justifiait toutes ses manœuvres. Skkukuk caquetait et sifflait, la seule chose qu'il ne faisait pas était de pousser des gloussements de joie.

– Donnez-moi un canal, réclama-t-il. *Hakt'*, donnez-moi un canal, gloire à ma capitaine, *mekt-hakt'*, ils ne feront pas demi-tour, ils n'oseront pas, donnez-moi un canal !

– Affirmatif.

C'était, somme toute, peu de chose pour faire plaisir à un Kif. Dès qu'il eut ce qu'il demandait, il se mit en devoir d'émettre toute une série de clappements en kifish.

Dont le sens était, en gros, le suivant : Imbéciles ! Rejoignez ma capitaine, rejoignez-nous dans la victoire, faites demi-tour et abandonnez les malheureux idiots, les fous qui vous conduisent !

– *Communico.* (C'était Hilfy.) L'*Industrie d'Harun* nous adresse ses compliments et demande des instructions.

– Venez et restez après eux. Pour l'amour des dieux, laissez l'ordinateur s'occuper du tir, nous avons trop d'alliés dans le secteur que l'on peut confondre avec l'adversaire.

– Signal kifish, annonça Hilfy. À toi, Skkukuk.

– Le *Notiktkt* a commencé à ouvrir le feu sur ses homologues ! traduisit Skkukuk. Il fait acte de loyauté, *mekt-hakt'*.

Ô dieux !

Les yeux écarquillés, bouleversée, Pyanfar écoutait Skkukuk débiter toujours davantage de noms. Les Kif de la flotte qui battait en retraite appuyaient les uns après les autres de leur feu l'attaque dirigée contre leurs propres forces. Et les vaisseaux hani étaient un raz de marée qui martelait les bâtiments tentant de chercher leur salut dans la fuite.

Le marteau et l'enclume. Les défections kifish gagnaient en nombre. Et une nouvelle vague d'assaut bloqua soudainement le vecteur d'Ajir, la seule issue qu'avaient les Kif, à la vitesse où ils allaient, dans cette direction.

– Dieux, mais qu'est-ce que c'est que ça ?

D'autres annonces tombaient du *communico,* venant à présent du nadir : des unités observant jusque-là le silence qui étaient montées en vélocité et commençaient à se précipiter.

En criant des identifications mahen.

– Dieux, nous les avons ! (Haral se mit à donner des coups de poing sur la console en poussant des éclats de rire.) Vous entendez ça ? Ce sont les Mahendo'sat ! Les Kif se trouvent entre eux et nous. Les forces d'Akkhtimakt désertent de droite et de gauche, elles s'entre-déchirent.

Pyanfar regardait, l'œil fixe et la bouche béante.

Sans applaudir. Ce qui était en train de se passer devant eux avait quelque chose de révoltant. Et pourtant, ce n'était ni hideux ni inapproprié. Pas plus que la petite vermine qui s'était multipliée contre toute attente.

C'étaient des Kif qui étaient là. Des Kif qui, une fois encore, survivaient.

Qui faisaient au mieux ce qu'ils savaient faire.

Le meurtre est chose possible ici. Commis par nous contre des Kif qui, en fonction de leurs conceptions, se considèrent comme innocents.

En un seul assaut. Je peux en donner l'ordre, débarrasser notre système des navires kifish jusqu'à ce que nous puissions organiser notre défense. Balayer les étrangers de notre système-patrie.

C'est la prudence qui l'exige. Rien d'autre que la prudence.

Mais, que les dieux me viennent en aide, je ne suis pas un boucher !

– Message à envoyer : *L'Orgueil de Chanur* à tous les vaisseaux. Cessez le feu. Cessez de faire feu sur toutes unités kifish qui annoncent leur reddition.

Puis un appel lui arriva d'un autre vecteur. Un appel de Jik.

Réclamant l'envoi du message même qu'elle venait d'expédier.

Le freinage continuait. La bataille se faisait moins violente. Il y avait encore des pertes. Des masses solides qui se volatilisaient en nuages partant à la dérive.

Le V était de plus en plus réduit.

– À toi, dit Pyanfar à Haral qui vira de bord et actionna les pulseurs maîtres pour s'aligner sur un autre vecteur.

Cap sur Anuurn.

La vidéo entra en action. Jusque-là, Haral avait été trop occupée pour l'activer. L'étoile-patrie, Ahr, brillait de sa chaude lumière dorée. Porteuse de vie. Et plus pâle et plus près, une autre lueur qui était Anuurn.

On rentrait.

En compagnie d'un fouillis de vaisseaux marchands mal en point, à bout de forces, qui avançaient en désordre maintenant, eux qui étaient restés si longtemps – et si loin – en une impeccable formation, Harun et le petit Faha, Pauran et, fermant la marche, progressant par à-coups, Shaurnurn qui donnait communication de la liste de ses avaries. Ils dialoguaient par *communico* interposé.

– Ici Sirany Tauran. (Sirany s'était adjugé un canal.) Affirmatif en ce qui concerne la liaison. Tous navires, affirmatif à votre question. Tout est en ordre. Chanur indemne. Remerciés soient les dieux.

– Ils veillent sur nous tous, dit Haral. Ici et d'autre façon.

Tandis que le massacre se poursuivait, une masse incandescente passa au-dessus d'eux, leur causant des difficultés respiratoires. Un message voyageant à la vitesse de la lumière fut relayé par les navires.

– Nous avons un contact avec Gaohn, fit savoir Hilfy. Ils demandent un rapport.

– À présent, ils savent, murmura Pyanfar. Mais réponds quand même : *L'Orgueil de Chanur* à Gaohn. Nous sollicitons la priorité de navigation. Pour affaires propres à Chanur. Fin de message. Appelle Kohan et demande-lui où en sont les choses en bas.

Sur Anuurn. Sur la planète-patrie. Sur la petite sphère qui luisait, toute pâle, dans les vastes ténèbres.

Cela prendrait beaucoup de temps. À de pareilles distances, questions et réponses ne s'enchaînaient pas vite. Toutes les conversations étaient unilatérales.

– Dans un enfer mahen, où est le *Vigilance* ? Avons-nous capté quelque part l'identification d'Ehrran ?

– Affirmatif, affirmatif, dit Geran qui ne savait plus où donner de la tête. Cinq bâtiments déhalent de Gaohn. Nous recevons Ehrran. Ils sont en route. Cela fait six navires. Ils restent en silence.

– Elle, je serais étonnée qu'elle soit du lot. Où est Ayhar ? Crachats des dieux, où sont Banny Ayhar et le *Prospérité* ?

Le coup de chaleur était passé. La vision de Pyanfar s'éclaircit, elle n'avait plus besoin de forcer la voix pour se faire entendre. Elle fut prise d'un vertige. La sous-nutrition. Les réflexes du vol en combat ne jouaient plus et l'organisme réclamait son dû. Elle serra les mâchoires pour lutter contre la nausée et déglutit, déglutit – c'était la seule chose qu'elle pouvait faire pour ne pas rendre. Je vais me trouver mal, ô dieux... non, pas ça.

– Haral... Sirany. Je ne...

– Capitaine ? *Capitaine ?*

Elle flottait. Le plafond qui était au-dessus d'elle n'était pas celui de la passerelle. Elle le regarda en battant des paupières, regarda en battant des paupières le visage anxieux de Khym.

– Tu t'es évanouie, dit-il.

– Dieux pourris ! (Elle leva la main à la recherche de sa tête qui lui paraissait vide.) Qui est au poste de pilotage ?

– *Ker* Sirany. Nous sommes en route pour Gaohn. Tout va bien, Py. Nous avons réussi.

– Jik...

– Les Kif qui l'ont pu sont entrés en saut. Beaucoup se sont rendus. Ils ont fait cause commune avec le *Chakkuf*. Skkukuk leur a parlé pour leur dire, d'après Hilfy, qu'ils ont bien fait de ne pas bouger.

– Où est Jik ? (La peur faisait battre le cœur de Pyanfar. A-t-il sauté, pourriture des dieux, a-t-il sauté ?)

– Nous ne le suivons pas à la trace. Il règne... beaucoup de confusion, Py. Ce n'est pas la faute de Geran. Sirany l'affirme. Nous... nous avons perdu des navires. Jik vient de couper son identification.

– Il ment. Par les dieux, ce claboteux est en train de nous préparer encore un tour à sa façon ! (Pyanfar sentait une obstruction dans sa gorge. Elle avait envie de briser quelque chose. N'importe quoi. La périphérie de son champ visuel était assombrie, une douleur lui taraudait le ventre.) Nous avons besoin de lui.

Oh, Jik, Jik, encore une de tes maudites trahisons !

– Capitaine ?

Ce n'était pas une voix qu'elle s'attendait à entendre. Elle souleva sa tête qui lui tournait. Une Hani chancelante s'accrochait à l'encadrement de la porte.

– Chur ? Au nom des dieux...

– Je vais bien.

– Hum, hum.

Pyanfar se laissa retomber sur les oreillers. Pour le moment, elle était à la limite de ses forces. La cabine tout entière était animée d'un lent mouvement de rotation. C'était semblable aux mauvais tours que vous jouait la force gravifique, un peu d'accélération dans un sens, un peu dans l'autre mais si elle demandait de quoi il retournait, elle aurait l'air d'une idiote. C'était sa tête. C'était son sens de l'équilibre qui était en cause.

Dieux ! Sikkukkut. Où ? Quand ?

Quelque chose de pesant, soudain, au pied du lit... Une main qui lui touchait la jambe.

– Capitaine ? (La voix d'Haral, enrouée par la fatigue.) Nous prenons maintenant un peu de repos. *Ker* Sirany est en pleine discussion avec Gaohn. Elle leur dit que nous avons la voie libre et qu'ils arrêtent de chicaner. Elle est parfaite, capitaine. Je vous le jure. Elle n'a jamais de sa vie tiré sur quoi que ce soit, ni elle ni son équipage, et je crois que ça leur a causé un choc. Nous...

nous n'en pouvons plus et nous sommes parties. Tout l'équipage. Que les dieux soient remerciés : nous avons les Tauran.

– Je dis la même chose, murmura Pyanfar. (Une main lui effleura le front, les oreilles. La main de Khym. Elle ouvrit les yeux et contempla le plafond, ce qui ne lui apprit rien.) C'était Chur qui était là ?

– Elle a du mal à marcher mais elle reprend du poids. Elle a passé le seuil critique et commence à accumuler des réserves au lieu de les brûler. Skkukuk a mangé...

– Dieux !

À cette idée, l'estomac de Pyanfar se révulsa.

– Il faut absolument que nous trouvions le moyen de nous débarrasser de ces cochonneries d'une manière ou d'une autre. Skkukuk dit que Chur est montée sur la passerelle en cours de saut, qu'elle a enclenché l'hyperpropulsion, qu'elle a commencé à expliquer aux Tauran ce qu'il faudrait faire lorsqu'elles sortiraient de la léthargie, que nous serions tous réveillés... Capitaine, quelqu'un a mis en action une série de relais sur manuel, a mis en service les systèmes de secours, sans quoi nous n'aurions pas réussi. Ces saloperies de bestioles noires n'ont pas perdu de temps, elles ont tout dévoré à belles dents. Et quelqu'un, aussi, a armé les canons. Chur ne se rappelle rien mais j'ai ma petite idée sur la personne qui a fait tout cela. Autrement, nous serions en route pour le long voyage, pas de question.

Pyanfar cilla, s'efforçant de digérer ces informations. Elle se souvenait d'avoir sauté du lit, couru dans la coursive. Comment était-elle arrivée à son poste de commande ? Cela, elle n'en avait qu'une idée des plus vagues. Une idée des plus vagues, aussi, sur ce qui s'était passé. L'esprit fonctionnait mal en sortie de saut.

Et également après plusieurs sauts consécutifs.

Un souvenir lui revint à la mémoire.

– Il faut appeler Anuurn. Nous sommes dans le rayon de réponse, maintenant ?

– Gaohn refuse de relayer les messages.

– Dieux et tonnerres ! La politique, la politique ! et nous sommes dans un système grouillant de Kif...

– Ayhar a été mise en état d'arrestation, capitaine. Nous sommes toujours en transit. Le *Vigilance* est sur notre route et nous avons trois autres gros bâtiments marchands qui se contentent d'attendre sans bouger. Ils nous prendront dans leur ligne de tir si nous continuons d'avancer. Ils nous ont prévenus. Je dois vous demander ce que vous voulez faire.

Pyanfar resta immobile un moment, respirant calmement, à repasser une fois, deux fois, trois fois la situation dans son crâne douloureux.

Le *Vigilance* en position là où il pouvait les rejoindre ou leur tirer dessus s'ils abordaient.

L'imbécile ! J'ai trente ou quarante Kif par là.

Lancer les Kif contre le *han* ? Ô dieux, dieux ! Cette folle va parier sur les uns ou sur les autres et je ne peux pas bluffer, ces Kif ne savent pas où s'arrêter et je ne peux pas non plus les arrêter. Je ne peux plus user de bluff. Ehrran ! N'essaie pas d'appeler !

– Et les Mahendo'sat ? Où sont-ils ?

– Ils sont en freinage. Ils n'entreprennent rien contre les Kif. Ils les surveillent.

– Et Jik qui ne donne pas signe de vie ! (La douleur revenait à la charge, aveuglante. *Il faut qu'il soit vivant. Embossé quelque part. Gardant sa liberté de manœuvre. Pour sauver son peuple. Il n'a pas le choix. Et je lui en ai donné un.)* Ayhar est prisonnière ?

– Oui, capitaine. Nous nous sommes informés. Nous avons eu une communication avec les Llun. Elles sont désolées, elles ne pouvaient pas agir autrement.

De vieilles amies. Les gardiennes de la station de Gaohn. De vieilles alliées. Qui subissaient de terribles pressions.

– C'est tout ce qu'elles ont dit ?

– C'est déjà beaucoup, vous ne trouvez pas, capitaine ?

Il y avait jadis Py, Hal et Tirun. Présentes sur tous les quais accessibles de la Communauté. Aujourd'hui, elles avaient le museau gris, elles étaient à bout d'expédients. Et Haral s'en tenait au formalisme. Depuis le jour où elle avait accédé à la salle de commandement à titre d'héritière présomptive de Chanur. Et elle était également qualifiée pour occuper le poste nº 2. C'était le Système.

– Capitaine ?

– Oui, c'est déjà beaucoup. Toutes les embrouilles où nous sommes empêtrés... (Se dressant sur son coude, Pyanfar posa les pieds à bas du lit. Le sang circulait à nouveau dans ses veines. Sa vision devenait plus claire.) J'arracherai les oreilles d'Ehrran où que les dieux me jettent. De mes propres mains. Dans l'état où je suis, je ne pourrais pas m'expliquer avec cette pédante aux bouffants noirs ! Je la tuerais !

– Nous avons d'autres nouvelles. (Posant les deux mains sur les épaules de Pyanfar, Haral la maintint de force en position assise.) Rhean nous a fait savoir par *communico* que Chanur est tombé. Kohan est en exil. Le domaine est entre les mains de Mahn. Elle s'est heurtée au blocus, là-bas. Elle et Anfy nous suivent en forçant les machines avec le *Fortune* et le *Lumière*. Pyruun... Pyruun a mis Kohan à l'abri quelque part. Elles le jurent. Aussi, tout n'est pas perdu sur la planète. Nous avons de l'aide mais il nous faut patienter et attendre. Là-haut, Sirany essaie d'empêcher que les choses prennent des proportions explosives...

– Mahn. (Pyanfar secoua la tête en battant des paupières. Mon traître de fils pourri des dieux ?)

– *Notre* traître de fils pourri des dieux, dit derrière elle la voix basse et rauque de Khym. Et notre doublement traîtresse de fille pourrie des dieux.

– Avec *Ehrran* !

– Avec leur intérêt personnel, Py. Quand ont-ils jamais visé quelque chose de plus grand ?

– Dieux ! Dieux !

Pyanfar repoussa Haral et Khym, se leva et se campa sur ses jambes. Elle resta un moment dans cette position, oscillant un peu sur elle-même, jusqu'à ce que le voile de brume qui obscurcissait sa vision se fût dissipé. Alors, elle s'avança vers la porte.

La coursive.

La passerelle où les Tauran assuraient la veille.

– Donnez-moi le *communico,* ordonna-t-elle sur un ton cassant en s'approchant de Sif Tauran qui, hésitante, se retourna et l'enveloppa d'un regard étonné.

– Capitaine...

– Donnez-le-lui, dit Sirany. Je vous cède votre fauteuil, *ker* Pyanfar.

– Gardez-le. Nous avons des ennuis. (Pyanfar prit place au poste vacant entre Sif et Fiar.) Passez-moi la station Gaohn. Les armements sont-ils toujours parés à faire feu ?

– Nous les avons coupés, capitaine, répondit Nasany Tauran de la console de Tirun. Faut-il les réactiver ?

– Réactivez-les, oui.

Le voyant du *communico* s'alluma, signalant l'ouverture d'un canal de transmission. Pyanfar régla la fréquence.

– *L'Orgueil de Chanur* appelle la station, dit Sif, essayant d'avoir une réponse.

Une seconde lumière se mit à clignoter. Un autre canal était ouvert. Sif, profitant de l'attente, enfonça le bouton.

– C'est le *Vigilance* qui nous appelle, capitaine.

Pour nous avertir que nous sommes en état d'arrestation.

– Dites à Ehrran que Gaohn est en danger. C'est tout.

Le message de réception d'appel arriva.

– Gaohn, dit Pyanfar, c'est Pyanfar Chanur, capitaine de *L'Orgueil de Chanur,* qui parle. Veuillez enregistrer et relayer. (Gaohn était à l'écoute, c'était hors de doute : tous les officiels de la station, vulnérable et menacée, étaient en priorité aux transmissions.) Llun, vous venez juste d'assister au déroulement de notre première et plus minime vague d'assaut contre les navires d'Akkhtimakt. La suivante est en marche. Naur, il n'est plus temps de faire de la politique. Votre traité avec les Stsho a peut-être détruit notre espèce tout entière, vous m'entendez ? Les relations que vous entretenez avec les Mahendo'sat branlent dans le manche. Une attaque dirigée contre votre propre monde est vraisemblable et imminente. Il est possible que toute forme de vie cesse d'exister sur la surface d'Anuurn. Je fais appel à vous. Je vous en conjure : que toutes celles qui peuvent évacuer les Hani mâles le fassent. Donnez-nous une chance, au nom des dieux. Prenez les navettes, gagnez les abris. Il y a encore trois importantes escadres dont on est sans nouvelles et l'une d'elles a menacé d'attaquer Anuurn même.

De la statique. Des crachotements de parasites.

– Pyanfar Chanur, retirez-vous.

– C'est Ehrran ? Dieu pourris, est-ce que c'est Rhif Ehrran ?

Statique. Sonorités nasillardes.

– Ici Rhif Ehrran, Chanur. Partez avec vos Kif et traitez avec votre employeur.

– Est-ce cela que vous direz lors de la prochaine attaque qui est déjà lancée ? Comptez-vous la stopper ? Vous êtes totalement et incurablement stupide. Partez pour Kura où votre navire pourra faire quelque chose de valable et ne restez pas là à me mettre des bâtons dans les roues si vous ne voulez pas que je vous vaporise ! Faites demi-tour et filez à Kefk. Qu'avez-vous écrit dans vos maudits rapports ? Rien qui touche de près ou de loin à la vérité, par les dieux, vous ne parlez pas des pots-de-vin que vous avez touchés des Stsho, ni de votre collusion avec les Kif dirigée contre le *han* ! Conduisez ce bâtiment là où est sa place.

Pas de réponse. De personne. Ni d'Ehrran ni de Gaohn. Ni, non plus, d'Anuurn mais il y avait le décalage temporel dont il fallait tenir compte.

– Ce sont des immunes, dit Sirany entre haut et bas. Vous défiez une immune, Chanur.

– Armez ! Pointez !

– *Ker* Pyanfar, ce sont des Hani !

– Qui ont arrêté Banny Ayhar. Qui ont arrêté le courrier qui risquait sa peau et la vie même du clan Ayhar pour prévenir les Mahendo'sat et faire passer le mot, afin de faire venir de Maing Tol les capitaines et leurs équipages. D'où croyez-vous que sont venus les navires qui sont là avec les Mahendo'sat ? Ils sont arrivés de l'espace mahen, si vous voulez savoir. Et avec les Mahendo'sat. Nous avons ce gueux de *hakkikt* qui s'amène, nous avons cette crâneuse en bouffants noirs qui récite les règles de Naur...

Sirany fit pivoter le fauteuil de commandement pour regarder Pyanfar en face.

– J'ai dit que je me soumettrais à vos décisions et je m'y soumettrai. Je ne suis pas d'accord avec ce qu'ils sont en train de faire. Mais laissez-moi parler à Harun. Donnez à Ehrran une chance de s'en sortir, Chanur, pour l'amour des dieux ! Laissez-leur le temps de réagir. Il faut qu'elles aient un moyen de sauver quelque chose !

Pyanfar enfonça les griffes dans le cuir de son accoudoir. *Non.* Un tic nerveux faisait tressauter sa bouche. Elle cessa de respirer. Du temps, pour l'amour des dieux, pour cette maudite imbécile, cette canaille… Son orgueil, son orgueil qui prime le *han,* la volonté de sauver la face…

La respiration lui revint.

– Soit. Parlons aux clans spatiens. À Harun, à Pauran, à Shaurnurn et à mes sœurs qui sont loin de Chanur, à tous les navires qui sont là. Elles ont arrêté Banny Ayhar. Les navires… ils savent la raison pour laquelle ils prennent le chemin du retour. Dites-leur pour Ayhar, dites-leur tout le reste, par les dieux, tout le reste !

Pyanfar activa l'ordinateur qu'elle avait devant elle et sortit le journal de bord. Aucun des passagers de *L'Orgueil* n'oublierait jamais cette date, cette heure.

Station Kshshti : Ehrran essayant de s'emparer de Tully par la force, l'attaque kifish en tenaille sur les quais de cette station, Akkhtimakt et Sikkukkut, l'envoi de Banny Ayhar à Maing Tol avec un message élaboré au cours d'une conférence à trois composée d'elle-même, de Jik et de Rhif Ehrran.

Ehrran acceptant de venir avec eux en territoire kifish.

Seconde partie du livre de bord. Une autre date, un autre moment. Dialogue entre *L'Orgueil* et le *Vigilance d'Ehrran,* demande d'assistance médicale. Refusée si l'équipage Tahar bénéficiant de l'asile de Chanur n'était pas livré. Prise de contact avec l'*Aja Jin.*

– À communiquer à tous les vaisseaux hani qui sont ici, dit Pyanfar à Sif. Puis envoyer aussitôt le livre de bord encapsulé à Gaohn avec consigne de le diriger sur les archives d'Anuurn. Sollicitez la libération d'Ayhar. Et nous verrons si, pour une fois, le *han* réussira à comprendre ce qui se passe ici. La transmission du journal doit être effectuée sous brouillage. Il y a beaucoup de choses que nous ne pouvons pas dire devant des témoins kifish mais il y en a suffisamment là-dedans pour faire prendre cette gueuse, par les dieux !

– Certes, approuva Sirany. Sif, envoie : À *Industrie* et tous les autres. Prenez l'écoute. Transmission suit.

Le klaxon d'alarme retentit. *L'Orgueil* se prépara à freiner. D'autres corps firent s'affaisser les fauteuils. Des Chanur. Haral, Khym et Geran qui se trouvaient sur les ponts supérieurs suffisamment près pour prendre les places vides. Mortellement épuisés. Dieux, oui. Pyanfar elle-même ne parvenait pas à garder la tête levée tant elle lui pesait. Ses mains tremblaient sur la console. Pourrait-elle manœuvrer une commande critique ? Elle en doutait.

Heureusement qu'il y avait les Tauran, que les dieux en soient remerciés.

– Capitaine. (La voix de Tirun qui tombait du *communico* était déformée à cause de la décélération.) Nous allons monter.

– Négatif. Négatif. Restez en bas. Vous avez un moniteur de balayage à votre disposition. Je veux que vous vous reposiez. Tu m'as entendue ?

– Mais, capitaine…

– Ne discute pas, Tirun. J'aurai besoin de toi plus tard. (Silence.) C'est un ordre, Tirun. Est-ce qu'il faut que je descende ?

– Non, capitaine. Compris cinq sur cinq. Est-ce que je peux vous demander…

– Que les dieux viennent à mon aide ! (La voix de Pyanfar vacilla, le souffle venait presque à lui manquer.) Laisse-moi, maintenant. J'ai besoin d'être tranquille, cousine.

– Terminé, capitaine.

Pyanfar prit sa tête dans ses mains. Est-ce que j'ai été trop sèche ? Je n'en avais pas l'intention. Je vais les rappeler. Leur dire… Ô dieux ! Leur dire quoi ?

Mon cerveau ne fonctionne pas. C'est tout. Je

ne peux pas penser. Si je les rappelle, elles comprendront que je n'ai plus ma tête à moi.

Voilà qui les tranquillisera, n'est-ce pas, Pyanfar ?

Ce sont des professionnelles. Pas des enfants. Pas des résidentes de station. Tirun sait ce que je veux dire.

C'est une professionnelle.

Je dois m'occuper d'Hilfy et de Tully.

Chur... Où est Chur ?

– Geran, y a-t-il quelqu'un avec Chur ?

– On l'a conduite au poste d'équipage.

Bien. Elle est en sécurité et elle n'est pas seule. C'est toujours un fardeau de moins sur mes épaules.

Puis :

– Message du *Vigilance,* murmura Sif.

Il s'afficha sur son écran n° 1. Interminable.

Et conforme à ce à quoi Pyanfar s'attendait. Des éléments du livre de bord sélectionnés. Deux navires qui s'envoyaient des apostilles comme on échange des projectiles. Vérités et contre-vérités.

– Maudite idiote, soupira Pyanfar.

Certaines de ces communications étaient explosives compte tenu de la présence des Kif.

– Nous avons l'entretien avec Sikkukkut, dit Haral.

– Il ne faut pas l'ébruiter. Il y a des oreilles kifish dans les parages. Si jamais Sikkukkut perdait la face ici, nous risquerions de créer une situation échappant à notre contrôle.

– Le *sfik,* fit Khym. C'est au *Chakkuf* que nous devons prendre garde, n'est-ce pas ? C'est lui le leader.

– Tu as mis dans le mille.

Pyanfar eut soudain très froid, puis très chaud. Son mari avait mieux compris qu'elle ne l'en avait cru capable. Comme il en allait toujours. Il était là, à son poste, calme et attentif, au milieu des Tauran, et pas une seule qui dressât l'oreille.

Savez-vous de quoi vous êtes témoins, Tauran ? Du changement. Le pouvoir qui vacille et qui est en train d'échapper à ceux qui le détiennent. Et il n'y a qu'un seul moyen dans tout l'univers de l'emporter sur le salaud qui commande le *Chakkuf*. L'empoigner à pleines mains et ne pas le lâcher.

Un Kif comprend parfaitement cet échange de messages.

Un Kif comprend ce que je demande aux clans spatiens de faire, et il comprend la position d'Ehrran, qui se détériore, et vite. Les Kif ne se mêlent pas de cela, que les dieux en soient loués, ils savent que c'est une situation qu'ils peuvent saboter pour peu qu'ils interviennent et ils ne veulent rien faire. C'est moi qu'ils attendent. Ils m'attendent, bien sûr. *Merci, mon époux*.

– Message : priorité.

Les données passèrent du moniteur de Sif au moniteur nº 1. Des extraits d'un journal de bord mahen transmis par un navire appelé le *Hasene*.

Des Mahendo'sat. Dieux ! Ils confirment l'histoire d'Ayhar.

– Priorité, priorité.

Sur l'écran de balayage lointain, les couleurs avaient commencé à changer. Un certain nombre de vaisseaux se détachaient de l'amas de points représentatifs de la position des bâtiments.

– Priorité.

Six des clans spatiens faisaient mouvement, se mettant en ligne derrière le *Fortune de Chanur* et le *Lumière de Chanur*. Parmi eux, des apparentés à Faha et à Harun.

– En entrée, murmura Haral. Espérons qu'ils sont de notre côté.

– Paré à faire feu. Comment savoir ce que cette folle d'Ehrran va faire ?

– Ils sont aux basques d'Ehrran, dit Haral. Si j'étais à sa place, je serais inquiète. Rudement inquiète.

– Priorité ! Allumage... Ehrran opère une manœuvre...

C'était évident sur le balayage passif : la petite gerbe d'étincelles des directionnels. Puis l'entrée en jeu des maîtres pulseurs. Le *Vigilance* vomissait un déluge d'énergie. Les astronefs qui le suivaient demeuraient fixes.

Puis Ehrran coupa ses directionnels après avoir pris de l'accélération. Elle s'éloignait. Mais à petite vitesse. Le *Vigilance* pouvait aussi bien opérer un mouvement tournant que virer de bord et ouvrir le feu.

– Gueuse, gronda Geran.

On était loin d'être hors de danger.

Soudain, coup au cœur : les tuyères d'un des vaisseaux accompagnateurs d'Ehrran flamboyèrent. Mais le vaisseau opéra un tête-à-queue, mettant le cap sur Gaohn, sur la planète-patrie.

– C'est l'*Ascendante de Raurn,* précisa la première officière de Tauran.

Les uns après les autres, les différents vaisseaux effectuèrent la même manœuvre. Volte-face générale.

Pyanfar serra les poings, sortit et rentra ses griffes en se mordillant les moustaches.

Je n'ai pas la force de demeurer sur la passerelle. Je ne peux pas. Je ne tiendrai pas le coup. Dieux, que faire ?

Alors que c'était le moment le plus critique. Que l'existence même des Hani était en jeu.

Elle refoula la nausée qui venait.

– Trousse de secours, dit-elle. Fiar, allez me chercher la trousse. Il me faut un stimulant.

– Capitaine...

La voix d'Haral était rocailleuse. Sa cousine n'était pas tellement plus en forme.

– Si, j'en ai besoin. Besoin aussi d'un sandwich, Hal.

– Tout de suite.

Fiar sortit chercher la trousse.

– Je vais te chercher ton sandwich, dit Khym. Et du *gfi.* Tout ce que tu voudras.

Dieux ! les conceptions culinaires de son époux ! Non, surtout pas de *tofi* ! Pyanfar lui décocha un regard éteint.

– Merci. Mais rien de liquoreux, hein ? Quelque chose de simple, sans fioritures.

– Simple et sans fioritures, c'est d'accord.

Khym se leva de son siège et sortit pour se rendre à la coquerie, croisant Fiar qui revenait avec la trousse d'urgence dont elle sortit une seringue.

Pyanfar tendit le bras. Tandis que Fiar faisait la piqûre, Sirany dialoguait avec les autres bâtiments. Sa voix n'était qu'un lointain chuchotement.

– Ça va une fois mais pas deux, disait Haral. Vous entendez ? Sinon, je vous plonge dans l'inconscience, capitaine.

Pyanfar lança à Haral un coup d'œil furibard. Ce n'était pas une menace pour rire : elle avait pour but de lui sauver la vie. Le stimulant lui donna un accès de vertige et fit battre son cœur à coups précipités. Pendant un moment, elle n'entendit plus que ces battements. Pour peu qu'elle bouge, elle flotterait au-dessus du sol sans plus avoir aucun sens de l'orientation.

Son cœur cognait de plus en plus fort dans sa poitrine. Elle respira à fond. Une fois. Deux fois.

– Ça va.

Surtout, ne pas se lever.

La passerelle tournoyait autour d'elle, oscillait comme si la rotation du navire était devenue totalement erratique.

Le sandwich arriva. Et un gobelet rempli d'eau. L'eau, c'était encore ce qui passait le mieux. Elle se força à manger une bouchée du sandwich.

– Vous êtes dans un état encore pire que celui de Chur, maugréa Haral. Dieux, allez vous reposer, nous avons encore un peu de temps. Profitez-en.

– Il faut aussi que vous mangiez quelque chose, toi et Geran. Allez-y. On s'occupe de tout. Allez, vous m'entendez ? Vous voulez faire une promenade avec les Kif ?

Haral aplatit les oreilles. C'était une vieille menace. Une vieille plaisanterie. Qui n'en était plus une, à présent. Elle quitta sa place et prit le bras de Geran pour la soutenir lorsque celle-ci, se levant à son tour, trébucha. Toutes deux quittèrent la passerelle.

Et encore des lieues et des lieues à franchir avant d'arriver sur Anuurn.

Ce fut comme si une lame la transperçait quand Pyanfar s'abandonna à rêver de la planète-patrie, de Kohan, d'un refuge qui n'existait plus. La planète brillante et bleue était là. Mais plus Chanur. En allé, Chanur. Le fief était désormais légalement entre les mains de son fils, Kara Mahn.

Et Kara était soumis à l'influence écrasante de sa fille, Tahy, la rampante à courte vue.

Je ne t'ai jamais connue ! (La voix de Tahy, le visage de Tahy dont la colère fronçait le museau.) Ce navire, toujours ce navire...

Et Kara qui avait hérité de sa haute taille et de celle de Khym.

Mais ni de l'intelligence de l'une ni de celle de l'autre.

Fiar apporta le *gfi*. Pyanfar le goûta. Il était terriblement fort et la brûla comme de l'acide. Mais sa chaleur lui fit du bien. C'était déjà cela.

– Message à transmettre à Gaohn, dit-elle. Pyanfar Chanur aux Llun. Nous mettons en demeure la station de Gaohn de rendre leur liberté au navire et à l'équipage d'Ayhar. Les vaisseaux qui se trouvent au large sont au plan numérique suffisamment représentatifs du *han* pour constituer un quorum temporaire. Vous détenez l'autorité voulue pour ce faire. Agents du *han*, il vous appartient de vous plier à cet ordre ou de placer les intéressées sous la protection de l'immunité de Llun. Nous prenons possession de cette station au nom du *han*. Fin de message. Donne la liste des clans qui sont avec nous en les présentant comme cosignataires fictifs de cet appel.

C'était là un geste d'arrogance, un geste accompli sous l'influence de l'ivresse. Par ailleurs, le coup était si expéditif qu'il ne laissait pas au *han* le temps de s'organiser ou de décréter quoi que ce fût.

– Il y a gros à parier que, en bas, le *han* est en session, dit Sirany.

– Oui, il y a de fortes chances. Eh bien, laissons-le discuter de ce qu'il y a lieu de faire. Qu'il en débatte et discutaille jusqu'à ce que le soleil soit transformé en glace. Ici, c'est à une situation d'urgence que nous sommes confrontés. Présentez mes excuses aux autres unités pour m'être permis d'user frauduleusement de leur contreseing mais les délais de transmission sont trop longs et nous sommes pressés par le temps. Demandez-leur simplement leur confirmation. Et dites-leur qu'il faut absolument que nous allions à Gaohn et rendions sa liberté à Benny Ayhar.

– Les confirmations arrivent déjà, dit Sif.

Pyanfar ne réagit pas sur-le-champ à ces mots.

Dieux ! Ça va marcher. Qu'est-ce que je suis en train de faire ?

Jik, les dieux te pourrissent ! Jik, que suis-je en train de mettre en branle ?

– Demandez aux clans qui se trouvent devant nous s'ils seraient d'accord pour retourner à Gaohn afin de veiller à ce qu'Ayhar soit délivrée saine et sauve.

– À vos ordres. Je transmets. (Quelques instants plus tard, Sif annonça :) Llun répond. L'équipage d'Ayhar est d'ores et déjà en cours de libération. On procède à la révision du *Prospérité*. Llun vous adresse ses compliments, *ker*

Pyanfar, et vous demande ce à quoi l'on doit s'attendre de la part des Kif. Je cite : « À quoi sommes-nous confrontées ? » Fin de citation.

Pyanfar avait la tête qui lui tournait tant son soulagement était grand. Était-ce vrai ou fantasmait-elle ?

Dieux ! Ce sont de bonnes nouvelles ! Cela continue de marcher.

– Dites-leur que nous arrivons. Que je viens pour tenir conférence et que si des membres du *han* veulent prendre la première navette en partance, elles seront les bienvenues. Dites-leur aussi qu'elles n'ont rien à craindre des bâtiments qui sont avec moi... je répète : qui sont *avec* moi. Terminé. Exactement ces mots, *ker* Sifany.

– Compris. Y a-t-il d'autres consignes à donner aux navires qui nous précèdent ?

– Qu'ils se tiennent prêts. Les Llun ont-elles besoin d'aide sur la station ? Pendant que vous y êtes, posez-leur aussi la question. (J'ai l'esprit qui s'embrouille. Ma présence sur la passerelle constitue un danger.) Je vous cède les commandes, *ker* Sifany. Je me cantonnerai à l'action politique. Pour le reste, je m'en rapporte à vous... et aux autres capitaines.

Pyanfar détacha tant bien que mal son harnais et essaya de se mettre debout.

– Besoin d'aide, capitaine ? (Sif lui empoigna le bras.) *Ker* Haral !

Je me débrouille très bien, merci beaucoup.

Tout devint gris. Puis noir.

Elle réussit à se lever en agrippant le dossier du fauteuil. Ses tempes battaient.

Quelqu'un vint à elle. Quelqu'un la soutint. Ses jambes étaient inertes, mortes. Elle n'avait plus son équilibre. Haral la tenait d'un côté, Khym de l'autre.

Long, bien long était le chemin de sa cabine. Les rampes qui éclairaient la coursive ondulaient comme des serpents.

– Elle est seulement allée au-delà de ses limites, disait Haral. Je l'ai déjà vue une fois dans cet état à Ajir.

Menteuse. À Ajir, j'étais ivre. J'ai peur, Hal. Il ne me reste plus aucune force et ils ont besoin de moi.

– Je la tiens.

L'univers venait de chavirer brutalement. Un bras passé autour de sa taille, Khym la halait. Elle aurait aussi bien pu être en train de planer la tête en bas et les pieds en l'air.

Le lit. Le matelas. Les draps. L'oreiller.

Un corps tomba pesamment à côté d'elle. Avec un bruit sourd. Le filet de sécurité bourdonnait.

Et ce fut la nuit.

Jusqu'à ce que la gravité fluctuât. Alors, elle se réveilla et, le réflexe jouant, enfonça les dents dans ce qui, au lieu d'être le matelas, était la chair de son époux. Réveillé à son tour, il émit un geignement, s'écarta d'une secousse. Il n'avait pas le poids qu'il aurait dû avoir, l'intensité de la force de la pesanteur n'étant pas ce qu'elle aurait dû être.

– Hou !

– Nous accostons. Tout est en ordre, tout est en ordre. Nous sommes à Gaohn.

Des murmures de voix. Mais ce n'était pas encore assez pour persuader son corps de bouger. Son cerveau s'obscurcit derechef. Encore des fluctuations de G. Des sons métalliques, des claquements. Il aurait été dangereux de se lever dans cet état-là. La prudence exigeait qu'elle reste allongée là où elle était et profite des quelques instants de somnolence supplémentaires qu'elle pouvait encore grappiller jusqu'à ce que des chocs et des grincements lui indiquent que les grappins étaient en place. Le temps serait alors venu de se mettre debout et de se nettoyer.

Vrombissement du filet de sécurité qui se rétracte. Fiar était là, un plateau dans les mains, les oreilles couchées, la mine soucieuse. Le navire était miraculeusement stable et silencieux.

– Capitaine, mon seigneur... voulez-vous essayer de manger quelque chose ?

Avons-nous manqué l'accostage ? Avons-nous fait marche arrière ? Le bruit des grappins, de l'amarrage ne m'a pas réveillée ? Dieux ! nous ne sommes pas en rotation.

Pyanfar se dressa sur ses coudes. Khym gisait, inconscient, à son côté. La cabine empestait. Eux aussi. Tout empestait. Ses paupières étaient collées et elle avait un goût atroce dans la bouche.

– Situation ? s'enquit-elle.

– Nous sommes au mouillage, capitaine, répondit Fiar. Bassin nº 13. Nos navires protègent nos arrières en une formation sans faille. Tout le monde attend sans bouger sauf nous et les nôtres : Harun, Pauran, Faha et toutes les autres. Nous sommes ensemble au mouillage. Il en va de même de *ker* Rhean et du *Fortune de Chanur.* Ainsi que d'Ehrran. Anfy Chanur les a tenues sous la menace de ses canons jusqu'à l'accostage et le *Lumière* reste à proximité. Ehrran parle toujours pour Naur et les autres. Mais les spatiennes sont furieuses, capitaine, elles ne veulent rien savoir. Elles exigent de vous voir. Nous leur avons dit que vous n'étiez pas physiquement en état de les rencontrer. Mais ma capitaine suggère que vous alliez les voir aussitôt que vous en serez capable : les Kif sont nombreux autour de Tyar. Mais elle veut que vous déjeuniez. Et en prenant tout votre temps. Ce sont ses propres paroles, capitaine.

– Dieux...

Pyanfar ferma hermétiquement les yeux et les rouvrit, essayant d'accommoder. Fiar paraissait exténuée. Ses oreilles pendant de guingois lui donnaient curieusement l'air d'être plus jeune qu'elle ne l'était. Pyanfar prit la coupe qu'elle lui tendait. La plus grande qu'il y avait à bord. Pleine d'une soupe à l'odeur savoureuse.

– Mmm ! (Elle avala une gorgée.) Et Ayhar ? Enfer mahen, où est Ayhar ?

– Elle est toujours gardée en otage, capitaine.

– Où ?

– Sur la station. *Ker* Rhean, Harun et ma capitaine s'occupent de la question mais il y a un problème. Un désaccord au navettodrome de la planète. On ne peut pas décoller. Les Llun agissent en médiatrices, dit ma capitaine, elles essayent d'obtenir l'autorisation de décollage, et quelques-unes des immunes, là-bas, tentent de négocier...

– Par l'enfer mahen !

– Votre équipage arrive, la capitaine dit que vos navigantes doivent prendre leurs ordres de *ker* Haral et *ker* Haral dit...

– Le Kif... où est le Kif ?

– Elles attendent dehors. Le Kif Skkukuk voulait leur parler. Ma capitaine a dit non. *Ker* Haral a dit non.

– Non. (Pyanfar prit délicatement une autre gorgée de soupe tandis que, à côté d'elle, Khym se dressait à son tour sur ses coudes avec un gémissement.) Mange, Khym.

La soupe était aussi brûlante que les brasiers d'Ahr. C'était un aliment instantané. Une pure merveille. Tout le monde était encore vivant, la cabine avait recouvré sa stabilité et, si graves qu'elles fussent, les choses étaient loin d'être aussi catastrophiques qu'elles auraient pu l'être. Il n'y avait pas eu d'affrontements majeurs. Les Kif demeuraient là où ils devaient être. Tout le monde était là où il devait être. Sauf Ehrran. Sauf cette querelle au port des navettes. Et Ayhar. Et seuls les dieux savaient où était Sikkukkut. *Ce claboteux de Sikkukkut a fait une arrivée-surprise à La Jonction. A-t-il besoin d'originalité ?* Un frémissement convulsif la secoua.

– Tiens.

Pyanfar donna sa coupe à Khym, prit l'autre qui était sur le plateau et dévisagea Fiar dont l'expression était à la fois anxieuse et déférente.

– Llun détourne les rochers, n'est-ce pas ?

– Il y en a des quantités. (Fiar abaissa ses oreilles avec crainte et respect, gênée maintenant que Khym était réveillé. Elle était jeune.) Mais ma capitaine leur a expliqué sur les lignes de transmission de la station. Elle leur a parlé des Kif, des Méthaniens que nous avons vus. Elle leur a parlé de toutes ces stations fermées. Des humains et des Mahendo'sat. De tout. Pensant qu'elles n'avaient peut-être pas eu le temps de dépouiller le journal de bord, et que mieux valait qu'elles sachent tout.

– Elle a bien agi. Vous la remercierez de ma part. Je monterai le plus vite possible.

– Bien, capitaine. Si vous voulez quelque chose…

– Pourriez-vous brancher ce moniteur en partant ?

– À vos ordres, capitaine.

Fiar, le plateau sous le bras, actionna la commande du moniteur mural près de la salle de bains et s'éclipsa. La porte se referma derrière elle.

– Hum, marmonna Khym, la bouche pleine.

L'image schématique qui était apparue sur l'écran du moniteur confirmait les dires de la jeune spatienne : de nombreux vaisseaux hani à quelques encablures de la station, beaucoup d'Hani et de Kif plus quelques Mahendo'sat qui s'observaient à distance. Tous relativement en point fixe.

Jik n'est pas là. Il ne se montre pas. Normal qu'il ne se montre pas.

Il n'est pas mort, non il n'est pas mort, pourriture des dieux ! Il est entré en saut et s'est lancé à la poursuite de ces gueux. Ou il est au large à attendre Sikkukkut. Il ne peut pas en être autrement. Nous avons trop de Mahendo'sat coopératifs dans ce système. Il va faire de mon système solaire une zone de combat mahen dans sa totalité, par les dieux !

Tendant la main vers la console, Pyanfar mit le *communico* en service et le murmure de la passerelle envahit la cabine. Des voix calmes échangeant des considérations techniques. Rassurantes dans leur monotonie. Le clan Llun assurait la gestion de la station, loyalement et raisonnablement. L'agitation régnait dans les couloirs mais les Llun tenaient le central et la modération gagnait du terrain. En dépit des efforts d'Ehrran.

– Tout va bien.

Tout va bien ! Dieux, Pyanfar ! Où est Kohan ? Que se passe-t-il sur les quais chez nous ? Qu'allons-nous faire ?

– Hum, fit à nouveau Khym.

Il avalait sa soupe par petites gorgées et sans interruption comme si elle passait dans ses veines en transfusion directe. Ils avaient tous les deux rejeté les draps. La peur. L'épuisement. La dénutrition.

– Un bain, murmura Pyanfar.

C'était ce qu'elle désirait plus que n'importe quoi d'autre. Plus que la nourriture. Plus que le sommeil. Elle posa le bol sur la tablette de la console, se glissa hors du lit et ramassa au passage son bouffant abandonné sur le sol.

La douche. L'eau et le savon. Des quantités de savon. Un déluge de savon et d'eau chaude.

Une ombre se dessina sur la surface translucide de la cabine de la douche. Une haute silhouette massive. Une silhouette hani. Elle ouvrit la porte pour laisser entrer Khym.

Tous les deux, trempés, enduits de savon, debout, se soutenaient mutuellement sous les jets d'eau brûlante, jusqu'au moment où Pyanfar se rendit compte qu'elle avait fermé les yeux. Elle était en train de se rendormir.

– Dieux ! Il faut y aller, mon époux.

– Hum !

Comme chaque matin sur la planète, il fallait

près d'une demi-heure à Khym pour recouvrer sa pleine lucidité.

Elle sortit de la douche, se nettoya les dents avec précaution en raison de ses gencives douloureuses, se sécha sans grand enthousiasme avec une serviette et alla pêcher son dernier bouffant propre dans le tiroir.

Et le pistolet de poche. Dieux ! Non, il ne fallait pas qu'elle l'oublie.

La coursive était glaciale, le sol froid sous ses pieds.

– Capitaine... dit-elle.

Sirany était encore à sa place et la passerelle était presque déserte : elle et sa première officière en étaient les seules occupantes. Cela sentait le négligé. Sirany fit pivoter son fauteuil. La fatigue et la tension marquaient son visage.

– *Ker* Pyanfar. (Sa voix était rauque.) Tout se passe bien mais beaucoup de questions se posent. Beaucoup de gens veulent vous parler. Moi aussi, je veux vous parler. À quoi devons-nous nous attendre ?

– À l'arrivée d'une nouvelle vague de Kif. Pour l'heure, j'aimerais savoir où s'en sont allés deux chasseurs mahen. Et où nous avons localisé de manière erronée près d'une cinquantaine de vaisseaux humains qui sont sans aucun doute armés et nourrissent des intentions que nous avons lieu de redouter.

– Oui, ce sont des choses sur lesquelles je me suis également interrogée. J'espérais peut-être qu'il n'en allait pas de même pour vous mais, en un sens, je souhaite que vous l'ayez fait.

– Vous pensez à une autre vérité qui se serait fait jour une fois que nous aurions accosté et repoussé Akkhtimakt du côté mahen ?

– Je ne veux pas dire que j'ai cru que vous mentiez. (Sirany abaissa les oreilles en signe d'amende honorable. En même temps, sa mâchoire se durcit.) Cela est un mensonge. Je ne sais pas.

Cependant, je ne le crois pas. Mais quel choix ai-je ? Nous nageons dans l'incertitude. Je vais vous dire quelque chose, *ker* Pyanfar. Il court toutes sortes de rumeurs sur votre compte. Depuis Gaohn. Depuis que vous avez pris le large de la manière dont vous l'avez pris et... (un frémissement d'oreilles)... gardé *na* Khym à votre bord. Et que vous vous refusez à plier l'échine devant le *han*. J'ai entendu bien d'autres bruits à votre propos quand nous étions coincés à La Jonction. Les Stsho ont peur de vous. Ils vous accusent d'être versatile.

– Ils n'ont pas fini de médire de moi. J'ai pensé qu'un équipage qui avait eu l'audace de monter à bord de ce navire aurait le courage de rester aux commandes sous le feu de l'ennemi. Une situation qui risque encore de se présenter. Même si nous étions sous le feu de Hani. Je vous dis la vérité, maintenant. Je travaille uniquement pour notre camp. Les Mahendo'sat nous ont si souvent trahis qu'il n'est même pas possible de dire combien de fois mais, en même temps, ce sont les meilleurs alliés que nous ayons. Et j'espère que l'ami qui fait cause commune avec moi est toujours vivant, qu'il est quelque part au-delà du système.

– À attendre les autres Kif ?

– J'en suis sûre et certaine, par les dieux ! Son navire est puissamment équipé, notamment en matière de transmissions. Je n'ai jamais mis les pieds sur sa passerelle mais j'ai idée qu'elle est immense. Une foule de navigants et de techniciens. La capacité de s'arrêter en plein saut. Le *Mahijiru* que commande Or-Aux-Dents a davantage de moyens mais je ne pense pas que l'*Aja Jin* soit moins performant. Avec tous ces bouleversements, nous avons perdu trace de plus d'un bâtiment et je ne suis nullement persuadée que ces capitaines mahen soient morts. Les Kif sont guidés par la notion de *pukkukkta*. La vengeance. La destruction. Sikkukkut a lancé des navires sur tous les couloirs de navigation, dans différents espaces. Il est prêt à anéantir la civilisation. Il le proclame. Il donne l'impression de penser qu'elle ne lui est d'aucune utilité. Ce n'est pas mon avis et je crois qu'il le sait, mais je ne tiens pas à ce que la preuve en soit donnée. Nous avons aussi perdu la trace des vaisseaux kifish et cela me tourmente.

– Ils se sont peut-être rencontrés hors système. C'est peut-être là qu'est l'*Aja Jin*.

– Si la chance est avec nous. (Pyanfar serra les lèvres. La migraine continuait de la lanciner.) Mais en tout état de cause, nous devons nous préoccuper de ce qui vient de La Jonction, qui que ce soit qui ait survécu au revers que nous avons essuyé là-bas. Si c'est aux Kif que nous avons affaire, il importe que nous parlions d'une seule voix, ici. Une seule.

– Je vous comprends. (Un tic faisait trembler la main de Sirany et elle étreignit si énergiquement l'accoudoir que l'on vit saillir ses tendons). Vous voulez faire venir les capitaines à bord ?

– Nous n'avons pas de place à quai. Il faudra les rassembler dans les ponts inférieurs. Non. Je vais sortir en espérant que je survivrai aux événements. Ma mort serait une grave, une très grave perte. Je peux, moi, parler à ce Kif. Le mien peut parler à tous ces gueux qui sont dehors. Où est-il ?

– En bas. Et j'ajouterai qu'il a le ventre plein. Je me demande même s'il est encore capable de bouger.

– Dieux ! (Pyanfar alla jusqu'à la console du *communico* et enfonça la touche appropriée.) Skkukuk ? Qu'est-ce que tu veux dire à ces Kif qui sont à l'extérieur ?

– C'est vous, *hakt'* ?

Des voix hani. Différentes.

– Bien sûr, pourriture des dieux ! Bien sûr, *skku*.

– *Kkkkt !* Je suis ravi !

– Tu te faisais du souci pour moi, n'est-ce pas ? (Dieux ! Un changement de capitaine, la possibilité d'une mutinerie à bord ! Le Kif était comme une mèche allumée, et elle ne l'avait pas compris.) Je t'ai déjà dit que les Hani sont une espèce bien particulière. Tu as demandé à entrer en contact avec les Kif à l'extérieur. Que comptes-tu faire exactement ?

– Les appeler à prendre ce navire, *hakt'*.

Dieux, dieux, dieux ! C'était parfaitement logique. Son équipage épuisé, prêt, peut-être, aux yeux de Skkukuk, à consentir à ce comminatoire changement d'autorité sur la passerelle. Partout, la menace de navires prenant position. Et, ici, une unique petite lueur entêtée de loyauté kifish, un Kif qui savait qu'aucune autre Hani ne le tolérerait et était déterminé à servir ses intérêts à elle, parce qu'ils coïncidaient avec les siens propres.

– C'est moi qui exerce le commandement ici. Pas de problème. Que penses-tu qu'il conviendrait de faire en ce qui concerne ces Kif ?

– *Kkkt.* Placez-moi à leur tête. C'est la meilleure ligne de conduite, *hakt'*. Je suis un formidable allié.

– Quel rang occupais-tu, Skkukuk ? Si je peux me permettre de poser cette question.

– *Kkkkt. Kkkkt.*

– Non, je ne peux pas ? Très bien. Il y a un point sur lequel je tiens à insister, Skkukuk. Sikkukkut est une canaille, une authentique canaille, qui possède un certain sens de l'humour. Je crois que si jamais il mettait à nouveau la main sur toi, ta peau ne vaudrait pas cher. En dépit de ton astuce. Il est trop malin pour ne pas savoir combien tu es rusé. Est-ce que tu me comprends ?

– Vous avez entièrement raison, *hakt'*. Qu'allez-vous faire ?

– Eh bien, mon *skku,* je vais te donner tous

ces navires kifish qui sont à l'extérieur, plus un traité avec les Mahendo'sat et les Hani. Et te dire que si tu suis mes ordres à la lettre, tu n'auras qu'à t'en féliciter. Mais, d'abord, il faut que tu prennes ces navires et que tu les tiennes.

– Vous verrez, vous verrez, *mekt-hakt'*.

Pyanfar se pencha au-dessus du pupitre de la première officière et débloqua les portes.

– Voilà qui est fait. Tu vas pouvoir aller maintenant au poste de commande auxiliaire au bout de la coursive à gauche et utiliser le *communico* qui s'y trouve. Tu feras venir un de ces bâtiments pour assurer ton transport. Tu prendras tes gourmandises ainsi que toutes les armes dont tu penses avoir besoin et tu quitteras le bord. Et rappelle-toi à quelle distance tu es du territoire kifish. Et qui sont tes vrais amis. Tu m'entends ?

– *Kkkkt. Kkkkt.* Je vous apporterai le cœur de Sikkukkut !

– Tu obéiras à mes ordres ! Compris ?

– Tout ce que vous voudrez, tout ce que vous voudrez, Chanur-*hakkikt.*

Chanur-*hakkikt*... quelle promotion, par les dieux !

Ce fut comme si un étau glacé se refermait sur ses entrailles. Terreur... terreur à l'état brut.

Je viens de rédiger mon testament. À Sikkukkut, mon ennemi bien-aimé, je lègue un nouveau problème, et un problème kifish !

Je te souhaite bien du plaisir, immonde !

Pyanfar se tourna vers Sirany qui la regardait avec consternation.

– Une chose à propos des Kif. Quand ils sont de votre côté, ils y sont vraiment. Et ils y restent aussi longtemps qu'ils en tirent avantage. Le Kif que nous avons en bas est au comble du bonheur.

– Les dieux vous entendent ! J'espère que vous savez ce que vous faites.

– Écoutez-moi. S'il m'arrive quelque chose et si vous devez assumer la responsabilité de ce casse-tête, reposez-vous sur mon équipage, menacez Skkukuk de mort pour lui faire peur et laissez-le partir. C'est notre meilleure assurance. Vous vous attirerez son respect. (Pyanfar, prise d'une brusque impulsion, se dirigea vers l'armurerie pour se munir d'un antipersonnel. Puis elle se rappela que Gaohn était un endroit civilisé et qu'elle y était chez elle. Néanmoins, elle s'empara d'une de ces lourdes armes qu'elle fixa à sa ceinture.) Dites à mon équipage de venir me retrouver dans les ponts inférieurs et aux capitaines que je les verrai dans les bureaux des docks. (Pas sur les quais mêmes, à l'abri des tireurs isolés. Elle avait appris à être méfiante dans son nouveau métier.) Khym demeurera à bord. Chur aussi. Vous les préviendrez en leur précisant que c'est un ordre. Skkukuk fait venir un navire kifish. Il faut qu'il y ait le moins possible de bâtiments hani dans les bassins.

– Transmets, dit Sirany à sa première officière. (Puis elle se tourna à nouveau vers Pyanfar.) Au nom des dieux, prenez soin de vous.

– Oui. (Pyanfar se pencha sur la console de communication et appuya sur la touche qui mettait *L'Orgueil* en contact avec la station.) Llun, je veux vous parler.

– Chanur. Pyanfar. (La voix de l'immune de la station était calme et posée.) C'est un piège, Pyanfar, c'est un...

Quelque chose heurta le micro de la station.

Et ce fut le silence.

Sirany se leva tandis que sa première officière faisait pivoter son fauteuil. La capitaine Tauran resta un instant complètement paralysée, puis se mit en devoir de pianoter en code.

– Rhean ! M'entendez-vous, *Fortune* ?

– Le *communico* est mort, dit la première officière.

Cela sautait aux yeux : le voyant demeurait éteint, signe que la liaison avec la station était rompue. À demi agenouillée sur son siège, Pyanfar allongeait le bras pour mettre en service les communications de vaisseau à vaisseau quand l'écran de son propre *communico*-réception s'éclaira et la première officière commença à lancer les appels. D'autres navires avaient, eux aussi, été brusquement coupés.

– *Orgueil de Chanur* à *Fortune de Chanur, Lumière de Chanur, Industrie d'Harun*... message à relayer à tous les navires : le *communico* du Central est en panne, nous avons des difficultés...

– *Pyanfar !* (Une voix familière qui surgissait de deux années d'absence.) *Ici Rhean, ils ont quelqu'un à eux au Central. Ils ont coupé le contact entre Llun et nous...*

– Je le sais ! Partez d'ici !

Et dans la même fraction de seconde : Dieux, les Kif. File, Pyanfar, laisse la station se débrouiller et mijoter dans son jus, on s'en occupera plus tard, les Kif arrivent.

Non, dieux, non, si la station reste abandonnée à elle-même, Sikkukkut s'en emparera, il ouvrira le feu. Nous devons prendre le contrôle de Gaohn, déployer à nouveau notre flottille si c'est possible.

– Pyanfar.

C'était une nouvelle voix, si grave qu'elle faisait vibrer les haut-parleurs. Une voix masculine. Provenant du *Fortune de Chanur*.

– Kohan ? Par les dieux ! C'est Kohan ?

– Je suis envoyé par Pyruun. Llun vient d'en appeler à la sanction des immunes, n'est-ce pas ? Je l'ai entendue distinctement.

Des réponses hani. Des affaires hani. Communiquées par une voix que Pyanfar n'avait jamais escompté entendre à nouveau.

– Dieux !

– Pyanfar ?

– La sanction des immunes. Oui, oui, par les dieux. Dis à Ehrran que je la verrai là-bas.

La première officière de Tauran intervint avec

une irréprochable sérénité, consciente de ce que la situation avait de critique :

– Ehrran vient d'en appeler de son côté à la sanction contre Chanur et a pris possession de la station au nom du *han*. Elle dit que nous sommes tous en état d'arrestation. Le clan Llun est désormais placé sous la protection d'Ehrran.

– Enfer mahen, elles ont fait ça ! Message à transmettre : À l'adresse des clans spatiens. Gagnez les docks et dirigez-vous vers le Central. Armés.

Les accusés de réception, dont certains n'étaient que des bredouillements de statique, arrivèrent en retour. Les dieux seuls savaient combien de clans suivraient. Et lesquels.

Une autre voix – familière, elle aussi, claire et froide – retentit :

– Pyanfar. Ici Anfy du *Lumière*. Nous prenons position au zénith de la station. Nous désintégrerons tout navire qui tirera. À vous de jouer.

– Nous y allons ! répondit Pyanfar qui étreignit l'épaule de la première officière et lança un regard farouche à Sirany Tauran. Prenez soin de mon navire, vous m'entendez ?

Et, comme dans un rêve et bien qu'elle eût les muscles endoloris, elle s'élança en courant.

12

Elle chancelait quand elle atteignit les ponts inférieurs et le poids de son arme la faisait trébucher. Elle se trouva face à face avec les autres quand elle sortit en trombe de la cabine d'ascenseur et enfila la coursive. Tully et Khym étaient là avec le reste de son équipage.

– Non, leur dit-elle. J'ai donné des ordres. Vous restez à bord tous les deux.

– La situation a changé, dehors, répliqua Khym. Py, au nom des dieux…

La panique l'envahit quand elle vit la lueur de désespoir qui luisait dans les yeux de son époux implorant farouchement qu'elle lui laissât occuper la place qui était la sienne. Si elle ne le ramenait pas vivant… si elle le perdait ici même… si, si et si… Toutes les navigantes étaient animées par le même esprit. La fourrure dégarnie, le regard hanté, elles n'étaient plus que les fantômes d'elles-mêmes mais elles avaient l'arme à la main, les oreilles haut dressées et leurs yeux étincelaient dans leur visage émacié.

– Nous devons frapper vite.

Comme elle disait ces mots, Chur tourna le coude que faisait la coursive, venant du quartier de l'équipage. Elle s'appuyait à la cloison. Chur… le fusil à la bretelle !

– Toi… (C'était à sa nièce qu'elle s'adressait.) Et toi. (C'était maintenant à Tully dont la présence seule était une provocation aux yeux de n'importe quel xénophobe anti-Hani et une cible toute désignée.) Vous deux…

– Tully et moi assurerons la défense du sas et nous vous couvrirons. (La voix de Chur était le soupir rauque qui seyait à un fantôme.) Allez, capitaine.

C'était bien dans la manière de Chur. Esprit de finesse et goût de l'intrigue. Ne trichait-elle pas aux dés ? Même chose pour Geran. Respirant avec difficulté, Pyanfar lança un coup d'œil éperdu à Geran Anify mais elle n'avait aucune aide à attendre de cette dernière : maintenant que sa sœur était revenue, elle se murait à nouveau dans son silence.

– Alors, au nom des dieux, gardez Tully avec vous. (Pyanfar enfonça un doigt dans la poitrine de l'humain.) Tu resteras à bord. Tu aideras Chur. Et tu obéiras à ses ordres. Compris ?

– Compris. (Tully, c'était patent, se serait battu

pied à pied pour être autorisé à sortir avec les autres s'il avait pensé avoir pu en être capable. Cette fois, la barrière du langage jouait en faveur de Pyanfar.) Être prudente.

– Pour ça, tu peux être tranquille. Allons-y, dit-elle aux autres.

Et, abandonnant l'appui de la cloison à laquelle elle s'était adossée pour souffler un instant, elle se dirigea au petit trot vers le sas.

Le klaxon retentit, sonnant le branle-bas pour l'équipage de *L'Orgueil* mais ce n'était plus leur affaire bien que leurs muscles se fussent tendus comme si la sonnerie d'alerte était directement branchée sur le système nerveux des Chanur. Des pas résonnaient avec un bruit de tonnerre dans les coursives, ceux des navigantes Tauran qui se ruaient vers l'ascenseur, quand ils arrivèrent au sas. Pyanfar se retourna en entendant un autre martèlement de pas : c'était Skkukuk, venant de la direction opposée.

– Tes ordres ! lui cria-t-elle. Exécute-les ! (Et le Kif disparut en un clin d'œil.) Sirany ! appela-t-elle alors au micro du *communico*. Ouvrez le tambour !

Sirany... Parce que Haral n'était plus aux commandes, qu'elle était à son côté et qu'il n'y avait plus que des étrangères à Chanur sur qui se reposer en espérant qu'elles comprendraient leurs signaux.

L'opercule du tambour s'ouvrit. Pyanfar actionna la sécurité de son AP illégal et gonfla ses poumons quand une véritable bourrasque l'assaillit de plein fouet : la pressurisation de *L'Orgueil* était un peu insuffisante. Et l'air de Gaohn avait la senteur de choses oubliées. L'odeur des Hani. Du froid et du danger, aussi. Celle, nauséabonde, des machines soumises aux rigueurs glaciales de l'espace.

Pyanfar franchit le sas et s'engouffra dans l'ombilical d'accès : parois de plastique jaune et plaques d'acier. Elle aspira à nouveau une profonde bouffée de cet air pour lequel sa physiologie était congénitalement constituée. Et une sorte de lucidité surnaturelle s'empara d'elle : maintenant, le tohu-bohu des événements commençait à prendre un rythme acceptable.

– Ce sont des Hani, dit-elle, la bouche sèche, pantelante, tandis que tous se précipitaient dans le tubulaire.

Elle avait autant confiance en son équipage qu'en ses propres réflexes, sachant que chacune et chacun ferait ce qu'il aurait à faire, que Chur était là où elle avait dit qu'elle serait, qu'elle avait Tully en main, que Tirun, handicapée par sa boiterie, surveillerait tout ce qui pourrait leur échapper à eux, faute de recul suffisant, qu'Haral était à son côté comme une seconde main droite, qu'Hilfy et Geran étaient là, encadrant Khym. Khym qui était le plus mauvais tireur du groupe et celui qui courait le moins vite, mais n'en était pas moins capable d'ouvrir le feu si besoin était.

Dès qu'elle eut posé le pied sur le quai, Pyanfar obliqua pour se mettre à couvert derrière les ponts roulants et les grues. Et quelqu'un surgit, descendant la rampe presque aussi vite : c'était Harun. Et Sif Tauran apparut. Pyanfar se retourna et la dévisagea avec stupéfaction. Elle vit alors Fiar dévalant à son tour la rampe en trombe.

– Nous ne sommes pas de quart, expliqua Sif, le souffle court. La capitaine nous a dit de descendre pour vous prêter main-forte.

– Venez.

Sirany les avait envoyées pour l'honneur de Tauran. Une nouvelle bataille de Gaohn. Tout le monde voulait en être.

Folle que tu es, Sirany ! Ce sont des Hani contre des Hani, ne le vois-tu pas ? Quelle gloire y trouver ?

D'autres Hani arrivaient en courant sur le quai incurvé dans leur direction. Quelques Shaurnurn, trois Faha et trois Harun. Pas des équipages au grand complet, seulement quelques éléments. Autrement dit, il y avait encore du monde à bord des navires, suffisamment pour qu'ils déhalent si les Kif se montraient. Pour constituer une menace, au moins visuelle. Ce n'était pas un ordre venu de Pyanfar. Peut-être l'initiative venait-elle d'Harun ou de Sifeny Tauran. C'était une attitude saine. Une marque de prudence. Pyanfar regrettait néanmoins de ne pas avoir avec elle des effectifs plus importants dotés de puissance de feu : personne en dehors d'elle n'avait d'AP ni même de fusil. Le légalisme avait ici force de loi. La plupart des navigantes paraissaient déjà épuisées : cela se voyait à leur expression, à leur pelage terne et à leur port d'oreilles. Quant à Harun et aux autres, elles venaient d'effectuer quelques sauts successifs.

Mais d'autres Hani venaient les rejoindre, le poil luisant et le bouffant de soie bleue, vert vif ou aux couleurs du ciel : le personnel et les capitaines déferlant des bâtiments mouillés plus loin qui avaient peut-être fait aussi la longue traversée pour rallier Gaohn mais qui, étant là depuis longtemps, soumises au blocus, avaient au moins l'œil clair et l'esprit en éveil. Les contingents de Banny Ayhar. Les vaisseaux en provenance de l'espace mahen.

Pyanfar respira à fond, battit des paupières pour chasser l'étourdissement que provoquait en elle l'appauvrissement de son sang. Sa vision était trouble mais elle distingua une silhouette aux vêtements d'azur dans laquelle elle reconnut sa propre sœur, Rhean Chanur. Elle n'avait guère changé depuis deux ans. Une autre silhouette de haute taille la suivait dans le dédale des ponts roulants, des tuyaux et des machines qui encombraient le quai, celle d'un Hani mâle qui, au milieu de la cohorte des cousines et des nièces de Chanur, attirait immanquablement l'attention. L'homme était beaucoup trop gris de poil pour être son frère. Et pourtant, non : ses traits étaient indiscutablement ceux de Kohan, son attitude de même. Et il savait un pistolet à la ceinture… Les dieux seuls savaient s'il savait même comment s'en servir !

Sa femme Faha était avec lui, Huran, la mère d'Hilfy. Et encore d'autres de ses épouses, dont Akify Llun : elle s'était rangée de son côté et du côté de Chanur, pas de celui de sa parentèle.

– Pyanfar, dit Kohan quand ils furent l'un en face de l'autre.

Ils se regardèrent dans les yeux quelques instants avant que Kohan ne tressaille à la vue de ce que, hâve et couturée de cicatrices, était devenue sa fille favorite, Hilfy Chanur *par* Faha qui, venant à sa rencontre, lui tendit sa main gauche car sa droite étreignait un noir AP illégal. Puis ce fut au tour de sa mère, Huran Faha, d'en faire autant tout en leur adressant à lui, à sa tante Rhean et à ses cousines, le courtois salut du menton qu'elle aurait pu adresser à n'importe quelle camarade sous le feu. Après quelques mots brefs échangés, l'attention de Pyanfar revint instantanément aux navigantes qui l'entouraient. Elle fit signe à Geran de prendre place plus loin sur le quai. Tout s'était mis en branle. Les équipages prenaient stratégiquement position. On n'avait plus le temps de parler. Kohan avait l'air désemparé, Huran paraissait atterrée, Pyanfar entendit Khym toussoter nerveusement quelque part derrière elle.

– Nous devons gagner le Central, dit-elle. En expulser Banny Ayhar, délivrer les Llun…

Dieux, ils ne savent que faire, ils attendent que nous agissions, nous, comme s'ils ne s'étaient encore jamais battus ici, comme s'ils ne connaissaient pas la station Gaohn.

Le moment était venu de prendre le commandement de ces Hani en plein désarroi, en état de confusion mentale, de leur donner le nécessaire coup de fouet avant qu'elles ne se chamaillent, ne s'interrogent ou ne posent des questions trop pénétrantes.

– En avant ! lança-t-elle à cette masse de spatiennes hani insensées qui cherchaient obstinément à s'agglutiner autour d'elle, empressées, eût-on dit, à être la cible la plus complaisante de toute la Communauté.

La voix avec laquelle elle donnait ses instructions s'éraillait et ses jambes fléchissaient tandis qu'elle mettait tout le monde en mouvement; dans un moment, elle ne se rappellerait plus ni où ni quand elle avait envoyé les uns et les autres; c'était comme si son esprit errait quelque part dans l'hyperespace, comme si elle avait une vue d'ensemble des choses mais que les détails lui échappaient...

... des batailles menées dans des ports et dans des champs sur une planète, petite perle bleue, où des Hani insensées pensaient pouvoir empêcher un univers déterminé d'empiéter sur leurs affaires...

... Pyruun fourrant Kohan dans une navette et l'expédiant à Rhean, les dieux seuls savaient comment elles avaient réussi à le faire partir subrepticement et au prix de quels risques; il est vrai que les Mahendo'sat avaient un jour réussi à faire sortir sans éveiller les soupçons d'un entrepôt stsho un humain dissimulé dans un coffre à grains...

... Banny Ayhar fonçant vers la planète-patrie avec un message qui s'était répandu dans tout l'espace mahen, regroupant des Hani dans sa fuite, et alertant aussi bien les Mahendo'sat de Maing Tol que ceux de la planète-patrie mahen d'Iji de sorte que, quoi que pût tenter Sikkukkut, elle ne tomberait pas sous les coups d'une attaque-surprise des Kif. Les zones d'entrée et de sortie du système solaire seraient minées : les Mahendo'sat auraient eu le temps de procéder à cette laborieuse opération, notamment près d'Iji et de Maing Tol, de telle façon que rien ne puisse passer par la petite porte. Ils se seraient attelés à cette tâche pendant que les navires hani regagnaient la planète-mère, comme des oiseaux dans la tempête. Les Mahendo'sat auraient envoyé tous les vaisseaux disponibles sur la frontière en vue d'assurer la défense du territoire ou de prendre l'offensive, passé des accords avec les Tc'a, de sorte que le plan de marche complexe des bâtiments hani aurait fonctionné comme un réseau de communication largement ramifié, que les nouvelles arrivant saut après saut se propagent de loin en loin et de navires en navires…

… parviennent même à des chasseurs très éloignés, des capitaines comme Or-Aux-Dents n'opérant pas comme ils le jugeaient bon mais recevant informations et renforts…

… Or-Aux-Dents avait été mortifié au-delà de toute mesure quand l'*Aja-Jin,* prenant le contrepied du plan de marche, avait surgi à Kefk : c'était là le motif de sa fureur contre Jik, la raison pour laquelle il s'était retiré en toute hâte, suivant en cela des ordres impératifs. Et qu'avait-il pu dire à Rhif Ehrran pour la persuader de prendre l'espace avec un message destiné à la planète-mère ? Réfléchissons… il devait sûrement lui avoir dit de se méfier des conséquences de l'attaque en masse des Kif qu'il savait, lui, être en cours et qui prendrait les Hani à la gorge. Il avait expédié Ehrran là où *L'Orgueil* était supposé être, là où Banny Ayhar était déjà en train de se diriger – Jik l'en aurait informée – en utilisant un navire beaucoup plus lent mais avec un message à délivrer si elle parvenait vivante à Maing Tol.

Le plan d'Or-Aux-Dents s'était déroulé sans accroc jusqu'à ce qu'une aubette de *L'Orgueil,* venant d'Urtur, claque et que l'on dût la faire réparer, jusqu'à ce que Sikkukkut s'empare d'Hilfy et de Tully et attire *L'Orgueil* à Mkks, puis Jik à Kefk où la situation s'était encore davantage détériorée, où les Hani s'étaient révélées intraitables, divisées par une vendetta, et Chur mourante, d'où l'impossibilité pour *L'Orgueil* de se ruer toutes affaires cessantes sur La Jonction par la route de Kura, pour annoncer le désastre qui avait eu lieu à La Jonction...

... Or-Aux-Dents leur avait fourni ce matériel médical afin de rendre faisable une longue traversée, il le leur avait donné de la même façon que les Mahendo'sat avaient dépensé des millions pour gonfler les performances de *L'Orgueil,* tentative de dernière heure pour faire parvenir les informations les plus récentes en date à Anuurn et aux Hani spatiennes...

... parce qu'aucun navire ne pouvait franchir le blocus kifish à Kita et, en fin de compte, force avait été de se raccrocher au bien mince espoir que représentait le vaisseau de Banny Ayhar. Jik n'était pas parvenu à convaincre Ehrran, en route pour l'espace stsho, de virer de bord et *L'Orgueil* s'était enlisé de plus en plus profondément dans les intrigues du Mahe. Ehrran n'avait pas bougé avant qu'Or-Aux-Dents ne la mette en face de vérités que Jik lui avait tues jusque-là.

Pyanfar battit des paupières. Se cramponna à un étrésillon. Le dock tournoyait devant ses yeux. Il fallait que son esprit se remette à fonctionner normalement. Les lumières blanches et les grises perspectives des quais occultaient les ténèbres, les étoiles, l'alignement des vaisseaux minuscules qui se suivaient le long de l'anneau qu'était la station. Elle avait son AP à la main. Un tintamarre de pas retentissait. Les autres passèrent devant elle, tournèrent l'angle du couloir. Le corridor voisin, lui aussi, était désert. Rien que des papiers épars. Une porte close portant en grosses lettres les mots : FERMETURE QUAIS. Et, en dessous : ENTRÉE RÉSERVÉE AUX SEULS PORTEURS DE LA CLÉ.

– Les dieux les pourrissent !

Elle fit feu. Sans réfléchir car un AP valait toutes les clés. Elle tira une seconde fois. La détonation fut assourdissante. Des éclats de projectiles atteignirent sa fourrure.

Le blindage de la porte n'était pas prévu pour résister à pareille explosion. Elle vola en éclats. Pyanfar n'était pas en état de courir : elle suivit en marchant au pas les jeunes au pied léger et la poignée de téméraires qui s'engouffraient par la brèche.

Elle la franchit à son tour, son équipage et celui de Rhean massés autour d'elle comme si l'on avançait sur un quai au milieu d'une échauffourée au temps où ce qui était le plus à craindre était le jet d'une bouteille, où le plus gros danger menaçant des navigantes hani était d'avoir affaire à un tavernier mécontent. Elle marcha sur quelque chose de coupant qui la fit grimacer et tressaillir dans cet interminable couloir dont le gros de la troupe avait déjà pris possession, Fiar et Sif fonçant en tête.

– Pas si vite, cria-t-elle. Rhean, fais-leur ralentir l'allure...

Elle ne pouvait pas suivre la cadence endiablée de ces jeunes navigantes débordant d'énergie. Il allait falloir escalader les escaliers qui se trouvaient au bout de ce long corridor, surtout ne pas prendre les ascenseurs susceptibles d'être immobilisés depuis la salle de contrôle. Il était impossible de s'emparer d'une station aussi vaste que Gaohn à moins de disposer d'une supériorité numérique écrasante. Et le temps leur faisait défaut, le temps était du côté de Sikkukkut...

... qui avait rallié La Jonction pour refouler l'opposition kifish vers le territoire mahen, sachant que les routes ouvertes à Akkhtimakt étaient en nombre limité. Il y avait celle qui traversait le territoire stsho où il ne rencontrerait pas de résistance, mais Or-Aux-Dents et les humains la bloquaient.

... la deuxième était celle du territoire méthanien mais c'était un piège mortel : personne ne désirait se mettre les Knnn à dos.

... la troisième, celle de Kefk, aurait contraint Akkhtimakt à passer derrière Sikkukkut, ce qui l'aurait placé dans une position psychologiquement défavorable, encore que, paradoxalement, elle ne l'eût pas été stratégiquement parlant : il n'y avait pas de pire endroit où se rendre pour un Kif battant en retraite que le territoire kifish... un poisson blessé dans un océan grouillant de requins aux mâchoires acérées...

Réfléchis, Pyanfar. L'ennemi a une option de plus à laquelle tu n'as pas pensé. Ou une de moins que celles dont il a besoin.

Sikkukkut savait qu'un message était parti avec Banny Ayhar – il savait que quelqu'un le transmettrait et il savait où viendraient les forces mahen; il a utilisé à ses propres fins la poussée mahen, la tactique de l'enclume et du marteau. Mais il n'a jamais eu confiance dans les Mahendo'sat, jamais eu confiance en Jik ni, manifestement, en Or-Aux-Dents. Il n'a, de toute évidence, pas arrêté Ayhar.

À moins qu'il n'ait pas cherché à l'arrêter parce qu'*il voulait* que les choses se passent de cette façon ?

Dieux ! Se pourrait-il que Jik lui ait tout dit ? Non. Non. Certainement pas. Leur coopération avait des limites. Elle était avantageuse pour les deux camps. Pour des raisons différentes.

Mais pourquoi Sikkukkut a-t-il fait depuis le début si grand cas de *moi* ? Pourquoi lui et les Mahendo'sat me tiennent-ils suffisamment en estime pour nous laisser la vie sauve et m'avoir envoyée ici disposant d'une telle puissance ?

Sikkukkut est-il un fou ? Il n'en a jamais été un. Pas plus que Jik. Ni qu'Or-Aux-Dents.

Si, dans la lutte qu'il mène pour la conquête du pouvoir, Sikkukkut perdait trop de vaisseaux, il se trouverait un autre Kif qui tirerait instantanément parti de son affaiblissement pour lui mordre les mollets. C'est l'objectif que poursuivent les Mahendo'sat : l'affaiblir. Leur agressivité : voilà la principale déficience des Kif. Sikkukkut en a-t-il conscience ? Une espèce est-elle capable de voir ses propres carences ?

Regardons les nôtres, regardons le lamentable spectacle que nous offrons : des Hani se dressant contre des Hani, des javelots et des flèches volant à travers les airs sous la face du soleil, des étendards claquant au vent…

Je vois ce qui nous empêche d'être ce que nous pourrions être.

Peut-il en faire autant ?

Peut-il…

– ATTENTION ! cria quelqu'un.

Et un tir nourri éclata au bout de la galerie.

– Y a-t-il des nouvelles ? demanda Chur.

Elle avait laissé son fusil en bas. Le porter était au-dessus de ses forces et il n'y avait pas d'ennemi à bord. Tully était sur ses talons quand elle était arrivée sur la passerelle. Elle se cramponna au siège qui était le sien. Ce fut une capitaine étrangère qui lui adressa un regard soucieux.

Chur avait l'impression que la passerelle ondoyait et s'obscurcissait par intervalles.

– Des nouvelles d'eux ? répéta-t-elle dans un souffle.

– Ehrran nous menace de déhaler et de nous volatiliser tous. Le *Lumière* menace de faire sauter le *Vigilance*. Un navire kifish est censé devoir venir prendre ce… Skkukuk à son bord. Je lui ai dit que nous ne demandons pas mieux. Je vous donne vos consignes : gardez le Kif à l'œil.

– À vos ordres.

Chur prit place entre le moniteur de balayage et le *communico,* après quoi elle réactiva le *communico* auxiliaire. Elle était prise en sandwich entre deux Tauran. Tully s'assit un peu plus loin. Il y avait d'autres fauteuils inoccupés. Ceux de Fiar et de Sif ?

Gardez le Kif à l'œil. Je vous demande un peu…

Skkukuk se considérait comme un membre de l'équipage à part entière. Il était loyal. Geran l'avait elle-même reconnu, non sans faire la grimace. Et Chur avait entendu par le truchement du *communico* les instructions que la capitaine avait données au Kif. À cela et à la rencontre dans les ponts inférieurs avec celui-ci se bornait toute sa science. Il attendait que les dispositions concernant son transfert fussent prises – c'était tout ce que savait Chur. Mais elle était restée trop longtemps dans le cirage pour que l'insolite la fasse paniquer.

Une des bestioles noires traversa la passerelle et s'évanouit comme se dissipe un cauchemar opiniâtre. C'était allongé, c'était velu et ça filait comme l'éclair.

Sur le balayage, on vit l'un des navires kifish les plus proches allumer ses pulseurs de revectorisation.

L'appel qu'avait lancé Skkukuk, demandant qu'on vienne le chercher, avait été entendu et la requête avait de toute évidence été acceptée.

Chur se pencha pour distinguer la console de Tully.

– Tully ! Nous ne savons pas quand les humains seront là, n'est-ce pas ? Tu vas enregistrer un message. *Enregistrer,* tu comprends ? Nous l'émettrons en direction de la périphérie sur faisceau large, le plus large possible et en boucle. (Chur se rappela brusquement avec consternation que ce n'était plus sous les ordres de Pyanfar qu'elle était.) Avec votre permission, capitaine, ajouta-t-elle.

– Quoi ? fit Sirany sur un ton sec et cassant.

Chur dut tout répéter. Avec plus de détails.

– Allez-y, dit alors la Tauran. Tenez-nous seulement au courant de ce que vous faites. Vous avez toute latitude.

Chur exhala un profond soupir, activa l'émetteur et se mit en devoir de fournir des explications tour à tour aux Kif, aux humains et à la capitaine par intérim de *L'Orgueil*. Puis il lui fallut entrer en communication avec leurs alliés mahen dont le dispositif et les intentions étaient une autre question : peu de navires mahen étaient restés dans les confins du système mais ceux-là étaient théoriquement en liaison avec les vaisseaux marchands hani en attente.

Une acceptation aveugle, c'était beaucoup demander aussi bien aux Mahendo'sat qu'aux Hani. Et même aux Kif.

Mais les choses devaient être définies une fois pour toutes. De plus, ils devaient les uns et les autres mettre en place en quelque sorte des dispositions de défense tant internes qu'externes. À tout moment pouvait survenir une puissante escadre. Celle d'Akkhtimakt lançant une seconde offensive qui aurait risqué de faire basculer les allégeances kifish. Ce pourrait être Sikkukkut qui aurait réglé son compte à Or-Aux-Dents. Ou Or-Aux-Dents et les humains. Ou Or-Aux-Dents tout seul. Ou les humains tout seuls. Ou les dieux savaient qui d'autre ! Des Stsho en plein affolement. Ou des Tc'a.

Ce qu'il fallait avant tout, c'était lancer un front d'onde d'informations visant à provoquer la discussion pour que les uns et les autres ne se mettent pas à tirer à tort et à travers.

Chur le lança dans tous les azimuts en une demi-douzaine de langues différentes. Ce n'était pas seulement aux navires qui se trouvaient à l'intérieur du système que s'adressait son message mais aussi à ceux qui se dirigeaient vers lui. Et, en particulier, à certain chasseur mahen qui s'était rendu invisible.

Chanur s'empare de Gaohn Station. Ce système

solaire est sous l'autorité de Chanur, ses alliés et ses affiliés. Vous entrez en espace contrôlé. Identifiez-vous.

– Cessez le feu ! cria Pyanfar.

Pivotant sur elle-même, elle se colla dos au mur, son AP qu'elle tenait des deux mains braqué sur un groupe de Hani en bouffants noirs, oreilles couchées, les yeux cernés de blanc, des immunes massées au débouché de la galerie, aussi vulnérables que des Stsho sous une tempête de grêle. Une détonation éclata près d'elle. Une autre lui répondit.

– Arrêtez ! hurla Khym à pleins poumons.

– Arrêtez ! lança Kohan en écho.

Deux voix de mâles grondantes que répercutaient les cloisons en cet instant figé, cet instant terrible qui semblait préluder à une tuerie.

Mais c'étaient de jeunes Hani qui barraient la route aux nouveaux venus, des gamines dont les oreilles se collaient sur le crâne sous l'effet de la peur. Elles ne disposaient que d'un armement léger et c'était avec effroi qu'elles fixaient les canons des AP qui pouvaient désintégrer les plaques de blindage. Elles croyaient leur dernière heure arrivée, cela se lisait sur leurs visages.

– Ne tirez pas ! ordonna l'une d'elles qui avait plus de présence d'esprit que les autres.

– Êtes-vous des Ehrran ? leur demanda Pyanfar.

L'une des Hani en bouffant noir prit la fuite en courant. Ses compagnes, leurs yeux écarquillés rivés sur les fusils braqués sur elles, ne bougèrent pas.

Nous n'avons pas besoin de prisonnières. Maudites rampantes stupides !

– Disparaissez ! Les dieux pourrissent vos carcasses, fichez le camp d'ici !

Elles ne se le firent pas dire deux fois. Bientôt,

il n'y eut plus personne. Pas un coup de feu ne fut tiré.

Pyanfar se retourna. Vit des visages exprimant la lassitude et l'ahurissement, lut l'effroi dans le regard de Rhean Chanur et des autres, ces spatiennes venues combattre les Kif et qui, en définitive, affrontaient de petites Hani. Voilà où l'on en était arrivé : à tenter de reprendre la station à des folles qui leur opposaient des enfants encore imberbes.

– Les dieux nous viennent en aide !

Elle poussa un soupir haché et le bruit d'une explosion la fit tressaillir : c'étaient Haral et leurs alliées qui faisaient sauter une autre porte à pression que l'opiniâtreté hani avait remplacée par une porte à vitrage, après que Gaohn Station eut déjà été une fois prise par des forces armées. La catastrophe ne se reproduirait naturellement pas. Pas sur la base civilisée qu'était Gaohn. Rien à craindre pour des Hani qui n'avaient nul désir de se trouver mêlées à des conflits extérieurs qui ne les concernaient en rien ! Gaohn Station tirait gloire de sa pondération, de sa paix intérieure entretenue par le défi et le duel cérémoniels.

– Les dieux maudissent Naur ! fit Pyanfar à haute voix. Les dieux maudissent le *han* !

Ce qui scandalisa sans doute son frère et sûrement Huran Faha dont les cicatrices qui lui labouraient les épaules étaient des souvenirs de parties de chasse sur la planète, et qui n'en savait guère plus long sur les Kif que sur les équations hyperspatiales.

Pyanfar se remit en marche. Comme elle franchissait la brèche qui avait été la porte, une voix tomba des haut-parleurs :

– Arrêtez-vous. Vous êtes en infraction avec la loi. Les citoyens sont habilités à vous faire obstacle.

Il n'y avait pas de citoyens en vue. Tous ceux qui avaient si peu que ce soit de bon sens avaient évacué cette section. Les résidents de la station savaient combien les quais étaient vulnérables, ils savaient qu'un navire de Chanur et des nuées de Kif et de Mahendo'sat étaient là, menaçants. Il y avait un moyen de ralentir les intrus. N'importe qui, au Central, aurait pu bloquer hermétiquement toute la zone attaquée si l'on s'y était préparé. Si la station avait été équipée de défenses de cette nature. Mais non. On avait discuté une fois après la première prise de Gaohn d'apporter les modifications nécessaires mais les choses n'avaient jamais dépassé le stade de la parlote : les Llun elles-mêmes s'étaient farouchement opposées au projet.

Jamais, avaient-elles pensé, jamais une pareille invasion n'aurait de chances de se reproduire. Le seul fait d'imaginer le contraire troublait la tranquillité d'esprit des Hani. Admettre la possibilité que survienne une telle calamité allait à l'encontre du principe hani : envisager un événement pouvait fort bien créer cet événement même. Organiser la défense de la station risquait de donner l'impression que Gaohn nourrissait des vues belliqueuses risquant de rendre un jour cette défense nécessaire. Installer dans les galeries des portes à pression munies d'une lucarne permettant une communication visuelle entre les zones scellées et celles condamnées, en raison d'une éventuelle contamination ou d'une alerte au feu, était une mesure de sécurité et un acte de foi : jamais la station ne serait obligée de recourir à des mesures extrêmes.

En conséquence de quoi, elle était tombée comme un fruit mûr entre les mains d'Ehrran.

Les forces étrangères qui approchaient n'avaient jamais entendu parler d'une telle philosophie, et s'en seraient souciées comme d'une guigne. Comment, même, faire comprendre pareille mentalité à un *hakkikt* kifish ?

Comment un Kif qui préparait ses plans à des

années-lumière de distance pourrait-il comprendre les Llun, pour ne pas parler des rampantes de Naurn, ou la mentalité du *han* qui avait unilatéralement décrété qu'aucun mal ne serait fait à des Hani ?

... un Kif qui faisait des plans...

... un Kif qui chargeait un croiseur de chasse mahen et une force hani d'accomplir pour lui une tâche qu'il...

... ne pouvait accomplir lui-même ?

... un Kif a-t-il jamais cru sa force insuffisante ? Un Kif pouvait-il être aussi subtil ?

Oui, dieux pourris, oui. Mais pas à la manière des Hani. Un Kif était en quête de puissance, de partisans, de territoires...

... Sikkukkut savait, par les dieux, il savait qu'Or-Aux-Dents n'était pas au bout de son rouleau et était capable de stratagèmes comme s'arrêter pile en plein saut, il savait ce qu'Or-Aux-Dents avait pu faire à La Jonction, un subterfuge que Pyanfar elle-même n'avait découvert que lorsque Jik avait été entre ses mains et qu'elle l'avait fait parler.

Des Knnn – et les dieux seuls savaient qui encore – avaient pris contact avec Sikkukkut à La Jonction. Et qu'avait-il fait là-bas ? Était-il resté pour leur disputer la station ? Avait-il filé pour rallier Kefk et Mkks ou Akkt ?

Toutes les supputations étaient permises.

Mais ce n'était pas son style. Ce claboteux roublard avait toujours davantage dénoué l'écheveau mahen comme ils l'avaient fait eux-mêmes malgré le mutisme de Jik. Depuis Kefk, il lui en restait de moins en moins à apprendre.

L'intrusion avec laquelle on avait failli entrer en collision lors du départ avait été un nouvel assaut contre La Jonction, ce ne pouvait pas avoir été autre chose : des Méthaniens émergeant de Nulle Part comme les Méthaniens étaient assez fous pour le faire. Et juste avant que Sikkukkut ait lancé ses Hani favorites sur la route d'Anuurn, il avait émis des messages à droite et à gauche à l'intention d'autres bâtiments...

... Sikkukkut préparait quelque chose. Et il avait à son bord ce traître de Stle stles stlen à la langue si bien pendue : le Stsho pouvait lui dire tout ce qu'il savait à propos d'Or-Aux-Dents. Tout et le reste.

Les petites bestioles noires demeuraient actives pendant le saut. Elles étaient originaires de la planète natale des Kif. En allait-il de même de ceux-ci ? Dressaient-ils des plans, manigançaient-ils leurs intrigues sans interruption. Était-ce là le secret de la témérité et de l'impétuosité de leurs attaques ? Le fait qu'ils surgissaient de l'hyperespace l'esprit clair et lucide, révisant des projets que les Hani, les Mahendo'sat, les humains et qui que ce soit d'autre auraient été dans l'obligation d'avoir peaufinés bien longtemps à l'avance ?

Dieux, dieux !

Pyanfar avançait péniblement derrière les autres et son groupe perdait de plus en plus de terrain. Le corps avait ses limites. Même Hilfy fatiguait. Ses tempes battaient, c'était comme les cognements d'un moteur sur le point de tomber en panne. Sa poitrine était de nouveau douloureuse et ses yeux se brouillaient.

Nous ne devrions pas être ici. Je devrais tourner les talons, regagner le bord, organiser notre défense...

... avec quoi, stupide ? Avec l'énorme armement que tu as ?

... dresser les Kif contre les Kif ? Peux-tu manipuler des êtres comme ceux-là, peux-tu même avoir prise sur Skkukuk si tu ne peux pas t'emparer de Gaohn ?

Jik, les dieux te pourrissent, où es-tu ?

Une autre porte. Un coup d'AP eut raison de la fenêtre d'observation. Les jeunes, puis les autres, avancèrent, piétinant les débris de plexiglas déchiquetés qui faisaient à Pyanfar l'effet d'obstacles infranchissables. Le pistolet qu'elle tenait à la main était de plus en plus lourd. Kohan était devant avec Rhean. Khym était toujours avec elle. Comme tout son équipage.

– On dirait que nous sommes l'arrière-garde, haleta Haral d'une voix à peine reconnaissable. Ces imbéciles ne surveillent pas leurs arrières. Rien que des rampantes et des jeunesses.

– Oui, murmura Pyanfar.

Elle chancelait. Une large main la remit d'aplomb. La main de Khym.

Les haut-parleurs crachotèrent :

– N'allez pas plus loin. Retournez à vos navires immédiatement. Le *Vigilance* possède l'armement qu'il faut pour faire respecter les ordonnances du *han*. Il se tient prêt à en faire usage. Ne mettez pas la station en danger.

– *Ker* Rhif est à l'abri dans son vaisseau, dit Geran.

– Patience. Le *Lumière* est au-dessus d'elle, elle n'ira nulle part.

– Un navire kifish est en passe d'accoster, dit Haral. Nous aurons des ennuis quand il sera là. Les dieux seuls savent ce que fera cette folle d'Ehrran.

Encore une étape éprouvante le long d'une autre galerie. L'avant-garde était arrivée à l'escalier. Des cris d'encouragement retentirent : les Hani inexpérimentées se remontaient le moral avant d'entreprendre l'ascension au terme de laquelle elles auraient à faire front à une opposition armée.

Les *communicos* de poche étaient inutilisables : la masse de la station qui s'interposait entre eux et les navires au mouillage était trop importante et faisait écran.

Le bruit d'une cavalcade fit se retourner Pyanfar et son équipage. Derrière des Hani aux accoutrement bariolés, une troupe de bouffants noirs arrivait au pas de charge.

– Tirez en l'air !

Pyanfar fit feu au-dessus des têtes, pulvérisant les panneaux de plastique du plafond qui s'écrasèrent au sol devant les nouvelles arrivantes.

– Arrêtez ! Arrêtez ! (Les Hani des navires marchands battirent en retraite en faisant des signes de sémaphores avec leurs bras, montrant que leurs mains étaient vides.) Sfauryn !

C'était le nom d'un clan de la station. Ces Hani-là n'avaient rien à voir avec Ehrran.

– Chanur ! cria Tirun en réponse sans cesser de les coucher en joue. Ne bougez plus !

– Ehrran occupe le Central, dit la Sfauryn.

– Quelles sont vos intentions ? s'enquit Pyanfar.

– Nous venons à la rescousse. Baissez vos armes, au nom des dieux ! Dans toute la station, les gens essaient d'organiser la riposte !

– Il serait grand temps ! Si vous pouvez faire fonctionner les téléphones, prévenez les autres niveaux !

– Llun est avec nous... Les Llun ont des *communicos* portatifs et quelques fusils. Ce sont des Llun qui sont derrière nous, Chanur, et elles ne voudraient pas qu'on leur tire dessus par erreur.

– Faites-les approcher.

Naguère, la tenue noire des immunes était une cible. Les temps avaient changé. S'adossant à la paroi, Pyanfar abaissa son arme. Sa vue était trouble et elle cligna des yeux pour chasser la brume qui l'assombrissait. Repose-toi un peu. Repose-toi jusqu'à ce que les renforts soient à pied d'œuvre. Dire que, dès le début, on aurait pu compter sur la loyauté des Llun !

Mais celles qui allaient arriver risquaient de se faire abattre. Il fallait qu'une Hani en bouffant bleu monte l'escalier pour avertir les autres que celles qui étaient derrière étaient des amies.

– Qui parmi nous a la force de grimper là-haut ?

Pyanfar passa en revue les visages des Chanur marqués par la fatigue. Elles avaient les oreilles pendantes, le poil hérissé par la sueur et taché de sang là où des fragments de plafond acérés s'étaient plantés dans la chair.

– Moi, dit Hilfy. (Elle était pantelante.) Moi, je peux.

– Alors, va ! *Et sois prudente !*

On ne vit plus que le dos de la jeune et agile Hani qui s'éloignait tandis qu'avec force braillements, les renforts s'organisaient et venaient grossir les rangs de la poignée de navigantes dépenaillées qui, l'arme au poing, faisaient la haie et, du bras, leur signifiaient d'avancer.

– Autrefois, dit Pyanfar, c'est moi qui me serais élancée.

– La sagesse vient avec l'âge, hein ? rétorqua Khym.

– Eh oui, fit Haral en considérant d'un regard lourd d'anxiété le couloir le long duquel s'était ruée Hilfy, Hilfy avec son anneau à l'oreille, pleine de cicatrices, et qui avait beaucoup plus de sens commun maintenant que la petite espiègle d'antan n'en avait jamais eu dans son existence ouatée; Hilfy, qui avait connu les quais de Kefk et les entrailles du *Harukk*.

– La petite remplira sa mission, laissa tomber Pyanfar. Nous allons tenir cette galerie un moment. Il faut que je réfléchisse. Il y a le *Vigilance* à l'extérieur. Et les Kif constituent un autre sujet d'inquiétude.

Des informations contradictoires affluaient de la station. La situation était trop chaotique pour qu'Ehrran fasse la part du vrai et du faux.

– Elles menacent toujours de détruire les postes de commande, là-bas, annonça Chur.

– Hum !

Ce fut le seul commentaire de Sirany Tauran.

Mais on captait des séries régulières de messages

émis par les Llun, déformés par la statique mais néanmoins déchiffrables.

– Elles ont fait la jonction avec notre capitaine ! s'exclama soudain Chur avec un intense soulagement. (Elle enfonça plus fortement l'embout de l'écouteur dans son oreille, avide de savoir où s'était opéré le contact, mais, prudente, Llun ne donnait pas de précisions.) Elles disent qu'elles se sont jointes à Chanur et aux autres. Qu'elles font bloc avec eux.

On se congratula à mi-voix. (*Bon ?* demanda Tully à Chur. *Sacrément bon, oui,* répondit cette dernière. *La capitaine a trouvé des appuis.*)

Les Tauran ne quittaient pas les moniteurs des yeux, surveillant particulièrement l'image du *Vigilance,* embossé dans son bassin de mouillage, et que leur relayait le *Lumière de Chanur.* Un navire kifish se dirigeait vers *L'Orgueil.* Son allure rapide était celle d'un chasseur. En bas, aux opérations, Skkukuk restait en liaison avec ses congénères.

– *Chanur-hakkikt skkutotok sotkku sothogkkt.* (Chur tressaillit.) *Sfitktokku fikkrit koghkt hanurikktu makt.*

D'autres vaisseaux hani captaient le message de Skkukuk et suffisamment de spatiennes dans les parages connaissaient la langue kifish courante : La *hakkikt* Chanur s'est acquis l'allégeance d'autres clans. Il parlait aussi de Hani et d'une mer ou d'une marée ou de quelque chose que la traductrice était incapable de restituer. Ou Skkukuk employait un langage codé, ou il se lançait dans des envolées poétiques. À moins qu'il n'interprétât à la façon kifish les informations qui lui parvenaient. L'idée vint à Chur de lui couper son récepteur. Elle songea un instant à descendre et à le tuer, lui, à défaut de pouvoir tuer dix mille de ses congénères, comme elle l'aurait souhaité.

Mais le capitaine avait donné des ordres : elle tenait à ce que l'équipage ne fasse aucun mal au

Kif et le laisse faire ce qu'elle avait dit qu'il devait faire.

Ce Kif avait sauvé la vie de la capitaine. C'était ce que Geran avait rapporté à sa sœur.

Ce Kif était le lieutenant kifish de Pyanfar Chanur. C'était elle-même qui le lui avait dit.

Pour des raisons qui lui appartenaient. Si elle donnait l'ordre d'entrer en saut, l'ordre serait exécuté. Même si *L'Orgueil* devait faire émergence au cœur d'un soleil. Certes, le personnel émettrait alors des objections mais le saut aurait quand même lieu.

C'était un mal contagieux. La capitaine Tauran observait la même attitude : elle obéissait à des ordres de la validité desquels elle doutait.

Et, pendant ce temps, une de ces noires vermines qui avaient envahi *L'Orgueil*, accroupie à l'entrée de la coursive menant à la coquerie, regardait avec stupéfaction les folles qui pilotaient le navire.

Des marches, et des marches, et des marches. Hilfy Chanur avait mal dans tous les os et elle était si essoufflée qu'elle sentait battre ses tempes. Au fur et à mesure qu'elle était montée, elle avait fait explorer toutes les galeries qui se trouvaient là par des membres du contingent Llun pour rassembler les autres résidents de la station et leur faire visiter d'autres corridors. Tenir le cœur même d'une station spatiale aux dimensions d'une ville présentait un avantage : on avait alors la haute main sur tous les appareillages commandant le chauffage, la lumière et l'aération.

Cet avantage, Ehrran le détenait.

Mais tenir le Central avait aussi un inconvénient, et de taille : il n'occupait qu'une surface réduite. Or, les résidents d'une station spatiale aux dimensions d'une ville étaient innombrables et tous convergeaient, venant de toutes les galeries, de tous les passages, vers cet emplacement stratégique, et chaque clan était farouchement déterminé à restituer les commandes aux Llun qui en connaissaient le maniement, ce qui, de toute évidence, n'était pas le cas des Ehrran.

Si des Llun étaient contraintes sous la menace des armes d'opérer les systèmes, c'était bien contre leur gré et Ehrran ne pouvait faire autrement que de se fier à leur parole quand elles disaient qu'elles faisaient ce qu'il convenait de faire.

Folles, aurait dit tante Pyanfar. Les commandes de contrôle d'une station spatiale étaient fort différentes de celles d'un astronef. Si, même, il y avait dans le groupe des Ehrran occupant le Central des spatiennes confirmées, la plupart ne pouvaient être que des rampantes, des bouffants noirs, d'abord et avant tout chargées de tâches administratives et commerciales, des lécheuses de bottes aux petits soins pour Naur et autres riches, anciens riches et nouveaux riches.

Tante Rhean montait à côté d'Hilfy, son père, dont la fourrure avait grisonné tout au long des années au cours desquelles *L'Orgueil* avait sillonné l'espace, juste derrière elle. En chemin, deux jeunes Llun mâles s'étaient joints à eux, venant du cinquième niveau, faisant preuve d'une camaraderie tout à fait insolite de la part d'hommes appartenant à des clans ordinaires : immunes qui n'avaient jamais eu de leur vie à relever un défi et n'avaient pas le moindre espoir de succéder à leur seigneur sinon au bénéfice de l'âge, ils étaient arrivés en courant, s'étaient un instant immobilisés, chacun surpris par la présence de l'autre et certainement intimidé par celle du vieux planétaire qu'était Kohan. « Venez donc, pourriture des dieux ! » leur avait lancé ce dernier. Alors, ils s'étaient associés à eux à grand bruit, en faisant les bravaches comme deux adolescents partant à la chasse. Il y avait des femmes Llun armées et expérimentées pour livrer à outrance cette dernière bataille dont Gaohn était l'enjeu. Et tout ce monde convergeait sur Ehrran.

Si les Llun retenues captives dans le Central l'avaient voulu, elles auraient pu, au moins, couper la lumière : la station n'aurait alors plus eu d'autre source d'éclairage que les torches électriques dont les résidents, les commerciaux et quelques spatiens avaient eu la prévoyance de se munir. Elles auraient pu décompresser des sections entières des docks, ce qui aurait coûté la vie à un nombre considérable de personnes. Elles auraient pu activer les tuyères de stabilisation de la station et modifier ainsi sa gravité. Elles auraient pu dérégler les panneaux solaires et se servir de quelques-uns de ces gigantesques miroirs pour rendre la vie difficilement supportable à bord du *Lumière de Chanur*. Peut-être les Ehrran les avaient-elles exhortées sous la menace de le faire.

Mais rien de tout cela ne s'était produit.

La porte du douzième niveau était devant eux. Bouclée, comme de bien entendu. Une des Ehrran l'avait probablement verrouillée en manuel. Elles tenaient sans aucun doute les galeries qui s'interposaient entre les assaillants et le Central.

– En arrière ! cria Hilfy.

Ceux qui étaient devant reculèrent et plongèrent dans l'escalier pour se protéger du mieux qu'ils pouvaient. Un AP, cela faisait des dégâts.

La porte sauta comme les précédentes. Quand Hilfy rouvrit les yeux, son visage, ses bras, tout son corps étaient parsemés d'éclats qui faisaient autant de taches de sang. De la brèche jaillit un tourbillon de fumée et un tir de barrage fit rougeoyer cette nappe grise tandis que des impacts martelaient la paroi de l'escalier.

Pour la première fois, la panique s'empara d'Hilfy. Une peur viscérale. Elle était l'héroïne qui chargeait en tête ! Voilà où l'avaient conduite sa témérité et la possession de cet AP illégal.

Poussant un rugissement d'effroi (*Hyyaaaah*), elle se lança à l'assaut des marches, parce que les redescendre en hurlant aurait été trop humiliant. Elle tira de nouveau et une grêle de débris de plastique arrachés au plafond de la galerie s'abattit dru devant elle. Elle s'élança et, pendant un instant d'épouvante, quand elle franchit la porte détruite, elle fut seule. Puis elle devina la présence des autres derrière elle. Elle battit des paupières et ouvrit tout grands ses yeux qui la brûlaient. Des Hani en bouffants noirs gisaient sur le sol. Quelques-unes bougeaient encore, d'autre pas. À travers la fumée, elle vit aussi flamboyer des lasers et fit à nouveau feu dans cette direction.

Il y eut des cris. Elle eut une défaillance momentanée.

C'étaient des Hani. C'étaient des planétaires. Elles n'avaient pas l'expérience des AP, elles ignoraient ce que c'étaient qu'un corps déchiré, des projectiles perforant un mur. Les survivantes se débandèrent, abandonnant leurs fusils, poursuivis par des Llun en furie, dont les deux jeunes garçons poussant des clameurs.

Hilfy, que Rhean avait rejointe, était glacée de la tête aux pieds. La crosse de son arme était comme soudée à sa paume. On eût dit que l'AP était le prolongement de son bras. Elle ne sentait quasiment plus la douleur de sa chair entaillée par les éclats de plastique qui avaient plu sur elle. Elle se retourna pour voir combien d'assaillants avaient réussi à passer : c'était un véritable torrent qui s'engouffrait dans la galerie.

Elle avançait. Le sol était jonché de débris. Elle contourna les cadavres et arriva devant la porte près de laquelle une poignée d'Ehrran prisonnières commotionnées étaient agglutinées sous bonne garde; la dernière porte, celle qui s'ouvrait sur le Central.

– Je vais la faire sauter, dit-elle. Vous allez avoir du fil à retordre. Il faudra que vous...

Ce fut seulement alors qu'elle se rappela que c'était à une capitaine en titre qu'elle donnait des instructions. C'était si simple. Si affreusement simple. Il y avait près de Rhean Chanur, près de son père, des Hani qui savaient sûrement de quoi il retournait. Munur Faha, pour commencer. Et les Harun. On allait devoir charger au coude à coude face à des fusils capables de détruire les fragiles commandes et massacrer cinquante, soixante mille malheureux qui n'en pouvaient mais.

Fous que vous êtes ! Elle en aurait pleuré. Pauvres fous et pauvres folles. Vous rendez-vous compte, à présent ? Mon pauvre peuple... Vois-tu ce que nous avons fait de nous-mêmes, à quelle catastrophe nous avons ouvert la porte parce que nous avons essayé de faire en sorte de ne pas sortir de nos vieux sentiers battus ?

Des informations éparses tombèrent finalement du haut-parleur général, maintenant que le *communico* Llun portatif commençait à se substituer au Central. L'un de ces messages en boucle ne cessait de se répéter : « Ehrran a enfreint la loi immune. Llun a demandé à tous les clans de faire appliquer ses ordres légitimes, à savoir qu'Ehrran évacue les bureaux de la station et signale son intention de s'y soumettre. »

Cette annonce qui les assourdissait devenait lassante à la longue. Pyanfar essuya son visage ensanglanté et leva les yeux vers le haut-parleur abîmé qui vibrait désagréablement en crachotant et mutilait les mots à la sortie.

– Je tirerais volontiers sur ce truc, grommela Geran, donnant libre cours à son irritation.

– Notre présence ici est superflue, dit Pyanfar. (Elle avait la gorge enflammée et les muscles endoloris. Avec effort, elle se mit debout.) Hilfy n'a pas besoin de nous. Toute la station est en appui. Il serait préférable que nous regagnions *L'Orgueil* pour décharger Chur.

– Mais pas question de la transférer dans un

hôpital de la station, murmura Geran. Elle est en sécurité à bord.

C'était là la traduction de ce qu'elle pensait des chances qu'avait présentement Gaohn avec l'arrivée imminente des Kif. À moins qu'elle ne fît simplement écho aux pauvres vœux de sa sœur : si tout le monde était aspiré dans le vide, cela ne ferait pas vraiment de différence.

– Oui, répondit Pyanfar sans se compromettre en s'écartant du mur auquel elle s'appuyait. Dieux ! J'ai le bras complètement engourdi. Je n'arrive pas à le lever.

Le poids de l'AP était insupportable. Avancer au milieu des débris, morceaux de plastique et éclats de métal, qui jonchaient le sol et s'enfonçaient dans les endroits sensibles de la voûte plantaire était une sorte de course d'obstacles. Suivie de son équipage, Pyanfar marchait en boitillant avec des tressaillements de douleur.

– Nous avons ce Kif qui s'amène, dit Tirun.

– Eh oui, par les dieux, cela ne va pas faire grand plaisir à Llun.

C'était à peu près la première chose que ses partisanes apprendraient, quand le contact serait renoué avec le personnel qui assurait la bonne marche de la station sous la menace des fusils Ehrran. *Cette folle de Chanur fait venir des Kif.* Et Llun se demanderait de quel côté était Chanur. Tout comme les autres, celles qui étaient avec Hilfy.

Se poser la question allait de soi.

Retenant sa respiration, Pyanfar s'essuya le nez. Elle remarqua une tache rouge sur son pouce. Pas étonnant qu'elle fût enchifrenée ! Mais quand était-ce arrivé ?

Le corridor, une porte soufflée, encore une autre. La puanteur des explosions et du plastique calciné imprégnait l'air mais les ventilateurs le dégageaient quelque peu : les appareils fonctionnaient toujours.

Et maintenant que la décision avait été prise, Pyanfar avait subitement hâte de retrouver *L'Orgueil* et de reprendre l'espace, de s'occuper des Kif qu'elle avait sous la main avant d'être soudain submergée par d'autres.

On arrivait au bout de la galerie, là où la brèche béante de la dernière porte soufflée donnait directement sur le dock. Elle la franchit. Du même mouvement automatique, son arme et son regard balayèrent la partie visible du quai, double geste qui était devenu une habitude.

Il y eut l'aboiement d'un AP. Son cerveau le catalogua dans la catégorie des bruits redoutables qu'il connaissait. Celui, exact, d'un AP qui crachait droit devant. Ses muscles se crispèrent. Elle se laissa choir à plat ventre et roula sur elle-même tandis que, tout autour, l'univers explosait, se replia en rampant et, tenant la crosse à deux mains, fit feu. Ceux qui l'escortaient tiraient à leur tour en poussant des cris dans une bousculade chaotique.

Deuxième tir. Venant de derrière les poutrelles.

– Vous n'êtes pas touchés ? lança-t-elle à l'adresse de l'équipage, de son époux.

La voix de basse de Khym, vibrante de rage :

– Viens ici !

Troisième tir.

Un projectile s'enfonça dans le mur. Pyanfar faisait maintenant corps avec le sol.

– Py !

– Ne reste pas dans cette maudite porte !

– Chanur ! rugit un mégaphone. Lâchez vos armes et sortez si vous voulez que les vôtres aient la vie sauve. Nous vous tenons. Des femmes venant par les galeries vous prennent à revers...

– Ehrran ? C'est Ehrran qui parle ?

– Rhif Ehrran en personne, Chanur. Toute retraite vous est désormais coupée. Rendez-vous !

– Elle est toujours aussi cinglée.

C'était la voix d'Haral. Qui venait d'un point

situé un peu en retrait par rapport à elle, et Pyanfar faisait des vœux ardents pour qu'elle fût derrière l'encadrement de la porte.

– Il faut lui rendre la monnaie de sa pièce, Hal. Par les dieux, sors de derrière cette porte !

– Eh ! C'est qu'elle vient de dire que nous avons de la compagnie qui rabat dans notre dos. Que voulez-vous ? Qu'on s'occupe des nouvelles ou qu'on fonce, capitaine ? Elle tire comme un pied.

– Chanur !

– Je réfléchis ! cria Pyanfar en retour. (Et à Haral :) Pas de pertes chez nous ?

– *Na* Khym a été légèrement touché à la jambe. Ce n'est pas méchant. Vous voulez qu'on reste en appui ou que nous avancions, capitaine ?

Pyanfar examina les charpentes métalliques formant abri. Et leva les yeux. On voyait un portique avec son écheveau de tuyaux et de câbles énormes. Un rictus plissa son museau, découvrant ses dents.

– Ce sera le second terme de l'alternative.

Le mégaphone tonitrua à nouveau :

– Chanurrr !

– Stupide que vous êtes !

Pyanfar tira, visant le centre de cet agglomérat. Quelques-uns des gigantesques tubes furent coupés en deux, les ligatures sautèrent et toute cette masse gorgonesque s'effondra derrière la position tenue par Ehrran, des tuyaux gros comme la cuisse d'une Hani, aussi longs qu'une rampe de coupée rebondissant et se tortillant au sol au milieu des débris du portique pulvérisé comme autant de serpents animés d'une vie maléfique. Des bouffants noirs en pleine débandade s'égaillaient maintenant dans toutes les directions qui demeuraient encore ouvertes.

Pyanfar se redressa à quatre pattes.

– Venez ! cria-t-elle à son équipage.

Il fallait se dégager de cette confusion, ne pas rester dans une position aussi exposée.

– Capitaine ! hurla Tirun.

Pyanfar fit volte-face, tira une seule fois en direction de la silhouette qui s'était immobilisée en pleine vue et levait un fusil. Mais d'autres coups de feu éclatèrent, venant de la porte à laquelle elle tournait le dos.

Il n'y avait maintenant plus une Hani là où s'était dressée cette silhouette solitaire.

– Encore une folle.

La voix de Geran était mal assurée.

Puis celle d'Haral :

– Avec cette volée de balles, on ne peut pas savoir au juste qui l'a descendue, capitaine.

– En avant ! gronda Pyanfar en envoyant une bourrade dans l'épaule la plus proche, qui se trouvait être celle de Geran.

Les autres suivirent le mouvement, les couvrant à mesure qu'elles avançaient. Khym boitait bas et il perdait du sang, mais en faible quantité.

L'Orgueil était à peu de distance, le *Vigilance d'Ehrran* hors de vue du fait du rayon de courbure de la station. C'était peut-être l'*Industrie d'Harun* qui avait subi des dégâts quand les tubulures du portique étaient tombées si ses pompes étaient en marche à ce moment. Mais il serait quand même encore capable de prendre l'espace : les pompes étaient bien loin du cœur vivant d'un astronef.

Le groupe traversait en courant une flaque d'eau et de divers liquides délétères qui allait s'élargissant. Il n'y avait heureusement pas eu d'écoulements de produits toxiques quand certains des tuyaux du portique s'étaient rompus, sinon ils seraient déjà tous morts.

Ce qui risquait toujours d'être le cas si jamais l'officière en second du *Vigilance* prenait sur elle de quitter son mouillage et de commencer à ouvrir le feu. Ce petit tronçon de dock qui restait à franchir paraissait avoir une distance intergalactique. Ils couraient comme dans un cauchemar, faisant jaillir sous leurs pieds des éclaboussures qui brûlaient leurs plaies, leur piquaient les yeux au point d'en arracher des larmes, dégageant des effluves qui s'insinuaient dans leurs poumons, les faisant tousser. De part et d'autre de la paroi de la station, les pompes avaient été coupées. Pourvu que personne ne produisît la moindre étincelle !

Geran approcha son *communico* de poche de ses lèvres.

– Chur, nous arrivons, annonça-t-elle d'une voix étranglée. Ouvre cette maudite écoutille !

Ils atteignirent la rampe d'accès. Elle saisit le bras de Khym qui, la jambe ruisselante, vacillait, et le traîna jusqu'à ce qu'ils parviennent au panneau et à la sécurité. Alors, on put ralentir l'allure. Pyanfar se fiait à l'expérience de Chur. Et aux équipements dont était pourvu le vaisseau. La caméra extérieure et les précautions d'usage étaient la garantie qu'il n'y avait pas de traquenards à redouter...

– La voie est sûre ? demanda Haral par *communico*.

La voix de Chur la rassura :

– C'est franc. Êtes-vous en bon état, vous autres ?

En bon état. Dieux !

– Oui, répondit Haral. À part quelques égratignures.

L'esprit de Pyanfar était engourdi. Même avec les yeux ouverts dans le tubulaire nervuré à la lumière jaune, même avec la gifle revigorante de l'air qu'avait refroidi l'espace, elle avait l'impression de flotter, de dériver dans une sorte de néant. Elle avait perdu la notion de la distinction entre le bien et le mal.

Une Hani qui nous a vendus. Une Hani comme ça. Un Kif comme ce claboteux de Skkukuk. Lequel des deux compte davantage aux yeux de l'univers ?

Je lui ai tiré dessus. Nous tous. L'équipage l'a fait pour *moi*. Pourquoi l'ai-je fait ?

Feu et sang, Ehrran.
Pour Chur. Mais ce n'était pas pour cela.
Pour sauver nos vies. Parce que nous devons survivre, parce qu'on ne peut pas laisser faire une folle. Il nous faut faire quelque chose pour arrêter cela, mettre toutes nos cartes sur la table et tricher par-dessus le marché. Il faut que nous vivions. Assez longtemps.
Que dira-t-on de nous alors ?
Qu'il n'y a rien dans les plateaux de la balance. Qu'il reste quelqu'un qui se rappellera tout. C'est cela qui compte.

13

L'opercule s'ouvrit. Tully, l'arme au poing, constituait à lui tout seul le comité d'accueil. Il était hors d'haleine. Ses yeux clairs s'écarquillèrent à la vue des arrivants : il éprouvait un choc. Il rengaina son pistolet et tendit le bras pour aider Khym à franchir le seuil. Pour tout remerciement, il eut droit à un grognement.
– Fiche-moi la paix, pourriture des dieux !
– Silence, dit Tirun.
– J'ai un éclat dans la jambe, maugréa Khym. À l'infirmerie. Et en vitesse.
Tully tendit un papier à Pyanfar.
– De la part de Chur. Navire kifish venir bientôt maintenant notre Kif chercher. Réception Central bonne. Devoir demander à Hani de la station quoi faire nous. Souci beaucoup. Sirany capitaine intelligente : laisser Chur agir.
Bonnes et mauvaises nouvelles se mêlaient dans le babil de l'humain. « Urgent, *disait le message de Chur*. Le *Nekkekt* est en freinage. Nacelle est en route pour venir prendre Skkukuk en charge. J'ai la transcription de toutes ses communications

avec les Kif. Elles paraissent franches. D'après les messages en provenance de la station, Ehrran est retranchée dans le Central. L'attaque se développe. Llun ne fait pas mention des Kif. Le *Vigilance* s'en tient aux instructions du *han*. Les mouvements de sa capitaine demeurent inconnus...

Le message datait de peu : juste le temps qu'il avait fallu à Tully pour descendre de la passerelle. J'adresse des appels à destination de la périphérie du système, *disait-il encore.* Tully m'assiste. Tauran coopère totalement...

Chur Anify était un présent des dieux. Et pas seulement elle.

– Venez.

Pyanfar repoussa Tully. Tirun avait fait entrer Khym. Geran et Haral avançaient péniblement.

L'altruisme était-il du domaine du possible ? Ehrran s'en était-elle prise à elle pour défendre la station ? Avait-elle essayé d'en interdire l'accès à l'équipage Chanur dans l'espoir de s'assurer le contrôle de la situation, sachant que ce vaisseau kifish était en approche ?

Si tel est le cas, je le regrette. Je le regrette sincèrement.

Pyanfar avait mal partout. Sa vision était brouillée par la poussière qui lui était entrée dans les yeux et elle continuait de saigner du nez. Elle dégageait une odeur nauséabonde de sueur et de gaz volatils.

Mais elle n'avait pas le temps de se poser de questions. Elle se dirigea vers l'ascenseur.

Trois navigantes, une de l'équipage de Sifeny, une du sien, étaient toujours là-bas, sous les salves. Et, à l'infirmerie, une spatienne dont la fatigue rendait les mains tremblantes cherchait à extraire un éclat de projectile de la jambe de son mari.

C'était de cela qu'il fallait se soucier, de choses dont une Hani pouvait s'occuper, pas de ce qui l'attendait sur la passerelle.

Il y avait des pertes à déplorer. Une mort sûre et trois vraisemblables. La victime était l'un des petits gars de Llun. Debout devant lui, Hilfy considérait son visage juvénile. Simplet. Un garçon qui avait été trop brave et un peu trop tête brûlée. Qui avait voulu jouer les héros.

Dieux... Il n'a pas eu le temps de comprendre que c'était réel.

L'a-t-il su, ce petit gars ? Pouvait-il imaginer les entrailles ténébreuses du *Harukk* ? Un dock kifish ?

Une main se posa sur son épaule. C'était celle de son père, couvert de transpiration et de sang, haletant. Mais sain et sauf. Kohan Chanur, la bonté personnifiée, la dominait de sa haute taille et peut-être n'était-il plus – ou n'avait-il jamais été – aussi naïf qu'elle l'avait cru.

Le regardant, Hilfy se rendit compte qu'il était, lui aussi, à la recherche de quelqu'un qui n'existait plus. Sa fille. Celle dont le corps était vierge de cicatrices. Peut-être souhaitait-il lui voir manifester quelque émotion. Et c'était ce qui était le plus triste de tout : si elle s'attendrissait, ce serait un mensonge. La tristesse était la seule émotion qu'elle pouvait exprimer. Elle se borna à regarder son père.

Sa mère avait davantage de sens pratique. Huran Faha se tenait un peu à l'écart avec, peut-être, un peu d'étonnement. Son regard était dur quand elle se détourna, c'était un regard de mise en garde parce que des Llun cherchaient à reprendre le centre de contrôle tandis que l'on rassemblait les Ehrran pour leur faire vider les lieux. Cela n'avait pas été tellement dur, en fin de compte. Des bêtasses de rampantes qui se dispersaient si rapidement qu'il avait suffi de deux coups de feu pour en finir et d'une mêlée confuse, les spatiennes ayant appris le combat rapproché et le corps à corps dans les tavernes des quais. Dès lors, les Ehrran n'avaient pas eu l'ombre d'une chance. L'affaire avait été promptement menée.

Il n'y avait que ce garçon qui ne s'était pas esquivé. Qui avait simplement foncé avec sa vaillance élémentaire car c'était ce que l'on attendait des hommes, pas vrai ?

– Les dieux les maudissent !

Brusquement, la colère s'emparait d'Hilfy, une colère débordante à laquelle elle ne pouvait donner libre cours. Elle ne voulait pas rester là et avoir à répondre aux questions précises des Llun.

Elle n'était pas connue comme l'était sa tante Pyanfar. Elle n'était qu'une spatienne parmi d'autres spatiennes, fluette, couturée de balafres, sans rien de particulièrement remarquable hormis le fait que le seigneur de Chanur – l'ex-seigneur ! Ô dieux ! – lui avait un instant posé la main sur l'épaule. Le moment était venu pour elle de regagner le vaisseau. Elle lança un coup d'œil à Fiar et à Sif qui le comprirent et tendit l'oreille en direction de la porte. Oui, le moment était venu de s'éclipser avant que les Llun devinent qui elle était et à quel équipage elle appartenait.

Mais une Hani surgit soudainement, le nez gris, hagarde, accompagnée d'un groupe de navigantes qui ne paraissaient pas en meilleure forme. Hilfy savait à présent que cela voulait dire qu'elles en avaient vu de rudes. Leur fourrure était terne, parsemée de plaques de poils peu fournis. Oui, elle savait de qui il s'agissait : la dernière fois qu'elle les avait vues, c'était sur les quais de La Jonction, aux prises avec la police.

Banny Ayhar et son équipage bloquaient la porte et, battant des paupières, la scrutaient avec une attention soutenue, trop soutenue pour que cette rencontre fût simplement le fait du hasard.

– Est-ce la jeune Chanur ? demanda Banny. Est-ce Hilfy Chanur ?

Les mâchoires soudées d'Hilfy refusaient de

s'ouvrir. Son intelligence, dont elle n'avait eu jusque-là qu'à se féliciter, se liquéfiait.

– Bien sûr que c'est Chanur ! (Banny gonfla ses poumons et elle cilla à nouveau.) On m'a dit ce que vous avez fait. Délivrez-nous, par les dieux ! Folle que vous êtes ! Mais qu'y a-t-il entre vous et les Kif ?

Un silence profond. Avide.

– Chanur, fit une autre voix derrière elle. *Ker* Hilfy.

– Les Kif, reprit Banny Ayhar. Que se passe-t-il ? C'est cela que je veux savoir.

S'arrêter ou se battre : telle était l'alternative. Mais un combat maintenant ne serait pas chose particulièrement profitable pour Chanur. Hilfy, les oreilles couchées, enveloppa Banny Ayhar d'un regard venimeux. La puissance de l'AP qu'elle étreignait ne servait à rien, à présent.

Dieux, je peux tout perdre. Tout. Si elles ont vent de ce que nous faisons, elles n'hésiteront pas et nous périrons tous, le monde entier périra. Ô Banny Ayhar, folle maudite des dieux, tu vas perdre tout ce que tu as gagné.

Ses oreilles se relevèrent.

– Vous avez reçu le message. (La voix d'Hilfy était calme et pressante.) Voulez-vous tout perdre, Banny Ayhar ? Ou voulez-vous faire front avec moi ?

C'était à une capitaine qu'elle s'adressait, et à une capitaine dure à cuire. En omettant purement et simplement le *ker* et les formules de politesse, Hilfy jouait délibérément son va-tout, son existence même. C'était un coup de quitte ou double.

Dans le lourd silence qui régnait, les oreilles de Banny frétillèrent. Tout le monde dans le centre devait avoir entendu cette mise en demeure. C'était comme si Ayhar et le *Prospérité* faisaient partie intégrante de tout ce qui souillait Chanur. Il y avait Harun. Et Munur Faha. Non, elle n'était pas seule. Elle pouvait compter sur l'appui de capitaines. Sur la connivence de Fiar et de Sif.

Une lueur de circonspection s'alluma soudain dans l'œil de Banny Ayhar. Son regard était maintenant celui d'une commerçante avisée et rompue aux affaires, qui savait se tirer d'un mauvais pas. Elle avait compris le signal, par les dieux.

– Chanur, articula la voix Llun derrière son dos, une voix qui était celle d'une femme d'âge mûr dotée d'autorité.

Mais avant qu'Hilfy n'ait pu se retourner, Ayhar leva le menton dans un geste qui, des docks d'Anuurn à La Jonction, avait une signification précise : Nous serons alliées jusqu'à ce que j'en décide autrement.

– Capitaine, ils ont pénétré dans le Central. Ils le tiennent.

Pyanfar traversa la passerelle dans toute sa largeur sous les cris de triomphe que poussaient les membres des deux équipages et se pencha sur le dossier du fauteuil de Chur.

– C'est sûr ?

– Il n'y a pas encore de confirmation officielle. (Les oreilles couchées, Chur s'affairait sans se retourner sur ses contacteurs, enfonçait des boutons.) Gaohn Station, ici *L'Orgueil de Chanur.* Une nacelle va nous accoster. Veuillez nous communiquer le bilan des pertes dès que possible. (Une pause. Un frémissement des oreilles.) Capitaine, nous recevons un appel général : Gardez votre calme. Les Llun ont le Central.

– Tous les clans qui sont dans les parages vont aussi leur demander le bilan des pertes. Je crois que nous ne pouvons rien faire d'autre qu'attendre.

– Je préférerais qu'il y ait des opérateurs qui émettent. C'est toujours le même message qui est diffusé en boucle. Personne ne s'occupe de rien. Ce que nous recevons provient d'un bâtiment Moura faisant office de relais.

Pyanfar se mordilla les moustaches, cracha, se les mordilla à nouveau.

– Il n'y a rien de bon à attendre dans l'immédiat. Ce sont ceux qui ont de mauvaises nouvelles à annoncer qui se manifesteront en premier, il faut se faire une raison. Reste à l'écoute.

Pendant ce temps, les Tauran guidaient méthodiquement la nacelle kifish en approche qui se dirigeait vers l'entrée de la soute arrière. Où se tenait un certain Kif avec ses paquets et son ravitaillement. Pouvait-on espérer…

Pyanfar lui avait parlé au *communico* peu auparavant :

– Skkukuk, avait-elle dit, c'est la capitaine qui parle. Je veux seulement que tu saches que je suis de retour et que nous contrôlons parfaitement la situation.

– Je n'en avais jamais douté, avait répondu le Kif. Je vous rapporterai le cœur de vos ennemis.

Littéralement. Ce n'était pas une chose à quoi elle avait envie de songer pour le moment, alors qu'il était possible que des pertes aient accompagné la prise du Central et avec le souvenir d'Ehrran sur les docks. Un souvenir qui la faisait broncher chaque fois qu'il revenait la hanter.

Il ne reste rien. Ô dieux, rien !

Une immune. En dépit de tout, c'était quand même une immune.

– Vous voulez votre fauteuil ? lui proposa pour la seconde fois Sirany.

Autrement dit : voulez-vous prendre la situation en main ? Et tout ce qui va avec.

Pyanfar la regarda. Elle vit l'épuisement et l'angoisse d'une femme que la peur n'avait cessé d'habiter depuis qu'elle s'était installée aux commandes et qui, en même temps, redoutait de quitter son fauteuil et de le restituer à Chanur.

– Je le reprends. Je veux ma seconde officière. Verriez-vous un inconvénient à rester ici en observatrice ? Que votre équipage et le mien soient à la disposition sur la passerelle et dans la coquerie. Nous aurons besoin de toutes les techniciennes que nous avons sous la main.

– C'est entendu, je resterai. (Sirany quitta la console nº 1). Je reviens dans deux minutes.

– Contact imminent, annonça la Tauran qui, sans désemparer, dirigeait l'accostage de la nacelle.

Il n'y eut pas une secousse quand celui-ci eut lieu. Le navire frémit seulement de la proue à la queue lorsque la corne de charge s'engrena.

Une Hani aurait souhaité dire adieu. Même à un Kif. Mais il n'en allait pas ainsi de ceux-ci. Skkukuk quitta *L'Orgueil* sans avoir prononcé un mot, sans même le signaler. Seul le pilote de la nacelle fit savoir que tout était paré pour le désarrimage.

L'esquif décrocha, tangua et repartit à sa vitesse maximale, ses tuyères crachotant.

Indiscutablement, le capitaine qui assumait la responsabilité de prendre à son bord le Kif des Hani était un Kif ambitieux. Pyanfar savait maintenant que son bâtiment ne comptait pas parmi les plus importants de ceux qui se trouvaient ici rassemblés. Ce Kif devait être un subordonné de troisième rang qui ne pouvait aspirer à occuper la position de premier favori de Sikkukkut. Aussi était-ce là pour Pyanfar prendre un risque calculé : peut-être liquiderait-il son passager, peut-être l'écouterait-il. Tout dépendrait de la façon dont les choses se développeraient. Et, très probablement, les capitaines du premier et du deuxième vaisseau kifish devaient se faire bien du souci à l'heure qu'il était. Comme ce devait être le cas de tous ceux qui redoutaient de brutales modifications de la hiérarchie des sous-fifres de Sikkukkut : ils avaient seulement amené un grand nombre de navires d'Akkhtimakt.

Bonne chance, mon ombre furtive. Bonne chance. Bonne à toi et à moi.

Pyanfar exhala un profond soupir et actionna une série de contacteurs.

– Est-ce que nous repartons ? s'enquit Haral à côté d'elle.

C'était ce dont elle mourait d'envie : que *L'Orgueil* déhale, qu'il quitte la station, qu'il s'éloigne du bassin, qu'il aille quelque part où il ne serait pas une cible aussi patente.

– Je veux récupérer les nôtres.

Elle était glacée jusqu'aux tripes. Je veux avoir des nouvelles du Central, vomissures des dieux ! Que se passe-t-il là-bas ? La station est stable. Il n'y a pas de signaux de danger. Ils n'ont pas pu lui faire subir trop de dégâts.

Kohan est trop casse-cou.

Et Hilfy... Hilfy est capable de se défendre.

– Je n'accorde pas créance à cette réponse, disait la Llun avec calme. Ne donnons pas de renseignements à nos ennemis. Je ne vois pas d'ennemis ici, *ker* Hilfy Chanur. Je vois des navires étrangers faire mouvement au large, je vois que cette station est en danger, j'entends parler d'une menace mettant la planète en péril. Je me demande d'où elle vient. Je me demande ce qu'il y a encore d'autre que nous ignorons.

Hilfy abaissa ses oreilles avec mécontentement. Les redressa. Kohan était là, Kohan dépouillé de son titre et des honneurs dus à son rang, tout le clan... dieux, le clan tout entier devait avoir déserté Kara Mahn après son coup de force, s'être exilé avec son seigneur plutôt que de se soumettre à la suzeraineté illégitime de Mahn et de sa sœur. La puissance de Chanur était très probablement ici. Comme Rhean. Comme Jofan qui avait très certainement tout machiné pour qu'elle-même, Kohan et les autres rejoignent Rhean.

Jamais Hilfy n'avait été plus fière de son clan et de sa parentèle.

– *Ker* Llun, dit-elle posément, je peux vous

dire ceci : les choses étant ce qu'elles sont nous ne pouvons triompher en raison de notre infériorité numérique. Nous n'avons ni la flotte ni l'armement qu'il faudrait pour remporter la victoire. À l'heure qu'il est, les seuls éléments qui jouent en notre faveur sont un Mahendo'sat dont nous avons perdu la trace, et les spatiennes qui ont l'expérience de la navigation en espace profond. Mes trois tantes, Ayhar ici présente, Harun et Faha et Shaurnurn et Pauran et Tauran. Sans compter toutes les autres. Une mesure s'impose : évacuer tous les hommes et tous les enfants qui se trouvent sur la station. Que tous les navires qui ne sont pas armés pour le combat les emmènent aussi loin que possible en espace mahen, et veuillent les dieux qu'ils apprennent dans quelques mois qu'Anuurn est toujours là. S'il devait en aller autrement, il y aura encore des Hani qui survivront. C'est pour cela que nous nous battons. Les endroits les plus dangereux de tout le système sont désormais en premier lieu ceux de nos bâtiments qui sont armés, en second lieu les stations spatiales et, enfin, la planète même. Vous devez donner aux spatiennes toute latitude pour prendre l'espace, *ker* Llun. Ce n'est pas de Chanur que je parle, je ne sollicite pas de faveurs : je vous demande de laisser les spatiennes partir afin que nous ayons encore une chance. (Hilfy allongea un bras et montra à Llun une épaule labourée de cicatrices qui ne s'effaceraient jamais.) Voici le traitement que les Kif réservent à leurs hôtes. Ne parlons pas de ce qu'ils font à ceux qu'ils détiennent en otages.

– Êtes-vous présentement leur otage, Hilfy Chanur ?

– Par le feu et par le sang, nous sommes libres, Llun.

Alors, Fiar Aurhen *par* Tauran passa devant deux capitaines et fit face à l'autorité de Llun.

– C'est la vérité, dit-elle d'une voix trop aiguë

en baissant les oreilles. Elles se sont échappées de Kshshti...

Pour les Llun qui résidaient à demeure sur la station, Kshshti n'était qu'un point sur une carte, elles étaient incapables d'imaginer ce que pouvait être Mkks. L'épouvante saisit Hilfy : le gouffre qui les séparait des navigantes était infranchissable.

– Nous sommes dans un fichu pétrin, intervint alors Banny Ayhar de sa voix rugueuse. (Elle renifla et remonta son bouffant.) Par les dieux, quand la maison brûle, on n'enferme pas les autres en les accusant d'être des traîtres, Shan Llun : on leur demande de prendre des seaux ! La place des déléguées du *han,* de leurs registres et autres sottises est dans un enfer mahen ! Vous ne pouvez pas demander un référendum aux Kif et les Kif n'ont pas de commissions d'étude. Folles que vous êtes ! Vous prêtez l'oreille à Ehrran et à ses semblables jusqu'au moment où votre station tombe entre leurs mains et vous n'écoutez pas ceux qui s'arc-boutent, le dos contre la digue pour qu'elle ne cède pas. Regardez-les, dites-vous ! Elles sont pleines de boue, ce sont sûrement elles les responsables de l'inondation ! Et vous ne voyez pas qu'elles dressent le barrage !

Dans le silence qui suivit cette diatribe, Shan Llun agita une main en direction de la Llun qui prenait furieusement des notes.

– Inscrivez qu'il y a eu vote et que le quorum a été atteint. Les Llun se sont rangées à la décision. L'état d'urgence civile est déclaré : l'amphictyonie est désormais aux dimensions de l'espace tout entier. (Sa main retomba.) À quelle capitaine voulez-vous confier le commandement ?

Ce fut Kauryfy Harun qui rompit le silence :

– Pyanfar Chanur.

– Banny Ayhar, proposa une autre Hani.

– Moi ? s'exclama l'intéressée. Dieux et tonnerres, certes pas ! Trouvez quelqu'un qui ait une idée de ce qui se passe au juste. Chanur a, jusqu'ici, réussi à survivre. Je m'en remets à son savoir-faire.

– Chanur, dit Munur Faha.

– Chanur, dirent Shaurnurn, Pauran et quelques autres.

– Chanur, laissa à son tour tomber la Llun. Voici mes ordres. Tanury aura la responsabilité des opérations d'évacuation, Nis de l'interface des communications, Parshai de la logistique spatiale. Exécution.

Hilfy était immobile, comme pétrifiée. La situation avait changé du tout au tout. Elle était libre. Les navires aussi. Elle lança un regard empreint de reconnaissance en direction de Banny Ayhar mais celle-ci s'éloignait déjà.

Hilfy rejoignit la petite foule qui se précipitait vers la porte. Elle avait rattrapé Fiar et Sif quand elle se rappela qu'elle devrait demander à son père et à sa mère de l'excuser de s'être ainsi mise en avant. Mais les Llun l'y avaient contrainte, elles avaient tenu à ce que ce fût elle qui réponde à leurs questions et Rhean avait observé le silence qui s'imposait à un clan mis en accusation. Avec dignité. Le peu de dignité qui restait à Chanur maintenant qu'il n'avait plus sa terre.

Je regrette, aurait-elle voulu dire. Mais la bousculade l'emporta et elle passa la porte. Il n'y avait plus de temps à perdre en adieux et en regrets.

Veuillent les dieux qu'ils convainquent Kohan de prendre le chemin de l'exode avec les autres hommes.

Mais elle doutait qu'ils y parviendraient.

Où est le reste des nôtres, les vieilles tantes, les petits, mes sœurs et les cousines ?

À bord du *Fortune* et du *Lumière* ? Combien d'entre elles ont pu embarquer ?

S'il en est ainsi, si nous perdons ces navires, Chanur périra ici.

Elle n'attendit pas l'ascenseur. Trop de monde faisait déjà la queue. Elle se lança à l'assaut de l'escalier avec les plus impatientes pour retrouver le quai.

– … espérons vivement que vous vous souviendrez de ceux qui habitent cette station. (La voix venant du Central de Gaohn était précise et patiente.) Mais nous comprenons que, eu égard à la menace qui existe, ce n'est pas là la priorité des priorités. En conséquence, nous ne vous entraverons d'aucune consigne que ce soit. Vous agirez comme vous le jugerez bon. Les citoyens de la station prennent toutes les mesures de sécurité interne. Nous ne vous donnerons aucun ordre jusqu'à ce que soit mis fin à l'état d'urgence qui a été décrété. Que les dieux nous protègent. Vous avez d'autres priorités. Terminé.

– Merci, Llun. (La voix de Pyanfar, les mains fermement posées sur les commandes, demeurait imperturbable.) Nous déhalerons aussi vite que possible. Pouvons-nous avoir tous les équipages au mouillage en ligne ?

Dieux ! Où avait-elle appris un protocole aussi succinct ? Auprès des Kif ? Quand la confirmation lui parvint, elle enclencha la manette de contact. Mais rien ne permettait de penser que cela aurait un sens. Il n'y avait rien qu'elle désirait dire, rien qu'elle avait besoin de dire aux autres capitaines. Ce n'était pas là la façon de procéder des Kif : c'étaient le bon sens et le sang-froid hani qui parlaient. Ainsi, la défense de tout le système reposait maintenant sur ses épaules à elle. On expédiait les hommes et les enfants au plus profond de l'espace mahen pour avoir l'assurance qu'au moins une partie de l'espèce survivrait. C'était ce que les Llun auraient dû faire depuis longtemps au lieu d'attendre l'arrivée du désastre. La rage qui bouillonnait en elle accélérait la respiration de Pyanfar tandis qu'elle effectuait les opérations de contrôle et de vérification préalables au déhalage. Haral s'occupait de la console de Tirun. Celle des armements.

Un autre navire en provenance de la planète même entra dans la zone de surveillance-trafic de Gaohn : Syrsyn avait lancé une navette dans l'espace. Le Central fournit ce renseignement à la requête de *Lumière* : il s'agissait d'un départ non autorisé. Une évasion. Une jeune pilote et une seule navigatrice. Une station au sol apporta un complément d'information : la petite amphictyonie de Syrsyn avait capté l'avertissement lancé de l'espace, fait embarquer les hommes et les adolescents des deux sexes, préventivement tous drogués, et la navette avec son fragile et précieux chargement était maintenant en train d'émerger des couches supérieures de l'atmosphère d'Anuurn.

La nouvelle terrifiait encore plus Pyanfar que le danger même que constituait Gaohn pour *L'Orgueil.* Syrsyn prenait le risque monumental d'une action qu'elle avait elle-même demandé à ses congénères d'entreprendre. Et avec un navire si petit, si désarmé ! Quelle folie ! Un équipage réduit à sa plus simple expression et certainement sans plan de vol… prendre son essor et voilà tout. Les fugitifs établiraient leur itinéraire une fois dans l'espace, espérant que quelqu'un les prendrait en charge. Des équipements de survie pour… dieux ! pour combien de personnes ? Combien étaient-ils à bord ? Des enfants et des hommes appartenant à six clans et deux femmes aux commandes, deux femmes pour empêcher la panique de s'installer…

Quatre cents vies ? Cinq cents ?

Combien de Chanur se trouvaient-ils encore cloués au sol ?

Dieux, accordez-nous une chance de déhaler, d'aller au moins jusqu'aux confins du système !

Aucune disposition n'avait été prise pour prévenir une invasion. Les directives venaient du *han* et le *han* ignorait tout de la tactique mahen, ignorait à quoi ressemblait l'univers au-dessus de son ciel, ignorait combien de navires et d'objets émergeant de l'hyperespace fonçaient comme des projectiles vers un soleil à des vitesses qui ne permettaient pas aux planètes habitables dans les parages de détecter assez tôt leur arrivée. Et plus la ligne de défense destinée à faire échec à de pareilles attaques était éloignée du centre du système, plus vaste était la sphère de protection qu'elle englobait, plus larges étaient aussi ses discontinuités. Même si l'on pouvait raisonnablement prévoir où serait situé le point d'émergence, si l'assaut viendrait du zénith ou du nadir. Il y avait de bonnes chances pour qu'un objet parti de La Jonction arrivât via Kura. C'était la route la plus courte.

Mais l'espace, c'était grand. Et si ces maudits Kif opéraient une manœuvre non conventionnelle à Kura, ils pourraient très bien surgir au nadir.

Il se pouvait aussi qu'ils aient fait volte-face en cours de saut et qu'ils soient déjà là. À cette seule idée, tous ses poils se hérissèrent sur l'échine de Pyanfar. Oui, Sikkukkut ou un autre pouvaient être d'ores et déjà en approche, connaissant parfaitement la position de tout ce qui se trouvait à l'intérieur du système.

– À mon top, démarrez le compte à rebours. Top.

– C'est parti. (Haral mit le chrono en route.) Tirun, *na* Khym, le compte à rebours a commencé.

– Nous arrivons.

Venant des ponts inférieurs, c'était la voix de Tirun.

– Khym doit-il rejoindre sa cabine ?

– Non.

Non. Les conditions ont changé. Je pense que cet équipage le sait mon époux.

– Hilfy vient d'appeler, signala Geran. Elle se

dirige vers la rampe. Avec Sif et Fiar. Elles n'ont pas une égratignure.

Sur la passerelle, ce fut un soupir de soulagement. Les absents étaient de retour. Chuintement des systèmes hydrauliques : Haral ouvrait l'opercule du tambour.

Je devrais regretter qu'elle ait rejoint le navire. Gaohn a encore plus de chances de s'en sortir que nous.

Le sas se referma.

– Le compte à rebours est commencé, répéta Geran à l'intention de Tirun et des autres. Montez.

Six minutes.

– Capitaine, nous avons un contact avec le *Vigilance d'Ehrran,* annonça la technicienne Tauran chargée des transmissions.

– Basculez. (Quand le voyant s'alluma, Pyanfar enfonça la touche. Elle avait maintenant les tripes nouées.) Ici Pyanfar Chanur.

– Ici Jusary Ehrran faisant fonction de capitaine, capitaine. (Une voix calme, un ton neutre.) Il a été procédé à un vote à bord. Nous participerons à la défense du système. Nous allons nous porter sur le vecteur de Kura.

Pyanfar jeta un coup d'œil à Haral.

– Gueuse sans oreilles, gronda celle-ci. (Une guerre de sang, la vendetta, cela ne faisait pas de doute. Avec un clan immune. Mais on ne pouvait refuser cette offre d'aide.) Elles protègent leur cul, ces claboteuses.

– Que veux-tu faire ? Les laisser mouillées à Gaohn ?

– Capitaine... (C'était à nouveau la technicienne Tauran.) Ayhar est en ligne. Le *Prospérité.* Elles sont montées à bord.

Mauvaises nouvelles, bonnes nouvelles : le balancier d'un pendule.

– Ici Pyanfar Chanur. Je vous dois un verre, Banny.

– Vous en devez un à tout mon équipage, vieille

coureuse de docks ! Dès que nous serons rentrées.

– Vous pouvez compter sur moi, Banny. Soyez prudente, hein ? Je vous communique votre séquence dans une minute.

Pyanfar coupa la communication.

Ceux que l'on attendait – Tirun, Khym, Hilfy, Fiar et Sif – arrivaient sur la passerelle. Ils se répartirent les postes.

Pyanfar reprit le micro.

– Ici Pyanfar Chanur, *Vigilance*. Vous allez recevoir votre séquence.

– Compris.

– Nous vous couvrons comme les autres.

Une courte pause. Puis :

– Notre gratitude vous est acquise, Chanur. (À politesse, politesse et demie. Cette femme avait quand même des qualités. Puis :) C'est votre faute, Chanur.

– Nous nous reverrons devant le *han*, Ehrran.

Le *communico* se tut.

Les moteurs se réveillèrent et les opérations de déhalage commencèrent. Autant de bruits familiers. Pyanfar était glacée et une douleur lui taraudait le flanc. Une série séquentielle apparut sur l'écran nº 1. Elle appuya sur la touche « confirmation ». L'écran s'éteignit. L'ordre était désormais transmis à tous les navires par l'intermédiaire du Central.

Le *Fortune* et le *Lumière* flanquaient leur formation. Son propre groupe réunissait les vaisseaux avec lesquels elle était venue : l'*Industrie d'Harun* et l'*Espérance de Shaurnurn*, le *Vent des Étoiles* et le *Fileur de Lumière de Pauran*. Et les bâtiments qui avaient accompagné le *Fortune*, et ceux qui faisaient escorte au *Prospérité d'Ayhar*. Le *Vigilance d'Ehrran* était le plus éloigné, au nadir. Ce qui n'était pas le point le plus chaud.

C'était pour certains de ces équipages la seconde fois qu'il leur arrivait d'ôter le capuchon des contacteurs rouges des quelques canons équipant les navires marchands. La première datait de deux ans. Mais en quelle année était-on présentement ? Dieux ! Pyanfar ne se le rappelait plus. Cela remontait-il à quatre ans ? À davantage encore ? Elle entrevit fugacement le visage de Kohan, un Kohan grisonnant, marqué par les atteintes de l'âge. Le monde changeait. Bien des gens qu'elle avait connus dans sa jeunesse sur la planète étaient sans doute morts aujourd'hui. De vieillesse.

Les sauts qui duraient un mois, deux mois, entrecoupés d'escales si brèves faisaient passer plus vite les années. Elle se demanda soudain à quoi pouvaient ressembler son fils et sa fille, Kara Mahn et Tahy, régnant sur le fief de Chanur... Tahy ayant l'âge de siéger au *han,* d'y prendre la parole au nom de Mahn et de voter contre les intérêts de Chanur. Brusquement, les visages de bébés se métamorphosèrent en visages d'adolescents, visages d'adultes, visages de la maturité. Celui, maussade, de Kara avec son nez épaté devenait plus maussade encore; l'expression sournoise de Tahy, pincée et déplaisante. Elle imaginait les poils gris argentant la crinière de ses enfants. Dieux ! Comme la vie passe vite ! Que de choses j'ai perdues !

Désarrimage des grappins. Haral alluma avec précaution les tuyères de déhalage. Le babil du *communico* parvenait aux oreilles de Pyanfar, trois opératrices parlant en même temps, chacune sur son propre canal, pour rendre compte des procédures dont certaines étaient répercutées sur le tableau auxiliaire que surveillait Tirun.

Quelque chose de noir et de velu émit un piaillement furieux, traversa la passerelle dans toute sa largeur et vint heurter le piétement de la console.

– Dieux et tonnerres !

Le capitaine lança un coup de pied à la bestiole mais ce fut tout : les chiffres qui défilaient sur l'écran avaient davantage d'importance. Les dieux seuls savaient ce que l'animalcule échappé de la coquerie avait pu faire comme dégâts dans les systèmes !

– Il va falloir décompresser pour débarrasser le navire de cette vermine.

– Je ne suis pas sûre que faire le vide soit le moyen de la détruire, murmura Haral. Attention... ça va tanguer !

L'Orgueil bascula sous l'effet des fluctuations du G et six réacteurs principaux s'allumèrent, ce qui, si près de Gaohn, était une grave infraction à la réglementation. Mais, dans l'attente de la catastrophe, la population s'était réfugiée dans les compartiments les plus profondément enfouis de la station. L'astronef accéléra. Une fois qu'il fut sorti de la zone où l'utilisation des moteurs auxiliaires était seule autorisée, on fit donner à fond les maîtres réacteurs.

Ils étaient libres. Ils filaient vers la périphérie du système.

Les dieux étaient seuls à savoir ce qu'ils y trouveraient.

Pyanfar lança un coup d'œil au moniteur à balayage. Un point, qui n'était autre qu'un navire kifish, était visible sur l'écran. La nacelle dans ses flancs.

Près, beaucoup trop près de Gaohn. Et d'Anuurn.

C'est une erreur. Je suis une idiote. Ils vont tuer ce malheureux Skkukuk. Ils vont l'étriper et, là où ils se trouvent, ils sont en mesure de détruire la station.

Ouvrir le feu ? Le personnel des croiseurs de chasse kifish est protégé par six mètres de blindage que les petits missiles dont nous disposons n'érafleraient même pas s'ils ne sont pas tirés à la vitesse V et nous n'avons pas encore la vélocité nécessaire. Tu es une imbécile, Pyanfar, une imbécile !

L'accélération augmentait. La ventilation était

déficiente. Une déplaisante odeur imprégnait l'atmosphère. Une odeur de produits chimiques. Les filtres étaient hors d'usage. Les voyants d'alarme étaient au rouge. Les navigants faisaient comme si de rien n'était.

Pyanfar battit des paupières. L'espace d'un instant, elle s'était retrouvée dans les entrailles enténébrées du *Harukk*. Éclat des rampes à sodium, Kif en robes noires, effluves d'encens et d'ammoniac...

– Priorité, dit Hilfy. C'est le *Nekkekt*, capitaine. Ils demandent des instructions.

Il ne fera évidemment pas volte-face maintenant. Les choses sont trop incertaines. C'est dans les périodes de crise qu'ils massacrent leurs officiers.

Et leurs alliés.

– Qu'ils me passent Skkukuk.

Silence. Les Kif pouvaient tirer sous n'importe quel angle. *L'Orgueil* et les autres bâtiments marchands n'avaient pas cette facilité.

C'est un suicide ! Du bluff d'un bout à l'autre...

Hilfy :

– Ils le font chercher. Capitaine, nous sommes en face d'une Situation. C'était leur capitaine qui demandait des instructions par le truchement de son opérateur.

Il faut que tu entres en contact avec ton *skku*. Dieux ! Que fait donc le *han* ? Que pense-t-il ? Chanur parle avec les Kif, nous avons un Kif là, à Gaohn...

C'est Harun et les autres qu'ils surveillent. Les navires qui sont venus avec moi. Ce sont des spatiennes. Elles savent que Chanur pourrait devenir fou mais pas Chanur, cinq autres clans et les Mahendo'sat. Jusqu'à présent, ils ne bougent pas... dieux, ils connaissent les Kif, ils savent à quel point cette situation est instable. S'ils savaient à quel point...

– Skkukuk sur votre n° 1, annonça Haral.

Un voyant se mit à clignoter.

Pyanfar enclencha le micro.

– Mon *skku,* nous prenons le vecteur de Kura.

Silence. Est-il en ligne ? Que les dieux ne nous laissent pas commettre d'impair !

– Chanur-*hakkikt.*

La voix était froide, distincte, sèche.

Skkukuk ? Est-ce que c'est Skkukuk ?

– *Pukkukt'* sur vos ennemis, *hakkikt.* Je vous les livrerai.

– Skkukuk ?

Une pause.

– Bien sûr, *hakkikt-mekt. Skkukuk.* (Le ton n'était plus le même. Cassant.) *Pukkukt'* sur TOUS vos ennemis. Reposez-vous sur moi.

Au nom des dieux, quel but vise-t-il ? Est-ce vraiment lui ? Qu'est-ce qui lui prend ? Que se passe-t-il en lui ?

Est-ce un test kifish ?

Ou un Kif qui a acquis de l'importance ?

– Fais mettre ces maudits vaisseaux en ligne et organise le dispositif. Le premier qui fait un faux mouvement, tu l'élimines !

– Oui.

Le voyant s'éteignit. Brutalement. Pyanfar se sentit frissonner.

– Qu'avons-nous mis en branle ? Dieux, qu'avons-nous mis en branle ?

Personne ne posait de questions, ni les navires hani, ni la station, ni les quelques Mahendo'sat aux postes que le Kif Skkukuk venait de leur assigner.

Sirany Tauran n'ouvrait pas la bouche.

Personne ne parle. Les stations sont muettes. Que pensent-ils, par les dieux ?

Pyanfar toussota.

– Nous avons une de ces maudites bestioles noires qui se promène en liberté sur la passerelle. Les dieux seuls savent où elle atterrira quand nous allons manœuvrer ! Je veux juste que vous soyez au courant.

– Dieux ! murmura quelqu'un.

Et ce fut comme si tous les navigants poussaient un soupir collectif.

– Dire quoi ? demanda plaintivement Tully, perdu comme à l'accoutumée. Dire quoi ?

– La capitaine, commença Khym, la capitaine a dit…

Geran l'interrompit :

– Mouvement sur le *Nekkekt.*

Son débit était monocorde. Délibérément.

– Transmission, dit Hilfy. Skkukuk transmet vos instructions aux Kif. Il ordonne aux clans et aux Mahendo'sat de dégager.

– Confirme cet ordre à nos alliés.

Une pause imperceptible. Puis :

– Bien, capitaine.

Et Hilfy s'activa sur les touches de son clavier.

– Capitaine… (On sentait une tension derrière le calme de la voix de Chur.) Il m'est venu une idée…

– Je t'écoute.

– Les Kif. Ils connaissent leur ennemi. Ils sont revenus ici. La flotte d'Akkhtimakt… (La voix de Chur vacilla mais elle se reprit.) Ils savaient que le piège était tendu… Ils sont ici depuis… depuis combien de temps ? Jik s'en est allé… mais il y en a d'autres…

– Les plans de marche ! Dieux ! Les Mahendo'sat savaient qu'il y aurait une seconde vague, ils le savaient. Hilfy, transmets : *Hasano-ma.* Nous ne nous sommes pas préoccupés de ce programme codé… la lettre de Jik. Envoie-leur les parties chiffrées. Dieux ! Dieux ! Le Mahe nous donne une clé et un codeur et nous ne nous en préoccupons pas.

– Cela va quelque peu inquiéter les Kif.

– Tant mieux ! Jik, Jik, pourriture des dieux… non, il n'a pas besoin de faire toute la route jusqu'au vecteur d'Ajir, il peut s'arrêter net, virer de bord et revenir ici; et les Kif le savent, ils le savent, c'est pourquoi ils font traîner les choses en longueur. Akkhtimakt s'est précipité dans un piège. Ses navires l'ont vu venir mais il était déjà coincé ici grâce à Ayhar. Quand nous sommes arrivés, ça a été la panique dans sa flotte. Ses vaisseaux l'ont lâché, ils ont changé de camp et, maintenant, ils ne savent pas quoi faire.

– Tuer leurs capitaines, fit sombrement Haral. Voilà ce qu'ils vont faire, je prends les paris. En tout cas, ils n'iront pas rallier Akkhtimakt. Il est parti, le gueux. Il a filé. Son équipage le tuera et fera faire volte-face à ce navire s'ils peuvent cesser de combattre des Mahendo'sat assez longtemps. S'ils ont l'ombre d'une chance, ils vont rappliquer ici aussi vite qu'un projectile.

– Tirun, où est le point mahen ?

– A huit bonnes minutes.

Pyanfar se mordilla les moustaches. Une heure-lumière du nadir. Peut-être deux si une escadre mahen était embusquée quelque part par là.

Les dieux te crachent, Jik ! Tu t'es servi de nous comme appât. Tu nous as utilisés. À moins que tu ne sois déjà en chemin. C'est un piège que les Kif comprennent. Un affût. C'est pour cela qu'ils ont fait marche arrière, c'est pour cette raison que j'en ai une douzaine qui se demandent s'ils vont m'écouter maintenant pour se retourner plus tard contre moi...

Ils ne savent pas qui risque d'arriver le premier. Tout est possible. Si c'est Or-Aux-Dents, ils ont intérêt à faire cause commune avec moi mais pas si c'est Sikkukkut. Les pauvres diables ! Que peut faire un Kif sinon tergiverser ?

Et Skkukuk qui est en train de risquer sa tête parce que c'est logique. Il est mien. Il comprend intuitivement que je suis contre le *hakkikt* et Sikkukkut le massacrera en même temps que nous autres, c'est la pensée qui tourne dans sa tête de sans-oreilles, il rassemble toutes les forces dont il dispose et il fonce de plein fouet droit sur ces canailles en bluffant à outrance.

Dieux, peut-on dire d'un Kif qu'il est brave ?

– Nous avons un...

– Priorité ! s'écria Geran. Je capte des *blips* en provenance du zénith. 10-22-10...

Le dernier arrivé fusa comme un éclair rouge sur l'écran-balayage.

– C'est une émission d'origine knnn, dit Hilfy.

– Vecteur, vecteur...

Une ligne traversa les tracés d'itinéraire. La perspective bascula, pivota, montrant qu'elle suivait une trajectoire intra-système qui les frôlait tandis que l'image doppler virait au jaune.

– Il se dirige droit sur la périphérie du système, commenta Geran, coupant l'orbite de Tyri dans l'alignement du nadir.

– Dieux, que je n'aime pas ça, laissa tomber Sirany sans hausser le ton.

– Priorité, priorité, nous en avons encore un...

– Il est ici, dit Haral.

Un nouveau *blip* clignota sur le moniteur de balayage, avançant tout droit. Les Knnn continuait de doppleriser. Les témoins d'alerte à la collision de l'ordinateur s'étaient allumés.

– Même itinéraire.

– Ce n'est pas un Knnn, dit Pyanfar. J'ai le pressentiment terrible que cet objet pourrait ne pas être un Knnn.

– Il simulerait une identification knnn ?

– Qui oserait tirer sur lui ? Qu'on mette l'armement en position de poursuite. Hilfy...

– Oui, capitaine.

– Avertis tous les vaisseaux.

– À vos ordres.

– Pièces enclenchées, prêtes à faire feu. Et en position de poursuite, fit savoir Tirun.

– C'est un bâtiment kifish... C'est le *Harukk* !

– Vomissures des dieux ! Ordre à toutes unités : mettez-vous en inertie.

– Pour le ralentir ?

Haral lisait une fois encore dans les pensées de Pyanfar.

Les maîtres réacteurs de *L'Orgueil* furent brusquement coupés. Soudain, le *sas* cessa d'être à l'arrière, les navigants n'étaient plus allongés sur le dos mais faiblement plaqués contre les sièges sous l'effet de la légère rotation. Un instant, Pyanfar eut l'impression que les tableaux de commande se brouillaient devant ses yeux. Elle fut saisie de vertige et un sentiment de panique s'empara d'elle.

– Il va falloir... falloir jouer cette partie en avançant pas à pas. Espérons que Sikkukkut est à nouveau combinard : sa fourberie le perdra... *personne* ne comprend le *han.*

D'autres vaisseaux kifish faisaient irruption à l'intérieur du système. Les identifications se multipliaient. *Harukk. Ikkhoitr.* D'autres vieilles connaissances. Les uns après les autres, les navires jaillissaient de l'hyperespace.

Les astronefs hani observaient un silence prudent. Même Ehrran. Tous en même temps, ils avaient stoppé la poussée qu'ils développaient sans discuter. Ils demeuraient en formation. Leur vitesse était encore supérieure à celle réglementaire autorisée à l'intérieur d'un système.

Réfléchis, stupide. De deux choses l'une : ou ces Kif ont tiré ou ils ont parlé. C'est l'un ou l'autre.

– Basculez-moi le *communico.* (Le voyant s'alluma sur le nº 1 : le relais était établi.) Dieux, ils ont capté le front d'onde de notre message, toutes les émissions Chanur, kifish et humaines. Et ils ne peuvent pas décrypter celles des humains.) Balayage en relais, communiquez-leur tout ce que nous savons. Vite. (Pyanfar mit le micro en marche.) Bienvenue à Anuurn, *Harukk.* Ici Pyanfar Chanur, à bord de *L'Orgueil de Chanur.* Akkhtimakt est battu, ses navires l'ont déserté, loué soit le *hakkikt.* Si l'ennemi se lance à votre poursuite, nous sommes prêts.

– Ça, ils peuvent être tranquilles, murmura Haral en tapant sur les touches.

Ses oreilles étaient couchées. Pyanfar se rendit compte que sa main gauche étreignait le fauteuil, si fort que ses griffes en traversaient le cuir.

Qu'a-t-il donc fait ? Ouvert le feu ou parlé ?

Plus loin, toujours plus loin.

– Ils délestent ! s'exclama Geran.

Toute la passerelle poussa un soupir de soulagement.

– Continuez de transmettre le message, ordonna Pyanfar. Répétez, répétez en continu.

Quatre vaisseaux avaient maintenant pénétré dans le système. Six. Le *Harukk* et le *Ikkhoitr.* Et encore un autre. Sept.

Combien y en a-t-il ? Ô dieux, combien ? Est-il parti assez tôt pour sauver ses navires ?

Il a dû en perdre quelques-uns. À La Jonction. À Kura si les Mahendo'sat venant d'Ajir y sont arrivés. Ils lui ont sûrement infligé des pertes. Aidez-nous un peu, par les dieux !

Huit, à présent. Neuf et dix, largement séparés les uns des autres.

– Priorité, annonça Hilfy. Appel du *Harukk.* Dieux ! Il est codé. Le message est destiné à ses navires.

– Continue de transmettre.

L'étau broyait de plus en plus douloureusement le cœur de Pyanfar. Le sang martelait ses tempes.

– Le *Nekkekt* répond. Toujours en code.

Mais que fais-tu donc, Skkukuk ? Qui commande ce navire ?

Douze. Treize vaisseaux. Quatorze.

– Priorité. (La voix vibrait directement dans l'embout d'écoute de Pyanfar.) Instructions du *hakkikt,* loué soit-il. Rétablissez les signaux balises. Ce système doit capituler avec tous ses navires. Immédiatement. Il sera placé sous l'autorité de ma *skku* Pyanfar Chanur qui exécute mes ordres. Cessez les hostilités. Vous avez en face de vous le *mekt-hakkikt* Sikkukkut an'nikktukktin qui place ce système et ses dépendances sous l'autorité de sa vassale Chanur.

Pyanfar vida ses poumons avec un léger sifflement. Dieux ! Que doivent-elles penser ? Rhean et Anfy et Harun et Banny et les autres ? Que fait le Kif qui est derrière moi ? Quelle initiative ai-je prise en confiant cette mission à Skkukuk ?

Puis : J'ai tout, j'ai tout entre mes mains pour protéger mon peuple et mes alliés ! Il n'ouvre pas le feu.

Que vais-je faire, maintenant ?

– Réponse : Pyanfar Chanur au *mekt-hakkikt* Sikkukkut an'nikktukktin, louée soit sa perspicacité, ses ennemis sont entre mes mains.

Ambiguïté. Que nous sauvent les dieux ! Qu'ils nous sauvent tous !

Haral s'était tournée vers elle. Une petite bestiole noire fit furtivement son apparition, venant à pas pressés de la coquerie comme si les Tauran qui s'y trouvaient étaient passées à la violence.

– La ruse est notre seule arme, Hal. Je me rappelle ce que disait Or-Aux-Dents. Il faut un peu calmer le jeu, après quoi j'irai rendre une petite visite au *Harukk*. Je vais suivre ce conseil. Enjôler ce Kif et lui régler son compte.

– Nous irons toutes les deux, dit Haral.

– Non. Toi, tu as la charge d'un bâtiment. Ce qu'il faut, c'est synchroniser notre V avec celui du *Harukk*. Je lui tirerais dessus tout de suite si nous étions sous l'angle d'attaque requis et si nous avions sa vélocité mais la nôtre n'est pas suffisante pour que nos projectiles fassent une brèche dans son blindage.

Les yeux d'Haral demeuraient fixés sur la capitaine. C'était un suicide. Mais elle savait aussi que Pyanfar avait raison : les choses étaient ce qu'elles étaient, l'armement de *L'Orgueil* était sans effet sur un chasseur puissamment cuirassé.

– C'est à peu près la seule chose qu'on puisse faire, tu ne penses pas ?

– Vous avez l'intention de monter tout simplement à son bord et de l'abattre à bout portant ?

– Ils ne se sont jamais montrés très chatouilleux sur le fait que nous portions des armes. L'étiquette kifish joue en notre faveur, n'est-ce pas ?

– Oui.

– Il me demandera de venir à son bord. Tu attendras. Je jouerai mon va-tout. Alors, tu détruiras ses aubettes si tu le peux. Mais je n'ai pas besoin de t'en dire davantage. Tu sais ce que tu as à faire.

Pyanfar décocha un coup d'œil en coin à Haral. Sa vieille complice. Sa vieille amie. Qui aurait tout aussi bien pu, elle aussi, être depuis bien, bien longtemps la capitaine de *L'Orgueil*. Et qui la regardait maintenant avec un calme imperturbable derrière lequel se dissimulait une profonde détresse.

– Oui. Surveiller le *Ikkhoitr*. C'est ce que j'ai à faire. Mais ce n'est pas votre travail pour le moment. Personne n'a votre crédit, vous m'entendez ?

– Personne d'autre que moi ne peut approcher ce maudit Kif...

– Il s'attendra à quelque chose de ce genre. C'est bien pourquoi personne d'autre ne peut l'approcher. Si tu fais ça, Py, les Kif vont flanquer tout le système en l'air.

– Il faut que je monte à bord du *Harukk*, c'est la seule chose à faire.

– Nous avons les Mahendo'sat qui attendent à la frange du système. Nous ne savons toujours pas où est Or-Aux-Dents. Il peut surgir d'une minute à l'autre, pour l'amour des dieux, avec toute la flotte humaine. Il y a ce message émis à l'intention des Mahendo'sat. Jik est en chemin. Ne faites pas cela. Ne vous jetez pas dans la gueule du loup. Il ne faut pas bouger, il faut parler avec ce claboteux aussi longtemps qu'il voudra parler. Nous devons rester maîtres de nos nerfs. Gagner du temps et espérer que…

Hilfy interrompit Haral :

– Capitaine, le *Vigilance* a une question à poser. Question à poser, question à poser : c'est tout ce qu'elles disent.

– Les dieux vomissent ce nid de lunatiques ! Dis-leur de la boucler. Dieux ! Elles vont tout faire échouer ! Dis-leur… non. Dis-leur seulement ça : qu'elles la bouclent. Et répète au *Harukk* que le système est stable et que les ennemis de Sikkukkut battent en retraite. Dis-lui aussi que nous avons à l'intérieur du système un contingent de Mahendo'sat pour prêter main-forte à Jik qui s'est lancé aux trousses d'Akkhtimakt. Et que nous sommes prêts à tenir une conférence pour prendre toutes dispositions.

Dix-huit navires étaient entrés, maintenant, et d'autres continuaient toujours d'arriver.

– À vos ordres, capitaine.

– Capitaine ! appela Tully. Mauvais. Navire mauvais.

– Dieux ! s'exclama Geran. Il n'y a pas d'identification sur le dernier astronef. Il n'émet pas. Nous avons affaire à une anomalie.

Le cœur de Pyanfar se mit à battre plus fort.

– Objectif en poursuite. Je veux qu'on les vectorise.

– Bien compris, dit Sif.

14

Il continuait sa route, le navire dont l'émetteur d'identification était défectueux.

Mais ce genre de défectuosité était une ruse kifish.

Un stratagème de pirates.

– Ce n'est pas un des leurs, par les dieux ! s'écria Pyanfar. Ce n'est pas un des leurs ! (Envahie par la panique, elle cala son bras dans le berceau et avala avidement une gorgée d'air.) Ils le savent. Qu'on se tienne prêt à faire usage de l'armement. Haral, bascule-moi le contrôle.

– À vos ordres.

– Quel est ce bâtiment ? demanda Sif.

– Un navire égaré. Celui d'Or-Aux-Dents ou...

– Priorité !

Mais l'appel de Geran était inutile : il suffisait de regarder l'écran.

Le nouveau venu n'avait pas délesté. Au lieu de cela, il faisait feu.

– Priorité ! (C'était Hilfy.) C'est Tahar ! C'est le *Lune qui Monte* ! Dieux ! Elle va surgir au beau milieu d'eux !

– Braquez les pièces sur le *Harukk* ! ordonna Pyanfar, et elle activa les maîtres pulseurs. Tous les navires, feu à volonté... qu'on leur dise que c'est un allié qui arrive.

Chaque projectile lancé faisait frémir *L'Orgueil*. De toute part, c'était la mort qui se ruait sur le *Harukk*, et chacun y mettait tout son cœur.

– *Ikkhoitr !* s'époumona Pyanfar pour dominer le tintamarre du rechargement des culasses. Tirun, vise leurs aubettes. Et ne t'occupe pas des autres. Donne-moi l'émetteur, Hilfy. J'ai un appel à lancer.

– Il est ouvert.

– C'est la *mekt-hakkikt* Pyanfar Chanur qui parle. Akkhtimakt est tombé et Sikkukkut s'est rué ici poursuivi par un millier d'ennemis qui sont mes alliés. Il est pris en tenaille entre les forces mahen et l'escadre du *han*. Dans cette *pukkukta,* je vous accorde une chance, *Chakkuf* et *Nekkekt.* Nous n'avons eu qu'à nous louer de vos services durant ce voyage. Je vous tiens maintenant en estime. Vaisseaux hani et mahen, ne vous trompez pas de cibles. Vos cibles sont le *Harukk* et tout autre navire qui tire dans notre direction. Ne faites pas d'erreurs. Unités kifish, quittez ce système en vitesse. Les nôtres vous poursuivront jusqu'à Akkt ! Coopérez avec nous dans cette chasse et vous serez parmi les premiers de mes *skkukun*. Hani, faites feu et dispersez-vous !

Pendant ce temps, *L'Orgueil* crachait tous les missiles dont il disposait.

Une voix tomba du *communico*. Une voix hani. Familière :

– Nous voilà, calamité de tous les diables. Vous avez le bonjour. Je vous salue bien et mon équipage aussi.

– Tahar ! Pourriture des dieux, je vous pardonne !

Il y avait eu un temps mort entre les messages. Le Kif n'avait qu'un angle de tir limité à l'arrière à cause de ses aubettes, et il devait suivre un navire dont les missiles n'avaient qu'un décalage insuffisant, la différence entre le V en espace réel et la vitesse de la lumière. Ceux de Tahar frappaient au but et il en arrivait encore d'autres de partout.

– Chanur, *mekt-hakkikt*, claironna une nouvelle voix dans l'oreille de Pyanfar. Je suis ici. Derrière vous. Louée soit votre perspicacité ! Nos vaisseaux arrivent.

– Par tous les enfants mahen, qui est-ce ? Skkukuk ?

– Cela vient du *Nekkekt*, répondit Hilfy.

– Il est temps de partir d'ici. Transmets l'ordre de dispersion aux bâtiments hani.

Pyanfar mit en marche le signal d'alarme-collision à l'intention des Tauran rassemblées dans la cambuse et, mettant toute la sauce, fit piquer du nez à *L'Orgueil* au nadir.

C'était tout ce qu'il était possible de faire pour échapper au feu adverse. Les navires étaient maintenant comme une fleur immense qui s'épanouissait dans toutes les directions. Pendant que *L'Orgueil* plongeait, Tirun continuait de faire feu de toutes les pièces à toutes fins utiles.

Il continuait d'aller de l'avant mais sa trajectoire était oblique : il trévirait pour foncer sur le navire avec ses pulseurs à pleine puissance.

Les dieux veuillent que…

– *Hai !*

Le navire résonna avec fracas de la poupe à la proue. Il pivota soudain violemment, modifiant du même coup son cap.

– Qu'est-ce que nous avons perdu ? cria Pyanfar. Qu'est-ce qu'il y a de cassé ?

– Les aubettes… commença Tirun.

Il y eut un second choc, plus assourdissant qu'un coup de tonnerre, et tous les voyants d'alarme d'un panneau de contrôle devinrent rouges. Une petite bestiole noire fusa littéralement et heurta brutalement la paroi. Pyanfar déglutit et cracha quelque chose de rougeâtre qu'elle considéra avec stupéfaction. Ce ne fut qu'au bout d'un instant qu'elle comprit qu'elle s'était mordu au sang l'intérieur de la bouche.

– Que les dieux rôtissent ce gueux de Kif… Ça va bien ?

L'immonde bestiole noire était aussi terrifiée que les navigants; ils faisaient cause commune dans le malheur ! Elle gigotait en poussant des piaillements rageurs. Pyanfar ne l'écrasa même pas quand l'occasion se présenta. Il y avait trop de contacteurs pour quelqu'un qui n'avait que deux mains, trop de régulateurs de système à manipuler.

– Qu'y a-t-il comme dégâts, vomissures des dieux ?

– Chur ! appela Tully d'une voix anxieuse. Chur !

– Toute une aubette est fichue. Je pense qu'elle a plié et qu'elle obstrue les pulseurs.

La voix de Tirun était rauque. Elle haletait.

Et le feu adverse reprit. L'ennemi avait réaligné ses batteries sur *L'Orgueil,* et seuls les dieux savaient où il allait maintenant.

– Priorité, dit Geran. On nous tire dessus... nos Kif font mouvement, les Mahendo'sat aussi...

– L'*Industrie* est sérieusement touché, signala Hilfy. Khym... Chur...

– Je suis avec vous, répondit cette dernière, si faible que fût sa voix.

– Cessez le feu ! Cessez le feu !

La première chose à faire était de déterminer la position présente de *L'Orgueil,* de se réorienter pour que les paraboliques et les récepteurs aient leur efficacité maximale. Des données cohérentes commencèrent alors à s'afficher sur l'écran, jusque-là inutilisable. La caméra envoyait l'image de la zone de combat tandis que le navire commençait à basculer pour freiner.

Pyanfar, qui avait toujours du sang plein la bouche, balaya la passerelle d'un coup d'œil circulaire. Tous les postes étaient encore opérationnels. Elle s'essuya la bouche et son regard revint aux images que lui transmettait Haral.

On se battait encore mais avec moins d'intensité. Plusieurs vaissaux étaient réduits à l'état d'épaves et flambaient. Pyanfar espérait ardemment que l'une de ces épaves était le *Harukk.*

Elle se remémora Stle stles stlen et eut un frisson en enfonçant la touche de commande du *communico.* L'appareil fonctionnait.

– Ici la *mekt-hakkikt* Pyanfar Chanur. Au rapport.

Une voix kifish répondit au bout d'un moment :

– Louée soit la *hakkikt.* Nous vous donnons vos ennemis.

Et d'autres voix kifish lui succédèrent. Une litanie de noms de navires. *Nekkekt, Chakkuf, Ikkhoitr.* Des voix qui proclamaient toutes une fervente loyauté.

Mais pas de voix hani, pas une seule.

Ni de voix mahen.

– Ici *L'Orgueil de Chanur.* Appel à toutes les unités hani : faites-nous connaître votre situation. Que toutes les autres transmissions demeurent en attente. Nous vous remercions.

Elle resta immobile, les yeux fixes. Tremblant un peu; de petits frissons qui n'avaient rien à voir avec l'odeur nauséabonde, l'odeur de mort imprégnant le navire, avec l'ozone, avec le fait que les ventilateurs de la passerelle ne marchaient plus. Quelque chose heurtait la coque à intervalles réguliers, quelques débris que le vaisseau entraînait dans sa course, sans doute. Pas d'autres sons que les bruits habituels de la salle de commande et le lointain grondement des pulseurs.

Pyanfar éprouvait un sentiment de profonde solitude.

– Ça va ? Tout le monde va bien ?

– Ça va.

C'était Khym.

– Coquerie. (C'était la voix de Sirany.) Où en êtes-vous, vous autres ?

– Je crois que j'ai une côte cassée. Mais, à part ça, tout le monde est en bon état. Où en sommes-nous, capitaine ?

– Cela ne va pas tarder à redevenir stable. Tenez bon.

Stable. Dieux, ils s'entre-tuent, là-haut ! Les Kif se massacrent les uns les autres dans les coursives de chacun de ces astronefs, ils font ce que font les Kif quand ils gagnent et que les autres perdent. Et combien de navires avons-nous perdus ? Qu'allons-nous faire ? Frapper les Kif maintenant qu'ils sont en pleine confusion ?

C'est ce que les Kif feraient s'ils étaient à notre place. S'ils avaient les options qui sont les nôtres. La naïveté de ces gueux ! Ils ne comprennent pas ce qui se passe. Ils ne savent pas de quoi les Hani sont capables.

Leur tirer dessus, et changer pour l'éternité.

Faire ça, et s'assurer qu'il existe une éternité.

Les rapports commençaient à arriver. Le *Fortune* s'en sortait presque indemne. Le *Lumière* ne pourrait accoster qu'à vitesse réduite. Les informations s'affichaient les unes après les autres sur les écrans.

Prospérité d'Ayhar : des dégâts, pas de pertes en vies à déplorer.

Industrie d'Harun : dégâts importants; possibilités de freinage et de manœuvre intactes; quatre membres de l'équipage morts.

Vent des Étoiles de Faha : importants dégâts; deux navigantes tuées.

Fileur de Lumière de Pauran : une aubette pulvérisée; quelques blessés dans un état sans gravité.

Vigilance d'Ehrran : pas de dégâts; pas de pertes à déplorer.

Mélodie de Nirasun : perdu corps et bien.

Lune qui Monte de Tahar : pas de signe de vie.

Brise de Suranun : pas de signe de vie.

Et cela continuait, continuait. Les noms finissaient par se brouiller devant la vue de Pyanfar.

– Priorité ! cria soudain Geran. (Le moniteur de balayage commença à clignoter furieusement.) Émergence au zénith.

Des vaisseaux arrivaient. Plusieurs. Un. Puis trois. Et encore cinq.

– Dieux ! fit Sirany dans un souffle.

– Si c'est Akkhtimakt...

Puis un signal d'identification s'alluma. Mahendo'sat.

Mahijiru.

– Or-Aux-Dents, gronda Pyanfar en frappant le rebord de la console de son poing. Les dieux le pourrissent ! Il se montre maintenant. Pour faire triompher ses foutus intérêts mahen, pour balayer les Hani qu'il a une fois de plus forcées à défendre ses intérêts, qui ont versé leur sang pour eux une fois de plus ! *Tully !*

– Capitaine ?

– Prends le *communico*. Vite. Dis aux humains de ne pas tirer. Tu comprends ? Qu'ils ne tirent pas.

– Non tirer. Je comprendre, capitaine, je comprendre.

Et Tully se mit au travail.

Pyanfar reprit le micro :

– *Mahijiru,* ici *L'Orgueil de Chanur.* Cessez le feu. Cessez le feu. Ces navires sont des navires alliés. Délestez, freinez et tenez-vous à distance. Ne pénétrez pas dans ce système. D'autres bâtiments mahen sont en attente. L'approche d'Ajir est interdite aux astronefs mahen sans l'accord préalable des autorités hani dûment avisées antérieurement. Restez où vous êtes. À tous les vaisseaux mahen où qu'ils soient qui captent cet appel : ici *L'Orgueil de Chanur.* Cessez toutes hostilités. Terminé.

Pyanfar s'affaissa dans son fauteuil, à bout de forces.

– Nous avons un message du *Vigilance.* Il élève des protestations.

– Dis-leur... dis-leur que nous en prenons acte. Dis-leur... (Il était de plus en plus facile d'adopter le mode de pensée kifish.) De garder l'écoute.

Les navires arrivaient toujours plus nombreux. Un cauchemar ! Une heure plus tôt, ils auraient été accueillis en sauveteurs.

Maudite crapule, il s'en est fallu d'un cheveu. Tahar était presque avec nous. À l'autre bout de l'espace... Or-Aux-Dents a dû bloquer Sikkukkut, il a dû bel et bien le bloquer. Et les Kif ont dû lui livrer l'assaut à Kura. Ils ont dû... les dieux seuls savent ce qu'ils ont bien pu faire. Quand Sikkukkut s'est amené, il avait le dos au mur. Il avait besoin de moi, par les dieux. Il ne pouvait pas me tirer dessus, j'étais son dernier espoir.

– Navire humain ! s'écria Tully.

Et il se mit à babiller avec un débit régulier

comme si son interlocuteur et lui étaient sur la même ligne temporelle. C'étaient les navires qui arrivaient : ils répondaient au message que Tully avait lancé.

Celui qu'Or-Aux-Dents devait, lui aussi, avoir capté en son temps. Le Mahendo'sat savait parfaitement quels vaisseaux étaient en ligne, prêts à affronter l'ennemi. Pyanfar coupa les propulseurs. Tully parlait rapidement sur un ton pressant. On pouvait présumer que c'était une conversation amicale qu'il tenait. Mais on ne pouvait, non plus, rien tenir pour assuré aujourd'hui.

Pyanfar avait l'impression d'avoir cent ans. Elle fit pivoter son siège et embrassa la passerelle d'un coup d'œil circulaire. Les navigants étaient épuisés. Pour autant qu'elle se le rappelât, il n'y avait pas autant de poils gris dans leur fourrure quelques semaines auparavant. À moins que ce ne fût qu'une illusion due à la lumière crue. Ou, peut-être, que tous paraissaient plus vieux, amaigris, usés par les distances qu'ils avaient parcourues et le fardeau qu'ils portaient depuis trop longtemps sur leurs épaules.

Je veux revoir Chanur.

Mais le domaine de Chanur était maintenant territoire de Mahn. On ne pouvait rien y changer à moins que Kohan ne fût en mesure d'affronter Kara Mahn. Et l'homme usé, grisonnant qui était venu à la rencontre de Pyanfar sur les quais de Gaohn n'avait plus assez de force. Son intelligence demeurait inentamée, certes. Son intelligence, sa volonté et cette sagacité qui avaient été plus que l'image de marque de Chanur tout au long de ces années difficiles. Il avait fait preuve de plus de clairvoyance que bien des femmes. Mais le temps avait brisé Kohan, voilà tout. Le seul espoir qui restait résidait en Hilfy Chanur. Elle pourrait épouser un homme qui braverait Kara Mahn. Ni Pyanfar ni Rhean, ni aucune des Chanur qui avaient jadis été des puissances avec qui il fallait compter ne pouvaient plus faire quoi que ce fût.

Hilfy était là, en train de parler à quelqu'un, une des Hani qui se trouvaient à proximité, très vraisemblablement.

C'est à toi de jouer, petite. À toi, toute seule, désormais. Nous, nous avons fait notre temps. As-tu compris que, maintenant, Chanur, c'est toi ? Je ne t'envie pas.

Si, j'envie ta jeunesse. Dommage que nous ne nous soyons pas connues il y a quarante ans. Cela semblait être des rudes années. Mais celles qui t'attendent... je suis incapable de voir ce qu'elles seront. C'est comme s'il y avait un rideau faisant écran entre moi et l'avenir.

Je savais toujours où j'allais. Et, à présent, tout ce que je vois, ce sont des étrangers. Et je ne peux pas penser à autre chose qu'aux erreurs que j'ai commises. Et à la façon de rétablir d'une manière ou d'une autre l'actuelle situation.

Les yeux de Pyanfar se posèrent sur Tully. L'étranger qui était parmi eux.

C'est un ennemi qui est derrière ton dos, n'est-il pas vrai ?

Il ne pouvait en aller autrement, Tully, pauvre Tully. Je n'avais pas le choix. Tu m'as avertie et je vais te faire du mal, je ne peux pas revenir en arrière.

Tu le savais, n'est-ce pas ? Tu le savais depuis le jour où tu es venu nous rejoindre. Tu réfléchissais tout le temps, tu ne parlais jamais. Tu avais à la fois peur et pas peur de moi. Pour deux bonnes raisons.

Que te feront-ils quand mon temps sera forclos ? Où iras-tu ?

Mon ami.

– Hilfy, passe-moi Banny.

– Je suis justement en ligne avec le *Prospérité*. Vous voulez lui parler personnellement ?

– Oui. (Pyanfar fit face à la console et enclencha la touche.) Banny ? Vous m'entendez, Banny ?

– Je vous entends, Chanur. On dirait que nous avons reçu des renforts.

– Je ne sais pas exactement ce que vous ont dit les Mahendo'sat, Banny, mais nous avons aussi d'autres visiteurs et je ne peux pas entrer dans les détails pour le moment. L'affaire est politique. Je demande aux bâtiments hani de se mettre en formation. Je demanderai aux Kif de faire la même chose et ils le feront, Banny, ils le feront. Ensuite, il faudra que nous ayons une conversation. Je voudrais que vous preniez le commandement de la flotte hani à ma place. Simplement, gardez le silence et faites-moi confiance. Nous ne sommes pas encore sortis de l'auberge. Nous avons un problème, ici. Un gros problème, Banny. (Silence de la Ayhar.) Banny. *Haurosa naimur f'fhain'haur murannarrhm'ha chaihen.*

Il y a une embuscade tendue dans la forêt, Banny…

Le silence se prolongea encore, puis :

– J'accepte.

C'était la première chose.

La suivante était plus difficile.

– Message, Hilfy. Dis aux navires kifish de se mettre en formation et d'attendre les instructions.

– Compris.

– Chur, transmission à destination du *Mahijiru*. Ici Pyanfar Chanur. Que vos navires restent là où ils sont. Votre Personnage est au courant de l'avance kifish. Les navires mahen étaient en position pour empêcher tout repli par le couloir d'Ajir. Je répète : le couloir d'Ajir est sûr. Nous vous demandons de délester votre V et d'attendre. La situation à l'intérieur du système est encore extrêmement incertaine. Les Kif restant sur place sont sous ma direction personnelle et sous la juridiction du *han*. Je vous prie de donner pour consigne à vos alliés de délester totalement et de rappeler toutes les autres unités mahen. Elles doivent rejoindre immédiatement notre groupe. Cessez toutes opérations d'hostilités. Tous les vaisseaux dépendent de la juridiction du *han*. Terminé. Tu répéteras ce message à intervalles réguliers. Maintenant, transmets celui-ci au *Nekkekt* : Ici la *mekthakkikt* en personne. Les unités mahen sont autorisées à se retirer du système. Continuez de réduire votre V. Interdiction de vous porter sur les positions mahen. N'entreprenez aucune action contre les Mahendo'sat. Terminé.

Pyanfar s'affala au fond de son fauteuil et attendit en faisant jouer ses griffes.

Elle commença à respirer quand Geran annonça un délestage. Et elle respira plus librement encore lorsque le deuxième eut lieu.

Mais des navires assaillants pouvaient délester aussi.

Enfin, ce fut au tour du *Mahijiru* qui synchronisa sa vélocité à celle du système.

– Grâce soit rendue aux dieux ! murmura Pyanfar. (Elle reprit le *communico.*) Banny, c'est gagné : nous les avons immobilisés. (Elle coupa le contact.) Hilfy, mets-moi en contact avec Or-Aux-Dents.

– Tout de suite. Décalage temporel : 10,9.

Vingt-deux minutes pour recevoir une réponse. Mais Or-Aux-Dents devait avoir capté le premier message, parti depuis dix minutes déjà.

Les humains... dieux, les humains qui prennent des drogues pour plonger dans l'inconscience. Nous avons là-bas des pilotes anesthésiés. C'est la robotique ou je ne sais quoi qui mène la danse.

Ils doivent s'arrêter avec les Mahendo'sat et prendre leur relève. À moins que leur plan ne soit de détruire le système.

Ils ne feraient pas ça. Ils ne pourraient pas faire ça. Ils doivent suivre Or-Aux-Dents jusqu'à ce qu'ils aient analysé la situation.

Ce n'est pas terminé.

Pyanfar exhala un soupir haché.

– Nous allons recouvrer notre stabilité, annonça-t-elle à la sono. Notre liberté de mouvement. Pour cinq minutes. Peut-être plus longtemps. Nous pouvons rester là dix ou quinze jours, je n'en sais rien.

Elle porta ses mains tremblantes à son visage pour ne plus rien voir, pour se reposer.

L'embout de son écouteur grésilla et une voix retentit :

– *Mekt-hakkikt,* j'ai tous ces navires dans le creux de ma main, louanges vous soient rendues. Nous frapperons quand vous en donnerez l'ordre.

– Qui parle ?

– Votre fidèle Skkukuk, *mekt-hakkikt*. J'ai exécuté tous vos ordres. Je me chargerai de tous vos ennemis. Nommez-les-moi.

– Pour le moment, Skkukuk, je suis seulement heureuse d'avoir de tes nouvelles. Maintiens ces navires sous ton contrôle et ne bouge pas avant que je te le dise. Tu m'entends ?

– Je vous apporterai le cœur et la tête de vos ennemis.

– Je t'aime bien, moi aussi, Skkukuk. Fais seulement ce que je te dis de faire. Reste en contact permanent avec moi. Si jamais quelqu'un bouge, je veux le savoir. Les Hani qui sont avec moi sont nos alliés. Aucun ennui à craindre de ce côté.

– Et les Mahendo'sat ? Et les envahisseurs ?

– Attends mes ordres. C'est tout.

Pyanfar coupa la communication. Elle tremblait. Posant les coudes sur le rebord de la console, elle enfouit son visage entre ses mains et repoussa sa crinière en arrière. Haral était toujours à côté d'elle. Elle perçut un mouvement. Tout était si loin... Elle n'avait envie de parler à personne.

– Capitaine...

C'était Sifeny Tauran qui lui présentait un sandwich et un récipient contenant un liquide dont la vue seule lui retourna l'estomac et attira comme un aimant sa main vacillante. C'était du *gfi*. Elle en avala une gorgée et éprouva une autre envie irrépressible.

– Il faut que je m'absente un moment, dit-elle à Haral.

– Prenez votre temps.

Elle fit pivoter son fauteuil, se leva et se dirigea vers la coursive pour se rendre aux toilettes. Partout, l'air paraissait stagnant. D'ici trois jours, les systèmes d'aération seront cuits. Nous ne pouvons pas attendre. Il faut les remettre en état.

Il y avait deux navigantes Tauran dans la coquerie, une assise à la table, la poitrine bandée et le nez blanc, l'autre engouffrant goulûment de la nourriture aussi vite qu'elle le pouvait.

– Nous sommes stables pour un moment. Vous allez en profiter pour nettoyer les filtres bouchés par ces saloperies et réparer le système d'aération.

– À vos ordres, capitaine, répondit l'une des Tauran qui avait l'air exténuée.

En sortant des toilettes, elle croisa Tirun qui s'y rendait, elle aussi.

Une voix s'échappa de son écouteur :

– Capitaine, le *Mahijiru* vous fait dire qu'il voudrait que nous repartions pour Gaohn. Il attend une réponse.

– Dans un enfer mahen, maugréa Pyanfar en regagnant la passerelle. Dis-leur que seul le *Mahijiru* est autorisé à franchir le périmètre. Il peut venir pour que nous tenions conférence et nous rallierons Gaohn ensuite. Cette autorisation n'est valable pour aucun autre navire.

– À vos ordres, capitaine, répondit Hilfy. Le *Vigilance* demande à poser des questions. Ayhar lui a dit de la boucler.

Pyanfar rejoignit son poste tant bien que mal, se laissa choir dans son fauteuil et but un peu de *gfi* par toutes petites gorgées pour que cela ne lui soulève pas le cœur.

L'attente était longue. Or-Aux-Dents était bien loin. Elle essuya ses yeux larmoyants et essaya de se relaxer pour autant que ce fût possible.

L'un des appels que Chur avait reçus était affiché sur l'écran du moniteur n° 3. Il venait de Rhean : *Avez-vous besoin d'assistance ?* Réponse : *Négatif. Sommes pleinement opérationnels. Merci.*

Un autre venait de Rhean : *Questions à poser, questions à poser, questions à poser.* Réponse de Fiar : *Toutes les questions sont renvoyées à un moment ultérieur. Merci de votre compréhension.*

Ehrran encore : *Nous protestons.* Réponse d'Hilfy : *Nous vous avisons que nos alliés kifish surveillent vos émissions et que des malentendus sont possibles. Pour votre sécurité et la sécurité des autres, gardez le silence radio.*

Tully par le truchement de la traductrice : *Ici ## Tully ### appelle #### non faire ## ici ## hani ## avec ##* ... Pas de réponse enregistrée.

Appel du *Gloire de Shanan,* très à l'arrière de la zone de combat : Devons-nous venir ou rester sur nos positions ? Réponse (enregistrée) de Banny Ayhar : Conservez position relative. Maintenez la surveillance sur toute la sphère.

De Gaohn Station : Ici Central Gaohn. Demandons compte rendu situation d'ensemble. De Banny Ayhar (enregistré) : Le feu a cessé. Situation incertaine mais qui s'est améliorée. *Industrie d'Harun* qui a eu des blessées va revenir à Gaohn pour demander une assistance médicale et vous apportera des détails. Une attaque dans votre voisinage demeure possible mais sa probabilité est moindre. Chanur reste en liaison avec les navires alliés. Ayhar assume le commandement des vaisseaux hani dans la zone de contact...

D'Ayhar : Nous avons calculé la trajectoire des navires portés disparus. Que tous les vaisseaux qui se trouvent sur ces lignes se tiennent prêts à éviter d'éventuelles collisions ou à porter assistance à d'éventuels naufragés...

– Capitaine, nous recevons un message du *Mahijiru,* dit Hilfy.

Il s'était déjà inscrit sur l'écran : « Ana Ismehanan-min aviser vous conversation vous et nous urgence n° 1. »

– Réponds-lui ceci : Le *Mahijiru* sera le bienvenu à condition qu'il vienne seul. Tous les autres navires, mahen ou étrangers, resteront là où ils sont. Nous ne tolérerons pas que quiconque viole les frontières de notre système, même animé d'intentions amicales. Le *Mahijiru* empruntera une trajectoire d'approche directe et sa vitesse n'excédera pas les limites normales. Veuillez transmettre nos remerciements à vos bâtiments pour l'aide qu'ils nous ont apportée. Vous rejoindrez seul et sans escorte un point où nous pourrons tenir conférence sans décalage temporel sensible. Il n'y a pas urgence. Terminé. Hilfy, tu répéteras cinq fois ce message jusqu'à l'accusé de réception.

– Bien compris.

Pyanfar s'accorda alors un instant de repos. Les yeux clos, elle posa la tête sur le repose-nuque de son siège. Pendant ce temps, deux navigantes Tauran qui n'en pouvaient plus risquaient leur vie en essayant de nettoyer les filtres. Les ventilos commencèrent à tourner à toute vitesse, s'arrêtèrent, puis se remirent à fonctionner tandis qu'une franche odeur d'ozone se répandait soudain.

La voix de Tirun s'éleva :

– Le *Mahijiru* se met en marche. Priorité, priorité, toute leur formation s'apprête à faire mouvement.

Déjà, on distinguait sur l'écran du moniteur un clignotement de mauvais augure sur tout le front mahen et le cœur de Pyanfar se mit à cogner.

– Pas de message ? Vomissures des dieux, est-ce qu'il dit quelque chose ?

Toutes les navigantes qui faisaient la pause dans la cambuse ou ailleurs se précipitaient pour rejoindre leur poste.

– Négatif. Le *Nekkekt* demande – je cite : « Devons-nous attaquer ? »

– Je dire humains arrêter, protesta Tully. Donnez *communico*.

– Appel général, lança Pyanfar d'une voix cassante. Ne bougez pas. Message à l'intention du *Mahijiru* : Restez où vous êtes. Rappelez vos vaisseaux. Le bluff ne prendra pas. Répondez immédiatement et stoppez. Terminé. Tu répéteras ce message. Quel est notre décalage temporel ?

– Quatorze neuf, répondit Tirun.

Un message hani arriva sur le canal n° 2 : Chanur, ici Ayhar. Par les enfers mahen, que se passe-t-il ?

– Tenez ferme, Ayhar. Tenez ferme.

– Tenez ferme ! Une cinquantaine de navires sont devenus dingues ! Qu'est-ce qu'ils cherchent ?

– À passer, voilà ce qu'ils cherchent. À pénétrer dans le système. Ce sont des navires humains qui sont là-bas. Tenez ferme... (Une voix grésilla dans l'oreille gauche de Pyanfar.) Salut, Pyanfar, vieille amie. (Celle d'Or-Aux-Dents. Aussi allègre que s'il était sur un quelconque dock.) Content d'entendre voix vôtre, pareil content retrouver vous en bonne santé. Poursuite longtemps durer, sacré bon travail ces canailles arrêter. Reçu votre message premier, bonnes nouvelles. Vous agir numéro un bien ? (Son oreille droite se mit de la partie :) *Mekt-hakkikt !* Les navires avancent ! Donnez-nous l'ordre ! Nous sommes vos alliés ! Ce Mahendo'sat ment effrontément !

– Or-Aux-Dents, j'ai un Kif vraiment inquiet. Ça a commencé il y a sept minutes. Si vos vaisseaux ne stoppent pas dans trente secondes, je me verrai contrainte de prendre des mesures graves. Je tire en plein sur vous, ami. Sur votre navire à vous. Alors, vous stoppez et on entamera la discussion pour régler le problème. Ne venez pas ici si vous ne voulez pas qu'il y ait d'incidents, si vous ne voulez pas avoir d'ennuis dont on entendra les échos jusqu'à Iji. Vous noterez que les navires hani ne bougent pas. J'effectue un chronométrage très précis. Je vous connais, vieil ami. Vous avez tout intérêt à faire ce que je vous dis parce que, sinon, ce sera la bataille. Terminé. Tu ne répètes pas. Chronomètre-moi cette crapule. *Skkukuk !* Tu maintiens tes navires en formation.

– Entendu.

Hilfy :

– Jik émet. Il est en approche…

Geran :

– Balayage négatif.

Front d'onde voyageant à la vitesse de la lumière, en rentrée, aucun signal balise et personne en position pour l'intercepter.

La voix tout juste audible reprit : « Pyanfar, nous suivre vous aussi vite que pouvoir, vous livrer bataille non, livrer bataille non… »

Pyanfar réalisa enfin qu'il parlait des Kif. Il était terriblement loin. À des heures d'ici.

Quand, quelques heures plus tôt, il avait envoyé ce message, il savait que Sikkukkut approchait et que quelques Hani à la tête folle avaient de gros ennuis.

Pour ce qui était de son partenaire, il ne pouvait pas être au courant.

Pas plus qu'Or-Aux-Dents ne pouvait savoir qu'il était là. Il ne pouvait pas le savoir avant sept minutes, à présent.

– Or-Aux-Dents, je suis en liaison avec votre partenaire, Ismehanan-min. Mon ami. Il y a de nombreux éléments que vous ignorez. Des informations capitales. C'est Iji qui est l'enjeu. C'est votre frontière. Nous avons ici un *hakkikt* kifish qui veut parler frontières. Ce que nous avons laissé à La Jonction, vous le savez et pas moi. Mais j'ai un passager, une vieille connaissance à nous deux, qui détient des informations vraiment importantes. Et je ne parle pas à un imbécile. Je veux que nous nous rencontrions face à face. Vous, moi et quelques vieux amis.

– Une minute, annonça Tirun qui tenait le chronométrage.

– À Gaohn.

15

Les docks de Gaohn étaient déserts et glacés. Les plaques métalliques du sol gelaient les pieds de Pyanfar. Elle avançait en boitillant; elle boitait depuis qu'elle était sortie du lit, les muscles engourdis et douloureux, avec la perspective de ce qu'elle avait encore à affronter.

On avait eu un peu le temps de se détendre pendant le voyage, de s'occuper de soi, de piquer un somme et de prendre un repas chaud.

Pyanfar portait une tenue bleue de spatienne. C'était tout ce qui lui restait, et encore avait-elle dû l'emprunter. Son équipage l'escortait : elle laissait *L'Orgueil* en bonnes mains, en des mains qualifiées, celles de Sirany.

Un autre astronef considéré comme perdu avait fait sa réapparition : le signal d'identification de Dur Tahar s'était tranquillement affiché sur l'écran du capteur de balayage et il s'était avéré que le bâtiment, loin d'être une épave à la dérive, était en parfait état de marche.

– Je n'arrive pas tout de suite, Chanur, avait dit Tahar quand la liaison par *communico* avait été enfin rétablie. Je vous rejoindrai ultérieurement, vous ou l'un de vos navires. Je laisserai Vrossaru et son équipage débarquer mais je n'accosterai pas. Je resterai quelque temps à observer, c'est tout.

– Avec qui faites-vous route ? Avec Or-Aux-Dents ou avec Sikkukkut ?

– Moi ? Notre vitesse est bien loin d'être ce que vous croyez, Chanur. Je suis la traîne de vos émissions depuis La Jonction. J'ai fait tout ce que j'ai pu pour vous rattraper mais j'ai fait sauter deux autres systèmes.

La conversation avait duré deux heures en raison du décalage temporel. Après une pause plus longue que les autres, si longue que Pyanfar avait pensé que Tahar s'était peut-être tue, cette dernière avait repris :

– Chanur, si jamais vous avez fait confiance à ce Kif, c'est qu'il vous reste encore des choses à apprendre. N'avez-vous donc pas compris qu'il vous avait donné trop de puissance ? Les Mahendo'sat aussi. Faut-il que ce soit moi qui vous le dise ?

Et Dur Tahar s'était tue, définitivement.

Une information était arrivée de Gaohn : une demi-douzaine de petits bâtiments commerciaux équipés d'un armement léger étaient éparpillés sur la route d'Ajir. Ils transportaient un précieux chargement : des Hani, les hommes et les enfants des clans de Syrsyn.

Autant de semence portée par les vents stellaires.

Pyanfar avait tourné la tête vers Khym à son poste de surveillance alors qu'il était de repos, tandis que les navigantes exténuées avaient quitté la passerelle pour se rafraîchir et prendre un peu de sommeil. Il ne s'aperçut même pas qu'elle le regardait. Son visage qu'éclairait la lueur du scope était tendu, il ne pensait qu'à sa tâche.

Il y avait un autre homme présent. Qui regardait, lui, dans sa direction à elle. Pyanfar pensait qu'elle connaissait tout l'éventail des expressions que pouvait refléter la physionomie de Tully. Mais celle-là... On aurait dit que toute vie l'avait quitté, que quelque chose en lui s'était brisé, était mort. Sauf qu'on lisait dans ses yeux – rivés sur elle, ô dieux ! – une infinie tendresse. Hilfy, qui s'apprêtait à quitter à son tour la passerelle, s'était arrêtée et avait posé une main sur l'épaule de l'humain pour le réconforter. Pour...

– Viens, Tully, avait-elle dit.

Tu sais, n'est-ce pas ? avait alors pensé Pyanfar. Tu sais qu'elle te quittera, Tully. Elle est Chanur, maintenant. Elle est des Chanur. Et tu es des nôtres. Même quand tu retourneras parmi les tiens, ton peuple ne l'oubliera pas, n'est-il pas vrai ? Jamais.

Les dieux puissent-ils te venir en aide, Tully. Quel que soit ton véritable nom. Quoi que tu penses être et où que tu ailles.

Je ne suis pas idiot, disait le regard de l'humain. Nous ne le sommes ni l'un ni l'autre. Nous sommes amis.

Et peut-être y avait-il encore autre chose dans son regard, quelque chose d'insondablement étranger dont elle était incapable de percer le mystère.

Tully les accompagnait. C'était la seconde fois qu'il posait les pieds sur la station de Gaohn en compagnie d'Hani méfiantes pour une confrontation dans laquelle il était une pièce à conviction, un objet que l'on montre, un pion. Les Hani lui avaient donné des armes. Les mêmes que les leurs. Comme ça, il saurait une chose importante que la traductrice bafouillante ne pouvait lui communiquer.

Enfin, Pyanfar l'avait pris à part dans le sas.

– Tully, tu peux partir avec les navires humains. Tu es libre, tu comprends ? Libre… tu sais ce que cela veut dire ?

– Libre. Je savoir, avait-il répondu avec son expression à la fois douce et trop clairvoyante.

Au fond du dock, un cordon de Llun à la mine menaçante avait pris position, entourant le lieu de la rencontre. Il y avait des femmes de clans spatiens. Une délégation du *han* venait d'arriver dans un assourdissant vacarme. Les armes ne manquaient pas. Ni les gardes Llun, en nombre suffisant pour dissuader une quelconque tête brûlée de Han d'entreprendre quoi que ce fût.

Les forces de l'ordre Llun ne constituaient pas une protection contre les croiseurs de chasse qui étaient au mouillage et dont le nez effilé mortel était pointé sur les installations portuaires vulnérables de Gaohn. Des gardes en débarquaient ainsi qu'un personnel tout différent. Il y avait là trois Mahendo'sat, un navire humain et un trio de Kif, plus *L'Orgueil* et l'*Industrie d'Harun* : c'était l'accord auquel on était finalement parvenu. L'*Aja Jin,* le *Mahijiru* et un autre vaisseau mahen, le *Pasarimu,* qui avait accosté derrière Jik. Le *Nekkekt,* le *Chakkuf,* le *Maktakkt* et, enfin, un bâtiment au nom imprononçable, bien que Tully l'eût répété trois fois, et que, faute de mieux, on appelait le navire humain.

Jik portait une tunique et un jupon noirs qui contrastaient tellement avec ses habituelles parures criardes qu'il fallait le regarder deux fois pour le reconnaître. En fait de bijoux, il n'avait qu'un collier et un unique bracelet, ainsi qu'un AP à la hanche, et un couteau pendait à sa ceinture, ce qui n'avait rien d'inaccoutumé. Soje Kesurinan, moins sobrement vêtue, n'était pas moins armée. Un Personnage, avec son inévitable Voix et tous les insignes de sa fonction, accompagnait le capitaine du *Pasarimu.* Un officiel, oui. Indéniablement.

Or-Aux-Dents avait la même tenue de cérémonie noire que Jik et sa propre escorte. Son partenaire et lui n'échangeaient pas un mot.

Harun et Llun, un équipage fatigué en bleu – le bleu des spatiennes –, Kauryfy en vert et toutes les Llun arborant le noir des immunes.

Survint un autre groupe de noir vêtu également : ceux-là étaient tous semblables aux yeux des Hani avec leurs robes et leurs capuchons. Ils étaient hérissés d'armes. L'un d'eux devait être Skkukuk mais Pyanfar ne parvenait pas à l'identifier, à partir d'indices qu'elle connaissait, comme l'allure ou de petits gestes habituels. Un Kif de haute taille était à l'évidence le chef à en juger par la façon dont ses congénères s'effaçaient devant lui.

Qui est-il ? Est-ce *mon* Kif ?

Pyanfar redoutait que c'en fût un autre. Dans un sens ou dans l'autre.

Et les humains. Pyanfar avait déjà vu la même chose : il y en avait de différentes sortes, de différents aspects. Il en allait de même pour toutes les espèces. Mais ceux-là présentaient des variations considérables d'un individu à l'autre. Certains étaient beaux comme Tully était beau, d'autres simplement étranges. Tous portaient des combinaisons moulantes gris foncé scintillantes de plastique et d'argent. Même leurs mains étaient gantées. Aucun n'avait quoi que ce fût qui ressemblât à une arme. En revanche, ils étaient abondamment pourvus en équipements de transmission. Ils demeuraient une énigme. Ils s'arrêtèrent à peu près à la même distance que les autres.

La peur gagnait le quai : cela se voyait au port d'oreilles des Hani, à la façon dont les Kif et les Mahendo'sat avançaient. À la façon dont Tully collait à l'escorte. Pas un seul humain ne faisait un pas au-delà du périmètre mahen.

Mais ce n'était pas tout. Il y avait quelqu'un d'autre dans le système : un Knnn et un Tc'a bien réels qui se fredonnaient mutuellement des harmoniques dont les traductrices informatisées étaient censées donner l'interprétation mais qui ne leur trouvaient pas le moindre sens en dehors des données de position. Et il était à la fois significatif et inquiétant que la matrice de ces harmoniques détienne la position de la station Gaohn.

Les Knnn s'intéressaient à ce qui se passait : c'était plus que suffisant pour expliquer cette peur rampante.

Mais il n'y avait guère de chances pour que les représentantes de la planète le comprennent : leur premier regard serait très vraisemblablement pour les Mahendo'sat, pour ne pas parler des Kif ou des humains. Peut-être avaient-elles une résolution toute prête en main. Ou peut-être que le débat se poursuivait encore entre elles, que Naur, Tahy Mahn *par* Chanur et autres Hani enlisées dans leur mentalité de rampantes s'obstinaient toujours à discuter de détails de protocole ou de politique. Allez savoir ! Pyanfar ne voulait pas penser : ça la rendait folle.

On avait installé une table colossale et des fauteuils sur le quai, le mobilier de la salle du conseil Llun, comme si toutes ces factions pouvaient faire cause commune, comme si au cœur du chaos qui régnait, des navires gravement endommagés qui abordaient, une quelconque idiote (qui était très certainement venue d'Anuurn) avait pris le temps de réclamer qu'on installe des sièges convenant fort peu à l'anatomie de quelques-uns des nouveaux venus. Avec des Knnn qui rôdaient dans les parages, des navires en point fixe au zénith; plus de cinquante déterminés à engager l'épreuve de force et à passer, d'autres déterminés à chasser des Kif qui en mourraient littéralement de honte et des Kif tout aussi opiniâtrement décidés à résister.

Maudites idiotes ou non-volantes ! Si ce Knnn intervient, nous n'y survivrons pas. Est-ce que vos résolutions tiennent compte de ce détail ?

Les humains ont tiré sur eux. Tully le dit.

Jik s'est lancé dans des jeux politiques avec les Tc'a. Dieux ! *Sait-il* ce qui se passe ici ?

Des tables ! Par les dieux, nous avons de la chance que les diverses espèces soient installées à bonne distance les unes des autres, obligées de crier qu'elles sont pour se faire entendre ! Les Kif ne font jamais rien s'il n'y a pas un avantage à la clé. Leur présence ici ne tient qu'à un fil : l'ultime espoir que je constitue leur meilleure porte de sortie.

Et Jik et Or-Aux-Dents qui ne s'adressent pas

la parole, qui n'échangent pas un regard. Leurs équipages ne se mélangent pas. Et qui est le Personnage qui est venu avec le *Pasarimu* ?

Il est venu avec les navires en provenance de l'espace mahen par la route de Kura. Il est venu d'Iji, par tous les dieux, voilà ! C'est quelqu'un de la planète.

Il est l'Autorité. Et il ne s'est pas présenté. Sa voix n'a rien dit. Le *han* a été insulté et il ne s'en rend même pas compte.

Ils sont pétrifiés. Ils ne font pas un mouvement. C'est des Kif qu'ils se défient.

Pyanfar, après avoir supputé, prit un risque :

– Skkukuk, appela-t-elle.

Le Kif qui avait préséance sur les autres leva imperceptiblement la tête, puis la baissa à nouveau. Belligérance et courtoisie. Amabilité, même. Pour un Kif.

– *Mekt-hakkikt,* dit-il.

C'était donc bien Skkukuk.

Mais il prit cet appel pour une mise en demeure et l'affolement s'empara de Pyanfar, une aversion instinctive, tandis que le groupe des Kif avançait et s'interposait entre elle d'une part, les Mahendo'sat et les humains d'autre part. Et, ce faisant, ils agitaient leurs armes.

– Baissez vos armes, par les dieux !

La panique rendait la voix de Pyanfar coupante.

Instantanément, Skkukuk lança un ordre sifflant et cliquetant. Et les Kif les abaissèrent.

Elle saisit à deux mains l'occasion qui se présentait :

– Personne ne tirera. Aucune des parties en présence. (Comme une Llun s'approchait un peu trop, elle aplatit les oreilles et fronça son museau.) En arrière, vomissures des dieux !

Mais les Mahendo'sat s'étaient avancés, eux aussi, et d'un seul coup, les armes fleurirent. Les Hani braquèrent leurs fusils.

– En arrière ! gronda Haral à l'adresse de sa

compatriote au nez gris qui avançait avec autant de sérénité que de détermination.

Et elle appuya son ordre d'un coup de crosse.

– Chanur ! cria la Hani en question.

Qui se trouva soudain face à trois fusils kifish.

– Ne bougez pas ! *Sgokkun !*

Pyanfar crut que son cœur allait cesser de battre. D'un coup sec, elle releva le canon d'un fusil kifish. Le Kif recula et s'immobilisa en caquetant et en faisant grincer sa rangée de dents intérieures. Ses compagnons étaient aussi décontenancés que lui.

– *Mekt-hakkikt sotoghotk kefikkun nakt !* fit sèchement Skkukuk.

Et ce fut le silence. Même les Hani planétaires avaient pris conscience de la précarité de la situation.

– Nous n'avons pas besoin de donner la parole aux armes.

Le cœur de Pyanfar battait la chamade et ses genoux tremblaient. Khym était là, à côté d'elle. Entre elle et les Hani. Que les dieux soient remerciés pour sa clairvoyance et son instinct ! D'un signe de la main, elle fit s'écarter les Kif pour voir où étaient les humains, où étaient allés les Mahendo'sat. Les premiers étaient restés là où ils se trouvaient, à bonne distance, en arrière. Or-Aux-Dents et son escorte en armes s'étaient trop rapprochés et Jik prenait position sur le flanc. Tous les deux se tenaient entre les Kif et le Personnage.

– Servez-vous de vos têtes, au nom des dieux ! Skkukuk, reste là. C'est tout. Or-Aux-Dents. Ana. Nous sommes bien là. Ne vous servez pas de ces fusils. Calmons-nous, voulez-vous ?

– Nous pour parler venir. Pour régler cette sale affaire. (Le front sombre d'Or-Aux-Dents était froncé.) Avoir Knnn là-bas grand troublés. Vous gros merdier faire, Pyanfar. Je maintenant avec vous parler, vous grosse erreur faire.

– Oui. Je m'en suis rendu compte. C'est aimable

de votre part de m'avoir dit ce que vous faisiez. Et ce serait aimable de le dire aussi à Jik.

– Jik non choix avoir. Avoir Hani d'importance, avoir humain, tout même méli-mélo qu'à Kefk. Essayez vous tirer de là. Vous devoir tirer Tahar de là. Nous nous y attendre non. Mauvaise surprise, Pyanfar. Mauvaise surprise. Tout de même venir. Nous Sikkukkut avoir eu, Akkhtimakt avoir eu, tous les deux. Plus nous avoir avec Kif soucis. Alors, vous laissez Kif navire rembarquer. Il vouloir rentrer, nous laissons il rentrer. Meilleure solution pour nous.

– Je ne traite pas avec cette personne, laissa tomber Skkukuk. Notre flotte constitue le rempart de ce système. Nous sommes loyaux, *mekthakkikt*.

Pas de menaces, pas d'indiscipline.

Ses poils se hérissaient sur l'échine de Pyanfar. Il n'y avait aucune servilité chez ce Kif. Il était seulement calme. La suggestion de la puissance mais pas tout à fait assez de puissance : il était là et il parlait. Une tactique à laquelle Sikkukkut excellait mais ce Kif était d'humeur plus facile. Et le conseil d'Or-Aux-Dents était un bon conseil à condition qu'il y eût une puissance capable de repousser les Kif jusqu'à leurs frontières et de les y maintenir.

Or, cette puissance était précisément là, juste devant elle : une coalition entre les Mahendo'sat et les humains.

Comme si elle ne savait pas ce qu'elle savait par Tully sur les visées des humains ! Comme si elle ne savait pas que les puissances humaines étaient à l'heure actuelle en train de s'entre-déchirer et de s'infiltrer dans un territoire à côté duquel la Communauté (un seul regard aux cartes stellaires suffisait pour s'en rendre compte) ne serait plus grand-chose !

– Il faut que je sache ce qui est arrivé aux Stsho, dit-elle sur un ton calme et posé à Or-Aux-Dents.

Comme si ce n'était là pour elle qu'un souci lointain alors que le désespoir la prenait à la gorge. C'était brusquement leur rempart, leur base commerciale. Sans les Stsho...

En a-t-il conscience ? Soupçonne-t-il pour quelles raisons je lui demande cela ? Il n'est pas idiot, cela n'a jamais été un idiot. Ô dieux ! Il fait partie de la demi-douzaine d'intelligences qui dictent leur loi à la Communauté, il est l'un de ces Mahendo'sat à qui l'on a donné carte blanche pour mener des actions sur les frontières, des actions qui retentiront des années durant d'un bout à l'autre de l'espace civilisé. C'est ce qu'il continue toujours de faire. Même avec un Personnage présent.

– Nous bien travailler. (Une voix inattendue. Jik avait sorti un de ses abominables bâtons-fumée et il s'affairait à l'allumer comme si ses yeux sombres n'étaient pas aux aguets, attentifs aux moindres mouvements des Hani.) Ana dire moi il avoir trois jours, quatre jours combat n° 1. Avoir liquidé Sikkukkut. Pour nous ici, bonne chose. Notre ami Sikkukkut... (Il referma son allumeur et aspira une seconde bouffée de fumée.) Il savoir alors il avoir gros ennuis. Nous beaucoup devoir reconnaissance à Banny Ayhar. Vous pareil, amie. Pareil toutes Hani venir alarme répandre.

– Les Stsho...

– Dégâts non beaucoup. Confusion beaucoup. Méthaniens bon travail faire. Pareil Knnn. Officiel ? Avec interprète tc'a. Longtemps avec il T'ca.

– Le même que celui de Mkks ?

– Oui. Le même toute la route depuis Kshshti. Tt'om'm'mu coopératif très.

– Ainsi, il est votre agent ?

– Il beaucoup parler ? Je dire vous, Ana... *shoshi na hamuru-ta ma shosu-shinai musai hasan shanar shismenanpri ghashanuru-ma shesheh men chephettri manursai sopri sai.*

Un dialecte impénétrable. Ç'aurait aussi bien pu être un langage codé. Mais la physionomie d'Or-Aux-Dents se fit inexpressive et ses yeux devinrent plus sombres tandis qu'il tournait imperceptiblement la tête vers la gauche.

Vers Tully. Imperceptiblement.

Qu'avait bien pu lui dire Jik ? Mystère.

Les yeux du Mahe revinrent à Pyanfar.

– *Meshi-meshan.* (Jik pencha la tête en arrière.) *Meshi nai sohhephrasi Chanuru-skif, a ?*

Quoi qu'il eût dit, cela ne parut pas être du goût d'Or-Aux-Dents.

– *Shemasu.* Nous parler. Parler beaucoup. Nous Personnage parler. Vous dire ces Kif partir. Maintenant. Nous occuper nous des Méthaniens. Vous régler choses ici.

– *Régler* les choses !

Pyanfar gonfla ses poumons, et reprit son souffle et ses esprits en même temps. À gauche et à droite, elle vit les dos se raidir et elle baissa instantanément la voix. Le *han* était là. Les Llun.

Le silence était à couper au couteau.

– *Kkkt,* caqueta Skkukuk. *Kk-kkt.* Ce Mahe ne dicte pas sa loi ici. Il n'y aura pas d'escorte. Il n'y aura pas de navires mahen dans notre territoire. Ne vous laissez pas abuser.

– Nous parler plus tard, dit Or-Aux-Dents.

Et il fit un pas en avant.

Des armes surgirent aussitôt d'un seul mouvement. Celles des Mahen en firent autant.

– Pas de ça ! cria Chanur, et elle repoussa le canon d'un fusil.

Celui d'un Kif.

Le calme revint momentanément.

– Chanur… commença une voix hani.

Que Tirun interrompit d'un :

– Silence !

– Commençons ici, fit Skkukuk.

Jik se glissa prudemment entre le Kif et Or-Aux-Dents.

– Non ! (À la limite de son champ de vision, Pyanfar distinguait les humains qui faisaient mouvement pour se mettre à couvert.) Tully ! Arrêtez-les !

L'interpellé dit quelque chose dans une langue étrangère en levant la main et ses congénères s'immobilisèrent.

– Cessez ! lança sèchement la Voix.

Elle ajouta quelque chose en mahensi, trop rapidement et avec trop d'accent pour que ce fût compréhensible.

– Qu'ils se retirent, dit une Hani. Une planétaire au museau gris. Vieille et obèse.

Dieux ! Rhynan Naur… cette vieille au poil gris !

Mais il y avait encore dans sa voix un peu de l'ancienne autorité que le *han* lui reconnaissait.

– Nous n'admettrons pas que l'on viole notre espace. Nous ne sanctionnerons pas…

Le fusil de Skkukuk se braqua dans sa direction.

– Non ! gronda Pyanfar. Vomissures des dieux… taisez-vous, Naur. Que tout le monde se taise. Que personne ne bouge.

– Vous Personnage, dit Jik à sa gauche, à la gauche de Skkukuk. Si vous voulez que ça s'arrête, arrêtez, vous.

– Vous pouvez en être assurés, répondit Skkukuk en levant son groin de menaçante façon. Nous n'avons aucune intention de faire un voyage en votre compagnie.

– Nous solution avoir. (Jik fit une grimace et pinça pour l'éteindre le bâton-fumée dont il ne restait plus qu'un petit bout de mégot qui lui brûlait les doigts.) *Pasuru nasur. Kephri na shshemura. Ana-he. Meshi ?*

– *Meshi ne'assur ?*

– Beaucoup mieux. Pareil je dire. (Jik posa les yeux sur Pyanfar.) Avoir nous spatienne hani. Or-Aux-Dents faire grande folie en trompant vous. Sacré fou. Tout le temps vous maligne dire je. Avoir *sfik* plein beaucoup. Je dire, Pyanfar

Chanur. Ana ici trouver vous, pareil Sikkukkut avoir vous, sacrément bon. Maintenant vous comme Personnage dire, vous décider.

– Décider, décider… il n'y a rien à décider par les dieux ! Vous et les Kif essayez de vous réduire mutuellement en poussière d'un bout à l'autre de notre système solaire…

– Vous Personnage. Vous Kif avoir. Vouloir vous traiter pour *han* ?

– Je ne traite pas au nom du *han* ! Je vous dis ceci, moi, Pyanfar Chanur : répétez à votre Personnage ce que Tully nous a dit.

– Je faire. (Jik la regarda d'un air bizarre, exaspérant.) Non vous être *han*. Vous être Personnage. Renvoyez *hakkikt* à Kif. Comment vous garantir ? *Stoheshe,* Ana. (Il eut un bref coup d'œil en direction d'Or-Aux-Dents.) *Han* décider ci, décider ça. Vous faire quoi vouloir faire avec *han*. Mais *han* pour Anuurn être. Vous Personnage être pour Hani. Personnage pour Kif, pareil. Tt'om'm'mu vouloir votre vie sauver. Vous naître Personnage. Comprendre ?

– Mais qu'est-ce que vous racontez, au nom des dieux ?

– Vous sacrément non stupide. Vous voir. Vous voir clair. Sikkukkut puissant devenir en fabriquant petits *hakkikt* et en prenant quoi prendre ils. Faire ils travailler. Il Kif malin. Jusqu'au moment où il faire vous *hakkikt* et essayer prendre quoi vous avoir. Vous chose-Personne avoir. Il penser il obtenir plus, il grosse erreur commettre. Non faire erreur, nous. Ce Kif ici non erreur faire. Vous avoir tous dans mains vôtres. Moi, je reconnaître. Pareil ce Kif. Longtemps.

– Non ! Non, par les dieux !

Elle fit un grand geste du bras, jeta un coup d'œil derrière son dos, sur les Hani, sur son équipage.

– Guerre, amie. Quoi je dire vous arriver ? Pas guerre comme guerre au sol. Guerre nouvelle. Guerre extravagante.

– Alors, renvoyez vos maudits amis humains chez eux ! *Qu'ils s'en aillent !* Faites-leur faire demi-tour, rétablissez l'équilibre, au nom des dieux !

– Comment vous avoir assurance Anuurn être sauve ? Comment vous réconcilier avec Stsho ? Comment vous expliquer humains nous changer d'avis ? Comment vous traiter avec Knnn ?

La panique prenait Pyanfar à la gorge. C'était d'une parfaite logique. À nouveau, elle se tourna vers les lignes hani, vers ses congénères. Des visages durcis aux oreilles couchées. Vers les autres spatiennes qui avaient l'air tout aussi inquiet. Comme son équipage.

Comme Or-Aux-Dents.

Et du côté des Kif, rien. Le silence.

Les politiques auraient finalement raison d'elle.

– Oui. Eh bien, c'est clair, n'est-ce pas ? Nous disons simplement à ces humains qu'ils doivent partir. Que vous avez consulté un haut Personnage, qu'il y a des quantités de difficultés et qu'ils doivent faire volte-face et repasser de l'autre côté de la frontière. Cela, nous pouvons le faire, n'est-ce pas ? Cela donnera peut-être à Skkukuk une occasion de rentrer chez lui en grande pompe; tout un changement de politique, une nouvelle *mekt-hakkikt*, de nouveaux mots d'ordre. Je n'ai pas particulièrement envie de pénétrer dans l'espace kifish, Skkukuk, mon ami. Je suis seulement ravie pour toi que tu sois le *hakkikt* de tous les Kif sur lesquels tu pourras mettre la main. Et tout ce que tu auras à faire sera de tenir solidement la frontière une fois que les humains l'auront franchie.

– *Kkt,* siffla Skkukuk. *Mekt-hakkikt,* voilà qui justifie la foi que j'ai en vous.

– Tu ne pénétreras pas en territoire mahen.

– S'ils ne pénètrent pas en territoire kifish.

– Ils ne le feront pas.

Pyanfar regarda Or-Aux-Dents qui, baissant ses

petites oreilles, inclina lentement la tête, sans grand empressement.

– Je entendre.

Et il s'éloigna après avoir adressé le même salut à Jik et au Personnage.

Il ressasse quelque chose. Quelque chose que j'ignore. Et il m'en veut pour quelque chose. J'ai marqué un point sur lui.

Deux plans. Deux traités. La montée et la chute des Mahendo'sat dépendent de leurs succès. Et ils refusent de reconnaître leurs échecs.

– Si je dois prendre la responsabilité de cette affaire quelque temps, dit Pyanfar à Jik, il me le faudra. Qu'en pensera-t-il ?

Une lueur s'alluma dans les yeux du Mahendo'sat.

– Il dira vous avoir compagnon sacrément bon.

– Votre Personnage… (Elle pointa discrètement une oreille en direction du Mahe en robe et de sa Voix.) Iji ?

– Pareil. Je pour il parler. Il sabir mal connaître. Pareil sa Voix.

– Dites-lui… dites-lui seulement que je ferai ce que j'ai à faire. Et pour commencer… Tully !

– Capitaine ?

Les humains arrivaient en priorité.

Les représentantes du *han* et les Llun étaient derrière son dos et, au moment de parler, elle éprouva un vague étonnement en constatant que la présence de Skkukuk en armes à son côté lui était un réconfort.

– Voilà ce que nous allons faire. Causer boutique. Passer en revue tous les dangers dont il importe qu'ils se méfient. J'imagine qu'ils en ont peut-être vu suffisamment pour s'inquiéter. Peut-être leur dirons-nous simplement que ce qui nous attend est encore pire.

– Ils partir, dit finalement Tully en émergeant du petit local éclairé par des lampes fluorescentes où avaient lieu les conversations entre Mahendo'sat, Kif, humains et Hani. Tous armés puisque les Kif étaient encore plus dangereux quand ils n'avaient pas leurs armes à portée de la main. On se relayait par équipes.

Une bouffée d'air fétide, chargée des arômes mélangés des diverses espèces présentes, s'échappa de la pièce quand Tully en sortit. Il s'appuya contre le montant de la porte et répéta :

– Ils partir.

Il avait l'air à bout de forces. La sueur collait ses cheveux à son front et il avait les yeux cernés.

Depuis trois jours d'allées et venues, Pyanfar quittant la salle par intervalles pour respirer un peu d'air pur et recouvrer son calme, il n'y avait eu aucun progrès en direction d'un accord.

– Ils partent ? Ils s'en vont ? Ils ont dit oui ?

Dieux, qui leur a brandi des menaces sous le nez ? Que s'est-il passé ?

Elle n'avait pas adopté la stratégie de l'agressivité mais celle de la dissuasion. Elle avait travaillé Skkukuk au corps jusqu'à ce que l'astuce et les avantages de cette ligne de conduite soient entrés dans le crâne étroit du Kif, jusqu'à ce qu'elle ait lu l'intérêt qu'éveillaient ses propos dans les yeux bordés de rouge de ce dernier, ce qui, avec l'aide des dieux, pourrait modifier la tactique kifish.

– Ils dire oui, confirma Tully. Rentrer chez eux. Kif et Mahendo'sat eux accompagner. D'abord Mahendo'sat, puis Kif avec quelques Hani. Vous trouver navire hani. Traverser territoire kifish.

– La canaille !

C'était à Skkukuk que Pyanfar pensait, Skkukuk qui, voyant plus loin, avait des motifs pour organiser un départ des humains en fanfare en traversant le territoire kifish. C'était aussi la route la plus courte.

– Bon ? s'enquit l'humain, toujours adossé au chambranle et qui marinait dans sa sueur.

– Dieux ! (Elle lâcha un soupir et lui saisit

l'épaule. Il fallait qu'il regagne la salle. On avait encore besoin de lui. Les traductrices mécaniques étaient un désastre.) Oui. C'est bon, les dieux soient loués. Peux-tu tenir encore un peu ? Une heure ?

– Je pouvoir.

La voix de Tully était rauque et son accent farouche.

– Tully, tu peux partir avec eux. Tu comprends ? Tu peux rentrer chez toi.

Il la regarda en battant des paupières. Secoua la tête.

– Ici. *L'Orgueil.*

– Tu ne comprends pas, Tully. Nous avons des ennuis. Pour le moment, tout va bien. Mais après... je ne peux pas dire. Je ne sais pas si les Chanur ne seront pas arrêtés. Ou pis encore. J'ai des ennemis, Tully. Beaucoup d'ennemis. Et si jamais quelque chose nous arrive, à moi et à Chanur, tu seras seul. Dans une sale situation. Est-ce que tu comprends ça ? Je ne peux pas te dire que tu seras en sécurité. Je ne peux même pas dire que nous le serons, moi et mon équipage.

Il ne comprenait pas. Les mots, si, peut-être les comprenait-il. Mais il lui était impossible de comprendre quel sort le *han* réservait à des spatiennes comme Ayhar, comme Tahar qui n'étaient toujours pas d'humeur à intervenir. Les dieux seuls savaient ce qu'il réservait à Chanur.

– Je ami.

– Ami ! Dieux ! On te doit beaucoup, Tully, mais tu dois partir d'ici avec quelqu'un.

Ses yeux mobiles se tournèrent vers la porte. Comme une Hani qui tendrait une oreille.

– Pas bon je aller avec.

C'était le bon sens. Trop.

– Le *han* a une façon bien à lui de dire merci, hein ? Comme toi, comme moi avec les Hani. C'est une situation sacrément moche, Tully.

Il se borna à la dévisager.

Et ils rentrèrent l'un derrière l'autre dans la salle. Pour se plonger dans les cartes et calculer des itinéraires précis.

De l'autre côté de la table leur faisait face un groupe d'humains fatigués à la mine maussade.

Tully reprit la parole. Il s'exprimait d'une voix unie et atone.

Ses interlocuteurs parurent répondre avec emportement. Mais pas lorsque Tully traduisit :

– Ils aller, se contenta-t-il de dire. Vouloir nous avec eux rentrer.

– Non, dit la Llun avant que le Personnage mahen eût prononcé un seul mot.

Skkukuk, à sa place, caquetait à mi-voix sans s'adresser à personne en particulier.

– Ce n'est pas le bon moment, fit Pyanfar en négociante éprouvée qu'elle était. Il y a des Knnn au large.

Les mines se firent plus revêches encore quand Tully eut traduit.

– *Kkkkt,* dit Skkukuk en levant son groin, déclaration dont le sens échappa probablement aux autres.

Tully dit quelque chose. Sans doute avait-il compris, lui.

Dès lors, tous les participants à la conférence étaient disposés à regagner leurs navires respectifs.

– Nous avons gagné la partie, dit Pyanfar à la Llun, dans la galerie où des gardes étaient de faction après l'ajournement de la conférence.

Elles étaient un peu de la même race. Elles n'en faisaient pas parade : les immunes attachaient un grand prix à leur neutralité.

– Nous escomptions, dit la Llun, que les Mahendo'sat proposeraient quelque chose en guise de réparation.

Les oreilles de Pyanfar se couchèrent et sa mâchoire retomba.

– Par les dieux, nous venons d'obtenir que les Kif et les Mahendo'sat règlent…

– Vous occupez une position particulière. (Pyanfar gardait les yeux fixés sur la Llun.) Vous jouissez d'une influence unique.

Illumination… Les instincts de commerçante de Pyanfar jouèrent. Dieux ! Elles ont *besoin* de quelque chose. Que les dieux nous protègent ! Les Mahendo'sat…

Je peux faire reprendre le large à *L'Orgueil.* Peut-être quitter Gaohn. Les bluffer pour les empêcher de nous arrêter.

– Il est venu à l'esprit du *han* et des immunes, reprit la Llun, que si vous pouvez faire cela, vous êtes capable de faire encore d'autres choses. Vous avez une influence extrême sur les Mahendo'sat.

Dieux, ils ne voient pas encore ! Les Mahendo'sat… les Mahendo'sat, voilà tout ce qu'ils voient. Les Stsho et les Mahendo'sat. Leurs précieux intérêts commerciaux !

Pyanfar s'éloigna. Elle jeta un coup d'œil dans le corridor où son escorte hétéroclite l'attendait. Les armes cliquetaient. Comme les Knnn et les Tc'a, là-bas, dont Jik et Or-Aux-Dents juraient que la présence était passablement amicale. Et un vaisseau pirate embusqué, on ne peut plus silencieux, mais assurément à l'écoute. Pyanfar, qui connaissait Tahar, savait qu'elle écouterait sans trêve jusqu'au moment où elle jugerait qu'il était temps de passer à l'action.

Je suis dangereuse. Je suis une peste et un danger pour elles. Mais elles se trompent sur la nature du danger que je représente.

– Chanur, le *han* se propose de vous restituer votre fief.

Pyanfar se retourna et considéra l'immune en clignant des yeux.

– Vous voulez dire que mon fils renonce et en fait abandon ou juste que le *han* le lui confisque ?

– Ils trouveront une solution. Le *han* est disposé à en trouver une.

– Gueuses de belettes stupides ! Que demandent-elles ? Qu'achètent-elles ? Par les enfers mahen, avec qui pensent-elles qu'elles traitent ?

– Je ne crois pas qu'elles le savent plus que vous. Je ne les crois pas capables de l'imaginer. Moi si. Les clans spatiens aussi. Avec les Kif et les Mahendo'sat, ils savent ce que cela signifierait. Et je le sais pareillement.

– C'est pure folie !

– Vous occupez une position. Qu'arrivera-t-il si ce n'est plus le cas, voulez-vous me dire ?

Skkukuk étant ce que Sikkukkut avait voulu être. Jik discrédité. Des désordres au sein du gouvernement mahen. De la folie, toujours et encore de la folie.

– Ainsi, le *han* veut simplement que je vienne, que je joue le jeu de la politique et que je paie l'addition, hein ? La main dans la main avec Naur ?

– Je n'ai pas dit cela. Je n'ai pas dit que Naur n'essaiera pas quelque chose. (On aurait dit que la Llun avait un goût amer dans la bouche.) Je ne prétends pas que vous devez les écouter. Vous avez des amis. C'est ce que j'essaie de vous expliquer. Officieusement.

– Parce que j'ai gagné ?

– Je serai franche. Certains clans se seraient rangés à vos côtés. Les Llun n'auraient pas pu. Nous avons d'autres choses à considérer. Je ne m'adresse pas à une novice en matière de politique. Je n'en suis pas une, moi non plus.

– C'est-à-dire que vous savez ce que je *pourrais* faire.

– Vous êtes hani. Vous êtes revenue ici. Comme Ayhar. Comme toutes les autres. Cela permet de présumer plus ou moins ce que vous pourriez faire.

– Et le reste, c'est le fief, n'est-ce pas ?

– On peut étudier un arrangement.

La douleur qui taraudait le cœur de Pyanfar

était si lancinante qu'il lui fallut respirer plusieurs fois pour être capable de retrouver l'usage de la parole.

– Moi aussi, je suis honnête, Llun. Trop honnête pour accepter le marché. Trop honnête pour faire cela au *han*, et, par là, j'entends à *nous*, pas à celles qui sont assises sur leur gros cul dans ce mausolée de marbre et essaient de faire de la politique dans un univers qu'elles ne *comprennent* pas. Vous avez raison. Pas plus vous que vos gardes n'ont levé la main sur moi ou les miens. Vous savez parfaitement ce que cela déclencherait.

Les oreilles de la Llun retombèrent.

– Dois-je prendre cela comme une menace ?

– Ne vous faites pas de souci pour moi. Je ne suis pas Ehrran. Ni Naur. Et je ferais une piètre pensionnaire. Vous le comprenez ? Je ne peux pas faire entrer ce genre de politique dans le *han*. Je ne peux pas siéger comme membre du *han* et manier les Kif. Ni les Mahendo'sat. Ni les Stsho. Il ne s'agit pas de ce que les Kif et les Mahendo'sat ont créé. Je n'ai plus de parentèle. Je ne peux pas en avoir. Je ne peux payer ce genre de dettes. Viens, Tully.

Elle passa devant la Llun et enfila la galerie sans un regard en arrière. Elle souffrait intérieurement. Seuls l'attendaient des étrangers. Et l'équipage qu'il allait lui falloir affronter. Et à qui il allait falloir donner des explications.

– Mauvais ? interrogea Tully.

– Non. (Cela lui faisait du bien d'avoir dit cela. D'avoir pris une décision. Elle posa la main sur l'épaule de l'humain.) Ami, fit-elle.

Et elle s'aperçut que cela aussi lui faisait du bien.

– Pyanfar.

Tully s'immobilisa, se tourna vers elle et, lui prenant la main, il mit quelque chose dans sa paume. Pyanfar ouvrit les doigts. C'était le petit anneau d'or. Celui qui venait de l'*Ijir*. L'anneau qui avait appartenu à un autre ami à lui.

– Vous prendre.

Tendant le bras, il toucha l'oreille de la capitaine hani.

C'était le bien le plus précieux qu'il possédait, la seule chose qui lui appartenait réellement, le seul lien qui le rattachait à son ami mort.

– Dieux ! Mais, Tully...

– Prendre.

Elle referma la main sur l'anneau. Tully eut alors l'air satisfait, soulagé même, comme s'il s'était débarrassé de quelque chose de trop lourd à porter.

– Que veux-tu, Tully ? Rester ou t'en aller ?

– Rester. Avec *L'Orgueil*. Avec vous. Avec équipage.

– Il n'est plus, il ne sera plus le même ! Vomissures des dieux, Tully, je ne peux pas te faire comprendre dans quelle aventure tu t'engages. L'équipage partira peut-être. Hilfy devra partir. Je ne sais pas où nous en serons. Je ne sais pas combien de temps cette situation durera avant d'empirer.

– Besoin moi.

Elle ouvrit la bouche. La referma. Elle ne s'était jamais rendu compte que Tully était celui de ses navigants sur qui elle pouvait le plus compter. Comme l'anneau, c'était là un présent par trop démesuré.

– Viens, dit-elle.

– Les choses ne vont pas trop mal.

Pyanfar avait le ventre plein. La coquerie était bondée. Les Tauran étaient parties avec Vrossaru à bord du *Mahijiru* sur les talons des humains. Elles devaient gagner La Jonction pour récupérer leurs navires et leur cargaison. Le *Prospérité d'Ayhar* avait pris la même direction, les soutes remplies pour le cas où La Jonction aurait besoin de lui. Et – était-ce une bonne ou une mauvaise nouvelle ? nul ne le savait – les Knnn avaient disparu avec les Tc'a. À destination de l'espace stsho, apparemment. Du moins était-ce ce que l'on pouvait supposer.

– Nous avons reçu un appel de Tahar, dit Haral. Elles ont capté le message.

– Qu'est-ce qu'elles disent ?

– Elles nous remercient. Elles disent aussi qu'elles croiront à une amnistie accordée par le *han* quand elle sera gravée dans le marbre, mais qu'elles vont nous pister quelque temps. Jusqu'à ce que ça se sache.

– Ouais. (C'était de la prudence. Dur Tahar était quelqu'un de prudent. Pyanfar exhala un embryon de soupir.) Nous partirons nous aussi pour La Jonction où nous avons également à faire dès que notre queue sera remise en état.

Elle but une gorgée de *gfi*. Il y avait une place vide à la table : Hilfy était en train de s'occuper des affaires de Chanur. Et il était bien qu'il en fût ainsi. Elle se marierait dans l'année. Il le fallait. Il fallait qu'elle trouve un jeune garçon assez fort pour chasser son cousin Kara et le renvoyer dans le territoire de Mahn.

Il y avait là un choix à faire et Pyanfar brûlait d'envie de donner son avis mais, maintenant, un fossé la séparait d'Hilfy. Son orgueil obstiné l'obligeait à garder bouche close. Elle le voyait comme dans un miroir. Hilfy savait tout, plus qu'elle n'en saurait peut-être à cent ans.

– Hé, lui avait-elle dit en partant, renonçant aux formules protocolaires qu'une navigante emploie quand elle s'adresse à sa capitaine : elle lui parlait les yeux dans les yeux, d'égale à égale, en adulte. Je n'irai pas traîner mes bottes dans l'Ermitage. Je ferai seulement savoir ce que je cherche. Moi. Héritière de Chanur. Et l'heureux élu prendra la navette à destination de Gaohn. Qu'il soit beau ou pas, je m'en moque. Mais, par les dieux, il faudra qu'il ait le cran de venir ici pour y rencontrer mon père.

– Bien, avait répondu Pyanfar.

Parce qu'elle avait résolu de se tenir désormais à l'écart des affaires du clan aussi longtemps qu'elle aurait à jouer son rôle de Personnage. De même se refusait-elle à donner des conseils à Rhean, à Anfy ou à qui que ce fût d'autre.

– Vous n'êtes pas obligés de participer à cette mission, disait-elle maintenant à l'équipage : à ses cousines, à son époux et à un humain. Vous avez envie de fouler le sol sous vos pieds, les dieux savent que vous l'avez mérité. À moins que vous ne préfériez rester sur la station. Ou débarquer. Faire vos offres de service au *Fortune* ou au *Lumière*. À votre guise. Je suis le Personnage d'Anuurn, je peux vous affecter où vous souhaitez l'être.

Un long silence suivit ces mots.

– Non, dit enfin Haral.

– Non, répéta Tirun en écho.

– La planète n'est pas un lieu sûr, fit Chur, mal à l'aise, avec un haussement d'épaules. Mais j'ai fait la connaissance de ce Llun.

– Tu veux débarquer ou seulement prendre un congé ?

Chur soupira et haussa à nouveau les épaules.

– Dieux, je veux attendre jusqu'à ce que la queue soit réparée, c'est tout.

Geran avait eu l'air soucieux, terrifié, l'espace d'un instant. L'ombre se dissipa.

Khym regarda Chur, puis ses yeux se posèrent à nouveau sur Pyanfar. Son expression était sereine et réfléchie. Parfois, ses pensées affleuraient, si claires qu'elle pouvait les lire dans ses yeux. Au bout de toutes ces années.

ÉPILOGUE

Les docks sentaient à plein nez des relents d'exotisme, de métal et d'huile, ils retentissaient d'annonces et du grondement de machines monstrueuses. C'était un lieu terrifiant pour un garçon tout frais débarqué d'une planète au ciel bleu et aux prairies d'or. Dans le tintamarre inaudible des haut-parleurs, il regarda autour de lui et vit des groupes d'immunes en bouffant noir qui prenaient position, formant un cordon barrant le quai. Le peu qu'il comprenait des ordres qui retentissaient était alarmant – ordres de dégager telle ou telle section – et Hallan n'avait pas la moindre idée de ce qu'était la section verte non plus que la raison pour laquelle les phares tournants étaient bleus là-bas et rouges ici.

Il y avait de quoi faire tourner la tête à un petit planétaire qui venait d'arriver avec son sauf-conduit et un sac de navigant tout neuf qui contenait tout ce qu'il possédait au monde. Il avait passé deux heures d'affolement au service de l'immigration, puis il avait pris au port de la navette un ascenseur qui s'était avéré ne pas être le bon, était entré dans un bureau pour demander des instructions, avait pris un autre ascenseur qui faisait des zigzags et s'était définitivement arrêté sur le dock principal, malgré toutes ses tentatives pour le faire remonter. C'est pourquoi il s'était aventuré dans les docks d'Anuurn dont le vacarme, l'immensité et la réalité dépassaient tous ses rêves et le laissaient tout étourdi. C'était un endroit dangereux : ses sœurs l'en avaient averti. C'était un endroit merveilleux, plein de fracas et de senteurs étrangères qui le laissaient pantois. Un endroit trop gigantesque où allaient et venaient quelques personnes trop pressées ou apparemment trop mal embouchées pour perdre leur temps à répondre aux sottes questions d'un nouveau venu.

Les docks devaient, il en était sûr, se succéder sur toute la circonférence de la station et, s'il se mettait en marche dans la bonne direction, la section nº 4 ne pouvait certainement pas être très loin de la section nº 7, celle qu'il cherchait. Il se mit donc en marche, avançant dans l'ombre des ponts roulants et, partant du bassin nº 14 où il avait débarqué, il arriva au bassin nº 15. Le nº 16 était un bassin technique illuminé *a giorno* par une centaine de projecteurs et toutes ces lumières aux ors éclatants étaient d'une beauté qui l'émouvait. La rampe d'accès paraissait ouverte. Comme les dockers, leur attention concentrée sur les véhicules qu'ils conduisaient, ne remarquaient pas la présence d'un jeune garçon qui allait à pied, il passait plus près de ses rêves que cela ne lui était encore jamais arrivé au cours de sa vie.

Mais un ordre tomba soudain des haut-parleurs : ÉVACUEZ LE SECTEUR, suivi d'un baragouinage inaudible. Il jeta un coup d'œil affolé à la ronde et vit que les immunes décampaient. Le quai fut soudain désert. Sous l'effet de la panique qui s'emparait de lui, son cœur se mit à cogner dans sa poitrine. Cet avertissement annonçait-il une décompression ? Une grave avarie qui s'était produite ici même ou dans les parages immédiats ? Les récits terrifiants qu'il avait entendu raconter pendant la guerre lui remontaient à la mémoire.

Ce fut alors qu'il repéra une spatienne, une femme au museau gris dont les oreilles s'ornaient d'une multitude d'anneaux, assise sur la jupe d'il ne savait quelle énorme machine, le bras posé sur un genou. Et voilà que le regard de la spatienne qui observait tout ce remue-ménage se fixa sur lui.

Il coucha aussitôt les oreilles par politesse, fasciné par tous ces anneaux de traversées et la tranquille assurance de cette vétérane qui était tout ce qu'il n'était pas et qu'il aspirait de tout son cœur à être. Il ne serait jamais allé de lui-même à sa rencontre mais elle le dévisageait comme s'il l'intéressait plus que l'agitation chaotique qui régnait à l'entour et que les mouvements des immunes. Croyant deviner une invite, un appel dans le tressaillement d'une oreille lourdement chargée, il ramassa son sac et rassembla tout le courage de ses dix-sept ans.

– Bonjour, dit-il en s'approchant d'elle. (Son sourire et son affabilité l'avaient beaucoup aidé par le passé et il se fiait à eux quand il avait peur.) Quel boucan, hein ?

La spatienne opina du menton.

Sans prononcer un mot. Sans la moindre trace de bienveillance. Il se sentit tout bête. Son bouffant bleu était flambant neuf, ses oreilles étaient vierges de tout anneau, son sac avait encore les plis du neuf. Il le laissa tomber derrière lui, là où il serait le moins apparent, pensant qu'il s'était trompé en croyant que le regard que la spatienne avait dardé sur lui était un regard d'invite. Il n'avait qu'une hâte, à présent : demander son chemin et filer.

Une lueur d'intérêt s'alluma dans ces yeux qui le fouaillaient paresseusement.

– Tu es du mauvais côté de la ligne, tu sais.

Il s'éclaircit la gorge et jeta nerveusement un coup d'œil derrière son épaule.

– Qu'est-ce qu'ils font là-bas ?

– Qu'est-ce que tu fais ici ?

– Je... (Il ne savait même pas quel mensonge inventer.) Je viens juste d'arriver, je suis nouveau. (Une grimace de sévère amusement plissa les lèvres de la spatienne et, à nouveau, il laissa retomber ses oreilles avec déférence.) Pourquoi toute cette agitation ?

– *L'Orgueil* est à quai.

Ce fut plus fort que lui : il se retourna et laissa échapper un bruyant soupir. La *station,* par les dieux, il était vraiment sur la station où se côtoyaient des espèces fantastiques, où les manifestes portaient comme chose banale des noms de vaisseaux légendaires, où des spatiennes ayant des quantités d'anneaux aux oreilles étaient un spectacle on ne peut plus courant. Et c'était le jour même où il arrivait de sa planète que *L'Orgueil de Chanur* accostait imprévisiblement

– Dieux, comme j'aimerais le voir ! murmura-t-il.

– Les vaisseaux, on ne les voit pas, fiston. Ils stationnent à l'abri. (Elle se moquait de lui.) Mais tu peux toujours monter au poste d'observation. Il y a les images des caméras.

– Je veux les voir, *eux*.

– Qui ça ?

– *Eux*.

– Qu'est-ce que c'est que ces bêtises ?

Il aplatit ses oreilles.

Des bêtises ! Par les dieux !

– Des bêtises, répéta la spatienne. Ils ne diffèrent en rien de toi ou de moi. Qu'est-ce que tu t'imagines, mon gars ? Il y a des bouffants noirs qui s'agitent comme des Chi dans le feu et interdisent l'accès au quai...

– C'est bien normal, non ?

Il était indigné.

Ce n'est rien qu'une vieille râleuse. Ça ne lui plaît pas qu'un jeune soit là et qu'il monte à bord d'un navire. Il vaudrait mieux que je me tire. Si ça se trouve, elle a une lame dans sa poche ou même un pistolet, qui sait ?

– Je vais aller jeter un coup d'œil.

Et il empoigna son sac.

Mais la spatienne tapota le capot de la machine sur laquelle elle était juchée.

– *Tss-tss*. Tu n'iras nulle part. Si tu franchis la ligne, tu auras des ennuis, c'est tout. Assieds-toi, mon garçon. Tout ça c'est nouveau pour toi, hein ?

Il était dérouté. Il se balançait d'un pied sur l'autre.

– Allez, viens t'asseoir. Les navigantes vont

bientôt descendre. Sur quel navire embarques-tu ?

– Je n'embarque pas sur un navire. Pas encore. Je suis en stage de formation. Je m'appelle Meras... Hallan Meras. Je suis de Syrsyn.

Maintenant qu'il avait commencé à avouer la vérité, il ne pouvait plus s'arrêter. Ses oreilles étaient brûlantes tellement il se sentait embarrassé. Elle savait d'avance ce qu'il en était, elle le savait déjà quand elle avait posé la question mais elle ne cherchait pas à le tourner en dérision.

– Je veux être spatien. (C'était son rêve le plus cher. Il était en train de commencer à se réaliser. Et la vieille spatienne ne rit pas de lui quand il le lui eut dit.) Avez-vous... avez-vous déjà vu le Personnage ?

– Bien des fois.

Il la considéra avec une sorte de terreur respectueuse.

– Vous êtes de ses amies ?

– Qu'est-ce qui t'arrive, fiston ? Qu'est-ce qu'on vous apprend aujourd'hui ? Qu'est-ce que c'est que tous ces chichis ? Voir le Personnage... je te demande un peu ! À quoi ça rime ? Et puis d'abord, à quoi ça t'avancerait ? Tu me fais mal, tiens ! Les Hani que j'ai connues auraient craché à la figure de quelqu'un qui n'aurait eu d'autre envie que de faire des révérences et des courbettes.

Alors, Hallan comprit.

– C'est à cause d'elle que je suis là. (Comme la spatienne battait des paupières, il enchaîna :) Voilà pourquoi je veux voir ce vaisseau. S'il n'y avait pas eu elle et tout ce qu'elle a fait, je ne serais pas ici. Voilà.

– Ah, murmura la vieille spatienne. Hum, hum !... (Brusquement, elle désigna du bras l'éclat soudain d'un phare stroboscopique : plusieurs véhicules officiels approchaient.) Les Llun.

– Ça veut dire des ennuis ? demanda anxieusement Hallan qui sauta sur ses pieds en voyant son interlocutrice se lever.

Il reprit son sac auquel il s'accrocha littéralement. Des officielles immunes et des gardes armés sortirent d'une des voitures et s'approchèrent. Et voilà que d'autres spatiennes apparurent, descendant de la rampe, et parmi elles un homme. Et aussi...

– Dieux ! balbutia Hallan qui avait vu des humains sur de vieilles images, et notamment une qui représentait celui-ci.

– Salut, capitaine, dit l'une des spatiennes au large visage et au nez couturé en avançant vers eux deux. Par les dieux, qu'est-ce que tu deviens ?

– Trop de chichis, grommela la vieille spatienne en époussetant son bouffant. Ça finit par me rendre folle, tout ce truc. Ils veulent un décret, je leur donnerai un décret. Tiens, je te présente un gentil garçon, Haral. C'est Haral Araun, Hallan Meras. Désolée mais on ne peut pas rester là à bavarder. Bonne chance.

Elle s'éloigna avec les nouvelles arrivantes, avec Tully l'humain et tous les autres. Avec *na* Khym *nef* Mahn, le premier homme à avoir pris l'espace.

L'une des navigantes s'attarda un instant, une femme de petite taille qui considéra Hallan de haut en bas et l'on eût dit qu'elle voyait jusqu'au tréfonds de lui-même, et son regard avait une intensité qui le laissait tremblant. Chur Anify. Celle qui avait relevé les nouveaux points de saut au-delà de Minar. Les sondes les avaient détectés, ces ponts entre les étoiles. Elle était presque aussi célèbre que le Personnage.

– Qui est ce garçon ? demanda une Llun sur un ton sec et menaçant.

– Il a le droit d'être ici, dit Chur Anify.

La fonctionnaire Llun le regarda, abaissa ses oreilles et n'insista pas.

– Lui êtes-vous apparenté ? demanda-t-elle à Hallan quand les voitures eurent quitté le dock et que des gardes Llun eurent pris position de part et d'autre de la rampe d'accès de *L'Orgueil de Chanur*. Êtes-vous un Chanur ?

– Non, répondit-il, serrant son sac contre lui.

Il était encore sous le coup de la stupéfaction, ahuri comme si toutes les étoiles de l'espace tournoyaient autour de lui. La vieille spatienne n'était autre que le Personnage, la *mekt-hakkikt* des Kif, le Directeur... elle avait autant de noms qu'il y avait d'espèces dans la Communauté. Elle lui avait parlé, celle qui avait le pouvoir de faire déhaler mille vaisseaux et d'apporter sa médiation entre les espèces.

Elle lui avait parlé comme s'il était vraiment quelqu'un qui comptait.

Ou s'il pouvait être un jour quelqu'un qui compterait.

2609

Composition Communication à Champforgeuil
Impression Brodard et Taupin
à La Flèche (Sarthe) le 10 mai 1989
1075B-5 Dépôt légal mai 1989
ISBN 2-277-22609-2
Imprimé en France
Editions J'ai lu
27, rue Cassette, 75006 Paris
diffusion France et étranger : Flammarion